М. ГОРЬКИЙ

高尔基文集

15

童年

在人间

1913
—
1916

人民文学出版社

М.Горький

马克西姆·高尔基

目　次

童　年 …………………………………… 1
在人间 …………………………………… 225

童　　年

刘辽逸　译

《童年》是高尔基自传体小说三部曲中的第一部。

早在十九世纪九十年代，高尔基就有撰写传记体作品的念头。在一九〇八年至一九一〇年间，列宁到高尔基在意大利卡普里岛的寓所做客，高尔基不止一次地向他讲起自己的童年和少年的生活。有一次，列宁对高尔基说："您应当把一切都写出来，老朋友，一定要写出来！这一切都是富有极好的教育意义的，极好的！"高尔基说："将来有一天，我写出来……"不久，他实现了这个诺言。

高尔基在这本书中真实地描述了自己苦难的童年，反映了当时社会生活的一些典型的特征，特别是绘出了一幅俄国小市民阶层风俗人情的真实生动的图画。它不但揭示了那些"铅样沉重的丑事"，还描绘了作者周围的许多优秀的普通人物，其中外祖母的形象更是俄罗斯文学中最光辉、最富有诗意的形象之一。是这些普通人给了幼小的高尔基良好的影响，使他养成不向丑恶现象屈膝的性格，锻炼成坚强而善良的人。

《童年》写于一九一二年至一九一三年之间。最初于一九一三年八月至次年一月陆续发表在《俄罗斯言论报》上。一九一四年首次在柏林出版单行本。中译本译自《高尔基三十卷集》第十三卷，一九五六年初次出版。这次选入《文集》，译者再一次作了校订。

给

我的

儿子

一

在幽暗的小屋里,我父亲躺在窗下地板上,他穿着白衣裳,身子伸得老长老长的;他的光脚板的脚趾头,奇怪地张开着,一双可亲的手安静地放在胸脯上,手指也是弯的;他那一对快乐的眼睛紧紧地闭住,像两枚圆圆的黑铜钱,他的和善的面孔发黑,难看地龇着牙吓唬我。

母亲跪在那里,上身没穿衣裳,下半身围着红裙子。她用那把我爱拿来锯西瓜皮的小黑梳子,把父亲又长又软的头发从前额梳到后脑勺;母亲老是自言自语,声音粗重而且沙哑,她的灰色眼睛肿得仿佛要融化似的,大滴大滴的泪水直往下滚。

外祖母拉着我的手。她长得圆圆的,头大眼睛也大,松软的鼻子挺可笑;她穿一身黑衣裳,整个人都是柔软的,好玩极了;她也哭,哭得挺别致,仿佛挺熟练地伴随着母亲哭,浑身发抖,拉着我往父亲身边推;我躲在她背后,死撑着不愿去;我又害怕又觉得怪别扭的。

我从未见过大人哭,也不明白外祖母再三地说的话是什么意思:

"跟爸爸告别吧,你再也看不见他了,亲爱的孩子,他不到年纪,不到时候就死了……"

我得过一场大病。才刚下地。我病着的时候记得很清楚:父亲高高兴兴地看护我,可是后来,他忽然不见了,却换了一个奇怪的人——外祖母来看护我。[①]

"你从哪儿来的?"我问她。

[①] 阿廖沙·彼什科夫(即高尔基)三岁时(1871年)在阿斯特拉罕流行霍乱,他父亲马克西姆看护他,不幸染病身亡。

5

她回答：

"从上边，从尼日尼①来的，不是走来的，是坐船来的，在水上不能走，小鬼！"

这真可笑，使人摸不着头脑，因为在我们家楼上住着几个染了头发的大胡子波斯人，地下室住着一个黄脸的加尔梅克②老头子，是贩卖羊皮的；沿着楼梯，可以骑着栏杆溜下去，要是摔倒了，就翻着筋头往下滚，——这我是知道得很清楚的。这和水有什么关系呢？一切都乱套了，都糊涂得令人好笑。

"为什么我是小鬼？"

"因为你多嘴，"她也笑着说。

她讲起话来又亲切，又快乐，又流利。从见到她的第一天起，我就和她要好了，现在我希望她快点领我离开这间屋子。

母亲使我感到压抑；她的眼泪和号哭都在我心里引起新奇的、不安的感觉。我第一次看见她这个样子，——她一向态度很严厉，很少说话；她总是打扮得干干净净，平平帖帖的，她的个子高高大大，像一匹马：她有一副筋骨坚硬的体格和两只劲头极大的手。可是现在，不知为什么，她全身都膨胀起来，弄得乱七八糟，看去令人怪不舒服的，衣服也全撕得破破烂烂的；头发本来梳得很齐整，像一顶光亮的大帽子，现在披散到赤裸的肩膀上，耷拉到脸上，编辫子的那半头发，来回摆动着，触动睡着了的父亲的脸。我已经在屋里站了很久，可是她连一眼也不看我，她老是梳父亲的头发，不断地号啕大哭，眼泪扑簌簌地直流。

穿黑衣裳的乡下人和警察从门缝里伸头看看。警察气哼哼地叫了一声：

"快点收拾！"

---

① 尼日尼是尼日尼·诺夫戈罗德（即高尔基市）的简称；俄语"尼日尼"是"下面"的意思，所以小孩子误会他外祖母是说从下面来的。
② 加尔梅克是俄境内一个少数民族。

窗户是用黑披肩遮着的;披肩给吹得像船帆似的鼓起来。有一次,父亲带我划帆船,忽然霹雳一声雷响,父亲笑起来,膝头紧紧夹着我,大声说:

"没关系,不要怕,'大葱头'①!"

母亲忽然从地板上费劲地挺身站起,马上又坐下去,仰面倒下,头发铺散在地板上。她紧闭着两眼,刷白的面孔变青了。她像父亲那样龇着牙,声音可怕地说:

"把门关上……阿列克谢,滚出去!"

外祖母推开了我,跑到门口喊道:

"亲爱的人们,不要怕,不要管她,为了基督,请你们走开吧!这不是霍乱症,是生孩子,请原谅,好人们!"

我跑到黑暗的角落里,躲到箱子后面,从那里看母亲在地上打滚,呻吟,牙齿咬得格格地响,外祖母在她身边爬着,亲切地、快乐地说:

"为了圣父和圣子,瓦留莎,忍住点儿! 圣母保佑……"

我吓坏了。她们在父亲身旁的地板上忙成一团,碰他,唉声叹气,喊叫,可是他一动不动,仿佛还在笑呢。她们在地板上忙了很久。母亲好几次站起来又倒下去。外祖母像一个又黑又软的大皮球,从屋子里滚出去又滚进来;后来,忽然在黑暗中有一个小孩哭了。

"荣耀归于主!"外祖母说。"是个男孩!"

说罢她点上了蜡烛。

我大概是在墙角睡着了,以后的事全记不得了。

留在我记忆中的第二个印象,是雨天,坟场荒凉的一角。我站在溜滑的黏土小丘上,看父亲的棺材放进一个坑里;坑底全是水,还有几只青蛙,其中两只已经爬到黄色的棺材盖上了。

在坟旁边,有我,有外祖母,有浑身淋湿了的警察,还有两个手拿铁锹的脸色阴沉的乡下人。温暖的雨点像细碎的玻璃珠子,不停地洒

---

① 父亲对阿列克谢的亲热的称呼。

在大家身上。

"埋吧,"警察往一旁走开,说道。

外祖母哭了,用头巾的一角捂着脸。两个乡下人躬着腰急忙往坟坑里撒土,打得水啪哧啪哧地响;那两只青蛙从棺材上跳下来,开始往穴壁上爬,但是土块把它们打落到坑底了。

"走吧,廖尼亚①,"外祖母抓住我的肩膀说。我从她手里挣脱了,我不想离开。

"你真是的,主啊,"外祖母不知是埋怨我还是埋怨主,她低着头,默默地在那里站了很久。墓穴都填平了,她还站在那里不动。

两个乡下人嘭嘭地用铁锹平地。刮起一阵大风,把雨刮跑了。外祖母搀着我的手,领我穿过许许多多发黑的十字架,向老远老远的教堂里走去。

"你怎么不哭啊?"我们走出围墙的时候,她问我。"应当哭一场!"

"我不想哭,"我说。

"不想哭,那就不要哭好了,"她悄悄地说。

很奇怪:我很少哭,即使哭,也是因为受了气,不是因为疼。父亲常常笑我流泪,母亲也总是吵我:

"不许哭!"

后来,我们坐着一辆小马车在宽宽的很龌龊的街道上走,街两旁都是深红色的房屋;我问外祖母:

"那两只青蛙爬不出来吧?"

"爬不出来了,"她回答。"不要紧,有上帝保佑它们呢!"

不论是父亲还是母亲,都没有这么亲热、这么频繁地念叨着上帝。

过了几天,我、外祖母和母亲,搭上了轮船,坐在小小的船舱里;刚

---

① 也是阿列克谢的爱称。

生下来的小弟弟马克西姆死了,包着白布,外面缠着红带子,躺在角落里的一张桌子上。

我坐在包袱和箱子堆上,从那又圆又鼓、像马眼睛的小窗户往外眺望;在潮湿的窗外,泛起泡沫的混浊的水不断地流,时常飞溅起来,舐着窗户玻璃。我就不由得跳到地上。

"不要怕,"外祖母说,她两只软绵绵的手轻轻地抱起我,又把我放到包袱上。

水面上是灰蒙蒙的湿雾,远方是黑色的土地,接着它又消失在雾里和水里了。周围的一切在颤动,只有母亲把两手放到脑后,倚着船壁僵直地站着,一动不动。她的面孔阴暗,铁青,瞎子一般,她两眼紧闭,老是一声不响,人完全变样了,变成了一个新的人,连她穿的衣服我都觉得陌生。

外祖母不止一次低声对她说:

"瓦里娅①,我说,你最好吃点东西,少吃一点,好不好?"

她沉默着,一动不动。

外祖母和我说话时,轻声细语,和母亲说话时,声音高一点,但不知为什么很小心,胆怯,而且话不多。我觉得她怕母亲。我看出这一点,这使我对外祖母更亲近了。

"萨拉托夫,"母亲突然生气地大声说。"那个水手呢?"

连她说的话也很奇怪,令人听不懂:萨拉托夫,水手。

进来一个宽肩膀、白头发的人,穿着一身蓝衣裳,拿来一个小匣子。外祖母接过小匣子,把小弟弟的尸体放到里面,装好后,外祖母伸直胳膊托着小匣子向门口走去,但是她太胖,要侧着身子才能挤过狭窄的舱门,她停在门口,可笑地不知所措。

"看你,妈妈!"母亲叫了一声,从她手里夺过棺材,于是她们俩不见了,我还留在舱里,仔细地打量那个穿蓝衣服的男人。

---

① 阿列克谢的母亲瓦尔瓦拉的爱称。

"怎么样,小弟弟死了吧?"他弯下身来对我说。

"你是谁啊?"

"我是水手。"

"萨拉托夫是谁啊?"

"是城市。你往窗外看,那不是!"

土地在窗外移动着;黑暗而陡峭的土地雾气腾腾的,像是刚从大圆面包上切下来的一大片面包。

"外婆到哪儿去了?"

"埋外孙子去了。"

"把他埋到地底下吗?"

"不埋到地底下埋到哪儿?"

我讲给水手听,埋父亲的时候,活埋了两只青蛙。他抱起我,搂紧我亲了亲。

"唉,小弟弟,你还不懂事呢!"他说。"用不着可怜青蛙,不要管它们!你可怜可怜妈妈吧,你看她难过得成了什么样子!"

汽笛在我们头顶上呜呜地响了。我已经知道这是轮船拉笛,所以不害怕。那个水手急忙把我放下,拔腿就往外跑,一面还说:

"要快跑!"

我也想跟着跑。我走到门外。在半明半暗的夹道里一个人也没有。离门不远,楼梯上的镶铜闪着光。我往上一看,看见一些人背着背袋、提着包袱。很显然,大家都要下轮船了,那我也应当下轮船。

可是,当我和一群男子一起走到船舷踏板前面,大家都对我嚷起来:

"这是谁的孩子?你是谁的孩子?"

"我不知道。"

有老长时候,人们挤我,扯我,摸我。最后,那个头发斑白的水手来了,抱起我,解释说:

"这是从阿斯特拉罕上来的,从舱里跑出来的……"

他抱着我跑到舱里,把我往行李上一丢,就走了,一面指着我吓唬说:

"再动我就打你了!"

我头顶上的吵闹声渐渐地静了,轮船已经不在水上噗噗地响,也不打战了。舱里的窗户给挡上了一堵潮湿的墙;变得又黑又闷,包袱好像胀大了,挤得我难过,一切都变得不好了。也许,我就这样永远一个人留在这空荡荡的轮船上吧?

我走到门跟前。门开不开,铜门把拧不动。我拿起盛着牛奶的瓶子,使大劲儿朝铜把打过去。瓶子碎了,牛奶溅了我满腿,流进了靴筒里。

我因遭到失败而感到懊丧,便躺到包袱上,悄悄地哭起来,哭着哭着,噙着泪水就睡着了。

我醒来时,轮船又颤动着噗噗地响了。船舱的窗户明晃晃的,像一个太阳。外祖母坐在我身旁梳头,皱着眉头,老是自言自语地咕哝着。她的头发多得出奇,密密地盖着两肩、胸脯、两膝,一直垂到地上,乌黑乌黑的,泛着蓝光。她用一只手从地上把头发兜起来提着,挺费劲地把稀疏的木梳齿儿梳进厚厚的发绺里;她的嘴唇歪扭着,黑眼珠儿闪耀着气愤的光芒,她的脸在大堆的头发里变得又小又可笑。

她今天样子很凶,但当我问起她的头发为什么这样长的时候,她还是用昨天那样温暖而柔和的腔调说:

"看来这是上帝给我的惩罚,上帝说:给你梳这些该死的头发去吧!年轻的时候,我夸耀过这一把马鬃,到老来,我可诅咒它了。你睡吧!还早着呢,——太阳睡了一夜刚起来……"

"我不想睡!"

"不想睡就不睡好了,"她马上表示同意,一面编辫子,一面往沙发那边瞧,母亲就在沙发上躺着,脸朝上,身子直得像一根弦。"你昨天怎么把牛奶瓶子打破了?你小点声说!"

外祖母说话好似在用心地唱歌,字字句句都像鲜花那样温柔,鲜艳和丰润，一下子就牢牢地打进我的记忆里。她微笑的时候，那黑得像黑樱桃的眼珠儿睁得圆圆的，闪出一种难以形容的愉快光芒，在笑容里，快活地露出坚固的雪白的牙齿，虽然黑黑的两颊有许多皱纹，但整个面孔仍然显得年轻，明朗。但这面孔却被松软的鼻子、胀大了的鼻孔和红鼻尖儿给弄坏了。她从一个镶银的黑色鼻烟壶里嗅烟草。她的衣服全是黑的，但通过她的眼睛，从她内心却射出一种永不熄灭的、快乐的、温暖的光芒。她腰弯得几乎成为驼背，肥肥胖胖，可是举动却像一只大猫似的轻快而敏捷，并且柔软得也像这个可爱的动物。

在她没来以前，我仿佛是躲在黑暗中睡觉，但她一出现，就把我叫醒了，把我领到光明的地方，用一根不断的线把我周围的一切连结起来，织成五光十色的花边，她马上成为我终身的朋友，成为最知心的人，成为我最了解、最珍贵的人，——是她那对世界无私的爱丰富了我，使我充满了坚强的力量以应付困苦的生活的。

四十年前，轮船走得很慢；我们坐了好多天的船才到尼日尼，我清楚地记得最初的几天是多么美。

天气变好了，我和外祖母从早到晚都待在甲板上，头上是明净的天空，伏尔加两岸被秋天镀上一层金，又缝上了绸缎。橘红色的轮船逆流而上，轮桨徐徐地、懒懒地拍打着瓦蓝色的水，发出隆隆的声音，船尾用一条长长的牵引索拖着一只驳船。驳船是灰色的，样子像一只土鳖。太阳在伏尔加河上空静悄悄地浮动着；周围的景致时时刻刻变换着，时时刻刻都是新的。翠绿的山好似大地的富丽衣服的华美褶儿。沿岸有城市和乡村，远远看去宛如一块块的甜点心。水面上漂着金黄色的秋叶。

"你瞧，多么好啊！"外祖母不断地这样说，一会儿跑到船这边，一会儿跑到船那边，她容光焕发，高兴得睁大了眼睛。

她常常对着河岸出神，把我也给忘了；她站在船边，两手交叉在胸前，微微笑着，一声不响，眼里含着泪水。我拉拉她的挑花的黑裙子。

"啊?"她抖擞了一下。"我仿佛在打瞌睡,做了一个梦似的。"

"你哭什么?"

"亲爱的,我哭是因为快乐,因为年老,"她微笑着说。"我已经老了,你知道吧,我的岁月过了六十整了。"

她闻了闻鼻烟,开始给我讲一些珍奇的故事:讲慈善的强盗,讲圣人,讲各种怪兽和妖魔。

她讲童话故事的时候,声音很低,很神秘,她俯下身子凑近我的脸,睁大了眼珠儿注意地看着我的眼睛,就仿佛往我心里灌输一种使我振奋的力量。她说话像唱歌似的,越说越流畅。听她说话使人有说不出的愉快。我每次听完以后,总是要求:

"再讲一个!"

"好,再讲一个:有一个老家神坐在灶炉底下,面条儿扎进了他的脚掌儿,他摇来晃去的,哼哼吱吱地叫:'哎哟,小老鼠,疼啊,哎哟,小老鼠,我受不了啊!'"

外祖母抬起一只脚,两手握着它,悬空摆来摆去,可笑地装出一副苦脸,仿佛她自己感觉疼痛似的。

水手们(一群长胡子的和蔼的男人)站成一圈儿,他们一面听,一面笑,夸奖外祖母,也要求说:

"老太太,再讲一个吧!"

然后他们都说:

"走,跟我们一块儿吃晚饭去!"

吃晚饭的时候,他们请外祖母喝伏特加酒,请我吃西瓜和香瓜。这都是偷偷地做的,因为船上有一个人禁止吃瓜果,他会把瓜果夺走扔到河里。他穿得很像警察,制服上钉有铜扣子,整天价醉醺醺的,人们都躲开他。

母亲很少到甲板上来,总是躲开我们。她始终沉默着。她身躯高大,挺直,面孔发黑,铁似的冷静,粗大的浅色辫发像王冠似的盘在头上;她全身结实而有力。我现在回想起来,总觉得有一层雾或者透亮的云包围着她,她那对跟外祖母一样大的灰色的眼睛,从这云雾里远远地冷漠地眺望着。

有一次她严厉地说:

"人家笑您呢,妈妈!"

"管他们呢!"外祖母满不在乎地回答。"让他们笑去吧,让他们笑个痛快!"

我记得,外祖母一看见尼日尼,就高兴得像小孩子似的。她拉着我的手,推着我走到船舷旁边,大声地说:

"你瞧,你瞧,多么好看!那就是尼日尼,我的天啊!瞧它,简直像神仙住的地方!你再瞧那教堂,活像在空中飞翔似的!"

她几乎哭了出来,央求我母亲说:

"瓦留莎,你倒是看一看啊,嗯?大约你把这些地方都忘了吧?高兴高兴吧!"

母亲阴沉地笑了笑。

轮船停在美丽的城对面河心当中,河上挤满了船只,几百根尖尖的桅杆耸立着。一只满载着人的大船向轮船靠拢来,钩杆抓住放下来的梯子,人们一个个地从那只大船走上甲板。有一个干瘦的小老头在最前头飞快走着,他穿着一身黑色的长衣服,胡子是赤金色的,有着一个鸟嘴鼻子和一对绿莹莹的小眼睛。

"爸爸!"母亲深沉而响亮地喊叫了一声,就扑到他的怀里,他抱着她的头,急忙用那通红的小手抚摩着她的两腮,声音尖厉地喊道:

"怎么啦?傻孩子。噢哟!原来是这么着……嗨,你们这些人啊……"

外祖母像陀螺似的乱转,转眼工夫就把所有的人都拥抱过,亲吻过;她推着我走到人们面前,急忙地说着:

"快点快点!这是米哈伊洛舅舅,这是雅科夫舅舅……纳塔利娅舅妈,这是两个表哥,都叫萨沙,卡捷琳娜表姐,这都是我们一家子,你看有多少!"

外祖父问她：

"你身体好吗？老妈妈。"

他们对吻了三下。

外祖父把我从挤在一起的人堆里拉出来，按着我的头问道：

"你是什么人啊？"

"我是从阿斯特拉罕上来的，从船舱里跑出来的……"

"他说什么？"外祖父问我母亲，没等回答，就推开我说道：

"颧骨跟父亲的一样，……下船吧！"

下了船，我们一群人沿着斜坡往上走，坡上铺着大鹅卵石，两旁高高的陡坡长满了枯黄的践踏了的野草。

外祖父和我母亲走在大家的前头。他的个儿只到她的肩膀，他走起路来步子细而快，她却宛如在空中飘浮着，从上往下望着他。两个舅舅默默地在后面跟着：米哈伊尔①舅舅的黑头发梳得光光的，像外祖父一样干瘦；雅科夫舅舅的头发是浅色的，曲卷着；还有几个穿着鲜亮衣服的胖女人和六个孩子，这些孩子都比我大，都是安安静静的。我和外祖母、小个子舅母纳塔利娅一块儿走着。她面色苍白，蓝眼睛，挺大的肚子，常常停下来，气喘喘地低声说：

"噢唷，我走不动了！"

"他们干吗要惊动你？"外祖母气愤愤地说。"一家子蠢货！"

不论是大人还是小孩，我都不喜欢，我觉得自己在他们中间是陌生人，甚至连外祖母也有点失去原先的光彩，显得疏远了似的。

特别使我不喜欢的是外祖父；我在他身上立刻闻到敌意，他引起我对他的特别注意和一种畏惧的好奇心。

我们上了坡。坡顶上靠右边斜坡开始有大街的地方，坐落一所低矮的平房，涂着脏污的粉红油漆，房盖低低地压下来，窗户是往外鼓的。从外面看，我觉得很大，可是里面，分成一间间的半明半暗的小房

---

① 米哈伊尔即米哈伊洛。

间,很拥挤;像在靠码头的轮船里似的,到处都是怒气冲冲的人忙来忙去,小孩子像一群偷食的麻雀乱蹿乱跳,到处闻到一种刺鼻的从未闻过的气味。

我到了院子里。院子也令人不愉快:满院子挂的都是整幅的湿布,到处摆着桶,桶里盛着稠糊糊的五颜六色的水,里面泡着的也是布。在墙角一间低矮的快要倒塌的旁屋里,炉子里木柴烧得正旺,有什么东西煮沸了,嘟嘟地响,一个看不见的人高声说着奇怪的话:

"紫檀——品红——硫酸盐。"

二

一种浓厚的、色彩斑驳的、离奇得难以形容的生活,以惊人的速度开始奔流了。在我的记忆中,那段生活,仿佛是由一个善良而且极端诚实的天才美妙地讲出来的一个悲惨的童话。现在我把过去回想一下,有时连我自己也难以相信竟会发生那样的事,有很多事情我很想辩驳,否认,因为在那"一家子蠢货"的黑暗生活中,残酷的事情太多了。

但真理比怜悯更高,要知道,我不是在讲我自己,而是讲那令人窒息的、充满可怕景象的狭小天地。在这里,普通的俄国人曾生活过,而且直到现在还在生活着。

外祖父家里,弥漫着人与人之间的炽热的仇恨之雾;大人都中了仇恨的毒,连小孩也热烈地参加一份。后来从外祖母嘴里我才知道,母亲来到的时候,她的两个弟弟正在坚决地要求父亲分家。母亲突然回来,使他们的分家愿望更强烈,更尖锐了。他们害怕我的母亲讨回那份本来给她预备、但是因为她违背外祖父的意志"自己做主"结婚而被外祖父扣留了的嫁妆。舅舅们认为嫁妆应当分给他们。此外还为了谁在城里开设染坊、谁到奥卡河对岸库纳维诺村去,彼此早就无情地争吵不休了。

我们来了不久,在厨房里吃饭的时候,就爆发了一场争吵:两个舅舅忽的一声站起来,把身子探过桌子,冲着外祖父大叫大吼,像狗似的冤屈地龇着牙,哆嗦着。外祖父用羹匙敲着桌子,满脸通红,叫声像公鸡打鸣一样地响:

"叫你们全给我讨饭去!"

外祖母痛苦得面孔都变了样儿,说:

"全都分给他们吧,你也好落得耳根清静,分吧!"

"住嘴,都是你惯的!"外祖父叫喊着,两眼直放光。真怪,别看他个子小,叫起来却震耳朵。

母亲从桌子旁站起来,慢慢地走到窗口,背转身去不看大家。

米哈伊尔舅舅忽然扬起手对着他弟弟的脸就是一下;弟弟大吼一声,揪住了他,两个人在地板上滚开了,发出一片喘息、呻吟、辱骂的声音。

孩子们都哭了;怀孕的纳塔利娅舅母拼命地喊叫;我的母亲抱着她拖走了;快乐的麻脸保姆叶夫根尼娅把孩子们撵出了厨房;椅子都弄倒了;年轻的宽肩膀的学徒"小茨冈"①骑在米哈伊尔舅舅背上,格里戈里·伊凡诺维奇师傅,这个秃顶、大胡子、戴黑眼镜的人,却平心静气地用手巾捆着舅舅的手。

舅舅伸长了脖子,稀疏的黑胡子摩擦着地板,呼呼地喘得可怕;外祖父绕着桌子乱跑,悲哀地嚎叫:

"亲兄弟!亲骨肉!嗨,你们这些人啊……"

刚开始吵架,我就吓得跳到炕炉旧式俄罗斯厨房的炉灶,其上构筑一米多高、一米多见方的平台,可以在上面睡觉。上,我怀着恐惧的惊奇看外祖母用铜盆里的水给雅科夫舅舅洗打破了的脸流出的血;他一面哭一面跺脚,外祖母声音沉痛地说:

"该死的,这帮野种,清醒清醒吧!"

---

① "小茨冈"是学徒伊凡的外号,茨冈是居住在俄罗斯的吉卜赛人的称谓。

外祖父把撕破的衬衫拉到肩膀上,对她喊叫:

"老妖婆,看你生的这群野兽!"

雅科夫舅舅走后,外祖母躲到角落里,颤颤抖抖地号啕着:

"圣母啊,求求你使我的孩子们通点人性吧!"

外祖父侧着身子站在她面前,望着桌子。上面的东西全给碰翻了,流了一桌子水。他低声说:

"老婆子,你看着他们一点儿,不然他们会欺负瓦尔瓦拉的,说不定……"

"算了吧,上帝保佑你!把衬衫脱下来,我给你缝缝……"

她用手掌抱着外祖父的头,亲了亲他的前额;他(他的个儿比她小)把脸贴到她的肩上。

"看样子得分家啦,老婆子……"

"得分家,老爷子,得分家!"

他们俩谈了很久。起先谈得倒融洽,后来外祖父就像准备斗架的公鸡,用脚搓地板,指着外祖母,吓唬她,大声地私语说:

"我就知道你,你比我疼他们!可是你的米什卡①是个笑面虎,雅什卡②是个共济会员③!他们将来会把我的家产全都喝光的,光知道挥霍……"

我在炕炉上翻翻身,因为翻得太笨,把熨斗碰掉了;它稀里哗啦地顺着炉梯滚下去,扑通一声掉进脏水盆里。

外祖父一下子跳到炉梯上,把我拖了下来,细细地瞧我的脸,好像是初次看到我似的:

"谁把你放到炕炉上的?是妈妈吗?"

"是我自己上去的。"

----

① ② 米什卡是米哈伊尔的昵称;雅什卡是雅科夫的卑称。
③ 共济会是十八世纪在欧洲产生的带有神秘色彩的宗派团体。十八世纪三十年代传入俄国。一般人认为共济会员具有自由思想,不拘社会习俗和礼节,所以共济会员在老百姓口中变成骂人的话。

"撒谎。"

"没有撒谎,是我自己上去的。我害怕来着。"

他轻轻地用手掌拍了一下我的额头,把我一推。

"活像他爸爸!滚出去……"

我高兴地从厨房里跑了出去。

我看得很清楚,外祖父那对聪明锐利的绿眼睛老是注视着我,我很怕他。我记得,我总想避开这一对火辣辣的眼睛。我觉得外祖父脾气很坏;他不论和谁讲话,总是嘲笑人、欺负人,摆出一副挑战的架势,极力惹对方生气。

"嗨,你们这些人啊!"他常常感叹说,"啊"这个音拉得很长,一听见就引起我一种无聊的、想打冷战的感觉。

在休息的时刻,在吃晚茶的时候,当外祖父、舅舅和伙计们从作坊回到厨房时,大家都疲倦不堪,手被紫檀染得通红,被硫酸盐灼伤,头发用带子箍着,一个个活像厨房角落里暗黑色的圣像,——在这危险的时刻,外祖父坐在我对面,使他的孙子们觉得很羡慕,因为他对我比起对他们谈得多。他身子长得匀称,线条分明,尖尖瘦瘦。他那丝线缝的圆领绸背心破旧了,印花布的衬衫揉皱了,裤子膝盖上有两块大补绽,但是比起穿着上衣和护胸、脖子围着三角绸布的两个儿子来,仍然使人觉得他穿得干净而且漂亮。

我们来了不几天,他就逼着我学祈祷。其他的孩子都比我大,已经跟圣母升天教堂里一个助祭①学认字去了。从家里的窗户望去,可以看见教堂的金顶。

教我念祷词的是那个稳静而胆小的纳塔利娅舅母,她的小圆脸跟儿童的一样,眼睛透亮。我仿佛觉得,从这对眼睛里可以看见她脑后的一切。

---

① 职位比神甫低的神职人员。

我喜欢看她的眼睛,目不转睛地长久地看着。她两眼眯缝着,脑袋转来转去,悄悄地、几乎像耳语似的恳求说:

"喂,请你说:'我们在天之父……'"

如果我问:"什么是'雅科、热①',"她就胆怯地环顾一下,忠告道:

"你不要问,越问越糟! 就简单地跟着我说:'我们在天之父'……说啊?"

使我觉得很不安:为什么越问越糟?"雅科、热"这个词的意思不明显,我有意想法把它念得走样:

"'雅科夫、热','雅、夫、科热'②……"

但是苍白的、仿佛浑身正在融化的舅母耐心地用她那老是断断续续的声音改正说:

"不是,你就简单地说:'雅科、热'……"

但是,不论她本人,不论她说的话,都不简单。这惹我生气,妨碍我记祈祷词。

有一天外祖父问我:

"告诉我,阿廖什卡,你今天做些什么事? 玩来着! 我看你额头上有一块青疙瘩,就知道你干什么来的。赚一块青疙瘩算什么能耐!'主祷经'念熟了吗?"

舅母轻轻地说:

"他的记性不好。"

外祖父冷笑一声,快乐地扬起红眉毛。

"要是这样,那就得揍揍!"

他又问我:

"父亲揍你吗?"

我不懂他说的是什么话,所以没有回答,母亲却接过去说:

"没有,马克西姆从来不打他,还叫我也不许打他。"

---

① "雅科、热"(Яко же),斯拉夫古文,意即"因为"。
② "雅、夫、科热"(Я в коже),意为"我在皮子里"。

20

"这是为什么啊?"

"他说,用鞭子教不出人来。"

"他是个大傻瓜,上帝原谅我说死人马克西姆的坏话!"外祖父咬字很清楚,气愤地说。

他这句话使我感到屈辱。他看出了这一点。

"你干吗噘嘴啊?看你那样子……"

他摸了摸他那斑白的红头发,又补充说:

"为顶针的事,星期六我要抽萨什卡①一顿。"

"什么叫'抽'啊?"我问。

大家都笑了,外祖父说:

"等一等你就知道啦……"

我心里暗暗揣摩:"抽"就是把送来染色的衣裳"拆开"②,而"揍"跟"打"显然是一回事。打马,打狗,打猫;在阿斯特拉罕警察打波斯人,这我是见过的。可是我从未见过这样打小孩,虽然这里的舅舅们有时弹自己的孩子的额头,有时弹后脑勺,孩子们对这都满不在乎,只是搔一搔弹肿了的地方。我不止一次地问他们:

"疼吗?"

他们总是很勇敢地回答:

"一点儿也不疼!"

为了顶针的事,闹得沸沸扬扬,这我是知道的。有天晚上,在已经喝过茶,还没有吃晚饭之前,舅舅们和格里戈里师傅正在把染好了的成幅料子缝成一匹一匹的,然后在上面缀个厚纸签儿。米哈伊尔舅舅想跟那个快瞎的格里戈里开个玩笑,叫九岁的侄儿在蜡烛上烧师傅的顶针。萨沙用烛花镊子夹着顶针烧起来,把它烧得滚烫滚烫的,偷偷地放到格里戈里的手底下后,就躲到炉子后面去了。可巧这时外祖父来了,坐下来想干活,于是就戴起了那只烧热的顶针。

---

① 萨什卡是萨沙的卑称。
② 俄文"пороть"有两个意思:"鞭挞"和"拆布缝"。

我记得,听见吵闹声,我就跑进厨房里,这时外祖父正用烧伤了的指头抓住耳朵,可笑地蹦跶着,叫道:

"这是谁干的?你们这些异教徒!"

米哈伊尔舅舅俯在桌子上,用指头拨弄着顶针,对它吹气;匠人若无其事地在那里缝东西;影子在他那巨大的秃脑袋上跳动着;雅科夫舅舅跑了进来,躲在炕炉拐角后面偷笑;外祖母用擦子擦生马铃薯。

"这是雅科夫的萨什卡干的,"米哈伊尔舅舅突然说。

"胡说!"雅科夫大喝一声从炕炉后跳了出来。

他的儿子在炕炉后面哭了,叫道:

"爸爸,别信他的话。是他叫我干的!"

两个舅舅互相骂起来。外祖父马上消了气,把马铃薯糊糊敷到手上,一声不响地领着我走了。

大家都说是米哈伊尔舅舅的过错。我自然在喝茶的时候要问:"要不要揍他和抽他?"

"要,"外祖父气嘟嘟地说,斜着眼看了我一下。

米哈伊尔舅舅朝桌子上一拍,对我母亲喝道:

"瓦尔瓦拉,管管你的狗仔子,不然我就揪掉他的脑袋!"

母亲说:

"你试一试,敢动他……"

大家都不再说话了。

她善于说这样简短的语句,就好像这些语句把人们从她身边推开,把他们甩得远远地,使他们变得很渺小。

我清楚地知道,大家都怕母亲;甚至连外祖父对她说话都细声细气的,跟对别人说话不一样。这使我很痛快,我满心高兴地对表哥们夸耀:

"我母亲的力气最大!"

他们没有表示反对。

但是星期六发生的事情,动摇了我对母亲的这种看法。

在星期六之前,我也犯了错。

大人们巧妙地使布料变色,这使我觉得好玩:黄布浸到黑水里,就变成深蓝色的——宝蓝;灰布在红褐色的水里涮一涮,就变成红色的——樱桃红。很简单,但是我不明白。

我想亲自动手染一染,我就把这个念头告诉了雅科夫的萨沙——他是一个正正经经的孩子;他老是在大人身边,对谁都表示亲热,随时想法给每个人服务。大人都夸奖他听话、伶俐,但是外祖父却斜着眼看萨沙,说:

"就会讨好卖乖!"

雅科夫的萨沙又瘦又黑,眼睛像龙虾似的突出,说起话来急急忙忙的,声音很低,老被自己的话哽得不接气。他常常鬼鬼祟祟地东张西望,仿佛想逃到什么地方躲起来似的。他的栗色瞳仁一动不动,但他一兴奋,瞳仁就跟着白眼珠子直打战。

我觉得他很讨厌。我对不惹人注意的、又笨又懒的米哈伊尔的萨沙要欢喜得多。他是一个沉静的孩子,生着一对忧郁的眼睛,微笑起来很和善,很像他那温和的母亲。他的牙齿长得很难看,全从嘴里露了出来,上颚长两排牙。他觉得这很好玩:他经常把指头放到嘴里,晃动后排牙齿,想拔掉它;谁想摸摸他的牙,他都顺从地让谁去摸。此外,我在他身上再没有发现更多有趣的东西了。家里人口虽然很多,但他却孤单单的,喜欢坐在半明半暗的角落里,傍晚的时候就坐在窗户前。一言不发地和他一起是很愉快的——紧紧地偎依着他坐在窗前,沉默地待上整整一个钟头,眺望绯红的傍晚天空,那黑色的寒鸦绕着圣母升天教堂的金色圆顶盘旋,一直飞得高高的,又落下来,忽然,像一面黑网似的遮着渐渐熄灭的天空,随后就不知消失到什么地方去了,留下一片空虚。当你眺望这些的时候,一句话也不愿意说,愉快的惆怅充满了胸怀。

雅科夫舅舅的萨沙对什么都能讲得又多又严肃,像个成年人似的。他知道了我想搞染匠的手艺,就劝我从柜子里拿过节用的白桌布,把它染成蓝的。

"白的最容易上色,我顶清楚!"他很认真地说。

我把沉甸甸的桌布拽了出来,抱着它跑到院子里,但我刚把桌布的边缘放进盛蓝靛的桶里的时候,那个"小茨冈"不知从哪里朝我飞奔过来,把桌布夺去,用他那巨大的手掌拧净,对着正在门洞里注视我工作的表哥喊道:

"快去把奶奶叫来!"

他预感到凶兆似的摇了摇黑发蓬乱的头,对我说:

"瞧吧,为了这你也要挨一顿!"

外祖母跑来了,惊叫一声,甚至哭了起来,一面可笑地咒骂我:

"你这个别尔米人①啊,咸耳朵鬼!恨不得把你举起来摔到地上!"

然后她劝"小茨冈"说:

"瓦尼亚,你可别告诉老头子!我把这事瞒着;也许能糊弄过去……"

瓦尼亚一面在五颜六色的围裙上擦手,一面担心地说:

"对我有什么可担心的?我不会说的;只怕萨沙多嘴!"

"我给他两个戈比,"外祖母说,她把我领回屋子里。

星期六晚祷之前,有人把我领到了厨房里;那里一片漆黑,静悄悄的。我记得,过道和房门都关得严严的,窗外是灰色的混浊的秋天傍晚,下着簌簌的小雨。在黑乎乎的炉口前面的一张大椅子上,坐着阴沉沉的、脸色和平时不同的小伙子"小茨冈";外祖父站在角落污水盆旁边,从水桶里捞起长长的树条子,量量它们,一条挨着一条摆好,在空中飕飕地挥舞着。外祖母站在黑暗的地方,大声地闻鼻烟,嘟嘟囔囔地说:

"还乐呢……害人精……"

---

① 别尔米人即现住在柯米·别尔米民族自治区的芬兰人。

雅科夫的萨沙坐在厨房当中凳子上,握着拳头擦眼睛,说话的声音都变了,好像一个老乞丐似的,拉着腔说:

"行行好饶了我吧……"

米哈伊尔舅舅的孩子们——一个表哥一个表姐,肩并肩地像木头人似的站在凳子后面。

"揍一顿再饶你,"外祖父说,从拳头中间捋过一根长树条子。"快点,把裤子脱掉!……"

他平静地说,然而,不论是他说话,不论是萨沙在轧轧作响的凳子上动弹,不论是外祖母的脚摩擦地板,——任何声音都破坏不了那在厨房的昏暗中、低低的熏黑的天花板下令人难忘的寂静。

萨沙站起来,解开裤子,把它脱到腿弯,用手提着,弯着腰,跌跌撞撞地向长凳子走去。看他走路的样子,真叫人不好过,我的腿也打战了。

但是,看见他顺从地在长凳上趴下,瓦尼卡把他从两腋下捆到凳子上,再用一条宽手巾绑着脖颈,弯下身来用漆黑的手握着他的脚脖子,更使人难过了。

"列克谢①,"外祖父叫我,"走近一点!……听见没有?……你来看看是怎样抽人的……一下!……"

他手扬得不高,照着赤裸裸的身子啪哧打了一下。萨沙嚎叫起来。

"装相,"外祖父说,"这一下不疼!这一下才疼呢!"

树条落下去,身子登时就像火烧似的肿起一条红道道,表哥直着嗓子叫喊。

"不舒服吧?"外祖父问,他的手均匀地一起一落。"不乐意吧?这是为了顶针!"

他一抬手,我胸中的一切就随着升了上去;手一落,我整个人也跟

---

① 列克谢即阿列克谢的简称。

着落下来。

萨沙叫得可怕地尖厉而且讨厌：

"我不敢了……我不是告诉了桌布的事吗……我不是说过……"

外祖父平静地、像念圣诗似的说：

"告密不能免罪！告密的人得先挨一顿鞭子，这一下是为了桌布打你！"

外祖母向我扑过来，两手抱起我喊道：

"我不给你列克谢！不给，你这魔鬼！"

她用脚踢门，叫我母亲：

"瓦里娅，瓦尔瓦拉！……"

外祖父向她猛扑过去，推倒她，把我抢过去，抱到凳子上。我在他手里挣扎，拉他的红胡子，咬他的手指。他狂吼着，夹紧了我，最后，向长凳上一扔，摔破了我的脸。我记得他粗野地叫喊：

"绑起来！打死他！……"

我记得母亲霜白的脸和睁得圆圆的眼睛。她沿着长凳跑来跑去，声音沙哑地喊道：

"爸爸，不要打！……把他交给我……"

外祖父把我打得失去了知觉，接着我病了一场，在一间小屋里，背脊朝上，趴在暖和的大床上躺了几天；这间小屋只有一个窗户，在墙角，在盛着许多圣像的玻璃匣子前面，点着一盏通红的长明小灯。

生病的那几天，是我一生中重大的日子。在这些日子里，我大概长得很快，并且有了一种特别不同的感觉。从那时起，我怀着不安的心情观察人们，仿佛我心上的外皮给人撕掉了，于是，这颗心就变得对于一切屈辱和痛苦，不论是自己的或别人的，都难以忍受的敏感。

首先，外祖母和母亲的吵嘴使我吃惊：在拥挤的屋子里，全身漆黑、身躯庞大的外祖母向母亲逼过去，把她推到墙角圣像跟前，气汹汹地说：

"你怎么不把他夺过来,嗯?"

"我给吓住了。"

"白长这么大的个子!不嫌害臊,瓦尔瓦拉!连我这个老太婆都不害怕!真不嫌害臊!……"

"甭说了,妈妈:一想起我就恶心……"

"不,你不爱他,不可怜你的孤儿!"

母亲沉重而高声地说道:

"我自己就当了一辈子孤儿!"

后来,她们俩坐在墙角箱子上哭了很久,母亲说:

"要不是有阿列克谢,我早就远走高飞了!在这个地狱里我活不下去,活不下去,妈妈!我受不了……"

"你是我的骨肉,我的心肝,"外祖母低声细语。

我记住了:母亲并不是强有力的;她也和大家一样怕外祖父。我妨碍了她不能离开这使她活不下去的家庭。这却叫人难过得很。不久,家里果然看不见母亲了。不知到哪儿做客去了。

不知怎的,外祖父忽然来了,像是从天花板上掉下来似的。他坐在床上,用冰冷的手抚摩我的头,说道:

"你好,小爷子……你倒是说话啊,不要生气了!怎么,你怎么啦?……"

我很想踢他一脚,可是一动弹就疼。他的须发显得比平时还红;他的脑袋不安地摇晃着;放光的眼睛往墙壁搜索着什么。他从口袋里掏出一个山羊形的甜饼,两个糖角,一个苹果和一包青色的葡萄干,他把这些东西放在枕头上我的鼻子跟前。

"你瞧,我给你带来的礼物!"

他弯下身来吻了吻我的额头;然后,一面用僵硬的小手——染了一手黄颜色,特别是弯得像鸟嘴似的指甲更显得黄——轻轻地抚摩着我的头,一面谈起来:

"我当时对你太过分了,兄弟。我火得厉害;你咬我,抓我,也把我惹火了！然而，你多挨几下并不算倒霉，我都记在账上！你要知道：挨自己亲人的打，这不算屈辱，是受教训！不要让外人打，自己人打没关系！你以为我没有挨过打吗？阿廖沙①，我挨的那个打啊，你连做噩梦都没有梦见过。我给人家欺辱成那个样子，大约上帝看见也会掉泪！结果怎么样呢？我这个孤儿，叫花子母亲的儿子，熬出头了，当上行会的头儿，手下管很多人。"

他那端正干瘦的身体轻轻靠着我，他开始讲他的童年时代，他的话沉重而且结实，轻巧流利地一句跟着一句。

他的绿眼睛炯炯放光，金发欢快地竖起来，高亢的嗓音变得粗重，对着我的脸像吹喇叭似的说道：

"你是坐轮船来的，是蒸气把你送来的，可是我年轻的时候，得用自己的力量拉着货船，沿着伏尔加河逆流而上。船在水里走，我在岸上走，打着赤脚，脚底下是锐利的石块——山旁崩落的碎石，从日出走到深夜。太阳晒着后脑勺，脑壳像熔化的生铁似的沸腾着，可是还得一股劲地走，腰弯得像豆芽，骨头格格地响，连路都看不清了，眼睛浸满了汗，心里是多么难过，眼泪不住地流。阿廖沙啊，有苦没处说！走了又走，时常滑脱了纤索倒下去，脸冲着地——连这也是好的；力量全使尽了啊，哪怕休息一会儿也好，哪怕咽了气儿也好！你瞧，在上帝眼前，在救世主耶稣眼前，人们过的是什么日子！……这样，我沿伏尔加母亲走了三趟：从辛比尔斯克到雷宾斯克，从萨拉托夫到这儿，又从阿斯特拉罕到马卡里耶夫、到市集，足有成千上万的俄里②！第四年我已经当上了纤夫头，向主人显示了我的精明强干！……"

讲着讲着，他在我眼前像一朵云彩似的迅速地长大了，这个干瘦的小老头忽然变成一个具有童话般力量的人，他独自拖着巨大的灰色货船逆流前进……

有时，他跳下床去，甩开两手，给我表演船夫怎样拉纤，怎样从船

---

① 阿廖沙是阿列克谢的爱称。
② 一俄里相当1.067公里。

里排水；他用低音唱着歌，然后利手利脚地纵身一跳，又回到床上，他整个人都变得令人惊奇，他接着往下讲，声音更粗更重了：

"呵，阿廖沙，在休息打尖的时候，情景可不同了：夏天的傍晚，在日古里一带的绿山下，我们生起篝火，煮粥，啊，一个苦命的船夫唱起了心爱的歌曲，大家一齐跟着他唱了起来，叫人浑身都起鸡皮疙瘩，仿佛伏尔加的水也流得更快了，它像一匹狂奔的马直立起来，眼看要直冲云霄。满怀的忧愁，轻尘似的随风吹走了；人们唱得那样起劲，有时粥都溢出了锅，那个煮粥的脑瓜儿就得挨勺子把儿。怎样玩都行，可不能忘了正事！"

人们探头探脑地往屋里望了好几次，叫他，可是我总是请求：

"别走！"

他微笑着摆摆手把人们撵走：

"等一等……"

他一直讲到晚上，临走的时候，他亲切地和我告别，我才知道外祖父并不凶恶，也不可怕。我一想起他曾这么残酷地毒打我，就难过地流泪，并且总也忘不了这件事。

外祖父这次来访，给所有的人打开了大门，从早到晚都有人坐在我的床边，想尽办法使我高兴；我记得，不是每次都能使我快乐和开心。来我这里最勤的是外祖母；她连睡觉都和我同床；但这些日子给了我最鲜明的印象的，是"小茨冈"。他身材四四方方，胸脯宽宽大大，他那大脑袋上的头发曲卷着。有一天傍晚，他来了，打扮得像过节似的，穿着金黄的绸衬衫、绒布裤子、像手风琴轧轧作响的皮靴。他的头发发亮，浓眉底下一对愉快的斗鸡眼，还有年轻的小黑胡子底下雪白的牙齿，都闪闪发光，他那绸衬衫，柔和地映着长明灯的红光，像是在燃烧。

"你瞧瞧，"他说着，把袖子卷起来，给我看那直到肘弯都是红伤痕的光胳膊，"你瞧这肿的！本来还要厉害呢，现在好多了！你知道吧：外祖父气疯了，我一看他要打你，就用这只胳膊挡着你，我指望这样一垫就可以把树条子折断,趁外祖父去拿另一条的工夫,外祖母或者你母亲就把你拖走了!哪晓得树条子断不了,它给水泡得软软和和的!可是你总算少挨了几下,你瞧我给打的!小弟弟,我是个精灵鬼……"

他笑了,笑声像绸子一样柔和、温暖,他又看了看肿起的胳膊,笑着说:

"我心里是那样可怜你,甚至连喉咙都哽住了。我一看事情不好!他一股劲地抽……"

他像马似的吹响了鼻子,摇晃着头,他讲起了外祖父的一件什么事儿,我立刻就觉得他可亲,孩子似的单纯。

我对他说,我很爱他,他使人难忘地简单地答道:

"我同样也爱你啊,正因为这我才为你忍疼受苦,为了爱啊!你看我为过别人吗?我才不干呢……"

然后他悄悄地教导我,时时回头向门口张望:

"下次再打你,记住,你别抱紧身子缩作一团,你懂吗?你身子一抱紧,就加倍地疼,你可要把身子松松地舒展开来,使它柔柔软软的,像一块凉粉似的躺在那儿!不要憋气,要深呼吸,拼命地叫喊——你记住我的话,这样好!"

我问:

"还会打我吗?"

"你当不会吗?""小茨冈"平平静静地说。"当然要打啦!说不定要常常收拾你的……"

"为什么?"

"反正你外祖父会找碴儿……"

他又关怀地教导说:

"要是他一上一下地打,就是树条子一直落下来,你就稳稳静静地、柔柔和和地躺着;要是他抽,就是树条子打下去往回拉,想抽掉你的皮,那么你就把身子随着条子扭过去,你懂吗?这样就疼得轻一点!"

他挤了挤黑色的斗鸡眼,说:

"在这行道上,我比巡长还精明呢!小弟弟,我全身的皮给打得又粗又硬,简直可以拿它缝手套!"

我注视着他那快乐的脸,想起了外祖母讲的伊凡王子和伊凡傻子的童话。

三

我恢复了健康后,我才知道,"小茨冈"在家里占有特殊的地位:外祖父吵他,不像吵儿子们那样勤,那样凶,在背地里谈起他来,外祖父眯缝着眼,摇着头说:

"伊凡有一双金不换的手,鬼儿子!记住我的话:这小子有出息!"

舅舅们对待"小茨冈"也是和蔼的,友好的,从来不像对格里戈里师傅那样跟他"开玩笑",他们几乎每天晚上都给这个师傅安排一场污辱而毒辣的玩意儿:有时用火烧热他的剪子把儿,有时在他坐的椅子上插一个尖朝上的钉子,或者把颜色不同的料子偷偷地放在这个半瞎的老人手边。他拿它们缝成一匹布,这样他就会挨外祖父的骂。

有一天,他在厨房吊床上睡午觉,人们给他涂了满脸的红颜料,有好长时间,他都是带着这一副又好笑又可怕的脸走来走去:灰白的胡子里暗淡地露出两片眼镜似的红斑点,他那长长的红鼻子像一条舌头无精打采地耷拉着。

他们想出的花样是无穷无尽的,而这个师傅总是默默地忍受着,只是轻轻地呷呷嘴,在拿熨斗、剪子、钳子或者顶针之前,总是把指头蘸很多唾沫。这已经成为他的习惯;甚至拿刀叉吃饭,也湿湿指头,把孩子们都逗笑了。当他嫌疼的时候,他那大脸盘就露出了皱纹的波浪,波浪把眉毛抬高,奇怪地滑过额头,就在光秃秃的头顶上消失了。

我不记得外祖父对儿子们这些把戏抱什么态度,但外祖母总是捏着拳头吓唬他们,喊道:

"不要脸的东西,一群恶鬼!"

但舅舅们背地里谈起"小茨冈"也是气愤的,嘲笑的,他们贬低他的工作,骂他是小偷和懒汉。

我问外祖母这是什么道理。

像平时一样,她又高兴又明了地解释给我听:

"你不知道,他们自己将来开染坊的时候,都想把凡纽什卡①拉过去,所以他们俩就在对方面前骂他:说他不会干活,其实他们是在撒谎,耍手腕。他们还怕凡纽什卡不跟他们,跟外祖父。外祖父脾气很怪,说不定他和伊凡开第三个染坊,这对你舅舅不利,懂不懂?"

她静静地笑起来:

"人们总是耍滑头,真好笑!你外祖父也看出了这些诡计,他有意逗雅沙和米沙②说:'我要给伊凡买一个免役证,他就不会去当兵了:我最需要他!'他们憋一肚子气,这是他们不乐意的,可又舍不得钱,——免役证很贵啊!"

现在又跟外祖母住在一起了,像坐轮船的时候一样,她每晚睡觉前给我讲童话,或者讲她自己的也像童话一样的生活。一提起家务事——儿子们分家、外祖父给自己买新房子,她那讲话口气就像是生疏的邻人站得远远的在嘲笑似的,不像是家庭中第二主人的身份。

我从她那里知道"小茨冈"原来是个弃儿;有一年开春,下雨的夜里,在大门口长凳子上拾到他。

"他躺着,裹着围裙,"外祖母沉思地、神秘地讲起来,"吱吱地哭不出声来,冻僵了。"

"为什么偷偷地把小孩扔给别人?"

"母亲没有奶,没有东西喂;她打听哪儿有人刚生下孩子就死了,就把自己的偷偷地放到那儿。"

她沉默了一会儿,搔搔头,一面叹息着,望着天花板,又接着说

---

① 凡纽什卡是"小茨冈"伊凡的爱称。
② 雅沙是雅科夫的小名;米沙是米哈伊尔的小名。

下去：

"都是因为穷啊，阿廖沙；有时穷得没法儿提啊！还有种规矩：没有出嫁的姑娘不许生孩子，——丢脸！外祖父想把凡纽什卡送给警察局，我劝他说：留下自己养吧，这是上帝送给咱们的，他知道哪家死了孩子。我生了十八个；要是都活着，能占满一条街，十八家。你不知道，我十四岁结婚，十五岁生孩子；可是上帝看中了我的亲骨肉，接二连三地把我的宝贝儿拿去当天使了。我又心疼，又高兴！"

她穿件长衬衫坐在床沿上，乌黑的头发披满身，她体格庞大，毛发蓬松，好似不久前一个大胡子（塞尔加奇的守林人）牵进院子里的大熊一样。她在那雪白的、干干净净的胸脯上画着十字，低声地笑着，身子晃荡着：

"好的上帝拿走了，给我留下来的都是孬种。我非常喜欢伊凡卡，——我就心疼你们小家伙！我收留了他，给他行了洗礼，他果然活了，长得挺好。起先我叫他'茹克'①，——他老是嗯嗯的，活像个甲壳虫，他嗯嗯地叫着满屋子爬。你要爱他，他是一个纯朴的人！"

我真爱伊凡，他常常使我惊奇得目瞪口呆。

每逢星期六，当外祖父把一星期来犯了过错的孩子都揍了一遍，去做晚祷的时候，厨房里就开始了难以形容的好玩的生活："小茨冈"从炕炉里捉来几只黑蟑螂，很快地用线做好一套马具，用纸剪一个雪橇，于是四匹黑马就拉着雪橇在刨平的黄桌子上驰骋起来，伊凡用一根细松明赶着它们，高兴地尖声叫道：

"赶着车请大主教去了！"

剪一片纸贴在一个蟑螂的背上，赶着它去追雪橇，伊凡解释说：

"忘了带口袋。这个和尚背着口袋，直追！"

他用线系着蟑螂的腿；这只蟑螂一边爬，一边头直捣地，伊凡拍着手叫道：

---

① "茹克"（жук），意为"甲壳虫"。

"助祭从酒馆里出来去做晚祷!"

他给我们看小老鼠,他指挥小老鼠站起来,拖着一条长尾巴,用后腿走路,一对像小黑珠子的灵活眼睛可笑地眨巴着。他很爱护小老鼠,把它们藏在怀里,嘴对嘴喂它们糖,亲吻,并且深信不疑地说:

"老鼠是聪明的动物,怪可亲的,家神非常爱它!谁养小老鼠,家神爷爷就对谁好……"

他会用纸牌或者铜钱变戏法,他叫喊得比哪个孩子都厉害,几乎看不出和孩子们有什么不同。有一次孩子们和他玩牌,一连使他当了几次"大傻瓜",弄得他很难过,气得噘着嘴,不愿意再玩了,后来他对我咻哼着鼻子埋怨说:

"我就知道他们是串通好了的,他们老递眼色,在桌子底下互相换牌。这算什么玩牌?骗人的玩意儿我也会……"

他才十九岁,但他比我们四个人的岁数加在一起还大。

最使我难忘的,是他在节日的晚上;每到这时候,外祖父和米哈伊尔舅舅都出门去做客,头发曲卷而且蓬松的雅科夫拿着吉他到厨房来了,外祖母摆上一桌丰盛的茶点和一瓶伏特加酒,盛酒的瓶子是绿的,瓶底铸有精美的红花;"小茨冈"穿着过节的衣裳,忙得陀螺似的乱转;老师傅轻轻地侧着身子走进来,黑眼镜闪闪发光;还有保姆叶夫根尼娅,通红的麻脸,胖得像一尊坛子,眼睛生得精灵古怪,说起话来像吹喇叭;有时,圣母升天教堂的长头发的助祭,还有一些面孔像梭鱼和鲶鱼般又黑又滑的人们,也来了。

人人都大吃大喝一顿,沉重的喘气,孩子们都分到糖果,每人一杯甜酒,于是,一股热闹而奇特的欢乐,像火似的慢慢燃烧起来了。

雅科夫舅舅抚爱地调着吉他,调好了后,照例说一句:

"怎么样,诸位,我要开始了!"

他晃了一下曲卷的头发,向吉他弯下身来,像鹅似的伸长脖子;他那无忧无虑的圆脸欲睡;灵活得难以捉摸的目光,在一层油雾里熄灭了。他轻轻地拨弄着琴弦,弹了一支振奋人心的、令人不由得想立即行动起来的曲调。

他的音乐使空气紧张而寂静;它像一条湍急的小溪,从远方流来,从墙壁和地板里渗出,它激荡着人心,使人发生一种莫名的感觉,又惆怅又不安。听了这音乐,就不由得怜悯所有的人,也怜悯自己,大人觉得自己也变成了孩子,大家都坐着不动,躲在那儿默默无语地沉思。

米哈伊尔的萨沙听得特别紧张;他老是向舅舅探着身子,张着嘴呆看吉他,嘴角挂着口水。有时他听得太出神了,不自觉地从椅子上掉下来,两手撑着地板,碰到这种情形,他就这样坐在地板上,瞪着一对凝然不动的眼睛,不再爬起来。

大家都听得入迷,屏息不动;只有茶炊在低吟,但并不妨碍吉他哀怨的诉说。两个四方的小窗户瞅着黑暗的秋夜,常常有人轻轻地敲打它们,桌子上两支尖矛似的蜡烛,黄灿灿的火苗摇曳着。

雅科夫舅舅越来越木然不动了;他仿佛咬紧牙关在酣睡,只有两只手却别有一番情景:弯曲着的右手指在黑色的琴腔上面肉眼难以看清地颤动着,像一只小鸟拍动翅膀在挣扎;左手指快得难以捉摸地在弦上来回飞跑。

他喝了酒后,几乎每次都是用一种难听的嗞音从牙缝里唱那无尽无休的歌子:

  雅科夫要是一条狗——
  他就要从早叫到晚:
   噢咿,我闷得慌!
   噢咿,我愁得慌!
  一个尼姑沿街走;
  一只老鸦墙上站。
   噢咿,我闷得慌!
  炉后蟋蟀咻咻叫,
  闹得蟑螂不得安。

噢咿，我闷得慌！
一个乞丐晒脚布，
另个乞丐就来偷！
噢咿，我闷得慌！
是啊，哎，我愁得慌啊！

我受不了这支歌，每当舅舅唱到乞丐的地方，一种难以抑制的难过使我放声大哭。

"小茨冈"也和大家一样聚精会神地听吉他，把手指插进成绺的黑头发里，瞅着墙角，轻微地打着呼噜。有时他突然惋惜地叹道：

"唉，我要是有个好嗓子，我要唱个痛快！"

外祖母叹息着说：

"够了，雅沙，别折磨人的心了！凡纽什卡，你还是来给咱们跳个舞吧……"

他们不是每次都马上满足她的请求，但有时，我们的音乐师忽然用手掌按着弦停了一刹那，然后攥紧拳头，用力往地板上一甩，仿佛从自己身上甩掉一种看不见的无声的东西，雄壮有力地喊道：

"让忧愁和烦恼都见鬼去吧！瓦尼卡，出场！"

"小茨冈"整整容，拉拉黄衬衫，他小心翼翼地，仿佛踩着钉子似的，走到厨房中间；他那黑黑的脸膛红润了，他不好意思地微笑着，请求说：

"弹得快一点，雅科夫·瓦西里奇！"

吉他响起了暴风骤雨的声音，靴子后跟细碎地跺着，桌子上和橱里的碟碗颤动作响，而在厨房中间，"小茨冈"像一团火在燃烧，他张开双手，像一只鹞鹰展翅翱翔，脚步快得令人难以分辨；他尖叫了一声，往地上一蹲，像一只金色的雨燕窜来窜去，绸衬衫颤抖着，流动着，仿佛在燃烧，在熔化，发出灿烂的光辉，把周围都照亮了。

"小茨冈"不倦地、忘情地在跳，看样子，如果打开门把他放走，他能这样沿着大街小巷跳遍整个城,不知他能跳到哪里去……

"横着走一趟!"雅科夫舅舅欠起脚尖打着地板,叫道。

他尖厉地呼啸着,用颤抖的嗓子大声念了一句俏皮的顺口溜:

哎嚄!要不是我可惜这双破草鞋,
早就舍了老婆孩子远走他方!

站在桌子后面的人,手脚不住地抽动着,他们像被火烧着似的,也时时大声地喊,跟着尖声地叫;那大胡子师傅拍着自己的秃脑袋,嘴里不住地咕噜着。有一次,他向我弯下身来,柔软的大胡子盖着我的肩膀,贴近我的耳朵,像对大人似的说:

"阿列克谢·马克西莫维奇①,要是你的父亲活着,他也要跳得像一团火!真是一个快乐的人,怪讨人喜欢的。你记得他吗?"

"不记得。"

"不记得? 从前他和你外祖母跳起舞来,——你等一等!"

他站起来,个子高大,样子憔悴,像一幅圣像似的,对外祖母一鞠躬,用一种不平常的粗重声音向她请求:

"阿库林娜·伊凡诺夫娜②,赏个脸吧,请出场走上一圈! 就像从前和马克西姆·萨瓦杰耶夫那样,让我们高兴高兴吧!"

"你怎么啦,亲爱的,你怎么啦,先生,格里戈里·伊凡内奇?"外祖母轻轻地笑着,缩了缩身子说。"我跳什么舞! 枉惹得人家笑话……"

然而大家都请求她,她忽然像个年轻人似的站了起来,整整裙子,挺挺身子,昂起硕大的头颅,在厨房里跳开了,一面高声喊道:

"你们尽管笑吧,请笑个痛快吧! 喂,雅沙,换一个调子!"

舅舅把身子一挺,伸得直直的,微闭着眼睛,弹得慢了;"小茨冈"停了一会儿,跳到外祖母跟前,蹲下来,绕着她走;她摊开两手,扬起眉

---

① 列克谢(阿廖沙)的尊称。
② 阿列克谢的外祖母的名字和父称,这样称呼是表示尊敬。

毛,两只黑眼睛望着远方,像是在空气中似的,在地板上无声地滑行着。我觉得她很可笑,我扑哧笑了一声,老师傅伸出指头严厉地点点我,所有在场的大人都用责备的目光往我这边看。

"伊凡,不要踩了!"老师傅笑着说道;"小茨冈"顺从地跳到一旁,坐到门槛上;保姆叶夫根尼娅提起嗓子,小声而悦耳地唱起来:

> 从星期一直到星期六,
> 姑娘都在织花边,
> 干活干得累死人,——
> 哎唷,简直只剩一口气!

外祖母不是在跳舞,仿佛是在讲故事。你瞧,她若有所思地悄悄地走着,身子晃悠着,手遮额头往四外看,她那整个巨大身躯犹豫不定地摇动着,两脚小心翼翼地摸索着道路。她站住了,突然被什么给惊吓了一下,面孔抖了抖,皱了皱眉,马上又容光焕发,满脸堆出和蔼可亲的微笑。她向旁边一闪,摊开一只手给人让路;垂下头,屏着气一动不动,静听着,笑容显得更快乐了。忽然间,她离开了原来的地方,像一阵风似的旋舞起来,她全身显得更匀称,更高大了,这时,人们的视线再也不能离开她,她像奇迹似的回复了青春,鲜花怒放似的美丽,可爱!

保姆叶夫根尼娅像吹喇叭似的唱起来:

> 星期的午祷刚做完,
> 就一直跳到大深夜。
> 她最后一个走回家,
> 可惜啊,假期过得快!

外祖母跳完了,坐回原来靠近茶炊的地方;大家都夸奖她,而她一

面整理头发,一面说:

"你们得了吧!你们还没见过真正的舞蹈呢。从前我们巴拉赫纳那儿有一位姑娘,——我记不清她是谁的姑娘,叫什么了,人们看了她跳舞,简直快活得流泪!你只要看她一眼,就像过节一样幸福,别的再不需要什么了!我羡慕她呢,真是罪过!"

"歌手和跳舞家是世上第一流人物!"叶夫根尼娅严肃地说,她开始唱起大卫王①的事迹,而舅舅雅科夫搂着"小茨冈",对他说:

"你应当到酒馆里去跳舞,你能把人跳得发狂!⋯⋯"

"我希望有一副好嗓子!""小茨冈"抱怨说。"要是上帝赏我一副好嗓子,我唱他十年,然后出家当和尚也心甘!"

大家都喝伏特加酒,格里戈里喝得特别多。人们左一杯右一杯给他倒,外祖母警告说:

"要当心,格里沙②,你会全瞎的!"

他一本正经地回答道:

"让它瞎好啦!眼睛对我再没用了,我什么都见过了⋯⋯"

他喝得多,可不醉,但话头越来越多,差不多每次总是对我讲我的父亲:

"这个人有一颗伟大的心,我的朋友马克西姆·萨瓦杰维奇⋯⋯"

外祖母叹息着,附和着说:

"是啊,真是上帝的儿子!"

样样都非常有趣,样样都紧紧地吸引着我,每件事情都仿佛有一种静静的、永无休止的忧愁向心里渗透。在人们心里,欢乐和忧愁以不可捉摸的、令人不解的速度互相交替着,几乎不可分地纠缠在一起。

有一次雅科夫舅舅醉得并不很厉害,他开始撕自己的衬衫,狂怒地揪自己的头发,揪稀疏的浅色的胡子,揪鼻子和那耷拉着的嘴唇。

"这算是什么生活,这算什么啊?"他狂叫,满脸都是泪水。"干吗

---

① 大卫王,传说中的古代以色列国王,据《圣经》描写,他是宗教诗歌的作者和音乐家。
② 格里沙是格里戈里的爱称。

要这样生活啊？"

他捶胸，打脸，拍脑门，大哭：

"我是流氓，下流种子，丧家的狗！"

格里戈里吼叫道：

"对了！你就是！……"

外祖母也喝得醉醺醺的，捉着儿子的手，劝他说：

"得了，雅沙，应该教导什么，上帝知道！"

喝了几杯酒，她变得更美了：她那一对微微含笑的黑眼睛，对每一个人身上都倾注着使人灵魂温暖的光芒，她用头巾扇着发烧的脸，像唱歌似的说道：

"主啊，主啊！一切都是多么好哇！你们瞧瞧，一切都是多么好哇！"

这是她内心的呼声，她一生的口号。

无忧无虑的舅舅的眼泪和喊叫使我吃惊。我问外祖母，他为什么哭，为什么骂自己打自己。

"你什么都要知道吗？"她违反平时的习惯，不乐意地说。"你等着吧，你管这些事情未免太早……"

这更引起我的好奇心。我到染坊里去纠缠伊凡，他也不愿回答我，老是嘻嘻地笑，斜着眼看师傅，他被我缠急了，就把我推出染坊，一面喊道：

"别缠我，出去！你瞧我把你丢进染锅里，也把你给染一染！"

师傅站在炉子跟前，炉子又宽又矮，上面坐进三口锅，他正用一根黑色的长棒子在锅里搅和，时常拿出来，瞧那顺着棒端往下滴的染料水。火烧得炽热，在他那老神甫的袈裟似的花花绿绿的皮围裙下襟，照射着火光。染水在锅里咝咝地响，蚀眼的蒸气浓云似的涌向门口，满院子低低地扫过干燥的风雪。

师傅抬起混浊而充血的眼睛，从眼镜下方看了看我，粗声粗气地对伊凡说：

"拿劈柴去！眼睛长哪儿去了？"

当"小茨冈"到院子去拿劈柴的时候,格里戈里坐到装紫檀素的口袋上,向我招招手:

"到这里来!"

他抱我坐在他膝盖上,又柔和又温暖的大胡子埋着我的一边腮帮,他令人难忘地讲道:

"你舅舅给老婆罪受,把她打死了,现在他受良心责备,你懂吗?你什么都要懂得,要当心,不然会完蛋的!"

和格里戈里在一块儿,跟和外祖母在一块儿一样,觉得很随便,但是有点叫人害怕,仿佛他从眼镜底下把一切都看穿了似的。

"怎样打的?"他不慌不忙地说。"就是这样:晚上两个人睡觉的时候,他用被子连头蒙着她,紧紧地压着打她。为什么?大约连他自己也不知道为什么。"

这时伊凡已经抱了一抱柴回来了,蹲在火跟前烤手。师傅并不注意他,令人印象深刻地继续说:

"他打她,也许是因为她比他好,他嫉妒她。小弟弟,卡希林一家子不爱好人,他们嫉妒他,不能容他,总是想害他!你去问一问外祖母,就知道他们曾是怎样想害死你父亲了。她什么话都说——她不喜欢说谎,也不会说谎。她虽然喝酒,闻鼻烟,但她像一个圣人。她有点傻气。你要好好抓紧她……"

他推了我一下,我就跑到院子里,我心里又沉重又害怕。在门洞里,凡纽什卡追上我,捧着我的头,低声耳语道:

"你别怕他,他是好人;你要对直看他的眼睛,他喜欢人家这样看他。"

这里一切都令人奇怪而且不安。别样的生活我还没经验过,但是模模糊糊地记得,父亲和母亲不是这样生活的:他们说话也两样,娱乐也两样,他们不论是走路或者坐着总是肩并肩,紧紧偎靠着。晚上,他们常常在一起笑得很久,坐在窗户旁大声地唱歌;街上的人们都围拢来看他们。那些仰起来的面孔，使我可笑地想起了饭后的脏碟子。这里人们很少笑，即使笑，有时也令人摸不清笑什么。人们常常互相大声嚷嚷，彼此威吓着，或者躲到墙角里偷偷私语。孩子们连大气都不敢出，谁也不睬他们；他们像尘土一般被雨打进地里。在这个家里，我觉得自己是个外人，整个生活就像无数的针在刺我，弄得我疑心重重，使我紧张地注视每件事情。

我和伊凡的友谊不断地增长；外祖母从早到晚都在忙家务事，我几乎整天跟着"小茨冈"打转儿。当外祖父打我的时候，他仍然是用自己的手挡着鞭子，第二天，他把打肿了的手伸给我看，埋怨说：

"这一点儿用也没有！你并没有挨得轻一些，可是我呢，你瞧这打的！我再也不干了，不管你了！"

可是，下一次他又受了一次不必要的疼痛。

"你不是不愿意了吗？"

"是不愿意来着，可是又伸了过去……不知怎的，不自觉地就伸了过去……"

不久，我知道了关于"小茨冈"的一件事情，这件事更增加了我对他的兴趣和友爱。

每星期五，"小茨冈"把那匹枣红骟马沙拉普套到一辆宽大的雪橇上；沙拉普是外祖母的爱马，这一个刁钻古怪的捣蛋鬼，专爱吃美味的食料；"小茨冈"穿上齐膝的短皮衣，戴上沉重的大帽子，紧紧地扎上一条绿色腰带，就赶着雪橇赶集采买食物去了。有时，过了很久他还没回来。家里的人都焦急，都到窗户前，用哈气把玻璃上的冰花融化，不断地往街上张望。

"还没有回来？"

"没有！"

外祖母比谁都焦急。

"真是的，"她对舅舅们和外祖父说，"你们连人带马全给我毁掉了！你们怎么不知羞耻啊？这么不要脸啊？自家的东西还不够用吗？

唉，一家子蠢货，贪心狼。上帝会惩罚你们的！"

外祖父沉着脸子咕咕噜噜地说：

"好了好了。这是最后一次……"

有时，"小茨冈"直到中午才回来；外祖父和舅舅们急忙跑到院子里；外祖母拼命地闻鼻烟，像大狗熊似的跟在后面蹒跚着，不知为什么，每到这时她就变得笨手笨脚的。孩子们也跑了出去，开始从雪橇上快乐地卸东西；雪橇上满载着小猪、鸡鸭、鱼肉，应有尽有。

"给你说的都买了？"外祖父斜着锐利的眼睛，估量着满载的雪橇问道。

"要买的全买了，"伊凡快乐地答道，他在院子里蹦蹦跳跳地取暖，唿嗵唿嗵地拍着手套。

"别把手套拍坏了，那是钱买的，"外祖父严厉地喊道。"找回零钱没有？"

"没有。"

外祖父绕着车子慢悠悠地转了一圈，声音不高地说道：

"你拉来的东西又多出来了。你瞧——大约有些东西不是花钱买来的吧？我不希望这样。"

他皱起脸皮，赶快走开了。

舅舅们兴致勃勃地向着车冲过去，拿起家禽、鱼、鹅肫肝、小牛腿、大块肉，掂掂分量，吹着口哨，赞扬声嚷成一片：

"好小子，真会挑选！"

米哈伊尔舅舅特别高兴：身上像是装有弹簧似的，绕着车子跳来跳去，用那啄木鸟般的鼻子嗅嗅这儿，嗅嗅那儿，津津有味地咂着嘴唇，甜蜜蜜地眯缝着不安静的眼睛，他和外祖父一样瘦，但个子高些，头发黑得像一段烧焦的树疙瘩。把冰冷的手抄在袖筒里，他问"小茨冈"说：

"我父亲给你多少钱？"

"五个卢布。"

"这些东西值十五个卢布。你花了多少?"

"四卢布零十戈比。"

"这么说来,九十个戈比装到自己腰包里了。雅科夫,你瞧见吗?他多会攒钱。"

雅科夫舅舅穿着一件单衬衫站在严寒的天气里,对着寒冷的青天眨巴眼皮,悄悄地笑着。

"瓦尼卡,你请我们喝半瓶伏特加吧,"他懒洋洋地说。

外祖母一面卸马套,一面跟马说话。

"怎么啦,我的乖孩子?怎么啦,我的小猫儿?你想调皮捣蛋?那就闹吧,上帝的小玩意儿。"

高大的沙拉普振起浓密的鬃毛,用雪白的牙齿啃外祖母的肩膀,撕掉她的丝头巾,一双快乐的眼睛瞅着她的脸,甩掉睫毛上的霜,低声地嘶叫。

"你想吃点面包吗?"

她把一块苦咸的大面包塞进它的嘴里,兜起围裙在马脸下接着面包渣儿,沉思地看着它吃东西。

"小茨冈"也像年轻的马一样活泼地跳到她跟前。

"老奶奶,你看它多聪明,真是一匹好马……"

"滚开,不要在我跟前摇尾巴!"外祖母一跺脚喝道。"你要知道,我今天不喜欢你。"

她向我解释说,"小茨冈"赶集买的没偷的多。

"外祖父给他五个卢布,他买了三个卢布的东西,其余十个卢布的东西都是偷来的,"她不高兴地说。"喜欢偷东西,调皮鬼!试过一次,尝到了甜头,家里人说笑一阵,夸耀他的成功,于是就养成偷的习惯。外祖父从小吃苦受穷,受够了罪,老来变得非常贪,把钱看得比亲骨肉的孩子还宝贵,他就喜欢人家白送!米哈伊尔和雅科夫……"

她手一挥,沉默了一会儿,然后看着打开的鼻烟壶,又唠叨起来:

"廖尼亚,人间的事就像花边,织花边的又是瞎眼婆子,那些花孔咱们哪能看清啊！人家要是抓住伊凡偷东西,会打死他的……"

又沉默了一会儿,她低声说:

"唉咿！咱们的规矩可够多的,真理可没有……"

第二天,我就央求"小茨冈"下次不要再偷东西。

"不然人家会打死你的……"

"他们抓不住我,我逃得了:我眼明手快,马也跑得快！"他含笑说道,可是马上又愁眉苦脸起来。"我不是不知道偷东西不好,并且危险。我不过是想解闷儿。我也不想攒钱,不到一星期,你的舅舅们就把钱全从我手里拐走了。我不可惜它,拿就拿吧！反正我肚子吃得饱饱的。"

他突然握住我的两手,轻轻地颤抖着。

"你又轻又瘦,可骨头倒硬,长大准保是个大力士。你听我说:你学着弹吉他吧,求雅科夫舅舅教你,真的！你还小,学起来不难！你人小,脾气不小。你不喜欢外祖父,是不是?"

"我不知道。"

"除了老太太,卡希林一家子我都不喜欢,让魔鬼喜欢他们好了！"

"喜欢我吗?"

"你不姓卡希林,你是姓彼什科夫,血统不同,另一个族的……"

他忽然搂紧了我,几乎是呻吟地说道:

"唉,要是我有一副好嗓子,那该多好！我要让人的心都燃烧起来……你走吧,小弟弟,要干活儿了……"

他把我放到地板上,往嘴里塞了一把小钉子,把一块浸湿的黑布绷得紧紧的钉在一块大的四方木板上。

过后不久,他死了。

经过是这样:大门旁边院子里,靠着围墙放着一个橡木的大十字架,主干粗大而多节。它在那里放了很久。我在这家里住的头几天就看见它了,——那时它比较新,发黄,可是过了一个秋天,被雨淋得全发黑了。它发出一股泡过水的橡木苦味,在肮脏而拥挤的院子里碍手碍脚的。

它是雅科夫舅舅买来准备放在妻子的坟墓上的,他曾许下愿,说是在她去世周年那天,要亲自把十字架背到坟地。

那天正是初冬的一个星期六,天气严寒而且刮风,雪从屋顶上吹落下来。大家都到院子里,外祖父和外祖母一清早就领着三个孙子到坟地追悼亡魂去了,我因为犯了过失被留在家里。

舅舅们一律穿着黑色短皮大衣,把十字架从地上扶起,他们扛着横木的两翼:格里戈里和一个生人挺费劲地把沉重的十字架主干放到"小茨冈"的宽大的肩膀上;他跟跄了一下,两腿叉开站着。

"吃得住劲吗?"格里戈里问道。

"不知道。好像很重……"

米哈伊尔舅舅气冲冲地喊道:

"开开大门,瞎鬼!"

雅科夫舅舅说:

"瓦尼卡,你不嫌害臊,我们俩合起来都不如你有劲!"

格里戈里把大门打开的时候,严厉地嘱咐伊凡说:

"要当心,别累坏了!上帝祝福你!"

"秃驴!"米哈伊尔舅舅从街上喊了一声。

所有站在院子里的人都笑了,高声地谈论起来,仿佛大家都为拿走这十字架而高兴。

格里戈里·伊凡诺维奇牵着我的手走到染坊里,说道:

"外祖父今天也许不打你了,他的眼神挺和气……"

在染坊里,他把我抱到一堆准备染色的羊毛上面,关切地用羊毛围到我的肩膀,他嗅了嗅从染锅里上升的蒸气,沉思地说道:

"亲爱的孩子,我和你外祖父相处三十七年了,他做的事,我从头到尾全看得一清二楚的。从前我们俩是朋友来着,两人一块儿做起这桩买卖,一块儿出主意。你的外祖父是个聪明人!他当上了老板,可是我不会。反正上帝比我们都聪明:他只要微笑一下,连那最聪明的人都变成傻瓜。你还不了解人家为啥那样说,为啥那样做,可是你样样都得懂。孤儿的日子不是好过的。你父亲马克西姆·萨瓦杰维奇是一个无价之宝,他什么都懂得,所以外祖父才不喜欢他,不承认他……"

听好话是令人愉快的;我一面听,一面看炉子里赤红的黄金火焰在嬉戏,染锅上,升起乳白色云雾似的蒸气,它变成灰蓝色的霜附在歪斜的房顶木板上,——透过毛茸茸的房顶缝儿,可以看见一线蔚蓝的天空。风小了,太阳照耀着,玻璃似的灰尘撒满了院子,在大街上,雪橇的滑板发出尖厉的叫声,从房屋的烟囱里袅袅地上升着蓝烟,轻淡的影子在雪地上滑过,也像在讲述着什么。

大胡子格里戈里个子细长,瘦骨嶙峋,没戴帽子,长着一对大耳朵,活像个慈善的巫师,他一面搅和着滚开的颜料,一面不断地教导我:

"对任何人,都要拿正直的眼光看他;一条狗向你扑过来,也要这样,这样它就退后了……"

一副沉重的眼镜压着他的鼻梁,像外祖母的鼻子一样,鼻尖儿凝聚着发青的血丝。

"等一等,什么事?"他忽然说道,侧耳谛听着,然后用脚关上炉门,几个箭步就跑到院子里。我也跟着他跑了出去。

在厨房当中地板上,"小茨冈"仰面躺着;从窗格里射进来一道道宽条的光线,一道儿落在他的头上,胸上,还有一道儿落在腿上。他的额头奇怪地发光;眉毛高高地扬起;斗鸡眼凝然不动地注视着黑色的天花板;发暗的嘴唇颤动着,吐着粉红泡沫;鲜血从嘴角顺着两颊流到脖颈上,再流到地板上;鲜血像一条条浓稠的小溪,从背下面流出来。伊凡的两腿笨拙地伸着,他的裤子显然湿透了,紧紧地粘在地板上。地板用沙子擦得干干净净,闪闪发光。血,鲜亮鲜亮的血,汇成一条条的小溪,横过一道道的光线向门槛流去。

"小茨冈"一动不动,胳膊直挺挺地挨着身子放着,只有手指还动弹,抓地板,染了色的手指在阳光下发光。

保姆叶夫根尼娅蹲在那里,把一支细细的蜡烛往伊凡手里塞;伊凡握不住它,蜡烛倒了,灯芯浸进血里;保姆拾起它,用围裙角擦干净了,又试着放进他那颤动着的手指里。厨房里荡漾着忽高忽低的私语声;它像一阵风似的从门槛上推我,可是我紧紧地抓住了门环。

"他绊了一跤,"雅科夫舅舅用一种惨淡的声调讲道,他的脑袋战栗着转来转去。他面色如土,疲惫不堪,两眼无神,不住地眨巴着。

"他摔倒了,给压住了,——砸到背脊上。我们一看不好,赶紧扔掉了十字架,不然也会把我们砸残废的。"

"是你们把他砸死的,"格里戈里闷声闷气地说。

"就是的,又怎么样……"

"你们!"

血不断地流,在门槛附近聚成一摊血,渐渐变成殷黑的,仿佛鼓了起来。"小茨冈"一面吐着粉红色的泡沫,一面像是做梦似的哼哼地叫,他渐渐消瘦了,越来越伸得平坦了,贴在地板上,似乎向地板陷进去。

"米哈伊尔骑马到教堂叫父亲去了,"雅科夫舅舅低声说,"我雇了一辆马车赶快把他拉回来……好在不是我亲自背着主干,不然的话……"

保姆又把蜡烛往"小茨冈"手里塞,蜡和泪滴在他的手掌上。

格里戈里大声粗暴地说:

"你把蜡立在他头旁边地板上好了,蠢货!"

"对了。"

"把他的帽子脱下来!"

保姆把伊凡的帽子脱下来;他的后脑勺碰着地板,发出沉闷的声音。现在他的头歪到一边,血流得更多了,但只从一边嘴角往外流。这样过了很久很久。起先,我还等着"小茨冈"休息一会儿就起来,坐在地板上,吐了一口唾沫说:

"呸,好热……"

星期天午觉醒来,他总是这样做。但这次他没有起来,不断地在消瘦。太阳已经照不着他,一道道的阳光缩短了,只能射到窗台上。他满脸发黑,手指已经不再动弹,嘴角上的泡沫也没有了。在他的天灵盖前,两耳旁,插三支蜡烛,摇曳着黄色的火苗,照耀着黑得发青的蓬乱头发,两片黄光在黝黑的腮帮上颤动,尖锐的鼻尖和粉红的嘴唇发亮。

保姆跪在那里一面哭,一面低声念叨着:

"你是我的小鸽子,讨人欢喜的小鹰儿……"

我又怕又冷。我爬到桌子底下藏着。过了一会儿,外祖父穿着貂绒大衣,脚步沉重地走进来,外祖母穿着带毛尾巴领子的皮大衣,米哈伊尔舅舅,小孩子,还有许多生人,都进来了。

外祖父把皮大衣往地板上一扔,大声嚷嚷道:

"混蛋!你们把一个多么能干的小伙子给糟蹋了!再过五六年,他就是无价之宝……"

地板上堆着衣服,妨碍我看伊凡;我爬出来,碰着外祖父的脚。他把我踢开,捏紧了又红又小的拳头威吓舅舅们说:

"一群豺狼!"

他坐到长凳子上,两手撑着凳子,干抽咽不流泪,发出轧轧的声音说道:

"我知道,他是你们的眼中钉……唉,凡纽什卡……你这个小傻瓜啊!怎么办,嗯?我说,倒是怎么办?人家的马,腐烂的缰绳。老婆子,近几年来上帝不爱我们,嗯?老婆子?"

外祖母整个身子趴在地板上,两手不住地摸伊凡的脸、头、胸,对着他的眼睛呼吸,握住他的手揉搓,把蜡烛全碰倒了。然后,她沉重地站起来,满脸发黑,身上也是黑亮的衣裳,可怕地瞪着两眼,低声地说:

"滚出去,可恶的东西!"

除了外祖父,大家都从厨房里四散走开了。

……"小茨冈"无声无臭地、被人遗忘地埋掉了。

四

我睡在一张宽大的床上,紧紧裹在卷成四层的大被子里,静听外祖母祷告上帝,——她跪在那里,一只手按住胸口,另一只手不慌不忙地、间歇地画着十字。

院子里严寒砭骨;绿莹莹的月光透过玻璃窗上的霜花,清清楚楚地照着她那长着善良的大鼻子的面孔,两只黑眼睛像磷火似的燃烧着。绸子头巾遮盖着外祖母的头发,铁铸般的发亮;黑色的衣裳颤动着,从肩膀上溜下来,铺展在地板上。

外祖母祈祷完了,默默地脱衣裳,细心地把它折好,放在墙角的箱子上,便到床跟前来了。我有意装着睡得很香。

"你哄人呢,我的小强盗,你大概没睡着吧?"她悄悄地说。"我说,你没睡着吧?好孩子!喂,给我被窝!"

我知道她下一步会怎样做,忍不住笑了;于是她粗声粗气地说:

"啊,你竟敢跟你外祖母老太婆开玩笑!"

她揪着被边,敏捷地用劲往回一拉,把我给抛到空中打了几个转儿,扑通一声落到柔和的鸭绒褥垫上;她哈哈大笑:

"怎么样,小鬼头?吃亏了吧?"

有时,她祈祷很久,我真的就睡着了,已经听不见她是怎样躺下来的了。

往往哪天有了烦恼、吵架、斗殴,哪天祈祷的时间就长;听她祈祷很有趣;外祖母把家务事都从头到尾告诉上帝;她跪在那里显得臃肿庞大,像一座小山似的。起先,她又快又含混地细语,然后便咕咕哝哝念叨起来:

"主啊,你是明白的,每个人都想过得好些。米哈伊尔是老大,他应当住在城里,让他搬到河那边去住,使他觉得委屈,再说,那儿是没有住过的新地方；不知道会发生什么事。但是他父亲，比较喜欢雅科夫。对孩子偏心，有什么好哇？老头儿性子拗。主啊，请你开导开导他。"

她那一对又大又亮的眼睛，望着发暗的圣像，她对上帝劝告道：

"主啊，你托个好梦给他吧，让他明白应当怎样给孩子分家！"

她画十字，磕头，硕大的额头嘣嘣地捣着地板，又直起身子，庄严地说：

"也给瓦尔瓦拉一点儿欢乐吧！她怎么惹你生气了？她哪一点比别人罪过更大？为什么她弄到这个地步：一个年富力强的女人，整日价在悲哀里过日子。主啊，你也不要忘了格里戈里，他的眼睛越来越坏了，瞎了——就得去讨饭，真是不好！他为我们老当家的耗尽了所有的力量，你以为老当家的会帮助他吗！……唉，主啊，主啊……"

她沉默了很久，温顺地低下头，垂着手，屏着气一动不动，仿佛已经睡熟了。

"还有什么？"她微皱着眉头，自言自语地回忆着。"救救所有的正教徒，怜悯他们吧！请原谅我这个该死的老糊涂，——你知道，我犯罪不是出自恶意，是由于愚蠢啊。"

她深深地叹息一声，温和地、心满意足地说：

"你一切都懂得，亲爱的，你一切都知道，我的主啊。"

我非常欢喜外祖母的上帝，他对外祖母是那样的亲近，我常常央求她：

"讲一讲上帝的故事吧！"

她讲上帝的时候很特别：声音很低，奇怪地拉长了字音，闭着眼，并且一定得坐着讲；她欠欠身，坐下，把头巾披到散发上，她讲得很久，一直讲得使人入睡：

"在山冈上，在天堂的草地中间，在银白色的菩提树阴下，上帝在蓝宝石的宝座里坐着，那些菩提树一年四季都是繁花茂叶的；在天堂里，既没有冬，也没有秋，花儿永远不谢不落，不倦地开着，为的使那些上帝的信徒们开心。天使们在上帝身旁飞翔着，他们成群结队的，多得像飞舞的雪花或者嗡嗡响的蜜蜂，——这些白鸽儿飞降下界，又飞回天上，把我们人间的事儿全报告给上帝。那些天使中有你的，我的，外祖父的——每人都分得一个天使，上帝对任何人都平等看待。比方，你的天使报告上帝说：'阿列克谢对着他外祖父伸舌头出怪相！'上帝就吩咐揍他一顿！天使就这样把一切事情，把每个人的事情，全告诉上帝，上帝赏给各人应得的——有人赏给不幸，有人赏给欢乐。上帝那儿一切都是好的，天使们快乐地游戏，扇动着翅膀，不停地对上帝歌唱：'荣耀归于主，荣耀归于主！'可爱的上帝呢，只是对他们微微含笑，好像是说：行了，行了！"

外祖母也微笑着，脑袋左右晃悠着。

"你这全见过吗？"

"没见过，可是知道！"她沉思地回答道。

她一讲起上帝、天堂、天使，就变得又小又和蔼，她的面孔变得年轻，湿润的眼睛流露出特别温暖的光芒。我拿起她那粗重的、缎子般的辫发缠到自己脖子上，一动不动地，专心致志地听那永远讲不完听不厌的故事。

"人不能看见上帝——会把眼睛看瞎的；只有圣徒才能睁大眼睛看见他。天使，我倒见过；当你心境清爽的时候，他们就出现了。有一次做晨祷，我在教堂里站着，祭坛上就有两个天使，云雾一般，透亮透亮的，透过他们的身体，什么都看得见，翅膀尖儿挨着地板，像花边，又像绫罗细纱。他们绕着宝座走来走去，帮助伊利亚老神甫：他举起衰老的手祈祷上帝，他们就扶着他的肘弯儿。他老得眼睛都瞎了，摸摸索索的，过后不久，他就去世了。他一看见那两个天使，就高兴得呆住了，心头一阵难过，眼泪直往下滚，——噢，多么好哇！噢，廖尼卡，亲爱的孩子，不论是天上或人间，凡是上帝的一切都是好的，真好极了……"

"我们这儿也什么都好吗？"

外祖母在胸前画了十字,回答道:

"多谢最神圣的圣母,——一切都好!"

这可使我糊涂:很难承认这家子一切都好;我仿佛觉得,这里的日子越过越糟。

有一天,我从米哈伊尔舅舅的房门前走过,看见纳塔利娅舅母浑身是素白衣裳,两手按住胸口,在屋子里乱蹿乱喊,声音不高,但很可怕:

"上帝,把我召回去吧,把我领走吧……"

我懂得她的祷词,同时也弄明白了格里戈里为什么咕咕噜噜地说这话:

"我宁愿瞎了眼要饭去,也比待这儿强……"

我希望他快点瞎,那我就能请求替他带路了,我们一块儿到处讨饭。我把我这个想法告诉了他;老师傅含着笑回答道:

"那好吧,我们一块儿要饭去!我满城吆喝着:这是染坊行会头子瓦西里·卡希林的外孙子!那才有趣呢……"

我常常看见,纳塔利娅舅母的无神的眼睛底下有几块青疙瘩,她焦黄的脸上的嘴唇肿着。我问外祖母:

"舅舅打她吗?"

她叹着气回答道:

"他偷着打,这个该死的!外祖父不许打她,可是他每天夜里打。他凶极了,他媳妇偏偏软得像凉粉……"

她兴头上来了,继续讲道:

"现在总算不像从前打得那样厉害了!现在只照着牙齿、耳朵给她几下,揪一会儿辫子,就完了,从前啊,一折磨起来就是几个钟头!你外祖父有一次打我,从复活节的第一天午祷时分,一直打到晚上。打累了歇一会儿,再打。连缰绳也用过,什么都用过了。"

"为什么打呢?"

"记不得了。有一次,他把我打得半死,五天五夜没给我吃的,好容易活过来一条命。有时还要……"

这可把我给惊呆了：外祖母的块头比外祖父大一倍，不信她打不过他。

"难道他比你有劲吗？"

"他不是劲儿大，是岁数大！再说，他是我的丈夫！上帝叫他管我，我命定该忍受的……"

看她拂去圣像上的尘土，擦干净法衣，使人觉得有趣而且愉快；圣像都是富丽堂皇的，在圆光上镶着珍珠、银子和宝石；她两手敏捷地拿起圣像，笑容满面地望着它，感动地说：

"你瞧这脸儿多可爱！……"

她一面画十字，一面吻它。

"蒙上尘土了，熏黑了。唉，你这万能的圣母啊，你是我不可多得的欢乐！廖尼亚，好孩子，你瞧这画得多细，花纹多小，可是都清清爽爽的。这叫做'十二节'，中间是至善圣母费奥多罗夫斯卡娅①。这幅是：《勿哭我圣母》②。"

有时我觉得，她是诚心诚意地、严肃地摆弄圣像，就像受气的表姐卡捷琳娜摆弄洋娃娃一样。

她常常看见鬼，有时看见一大群，有时看见一个。

"有一次大斋期，夜里，我从鲁道夫家门口走过；那夜有月亮，月光照得像牛奶那样白，我忽然看见：在屋顶烟囱旁边，坐着一个黑鬼，它那带角的头正冲着烟囱口在闻呢，一面闻，一面打响鼻，个头挺大，毛茸茸的。一面闻，一面袅动着尾巴在屋顶上扫来扫去，沙沙地响。我画十字咒它：'愿神兴起，使他的仇敌四散，'③我这样说。它立刻低低地尖叫了一声，一个倒栽葱从屋顶滚到院子里，就完蛋了！大约，鲁道

---

① 俄国东正教著名圣徒之一。这里指她的画像的仿制品。除圣徒像外，画像上尚有文字，记载东正教十二个主要圣徒的纪念节日。统称为"十二节"。

② 这是一幅圣像画的名称，出自东正教教会赞美歌第九歌《大礼拜六》的第一句，描述圣母站在耶稣的棺材旁的情景。

③ 引自《旧约·诗篇》第六十八篇第一节。

夫那天煮肉吃了,小鬼在那儿正闻得高兴呢……"

我想象着小鬼一个筋斗从屋顶滚了下去,不禁笑了,她也笑了,说道:

"它们非常顽皮,完全像小孩子!有一次我在浴室里洗衣裳,一直洗到深更半夜;炉子门突然打开了!它们从炉子里涌了出来,一个比一个小,有的红红的,有的绿莹莹的,有的黑得像蟑螂似的。我赶快向门口奔去,但已经没有路了;给小鬼围着了,它们把整个浴室挤得满满的,连转身的空儿都没有,它们往脚底下乱钻,拉拉扯扯的,挤得我腾不出手来画十字!它们都是毛茸茸的,软绵绵的,热乎乎的,像小猫仔一样,只是用后腿走路;它们团团地打转,调皮捣蛋,龇着耗子似的小牙,小眼睛发绿,角儿刚冒出一点儿,像小包似的突出着,尾巴和猪的一样,——哎哟,我的天啊!我晕过去了!我醒来一看,烛快燃尽了,澡盆的水也凉了,洗的东西扔得满地都是。哎呀,我想,真是活见鬼!"

我闭上眼睛,就看见那些浑身是毛、五光十色的小东西从炉口、从炉子灰色的石头上,像一股稠嘟嘟的水往外流,它们把小小的浴室挤得满满的,直吹蜡烛,顽皮地伸出粉红色的小舌头。这挺可笑,但却令人毛骨悚然。外祖母摇晃着头,沉默了一会儿,她忽然又容光焕发起来。

"有一次,我看见被诅咒的人了;也是在夜里,冬天,刮着大风雪。我打久科夫山谷走过,你可记得,我曾讲过,雅科夫和米哈伊尔在那儿池塘上的冰窟窿里想淹死你的父亲?我就在那儿走;连滚带爬地刚一走到谷底,忽听得满谷都是尖叫声!我一看,嚄,三匹黑马拉着一辆雪橇冲着我直驶过来,一个身躯高大的鬼赶车,它头戴红色高帽子,像个橛子似的站在驭者座上,两手伸直,握着铁链子缰绳。整个山谷都没有路,这辆三套马的雪橇直冲池塘奔去,隐没在云雾般的白雪里了。雪橇上坐的也都是鬼;它们打着唿哨,喊叫着,挥动着高帽子,——后面跟着七辆三套马的雪橇,像消防车似的飞也似的奔过去,马一律都是黑的,所有这些马都是人,是被父母诅咒过的人;他们专门给鬼取乐,鬼让他们替自己拉车,每到夜里就驾着他们去赴各种宴会。我那次看见的,大约是鬼在娶媳妇呢……"

不能不相信外祖母,——她说得是那么简单明了,那么令人信服。

她念起诗来特别好听,有一首诗是讲圣母巡视苦难的人间情景①的,讲她训诫女强盗安加雷奶娃"公爵夫人"不要抢劫和殴打俄罗斯人;还有些诗是讲神人阿列克谢②的,讲战士伊凡的③;还有关于大智大慧的瓦西莉萨④、关于公羊神甫和上帝的教子的童话;还有关于女王公玛尔法⑤、关于绿林女头领乌斯达⑥、关于一个有罪的埃及女人玛丽亚⑦、关于强盗的母亲的悲哀等可怕的童话;她记得的童话、故事和诗歌,多得数不清。

不管是人是鬼,不管是外祖父还是什么邪气,她都不怕,就是怕黑蟑螂怕得要命,离她老远老远的,她就能听见它们在爬。她常常夜里把我叫醒,对我耳语说:

"阿廖沙,亲爱的,有一只蟑螂在爬呢,你去碾死它,看在基督的分上!"

我睡意蒙眬地点上蜡烛,在地板上爬来爬去寻找敌人;但不是一下子、也不是每次都能找到。

"哪儿也没有,"我说;她连头蒙在被窝里,躺着一动不动,声音低

---

① 这首诗主要讲圣母由天使长和米哈伊尔陪同巡视地狱,然后祈祷上帝减轻罪人们的苦难。
② 神人阿列克谢是个传说人物,俄国的宗教诗讲他的生活,说他离开父亲家门,出走外乡,住在荒漠中,并甘愿沦为乞丐,后来回到父亲家,定居下来,却没有人认出他来,因而受了许多屈辱。
③ 四世纪时著名的基督教徒。
④ 俄罗斯民间故事中的女主人公,具有绝顶聪明和坚强意志的形象。
⑤ 玛尔法·波列茨卡娅:十五世纪后半期,俄国诺夫戈罗德城总管波列茨基的妻子,丈夫死后,她领导了诺夫戈罗德的"立陶宛"党反对把俄罗斯的土地并归莫斯科统一管辖。她以聪明、刚毅、爱好自由、独立自主的性格闻名。一四七八年伊凡三世把诺夫戈罗德并归莫斯科公国后,玛尔法·波列茨卡娅被迫削发为尼。
⑥ 绿林女头领乌斯达是伏尔加河一带传说中的女英雄。
⑦ 指传说中六世纪的埃及荡妇玛丽亚改邪归正的故事。

得几乎听不清地要求说：

"咳，有啊！求求你再找找吧！是它，我知道……"

她从来没有说错过，我在离床老远的地方找到了一只蟑螂。

"打死了吗？谢谢上帝！也谢谢你……"

她掀开被窝露出头来，微笑着松了口气。

如果我没有找到那个小虫子，她就睡不着；我能感觉到，在深夜死寂的空气中，只要稍微有点儿动静，她就浑身打战，我听见她屏着呼吸轻声地说：

"它在门槛附近……在箱子下面爬呢……"

"你为什么怕蟑螂啊？"

她满有理地回答道：

"我不了解它们有什么用处。这些黑东西，老是爬啊爬的。上帝给每个小虫都有任务：土鳖是表示屋里潮湿了；臭虫是叫人知道墙脏了；跳蚤咬人，那就是说，那个人要生病了，——都是可以理解的！只有这些东西——谁知道它们身上有什么魔力，上帝派来它们是干什么的？"

有一天，她正跪在那里虔诚地和上帝谈话，外祖父忽然打开房门，嘶哑着嗓子说：

"老婆子，上帝到咱家光顾来了——失火了！"

"你说什么？"外祖母大叫一声，从地板上跳起身来，两个人脚步沉重地向黑暗的大厅奔去。

"叶夫根尼娅，把圣像摘下来！纳塔利娅，给小孩子穿上衣裳！"外祖母严厉地、声音坚定地指挥着，而外祖父却低声地号泣：

"噫——噫！……"

我跑到厨房里；面朝院子的窗户照耀得金光灿烂；一片片的黄光在地板上浮动着；赤脚的雅科夫舅舅一面穿靴子，一面在一片片的黄光上乱跳，仿佛烫着了他的脚掌似的，他喊道：

"这是米什卡放的火，放了火就跑了，好嘛！"

"住嘴,狗仔子,"外祖母说,把他往门口一推,他几乎摔了个筋斗。

透过玻璃窗上的霜花可以看见:染坊的房盖在燃烧,火舌曲卷着,旋风似的直往染坊的门外冒。火焰的红花,纯净无烟的红花,在静静的黑夜里盛开着;在高高的空中荡漾着一朵黑云,但银白的天河仍然看得清清楚楚。雪被照得通红,建筑物的墙壁颤抖着,摇晃着,仿佛要冲到院子燃烧的地方,那里火焰正玩得高兴,往染坊的宽宽的墙缝里灌满了红光,从这缝里吐出无数弯弯曲曲的烧红的钉子。整个干燥的黑色屋顶木板,很快透透迤迤地缠满了红色和金色的带子;在这些带子中间,细细的缸瓦烟筒冒着烟,突突地响着;低低的破裂声,像绸缎似的沙沙声,叩打着窗户玻璃;火头越来越高,染坊被火装饰得像教堂里的圣壁一般,令人难以抗拒地想到它跟前去。

我往头上披了一件笨重的短皮大衣,一双脚伸进不知谁的靴子里,我趿趿拉拉地从过道里走到台阶上,一下就把我吓呆了:明晃晃跳动着的火头令人目眩,外祖父、格里戈里、舅舅的叫喊声和哔哔剥剥的爆炸声,把耳朵都震聋了;外祖母的行动把我吓坏了:她头上顶着空口袋,身上裹着马被,直冲着火跑了进去,一面喊叫:

"硫酸盐,混蛋们!硫酸盐要爆炸了……"

"格里戈里,拉住她!"外祖父狂叫。"哎哟,这下她可完啦……"

但外祖母已经钻了出来,浑身冒烟,直摇头,躬着腰,伸直两手捧着像水桶大小的一瓶子硫酸盐。

"老当家的,快把马牵走!"她一面咳嗽,一面哑着嗓子喊。"快给我脱下来,我要烧着了!看不见还是怎么啦?……"

格里戈里给她脱掉了烧煳了的马被,折成两段;他开始用铁锨铲起大块的雪往染坊门里扔;舅舅拿着一把斧头绕着他乱跳;外祖父在外祖母身旁奔忙,往她身上撒雪;她把瓶子塞到雪堆里,向大门口奔去,打开大门,向那些跑进来的人们鞠躬,说道:

"街坊邻居们,快救救仓库吧!眼看火就要烧到仓库,烧到干草棚,——我们烧光了,你们的家也免不了的!把仓库顶盖扒掉,把干草都扔到花园里！格里戈里往上扔，你干吗老往地下扔啊！雅科夫，不要瞎忙，把斧头都拿来交给大家，铁锹也都拿出来！我的好邻居啊，做做好事吧，上帝保佑你们。"

她像大火一样有趣：她被火照得亮堂堂的，火仿佛捉住了她这个一身黑衣裳的人，她在院子里东奔西跑，哪儿有事就到哪儿，所有的人都听她指挥，什么事都逃不过她的眼睛。

沙拉普跑到院子来了，它直立起来，把外祖父悬空掀起；它那两只大眼睛被火照得红光闪闪的；这匹马高声嘶叫，前蹄紧贴着地；外祖父松开了缰绳，跳到一边喊道：

"老婆子，牵住它！"

她抢向前去，奔到直立起来的马的前腿下面，张开两手挡着它；马悲哀地长鸣一声，斜视着火焰，顺从地向她凑近来了。

"你用不着怕！"外祖母声音低沉地说，拍拍它的脖颈，牵起了缰绳。"我哪能忍心使你担惊受怕啊？咳，你这个小老鼠……"

这个比她大三倍的小老鼠，乖乖地跟着她向大门口走去，一面瞅着她那通红的脸，一面打着响鼻。

叶夫根尼娅保姆从屋子里把裹得紧紧的、呜呜地哭着的小孩子领了出来，喊道：

"瓦西里·瓦西里奇，阿列克谢找不到……"

"走吧，走吧！"外祖父摆着手回答道。我藏在门口台阶下面，怕保姆把我领走。

染坊的顶盖已经垮下来了；细细的梁柱冒着烟向天空耸立着，像一根根金色的火炭亮光闪闪；建筑物内部，哗哗剥剥地爆发出一阵阵绿色、蓝色、红色的怒号的旋风，一团团的火焰掷到院子里，掷到人身上，聚集在这一大堆篝火跟前的人们，正用铁锹把雪扔进去。几口染锅疯狂地沸腾着，蒸气和烟，密云似的往上升，院子里充满了奇怪的气味，眼睛被侵蚀得流泪；我从台阶底下爬出来，正碰着外祖母的脚。

"走开！"她大喊一声。"踩死你，走开……"

一个骑马的人闯进了院子里,他戴着隆起鸡冠的铜盔、枣红马溅着白沫,骑马的人高高举起鞭子,威吓地叫喊着:

"闪开!"

小铃铛快活而急促地响着,一切都像过节那样好看。外祖母把我往台阶上一推,说道:

"我不是告诉你了?滚开!"

在这时刻不能不听她的话。我跑进了厨房,又贴近窗户玻璃往外瞧,但一大群黑乎乎的人挡住了火,只能看见在那冬季黑便帽和带檐的帽子中间,铜盔在发光。

火很快被压下去,浇灭了,踩熄了。警察把人们赶走,外祖母走进了厨房。

"谁在这儿?你啊!没有睡,怕吗?不要怕,现在已经没事儿了……"

她在我身旁坐下,晃悠着身子,一句话也不说。真好,又回复到静夜和黑暗了;但火灭了也怪可惜的。

外祖父走进来,在门槛旁停下脚步,问道:

"是老婆子吗?"

"嗯?"

"烧伤没有?"

"不要紧的。"

他划着硫黄火柴,一片青光照亮了他那涂满烟滓的黄鼠狼似的脸,他找到桌上的蜡烛,慢条斯理地挨着外祖母坐下。

"你最好去洗一洗,"她说,她也是满脸烟滓,发散着刺鼻的烟味。

外祖父叹息一声:

"上帝总是对你大发慈悲,给了你很大的智慧……"

他抚摸着她的肩膀,龇了龇牙干笑一下,又补充说:

"虽然时间很短,虽然一个钟头,上帝总算给了你!……"

外祖母也苦笑一下,想说句什么话,但是外祖父把眉头一皱,说:

"要跟格里戈里算账,——这都是他的粗心大意!这个老家伙干活儿干够了,活到头了!雅什卡坐在门口哭呢,这个混小子……你去看看他……"

她站起来,把两只手捧到脸前面,吹着指头,走出去了;外祖父眼睛不望着我,轻声问道:

"失火的情形都看见了吧?从头看到尾?你瞧你外祖母怎么样?嗯?已经是老太太了……受一辈子苦,病病歪歪的……可真能干!嗨,你们这些人啊……"

他躬着腰,半天没说话,然后站起来,掐掉烛花,又问道:

"你害怕了吗?"

"没有。"

"其实没有什么可怕的……"

他气汹汹地脱掉衬衫,走到角落去洗脸,他在那黑暗的地方把脚一跺,大声嚷嚷道:

"失火是一件蠢事!应当把灾主牵到广场上痛抽一顿;他是混蛋,再不然就是小偷!要这么办就不会有火灾了!……睡觉去吧。干吗老坐在这儿?"

我走了,但这一夜仍然没有睡成功:刚躺到床上,忽然一阵凄厉的嗥叫声又把我从床上掀了起来;我又跑到厨房里;没有穿衬衫的外祖父手里拿着蜡烛在厨房中间站着;蜡烛直颤悠,他两脚在地板上蹭蹭磨磨,原地不动地沙哑着嗓子说:

"老婆子,雅科夫,出了什么事了?"

我跳到炕炉上,挤在角落里,屋里又像失火一样开始忙乱起来;有节奏的、越来越高的、紧张的嗥叫,像波浪似的拍打着天花板和墙壁。外祖父和舅舅丧魂失魄地乱跑,外祖母喊叫着;把他们赶到别处去;格里戈里稀里哗啦地抱柴火填进炕炉里,往铁罐里倒水,脑袋颤颤巍巍地在厨房里走来走去,活像阿斯特拉罕的大骆驼。

"你先生上火啊!"外祖母指挥道。

61

他慌忙来找松明,一下子摸着了我的脚,惊慌地叫道:

"谁在这儿?嘿,吓我一跳……你到处碍手碍脚的……"

"这是怎么回事啊?"

"你纳塔利娅舅母生孩子,"他从炕炉跳到地板上,淡漠地答道。

我记得我母亲生孩子并没有叫得这样厉害。

格里戈里把铁罐子放到火上,又爬上炕炉来找我,从衣袋里掏出一个陶制烟袋给我看。

"我开始抽烟了,为了眼睛!你外祖母劝我:闻鼻烟吧,可是我觉得最好还是抽……"

他夯拉着两腿坐在炕炉沿上,朝下望着微弱的烛光;他的一只耳朵和一边腮都涂着烟滓,一边衬衫被撕破了,我看得见他那宽得像铁箍似的肋骨。眼镜有一边打破了,从镜框里掉了半片玻璃,从破洞里可以看见一只伤口似的又红又湿的眼睛。他把烟叶塞进烟锅里,细听着产妇的呻吟声,他像个醉汉似的前言不搭后语地咕哝着:

"你外祖母烧成这个样子,她怎么能接生啊?你听,你舅母叫唤的!大家把她忘了;火刚烧起来,她就抽筋,是吓的……你瞧生孩子多难,就是这样人们还是不尊敬女人!你记住:应当尊敬女人,尊敬女人就是尊敬母亲……"

我打瞌睡,但嘈杂的人声,关门声,喝醉酒的米哈伊尔舅舅的叫喊声,把我弄醒了;耳朵里闯进几句奇怪的谈话:

"要把上帝的大门打开①……"

"把长明灯的油、甜酒和烟滓掺在一起给她喝:半杯油,半杯甜酒,再来一勺厨房的烟滓……"

米哈伊尔舅舅死缠活缠地要求:

"让我去看一看……"

他张开两腿坐在地板上,用手掌拍着地板,直往自己面前吐口

---

① "上帝的大门"指教堂中通到经台的门,迷信者相信,只要求神甫打开这扇门就可以解救难产。

水。炕炉上渐渐热得难受了,我爬下来,但刚走到舅舅身旁,他忽然抓住我一只脚,用劲一拉,我仰面朝天地倒了,后脑勺咕咚一声碰着了地板。

"混蛋,"我骂他。

他跳起身来,又捉住了我,把我揪起来一扔,咆哮道:

"我把你摔死到炕炉上……"

我苏醒过来,这时我已经在前厅犄角的圣像下面,躺在外祖父的大腿上;他瞪着天花板,晃荡着我,低声地说:

"我们谁也得不到宽恕,谁也得不到……"

在他头上方,长明灯的光亮辉耀着,前厅中间的桌子上点着蜡烛,窗外已经露出朦胧的冬天早晨了。

外祖父俯下身子问我:

"你哪儿疼?"

全身都疼。我的头是湿的,身子是沉重的,但不愿把这说出来。周围一切是这样奇怪:大厅里的椅子差不多坐满了生人——穿紫衣裳的神甫、戴眼镜、穿军服的白发老头,还有许多其他的人;他们都像木头似的一动不动,定神地在期待着什么,听附近什么地方发出的水声。雅科夫站在门框旁边,背着双手,直着身子。外祖父对他说:

"来,带他睡觉去……"

舅舅伸出一只手指打手势招我出去,他踮着脚尖向外祖母的房门口走去,当我爬上床时,他悄悄地细语说:

"你舅母纳塔利娅死了……"

这并不使我觉得惊奇。很久以来就没有看见她了,她既不到厨房里去,也不来吃饭。

"外婆在哪儿?"

"在那儿,"舅舅把手一挥,答道,他仍然踮起打赤脚的脚尖儿,走开了。

我躺在床上东张西望。不知是哪些人的面孔——头发又长又白,眼睛是瞎的——紧贴着窗户玻璃;在角落箱子上方,挂着外祖母的衣裳,这我是知道的,但是现在仿佛觉得有一个活人在那儿藏着,在等待着什么。我把头埋到枕头底下,用一只眼睛瞅着门;我直想从鸭绒褥子上跳起来跑开。觉得很热,稠密沉重的空气窒息人,令人想起"小茨冈"死的情形,地板上到处流的都是血;有一块什么东西在我的脑袋里和心里肿胀起来;我在这屋里所看到的,仿佛是冬季大街上的载重车队,慢慢地从我身上走过,把一切都轧碎了⋯⋯

门慢悠悠地闪开了,外祖母几乎是爬着进来,用肩头把门挤开,背靠着它,对着长明灯的青光伸出两手,静静地、像孩子似的诉苦地说道:

"我的手啊,我的手好疼啊⋯⋯"

五

交春的时候,舅舅们分家了;雅科夫留在城里,米哈伊尔搬到河对岸。外祖父在田野街①上买了一所挺漂亮的大宅子,楼下的石头建筑是一家酒馆,还有一间舒适的小阁楼,从后花园下去便是山沟,这里长满了光秃秃的柳树条子。

"你瞧好多鞭子!"我和外祖父沿着松软的、融雪的小路一面走,一面瞧看花园,他快乐地向我眨眨眼,说道。"我快要教你识字了,那时这些鞭子就有用处了⋯⋯"

整所宅子住满了房客;外祖父只留楼上一大间给自己住和接待客人,我和外祖母住在顶楼上。顶楼的窗户朝着大街,每天晚上和每逢过节,从窗台探着身子,可以看见醉汉们跌跌撞撞地从酒馆走出来,满街乱闯,叫喊,跌跤。有时他们像口袋似的被人扔了出来,但他们又往酒馆的门里硬挤;门砰砰乓乓、哗哗啦啦地响,滑轮吱吱扭扭地叫,又

---

① 后名高尔基大街。

开始了一场斗殴。从楼上看这一切非常好玩。外祖父一早就到儿子们的染坊去帮助他们安排活计;他晚上回来的时候,又累、又郁闷、又生气。

外祖母在家做饭,缝衣裳,在菜园和花园里刨刨地,她像一个大陀螺,被一条看不见的鞭子抽得整天乱转,她闻鼻烟,津津有味地打喷嚏,一面擦脸上的汗,一面说:

"好人啊,祝你们长命百岁!阿廖沙,我的心肝,你瞧,我们过得多么安静!多谢上天的圣母,一切都变得这么好!"

可是我并不觉得我们过得安静;从早到夜,房客们满院子满屋乱哄哄地跑来跑去,邻居的女人们不断地过来,大家都急急忙忙地到什么地方去,时常因为迟误而唉声叹气,大家都在准备什么事情,老是叫喊:

"阿库林娜·伊凡诺芙娜!"

阿库林娜·伊凡诺芙娜不论对什么人都是同样和蔼地微笑着,都温柔地关怀他们,她用大拇指把烟装进鼻孔里,细心地用红方格的手帕擦净鼻子和手指,说道:

"预防生虱子,我的太太,要常洗澡,洗薄荷蒸气浴;要是生癣疥,就舀一羹匙最干净的鹅油,一茶匙升汞,三滴水银,放在碟子里用一片破洋磁研七下,然后抹到身上! 要是用木匙或者骨头来研,水银就糟蹋了;也不能用铜器和银器,伤皮肤!"

有时她沉思地劝告说:

"老大娘,您到佩乔雷修道院①找苦修士阿萨夫去吧,我不能回答您这问题。"

她给人家接生,和解家庭纠纷,给孩子治病,能背《圣母梦》②——女人们背会它能"交好运",给人们家务方面的忠告:

"黄瓜自己会说明什么时候该腌;它一没有土性气或者别的怪味,

---

① 佩乔雷是下诺夫戈罗德城郊的一个村庄,这里有一座男修道院。
② 是一首教会的诗,叙述圣母梦见她儿子遇难和钉死在十字架上的情景。

就可以腌了。克瓦斯①要发酵,这样才够味儿,才冒泡儿;克瓦斯忌甜,您只要放一点儿葡萄干就行了,要是放糖,一桶只要半两。酸牛奶有各式各样的做法:有多瑙河口味的,有西班牙口味的,还有高加索口味的……"

我整天跟着她在花园和院子里转来转去,跟她到邻居的女人们那里,她有时在别人家一连坐几小时,喝茶,不断地讲各种故事;我仿佛长在她身上了,在我这段生活中,除了这位忙个不停的、无限慈祥的老太婆,再不记得看见别的什么东西了。

有时,我母亲不知从哪儿来了一会儿;她的神气又骄傲又严厉,一对冷冷的灰眼睛像冬天的太阳似的注视一切;她很快又消失不见了,没有给人留下可以回忆的东西。

有一次我问外祖母说:

"你会巫术吗?"

"唔,你真会想!"她微笑一下,立刻又沉思地说,"我哪儿行啊,巫术是一门困难的学问。我不识字,一个字母也不认得;你瞧你外祖父多有学问,我呢,圣母没有使我变得聪明。"

她又向我讲了一段她过去的生活:

"我从小也是孤儿,我的母亲是个贫农,又是个残废;她当闺女的时候,被地主惊吓了一次。她半夜里吓得跳窗户,摔坏了半边身子,臂膀也摔伤了,从那时起,她的右手,那只最要紧的手,就萎缩了。我的母亲是个有名的织花边的。这样一来,她对地主老爷就没用了,地主赶走了她,说是'爱怎么过就怎么过去吧',少了一只手怎样生活啊?她只得到处流浪,乞求人家的怜悯,那时人们比现在富足,比现在慈善,譬如巴拉罕纳的木匠和织花边的人们,全是些好样的!每年秋天和冬天,我和母亲就留在城里要饭;加百利天使把宝剑一挥,赶走了冬天②,春天拥抱着大地了,这时我们继续向前走,眼睛望到哪儿就走到

---

① 俄罗斯人喜爱的清凉饮料,味酸。
② 指加百利节(旧俄历三月二十六日)。

哪儿。到过穆罗姆,也到过尤列维茨,沿着伏尔加往上走,沿着静静的奥卡河也走过。春天和夏天,在大地上流浪真好。大地是亲切的,青草像天鹅绒似的;至圣的圣母在田野上撒满了花,你在这儿真快乐,你的心觉得自由自在!有时候,母亲闭上蓝色的眼睛,提高了嗓子唱起歌来,——她的嗓子不怎样有力,可是响亮,——周围一切都仿佛在打盹儿,纹丝儿不动,都在听她唱歌。讨饭的生活挺好玩!我刚过九岁的时候,母亲觉得牵着我到处要饭怪难为情的,因为怕羞,就在巴拉罕纳城住下来;她沿着大街挨门挨户地求乞,每逢节日,就到教堂门口收集善人们的施舍。我坐在家里学织花边,我拼命地快学,想快一点帮助母亲;有时学得不顺利,就流泪。两年多的工夫,你瞧,我学会了,并且全城闻名:只要有人想要好的手工,马上就找我们:'喂,阿库利娅①,给我们织一件吧!'我可高兴啦,像过节似的。当然,不是我的技术巧,是妈妈教得好。她虽然只剩一只手,自己不能工作,但是她会指点。一个好的老师比十个干活的还宝贵呢。可是,当时我自满起来,我说:'妈妈,你别东奔西跑地要饭了,现在我一个人就能够养活你!'她对我说:'住嘴,你要知道,这是给你攒钱买嫁妆的。'不久你外祖父出现了,一个出色的小伙子,二十二岁,已经当上大船的工长了!他的母亲细细地把我端详了一番,她看出:我会做活计,又是讨饭的女儿,大约挺老实的,行……她卖甜面包,是一个凶恶的女人,别回忆这个了……咳,我们干吗要回忆坏人啊?上帝会亲眼看见他们的;上帝看见他们,小鬼喜爱他们。"

她由衷地笑了,她的鼻子可笑地颤动着,眼睛沉思地闪闪发光,使我感到很亲热,它们所表示的,比言语还要明白。

我记得,一个寂静的晚上,我和外祖母在外祖父的屋里喝茶;他身体不好,坐在床上,没有穿衬衫,肩上披着一条长长的手巾,每分钟都

---

① 阿库林娜的昵称。

要擦一擦满头的大汗,呼吸急促,声音喑哑。他的绿眼睛发暗,面孔浮肿,紫红紫红的,那又小又尖的耳朵尤其红得厉害。当他伸手拿茶杯时,手哆嗦得可怜。他很温顺,不像往时那样。

"为什么不给我放糖啊?"他像一个惯坏的孩子似的,撒娇地问外祖母。她亲切地,但坚决地回答说:

"给你蜜喝,这对你更好!"

他上气不接下气、吭吭呛呛地很快喝着热茶,说道:

"你好好地看着,可别让我死了!"

"别怕,我小心地看护着。"

"对啦!要是我现在就死——仿佛还完全没有活过似的,——一切都成灰了!"

"别说了,静静地躺着吧!"

他闭上眼,咂着黑色的嘴唇,沉默了一会儿,突然,像被针刺着似的,他浑身颤动起来,自言自语地说:

"雅什卡和米什卡要赶快结婚;也许老婆和新生的孩子能使他们老实点——是不是?"

于是他就提起城里哪一家有合适的姑娘。外祖母一声不响,一杯接着一杯地喝茶;我坐在窗户旁边,望着城市上空的晚霞烧得通红,把房子的窗户都照红了。我因为犯了一件什么过失,外祖父禁止我在院子和花园里玩。

在花园里,甲壳虫绕着白桦树嗡嗡地飞,隔壁院子的桶匠正在干活,附近有人霍霍地磨刀;在花园下边的山谷里,孩子们吵吵闹闹,在灌木林里乱蹿。很想到外面去玩,黄昏的惆怅涌上了心头。

忽然,外祖父不知从哪里得到一本小小的新书,放在手掌上用力一拍,兴致勃勃地叫我:

"喂,调皮蛋,小鬼头,来!坐下,你这个高颧骨的。你看这个字?这是 аз。你念:аз!буки!веди!这是什么?"

"буки。"

"对了！这个呢？"

"веди."

"胡说,是 аз！看着：глаголь,добро,есть,这是什么？"

"добро."

"对了,这个呢？"

"глаголь."

"对了！这个呢？"

"аз."

外祖母插嘴说：

"你老老实实地躺一躺吧,老爷子……"

"别管我,住嘴！我现在正要这样才舒服,不然净胡思乱想。念下去,列克谢！"

他用滚烫的、汗津津的胳膊勾着我的脖子,把书摆在我的鼻子下面,越过我的肩膀用指头点着字母。从他身上发出一股子酸味、汗味和烤葱味,弄得我几乎透不过气来,而他却冒起火来,哑着嗓子对着我的耳朵喊叫：

"земля！люди！"①

字是认识了,但斯拉夫字母和它的名称不相符合："земля"像一条虫子,"глаголь"像驼背的格里戈利,"я"像外祖母和我,而在外祖父身上却有着字母表中所有字母共同的东西。他叫我把字母表念了好几遍,有时顺次问我,有时打乱问我；他的热狂劲头感染了我,我也冒汗了,可着嗓子喊。这使他觉得可笑；他抓着胸脯,咳嗽着,揉皱着书,哑着嗓子说：

"老妈妈,你听他嗓门多高？嗨,你这个阿斯特拉罕打摆子的,你叫喊个什么啊,嗯,叫喊什么？"

"是您在叫喊嘛……"

我看了看他,看了看外祖母,觉得很快乐：她用肘子倚着桌子,用

---

① 这里的原文都是教会斯拉夫字母的名称。

拳头支着腮帮向我们望着,低声笑着,说:

"行了,你们别拼命喊了!……"

外祖父友爱地对我解释:

"我喊是因为身体不好,你是为什么啊?"

他摇晃着汗淋淋的脑袋对外祖母说:

"死去的纳塔利娅说他记性不好,这话不对;谢天谢地,他的记性像马似的!翘鼻子,继续念下去!"

最后,他像开玩笑似的把我从床上推下来。

"行了!把这本书拿去。明天你得把所有的字母都念给我听,不能有错,念对了我给你五个戈比……"

我伸手拿书的时候,他又把我拉到怀里,忧郁地说:

"你母亲把你撇到人世上受苦,小弟弟……"

外祖母打了一个寒战:

"嗨,老爷子,你干吗提这个啊?"

"我本不想说的,但心里难过,由不得嘴……唉,多好的一个姑娘,走错路了……"

他猛然把我一推,说:

"去玩去吧!不要到街上,就在院子里、花园里玩玩……"

我正想到花园里:我一走进园子,爬到山上,一些野孩子就从山谷里向我扔石子,我也高兴地回击他们。

"'贝尔'①来了!"他们喊道,远远地一看见我就武装起来。"剥他的皮!"

我不知道"贝尔"是什么意思,这个外号并不惹我生气,但一个人能打退好多人倒是一件快事,看见你扔出的石子百发百中,逼得敌人逃跑,躲到灌木林里,真使人高兴。进行这种战斗毫无恶意,结束的时候也几乎没有恼怒。

---

① 唤火鸡的用语。

我学认字并不吃力,外祖父渐渐对我关心起来,越来越少打我,虽然在我看来,应当比以前打得更勤才对:我一天天长大了,更大胆了,我越来越常破坏外祖父的规矩和训示,可是他只不过骂我几句,拍打我几下罢了。

我心里想,大约他以前打我是没有道理的。有一次我把我这个想法告诉了他。

他轻轻地把我的下巴颏往上一托,仰起我的头,眨巴着眼皮,拉长了腔说道:

"什——么?"

他嘿嘿地笑了,说:

"嗨,你这个异教徒!你怎么能够算出我该打你多少次?除了我自己,谁能知道啊?滚开!"

他立刻抓住我的肩膀,注视着我的眼睛,又问道:

"你是精还是傻,嗯?"

"我不知道……"

"你不知道?那么我来告诉你:要学着精,这样好些。傻就是愚蠢,你懂吧?绵羊傻呵呵的。记住!去吧,玩去吧……"

很快我就能拼音念诗篇了;通常总是在吃过晚茶才学习,每次都是由我来读圣歌。

"Буки-люди-аз-ла-бла;живе-те-иже-же-блаже;наш-ерблажен,"我一面用指字棒在篇页上移动着,一面念,我感到枯燥无味,于是问道:

"贤人①就是雅科夫舅舅吧?"

"我给你一拐脖,叫你知道谁是贤人!"外祖父气哼哼地吹着鼻孔说。可是我觉得他生气不过由于习惯,为了做做样子。

---

① 原文为 блажен,意为"圣贤的"。

我几乎从来没有弄错：过了一会儿，看样子，外祖父就把我给忘了，咕咕哝哝地说：

　　"在游戏唱歌上，他简直是大卫王，但做起事来，却像毒辣的押沙龙①！会编歌，会花言巧语，会逗笑……嗨，你们这些人啊！'用快活的两腿跳着玩'，能跳出多远啊？嗯，能跳多远？"

　　我不再读下去，注意地听着，望着他那阴沉的、忧虑的面孔；他的眼睛眯缝着，从我头上往前看去，两眼放射着忧郁的、温暖的光芒，我已经知道，这时外祖父心里正怀着平素那种严酷的性情。他用细细的手指嘭嘭地敲着桌子，染色的指甲闪着光，金黄色的眉毛颤动着。

　　"外公！"

　　"嗯？"

　　"讲个故事吧。"

　　"你念吧，懒鬼！"他咕咕哝哝地说，仿佛刚醒过来，用手指揉揉眼睛。"喜欢听笑话，不喜欢念诗篇……"

　　但是我怀疑他自己对笑话就比对诗篇欢喜；诗篇他几乎全都记得，他立誓每晚睡觉前高声念它几章，就像教堂里的助祭念祷词一样。

　　我热心地央求他，老头子慢慢变得柔和了，对我让步了。

　　"那好吧！诗篇能永远带在你身边，我呢，快到上帝那儿受审判去了……"

　　他往古老的安乐椅的毛线绣花靠背一仰，缩着身子靠得更紧点，抬头望着天花板，他静静地若有所思地讲起那些陈年往事，讲起自己的父亲。

　　"有一次，一群强盗来巴拉罕纳抢劫商人查耶夫，我祖父的父亲跑到钟楼敲钟告警，强盗追上了他，抽出马刀把他砍死，扔到钟的下面。

　　"当时我还小得很，没有看见这件事，所以不记得；我最早懂事的时候，是从法国人开始的。那是一千八百一十二年，当时我刚过十二

---

① 押沙龙是大卫王的儿子，曾刺死哥哥暗嫩，并兴军篡夺父亲的王位，后兵败身死（见《旧约·撒母耳记下》第十三至十八章）。

岁。那时有三十来个法国俘虏押解到我们的巴拉罕纳；他们都是精瘦的小个子；衣服穿的一个人一个样，比要饭的穿的还坏，浑身发抖，有几个甚至冻坏了，站都站不住了。老百姓想打死他们，可是护送兵不让，驻防军来了，把老百姓赶回各家院子里。后来倒没啥，大家都混熟了；这些法国人都精明强干；甚至满快乐，时常唱歌。大老爷们坐着三套马车从尼日尼来看俘虏；他们来到后，有些人谩骂，伸出拳头吓唬法国人，甚至揍他们；有些人和蔼地和他们谈法国话，给他们钱，给他们些保暖的破烂衣服。其中有一个老头子用手蒙起脸来哭了，他说：'拿破仑这个坏蛋可真把法国人害苦了！'你瞧：俄国人心眼多好，甚至贵族老爷都怜悯别的民族……"

他沉默了一会儿，闭上眼睛，用手掌抹抹头发，细心地回忆过去，然后继续说下去。

"冬天，暴风雪扫过大街，严寒往屋里挤进来，那些法国俘虏时常跑到我们窗户下面敲玻璃，喊叫着，跳跃着，向我母亲要热面包，——她是卖烤面包的。我母亲不让他们到屋里来，把面包从窗口递出去，法国人抓起面包就揣到怀里，面包从火里刚取出来，滚烫的，一下子就贴到皮肤上，放到心窝上，他们怎么受得了，我真不明白。有很多人活活冻死了，他们是从暖和的国度来的，不习惯严寒。在我们菜园里有一间浴室，那儿住着两个法国人，一个军官和他的勤务兵米朗；那个军官又瘦又长，皮包骨头，穿一件女外套，外套只到他膝盖。他很和气，但是一个酒鬼；我母亲偷偷地酿啤酒卖，他买了去大喝特喝，整天唱歌。他学会了说咱们这话，时常叨唠：'你们这地方不是白的，是黑的，凶恶的！'他俄国话说得不好，但可以懂得；的确是这样：咱们这上游地带不可亲。伏尔加河下游地方，比较暖和些，一过里海，简直见不到雪了。这话是可以相信的，因为不论是在《福音书》里，在《使徒行传》里，尤其是在诗篇里，都没有提到雪，提到冬，耶稣住的地方就在那边……读完诗篇，咱们就开始读《福音书》。"

他又不说话了，像是在打盹；他整个人又小又尖，斜着眼睛向窗外望,仿佛在想什么事情。

"您讲啊,"我悄悄地提醒他。

"好的,"他颤抖一下,开始说,"我是说法国人!他们也是人,并不比我们这些有罪的人差些。他们时常喊我母亲:'玛达姆,玛达姆,'这是说:太太,太太,可是我们这位太太能从面铺里扛五普特①面粉。她那股劲头简直不像个女人,我已经二十岁了,她揪住我的头发还能不费劲地摇晃一气,我二十岁的时候也相当棒了。那个勤务兵米朗爱马,他常常到各家院子里走走,打手势要求洗马!起先我们怕这个敌人使坏,后来老百姓们自动地叫他:去洗马,米朗!他微微一笑,低着头,像牛似的走去了。他头发棕红,大鼻子,厚嘴唇。他非常会管马,并且给马治病很拿手;后来,在尼日尼做马医,但不久他疯了,被救火队活活打死。那个军官春天生了病,在春尼古拉节日②那天,他悄悄地死了:心事重重地在浴室窗下坐着,就这样头伸到外面断了气。我很可怜他,我甚至偷偷地为他哭了一场;他很温柔,他揪着我的耳朵亲切地说些法国话,我不懂得,但是觉得挺好。人的亲切不是在市场上能买到的。他本想教我法国话来着,但母亲不让学,她甚至领我去见神父,神父吩咐揍我一顿,并且控告了那个军官。小弟弟,那时日子不好过,冷酷得很,你没有经历这些,别人替你受了那些气,你要记住这个!比方我,就受过那些气……"

天黑了。在暮色中,外祖父奇怪地长大了;他的眼睛像猫似的发光。他谈别的事情的时候,总是放低了声音,小心翼翼的,若有所思的,但一谈到自己,就热烈、迅速、而且吹嘘。我不喜欢他谈自己的事情,不喜欢他经常地命令:

"记住!你要记住这个!"

他所讲的,有许多事情我都不愿意记住,但是这些事情,即使没有外祖父的命令,却像令人疼痛的刺似的硬刺进记忆里。他从来不讲童话,

---

① 一普特合 16.38 公斤。
② 五月九日。

只讲过去的事情,我还看出他不喜欢别人问他;但我偏死缠着问他:

"谁好些?法国人好还是俄国人好?"

"那我怎么能知道啊?我又没有看见法国人在自己的家里是怎样生活的,"他气嘟嘟地说了后,又补充说:

"在自己的洞里连黄鼠狼也是好的……"

"俄国人好吗?"

"好的坏的都有。在地主时代要好些;那时人们是给绳索捆绑着的。现在大家都自由了,但却穷得没面包,也没有盐!大老爷当然是不慈善的,但是他们精明些;这话不是说所有的老爷,要是老爷好,越看越叫人喜欢。也有的老爷是傻瓜,脑袋像口袋似的,往里面装什么,他就兜走什么。我们有许多谷壳;你当他是人,但你走近一看,原来是谷壳子,没有仁儿,仁儿给吃掉了。我们应当受受教训,把智力给磨一磨,但又没有真正好的磨刀石……"

"俄国人有力气吗?"

"俄国人有些大力士,但问题不在力气,而在敏捷;力量不论多大,总大不过马。"

"法国人为什么打我们?"

"战争是皇帝的事情,我们不了解这个。"

外祖父对于我问拿破仑是什么人的回答,令人永远忘不了:

"他是一个性如烈火的人,想征服全世界,然后让大家都过一样的日子,既没有老爷先生,也没有达官贵人,就这样过着没有等级的生活。各人不过有各人的名字,而权利人人都一样。信仰也只有一个。这当然是胡闹,只有龙虾才没法分别,鱼就有各式各样的了:鳇鱼和鲶鱼不能合伙,鲟鱼和青鱼不能做朋友。我们俄国也有过拿破仑派——拉辛·斯杰潘·季莫菲耶夫,布加奇·叶米里扬·伊凡诺夫,[①]我以后再讲他们……"

[①] 就是俄国著名农民起义领袖斯杰潘·季莫菲耶维奇·拉辛和叶米里扬·伊凡诺维奇·普加乔夫,他们并不是什么拿破仑派。

他有时沉默不语地长久地注视着我,把眼睛睁得圆圆的,仿佛是第一次看见我。这使人很不愉快。

他从来没有和我谈过我的父亲和母亲。

在谈这些的时候,外祖母常常走进来,她静静地坐在角落里,不言不语地长久地在那儿坐着,仿佛没有她在场似的,可是她忽然声音柔和得像把人拥抱起来似的问道:

"老爷子,你记不记得,咱们到穆罗姆朝山去,那是多么好?那是哪一年来着?……"

外祖父想了想,详细地回答道:

"说不准了,是在霍乱病流行以前①,正是在森林里捉拿奥洛涅茨人②那年。"

"对了!我们还害怕他们呢……"

"一点不错。"

我问奥洛涅茨人是谁,他们为什么逃到森林子去,外祖父不大乐意地解释说:

"奥洛涅茨人就是普通老百姓,他们是从官厅、工厂、工作中逃跑的。"

"怎么样捉他们?"

"怎么样?就像小孩子捉迷藏一样:有些人跑,又有些人捉,找。捉住就用树条子抽,鞭子打;撕破鼻孔,在额头上打烙印,算是惩罚的记号。"

"为什么?"

"为了需要这样做。这件事弄不清楚,到底谁有罪,是逃跑的人还是捉的人,咱们不明白……"

---

① 一八四八年之前。
② 当时俄国北部奥洛涅茨省是旧仪式教派教徒聚居之处。那里的农民曾为反对进工厂做工而逃进森林里隐藏起来。

"你记不记得,老爷子,"外祖母又说道,"在大火以后……"

外祖父一向对什么事都很认真,他严厉地问道:

"哪一次大火?"

他们一回忆过去,就忘掉我了。他们的声音不高,很和谐,有时我觉得他们仿佛是在唱歌,唱的全是不快乐的歌;歌唱疾病,失火,打人;歌唱暴卒横死,巧取豪夺;歌唱疯傻的乞丐,暴跳如雷的老爷。

"我们倒经历了多少,看见了多少啊!"外祖父低沉地咕哝着。

"难道咱们过得坏吗?"外祖母说。"你想想,我生过瓦里娅后,那年春天多好啊!"

"是在一八四八年,正是远征匈牙利那年①;圣诞节第二天把教父吉洪拉了去打仗……"

"以后就没有下落了,"外祖母叹息一声。

"是啊,没有下落了! 从那年起,上帝的恩惠像大水流送木筏子似的,流到我们家里来。唉,瓦尔瓦拉啊……"

"你算了吧,老爷子……"

他生气了,沉着脸。

"为什么算了? 不论从哪方面看,这些孩子都是不成器的。我们心血用到哪儿去了? 咱们心里想,把他们好好地放在篮筐里,而上帝偏偏给我们一个坏筛子……"

他乱喊乱嚷起来,像被火烧着似的,在屋里乱跑,痛苦地哼哼唧唧,骂自己的儿女,伸出又瘦又小的拳头威吓外祖母。

"都是你把他们惯坏了,惯成一群贼娃子! 你这个老妖婆!"

他越来越悲痛,带着哭声嚎叫,跑到角落圣像前面,挥起拳头把干瘦的胸脯捶得咚咚响。

"主啊,我比别人罪孽更大还是怎么啦? 为什么啊?"

他全身发抖,湿漉漉的含泪的眼睛委屈地、凶恶地闪光。

---

① 指沙皇尼古拉一世镇压匈牙利一八四八年的革命。

外祖母坐在黑暗里默默地画十字,然后小心地走近他,劝慰地说:

"嗯,你干吗这么愁啊?上帝知道应当怎么办。你看比咱们家的儿女好的人家能有几个啊?老爷子,到处都一样:吵架,打架,闹得一团糟。所有当父母的都得用自己的眼泪洗清罪恶,不止你一个人……"

有时这些话使他感到安慰,他一声不响,疲倦地往床上一歪,我和外祖母悄悄地走开,回到自己的顶楼上。

但是,有一次她又到他跟前说这些安慰的话,他猛一翻身,挥起拳头吧哧一声打在她的脸上。外祖母往后一踉跄,晃了几晃,用手按住嘴唇,站稳了脚步,安详地放低了声音说:

"嗨,你这个大傻瓜……"

她往他脚跟前吐了一口血水,他长啸两声,举起两手:

"走开,我打死你!"

"大傻瓜,"外祖母又说了一句,一面往门口走去;外祖父向她扑过去,但她不慌不忙地迈过门槛,把门一带,门扇从他的脸掠过,关上了。

"老家伙,"外祖父气哼哼地说,脸红得像炭火,手扶着门框,用劲地抓挠它。

我半死不活地坐在炕炉头,我不相信我所看见的:他第一次当着我的面打外祖母,这令人感到一种难以忍受的厌恶,在他身上暴露了一种新的品性,一种不能容忍而且仿佛在压迫着我的品性。他老是抓住门框站着,身上像是蒙上一层灰,变成灰色的了,身子缩得紧紧的。他忽然走到屋子中间,双膝跪下,因为吃不住劲往前倾了一下,一只手碰着地板,但马上又跪直了,用手捶胸说道:

"主啊,主啊……"

我像滑冰似的从炕炉头热砖上滑下来,一下子跑了出去;外祖母在顶楼屋子里走来走去漱着口。

"你疼吗?"

她走到角落,把水吐到污水桶里,静静地回答道:

"没有关系,牙齿没事儿,就是嘴唇打破了。"

"他为什么要这样?"

她看了看窗外的大街,说道:

"他老发脾气,他这个上了年纪的人感到很困难,事事不如意……你好好地睡吧,不要想这些……"

我又问了她一句什么话,她不像平时,严厉地喝了我一声:

"我跟谁说躺下来着?这么不听话……"

她在窗旁坐下,吸着嘴唇,不断地往手帕里吐。我一面脱衣服,一面望着她:在她黑色的头影上青色的方窗户里,闪烁着星光。街上静悄悄的,屋里黑洞洞的。

我躺下,她过来轻轻地抚摩我的头,说道:

"安静地睡吧,我到他那儿去一趟……你不要太怜惜我,亲爱的,我自己大约也有过错……睡吧!"

她亲了亲我走了,我心里难过得受不了,我从又柔软又暖和的宽大的床上跳下来,走到窗前,望着下面寂静无人的街上,难耐的愁闷使我发僵了。

六

又是一场噩梦。有天晚上,喝过茶后,我和外祖父坐下念诗篇,外祖母在洗碟碗,这时雅科夫舅舅忽然闯了进来,他的头发和平时一样,乱得像一把破笤帚。他连问好都不问,就把帽子往角落一扔,浑身打战,挥着两手,开始叨叨地说起来:

"爸爸,米什卡闹得反常!他在我那儿吃饭,多喝了两盅,就发起酒疯来:打碎了碟碗,把一件染好的毛料子撕得一块块的,把窗户也打掉了,欺负我和格里戈里。他现在正往这儿来,他吵吵嚷嚷地吓唬说:'把父亲的胡子拔掉,杀死他!'您要当心……"

外祖父手支着桌子慢慢地站起来,他整个脸都皱到鼻子周围,活像一把斧头。

"你听见没有,老婆子?"他尖叫了一声。"你瞧多好,嗯?杀父亲来了,还是亲生的儿子呢!到时候了!到时候了,孩子们……"

他端平了肩膀在屋里走一趟,走到门前,猛然把沉重的门钩一拴,转身对雅科夫说:

"您想把瓦尔瓦拉的嫁妆拿到手才甘心,是不是?拿去吧!"

他把拳头——食指和中指之间露出大拇指俄罗斯人的习惯,这样做是表示轻蔑。——伸到舅舅的鼻尖下;舅舅委屈地往旁边闪开。

"爸爸,关我什么事?"

"你?我知道你是什么东西!"

外祖母一句话不说,连忙把茶杯收到柜子里。

"我是来保护你的……"

"保护我?"外祖父嘲笑地喊道。"那好极了!谢谢,好儿子!老妈妈,递给这个狐狸一件武器,火钩子或者熨斗!雅科夫·瓦西里耶夫,你哥哥一跑进来,你就对准我的脑袋打他!"

舅舅把手插进裤兜里,躲到角落里去了。

"您既然不相信我……"

"不相信?"外祖父把脚一跺,大喝一声。"不,不管什么野兽,狗,刺猬,我都相信,可是对你,我得等等看!我知道是你灌醉了他,是你教他的!好吧,现在来打吧,打他或者打我,悉听尊便……"

外祖母悄悄地告诉我说:

"快跑上去从小窗户往外守望着,你舅舅米哈伊尔在街上一露头,你就跑下来告诉我们!快去……"

我有点害怕狂暴的舅舅吓人的袭击,但委托我这个任务又使我觉得骄傲。我探身窗外注视着街道;宽阔的大街蒙着一层厚厚的尘土;大块的卵石像肿疱似的从尘埃中鼓出来。这条街远远地向左伸展开去,横过山沟,一直通到慎行广场,在黏土地的广场上敦敦实实地矗立着一座灰色的、四角有四个岗楼的建筑物——旧监狱;它有一种忧郁的美和庄严气象。往右,隔三个门就是宽大的干草广场,广场尽头是拘留所的黄色房屋和铅色的消防瞭望塔。一个值班的救火队员绕着塔顶瞭望口像一只套着锁链的狗来回走动。整个广场被山沟切成几段;有一段沟底积着一汪绿莹莹的水潭,靠右首是久科夫臭水塘,这就是外祖母讲过的,有一年冬天舅舅们曾把我父亲扔进那儿的冰窟窿的水坑。差不多正对着窗户,是一条小巷子,那里面都是五颜六色的小房子;巷子尽头是一座臃肿低矮的三圣教堂。对直看去,教堂顶像一艘翻了底的小船漂在花园中的绿浪上。

被漫长的冬季的大风雪磨损、被连绵的秋雨冲洗、已经褪色的我们街道上的房屋,蒙了一层尘土;它们挤在一起,像教堂门前的一群叫花子,那些窗户也怀疑地瞪着眼睛,和我一起在等待什么人。街上的行人不多,他们像炉门前沉思的蟑螂,不慌不忙地走着。闷人的热气向我冲上来;我嗅到一阵浓烈的、我所不喜欢的大葱胡萝卜包子馅的味道;这种味道总是使我心情郁闷。

闷得慌,好像特别地闷,几乎不能忍耐;胸中灌满了热铅的熔液,它从里面往外挤,撑破胸膛和肋骨;我仿佛觉得,我像一个尿泡似的吹胀了,在小屋子里、在棺材式的顶棚底下,感到很拥挤。

那不就是他,米哈伊尔舅舅吗!他正从巷口灰色的墙角张望呢;他把帽子拉到了耳根,两只耳朵压得往外张着。他的上衣是棕黄色的,扑满尘土的靴子长到膝盖,一只手插进方格布的裤兜里,另一只手握着胡子。我看不见他的脸,但是他站的姿势,就仿佛要一下跳过街去,用毛茸茸的两只黑手抓住外祖父的房屋。应当跑下去告诉他已经来了,但是我好像给钉在窗户旁边,动弹不得。我看见舅舅,仿佛怕把他的灰色靴子沾上尘土似的,蹑手蹑脚地走过街来,我听见他在开酒馆的门,——发出吱吱呀呀的门声,哗哗啦啦的玻璃声。

我跑下去敲外祖父的门。

"谁打门?"他没有开门,粗暴地问道。"是你?干什么?他进酒馆了?好了,你去吧!"

"我在那儿害怕……"

"你凑合待一会儿吧!"

我又趴在窗户上。天渐渐黑了;街上的尘土膨胀起来,显得更深更黑了;家家户户的窗户上,一片片黄色灯光像油脂似的融化开来;对面房子里奏着音乐,许多琴弦发出忧郁而悦耳的声音。酒馆里也在唱歌;门一打开,疲倦的、嘶哑的歌声流到街上来;我听得出这是独眼乞丐尼吉图什卡的声音,这个大胡子老头的右眼是一块红炭,左眼紧紧地闭着。门一关上,他的歌声就像被斧头给砍断似了的戛然而止了。

外祖母很羡慕这个乞丐。她一面听他唱,一面叹息着说:

"会唱这些诗歌,是多么幸福,多么幸运!"

有时她把他叫到院子里;他拄着棍子坐在台阶上,有时唱,有时讲,外祖母坐在他身边,听着,询问着。

"我问你一句话,在梁赞也有圣母吗?"

那乞丐声音低沉地确信地说:

"到处都有她,各省都有……"

梦境般的疲倦,在大街上无形地流动着,它挤压着人的心和眼睛。外祖母要是来了,该多好啊!即使外祖父来了,也是好的。我父亲究竟是一个怎么样的人,为什么外祖父和舅舅们都不喜欢他,可是外祖母、格里戈里和叶夫根尼娅保姆谈起他来都说得那样好呢?我的母亲到哪里去了?

我越来越常常想到母亲,把她当作外祖母所讲的童话和传说中的中心人物。母亲不愿在家里住,这在我的幻想中把她提得更高了;我仿佛觉得,她现在跟着绿林豪杰住在阳关大道旁的客栈里,这些绿林豪杰抢劫过往的富商,然后和乞丐们分享抢来的财物。也许她住在森林里,住在山洞里,当然,也是和善良的强盗们在一起,她替他们做饭,看守抢来的财宝。也许她就像安加雷柴娃公爵夫人和圣母一样,在周游天下,数一数地上的宝藏,圣母也像劝告公爵夫人一样,劝告我的母亲说:

> 贪心的奴隶啊,
> 你何必收集地上的金银财宝;
> 贪得无厌的灵魂啊,
> 地上的全部财产,
> 都遮不住你那赤裸的身子……

母亲也用女强盗公爵夫人的话来回答她:

> 请你原谅我,至圣的圣母,
> 可怜我这有罪的灵魂吧。
> 不是为了自己我才打家劫舍,
> 而是为了我那惟一的儿子!……

于是圣母,像外祖母那样慈祥的圣母,原谅了她,说道:

> 嗨,玛留什卡,你这个鞑靼人的血统,
> 啊,你这基督的不肖信徒!
> 那么就走你的路吧——
> 路也是你自己的,泪也是你自己的!
> 你穿过森林去抢光莫尔德瓦人,
> 你穿过草原去追赶加尔梅克人,
> 但是你可别动那俄罗斯人啊!……

回忆这些童话,我仿佛是在做梦;下面过道和院子里的脚步声、忙乱声、吼叫声把我惊醒了;我探身窗外,看见外祖父、雅科夫舅舅和酒馆的堂倌麦里扬——一个样子可笑的车累米西人,把米哈伊尔舅舅从角门往街上拖;他硬撑着不愿意走,人们打他的胳膊、背脊、脖子,用脚踢他,最后,他一溜烟似的飞到街道的尘埃里去了。角门啪的一声关上了,响起拴门和上锁的声音;揉皱的帽子从垣墙的大门上扔了出来;周围又寂静了。

舅舅躺了一会儿,慢慢地站起来,全身都撕破了,头发乱糟糟的,他拾起一个大卵石对着大门扔去;发出一声钝响,仿佛打着桶底似的。从酒馆里蹒跚地走出一帮黑不溜秋的人,他们嚎叫,发出呼呼噜噜的声音,大摇大摆地走着;从各家的窗口伸出了人头——街道活跃了,充满了笑声和喊叫声。所有这一切也像童话一样有趣,但是使人感到不愉快,可怕。

忽然间,一切都扫光了,一切都沉寂消失了。

……外祖母弯着腰坐在门槛旁边的箱子上,屏息静气地一动不动;我站在她面前,抚摸着她那温暖的、柔软的、潮湿的腮帮,她大约没有理会我,神色阴沉地咕咕哝哝地说:

"主啊,难道你那善良的智慧不够分给我,分给我的孩子们吗?主啊,宽恕我们吧……"

我仿佛记得,外祖父在田野街那所房子住了不到一年的光景——从头年春天到第二年春天,但在这期间,这所房子却声名大噪了;几乎每星期都有一群小孩子跑到我们大门口,他们满街欢呼着:

"卡希林家又打架了!"

通常米哈伊尔舅舅一到晚上就来了,他整夜地埋伏起来窥伺我们的住宅,弄得全院都提心吊胆;他有时邀请两三个助手,他们都是库纳维诺不务正业的小市民;他们从山沟偷进花园,一棵不留地拔掉所有树莓和酸栗,淋漓尽致地撒了一阵酒疯;有一次他们把浴室给捣毁了,把浴室里能够弄破的东西——蒸浴架、长凳子、水锅——全弄破了,把炉子拆散开来,掀掉好几块地板,把门窗也拆掉了。

外祖父面色发黑,一声不响,站在窗前静听着人们破坏他的财产;外祖母在院子里跑来跑去,在黑暗中看不见她,她恳求地叫道:

"米沙,你干什么,米沙!"

回答她的是从花园里飞来的不堪入耳的俄罗斯式的咒骂,咒骂的含意,大约不是这帮骂人的畜生的理智和感情所能理解的。

这时刻不能跟着外祖母,我可是身边没有她又觉得可怕;我下来到外祖父的房间,但是他喑哑的嗓子迎头大叫:

"滚开,该死的!"

我又跑回顶楼,从天窗口瞅着黑暗中的花园和院子,目不转睛地盯着外祖母,我怕她被人家杀死,大声地喊叫她。她不来,喝醉酒的舅舅听见了我的声音,粗野而污秽地骂我的母亲。

有一次,也是在这样的晚上,外祖父有点不舒服,躺在床上,包着手巾的头在枕头上来回翻滚,大叫大嚷地诉苦:

"辛辛苦苦,作了不少孽,攒钱,到头来却落得这个!要是不嫌害臊,不怕丢人,早就叫警察来,明天就找省长去……多丢人啊!叫警察来管教自己的孩子,这算什么父母啊?只好老老实实地躺着,老头儿。"

他忽然从床上下来,摇摇晃晃地走到窗前,外祖母抓住他的手,说:

"你到哪儿去,到哪儿去?"

"点灯!"他上气不接下气地、呼呼地吸着气,命令道。

外祖母点起蜡烛,他像兵士持枪似的,两手把烛台捧在胸前,冲着窗户嘲笑地、大声地喊道:

"喂,米什卡,黑夜小偷儿,癞皮疯狗!"

话未落音,窗户上方的玻璃就哗啦一声飞开了,在外祖母身旁桌子上落下半块砖头。

"没有打中!"外祖父嚎叫起来,哈哈大笑,也许是在哭。

外祖母抱起他来,就像抱我似的,把他放到床铺上,神色仓皇地说:

"你怎么啦?你怎么啦?耶稣保佑你!你这不是要把他送到西伯利亚去吗?他一时发火,他不懂得这样会充军到西伯利亚的!……"

外祖父两腿乱蹬,哑着嗓子干号:

"让他打死好了……"

窗外传来一阵咆哮声,脚步声,抓墙声。我从桌上拿起那块砖头就往窗口跑;外祖母赶忙抓住我,把我推到角落里,愤怒地说:

"嗨,你这个混小子……"

有一次,舅舅手持一根粗大的木椎,从院子里向过道冲来,他站在黑色廊檐下的台阶上打门,在门后等着他的是拿着大棍子的外祖父、拿着尖头长棍子的两个房客、拿着擀面杖的酒馆主人的妻子——一个高个子女人;外祖母在他们后面踌躇着,央求说:

"你们让我出去见见他,我来和他说句话……"

外祖父一条腿向前伸着,就像《猎熊图》上手持叉子的猎人一样;外祖母跑到他跟前时,他默默地用肘子推她,用脚踢她。四个人杀气腾腾地站在那里做好准备。墙上挂着一个灯笼,忽明忽暗、影影绰绰地照着他们的头;我从顶楼的梯子上看这场情景。我很想把外祖母拉上来。

舅舅拼命而有成效地毁坏着门,门已经摇晃了,眼看就要从上面的蝶铰跳出来;下面的蝶铰已经脱落,锵锵地响得怪难听的。外祖父也用这种锵锵的声音对自己的战友说:

"请你们照胳膊和腿打,可不要打脑袋……"

在门旁的墙上有一个小窗户,只能伸出一个头;舅舅已经把上面的玻璃打破了,周围插着玻璃碴儿的窗口黑洞洞的,像一只挖掉眼珠的眼睛。

外祖母扑到窗口,伸出一只胳膊,一面摆手,一面喊叫:

"米沙,看在上帝的分上,快走吧!他们要把你打残废的,快走!"

舅舅照着她的胳膊就是一木椎;可以看见有一个很粗的东西在窗口一闪,落到她的胳膊上,接着外祖母就坐到地上,仰面躺了下去,但仍然喊了一声:

"米沙,快跑……"

"哎呀,老婆子怎么啦?"外祖父可怕地嚎叫一声。

门豁然敞开了,舅舅跳进漆黑的门洞里来,但马上就像铲垃圾似的,从台阶上被甩了出去。

酒馆女主人把外祖母搀到外祖父屋里;接着外祖父也回来了,脸色阴沉地走到外祖母跟前。

"没有伤着骨头吧?"

"哎哟,大概是断了,"外祖母说,眼睛仍然闭着。"你们把他怎么啦,怎么啦?"

"安静吧!"外祖父严厉地喝了一声。"我是畜生还是怎么的?把他绑起来了,在板棚里躺着呢。我浇了他一身水……嘿,真凶!这种人倒是像谁?"

外祖母呻吟起来。

"我已经派了人去找正骨婆,——你稍微忍耐一会儿!"外祖父一面说,一面凑近她坐在床上。"他们要把咱们俩折磨死,老妈妈,不到时候就把我们折磨死!"

"你把所有财产都给他们吧……"

"瓦尔瓦拉怎么办呢?"

他们谈了很久:外祖母的声音又低沉又可怜,外祖父却大吵大闹,怒气冲冲。

过了一会儿,来了一个驼背的小老太婆,嘴大得咧到耳根;下巴颏哆嗦着,像鱼似的张着嘴,尖尖的鼻子好像越过上唇向嘴里探望似的。看不见她的眼睛;她用拐杖探着路,手里提着哗啦作响的包袱,一趋一趋地移动着。

我以为外祖母的死神到了;我跳到那个老太婆跟前,使劲大叫:

"滚出去!"

外祖父粗暴地揪着我,很不客气地把我领到顶楼上去了……

七

我很早就明白:外祖父有一个上帝,外祖母另有一个上帝。

我记得，外祖母每天醒来，长久地坐在床上梳着令人惊羡的头发，梳得头一翘一翘的，咬紧了牙关，撕下一绺绺长长的黑丝，怕惊醒我，放低了声音骂它：

"你这个鬼！叫你得纠发病①，可恶的东西……"

把头发梳顺溜后，她快快地编了辫子，草草洗两把脸，愤愤地哧哼鼻子，没有把怒色从睡皱了的大脸上洗掉，就站到圣像面前祈祷了，——这时才算是开始真正的早晨的盥洗，她整个人立刻变得朝气蓬勃了。

她把驼背伸直，昂起头来，和蔼地看着喀山圣母的圆脸②，她张开臂膀虔诚地画着十字，热烈地低声祈祷着：

"最光荣的圣母，把你的恩惠施与未来的日子吧，圣母！"

她鞠躬到地，慢慢地抬起身来，于是更加热烈、感动，重新低声祈祷起来：

"最圣洁的圣母，你是快乐的泉源，盛开的苹果树！……"

几乎每天早上，她都找到新的赞美的词句，所以每次我都全神贯注地听她祈祷。

"我的纯洁的上天的心灵啊！我的保佑者，我的恩人，圣母，你是金黄的太阳，祛除恶毒的诱惑吧，别让任何人受欺侮，也别让我无缘无故地受欺侮！"

她那一对黑眼睛含着微笑，她仿佛变得年轻了，她抬起沉重的手，又慢慢地画着十字。

"耶稣基督，上帝的儿子，施舍恩惠给我吧，给我这个有罪的，看在圣母的分上……"

她的祈祷从来都是赞美歌，都是诚恳而率直的颂扬。

早晨她祈祷的时间不长，因为要烧茶炊，外祖父已经不用人了，如果在他规定的时间外祖母还没有把茶准备好，他会怒骂半天的。

---

① 得纠发病的人的头发纠缠到一起。
② 指著名显圣殉教徒之一的圣像。

有时他比外祖母醒得早,就到顶楼上来,碰见她在祈祷;听一会儿她低声的祷告,轻蔑地扭歪两片发暗的薄嘴唇,在喝茶的时候叨唠起来:

"我教过你这个橡木脑袋多少次应当怎样祈祷,可是你老是念你那一套,异教徒!上帝怎么能容忍你啊!"

"他懂得,"外祖母自信地回答。"不论对他说什么,他都清楚……"

"你这个该死的楚瓦什人①!嗨,你们这些人啊……"

她的上帝整天和她在一起,她甚至对畜生也提起上帝。我明白,一切生物——人、狗、鸟、蜂、草,都很容易地、顺驯地服从她的上帝;上帝对人间的一切都是同样的仁慈,同样的亲切。

酒馆女主人养一只娇生惯养的猫,它狡猾,爱吃美味的食物,会巴结人,生就一身云烟似的毛,金黄色的眼睛,全院的人都喜欢它。有一天,它从花园里拖走一只八哥儿;外祖母把这只快折磨死的鸟夺下来,责备那猫说:

"你不怕上帝,你这下流的恶棍!"

酒馆女主人和扫院子的听了这话都笑起来,但外祖母愤怒地呵斥他们道:

"你们以为畜生不懂上帝吗?任何生物都懂上帝,并且懂得并不比你们差些,你们这些没有心肝的人……"

她一面套那匹肥胖的、无精打采的沙拉普,一面和它谈话:

"你干吗老是闷头闷脑的啊,上帝的劳动者,嗯?老家伙……"

那马喘息着,摇着头。

然而外祖母念上帝的名字,并不像外祖父念得那么多。我觉得外祖母的上帝很好理解,也不可怕,但在他面前不能撒谎,——不好意思撒谎,他在我心里引起的只是不可克服的羞耻,而且我从来也不对外

---

① 楚瓦什人是俄国境内的少数民族。

祖母说谎。隐瞒这个仁慈的上帝简直不可能,仿佛连隐瞒的念头都没有过。

有一天,酒馆女主人和外祖父吵架,她捎带着把没有参加吵架的外祖母也给骂上了,骂得很凶,甚至向她扔胡萝卜。

"您真糊涂,我的好太太,"外祖母安详地对她说,然而可把我气坏了,我决定对这个恶婆报复一次。

我想了又想,怎样才能给这个双下巴、细眼睛、火红头发的胖女人来一次更大的打击。

据我对邻人们的内讧的观察,知道他们互相报复的方法是:切掉猫尾巴,把狗给毒死,打死公鸡和母鸡,或者半夜偷偷地进到仇人的地窖里,把煤油倒入腌白菜和黄瓜的木桶里,把桶里的克瓦斯放出来,——但是这些办法都不合我的意;需要想一个更惊人更厉害的方法。

我想到一个法子:我瞅酒馆女主人下地窖的时候,合上地窖的顶盖,锁上,我在上面跳了一通复仇者之舞,把钥匙扔到屋顶上,就一溜烟地跑到厨房里,外祖母正在那里做饭。她没有马上明白我为什么高兴,但当她弄明白后,狠狠地朝我的屁股拍了几巴掌,把我拖到院子里,叫我到房顶上去找钥匙。我对她的态度觉得很奇怪,我默默地把钥匙拿下来,躲到院子角落里看她释放被俘获的酒馆女主人,她们俩友善地一面走过院子,一面大笑。

"我叫你知道厉害,"酒馆女主人攥紧胖胖的拳头威吓我说,但她那看不见眼睛的胖面孔露出和蔼的笑意。外祖母揪住我的领子,把我拉到厨房里,问道:

"你干吗要这样做?"

"她拿胡萝卜打你嘛……"

"你是为了我吗?原来这么回事!你瞧我把你这块废料塞到炉底下喂老鼠,你就知道了!你算什么保护者啊,一个小泡泡儿,一戳就破!你看我告诉外祖父,他不打掉你一层皮才怪呢!到顶楼念书去吧……"

她整天不理我,到晚上,在没有祈祷以前,她在床沿上坐下,教训了我几句永志不忘的话:

"廖恩卡,亲爱的孩子,你要记住:不要管大人的事!大人都学坏了;上帝正考验他们呢,你还没有受考验,你应当照着孩子的想法生活。等上帝来开你的心窍,指示你应当做什么,领你走那应走的道路。懂不懂?至于什么人犯了什么过失,这不是你的事。这让上帝来判断、惩罚。这要他来管,不是我们!"

她沉默了一会儿,嗅了嗅鼻烟,眯缝起右眼,补充说:

"是啊,谁犯了过错,大约连上帝也不是任何时候都弄得清楚的。"

"上帝不是什么都知道的吗?"我吃惊地问道;她轻轻地、悲哀地回答道:

"他要是什么都能知道,大约有很多事情人们就不会做了。他老人家从天上向人间、向我们大家看了又看,有时会大哭起来,一面哭一面说:'我的人们啊,我的亲爱的人们啊!噢啊,我是怎样可怜你们啊!'"

她自己也哭了,带着满脸的泪痕,到墙角祈祷去了。

从那时起,她的上帝对于我更亲近更可理解了。

外祖父也是这样教导我,说上帝是无所不在、无所不能、无所不见的,不管什么事他都给人们以善意的帮助,但他的祈祷却和外祖母的不一样。

每天早晨,在没有站到墙角对圣像祷告以前,他洗了又洗,然后把衣服穿得整整齐齐的,细心地梳着棕色的头发,理理胡子,照照镜子,拉直了衬衫,把黑色的三角围巾塞进背心里,然后小心翼翼地,仿佛怕人知道似的,走到圣像跟前。他总是在那块有马眼睛似的节子的地板上停下来,沉默不语地站上一会儿,低着头,像兵士似的两只胳膊紧贴着身子垂直着。然后,他挺直了纤细的身子,庄严地说:

"'以圣父圣子圣灵之名!'"

我似乎觉得,在他说了这几句话后,屋子里显得特别肃穆,连嗡嗡叫的苍蝇都飞得更小心了。

他仰头站着;他的眉毛扬起,头发竖立,金黄色的胡子撅得跟地平线一样平;他念起祈祷词来毫不含混,像是在回答功课:字音咬得清楚而且带着恳求的调子。

"'审判官突然到来,每个人的行为都暴露了……'①"

他握起拳头轻轻地捶着胸,坚决地请求:

"'我只对你独自一人犯罪,请你转过脸去不要看我的罪恶吧……'"

他一字一板地念《信经》②;他的右腿一抽一抽的,仿佛无声地给祈祷打拍子;他全身紧张地倾向圣像,好像长高了,愈来愈细、愈瘦了,他浑身上下是那么清洁、整齐,神情是那么恳切:

"'诞生了一个医生,医治我多年痛苦的灵魂,我从心灵里不断地向你呼唤,发发慈悲吧,圣母!'"

他高声呼唤,绿眼睛含着泪水:

"'我的上帝,请多多看在我的信仰分上,不要管我做的事情,也不要找寻能替我辩护的事情!'"

念到这里,他不断抽着筋画十字,头点得像羊牴人似的,他抽抽搭搭地发着尖厉的声音。后来我到过犹太教会,才知道外祖父是照犹太人那样祈祷。

茶炊早就在桌上扑扑地响了,满屋子飘荡着奶渣煎黑面饼的热烘烘的味道,我很想吃!外祖母阴沉沉地靠着圆柱子,垂下眼睑望着地板,叹息着;快乐的太阳从花园照进窗户,树上珍珠般的露水闪耀着,早晨的空气散发着茴香、酸栗、成熟的苹果的香味,可是外祖父还在祈祷,摇晃着身子,吱吱地叫:

"'熄灭我痛苦的火焰吧,我又穷又坏!'"

---

① 东正教教徒早祷的起始祷词。
② 东正教的正式祈祷文。

晨祷和晚祷的全文我都记熟了,不仅记熟,而且紧张地注意听外祖父有没有念错,有没有漏掉字。

这种情形不常发生,但一发生,就使我幸灾乐祸。

外祖父做完祈祷,对我和外祖母说:

"你们好啊!"

我们鞠躬,大家终于围着桌子坐下。我马上对外祖父说:

"你今天漏了'补偿'两个字!"

"你是胡说吧?"他不安地、不相信地问道。

"真的漏了!应当是'但是我的信仰补偿了一切',可是你没有说'补偿'。"

"是真的吗!"他惊叫起来,抱歉地眨巴着眼睛。

过后,他一定找个碴儿,狠狠地报复我的指摘,但眼前,我看见他那副窘态,却觉得高兴。

有一次外祖母打趣地说:

"老爷子,上帝听你那祷告,大约觉得很乏味,你念的永远是老一套。"

"什——么?"他拉长了调子,凶恶地说。"你吼叫什么?"

"我说,我听来听去,你从来没把你心里的话掏出来给上帝!"

他满脸通红,浑身打战,在椅子上跳了一下,拿起碟子朝着她的头掷去,一面掷,一面吱吱哇哇乱叫,像锯子碰到木节似的:

"哼,你这老虔婆!"

他在对我讲上帝的力量无限的时候,总是首先强调这种力量的残酷。他说,人们犯了罪,就得淹死,再犯罪,就得烧死,他们的城市得毁灭;他说,上帝用饥饿和瘟疫惩罚人们,他永远是用宝剑统治人间,用皮鞭对付罪人。

"不听从上帝法律的人都要遭受灾难和灭亡的惩罚!"他一面用细细的手指关节敲着桌子,一面教训说。

我很难相信上帝是残忍的。我怀疑这一切是外祖父有意想出来

的,为的让我怕他,而不是怕上帝。于是我直率地问他:

"你这样说,是想叫我听你的话吧?"

他也同样率直地回答:

"当然是啦!你敢不听话?!"

"那外婆为什么不这样说呢?"

"你别信那个老糊涂的话!"他严厉地教训说。"她从小就愚蠢,她不识字,又没脑筋。我不准她跟你谈这些大事情!回答我:天使分多少级别①?"

我回答了,跟着问道:

"这些级别的官都是什么人啊?"

"看你扯哪儿去了!"他咧嘴笑了笑,他把眼睛避开,咬着嘴唇,不高兴地解释说:

"这跟上帝没关系,做官,这是人的事情!官是吃法律的②,他把法律都吞掉了。"

"什么是法律?"

"法律?法律就是习惯,"老头子更高兴更乐意地说,一对聪明带刺的眼睛闪闪发光。"人们在一起生活,商量好:这个样子最好,我们就把这当作习惯,立下规矩,定为法律!比方:小孩子游戏,先得说好怎样玩,规定个秩序。对了,这个定规就是法律!"

"官是干什么的呢?"

"官像顽皮的孩子,走上来就把一切法律破坏了。"

"那是为什么啊?"

"得了,你搞不清这个!"他严厉地皱起眉头说,接着又教训起来:

"上帝管着人们的一切事情!人们要这样,他偏那样。人的事情都是不牢靠的。只消上帝吹口气,一切都变成灰,变成土了。"

---

① 按基督教教条,天使共分九级。
② 外祖父把"法律家"законовед 误认为"吃法律的"законоед,因为后者只差一个字母。

有很多原因使我对官吏发生兴趣,我继续追问:

"可是雅科夫舅舅这样唱:

  上帝的官,是光明的天使,
  人间的官,是撒旦的奴隶!"

外祖父用手掌捧起胡子,把它填进嘴里,闭起眼睛。他的腮颊颤抖着。我明白他内心在笑呢。

"把你的和雅什卡的腿拴在一起扔到河里!"他说。"这些歌不该他唱,也不该你听。这是分裂派①教徒开的玩笑,异教徒想出来的。"

他沉思起来,眼睛越过我往前注视着,轻轻地拉着腔说:

"嗨,你们这些人啊……"

但是,他虽然把上帝威严地、高高地放到人们的头上,但他也像外祖母一样,请上帝参与他的事情,——不仅请上帝,并且请无数的圣徒。而外祖母仿佛完全不知道这些圣徒,她只知道尼古拉、尤里、弗罗尔和拉夫尔,虽然他们也非常仁慈,对人非常亲近:他们走遍村镇和城市,干预人们的生活,具有人们的一切属性。外祖父的圣徒几乎都是受难者,他们打倒偶像,跟罗马教皇争论,为了这,他们受刑,被烧死,被剥皮。

有时外祖父幻想:

"上帝帮助我把这所房子卖掉吧,哪怕赚五百卢布也好,我情愿给圣徒尼古拉做一次谢恩祈祷!"

外祖母嘲笑地对我说:

"尼古拉连房子都替这个老糊涂卖了,好像尼古拉他老人家再没有更好的事可做似的!"

外祖父的教历我保存了很久,上面有他写的各式各样的字迹。譬

---

① 俄国十七世纪中叶发生一种反对官方教会的运动,参加这个运动的人称为分裂派。

如，在约阿基姆节和安娜节背面，用红墨水写着直体字："恩人啊，救救我免于灾难吧。"

我记得他说的那场"灾难"：外祖父为了帮助不争气的儿子们，开始放高利贷，秘密地接受典当。有人告了他的密。一天夜里，警察突然来搜查。大乱了一阵，但结果却平安无事。外祖父一直祷告到太阳出来，早晨当我面在教历上写下这句话。

晚饭前，他和我一块儿念诗篇、祷词或者叶夫列姆·西林①的大本的著作；吃过晚饭，他又祈祷，在傍晚的寂静中，长久地响着凄凉的，忏悔的语句：

"我怎样供奉你，怎样报答你啊，伟大不朽的上帝……保佑我不受任何的诱惑……上帝，保佑我不受坏人欺负……为我流泪吧，在我死后记住我吧……"

可是外祖母却常常说：

"哎哟，我今天可累坏了！看样子不祈祷就得躺下睡觉了……"

外祖父常常带我到教堂去：每星期六去做晚祷，每逢假期，就去做晚弥撒。在教堂里，我也把人们对上帝的祈祷区别开来：神甫和助祭所念的一切，是对外祖父的上帝祈祷，而唱诗班却永远是对外祖母的上帝歌颂。

当然，我只是粗略地说说两个上帝在孩子眼中的区别，我记得，这种区别曾不安地分裂着我的心。外祖父的上帝使我恐惧和敌视：他不爱任何人，用严厉的目光注视一切，他首先寻找和看见人的坏的、恶的、有罪的一面。显然，他是不相信人的，总是期待着人们的忏悔，喜欢惩罚人们。

在那些日子，对于上帝的思想和感情是我的主要的精神食粮，生活中最美的东西，其他一切印象都是残酷的，污秽的，只能惹我生气，引起反感和恶劣的心情。上帝是我周围一切东西中最美好最光辉的，

---

① 叶夫列姆·西林（四世纪），神父，教会著作家，著有祈祷文、圣歌。

外祖母的上帝是一切生物可爱的朋友。当然,有个问题不能不使我不安:为什么外祖父看不见仁慈的上帝?

家里的人不让我上街玩耍,因为大街太刺激我,街上给我的那印象,使我像喝醉了似的,几乎每次都要做一个闯祸和捣乱的人。我没有结交伙伴,邻人的孩子仇视我;我不喜欢他们叫我卡希林,他们看出这一点,因此他们互相叫得更厉害:

"瘦鬼卡希林的外孙子出来了,瞧!"

"打他!"

于是开始了一场斗殴。

论年岁,我算是力气大的,打起架来也灵巧,就是那些合伙攻打我的敌人也承认这一点。但我仍然受整条街的小孩的痛打,走回家的时候,通常总是鼻子流血,嘴唇破裂,脸上带着青疙瘩,衣服撕得稀烂,浑身是土。

外祖母一看见我,就大吃一惊,怜悯地说:

"怎么啦,小萝卜头儿,又打架了?这像什么样子啊!我非给你一顿左右开弓不可……"

她给我洗了脸,在青肿的地方敷上湿海绵,贴上铜钱或者抹醋酸铅水,并且劝我说:

"你干吗老打架?在家里老老实实的,一到街上就不是那样的了!没羞没臊的。看我告诉外祖父,把你关在家里……"

外祖父看见我脸上的青疙瘩,可是从不骂我,只是嘴里啧啧作响,低吼着说:

"又带上奖章了?你这个阿尼克武士①,不准你到街上去瞎闯,听着!"

如果街上静悄悄的,那么大街就不会吸引我了,但是我一听见孩子们快乐的闹声,就不顾外祖父的禁令,从院子里窜了出去。打得青

---

① 在宗教诗里,阿尼克武士是一个与死神做斗争的英雄。

97

肿和皮破倒并不可气,但街道上那些恶作剧,却令人不能不愤慨。那些为我非常熟悉的残酷行为,有时达到疯狂的程度。看见孩子们挑唆狗或公鸡互相斗架,虐待猫,追赶犹太人的羊,凌辱喝醉的乞丐和外号叫"兜里装死鬼"的傻子伊戈沙,我就气得受不了。

伊戈沙又高又瘦,浑身好像被烟熏过似的,穿一件沉重的羊皮统子,在皮包骨头的铁锈的脸上,长满了硬毛。他躬着腰在街上走着,奇怪地摇晃着,一言不发,死盯着脚下的地。他那有着一对细小而忧郁的眼睛的铁灰面孔,使我敬畏。我仿佛觉得这个人正在从事一件了不起的事情,他在寻找什么东西,不应妨碍他。

孩子们跟在他后面跑,对着驼背扔石子。他好像半天都没有注意他们,也不觉得疼;可是,他忽然停住了,抬起头,用抽搐着的手整一整头上的破帽子,四下里张望着,仿佛刚醒过来。

"兜里装死鬼的伊戈沙!伊戈沙,到哪儿去啊?小心,你兜里有个死鬼!"小孩子叫喊着。

他用手握住口袋,然后,很快地弯下腰从地上拾起石子、木橛子、土疙瘩,他一面笨拙地扬起长胳膊,一面咕咕哝哝地骂人。他从来只骂那同样的三句脏话。孩子们在这方面的语汇,比他的要丰富多了。有时他拐着瘸腿追他们;长皮袍子老绊他的腿,他摔倒了,双膝跪着,两只像干树枝的黑手支住地。孩子们往他腰里和背脊上扔石子,最大胆的跑到紧跟前,往他头上撒把土就马上躲开。

街上还有一个更令人难过的印象,这就是老师傅格里戈里·伊凡诺维奇。他完全瞎了,到处去要饭,他个子高高大大,样子堂堂正正,像哑巴似的不吭气。一个矮小的难看的老太婆牵着他;她站在人家窗户下面,眼睛老是往一旁瞟着,拉着尖腔说:

"行行好吧,看在上帝的分上,可怜可怜又穷又瞎的人吧……"

格里戈里·伊凡诺维奇沉默着。他的黑色眼镜对着人家的墙、窗户、迎面走来的人的面孔直视着;染透了的手静静地捋着大幅的胡须,双唇紧合着。我常常看见他,但从来没有听见从那紧闭的嘴发出一点

声音,老头的沉默使我很气闷。我不能到他跟前去,从来也没有走到他跟前,相反的,远远地一看见他,就跑回家去告诉外祖母:

"格里戈里在街上要饭呢!"

"真的吗?"她不安地、怜悯地叫了一声。"拿着,快跑去给他!"

我粗鲁而且气愤地拒绝了这个差使。她于是亲自到大门外,站在人行道上,和他谈了许久。他含着笑,抖嗦着胡须,但是他很少说话,总是三言两语的。

有时外祖母把他叫到厨房里,请他喝茶吃东西。有一次他问我在哪里。外祖母叫我,但是我跑了,躲在柴火堆里。我不能到他跟前去,在他面前觉得非常难堪,我也知道,外祖母也很难为情。我和外祖母只有一次谈起格里戈里。她把他送出大门后,慢慢地在院子里走着,低头哭泣着。我走到她跟前,拉着她的手。

"你干吗要躲开他呢?"她低声地问。"他挺喜欢你的,他是好人……"

"外祖父为什么不养活他?"我问。

"外祖父吗?"

她站住了,把我搂到她怀里,差不多耳语似的,预言说:

"记住我的话:上帝要为这个人狠狠地惩罚我们一顿的!一定要惩罚的……"

果不出她所料:十年后,那时外祖母已经长眠地下[①],外祖父自己也成了乞丐和疯疯癫癫的人[②],在城里串大街走小巷,哀声哀气地在人家窗下讨饭:

"我的好厨师啊,给一个包子吧,给我一个包子吧!嗨,你们这些人啊……"

从前的他,只剩下这个辛酸的、漫长的、激动人心的一句话:

"嗨,你们这些人啊……"

---

① 外祖母死于一八八七年二月十六日,终年七十。
② 外祖父在外祖母死后两个半月也去世了,终年八十。

除了伊戈沙和格里戈里,使我感到气闷、一看见就躲开的,是那个放荡的女人沃罗尼哈。她每逢过节就来,——高大的个子,蓬乱的头发,喝得烂醉。她走起路来步伐很特别,仿佛脚不着地,像一朵乌云似的在移动,一面走一面唱着猥亵的歌子。所有碰见的人都回避她,躲到大门后面、墙角、铺子里。她一走过好像就把大街扫净了似的。她的脸几乎是青的,腮帮胀得像尿泡,灰色的大眼睛又可怕又可笑地圆瞪着。她有时嚎叫,哭泣:

"我的孩子们,你们在哪儿啊?"

我问外祖母:这是怎么回事?

"这不是你应当知道的!"她阴沉沉地回答道,但仍然简短地讲了讲:这个女人原先有个丈夫叫沃罗诺夫,是做官的,他想给自己谋一个大官,于是他就把妻子卖给了自己的上司,这个上司把她带到别处去,她离开家有两个年头。她回来时,她的两个孩子——一男一女——都已经死了,丈夫把公费输光了,被抓了去坐牢。她一伤心,就开始喝酒、放荡、胡闹起来。每逢过节的夜晚,她就被警察给抓了去……

不,家里究竟比街上好,特别是吃过中饭以后那段时光美好。这时外祖父到雅科夫舅舅的染坊去了,外祖母坐在窗户旁给我讲有趣的童话、故事,讲我父亲的事。

她由猫嘴里夺下一只八哥儿,她把它折断了的翅膀剪掉,在它腿上咬掉的地方巧妙地绑上一根木片,把这只鸟儿治好了以后,教它说话。有时,她在笼子前面靠着窗户框整小时地站着,像一只和善的大兽似的,用低沉的声音对着黑炭似的爱模仿的鸟重复说:

"喂,你说:给俺小八哥儿——饭!"

八哥儿对她斜着幽默家的活泼的圆眼,用腿上的小木片敲打着薄薄的笼底,伸长了脖子学黄鹂啼啭,取笑似的学松鸦和布谷鸟,竭力学猫咪咪地叫,模仿狗叫,而人说话它却学不好。

"你别淘气!"外祖母对它认真地说。"你说:给俺小八哥儿——饭!"

这只长羽毛的黑色猴子，震耳地喊了一声像外祖母说的话，老太太快乐地笑起来，用指头递给这只鸟要的饭，说道：

"我就知道你这个滑头，有意装相。其实你什么都能，什么都会！"

她真的把八哥儿教会了。过了一些时候，它能相当清楚地要饭吃，远远地看见外祖母，就拉着嗓子喊出像"你——好——哇……"的声音。

起先它挂在外祖父屋里，但不久外祖父就把它赶到我们顶楼上来，因为这只八哥儿老学外祖父说话；外祖父清晰地念出祈祷词，这只八哥儿把黄蜡似的鼻尖从笼缝里伸出来，莺啼燕啭似的叫：

"球，球，球——一二，禿——一、二，踢——一——二，球啊！"

外祖父觉得这是欺负他；有一次，他停下祈祷，把脚一跺，狂怒地喊道：

"把这个魔鬼拿开，我要杀死它！"

家里有许多有趣的和好玩的事，但是有时候，一种无法排遣的愁苦压抑着我，我全身仿佛被一种沉重的东西注满了，好像长久地住在黑暗的深坑里，失去了视觉、听觉和一切感觉，像一个瞎子，一个半死不活的人……

八

外祖父突然把房子卖给酒馆的老板，在缆索街上另买了一所；这是一条没有铺装、长满了草、然而却很清洁而且安静的街，它穿过两排色彩斑驳的小屋，一直通到田野。

新房子比从前那所漂亮，可爱；正面涂着令人感觉温暖恬静的深红颜色；三个天蓝色的窗扉和一扇带栅栏的顶楼百叶窗鲜亮得耀眼；靠左边的屋顶遮掩着榆树和菩提树的美丽的浓阴。院子里，花园里，有许多舒适的僻静角落，像是专为捉迷藏用的。花园特别好，它不大，但草木茂盛，凌乱得令人愉快；花园的一角有一所玩具似的矮小澡堂；

另一角是一个相当深的大坑;坑里野草丛生,乱草里突出一根粗大的木炭头,这是被烧毁的旧澡堂留下来的残迹。左边是奥夫相尼科夫上校马厩的围墙,右边是贝特连家的房舍;花园前面连接着卖牛奶的彼得罗芙娜的宅地。彼得罗芙娜是一个又胖又红、像铃铛似的整天吵吵闹闹的女人;她的小屋坐入地平线下面,阴暗而且破旧,均匀地盖着一层青苔,两个窗眼和善地瞅着深谷纵横的、远方有一片浓密的青云般的森林的田野;田野里整天有兵士行走,跑步;刺刀在秋天的斜晖中闪着白光。

整所宅子住满了我没有见过的人们:前院住着一个鞑靼军人,他的妻子又小又圆;她从早到晚吵吵嚷嚷,嘻嘻哈哈,弹着装饰得富丽堂皇的吉他,她常常放开高亢嘹亮的嗓子唱一支热情的歌儿:

光有爱情不快乐,
还要另外找一找!
好生想法找到它。
沿着这条正道走,
自有奖赏等待你!
哦,甜蜜蜜的奖赏啊!

那个军人也圆得像个皮球,坐在窗户旁,吹鼓了发青的脸,快乐地瞪着棕黄色的眼睛,不住地抽着烟斗,咳嗽的声音很奇怪,像狗吠似的:

"呜汪,呜汪,汪!汪……"

在地窖和马厩上面,有一间温暖的小屋;里面住着两个运货的车夫——小个的灰白头发的彼得伯伯,他的哑巴侄子斯捷帕,一个面孔像红铜托盘一般的、皮肤光滑的、结结实实的小伙子;还有一个细长个子的鞑靼人勤务兵瓦列伊。这都是些新的人物,他们身上有许多我不熟悉的东西。

但是,特别把我抓得紧和吸得牢的是一个名叫"好事情"的包伙食的房客。他在后进院子厨房隔壁租了一间屋子,这间屋长长的,有两面窗户——一面对着花园,另一面对着院子。

这个人清瘦,驼背,面色雪白,留两绺黑胡子,眼镜底下闪着一对和善的眼睛。他沉默寡言,不被人注意,每次叫他吃饭或喝茶的时候,他总是回答:

"好事情。"

不管是当面或背地里,外祖母就这样叫他:

"廖恩卡,去叫'好事情'来喝茶!'好事情',您怎么吃得这样少啊?"

他的整个房间都被什么箱子和我所不认识的世俗字体①的厚本子书籍塞满和堆满了;到处都是盛着各种颜色的液体的瓶子,一块块的铜铁,成条的铅。从早到晚,他穿着棕红色的皮上衣,带方格的灰色裤子,全身涂满了不知什么颜料,发散出一种刺鼻的味道,头发蓬乱,笨手笨脚的,老是在那里熔化铅,焊什么铜的小东西,在小的天平上称来称去,像牛似的低吼着,烧疼了指头,连忙向它吹气,跌跌撞撞地走到挂图跟前,他擦擦眼镜,他那又细又直的、白得出奇的鼻子几乎碰到图纸,像是在那儿闻它。有时他突然在屋子中间或者窗户旁边停下来,长久地站着不动,闭着眼,抬着头,一声不出,像一段呆木头。

我爬到板棚顶上,隔着院子从开着的窗户观察他;我看见桌子上的酒精灯的青色火焰,黑色的身影;看见他在破本子里写字,他的眼镜像两片薄冰,放射着寒冷的青光;这个人玩的魔术使我一连几个钟头待在棚顶上,好奇心烧得我难过。

有时,他反背着手站在窗户跟前,像站在木框子里似的,对直棚顶望着,但他仿佛没有看见我,这使我很生气。忽然,他三步两步地跳到桌子跟前,腰弯成两段,在桌子上搜寻什么东西。

---

① 即现在通用的字体;因阿廖沙开始学的字母是教会斯拉夫字体,所以说不认识世俗字体。

我想，要是他有钱，穿得好，我会怕他的，但是他很穷：皮短衣的领口露出皱皱巴巴的脏衬衣的领子，裤子上全是污点和补丁，赤脚穿着破鞋。穷人不可怕，也没有危险，外祖母对他们的怜悯和外祖父对他们的蔑视，不知不觉地使我相信了这一点。

全宅子里，谁也不喜欢这位"好事情"；大家都用嘲笑的口气讲他；那个快乐的军人妻子，叫他"石灰鼻子"，彼得伯伯叫他"药剂师"和"巫师"，外祖父叫他"妖术师"、"危险人物"。

"他在搞什么？"我问外祖母。她严厉地喝了一声：

"与你不相干。别多嘴，听见吗？……"

有一天，我鼓足了勇气，走到他的窗前，勉强压抑着心头的激动，问道：

"你在搞什么？"

他震动了一下，从眼镜的上方把我打量了半天，向我伸出了满是溃疡和烧伤的手，说道：

"爬进来吧……"

他不叫我从门口进去，而叫我跳窗户，这使我更觉得他了不起。他坐在箱子上，把我抱在他面前，把我一会儿推开，一会儿拉近，最后，他低声问道：

"你是从哪儿来的？"

这太奇怪了：一天四次在厨房里吃饭喝茶，我都是坐在他身旁的！我回答道：

"我是房东的外孙子……"

"噢，对了，"他观察着自己的手指说道，接着又不吭声了。

我认为得向他解释一下：

"我不是卡希林，是彼什科夫……"

"彼什科夫？"他不相信地重复了一句。"好事情。"

他把我推开，站起身来，一面向桌子走去，一面说：

"乖乖地坐着，别动弹……"

我坐了很久很久,观察他锉那块用虎头钳子夹着的铜;在钳子下面,金星似的铜末落到马粪纸上。他把铜末撮成一把,撒到厚沿的杯子里,再从罐子里添点食盐似的白粉,又从黑瓶子里倒上一点什么,于是杯子里就发出咝咝的声音,冒着烟,一股呛人的气味直扑我的鼻子。我咳嗽起来,乱摇头,可是这位巫师却夸耀似的问道:

"挺难闻吧?"

"可不是!"

"那就对了!小弟弟,这就好极了!"

"有什么可夸耀的!"我心里想,于是严厉地说:

"既然难闻,那就是不好……"

"是吗?"他眨巴着眼惊问了一声。"那可不见得,小弟弟!哎,你玩羊趾骨吗?"

"你是说玩羊拐吧?"

"对,玩羊拐,玩不玩?"

"玩。"

"你要不要我给你做一个灌铅的羊拐?用它来打,准极了!"

"好哇。"

"那你就拿一个羊拐来吧。"

他又向我走来,一面走,一面用一只眼睛望着手里冒烟的杯子,到了我跟前说道:

"我给你做铅羊拐,你以后别到我这儿来了。好不好?"

这可把我气坏了。

"就是不给我做,我也不来了……"

我憋了一肚子气,走进了花园。外祖父正在那儿忙着把粪围到苹果树根上。当时是秋天,树木早就开始落叶了。

"来,把覆盆子剪齐,"他把剪子递给我说道。

我问他:

"'好事情'在造什么?"

"他在破坏房子，"他气汹汹地回答。"地板烧坏了、墙纸弄脏了，撕破了。我就要告诉他，叫他搬走！"

"该这样办，"我同意说，一面开始剪覆盆子的枯藤。

然而我答得太急了。

秋雨淋淋的晚上，要是外祖父不在家，外祖母就在厨房里举行非常有趣的晚会，请房客们——车夫、勤务兵——都过来喝茶，还有泼辣的彼得罗芙娜，有时连那个快乐的女房客也过来。"好事情"总是坐在墙角炉子那边，一动不动，一声不响。哑巴斯捷帕和鞑靼人玩纸牌，瓦列伊用牌朝着鞑靼人宽大的鼻子拍了几下，照例加上一句：

"啊——撒旦①！"

彼得伯伯带来一大块白面包，和一大瓦罐"种籽"果酱，把面包切成片、抹上厚厚的果酱，他用手掌托着这些好吃的涂有树莓酱的面包片，低低地鞠着躬，分送给大家。

"请赏光吃一片吧！"他亲切地请求道，当人家从他手里把面包拿走，他注意地看看自己漆黑的手掌，如果发现上面有一滴果酱，就用舌头舔掉它。

彼得罗芙娜带来一瓶樱桃甜酒，那个快乐的女人拿来带壳的果子和糖果。外祖母最喜爱的娱乐——热闹的宴会开始了。

就在那次"好事情"贿赂我、叫我不要再找他以后不久，外祖母举行了一次这样的晚会。外面哗哗地下着连绵的秋雨，风呜呜地吹，树枝子刮得墙壁咪咪地响。在厨房里，又暖和又舒服，大家紧紧地挨坐着，人人都显得特别可亲而且安静。外祖母很少像今天这样滔滔不绝地讲童话故事，一个比一个讲得好。

她坐在炕炉沿上，脚蹬着炉阶，俯下身来对着一群被小洋铁灯的亮光照耀着的人；每当外祖母兴头来了的时候，就爬到炕炉上，声明说：

---

① 鞑靼语："魔鬼"。

"我要在高的地方讲,在高的地方讲好些!"

我在她腿旁边宽宽的炉阶上,几乎是在"好事情"的头上,找一个地方坐下。外祖母讲了一个关于伊凡勇士和米龙隐士的美妙故事。那些富于表现力的、有分量的词句有节奏地畅流着。

> 从前有一个凶恶的督军高尔将,
> 他有一颗石头心,龌龊的灵魂黑似漆;
> 他灭绝了真理,折磨老百姓,
> 他好比住在树洞里的枭,满心都是坏主意。
> 他最恨的是哪一个?
> 最恨的就是那个隐居的老人米龙,
> 米龙那是个暗中维护真理的人,
> 为了给人们做好事他什么都不怕。
> 督军叫来忠实奴仆——
> 勇敢的勇士伊凡奴什柯:
> "伊凡柯,你去杀死那个老头子,
> 杀死那个骄傲的老隐士米龙!
> 你去砍掉他的头,
> 提着他的花白胡须
> 把头颅献给我,我好把它来喂狗!"
>> 伊凡领了命令就动身,
>> 伊凡一路苦苦在寻思:
>> "我不是自愿去行凶——这事实在不得已!
>> 上帝赐给我的命运该如此。"
> 一把锋利的宝刀衣襟下面藏,
> 伊凡走到隐士老人前,
> 弯身打躬忙行礼,叫一声:
> "正直的老人啊,你一向身体好?

上帝把你保佑得可安全?"
　　这个未卜先知的老人笑容满面,
施展了聪明的口才对他说:
"你算了吧,伊凡奴什柯,
干吗把真情实况来隐瞒!
上帝什么事情不知道,
善与恶都掌握在他的手里头!
我知道你是为何来找我!"
　　伊凡一听脸通红,
违抗命令伊凡怎么敢,
他从皮鞘里抽出刀一把,
在宽大的衣襟上磨磨刃。
"米龙,我本想不叫你看见这把刀,
冷不防就结果你的性命。
好,现在你来祷告上帝吧,
你最后一次向他祷告吧,
为了你,为了我,为了全人类,
然后我再砍下你的头……"
　　老人米龙双膝跪在地,
　跪在年轻的小橡树下,
　橡树对他弯身行个礼。
　老人微微含笑开言道:
"喂,伊凡,请注意:你要等得非常久!
为全人类祈祷是桩大事情!
最好一下就把我杀死,
免得你多余受折磨!"
　　伊凡一听怒眉竖,
　　他马上愚蠢地夸海口:

"不,我说到,就做到,
你祷告吧,等候一百年我也不怕!"
　　隐士祷告到傍晚,
从傍晚祷告到出早霞,
从早霞一直祷告到深夜,
从夏他又祷告到春。
米龙那祈祷一年复一年,
年轻的橡树已经长得冲云霄,
橡树的籽儿已经传播成大密林,
那个圣者还是没有祈祷完!
　　直到如今他们仍然是那样:
　　老人还是那样对上帝暗暗地哭泣,
　　请求上帝给人们以帮助,
　　请求光荣的圣母给人们以快乐。
勇士伊凡就站在他身旁,
他的宝刀早已化成土,
铁盔铁甲也锈完,
一身好的衣衫变成灰,
伊凡不论冬夏光着身子站,
夏天烈日晒他也晒不干,
蚊虫吸他的鲜血也吸不尽,
狼和熊不来欺负他,
风暴和严寒和他也无关。
他动也动不得,
手也举不得,话也说不得。
你们瞧,给他的惩罚多可怕:
罚他不该听从坏人的话,
不该认为自己是代人受过!

但那老人为我们罪人的祈祷，
直到如今仍向上帝那儿流，
就像清澈明亮的大河流入大海洋！

外祖母刚开讲的时候，我就看见"好事情"不知为什么心神不安：他两手的动作很奇怪，像抽筋似的；眼镜一会儿摘下，一会儿戴上，两手随着歌唱似的语言来回摆动，他时而点点头，时而摸摸眼睛，使劲儿用指头按它们，不住地用手掌迅速地擦着额头和腮帮，好像出了满头满脸的大汗。要是听众有人动弹、咳嗽、蹴脚，这个房客就厉声地喊出：

"嗤——嗤！"

外祖母讲完了的时候，他忽的一声站起来，舞动着两手，不知怎的很不自然地乱打转儿，嘟嘟哝哝地说：

"要知道，这太好了，应当写下来，一定要写下来！这真实极了，我们的……"

现在可以很清楚地看出，他是哭了，满眼都是泪；眼泪从眼圈周围一齐涌出，整个眼睛浸在泪水里；这叫人奇怪，又叫人非常可怜。他可笑地、笨手笨脚地、一跳一跳地在厨房里跑来跑去，手里拿着眼镜在鼻子前摆动着，想戴，可是眼镜腿老是挂不到耳朵上。彼得伯伯望着他微微含笑，大家都不知所措地沉默着，外祖母急忙地说：

"那您就写下来吧，这没什么罪过；像这样的故事我还多着呢……"

"不，就要这个！这是地道俄罗斯的，"这个房客兴奋地喊叫，忽然间，他在厨房中间呆若木鸡地站住了，开始大声地讲起来，右手在空中乱画，左手拿着眼镜发抖。他讲了很久，很激昂，声音尖厉，不住地跺脚，常常重复说那同样的一句话：

"不能让别人牵着鼻子走，对的，对的！"

后来不知怎地，声音忽然断了，他不再说下去，看了看大家，就悄悄地、抱歉似的低下头走了。人们都笑了笑，狼狈地你看看我，我看看你，外祖母挪到炕炉上面黑影里，在那儿深深地叹息。

彼得罗芙娜用手掌擦擦又红又厚的嘴唇，问道：

"他怕是生气了吧？"

"没有，"彼得伯伯答道。"他就是这样……"

外祖母从炕炉上爬下来，默默地把茶炊煨热，彼得伯伯不慌不忙地说道：

"这些先生们全是这个样子——喜怒无常！"

瓦列伊阴沉地咕哝了一句：

"单身汉都有个怪脾气！"

人们全笑了，彼得伯伯拉长了声音说道：

"甚至老泪横流。看起来，从前上钩的都是大鱼，如今连小鱼都很少来了……"

空气沉闷，一种忧郁的情调紧缩着心。"好事情"使我很惊奇，同时我又可怜他，我清清楚楚地记得他那浸湿了泪水的眼睛。

那天他没有回家过夜，第二天吃过午饭才回来，他安安静静的，全身的衣服都揉皱了，样子十分狼狈。

"昨天我吵闹您了，"他像孩子似的抱歉地对外祖母说。"您没有生气吧？"

"生什么气？"

"气我插嘴，气我说话？"

"您谁也没得罪……"

我觉得外祖母怕他，她的视线避开他的脸，不像平常那样说话，声音特别低。

他逼近了外祖母，非常直爽地说：

"您瞧，我孤独得可怕，一个亲人也没有！憋着，憋着，可是心里忽然沸腾起来，决口了……哪怕对一块石头，对一棵树，也想谈谈心……"

111

外祖母躲开他。

"那您就结婚好了……"

"唉!"他苦丧着脸叹息了一声,一甩手就走开了。

外祖母皱紧了眉头,望着他的背影,闻了闻鼻烟,然后严厉地教导我说:

"你要当心,不要老在他身边转,天晓得他是什么人……"

可是我又被他吸引住了。

我看见,当他说"孤独得可怕"的时候,他的脸色变了,变得没有人色了;在这句话里,有一种我所理解的,感动我心的东西,我找他去了。

我从院子里偷偷地往他的窗户瞧,他的房间是空的,像贮藏室一样,里面杂乱地随手堆放着各种正像它们的主人一样多余而且古怪的东西。我到花园去,在花园的坑里看见了他;他弯着腰,把手放在脑袋后面,肘弯支着膝盖,挺不舒展地坐在烧焦了的梁木末端;梁木上撒满了土,它的末端,黑炭发着光泽,在枯萎的蓬蒿、荨麻、牛蒡上面突出着。他坐得挺不舒展,这使人更同情他。

他好一会儿都没有看见我,一对猫头鹰似的瞎眼向远处眺望,然后忽然仿佛抱怨似的问道:

"是找我吗?"

"不是。"

"来干什么?"

"不干什么。"

他摘下眼镜,用一块印有红黑斑点的手帕擦它,说道:

"哎,爬过来吧!"

我挨着他身边坐下,他紧紧地搂着我的肩膀。

"坐坐吧。我们坐着别谈话,好不好? 这样最好……你的脾气拗吗?"

"拗。"

"好事情!"

我们沉默了很久。傍晚寂静而且温和,这是忧郁的"秋老虎"季节的一个傍晚,周围是千紫万红的草木,但显然已在褪色,每小时都变得更为苍白,土地也已经耗尽它那饱满的夏天气息,只发散着寒冷的潮气,空气出奇地明净,在红晕的天空中,匆忙的寒鸦闪闪地飞过,唤起人们抑郁寡欢的思绪。一切都静悄悄的;每一个声音——鸟雀的动弹声,簌簌的落叶声——听来都是巨响,使人不禁要打冷战,但冷战过去后,你又在寂静中凝神不动了,——寂静拥抱着整个大地,充满了整个心胸。

每当这样的时刻,就发生一些特别纯洁、轻飘的思想。这些思想是微妙的,像蛛网那样透明,难以用言语表达。这些思想有如流星忽然爆发,转瞬就陨逝了。它们像一种忧伤的感情焚烧着人的心灵,同时又安慰它,又使它惊慌,而心灵就立时沸腾,熔化,铸成一种终身不变的形式,心灵的面貌于是就创造出来了。

我在寄食人的暖和和的身边偎倚着,和他一起透过苹果树的黑色枝丫眺望发红的天空,注视着奔忙的朱顶雀飞翔,看见几只金翅雀撕碎干枯的牛蒡花的果儿,啄食里面酸涩的种籽,看见从田野上涌起镶着血红边沿的毛茸茸的灰蓝色的云彩。在云彩下,老鸦姗姗地向坟场的鸟巢飞去。一切都是那么好,那么特别,不像平时那样容易理解和令人亲近。

有时,这人深深地叹口气,问道:

"小弟弟,美吧?美!你觉得潮湿吗?冷不冷?"

天渐渐黑了,周围的一切都膨胀起来,充满了潮湿的昏暗。他说:

"坐够了!咱们走吧……"

在花园的耳门旁,他站住了,静静地说:

"你的外祖母真好。啊,多么奇妙的大地!"

他闭上眼睛,微笑着,声音不高,但很清楚地念道:

> 给他的惩罚多可怕:
> 罚他不该听从坏人的话,
> 不该认为自己是代人受过!

"小弟弟,你要记住这些话,要好好地记住!"

他把我推到前面,问道:

"你会写吗?"

"不会。"

"要学。你要学会,把外祖母讲的记下来,小弟弟,这非常有用……"

我们俩做了朋友。从那天起,我随时都可以到"好事情"那儿去,坐在盛满破烂的箱子上,我毫不受阻挡地观察他熔铅,烧铜,把铁片烧红,用红把儿的小锤在小小的砧子上捶打,用木锉、锉刀、纱布和细线似的锯做工。他老是把东西拿到灵敏的铜做的天平上称称。往挺厚的白杯子里倒各种液体,看它们冒烟,满屋子都是呛人的气味,他皱着眉头查看厚本子书,咬着红嘴唇哼哼着,或者拉着腔低低地哑声唱道:

沙朗①的玫瑰哟……

"你做什么啊?"

"做一件东西,小弟弟……"

"什么东西?"

"噢,怎么说好呢,我不会说得使你明白……"

"外祖父说,恐怕你是在做假钱……"

"外祖父?嗯嗯……他胡扯!钱,小弟弟,算不了什么……"

"那用什么买面包啊?"

"对了,小弟弟,买面包得用钱,不错……"

"我说的对吧?买牛肉也得……"

"买牛肉也得……"

他轻轻地、非常可亲地笑了,他揪着我的耳朵,像揪小狗似的,

---

① 山谷名,在巴勒斯坦,以植物茂盛著称。

说道：

"我怎么也说不过你，小弟弟，你把我给考着了；咱们还是别作声吧……"

有时他停下工作，挨着我坐下。我们长久地对着窗外眺望，望那细雨洒在房顶上，洒在长满杂草的院子里，望那苹果树在落叶，枝丫渐渐裸露出来。"好事情"很少说话，但他说的总是些必要的话；要是想让我注意什么东西，他常常只是轻轻地推推我，向我眨眨眼睛。

我在院子里并没有看见什么特别的东西，但是经他用肘子推一推和说一两句话，所看见的一切就觉得特别有意义，一切都牢固地记在心里。比方说，院子里跑来一只猫，在明亮的一潭水洼前面停住，瞅着自己的影子，抬起软绵绵的爪子，像是要打它。"好事情"便轻轻地说：

"猫儿又骄傲又多疑……"

金红色的大公鸡玛玛伊飞到花园的篱笆上，站住，拍拍翅膀，险些儿摔了下来。它给惹火了，伸长脖子，怒气冲冲地咕噜起来。

"这位将军好大的架子，但聪明可不怎么的……"

笨手笨脚的瓦列伊像一匹老马，沉重地踏着泥泞的院子走过去；他颧骨凸出，两颊气鼓鼓的，眼睛挤得细细的仰望天空，白晃晃的秋天阳光一直射到他的胸上。——瓦列伊的上衣铜扣子金光闪闪，这个鞑靼人站住了，用弯曲的手指摸摸铜扣子。

"他像是得到一枚奖章似的，在欣赏呢……"

很快我对"好事情"就产生了牢固的情感，不论是在苦痛的受辱日子，还是欢乐的时刻，他都成为我不可缺少的人了。他沉默寡言，但却不禁止我讲我想到的一切，外祖父可总是用严厉的呵斥打断我的话：

"别多嘴，像小鬼推磨似的！"

外祖母已经是满腹的心事，不再听别人的话和过问别人的事了。"好事情"总是聚精会神地听我瞎扯，常常微笑着对我说：

"小弟弟，不对头，这是你自己瞎编的……"

他的简短评语总是恰当其时，而且是必要的。我心里和头脑里所

115

想的一切,我还没说出口的废话和不正确的话,他仿佛都看得雪亮,并且用亲切的三言两语就给打了回去:

"瞎胡说,小弟弟!"

我时常有意试验他这种魔术似的本领;有时我编造一套,讲得像真的一样,可是他听不到几句,就摇着头说:

"你又瞎扯啦,小弟弟……"

"你怎么知道的?"

"小弟弟,我看得出……"

外祖母常常带着我到干草广场去挑水。有一次,我们看见五个小市民打一个乡下人。他们把乡下人按倒在地上,像群狗似的撕他。外祖母扔掉水桶,挥着扁担向打架的人跑去,同时向我喝了一声:

"跑开!"

可是我害怕,跟着她跑,拾起圆石子和石头往小市民身上扔。外祖母勇敢地用扁担戳小市民,敲他们的肩膀和脑袋。接着又来了一些人,小市民们逃跑了,外祖母给那个遍体鳞伤的人洗了洗,他的脸给踩得血肉模糊,直到现在我一想起就觉得恶心。他用脏污的指头按着撕破了的鼻孔,又是号叫,又是咳嗽,从手指下面溅外祖母一脸一胸的血;她也叫唤,全身发抖。

我一到家,就跑去找那个房客,把这件事讲给他听。他停下工作,站在我面前,举起长锯,像举一把马刀似的,从眼镜底下严厉地注视着我。停了一会儿,突然打断了我的话,非常带劲地说:

"妙,就应当这样办!太好了!"

刚才所看到的使我太震动了,对他的话来不及觉得惊奇,又继续说下去,但他搂住我,跌跌撞撞地在屋子里走来走去,说道:

"行了,不必多说了!小弟弟,你已经把要说的都说了,懂不懂?全说了!"

我委屈地住了嘴,但是想了想,却忽然惊奇地使我永远不忘地明白过来,他叫我不要再说下去正是时候:我的确已经把话说尽了。

"小弟弟,这种事件不必老挂在嘴边,这不是好的记忆材料!"他说。

有时,他突如其来地对我说一句什么话,这句话就跟随着我一辈子。我对他讲我的敌人克留什尼科夫,这个体胖头大的孩子,是新开路打架的能手,我怎么也打不赢他,他也打不赢我。"好事情"注意地听了我的可悲的遭遇,说道:

"这是小事情。这种力气算不得力气,真正的力气在于动作快;越快越有力——懂不懂?"

下星期日,我试着把拳头打得快一点,果然不费大劲就把克留什尼科夫打败了。这使我更重视这位房客的话。

"任何东西都得会拿,你懂不懂?要善于拿,这是件非常困难的事!"

我一点儿也不明白,但不由人就记住了这类的话,正因为在这些简单朴素的话里有一种恼人的神秘,所以才记住了:拿石头、面包、茶碗、锤子,不是不要任何特别技巧吗?

家里的人越来越不喜欢"好事情";连快乐的女房客的那只可亲的猫也不往他的膝盖上爬,而别人的膝盖它都爬。他亲切地召唤它,它也不理。我为这打它,揪它的耳朵,为了劝它不要怕这个人,我几乎哭起来。

"我身上有股酸味,所以猫不接近我,"他解释道,但是,我知道所有的人,连外祖母也在内,另有一套敌视房客的不正确的气人的解释。

"你干吗老在他那儿磨蹭?"外祖母气愤愤地问道。"你要当心,他会教你什么的……"

我到房客那儿去,渐渐被外祖父这个红毛黄鼠狼知道了,我每去一次,他就狠狠地揍我一顿。我当然不把禁止我和他接近这件事告诉"好事情",但却坦白地说出家里的人对他的态度。

"外祖母怕你,她说你'邪魔鬼道的',外祖父也说你是上帝的敌人,对人有危险……"

他仿佛撵走苍蝇似的把头一甩,微笑使他的白粉似的面孔顿时泛起一层红润。看他那微笑,我的心紧缩起来,眼睛发出了绿光。

"小弟弟,我早就看出了!"他低声说道。"这真叫人愁闷,小弟弟,是吧?"

"是!"

"愁闷啊,小弟弟……"

后来,他终于被撵走了。

有一天,我吃过早茶到他那儿,看见他坐在地板上,一面唱着"沙朗的玫瑰",一面把东西装到箱子里。

"小弟弟,别了,我要走了……"

"为什么?"

他定神地注视着我,说道:

"你真的不知道吗?要腾屋子给你母亲住……"

"这是谁说的?"

"外祖父……"

"他撒谎!"

"好事情"捉住我的手把我拉到他身旁,我坐到地板上,他悄悄地说:

"不要生气!小弟弟,我以为你知道不告诉我呢,这真不好,我错怪了……"

不知怎的,令人感到惆怅,而且为他惋惜。

"你听我说,"他微笑,几乎是耳语似的说。"你还记得我跟你说过'不要到我这儿来'吗?"

我点点头。

"你当时生我的气了,是不是?"

"是的……"

"我是不愿意惹你生气的,小弟弟。你瞧,我就知道,要是咱们俩做朋友,你家里的人准会骂你,是吧?果然是这样吧?你明白我为什么跟你说这话了吧?"

他像一个跟我一般大的孩子似的说话。听了他说这些话,使我高兴得发狂;我甚至觉得,我早在当初就是了解他的。我这样对他说:

"我早就明白了!"

"唔,真的!对了,小弟弟。正应该这样,亲爱的……"

我心里难过得不得了。

"为什么他们谁也不喜欢你呢?"

他搂着我,使我贴紧他,眨眨眼睛,回答道:

"我是一个外人,你懂不懂?就是为了这。不是那样的人……"

我拉着他的袖子,我不知道怎样说,也不会说。

"不要生气,"他重复了一句,又凑近我的耳朵喃喃地补充说:"也不必哭……"

可是他自己的眼泪却从昏蒙蒙的眼镜下面往下滚。

然后,我们像平时一样,默默无言地坐了很久,仅仅有时交换一两句话。

晚上他走了,和大家亲切地告别,紧紧地拥抱我。我走出大门外,看见他坐在大车上,震得颤颤巍巍的,车轮子搅和着冻结的泥疙瘩。他刚走,外祖母就洗刷那间脏污的房子,我来回地从这墙角走到那墙角,有意打搅她。

"走开!"她嚷嚷道,因为我老绊她的腿。

"你们为什么把他赶走?"

"没有你说的话!"

"你们全是傻瓜,"我说。

她用湿布打起我来,一面喊道:

"你发疯了,顽皮鬼!"

"不是说你,除了你全是大傻瓜,"我纠正道,但这并不能宽慰她。

吃晚饭时,外祖父说:

"嗬,谢天谢地!不然的话,我一看见他,心窝里就像攮一把刀子似的:嗨,真该撵走!"

我怀恨地把羹匙弄断,于是又挨了一顿打。

我和祖国的无数优秀人物中的第一个人的友谊,就这样结束了。

九

小的时候,我想象自己是一个蜂窝,各式各样普通的粗人,全像蜜蜂似的把蜜——生活的知识和思想,送进蜂窝里,他们尽自己所能做到的慷慨大量地丰富我的心灵。这种蜂蜜常常是肮脏而味苦的,但只要是知识,就是蜜。

"好事情"走后,彼得伯伯和我挺要好。他很像外祖父:也是那样干瘦,那样干净利落,但他个子比外祖父矮小;他像是一个为了逗笑装扮老头儿的小孩。他的脸像个筛子,全是由条条纤细的皱皮组成的;皱皮之间,那对眼白发黄、可笑的灵活的眼睛,就像笼子里黄雀似的骨碌碌乱转。他那浅灰色的头发曲卷着,胡子拧成圈圈儿;他抽烟斗,喷出跟他头发的颜色一样的烟,也是袅袅上升。他说话也是挺绕圈子的,满口的俏皮话。他的声音嗡嗡地响,听来好像很亲切,但我总觉得他是在嘲笑所有的人。

"开头几年,伯爵小姐,敬爱的塔季扬·列克谢芙娜,命令我说:'你做铁匠吧,'过了一些时候,她又吩咐我说:'帮帮园丁的忙!'行啊,不管把一个老粗安排在哪儿都不合适!过了一阵子她又说:'彼得鲁什卡,你应当去捕鱼!'反正什么都一样,我就去捕鱼……可是,我刚爱上这一行,又和鱼分了手,分手就分手吧!又叫我到城里赶马车,缴租金①。好吧,赶马车也行,还干些什么?后来小姐还没来得及叫我再改行,农奴就解放了,我身边只剩下这匹马,现在它就算是我的伯爵小

---

① 有手艺的农奴被派到城里去干活,从所赚得的钱中抽出一部分交给地主。

姐了。"

它是一匹老马,就好像它原来是白的,曾经被一个醉鬼画匠用五彩颜料乱涂一气,可是只开了个头,没有涂完似的。它的腿脱了白,全身像是用破布联成的,它的眼睛昏沉沉,悲哀地低垂着瘦骨嶙峋的头颅,突出的青筋和磨光的老皮松弛地包着躯干。彼得伯伯对它总是毕恭毕敬,从不打它,并且叫它丹尼卡。

有一次,外祖父对他说:

"你为什么用基督教的名字称呼牲口?"

"不是的,瓦西里·瓦西里耶夫,不是的,可敬的先生!基督教没有丹尼卡这样的名字,只有塔季扬娜!"

彼得伯伯也识字,《圣经》读得烂熟,他和外祖父常常争论圣徒里面谁最神圣;他们把那些负罪的古人一个比一个批评得厉害;特别对押沙龙不客气。有时争论纯粹属于语法性质的,外祖父说:"согрешихом,беззаконновахом,неправдавахом",①可是彼得伯伯却一口咬定是"согрешиша,беззаконноваша,неправдоваша"。

"我说的是一回事,你说的是另一回事!"外祖父冒火了,满脸通红,学他说话:"ваша́,шиша́!"

但是彼得伯伯,被烟雾缭绕着,尖酸地问道:

"你那хомы有哪点好?它对上帝一点儿也不好。说不定上帝一面听你祈祷,一面想:不管你怎样祷告,可一文不值!"

"滚出去,列克谢!"外祖父狂怒地喊道,绿眼珠子直射光。

彼得很爱整洁;他从院子走过,总是把碎石头、碎瓦片、骨头踢开。他一面踢,一面追上去骂:

"多余的东西,净碍事!"

他喜欢说话,看来人倒善良而快乐,但是他的眼睛经常充血而且混浊,有时像死人似的停滞不动。他有时坐在黑暗的墙角,蜷着身子,

---

① 这三个词都是教会斯拉夫文,意为"犯罪,犯法,不合理"。他们所争论的只是文法上字尾的变化。

121

阴沉着脸,像他的哑巴侄子似的一言不发。

"彼得伯伯,你怎么啦?"

"走开,"他沉闷而严厉地说。

我们那条街上,有一家搬来一位老爷,额头上长了个肉瘤。他有一个非常奇怪的习惯:每逢休息日,他就坐在窗口用鸟枪射击狗、猫、鸡和乌鸦,对他所不喜欢的行人也射击。有一次,他用打鹬鸟的小霰弹射中了"好事情"的腰;皮上衣没有被霰弹打穿,但有几颗跑进口袋里;我记得,房客透过眼镜留心地查看发蓝光的霰弹。外祖父劝他去告状,但是他把霰弹往厨房角落里一扔,说:

"不值得。"

有一次,这位射手打进外祖父的腿上几颗霰弹;外祖父气坏了,向调解法官递了状子,召集街上受害者和证人,可是那位老爷忽然不见了。

每次,一听见街上枪响,彼得伯伯——只要他在家——就连忙把晒褪色的、过节才戴的宽檐帽子戴到灰头发的头上,赶快跑出大门。他两手藏在背后长衫下面,把长衫撑得像公鸡尾巴似的,挺着肚子,大模大样地沿着人行道从射手身旁走过。他走过去,返回来,又走过去。我们全家都站在大门口,那个军人从窗户伸出黢青的面孔往外看,在他的脸上面,是他妻子的金发的脑袋;贝特连院子里也走出一些人,只有灰色的、死气沉沉的奥夫相尼科夫的房屋里没有人出来。

有时,彼得伯伯逛来逛去毫无结果,大约那个猎人不承认他是一个值得射击的野禽,但有时双筒枪一连发出两响:

"嘣——嘣……"

彼得伯伯不加快脚走,走到我们面前,心满意足地说:

"打着下襟了!"

有一次,霰弹打中了他的肩膀和脖子。外祖母用针挖霰弹,她数落彼得伯伯说:

"你干吗纵容这个野种?小心他把你的眼睛打瞎!"

"不,不会的,阿库林娜·伊凡娜,"彼得拉着腔轻蔑地说。"他算什么射手……"

"你干吗要惯他啊?"

"我哪儿是惯他,我是想逗逗这位老爷……"

他把挑出来的霰弹放在手掌上,细细地观察,说:

"算不得一把射手!伯爵小姐跟前有一个临时充任丈夫职务的,——她挑换丈夫像挑换佣人一样,——名字叫马蒙特·伊里奇,是个军人。嚆,他的枪法可真行!老妈妈,他只用单打一的子弹,不用别的!他让傻子伊格纳什卡站得远远的,大约四十步开外,傻子的腰带系一个瓶子,瓶子就悬在他的两腿之间,伊格纳什卡把腿叉开,傻笑着。马蒙特·伊里奇用手枪瞄准了,砰一声!瓶子碎了。只有那么一次,不知是牛虻,还是什么的,咬了伊格纳什卡一口,他一动弹,子弹穿进了他的腿,正打中膝盖骨。大夫一叫来,便马上把他的腿给剁了去,——完事大吉,把腿给埋了……"

"傻子呢?"

"他没关系。傻子脚手都不需要,他光凭那副蠢相就能吃饱饭。傻瓜人人爱,愚蠢不惹人生气。俗话说得好:只要是法院的文书就会管人,只要是傻子就不会欺负人……"

这种故事并不使外祖母惊奇,她自己就知道几十个这类的故事,我可有点怕,我问彼得:

"老爷会打死人吗?"

"干吗不会?会。他们彼此也打死。有一次,塔季扬·列克谢芙娜那儿来了一个枪骑兵,他和马蒙特吵起架来,马上就拼手枪。他们走到花园里,池塘旁边小路上,这位枪骑兵啪哧一下,正打中马蒙特的肝脏!马蒙特送到坟地里,枪骑兵送到高加索,——完事大吉!这是他们打死自家人!要是打死农民什么的,那就更没话好说了。现在他们可能就更不怜惜人了,那些农民不是他们的农奴了。先前总还有点心疼,私人的财产嘛!"

"就是那时候也不十分心疼,"外祖母说。

彼得伯伯表示同意:

"这话也对:私人的财产,可不值钱……"

他对我很亲热,跟我谈话,比跟大人谈话和气些,也不回避目光,但他身上有一种我不喜欢的东西。他请大家吃心爱的果酱的时候,我的面包片上的果酱抹得特别厚,常常从城里给我带来麦芽糖、罂粟饼;跟我谈话的时候,总是一本正经,声音很低。

"将来做什么啊,小爷子?当兵还是当官?"

"当兵。"

"这是好事。如今当兵也不苦了。当神甫也好,自言自语地喊叫几声'上帝饶恕吧'——完事大吉!当神甫甚至比当兵容易,当个渔夫,那才叫容易呢,啥本领都不要,只要习惯就行……"

他可笑地形容鱼儿围着饵怎样游来游去,形容鲈鱼、鲤鱼、石斑鱼上了钩怎样挣扎。

"外祖父打你,你生气了吧?"他安慰地说。"小爷子,生气大可不必,打你是为了教训你,这种打法,是管孩子!我那位塔季扬·列克谢芙娜小姐,你知道吧?嚆,她打人可凶啦,出了名的!她养一个专门打人的家伙,名叫赫里斯托福尔,打人他算得一把能手,邻近的地主都向伯爵小姐借他帮忙:塔季扬·列克谢芙娜小姐,把赫里斯托福尔借给我们揍农奴一顿吧!她就借给他们。"

他心平气和地、详细地讲起那位伯爵小姐:她穿着白细纱衣裳,顶着天蓝色的轻盈的头巾,在圆柱的廊檐下红色椅子里坐着,赫里斯托福尔就在她面前鞭打那些农妇和农夫。

"小爷子,这个赫里斯托福尔虽然是梁赞人,可是他很像茨冈或者乌克兰人,他的上唇胡子长到耳根,脸黢青,下巴胡子剃了。不知他真傻,还是怕人家找他麻烦装傻。他有时在厨房里往茶杯里倒水,捉苍蝇,再不然就是捉蟑螂、甲壳虫,捉来就用树枝子按到水里淹死,淹很久。有时从自己领子里捉到虱子,也拿来淹死。"

诸如此类的故事,都是我非常熟悉的,由外祖母和外祖父口述,我听了很多。它们是各式各样的,但彼此都奇怪地相似:每一个故事里面都有折磨人、欺负人、压迫人的事情。这些故事听够了,不愿再听了,我请求车夫道:

"讲点别的吧!"

他把全部皱纹都集中到嘴角,然后又把皱纹掀到眼角,他同意了:

"好吧,你这个听不够的,就讲点别的。我们那儿有一个厨子……"

"到底是哪儿啊?"

"就是在塔季扬·列克谢芙娜伯爵小姐那儿嘛。"

"你为什么叫她塔季扬[①]?她是男人吗?"

他尖声地笑了。

"她当然是小姐,可是她有小胡子。漆黑漆黑的小胡子,她的祖先是黑皮肤的德国种,这个民族像阿拉伯人。咱们还是来讲这个大师傅。小爷子,这个故事才逗笑呢……"

这个逗笑的故事是这样的:大师傅弄坏了一个大馅儿饼,主人就逼他一下子把它吃完,后来他就病倒了。

我生气地说:

"这一点儿也不可笑!"

"什么才可笑?你说!"

"我不知道……"

"那你就别吭气!"

于是他又胡诌些无聊的东西。

有时过节的时候,两个表哥——一个是愁眉苦脸而且懒惰的米哈伊尔的儿子萨沙,一个是精细而且懂事的雅科夫的儿子萨沙——来做客。有一次,我们三个人在屋顶上窜来窜去,看见贝特连院子里有一

[①] 女人名应为塔季扬娜,彼得省了女性词尾,故有此问。

位穿绿色皮礼服的老爷;他坐在墙边柴火堆里,正逗几个小狗仔玩呢;他那又小又黄的光脑袋没有戴帽子。有一个表哥提议偷他一只小狗,马上就拟定一个机智的偷窃计划:两个表哥马上到大街贝特连的大门前,由我来吓唬这个老爷,等把他一吓跑,他们就溜进院子抱小狗。

"怎么样吓唬呢?"

有一个表哥提议:

"你往他的秃脑袋瓜上啐唾沫!"

往人头上啐唾沫算得了什么大罪啊?有比这坏得多的事情,我都不止一次听过,也不止一次亲眼见过,当然,我就诚恳地执行了我所担当的任务。

这一下可惹起了一场轩然大波,贝特连家里到我们院子里来了一大队男男女女,带头的是一个年轻漂亮的军官。因为在我犯罪的时刻两个表哥正在街上乖乖地玩耍,一点儿不知道我的恶作剧,所以外祖父只打我一个人,充分地满足了贝特连全家的男女老少。

挨过打,我就在厨房里吊床上躲着,快乐的彼得伯伯穿着过节的衣服爬上我的床。

"你真想得妙,小爷子!"他耳语道。"对他就该这么办。这个老山羊,就该这样啐他,啐他们!最好用石子砍他发霉的脑袋!"

我眼前浮现出那位老爷的脸,滴溜圆,没有胡须,像小孩的脸一样。我记得,他像狗崽子一样,声音又小又可怜地吭吭吱吱叫起来,一面用小手擦发黄的秃脑壳,我羞得难以忍受,我憎恨两个表哥,但是,我细细瞧了瞧这个马车夫皱纹纵横的脸,顿时把这一切都忘掉了:他那副面孔令人可怕而且可厌地哆嗦着,就像外祖父打我的时候,脸上的表情一样。

"走开!"我喊道,用手和脚把彼得推开。

他嘿嘿地笑着,眨巴着眼,爬下了吊床。

从那时起,我再也提不起跟他谈话的兴致了,我躲避他,同时用怀疑的眼光盯视着这个马车夫,模糊地期待着会有什么事情发生。

在得罪秃头老爷事件以后不久,又发生了一件事:奥夫相尼科夫寂静的庭院早就吸引着我,我觉得,在这座灰色的房屋里过着一种特别的、神秘的童话般的生活。

贝特连家过着喧闹而且快乐的生活,有很多美貌的小姐、军官和大学生常来家里找她们。那里什么时候都可以听见笑声、喊叫声、歌声、音乐声。房屋的外貌也是悦目的,玻璃窗亮堂堂的,玻璃窗后面盆花的绿影显出各样鲜丽的色彩。

外祖父不喜欢这一家。

"异教徒,不信神的人,"他一提起这家人就这样说,而对这家的女人,总是用肮脏的字眼称呼她们。彼得伯伯有一次给我解释这个字眼,他的解释是令人作呕,幸灾乐祸的。

严峻而沉默的奥夫相尼科夫的房舍使外祖父肃然起敬。

这所高大的平房伸进院子里,院中是块茂盛的草坪,清洁而僻静;院子当中有口井,井上有一个用两根柱子支起的顶盖。房子就仿佛想躲开大街缩回去。三个狭窄的拱形的窗户离开地面很高,窗户玻璃是朦胧的,在阳光下放出灿烂的彩虹。大门旁边是一座仓库,正面跟房屋完全一样,也有三个窗户,不过是假的:在灰色的墙壁上装嵌三个窗口,用白颜料画上窗框。这些瞎眼的窗户令人看去很不愉快,整个仓库像在暗示:这所房子想躲起来偷偷地生活。整个园地,以及园地上空荡荡的马厩和开有一扇大门、而且也是空荡荡的板棚,仿佛都给人一种安详而屈辱的、或者安详而高傲的感觉。

有时,有一个老头在院子里走动,个子高高的,有点瘸腿,剃光了头,雪白的胡子像一根根的针似的翘着。有时,另一个留着络腮胡子、鼻子歪斜的老头从马厩里牵出一匹长脸的灰马;这匹瘦胸细腿的马走到院子里,冲着周围的一切都点头哈腰的,好像一个谦恭有礼的尼姑。那个瘸腿的老头用手掌响亮地拍打着马,吹着口哨,呼呼地喘气,然后又把马藏到黑暗的马厩里。我仿佛觉得,这个老头想离开这所房子,可是办不到,被魔法给捆住了。

在那院子里,几乎每天都有三个小孩子从中午玩到晚上;他们穿着一色的灰上衣和裤子,戴着一样的帽子,圆脸灰眼睛,彼此长得那么相像,我只根据个子的高低才分得清他们三个。

我从墙缝里观看他们,他们看不见我,我很希望他们能看见我。我喜欢他们那样巧妙、快乐、和好地做我不熟悉的游戏,喜欢他们的衣服,喜欢他们彼此善意的关切,特别是两个哥哥对待那个小弟弟——长得挺好玩的活泼的小矮胖子。他要是摔倒了,他们也像平常人们笑一个摔倒的人那样大笑,但不是幸灾乐祸的笑,他们马上扶起他,他要是弄脏了手或者膝盖,他们就用牛蒡叶子、用手帕擦他的手指和裤子,而二哥哥和蔼地说:

"看你笨的!……"

他们从来不骂架,不互相欺骗,三个人都很敏捷,有劲,不知疲倦。

有一次,我爬到树上对他们吹口哨,他们一听见口哨声都站住了,然后不慌不忙地聚在一起,一面瞧着我,一面低声地商量着什么。我心里想,他们要向我扔石子了,我于是下来把所有口袋和怀里都装满了石子,然后又爬到树上,但他们已经离开我远远地到院子角落玩去,把我给忘了。这叫人有点惆怅,然而我不愿意先开仗。不大工夫,有人从窗户的通风口喊他们:

"孩子们,回家啦!"

他们不慌不忙地、服服帖帖地走了,像三只小鹅。

有好几次,我在围墙上面的树上坐着,等待他们叫我和他们一起玩,可是他们没有叫我。我的心已经跟他们一起玩了,有时是那样入神,甚至大叫大笑起来;于是,他们三个一齐看我,悄悄儿谈论着什么,我觉得怪不好意思的,就从树上爬下去了。

有一次,他们玩捉迷藏,轮到老二找,他站在仓库拐角地方,诚实地用手蒙着眼,不偷看,他的两个兄弟跑去躲藏。哥哥敏捷地爬进仓库廊檐下面一套宽大的雪橇里面,弟弟手忙脚乱地、可笑地绕着井乱跑,不知道藏到哪儿好。

"一，"哥哥喊道。"二……"

那个小弟弟跳到井栏上，抓住绳子，把脚放进空桶里，那个水桶砰砰的碰着井栏的墙壁，掉下去不见了。

我看见那缠得整整齐齐的辘轳飞快无声地旋转，愣住了，但马上就明白了会发生什么事，一个纵身就跳到他们院子里，喊道：

"掉到井里去了！……"

老二和我同时跑到井栏旁边，他抓住了井绳，拼命想往上拉，他的手摩擦得像火烧的一般，但我已经截住了井绳，在这当儿，大哥哥也跑来了，帮助我拔水桶；他说：

"请您轻轻地拉！……"

我们很快地把小孩拉上来，他也吓坏了；鲜血从他右手指往下滴，腮帮也弄得乌黑，直到腰部都是湿淋淋的，脸白得发青，但是他微笑着，打着寒噤，睁圆了眼，一面微笑一面拉着腔说：

"我怎——么——掉下——去了……"

"你发红（疯）了，你知道吗，"二哥哥说，他抱着他，用手帕擦他脸上的血，大哥哥皱着眉说：

"咱们回去吧，反正瞒也瞒不住……"

"你们会挨打吗？"我问。

他点点头，然后向我伸出手来说：

"你跑得真快！"

我听他夸奖觉得很高兴，我还没来得及握住他的手，他又对二弟说：

"咱们走吧，他会着凉的！咱们就说他摔倒了，可别提掉井的事！"

"对，别提，"小弟弟打着哆嗦表示同意说。"我摔到水洼里去了，是吧？"

他们走了。

这一切做得这样快，我看了看那个我蹬着跳到院子的树枝，它还在摇晃着呢，一片黄叶从那上面落下来。

三兄弟差不多有一个星期没有在院子露面,后来出来了,比先前玩得更热闹;那个大的看见我在树上,亲切地喊道:

"来我们这儿玩!"

我们爬到仓库廊檐下面破旧的雪橇里,彼此细细端详着,谈了很久。

"你们挨打了吗?"我问。

"挨了,"大的回答。

很难使人相信这些孩子也和我一样挨打,真叫人为他们抱屈。

"你干吗要捉鸟?"小弟弟问。

"它们叫得好听。"

"不,你别捉它们,最好让它们爱怎么飞就怎么飞……"

"好吧,我以后就不捉了!"

"不过你得先捉一只送给我。"

"你要什么样的?"

"活泼的。装到笼子里的。"

"那你就是想要黄雀了。"

"猫会吃掉的,"小弟弟说。"爸爸也不让玩。"

大孩子附和说:

"爸爸不让玩……"

"你们有妈妈吗?"

"没有,"大的说,但二的改正说:

"有,不过是另外一个,不是亲的,亲的没有了,她死了。"

"不是亲的叫后娘,"我说。大孩子点点头:

"是的。"

三兄弟都沉思起来,神色暗淡了。

从外祖母讲的童话里,我知道什么是后娘。所以这种默默的沉思我是懂得的。他们紧紧地偎依着,像三只一模一样的小雏鸡。我想起了童话里的巫婆后娘,她用欺骗的方法占据了亲娘的地位,于是我应许孩子们说：

"亲娘还回来呢，你们等着吧！"

大孩子耸了耸肩膀：

"死了还能回来？这不会的……"

不会？我的天啊，死人复活的事儿可多着呢，甚至被剁成肉块，只要洒上活水就复活了，这种情形可多啦：死了，但不是真死，不是上帝的旨意，而是受了妖人的摆布和受了魔法的捉弄！

我于是兴奋地给他们讲起外祖母讲的故事；大孩子起先总是含着笑，轻轻地说：

"这我们知道，这是童话……"

他的两个弟弟一声不响地听着，小的抿紧了嘴，脸色阴沉，二弟用肘弯支着膝盖，对我探着身子，伸出另一只胳膊勾着小弟弟的脖颈。

天已经很晚了，绯红的彩云高悬在屋顶上，这时有一个白胡子老头在我们左近出现，穿一身像神甫穿的肉桂色的长衣裳，戴一顶毛茸茸的皮帽子。

"这是什么人？"他指着我问道。

大孩子站了起来，向我外祖父的房子摆摆头：

"他是从那儿来的……"

"谁把他叫来的？"

三个孩子立刻一声不响地从雪橇上爬下来，回家去了，他们使我又想起一群服服帖帖的鹅。

老头紧紧抓住了我的肩膀，牵着我经过院子向大门走去；我被他吓得想哭，但是他的步子迈得又大又快，我还没来得及哭出来，已经到了街上了。他在旁门站住，指着我吓唬道：

"不准到我这儿来！"

我冒火了：

"我根本不是来找你的，老鬼！"

他那长长的手臂又抓住了我，牵着我在人行道上走，一面走，一面问我,问我的话像是一把锤子敲着我的头。

"你外祖父在家吗?"

该我倒霉,外祖父正好在家;他站在那个凶恶的老头面前,仰着头,胡子往前翘着,瞅着他那对像瓜子似的混浊的圆眼,慌忙说道:

"他母亲不在家,我忙得很,没人管他。请您原谅,上校!"

上校吭呛一声,震响了全屋,他像一段木柱子,转过身走了。过了一会儿,我就被扔到院子里彼得伯伯的马车里了。

"又闯祸了,小爷子?"他一面卸马套,一面问道。"为什么挨打啊?"

当我对他讲了为什么挨打的时候,他马上火了,愤怒地说:

"你干吗和他们一块儿玩?他们是少爷,是毒蛇。看你为了他们被打成这个样子!你好好揍他们一顿,怕什么!"

他咆哮了半天。我因为挨打满肚子怒气,起先怀着同情听他讲,但他那皱纹纵横的脸抖动着,越来越令人讨厌,我回想起,那三个孩子也挨打,他们并没有什么对不住我的地方。

"打他们倒不必,他们是好人,你尽撒谎,"我说。

他看了看我,突然喊了一声:

"从马车上滚开!"

"你这个傻瓜!"我跳到地上,喊了一声。

他满院子追我,就是捉不到我。他一面跑,一面声音不自然地喊道:

"我傻瓜?我撒谎?我叫你知道厉害……"

外祖母走到厨房台阶上,我扑到她身上,他开始向外祖母诉起苦来:

"这孩子弄得我活不了啦!我比他大五倍,他竟骂我母亲,什么都骂……还骂我是骗子……"

我一听见人家当着我的面撒谎,我就会惊奇得不知所措,发起呆来。这工夫我真是茫然失措了,但外祖母强硬地说:

"彼得,你这简直是在撒谎。他不会骂你太难听的话的!"

要是外祖父就会相信这个马车夫。

从那天起,我们之间就发生了无言的、恶毒的战争:他极力装着无意地碰我一下,用缰绳蹭我,放我的鸟儿。有一次把我的鸟儿喂了猫,每因一点细故就加油添醋地向外祖父告我的状,我愈来愈觉得他也跟我一样是个孩子,不过装扮成老头罢了。我拆散他的草鞋,不露痕迹地弄松并且弄伤草鞋带,当彼得穿它们时,就会断掉;有一次我撒了他一帽子胡椒,使他打了个把钟点的喷嚏,总之,我使尽了力量和智慧设法报复他。每逢节日或假期,他整天都在机警地监视着我,不止一次地抓住我做犯禁的事情——和小少爷们来往;他一抓住就向外祖父告密。

我仍然继续和小少爷来往,并且愈来愈使我愉快。在小小的僻静角落里,在外祖父的院墙和奥夫相尼科夫的围墙之间,生长着榆树、菩提树和茂密的接骨木丛薮;在丛薮下面,我在围墙上凿了一个半圆的小洞,三弟兄轮流或者每次两个人到小洞前面来,我们蹲着或者跪着悄悄地谈话。他们中间总有一人放风,怕上校冷不防碰见我们。

他们讲自己的苦闷的生活,连我听到都觉得很悲伤;他们讲被我捉来的小鸟怎样生活,讲许多童年的事情,但从来没有一句话是提到后母和父亲的,至少我不记得有这样的话。他们只是常常要我讲童话,我诚恳地把外祖母讲过的故事重讲一遍,如果哪儿忘了,就请他们等一会儿,我跑去问外祖母忘了的地方。这从来都是使她愉快的。

我对他们讲了许多关于外祖母的事。大孩子有一次深深地叹了一口气:

"大约外祖母都是很好的,从前我们也有一个好的外祖母……"

他常常感伤地说:过去、从前、曾经,就好像他已经在地球上活了一百年了,而不是才活十一年。我记得,他的手掌窄窄的,手指细细的,整个身体也是又细又弱,眼睛很亮,可是很温和,像教堂的长明灯的火光一样。他的两个弟弟也很可爱,也使人无限地信任他们,经常想替他们做点愉快的事情,但是我更喜欢老大。

我讲得正出神的时候,常常没有留意彼得伯伯是怎样出现的,他用一声拖长的叫喊赶散了我们:

"又——到一起啦——?"

我看到,彼得伯伯的忧郁呆痴病愈来愈犯得勤了,我甚至学会了预先认出他做完了活回来时的心情是怎样的:他通常开门不慌不忙的,门上的枢纽发出漫长而懒散的吱扭声音,如果这个车夫心情不好,枢纽便短促地响一下,就好像因为怕疼而哎哟叫了一声似的。

他的哑巴侄子到乡下结婚去了;彼得独自住在马棚上一间低矮的狗窝里,开一个小小的窗户,里面有一股子臭皮子、焦油、汗和烟草的味道。因为怕闻这种气味,我从来不到他住的地方去。他现在睡觉不灭灯,这使外祖父很不高兴。

"当心烧着我的房子,彼得!"

"不会的,你放心吧!我把过夜的灯放在盛水的碗里,"他眼睛望着一旁回答道。

他现在不知为什么总是往一旁看,很久以来就不参加外祖母的晚会了,也不再请人吃果子酱。他的脸干枯了,皱纹更深了。他走起路来晃晃荡荡的,两只脚划行着,像病人似的。

有一天工作的日子,一清早我和外祖父在院子里扫除夜里下的一场大雪——耳门的门闩突然锵地一声,跟平时不同地响了一下,有位警察走进院子来,他用臂膀把门关上,勾了勾肥大灰色的手指,招呼外祖父过去。当外祖父走到他跟前时,那个警察把长着大鼻子的脸向他俯倾着,就像是在啄外祖父的额头似的,开始嘀咕什么事,而外祖父急忙地回答道:

"在这儿!什么时候?让我想想看……"

他突然可笑地腾空一跳,喊了一声:

"上帝保佑,真有这回事吗?"

"别嚷,"警察严厉地说。

外祖父扭头看见了我。

"收起铁锹,回家去!"

我躲到拐角后面,他们向车夫的狗窝走去,警察脱掉右手的手套,用它往左掌上拍打着,说:

"他——懂得了;扔掉马,自己藏了起来……"

我跑到厨房里,把我所看见和所听到的一切都告诉了外祖母,她摇晃着落满面粉的头,正在面槽里和面预备做面包;她听我说完,安详地说:

"大约他偷了什么了……玩去吧,少管闲事!"

当我又跳到院子里的时候,外祖父站在耳门旁,脱掉帽子,眼望着天,正在画十字呢。他面带怒气,毛发耸起,一只脚打哆嗦。

"我不是说叫你给我滚回家去吗!"他把脚一跺,对我呵斥了一声。

他也跟着我回来了,一进厨房就叫外祖母:

"到这里来,老婆子!"

他们走到隔壁房间里,在那里耳语了半天。当外祖母又到厨房里来的时候,我开始明白发生了一件可怕的事情。

"你干吗惊慌啊?"

"住嘴,听见没有?"她压低了声音回答。

整天家里都令人感到不好受,可怕;外祖父和外祖母时时互相惊恐地张望,说话总是三言两语,悄悄的,使人听不懂,这更加重了惊恐的气氛。

"老婆子,你到处都点上长明灯,"外祖父一面咳嗽,一面吩咐道。

大家吃午饭也没心思,但都急急忙忙地吃,像是在等待什么人似的。外祖父疲倦地吹胀了腮帮,清着嗓子,咕咕哝哝地说:

"魔鬼比人有力!信教的总会是虔诚的吧,可是你看?"

外祖母不住地叹气。

银灰色昏暗的冬日慢慢地逝去,慢得令人疲劳,家里愈来愈变得不安,沉闷。

快到傍晚的时候,来了一个红头发的胖警察,已经不是原先那个了,他坐在厨房里长凳子上打盹,低声地打着呼噜,磕着头,当外祖母问他"是怎样查访出来的"的时候,他停了停才粗声粗气地回道:

"我们什么都查访得出,你放心吧!"

我记得,我坐在窗户旁,把一枚古老的铜币放在嘴里哈热气,极力想把战胜毒蛇的胜者格奥尔吉的像①印在窗户玻璃的冰花上。

门洞里忽然响起咕咕咚咚的声音,房门豁然敞开了,彼得罗芙娜在门口震耳地大叫一声:

"快去看看你们后院是什么!"

她一看见警察,又往过道跑,但是警察抓住了她的裙子,也惊慌地大叫:

"站住!这是什么人?去看什么?"

她在门槛上绊倒了,跪在地上,含着眼泪抽抽咽咽地说:

"我去挤牛奶,看见卡希林花园里有个东西像靴子似的!"

这时外祖父跺着脚狂暴地喊叫:

"胡说,糊涂东西!花园里什么你也看不见,围墙很高,墙上又没有缝,胡说!我们后院什么也没有!"

"哎哟,我的老天啊!"彼得罗芙娜尖声叫喊,她一只手抓着头,一只手向他伸过去。"对啦,我的老天,我胡说!我走着走着,看见有脚印通到你们的围墙,有一片雪地被人踩过了,我往围墙那面一看,看见他躺在那儿……"

"谁——躺——着——?"

这声叫喊长得可怕,一点儿也听不清说的什么;但是大家忽然都像发了狂似的,推推挤挤地从厨房拥了出去,跑到花园里。只见彼得

---

① 胜者格奥尔吉相传为基督教的圣徒。据教会传说,他曾创造许多奇迹,如战胜毒龙等。在罗马皇帝戴克里先迫害基督教徒期间,他也被处死(约330年)。后来欧洲封建主把他尊为骑士阶层的保护神,受到人们崇拜。在沙皇俄国曾在铜币上铸造他持长矛战胜毒龙的像。

伯伯躺在软绵绵地铺着雪的花园坑里,他背靠烧焦的梁木,头低垂到胸前。他右耳下面有一条深深的裂口,通红,像一张嘴;有几块像牙齿似的发青的东西从裂口里突出来;我吓得闭上眼睛,透过睫毛看见他膝盖上有一把我所认识的马具刀,在刀附近,我看见了他右手的黑手指拘挛着;左手甩开,埋进雪里。车夫身下的雪已经融化了,他那矮小的身体深深地陷入柔软发亮的绒毛里,更显得像小孩子了。他右边的雪地上有一片发红的奇怪的花纹,像一只鸟似的,左边的雪一点没被人动过,平平的,耀眼地光亮。头顺从地低垂着,下巴抵住胸脯,压乱了浓密曲卷的胡须,在一股通红的凝固的血流过的赤裸的胸脯上,有一个大的铜十字架。嘈杂的声音使人的脑袋晕得厉害。彼得罗芙娜不住地喊叫,那个警察也喊叫着打发瓦列伊到什么地方去,外祖父喊道:

"不要踩掉痕迹!"

但他忽然皱紧眉头,眼睛望着自己的脚,大声而威严地对警察说:

"你瞎叫喊,老总!这儿是上帝的事情,上帝的法庭,而你净说些废话,——嗨,你们这些人啊!"

顿时人们都沉静了,目光都集中到死者身上,大家叹息着,画着十字。

不知是些什么人从院子往花园里跑,他们翻过彼得罗芙娜的围墙,跌跌撞撞,发出呼呼噜噜的声音,但仍然是安静的,可是外祖父往四周看了看,绝望地喊了一声以后,却打破了这种寂静:

"街坊们,你们干吗糟蹋树莓,你们怎么好意思啊!"

外祖母拉住我的手,抽咽着,领我回到家里……

"他干了什么事啦?"我问。她回答说:

"你不是看见的……"

整个晚上直到深夜,厨房里和厨房隔壁房间里都挤满了生人。他们叫喊着,警察指挥着,一个像助祭的人写着什么,像鸭子似的嘎嘎叫:

"嘎克？嘎克？"①

外祖母在厨房里请所有的人喝茶，桌子旁坐着一个圆滚滚的人，麻脸，大胡子，声音吱吱地讲道：

"他的真正的姓名不知道，只查出他是耶拉吉马人。哑巴一点也不哑，一切都招了。还有一个参加这件案子的人也都招了。他们很早很早以前就抢劫教堂，这是他们主要的本领……"

"噢，我的老天，"彼得罗芙娜叹息着，通红的脸上浸湿了泪水。

我躺在吊床上朝下望着，仿佛觉得所有的人都变得矮小，肥胖，可怕……

十

有一次星期六一大早，我到彼得罗芙娜的菜园子里去捉灰雀，捉了很久，可是这些大模大样的红胸脯的小鸟不上网；它们老是在卖俏，在镶银似的冰壳上好玩地走来走去，飞到穿着暖暖和和的霜的灌木枝上，像一朵活花似的摆来摆去，撒下光闪闪的银灰色雪花。这多好看，连打猎失败也不使人懊恼了。我并不是一个热衷打猎的人，我对打猎的过程比对打猎的结果更欢喜；我爱看小鸟怎样生活，爱想它们。

这是多么好哇：一个人坐在雪地的边缘上，在严寒的透明的寂静空气中倾听小鸟啾啾地叫，在远方，三套马车的小铃铛——俄罗斯冬季忧郁的云雀——唱着歌儿飞驶着……

我在雪地上打了个寒噤，感觉耳朵冻疼了，于是收起网子和鸟笼，翻过围墙到外祖父的花园里，走回家去。朝街的大门敞开着，一个身量高大的农夫从院子里牵走三匹套在一辆带篷的大雪橇上的马，马身上冒着浓烟，农夫开心地吹着口哨。我的心震动了一下。

"你送谁来了？"

---

① "как"的译音，意即"怎么样的"。

他转过脸来,打着手罩看了看我,跳到驭者座上,说道:

"送老神甫来了!"

送神甫和我没有关系;如果来的是神甫,他大概是找房客的。

"哎,我的小鸡儿!"农夫抻抻缰绳催动了马,吆喝一声,吹起口哨,寂静的空气中顿时显得喜气洋洋;三匹马一齐往田野里飞奔,我望着它们走开,关上大门,可是我走进空荡荡的厨房的时候,从隔壁房间传来母亲的声音,传来她那清晰的语句:

"现在怎么办,杀死我吗?"

我没有脱衣裳,扔掉鸟笼子,就跳到门洞里,迎面碰到外祖父;他抓住我的肩膀,瞪着凶恶的眼睛瞅我的脸,挺费劲地咽了一口什么东西,嗓子沙哑着说:

"你母亲来了,去吧!等一等⋯⋯"他把我摇晃得几乎站不住脚,然后往房门口一推,说:"去吧,去吧⋯⋯"

我一头栽到钉着毡子和漆布的门上,因为又冷又激动,我的手打着颤,在门上摸了很久才找到门把,终于悄悄地打开了门,我目光缭乱地在门槛上站住了。

"哎哟,来了,"母亲说。"我的天啊,长这么大了!怎样,认不得我啦?看你们给他穿的,不像话⋯⋯他的耳朵冻白了!妈妈!快拿鹅油来⋯⋯"

她站在房间中间,对着我俯下身来,把我身上的衣裳脱下来,把我当作皮球似的转来转去;她那巨大的身躯穿着一件像乡下人穿的长袍子一样宽大的又暖和又柔和的红衣服,一排黑色的大扣子从肩膀斜着钉到下襟。我从来没见过这种衣裳。

我觉得她的脸比以前又小又白,可是眼睛大了,更深地陷下去了,头发更显得黄金色的了。她替我脱衣服,把脱下的衣服扔到门槛前面,厌恶地撇着紫红的嘴唇,不断地发出命令的声音:

"你干吗不说话?高兴吗?嘿,多么脏的衬衫⋯⋯"

然后,她用鹅油擦我的耳朵;有点疼,但从她身上发散着香味,这

却减轻了疼痛。我偎依着她,瞅着她的眼睛,激动得说不出话来。透过她的声音,我听见外祖母低沉的不高兴的声音:

"他变成野马了,谁的话都不听,连外祖父也不怕……唉,瓦里娅,瓦里娅……"

"妈妈,别老诉苦,慢慢地会好的!"

和母亲比起来,周围一切都很渺小,很可怜,而且很衰老,我也觉得自己和外祖父一样衰老了。她用腿紧紧地夹住我,用沉重而温暖的手抚摩我的头发,说道:

"该理发了。该上学了。你愿意念书吗?"

"我已经念会了。"

"还要再念一点儿。嗬,你长得这么结实,啊?"

她逗着我玩儿,发出低沉而温暖人心的笑声。

外祖父进来了,他无精打采,毛发竖立,眼睛通红,母亲用手把我推到一旁,大声地问道:

"怎么样,爸爸?要我走吗?"

他站在窗户前面,用指甲搔窗户上的冰花,半天没说话,周围一切都紧张起来,使人觉得毛骨悚然。每逢这紧张的时刻,我全身都长了眼睛和耳朵,胸膛奇怪地扩大了,我简直想大叫一声。

"列克谢,滚出去,"外祖父声音低沉地说。

"为什么?"母亲问道,又把我拉到她跟前。

"你哪儿也不要去,我不准……"

母亲站起来,像一朵红云似的走过去,在外祖父背后停下来。

"爸爸,您听着……"

他转过身来向着她,尖厉地叫了一声:

"住嘴!"

"我不许你对我喊叫,"母亲轻轻地说。

外祖母从沙发上站起来,伸出指头吓唬她说:

"瓦尔瓦拉!"

外祖父坐到椅子上,咕咕哝哝地说:

"你等一等,我是谁?啊?这还了得?"

他忽然声音变得不是自己的似的,吼叫起来:

"你丢了我的脸,瓦里卡①!……"

"出去,"外祖母吩咐我。我闷闷不乐地到厨房里去,爬到炕炉上,听了很久:隔壁房里,有时大家一齐说起来,互相打断对方的话;有时大家一声不响,仿佛忽然都睡着了。他们是在谈论母亲生的小孩,她把他送给人家了,但使人不明白外祖父为什么生气:是因为母亲没给他打招呼就生了呢,还是因为她没有把小孩给他带来呢?

过了一会儿,他到厨房里来了,头发乱蓬蓬的,脸通红,疲倦,外祖母在后面跟着,用上衣的衣襟擦腮帮上的泪;他坐到板凳上,两手撑着它,弯着腰,浑身打战,咬着发灰的嘴唇;外祖母在他面前跪下,轻轻地,然而热烈地说:

"老爷子,看在基督面上,你饶了她吧,饶了吧!不用说咱们这种人家会闹出这种事,就是那些老爷、商人,不也同样发生这种事吗?是一个女人,你瞧又是那么漂亮!饶了她吧,反正谁都有罪……"

外祖父往墙上一靠,瞅着她的脸,撇着嘴冷笑,抽咽着埋怨说:

"是啊,当然是了!可不是吗?你没有饶过谁啊?你谁都饶恕,嗨,你们这些人啊……"

他对她俯下身来,抓住她的肩膀,摇晃她,很快地低声说:

"可是上帝对谁也不饶恕,是不是?眼看就要入土了,上帝还惩罚我们,让我们到老来也捞不到平安,捞不到欢乐,将来也捞不到!你看吧,咱们非得讨饭饿死不可,讨饭,你记住我这话!"

外祖母握住他的双手,在他旁边坐下,悄悄地、轻轻地笑了。

"这有什么大不了的!讨饭就把你吓住了?讨饭就讨饭呗。你坐在家里,我挨门求乞去,人家会施舍我的,我们不会挨饿!你别往这上

---

① 瓦里卡是瓦尔瓦拉的卑称。

头想!"

他忽然咧嘴笑了,像只山羊似的扭转脖颈,搂过外祖母的脖子,偎近她,他显得又小又憔悴,抽抽咽咽地说:

"哎,傻瓜,你这个有福气的傻瓜,我惟一的亲人!你这个傻瓜对什么都不可惜,你什么也不懂!你想想看:咱们不是为了他们干一辈子活,我不是为了他们作过孽吗,——嗨,哪怕现在,哪怕稍微……"

在这里,我再也忍不住涕泪横流了,从炕炉上跳下来,号啕大哭着朝他们扑了过去。我哭是因为高兴,高兴他们从来没有谈得这样好,还因为替他们悲哀,因为母亲来了,因为他们平等地让我和他们一块儿哭泣。他们俩拥抱我,搂紧了我,眼泪一滴滴地往下落,外祖父对着我的耳朵和眼睛低声说:

"嗨,你这个小鬼头也在这儿!你母亲来了,你现在跟她去吧,外祖父这个老鬼太凶,现在不要他,好不好?外祖母又纵容又溺爱,也不要?嗨,你们这些人啊……"

他两手一摊,把我和外祖母推开,站了起来,高声愤怒地说:

"都走了,都一心一意地要离开,一家子弄得七零八落……把她叫回来吧!快点……"

外祖母从厨房里出去了。他低下头,对着墙角说:

"最仁慈的主啊,你看,你看见了吧?"

他用拳头使劲地咚咚地捶胸。我不喜欢他这样做,我根本不喜欢他那样和上帝说话,仿佛他总是对着上帝夸口似的。

母亲来了,她那鲜红的衣服把厨房映得更亮了,她坐在桌子旁边条凳上,外祖父和外祖母坐在她两旁,她的宽大的袖子搭在他们的肩膀上,她低声地认真地在讲着什么,他们默默地听着,不打断她的话。现在他们俩都变成小孩子了,仿佛她是他们的母亲似的。

激动把我弄得疲倦不堪,我在吊床上香香甜甜地睡着了。

晚上,两个老人穿上过节的衣服去做晚祷,外祖父穿着行会会长

的制服,貂绒皮袍子和撒裤脚的裤子,外祖母快活地向他挤了挤眼,一面对我母亲说道:

"你瞧你爸爸打扮的,像一只白白净净的小山羊似的!"

母亲欢畅地笑起来。

在她屋子里只有我和她的时候,她蜷腿坐到沙发上,用手掌在身旁拍了拍:

"到我这儿来,告诉我,你过得怎么样,——不好,是吧?"

我过得怎么样?

"我不知道。"

"外祖父打你吗?"

"现在——不常打。"

"真的吗?你给我随便谈谈什么吧,——说啊?"

我不愿意讲外祖父的事,我开始讲起一个非常之好的人,他以前就住在这间屋子里,可是谁也不喜欢他,外祖父不愿意把房子租给他。看来母亲不喜欢这个故事,她说:

"还有什么?"

我讲起三个小孩的事情,讲起上校把我从院子里赶出来,——她紧紧地拥抱着我。

"净说废话……"

她沉默了,微皱着眉头,望着地板,老是摇头。我问道:

"外祖父为什么对你生气?"

"我对不起他。"

"你应当把小孩给他带回来……"

她把身子往后一闪,皱紧眉头,咬着嘴唇,然后,搂紧了我,哈哈地笑起来。

"嗨,你这个怪人!这种话不是你说的,听见吗?别说,连想都别想!"

她低声地、严厉地说了很久,听不懂她说些什么,然后站起来,走

143

来走去，用指头敲着下巴，浓密的眉毛动弹着。

　　桌子上点着一支蜡烛，它渐渐地融化，在空荡荡的镜子里反映着，肮脏的黑影在地板上爬来爬去，墙角圣像前面，长明灯发着微光，结冰的窗户涂一层银白色的月光。母亲往周围扫视着，仿佛在光溜溜的墙上和天花板上找寻什么东西。

　　"你什么时候睡觉？"

　　"稍微等一会儿。"

　　"怪不得，白天你睡过了，"她想起来，叹息了一声。我问她道：

　　"你要走吗？"

　　"到哪儿去？"她惊奇地反问，捧起我的头，对着我的脸瞅了很久，我的眼泪涌了出来。

　　"你怎么啦？"

　　"脖子疼。"

　　其实心也是疼的，我立刻感觉到，她在这个家是住不下去的，她要走。

　　"你将来像父亲，"她把毡垫子踢到一边，说道。"外祖母对你讲起他吗？"

　　"讲起了。"

　　"她非常喜欢马克西姆，非常喜欢！他也喜欢她……"

　　"我知道。"

　　母亲看了看蜡烛，皱着眉头，把烛吹灭了，说道：

　　"这样好些！"

　　是的，这样清爽些，脏污的黑影子不再摇晃了，一片片雪青色的亮光投到地板上，玻璃窗户烧起黄金的火花。

　　"你在什么地方住来着？"

　　她好像在回忆早已被遗忘了的事情，她说出了几个城市名字，像一只大鹰似的在屋里盘旋。

　　"你从哪儿弄来这样的衣裳？"

"我自己缝的。我一切都是自己动手。"

令人愉快的是她谁也不像,但是她很少说话又叫人难过。如果不问她,她就一句话也不说。

后来她又挨着我在沙发上坐下,我们不言不语地坐着,互相紧紧地偎依着,一直坐到老人家回来。他们满身的蜡烛和神香味儿,神情都很庄严肃穆,对人也很和蔼。

晚饭吃得像过节一样丰盛,大家都正襟危坐,很少讲话,小心翼翼的,像是怕惊着谁的易醒的睡眠。

过了不久,母亲开始积极地教我"世俗体的"文字。她买了几本书,从其中一本《国语》小学教科书里,我费了几天工夫,学会了读世俗体文字的本领,可是母亲马上让我学着背诗,从此以后,我们俩彼此都烦恼起来。

有一首诗是这样写的:

> 宽广的大路,笔直的大路,
> 你从上帝手里得到不少空地。
> 斧头和铁锹不能把你铲平,
> 马蹄踩着你很软和,灰尘又多。①

我把 простора(空地)念成 простого(普通),把 ровняли(铲平)念成 рубили(砍伐),把 копыту(马蹄——在文法上是第三格)念成 копыта(马蹄——在文法上是第一格)。

"要好好地想想,"母亲教导我,"什么 простого?怪人!простора,你懂不懂?"

我懂得,可是仍然念成"простого",连我自己都觉得奇怪。

她气愤地说我无用,说我性子拗;这话使人觉得刺耳,我诚心诚意

---

① 该诗是《国语》中的一课。引自俄国诗人伊·谢·阿克萨科夫(1823—1886)的长诗《流浪汉》中的片段,但引文不甚准确。

地努力背这首该死的诗,在心里念的时候,一点儿也没错,可是一念出声来,准走样。我恨这些不可捉摸的诗行,一生气,我有意念错,把音节类似的字荒谬地排成一行;我很喜欢这些没有任何意义的像是着了魔的诗行。

可是为了这个游戏我也得了一次教训:有一天,在顺利地做完功课以后,母亲问我到底把诗背会没有,我不由自主地咕咕哝哝地念道:

路,双角,奶渣,便宜,
马蹄,僧侣,水槽……①

等我醒悟过来,已经晚了:母亲双手撑着桌子,站了起来,一字一顿地说:

"这是怎么回事?"

"我不知道,"我愣住了,说道。

"不,你说究竟是怎么回事?"

"就是这样。"

"什么就是这样?"

"为了好笑。"

"站墙角去。"

"为什么?"

她低声地,但是威严地又说了一句:

"站墙角去!"

"站哪个墙角?"

她没有回答,直瞅着我的脸,弄得我完全不知所措了,不明白她想干什么,在圣像下面的那个墙角,摆着一张圆桌,桌子上插着芬芳的枯萎的花草,在前墙角,放着一个盖着地毯的箱子,在后墙角,摆着床,第

---

① 这两行,在俄文都是音节类似的字。

四个墙角没有,因为门框紧挨着侧墙。

"我不知道你要干什么,"我说,再也无法理解她了。

她坐下,沉默了一会儿,擦擦额头和腮帮,然后问道:

"外祖父叫你站墙角吗?"

"什么时候?"

"平时,随便什么时候!"她大叫一声,用手掌照着桌子拍了两下。

"不,我不记得。"

"你知道'站墙角'是一种处罚吗?"

"不知道。为什么处罚我?"

她叹了口气。

"唉!到这儿来。"

我走到她跟前,问道:

"你为什么吵我?"

"你为什么有意把诗念错?"

我尽力向她解释:我一闭眼,那些诗印在书上是怎么样的,我都记得,可是我一念,就念走了。

"你是装的吧?"

我回答说"不",可是马上想了想:"我也许是装的吧?"我忽然不慌不忙地把那首诗念了一遍,念得完全对,这使我惊奇,也使我下不了台。

我觉得我的脸忽然好像肿胀起来,耳朵充血,往下坠,脑袋不愉快地嗡嗡地响,我站在母亲面前,臊得发烧,透过泪水看见她的脸凄惨地发暗了,嘴唇紧紧地抿着,皱着眉头。

"这是怎么回事?"她变了声音问道。"那就是说,你是装的了?"

"我不知道。我不想……"

"你这人真难对付,"她低下头来,说道。"去吧!"

她开始要我背诵更多的诗,我的记忆力越来越坏地领会这些整齐的诗行,想把这些诗行另换一个说法,使它变样,配上其他字眼,这个难以克制的愿望越来越增长,越来越剧烈;我不费劲就能办到这一点——不需要的字眼蜂拥而来,很快就跟需要的、书本上的字眼弄混了。常常整整一行都变得使我看不见,不管我怎样努力想把握住它,总记不住它。有一首凄凉的诗,好像是维亚捷姆斯基①公爵的,给了我极大的苦恼:

不分早晚,
无数的孤寡和老人
凭着基督的名分呼吁赒济,

而第三行

挎着饭袋从窗下走过,②

这一句我准给丢掉。母亲愤慨地把我这些功绩告诉了外祖父;他狠狠地说:

"他顽皮!他的记性可好着呢:祈祷词比我都记得牢。他说谎,他的记忆力像石头似的,只要刻上,那就牢固极了!你狠狠地抽他!"

外祖母也揭发我:

"童话——记得,歌——也记得,歌不是和诗一样吗?"

这话说得对,我觉得自己有过失,可是一拿起诗来学习,有些字眼就不知从什么地方自动出现了,像成群结队的蟑螂,爬了出来,它们也排成行:

在我们大门口,

---

① 维亚捷姆斯基(1792—1878),俄国诗人和批评家,在青年时代是普希金的朋友,但到晚年变成了保守派。
② 这是另一俄国诗人伊·萨·尼斯丁(1824—1861)的《乞丐》一诗中的诗句。

> 无数孤儿和老头,
> 哀号乞讨,到处奔走,
> 讨来的都给了彼得罗芙娜,
> 她卖了钱好买牛,
> 在山沟里喝烧酒。

夜里我和外祖母躺在吊床上,腻烦地一遍又一遍地把我从书本里学来的、我自己编的都讲给她听;她有时哈哈大笑,但通常总是责备我。

"你瞧,你不是知道嘛,不是会嘛!可是不要嘲笑乞丐,上帝保佑他们!耶稣当过乞丐,凡是圣人都当过……"

我咕咕哝哝地说道:

> 乞丐我不爱,
> 外公我也不爱,
> 这有什么办法?
> 饶恕我,主啊!
> 外公老是找碴儿
> 把我一顿好揍……

"你说的什么话,烂掉你的舌头!"外祖母生气了。"外祖父要是听见你说这些话会怎么样?"

"让他听见好了!"

"你调皮,惹你母亲生气,有什么好处!你不这样,她已经够难过的了,"外祖母沉思地、和蔼地劝我。

"她为什么难过?"

"住嘴!听见吗?你不懂得……"

"我知道,这是因为外祖父对她……"

"住嘴,我说!"

我觉得日子不好过,体验到一种近乎失望的感情,然而不知为什么,我想掩饰它,我满不在乎,总是恶作剧。母亲教我的功课越来越多,越来越难懂。我很容易地就学会了算术,可是我非常不欢喜写,对文法也全然不懂。但主要使我难受的,是我看见而且感觉到母亲在外祖父家里生活是多么难。她越来越愁眉不展,用陌生人的眼光看一切,她在开向花园的窗户旁长久地、默默无言地坐着,好像浑身上下都褪了色。刚到的头几天,她行动敏捷,朝气勃勃,可是现在,她的眼皮长了两个黑圈,她一连几天不梳头,穿着皱皱巴巴的衣服,上衣也不扣扣儿,弄得挺难看,这使我生气:她应当永远漂亮、严厉,穿得干干净净,比谁都好!

在上课时,她那深陷的眼睛越过我的头顶朝墙壁、窗户望去,她用疲倦的声音问我,时常忘记答话,越来越爱生气,嚷嚷,这也使我感到委屈:母亲应当公正,像童话中所讲的,比任何人都公正。

有时我问她:

"你和我们一起觉得不好吧?"

她气愤地呵斥我:

"做你自己的事。"

我还看见,外祖父正在准备一件使外祖母和母亲害怕的事情。他常常到母亲屋里,关上门,在那里唉声叹气,尖声号叫,好像那个令我讨厌的、歪身子牧人尼卡诺尔吹响了木笛似的。有一次在这样的谈话中,母亲大叫一声,叫得全房子都听得见:

"不,这办不到!"

砰的一声,她把门关上了,外祖父咆哮起来。

这件事发生在晚上。外祖母坐在厨房桌子旁,给外祖父缝衬衣,自言自语地咕哝着。门响过后,她仔细听了听,说:

"她到房客家去了,啊,我的天啊!"

外祖父冷不防地跳进厨房来,跑到外祖母跟前,照着她的头就给

了一下,他一面甩着打疼了的手,一面嘶叫:

"不该说的别多嘴,老妖婆!"

"你这个老混蛋,"外祖母整了整打歪了的帽子,安详地说。"好嘛,我不说!你所有的主意,凡是我知道的,我都要告诉她……"

他向她扑过去,拳头的击打雨点似的落在外祖母的大头颅上;她不防护,也不推开他,只是说道:

"打吧,打吧,混蛋!给你打!"

我从吊床上向他们扔枕头,被卧,从炕炉上扔皮靴,可是狂怒的外祖父没有注意到我扔东西。外祖母倒在地板上,他踢她的头,最后,他绊倒了,弄翻了盛着水的木桶。他跳将起来,又是啐唾沫,又是从鼻孔里喷气,目光凶恶地扫视一下,就跑回他住的顶楼上去了。外祖母站了起来,哼哼歪歪地坐到长凳子上,开始整理弄乱了的头发。我从吊床上跳下来,她生气地对我说:

"把枕头什么的都拾起来放到炕炉上去!你想的好主意:扔枕头!这关你什么事?那个老鬼发了一阵子疯,混蛋!"

她忽然哎哟一声,皱着眉头,低下头来叫我:

"你来看看,这儿怎么疼啊?"

我把沉甸甸的头发分开一看,原来是一根发针深深地扎进她的头皮里,我拔出它,又找到一根,我的手指失去了知觉。

"我最好把母亲叫来,我害怕!"

她摇摇手,说:

"你怎么啦?我看你敢去叫!她没有听见,没有看见,就谢天谢地了,你还要去叫!滚开!"

她开始用她那织花边的灵巧的手指在又厚又黑的头发里自己摸索。我鼓起勇气又从皮肉底下拔出两个戳弯了的粗发针。

"你疼吗?"

"没关系,明天烧好澡堂,洗洗就好了。"

她亲切地向我央求:

"好孩子,别去给你母亲说他打我了,听见吗?就是这他们爷儿俩就够仇恨的了。你说不说?"

"不说。"

"那就好好记住了!来,咱们把东西都收拾好。我的脸没有打破吧?好,这样就神不知鬼不觉……"

她动手擦地板,我从心里受到感动,说道:

"你真像一个圣徒,人家老给你罪受,可是你总是不在乎!"

"你说什么蠢话?圣徒……你真会说!"

她唠唠叨叨地说了半天,用四肢在地板上爬来爬去,把地板擦干净。我坐在炕炉台阶上,思索着怎样替外祖母报仇。

我第一次亲眼看见他这样可恶又可怕地打外祖母。在我面前,在昏暗中,他的脸烧得通红,黄金色的头发在飘扬;屈辱在我心中火烧似的翻滚沸腾,我恨自己想不出一个适当的方法报仇。

但两天以后,不知为了一件什么事,我到顶楼上去找他,我看见他坐在地板上,面前有一个打开着的箱子,他正在整理里面的文件。椅子上放着他喜爱的圣像图——十二张灰色的厚纸,每张纸上按照一月的日子分成方格,每一个方格里是那个日子的所有圣像。外祖父非常珍爱这些圣像图,只有当他偶然特别满意我的时候,才拿出来给我看,每当我观看这些紧紧排列着的可爱的灰色小人儿时,总是怀着一种特别的感觉。有些圣徒的传记——基里克和乌莉塔的,受苦受难的瓦尔瓦拉的,潘苔雷蒙以及其他许多人的——我是知道的,我特别喜欢神人阿列克谢的悲伤的传记和歌颂他的美妙的诗;外祖母常常感动地念这些诗给我听。当你观察了几百个这样的人,你就会暗自感到安慰:原来受苦的人从来就是有的。

但是,现在我打算铰这些圣像。趁外祖父走到窗户跟前看一张印有老鹰的蓝色文件的时候,我抓起几张就飞快跑下去,从外祖母的桌子里拿出剪子,爬到吊床上,就动手剪圣人的头。我剪掉了一排人头,忽然对圣像图怜惜起来;于是就沿着分成方格的线条来铰,但我还没

有来得及铰掉第二行的时候,外祖父来了,他站在炕炉台阶上,问道:

"谁叫你拿圣像图的?"

他看见木板子上撒满了方纸块,他抓起一把,贴近了脸看看,扔掉后又抓一把,他的下巴颏扭歪了,胡子跳动着,他的呼吸是那样剧烈,甚至把一块块的纸都吹落到地板上。

"你干的什么事?"他终于大喝一声,捉住我的脚就用劲拉;我腾空翻了下去,外祖母用手接住了我,外祖父挥起拳头捶她,也捶我,尖声叫道:

"打死你们!"

母亲来了,我被挤到炕炉旁边的墙角里,她挡住我,捉住并且推开在她眼前挥舞着的外祖父的手,说道:

"干吗这样胡闹?清醒清醒吧!"

外祖父咕咚一声躺到窗下的条凳上,号叫起来:

"打死我吧!所有的人都反对我,啊……"

"您怎么不嫌害臊?"母亲的声音很沉闷。"您干吗老是装腔作势啊?"

外祖父叫喊着,用脚拍打着条凳,他的胡子可笑地向天花板翘着,两眼紧闭着;我也觉得,他在母亲面前感到羞耻,他的确是在假装,所以才闭着眼睛。

"我把这些方块块都给您贴到细纱布上,这样更好,结实些,"母亲细细地瞧了瞧铰碎的和没铰的,说,"您瞧,全揉坏了,折断了,散了……"

她和他说话,就像在上课时,我有什么不懂的地方,和我说话一样。外祖父忽然站起来,一本正经地整了整衬衣,背心,哼哈一声吐了一口,说:

"今天就贴!我现在把其他几张也给你拿来……"

他向门口走去,可是走到门槛的时候,转过身来用弯弯的指头指着我说:

"得打他一顿！"

"该打，"母亲同意了，她向我俯下身来说："你为什么铰它？"

"我有意的。看他还敢打外祖母不敢，不然我连他的胡子都铰掉……"

外祖母正在脱撕破的上衣，摇着头责备地说：

"你不是答应不说吗？"

她向地板吐了一口：

"烂掉你的舌根，烂得你动也动不得，卷也卷不得！"

母亲看了看她，横过厨房走了一趟，然后又走到我跟前。

"他什么时候打她的？"

"瓦尔瓦拉，你怎么好意思问这个，关你什么事？"外祖母生气地说。

母亲拥抱着她：

"哎，妈妈，你真是我的好妈妈……"

"好妈妈好妈妈！滚开点……"

她们互相看了看，不再说话了，散开了，因为外祖父正在门洞里来回地走呢。

母亲刚来不久，就和那个快乐的房客——军人的妻子——做了朋友，她几乎每天晚上到前屋去，贝特连家里的人们——漂亮的小姐、军官也到那里去。外祖父不喜欢她这样。大家坐在厨房里吃晚饭的时候，有好几次，他举起羹匙威吓着，气嘟嘟地说：

"该死的东西，又聚到一起了！从现在直到清晨，闹得你就甭想睡。"

不久，他要求房客腾房子。他们搬走后，他不知从哪儿运来两车各式各样的家具，摆到前屋里，用一个大锁把门锁上。

"咱们不需要房客，我自己来请客！"

果然一到节日客人就来了。常来的有外祖母的妹妹马特廖娜·伊凡诺芙娜，她是一个爱吵爱闹的大鼻子洗衣妇，穿着带花条的绸衣裳,戴着金黄色的帽子,和她一起来的有两个儿子:瓦西里,是一个绘图员,长头发,和善,快乐,穿一身灰衣服;全身衣服五光十色的维克托,生就一副驴头马面,狭长的脸上满是雀斑,刚到门洞,就一面脱套鞋,一面像彼得鲁什卡尖着嗓子唱道:

安德烈——爸爸,安德烈——爸爸……

这使我又惊奇又害怕。

雅科夫舅舅带着吉他来了,还领来一个独眼秃顶的钟表匠,这个钟表匠穿着长长的黑礼服,安安静静的,像个老和尚。他总是坐在角落里,歪着头,笑眯眯的,古怪地用一个指头戳着剃光了的双重下巴颏,支着头。他的面孔发暗,他那只独眼不论看什么人,都好像特别注意似的;这个人很少说话,老是重复地说那么一句:

"不用劳驾,一样,您佬……"

第一次见他的时候,我忽然想起一件很久以前的事,我们还在新开路住的时候,有一天听见大门外有人敲鼓,声音低沉而且令人不安,有一辆围满了兵和人群的又高又黑的大车,在从监狱通到广场的那条街上驶过。一个身材不高,戴着圆毡帽,戴着镣铐的人坐在大车上的条凳上;他胸前挂着一块写着很大的白字的黑牌子,垂着头,像是在念黑板上的题字,他身子摇晃着,镣铐锵锵地响。当母亲向钟表匠介绍说"这是我的儿子"的时候,我吃惊地往后退,想躲开他,把两只手藏了起来。

"不用劳驾,"他说,整个嘴巴可怕地往右耳歪扭过去,他抓住我的腰带,拉到他身边,又轻又快地把我转了个圈儿,然后放开我,称赞道:

"还好,这孩子挺结实……"

我爬到角落里的皮圈椅上。这个圈椅大得简直可以睡一个人,外祖父经常夸奖它,说它是格鲁吉亚王公的宝座。我爬到那上面观看大人们怎样无聊地欢闹,那个钟表匠的面孔怎样古怪而且令人可疑地变化着。他那副油渍渍、肥腻腻的面孔,像是在溶化,向四外横流;他一笑,厚嘴唇就岔到右腮,小鼻子也像盘子里的饺子似的滑走了;两只向外支棱着的大耳朵忽而和那只好眼的眉毛一起抬高,忽而又聚拢到两颊的颧骨上,看样子,只要他愿意,他可以用两只耳朵,像用手掌似的,把自己的鼻子捂起来。有时他叹一口气,伸出像杵似的又黑又圆的舌头来,灵巧地画了个正圆形,舔舔油腻腻的厚嘴唇。这一切并不使我觉得可笑,只是觉得惊奇,使得我目不转睛地注视着他。

他们喝着掺上甜酒的茶。这种甜酒有股子烧焦的葱皮味;喝外祖母酿的果子酒,果子酒有金黄色的,焦油似的黑色的,绿色的;吃浓烈的酸牛奶,带罂粟籽的奶油蜜糖饼,人们都流着汗,累得喘气,夸奖外祖母。都吃饱喝足了,这些满脸通红,膨胀了的人们,一本正经地分别坐到椅子里,懒洋洋地邀请雅科夫舅舅弹个曲子。

他向吉他俯下身来,开始弹了,伴着音乐,他令人不愉快地腻烦地唱道:

　　哎,痛痛快快地过它一程,
　　闹得满城风雨,——
　　把这一切详细情由,
　　统统告诉喀山的小姐……

我觉得这是一支非常忧郁的歌儿,外祖母说:

"雅沙,你弹点别的吧,弹个真正的歌儿,嗯?马特里娅,你还记得从前人家唱的歌儿吗?"

洗衣妇整了整窸窣作响的衣裳,神气活现地说:

"我的太太,如今不时兴了……"

舅舅眯缝着眼看着外祖母,仿佛她是坐在老远的什么地方;他仍然一股劲地弹唱着不快乐的琴音和使人厌烦的歌词。

外祖父秘密地和钟表匠谈话,他用手指比画着什么给他看。钟表匠抬起眉头,向母亲那边瞅,不住地点头,他那油腻的面孔不可捉摸地变幻着。

母亲总是坐在谢尔盖耶夫兄弟①中间,悄悄地、认真地和瓦西里谈话,他叹息着说:

"是的,这件事得考虑一下……"

维克托满脸堆笑,在地板上搓着脚,忽然吱吱呱呱地唱起来:

安德烈——爸爸,安德烈——爸爸……

大家都不言语了,惊讶地瞅着他,洗衣妇郑重地解释道:

"这是他从戏园子里学来的,那儿是这样唱的……"

这种令人气闷的无聊晚会举行了两三次。后来,在一个星期日白天,刚做完第二次午祷的时候,钟表匠来了。我坐在母亲房子里帮助她用小玻璃珠穿上开了线的刺绣;突然,门一下子打开一条缝,外祖母的惊慌的面孔伸进屋子里,高声地悄悄说了一句"瓦里娅,他来了",然后就消失了。

母亲没有动弹,也没有颤抖,门又开了,外祖父站在门槛上,庄严地说:

"穿上衣服,瓦尔瓦拉,去!"

母亲没有站起来,也不看他,问道:

"到哪儿去?"

"去吧,上帝保佑!你别抬杠。他人很老实,在他本行里是一把能手,列克谢会有一个好父亲……"

外祖父说话特别庄重,老是用手掌抚摩自己的两肋,他的肘子弯到背后,老打哆嗦,就好像他的两手想往前伸出去,但他竭力按着它们似的。

---

① 即外祖母之妹的两个儿子:瓦西里和维克托。

母亲安详地打断他的话：

"我对你说，这办不到……"

外祖父向她迈近一步，伸出两手，像个瞎子似的，弯着腰，毛发竖起，声音沙哑地说：

"去，不然我把你牵走！牵着辫子……"

"牵走？"母亲站起来问道。她脸色发白，眼睛可怕地变细了。她很快地从身上脱掉外衣和裙子，只剩下一件衬衫，走到外祖父跟前说：

"牵吧！"

他龇着牙，握住拳头威吓她：

"瓦尔瓦拉，穿上！"

母亲用手挡开他，握住门把手，说：

"好，咱们走吧！"

"我诅咒你，"外祖父细语着。

"我不怕你咒。走？"

她打开门，可是外祖父抓住她的衬衫下襟，屈着膝，低声说道：

"瓦尔瓦拉，你这个魔鬼，你要把自己毁掉！别去丢人……"

他可怜巴巴地小声叫苦：

"老婆子，老婆子……"

外祖母已经挡住母亲的去路，像赶鸡似的向她挥手，她把她赶进门里，咬着牙说：

"瓦里卡，傻丫头，你怎么啦？回去吧，没羞没臊！"

她把她推进屋里，把门扣上，向外祖父弯下身来，一只手把他提起来，另一只手指点着他：

"嘿，你这个不懂事的老鬼！"

她把他放到沙发上，他像个布娃娃似的摔得噼咔一声。他张着嘴，摇着头。外祖母对母亲大喝一声：

"还不穿上，你！"

母亲把衣裳从地板上拾起来，说道：

"我不上他那儿去,听见吗?"

外祖母把我从沙发上推下来,说:

"舀一瓢水去,快些!"

她低声地说,几乎是在耳语,态度安详,然而却很威严。我跑到门洞里,前屋里发出沉重的均匀的脚步声,母亲在自己房间里大声说:

"我明天就走!"

我走进厨房,在窗户旁坐下,像是做梦似的。

外祖父又是呻吟又是抽咽,外祖母在叨叨什么,然后门砰啪一声关上了,开始静悄悄地,静得叫人害怕。我忽然想起叫我来干什么的,我舀了一铜瓢水,走到门洞里。那个钟表匠从前屋里走出来,低着头,用手抚摩着皮帽子,吭吭呛呛地清着嗓子,外祖母两手贴着肚子,朝着他的背鞠躬,轻轻地说:

"您知道,爱情是勉强不得的……"

他在台阶的门槛上绊了一下,一跳就跳到院子里。外祖母画着十字,浑身打战,不知是在默默地哭,还是在偷偷地笑。

"你怎么啦?"我跑到她跟前问道。

她把我手里的铜瓢夺了过去,水洒到我两只脚上,她大声喝道:

"你到哪儿舀水去了?把门关上!"

她到母亲房间里去了。我又回到厨房里,听见她们俩在一起长吁短叹,唠唠叨叨地说个不休,就仿佛在力不胜任地搬动一件重东西似的。

天气晴朗。冬天的斜阳透过两个结冰的玻璃窗射进来,预备开中饭的桌子上,锡器和两个长颈瓶——一个盛着棕黄色的克瓦斯,另一个盛着外祖父喝的浸着郭公草和金丝桃的深绿色的伏特加——都发出暗淡的光。从窗户玻璃融化的地方,可以看见房顶上亮得刺眼的雪,围墙的柱子和椋鸟的小屋上,银白的圆顶在闪光。在窗户框上,在阳光穿过的笼子里,我的小鸟在游戏:活泼的养驯的小黄雀啾啾地叫,灰雀尖声长鸣,金翅雀嘹亮地歌唱。但这个快乐的、阳光灿烂的、天朗气清的日子,却一点儿也不欢乐。不必要,并且一切都不必要。我想把鸟放了,于是把笼子拿下来。外祖母忽然跑进来,两手拍着腰,一面向炕炉奔过去,一面骂着:

"该死的,都是些鬼儿子!阿库林娜,你这个老糊涂……"

她从炕炉里掏出一个包子,用指头敲了敲皮,恶狠狠地啐了一口。

"全烧焦了!看你烤得多好!嗨,魔鬼们,把你全给撕碎!你干吗像猫头鹰似的睁着大眼睛?把你们全当作破盆烂罐子打碎!"

她哭了,噘着嘴,来回地翻腾着那个包子,用指头敲着烧焦了的壳,大滴的眼泪吧嗒地落在那上面。

外祖父和母亲到厨房里来了;外祖母把包子往桌子上一扔,碟子震得跳了起来。

"瞧这弄的,都是因为你们,叫你们倒一辈子霉!"

母亲快乐而且安详,拥抱着她,劝她不要烦恼。外祖父衣衫零乱,疲惫不堪,在桌子旁坐下,把餐巾结在脖子上,唠唠叨叨,浮肿的眼睛被太阳照得眯缝着:

"好了,没关系!好的包子我们也不是没吃过。上帝是吝啬的,他用几分钟的时间就偿付了几年的岁月……他不承认有什么利息。坐下吧,瓦里娅……好吧!"

他像一个疯子,吃饭的时候老是谈上帝,谈不信神的亚哈[①],谈做父亲的艰苦的命运,外祖母生气地打住他的话:

"吃你的饭,听见没有?"

母亲开着玩笑,明亮的眼睛闪着光。

"怎么,刚才吓坏了吧?"母亲推我一下,问道。

不,刚才我并不怕,现在反倒觉得不舒服,不理解。

他们像平时过节一样吃得令人疲倦地长久,而且吃得又多,仿佛他们并不是半小时以前曾经互相吵骂、准备打架、涕泪横流、号啕大哭

[①] 亚哈是《圣经》上传说的一位以色列王,背叛列祖列宗的信仰,做了许多违背教义的事(见《旧约·列王纪上》第十七至二十二章)。

的那些人们。好像令人不能相信他们的所作所为是认真的,他们是不轻易哭泣的。他们的眼泪、叫喊,以及所有那些互相的折磨,经常爆发而又很快地熄灭,所以已经使我习以为常,越来越不能刺激我,不能打动我的心了。

过后很久我才明白,由于生活的穷苦贫困,俄罗斯人大抵都像小孩子似的喜欢拿忧伤来逗乐,拿它来玩弄,不因做不幸的人而羞愧。

在无穷无尽的工作日里,忧伤就是节日,闹火灾就是逗乐;在一无所有的脸上,连伤痕也是点缀……

十一

自从这事发生后,母亲立时坚强起来,腰杆挺直了,成为家中的主人,而外祖父却变得不为人注意,整天价想心事,不言不语的,和平时大不一样。

他几乎不再出门,老是独自一人坐在顶楼里,读一本神秘的书:《我父亲的札记》。他把这本书藏在上了锁的箱子里,我不止一次看见,外祖父拿它之前,总是先洗一洗手。这本书短短厚厚的,封面是棕黄色的皮子;在内封前面淡青色的篇页上,褪了色的花体字题词很惹眼:"怀着感激之情赠给可敬的瓦西里·卡希林留作衷心的纪念",下面签了一个怪姓,签字的最后一个字母像一只飞鸟。外祖父小心地翻开沉重的书皮,戴上银丝眼镜,瞅着这个签字,为了把眼镜戴好,鼻梁皱了半天。我问过他好几次:"这是什么书?"他总是庄严地回答:

"这种事你不需要知道。等我死了,遗赠给你。貂绒皮衣也遗赠给你。"

他和母亲说话比较温和,也比较少了,他聚精会神地听她说话,眼睛像彼得伯伯的一样闪着光,他把手一挥,咕咕哝哝地说:

"好吧！你爱怎么就怎么吧……"

他的箱子里放着许多珍贵的服装：挑花的裙子，缎子背心，银丝刺绣的绸子长衫，缀着珍珠的各种妇女的头饰，各种色彩鲜艳的女帽和三角头巾，沉甸甸的莫尔多维亚项链，还有各种宝石的项链。他把这些服装都抱到母亲的房间里，摆到椅子上、桌子上，母亲欣赏着服装，外祖父说：

"我们年轻时，衣裳要比如今漂亮得多，阔气得多！服装阔，生活简单又好过。那个时代过去了，一去不复返了！你穿上试试……"

有一次，母亲进入隔壁房间待了一会儿，她出来时，身上穿着绣金的青色长衫，戴着珍珠小帽；她向外祖父深深地一鞠躬，问道：

"你看好不好，父亲大人？"

外祖父咳了一声，不知怎的，整个人都容光焕发起来，两手张开，指头动弹着，绕着她走了一圈，像是做梦似的含含糊糊地说道：

"嘿，瓦尔瓦拉，倘若你能有大把的钱，倘若你周围都是些好人……"

母亲现在住在前屋的两个房间里，她那里常有客人出出进进，最常来的是马克西莫夫兄弟俩：一个叫彼得，是一个身材魁梧的军官，美男子，有着浅色的大胡子，蓝眼睛，因为我啐老贵族，母亲当着他的面打了我一顿；另一个叫叶夫根尼，也是高高大大的，但腿细，面孔苍白，留着黑色的尖胡子。他那大眼睛像一对李子，他穿着带有金扣子的淡绿色制服，在窄窄的肩上缀着金质的缩写字。他常常利落地把头一甩，把波浪式的长发从又高又平的前额甩到后面，他心地宽厚地微笑着，不断地用低沉的声音讲什么，总是用一句博人欢心的口头语来开头：

"您知道我是怎样地想法……"

母亲眯缝着眼，冷笑着听他说话，常常打断他的话：

"你是小孩子，叶夫根尼·瓦西里耶维奇，请原谅……"

那个军官用宽大的手掌拍着自己的膝盖，喊道：

"他可不是孩子是什么……"

圣诞节期间①过得欢腾热闹,母亲那里几乎每天晚上都有穿着华美服装的人,她自己也打扮起来——总是打扮得最漂亮——和客人们一块儿出去。

每次她和一群花花绿绿的客人一出大门,房屋就好像沉入了大地,到处静悄悄的,令人不安地寂寞。外祖母像老母鹅似的在各屋里游来游去,把东西都收好,外祖父背靠着暖和的炉子的瓷砖,自言自语地说:

"那就好吧,好……好……咱们瞧瞧到底会搞出什么名堂来……"

过了圣诞节,母亲送我和米哈伊尔舅舅的儿子萨沙去上学。萨沙的父亲结婚了,后母一进门就嫌恶继子,虐待他,多亏外祖母的坚持,外祖父把萨沙接到自己家里。我们上了一个月的学;学校里所教给我的,其中我只记得,人家问:"你姓什么?"不能简单地回答"别什科夫",而要说:

"我姓别什科夫。"

也不能对老师说:

"小子,你别嚷,我不怕你……"

我一下子就讨厌学校了,表哥头几天很满意,很容易就找到了同伴,可是有一次他在上课时睡着了,在梦中忽然可怕地喊道:

"我不敢了……"

他被叫醒了,他要求出去一下,为了这被同学们狠狠地嘲笑一顿。第二天,我们去上学,正在走下干草广场的山沟的时候,他停住了,说:

"你去吧,我不去了!我最好是玩玩去。"

他蹲下去,把书包细心地埋到雪里,就走了。正是正月晴丽的天气,到处照耀着银白的阳光,我很羡慕表哥,可是,我狠了狠心,上学去了——我不愿惹母亲生气。萨沙埋的书当然找不到了,第二天他不上

---

① 圣诞节期间,指圣诞节到主显节之间的十二天,是东正教的规矩。

学已经是理所当然,第三天,他的行为被外祖父知道了。

我们受审了。在厨房里桌子后面,坐着外祖父、外祖母和母亲,他们审问我们。我还记得萨沙是怎样可笑地回答外祖父的问话的:

"到底为什么你不上学?"

萨沙目光温和地对直望着外祖父的脸,不慌不忙地回答道:

"忘了学校在哪儿了。"

"忘了?"

"忘了。我找了半天……"

"你不会跟着列克谢走吗,他记得!"

"我把他弄丢了。"

"把列克谢弄丢了?"

"是的。"

"怎么丢的?"

萨沙想了想,叹了口气说道:

"刮大风雪来着,什么都看不见。"

大家都笑了,其实天气又晴朗又无风。萨沙也小心翼翼地微笑一下。外祖父龇着牙,尖酸地问道:

"你不会拉着他的手,拉着他的腰带?"

"我本来拉着,可是,风把我们吹散了,"萨沙解释道。

他懒散地、无望地说,听他这种不必要的、拙笨的撒谎,我感觉怪不舒服的。我非常惊奇他这股拗劲儿。

外祖父打了我们俩一顿,给我们雇了一个护送的人。这是一个曾做过救火队员的断了一只胳膊的小老头,他的责任是监视着萨沙在学习中不走歪路。但这也没有用:就在第二天,我们走到山沟底下的时候,他忽然弯下腰来,从脚上脱掉毡靴,把它远远地扔出去,又脱掉另一只,扔到另一个方向,他只穿着袜子,从广场上跑掉了。小老头哎哟叫了一声,哆哆嗦嗦地去拾靴子,然后,他大惊失色地把我领回家去了。

整整一天,外祖父、外祖母和我母亲走遍了全城去捉拿在逃的人,直到晚上才在寺院旁边奇尔科夫酒馆里找到萨沙,他正在那里用跳舞来娱乐观众呢。把他领回家,甚至没有打他,大家都被这孩子的顽强的沉默弄得惶惑不安。他和我躺在吊床上,腿向上翘起,脚掌磨蹭着天花板,悄悄地说:

"后娘不疼我,父亲也不疼我,外祖父也不疼我,——和他们在一起还有什么过头?我去问奶奶强盗都在哪儿住,我投奔他们去。将来你们会知道我的……咱们一块儿跑吧?"

我不能和他一道跑:在那个时日我有我的任务——我决定做一个留着浅色大胡子的军官,为了这必须学习。我把这个计划告诉了表哥,他想了想,同意了。说道:

"这也好。将来你做军官,我做强盗头领,你应该来捉我,咱们俩不知谁死在谁手里,或者谁把谁给俘虏了。我不会杀死你的。"

"我也不杀死你。"

我们就这样决定了。

外祖母进来了,爬到炕炉上,看了看我们,开口说道:

"怎么样,小耗子们?哎,孤儿啊孤儿,一对破砖碎瓦片!"

她怜惜了我们一阵子,便骂起萨沙的后母——那个肥胖的后娘娜杰日达,酒馆老板的女儿来;然后,把天下所有的后母和后父都骂到了,又顺便讲了一个故事:聪明的隐士约那年幼的时候,和他的后母请求神来判他们的官司;约那的父亲是乌格里奇人,白湖上的渔夫,——

  年轻的妻子谋害丈夫:
  她灌了丈夫烈性的药酒,
  又灌了丈夫催眠的蒙汗药。
  把酣睡沉沉的丈夫,
  放进了橡木的小船,
  就像放进了狭窄的棺材;

她拿起菩提木的桨,
亲自划到湖中央,
划到黑咕隆咚的深渊里,
去做可耻的妖婆勾当。
她弯下身来用力一晃荡,
这个妖婆把轻巧的小船翻个底朝天。
丈夫像铁锚似的沉到底,
　　她就连忙往岸上游,
　　上了岸就倒在地上,
　　一面诉说,一面哀号,
　　假装不幸,假装悲伤。
　　善良的人们相信了她,
　　和她一起痛哭一场:
　　"啊,你这可怜的年轻的寡妇啊!
　　你所遭到的女人的不幸多么大,
　　可是,我们的生命都操在上帝手里,
　　死亡也是上帝送给我们的!"
只有继子约努什科,
不相信后母的眼泪,
他把手放到她的心口上,
他用温和的口气对她说:
　　"啊,我的后娘啊,我的灾星,
　　啊,你这个狡猾的黑夜之鸟,
　　我不相信你的眼泪。
　　你的心因为快乐跳得厉害!
　　让咱们来问问上帝,
　　问问所有的上天神灵。
　　请哪位拿出一把钢刀,

向圣洁的上天来抛,
　　如果真理属于你——钢刀杀死我,
　　如果真理属于我——钢刀落到你身上!"
后母翻眼把他瞅,
从她眼里直冒恶毒的光,
她硬硬朗朗地站起身,
面对着约那把话问:
　　"嗨,你这个没有理性的畜生,
　　你这个不足月的、早产的孽种,
　　你怎敢想出这种事?
　　你怎敢说出这些话?"
人们都看着他们听他们讲。
人们看出事情有点儿蹊跷。
人们神色颓丧,暗自思量,
交头接耳互商量。
后来有一位老渔夫走出来,
向四周的人们弯身鞠个躬,
开始宣布他们的决定:
　　"善良的人们,请你们
　　把钢刀交给我的右手,
　　我把它抛向上天,
　　谁有罪过,它就落到谁身上!"
人们递给老人快刀一把,
他拿起刀就往他白发的头颅上空抛,
钢刀鸟也似的飞上天,
人们左等右等,总不见它落下来。
人们往透明的高空望,
脱下了帽子,彼此紧紧地靠着站,

> 大家都一声不响,夜也默默无言,
> 刀仍然没有从空中落下来!
> 早霞烧得湖水红艳艳,
> 后母快活得脸更红,她冷冷地笑了笑,
> 忽然,那把刀像飞燕似的往下落,
> 它一直刺穿了后母的心。
> 善良的人们都下跪,
> 向灵验的上帝齐祷告:
> "光荣啊,我主,多谢你主持公道!"
> 老渔夫拉起约努什科的手,
> 把他领到远方的修道院,
> 修道院就在光明的凯尔仁查河畔,
> 靠近看不见的基杰查城旁……①

第二天醒来,我全身都是红点,出天花了。人们把我放在后面的顶楼上。我瞎着眼睛在那里躺了很长时间,手脚都用宽带子紧紧地绑着,不断地做着离奇怪诞的噩梦,其中有一个噩梦几乎送了我的命。只有外祖母常来用羹匙像喂小孩一样喂我吃饭,讲一些无尽无休而且永远新颖的童话。当我已经好了,不再捆绑着躺在床上的时候(为了防我抓脸,只有指头用绷带绑得像戴无指手套似的),有天晚上,不知什么缘故,外祖母比平时迟到了,这使我心中很惊慌。忽然,我看见了她:她躺在门外尘封的顶楼台阶上,脸冲下,两手伸开,她的脖子割破一半,像彼得伯伯的一样,从角落里,从尘土弥漫的昏暗里,有一只大猫贪馋地瞪着绿眼睛向她一步步地走过去。

我从床上跳下来,用脚踹和用肩膀冲撞,打掉了两扇窗户,纵身一跳,跳到院子的雪堆里。那天晚上母亲那里来了一些客人,谁也没有

---

① 在唐波夫省波里索格列勃斯基县科留潘诺夫卡村,我听到同一传说的另一说法:钢刀杀死了毁谤后母的继子。——作者注

听见我打破玻璃,弄坏窗框,我在雪里躺了很久很久。我没有摔伤任何地方,只有一只手臂脱了臼和被玻璃刮破得很厉害,但是我的两条腿失去了知觉,我在床上躺了三个来月,两腿完全不能动弹。我躺在那里听见家里越来越喧闹,楼下常常有开门关门的声音,很多人走路的声音。

屋顶上忧郁的风雪沙沙作响,顶楼门外风儿忽忽地吹过,烟囱呜呜咽咽像出殡似的歌唱,纺车嗡嗡地叫,乌鸦在白昼戛然长鸣,夜深人静的时候,从旷野里传来凄厉的狼号,——在这种音乐伴奏下,我的心也在成长。后来,胆小的春天,睁开它那阳春三月的光芒四射的太阳眼睛,怯生生、静悄悄地,但一天比一天亲切地向窗户里窥视,在屋顶和顶楼上,猫儿开始唱歌,号叫,春天的音响透过墙壁传了进来。琉璃似的冰柱折断了,融雪从屋脊的马头上流下来,马车铃声也比冬天响得更勤了。

外祖母常来。她讲话的时候,越来越经常、越浓地散发着酒味,后来她带来一个大白壶藏到我的床底下,向我挤挤眼说:

"亲爱的,你不要对外祖父那个老家神说!"

"你为什么喝酒?"

"别多嘴,你长大就知道了……"

她从壶嘴里吸了一会儿,用袖子擦了擦嘴唇,甜蜜地笑着,问道:

"嗯,我的小爷子,昨天我讲什么来着?"

"讲我父亲。"

"讲到哪儿?"

我告诉了她,于是她有条不紊的言语就像小溪似的长流不息了。

关于父亲的故事,是她自动给我讲起的,有一次她来我这里,没有喝酒,满脸愁容而且疲倦,说道:

"我梦见了你的父亲,仿佛他是在旷野里行走,手里拿一根核桃木的棍子,吹着口哨,他后面跟着一条花狗,舌头颤动着。不知为什么我常常梦见马克西姆·萨瓦杰维奇,看样子他的魂灵到处漂泊,总不得安宁……"

她一连几个晚上都是讲父亲的故事。这故事像所有她的故事同样地有趣。

我的祖父是一个当兵出身的军官,他因为虐待部下被流放到西伯利亚;我的父亲就是在西伯利亚某地出生的。他的生活很苦,从小就常从家里逃跑;有一次我祖父牵着狗到森林里像找兔子似的找他;又有一次捉住了他,把他打得非常厉害,多亏邻居把他夺走藏了起来。

"小孩总得挨打吗?"我问。外祖母安详地回答道:

"总得挨打。"

我的祖母很早就去世了,父亲九岁上,我祖父也死了。有个做木匠活的教父收养了我父亲,替他加入了彼尔姆城的同业行会,教他手艺,但是父亲从他那里跑掉了,到市场去给瞎子带路,十六岁那年到了尼日尼,在一个包工头——科尔钦的轮船上的木匠那里干活。二十岁他已经成为一个上好的细木匠、裱糊匠和装饰匠。他所工作的那个作坊是在铁匠街,和外祖父的房子毗邻。

"围墙不高人胆大,"外祖母格格地笑了一阵,说道。"有一次,我和瓦里娅在花园里采红莓子。有个人,就是你父亲,扑通一声从垣墙上跳下来,我吓了一跳:从苹果树丛里走出来一个高大的人,穿着白汗衫,天鹅绒的裤子,可是光着脚板,没有戴帽子,用皮条勒着长头发。他来求婚来了!我先前也见过他,他常常从窗前走过,我看见他,当时心里想:好一个小伙儿!等他走到跟前,我问他:'年轻人,为什么不走正道翻墙头?'他咕咚一声跪了下来。他说:'阿库林娜·伊凡诺芙娜,我整个人整个灵魂都在你面前,瓦里娅也在这儿。请你帮助我们,看在上帝的分上,我们要结婚!'我一听,愣住了,舌头也动不得了。我又瞧瞧你母亲,鬼精灵的,躲到苹果树后,满脸通红,红得像红莓果儿,正给他打手势呢,可是她已经满眶泪水了,我说:'鬼东西,你们倒是想的什么好主意啊?瓦尔瓦拉,你发疯了吗?年轻人,你也好好地想想:你配折这一枝花吗?'那阵子你外祖父是个阔佬,儿子们还没分家,挣了四所房子,又有钱又有名声,在这不久前,为了他一连当了九年行会头子,人家奖他一顶带丝条的帽子和一套制服,嗬,他当时可高傲呢!我把该说的都给他们说了,可是我又是吓得哆嗦,又是心疼他们:他们俩的脸变黑了。后来你父亲说:'我知道瓦西里·瓦西里耶夫不会好心好意把瓦里娅嫁给我的,所以我要偷偷地娶她,只求你帮助我们。'要我来帮这个忙!我甚至给了他一巴掌,他连闪也不闪,他说:'哪怕你用石头砸我也好,只求你帮助,反正我不会甘休的!'接着瓦尔瓦拉也过来了,到他跟前,把手搭在他的肩膀上,说:'我们早在五月里就已结婚,我们现在不过要举行婚礼罢了。'我一听,可就晕倒了。我的老天爷啊!"

外祖母笑起来,笑得全身颤巍巍的,然后嗅了嗅鼻烟,擦了擦眼泪,愉快地叹口气,接着讲:

"你还不能懂得什么叫结婚,什么叫举行婚礼,不过要知道,要是一个姑娘家没有举行婚礼就生孩子,这可是一件不得了的灾祸!你记住我的话,等你长大了,可别引诱姑娘干这种事,这是一桩天大的罪孽,害苦了人家姑娘,生出的孩子也是私生子。要好生记住,当心!你和女人一起生活,要可怜女人,真心实意地爱她们,不要只图玩玩就算了,我这是给你说的金石良言!"

她在椅子里摇晃着,沉思起来,然后,抖擞一下,又讲开了:

"怎么办呢?我敲马克西姆的额头,揪瓦尔瓦拉的辫子,可是他合情合理地对我说:'打也解决不了问题!'她也说:'你先想想怎么办吧,以后有你打的!'我问他:'你有钱吗?'他说:'有,我还给瓦里娅买了戒指呢。'——'你有多少?两三个卢布吧?'——'哪儿,有百十个卢布呢,'他说。当时的钱值钱,东西便宜。我看着他们,看着你母亲你父亲,心里想,嗨,一对孩子,一对傻瓜!你母亲说:'我把戒指藏在地板底下,怕您看见,可以把它卖掉!'简直是小孩子!话虽是这么说,我们左商量右商量,总算谈妥了:他们再过一个星期就举行婚礼,由我来和神甫办交涉。可是我不由得哭了一场,心跳得厉害,怕你外祖父知道,连瓦里娅也胆战心惊的。后来弄停当了!

"不过有一个匠人是你父亲的仇人,是一个坏蛋,他早把一切看穿了,监视着我们。婚期到了,我把我惟一的女儿尽我所有的好衣裳打扮起来,把她领出大门,拐角地方有一辆三套马车在等着,她坐上去,马克西姆吹了一声口哨就走了!我含着眼泪回了家。忽然,那个人迎面走来,这个下流东西开口说:'我是好心人,我不去妨碍别人的好事,不过,阿库林娜·伊凡诺芙娜,你得给我五十卢布作为酬谢!'我没有钱,也不爱钱,没有攒钱,我一时糊涂,对他说:'我没有钱,不给你!'他说:'你答应你欠我的!'——'我怎么能答应欠你钱,过后我到哪儿弄钱呢?'他说:'你丈夫有钱,偷他的,这有什么难啊?'我这个傻瓜,本该和他谈谈,缠住他一会儿,可是我向他的狗脸上啐了一口,转身就走!他赶到我前头跑到院子里,天翻地覆地闹起来!"

她闭上眼睛,微笑着说:

"甚至现在想起他们干的胆大包天的事都觉得可怕!你外祖父活像个野兽似的吼叫,这事儿对他可不是闹着玩的。他时常看着瓦尔瓦拉夸口说:我要把她嫁给贵族,嫁给老爷!这一下叫你嫁给贵族吧,嫁给老爷吧!至圣的圣母比我们知道谁与谁有缘。外祖父像热锅上的蚂蚁似的在院子里乱蹿,把雅科夫和米哈伊尔叫了出来,吩咐那个麻脸的匠人和车夫克里姆;我一看,他皮带上挂个秤砣当作流星锤,米哈伊尔拿起火枪,咱们的马是好马,烈马,马车又轻快,我想,他们会追上的!这当儿,瓦尔瓦拉的守护天使指点了我,我找到一把小刀,把车辕的皮带割了个口子,我嘴里不说心里想,大概在路上会断的!果然应验了,车辕在路上扭脱了,险些儿把外祖父、米哈伊尔、克里姆给砸死,把他们给耽误了。等他们把车修好赶到教堂的时候,瓦里娅和马克西姆已经举行了婚礼,站在教堂门廊里了,荣耀归于主!

"咱们去的这帮人拥上去要打马克西姆,可是他是一条大汉,力大无比!他把米哈伊尔从门廊里扔了出来,摔断了他一只胳膊,克里姆也碰伤了,外祖父和雅科夫,还有那个匠人,都害怕起来。

"他在气得发狂的时候也没有失去理智,他对外祖父说:'把铁锤扔掉吧,别拿它在我眼前晃悠。我是老实人,我所拿的是上帝赐给我的,不准任何人夺走,我什么也不多要你的。'他们退走了,外祖父坐到车上喊着说:'瓦尔瓦拉,从此永别了,你不是我的女儿,我不愿意再看见你,你活也好,饿死也好,都听你的便。'他回到家里,打我骂我,我光哼哼,一句话也不说,心想一切都会过去的,反正生米已经煮成熟饭!后来他对我说:'嘿,阿库林娜,注意:不许你再认她做女儿了,记住这个!'我心里只想:你撒谎,红发鬼,怨恨是冰块,见热就化!"

我入神地、贪馋地听着,在她讲的故事里,有些地方使我惊奇,外祖父对我描述母亲的婚礼完全不是这样的:他曾反对这桩婚事,举行婚礼后,他不准母亲进家门,可是他说母亲不是秘密的举行婚礼,他也到教堂参加来着。我不想问外祖母他们俩谁说得对,因为外祖母的故事更美,更使我喜欢。她讲故事时,身子老是晃晃悠悠的,像是坐在小船上。她讲到可悲或者可怕的事情,就晃得更厉害,一只手向前伸出,仿佛要在空中阻拦住什么东西似的。她常常眯缝着眼,在她那满是皱纹的两颊,含着盲人似的慈祥的微笑,而那浓厚的眉毛,微微地颤动着。有时,这种盲人似的、对一切都容忍的慈善打动了我的心,可是有时我非常希望外祖母说一句严厉的话,高声地呵斥。

"头两个星期,我不知道瓦里娅和马克西姆住在哪儿,后来瓦里娅派来一个挺机灵的小鬼告诉了我。等到星期六,我装着去做晚祷,亲自找他们去了。他们住在很远很远的小忙街①一所小房子里。大杂院里住满了耍手艺的,到处是垃圾,又脏又闹得慌,可是他们过得倒还好,像一对快乐的小猫,呜呜地叫着,耍着。我尽我所能带的都带来给他们:茶、糖、杂粮、果子酱、面粉、干蘑菇、钱,不记得有多少钱,是从外祖父那里偷来的——只要不是为了自己,偷是可以的!你父亲一样都不要,生气地说:'我们是讨饭的还是怎么着?'瓦尔瓦拉也顺着他说:

---

① 一条狭窄的坡道。

'哎哟,妈妈,这是为什么?……'我把他们数落了一顿:'傻子,我是你什么人?我是你丈母娘;我是你什么人,傻丫头?我是你亲娘!欺负我能行吗?要知道,亲娘在地上受气,圣母就在天上痛哭!'一听我说这话,马克西姆就把我抱起来满屋子走开了,一面走还一面跳,——劲头可大呢,狗熊似的!瓦里卡这个丫头像一只美丽的孔雀走来走去,不停口地夸奖丈夫,像是夸奖一个新买来的洋娃娃似的,眼睛老是看看这望望那的,老是正正经经地谈家务事,像个管家婆子,——看她那样真笑死人!喝茶的时候,她拿出了自家做的点心,嘀,能把狼牙给啃掉,牛奶渣做得像一盘沙子!

"这样过了很久很久,直到你快要生下来的时候,你外祖父还是一声不吭。这个家宅的凶神,别扭极了!我偷偷地到他们那儿去,他是知道的,但他装不知道。禁止家里的人提起瓦里娅,大家都不作声,我也不作声,可是我心里有数:父亲的心门不会老闭住的。这个久已巴望的时机果然来到了:有一天夜里,大风雪呼啸着,像是有狗熊在窗户那里爬,烟囱呜呜地叫,所有的小鬼都挣脱了锁链。我和你外祖父躺在床上老睡不着,我开口说:'在这种夜里,穷人不好过,可是有心事的人更难过!'外祖父忽然问我:'他们过得怎么样?'——'没什么,'我说,'过得挺好的。'他说:'我问的是谁啊?'——'你问的是女儿瓦尔瓦拉,女婿马克西姆啊。'——'你怎么猜到我问的就是他们?'——'你得了吧,'我说,'老爷子,别装糊涂了,别耍把戏了,谁高兴你耍这套把戏啊?'他叹息着说:'嗨,你们这些鬼啊,你们这些灰色鬼!'过一会儿他又探听:那个大混蛋,这是说你父亲呢,真的是个混蛋吗?我说:'谁不愿意干活儿,谁骑在别人的脖子上,谁才是混蛋呢。你倒是也看看你那雅科夫和米哈伊尔,这两个不正是一对混蛋吗?家里头谁干活儿?你,谁挣钱?你。他们给你帮了多大忙?'他于是骂我混蛋,下贱,骂我是拉皮条的,记不清他还骂了些什么,我一声不响。他说:'你怎么能相信一个不知道从哪儿来的,也摸不透他的底细的人?'我一个劲儿地不开口,等他疲倦了,我说:'你倒是也去看看他们过得怎么样呀,他们过得可好呢。'他说:'那太赏他们脸了,让他们到我这里来……'一听见他漏出这口风,我简直高兴得哭了。他松开我的头发,他喜欢摆弄我的头发,咕咕哝哝地说:'别哭,傻瓜,我不是没有心肝的人。'他从前可好呢,我们这位老爷子,自从他自以为没有人比他聪明,就老发脾气,变得愚蠢了。

"你母亲和父亲果然来了,在圣日,就是大斋期的最后礼拜日,高高大大的一对,穿得干净整齐的;马克西姆站在外祖父面前(外祖父只到他肩膀),他站在那儿说:'看在上帝的分上,瓦西里·瓦西里耶维奇,不要以为我来是求嫁妆的,不是的,我是来向我妻的父亲请安的。'这使老头子很高兴,他咧嘴笑了,说:'嘿,你这个高大个,绿林弟兄!别淘气了,搬来一块儿住吧!'马克西姆皱起眉头说:'这要看瓦里娅的意思,我怎么都行!'他们一住到一起就磨起牙来,——怎么也不合套!我向你父亲又是挤眉子弄眼,又是在桌子底下蹴他,——全没用,他总是死抱着自己的一套!他有一对漂亮的眼睛:又快乐又清亮。眉毛是黑的,有时他把眉毛一皱,眼睛就在眉毛下藏起来,脸变成石头似的,露出倔强的样子。这时除了我,谁说话他都不听。我爱他胜似爱自家亲生的儿子,他心里也明白,所以他也爱我。他时常偎靠着我,拥抱我,有时抱起我满屋子走,他说:'你是我真正的母亲,是养育我的土地,我爱你胜似爱瓦尔瓦拉!'你母亲是个爱说爱闹的顽皮鬼,向他扑过去,大声说:'你怎敢说这种话,你这个咸耳朵的彼尔姆人?'我们三个人就这么闹着玩,我们过得可好呢,我的心肝!他跳起舞来也是天下少有,会唱一些好听的歌儿,他跟瞎子学的,瞎子是再好不过的歌手!

"他和你母亲搬到花园里一间小屋里,你就是在那儿降生的,午时生的,你父亲回来吃午饭,你正好迎接他。你看他那份高兴劲儿,你看他那份疯劲儿,把你母亲闹得筋疲力尽,小傻子,就仿佛不知道生孩子是一件多么难的事!他把我放在他的肩膀上,穿过整个院子去向外祖父报告生了一个外孙子。外祖父甚至笑了,说:'嘿,你这个森林精,

马克西姆!'

"你两个舅舅可不喜欢他(他不喝酒,可是两片嘴挺刚强,爱耍鬼把戏),他们狠狠地报复了他一下!有一年大斋期,刮风,忽然整个房子都响起来,呜呜地叫得可怕,——大家都愣住了,这是闹什么鬼啊?外祖父吓坏了,叫人到处点上长明灯。他跑来跑去,喊叫:'快祷告!'可是声音忽然停了;大家更怕得厉害。雅科夫舅舅猜到了,他说:'这一定是马克西姆搞的鬼!'后来马克西姆自己承认了,他把大大小小的瓶子安放到天窗上,——风吹着瓶口,它们就呜呜地响,发出各种不同的声音。外祖父吓唬他说:'马克西姆,再开这些玩笑,当心又把你送到西伯利亚去,叫你一去不回头!'

"有一年冬天很冷,旷野的狼开始往城里跑,不是咬死人家的狗,就是惊吓了马,要不就是把喝醉酒的巡夜的吃掉,闹得人心惶惶!你父亲拿起枪,穿起滑雪板,一到夜里就到野外去。你瞧着吧,他每次准拖回一只狼,有时两只。他剥了皮,掏空了脑袋,安上玻璃眼珠,跟真的一样!有一天,米哈伊尔舅舅到门洞里去解手,忽然跑了回来,头发直竖,瞪着眼睛,喉咙发僵,一句话也说不出。他的裤子脱落下来,把他绊倒了,耳语似的说:'狼!'大家都顺手抓个东西,拿着灯火,冲进了门洞。一看,嗬,大柜子里真有一只大狼伸着头!人们打它,射它,可是它满不在乎!大家仔细一看,原来是带脑壳的狼皮,两只前腿是钉到大柜子上的!当时外祖父可把马克西姆恼透了。雅科夫也跟着他胡闹:马克西姆用硬纸粘了一个狼头——做好鼻子、眼睛、嘴,贴上麻屑当毛发,然后就和雅科夫一齐到街上乱串,把这样可怕的嘴脸探进人家窗户里,人家当然害怕,大叫大嚷。一到夜里,他们就蒙着被单子出去,吓唬老神甫。他吓得往警察亭子跑,警察也吓得要命,连忙喊救命。这样的恶作剧可做得不少,怎么也管不了他们。我劝他们别胡闹了,瓦里娅也劝他们,可是没用,他们不听!马克西姆笑着说:'看见人们为了一点屁事就吓得没命地乱跑乱蹿,挺好玩的!'你看他说的,你跟他讲理去吧……

"他为了这险些儿把命送掉。你米哈伊尔舅舅活像你外祖父——心眼窄,爱记仇,他想法子害你父亲。有一年刚入冬,他们从人家家里做客回来,同路的一共四个人:马克西姆、你两个舅舅、还有一个助祭(他后来因为打死车夫,被开除了教籍)。他们从驿站大街回来,把马克西姆骗到久科夫池塘,说是去滑一会儿冰,就像小孩子用脚那样溜,他们把他骗到那儿,把他一推推到冰窟窿里。我把这桩事讲给你听……"

"舅舅为什么这样狠心?"

"他们不是狠心,"外祖母嗅着鼻烟,安详地说。"他们不过是愚蠢罢了!米什卡又刁又蠢,雅科夫倒还罢了,一个傻呵呵的汉子……话再说回来,他们把他推到冰里,他从冰里钻了出来,用手抓住冰沿,可是他们踩他的手,十个手指都被靴后跟踩破了。幸亏他没有喝酒,他们都喝得醉醺醺的,他不知怎的,像是有上帝帮助他似的:他在冰下伸直了身子,脸朝上停在冰窟中间,喘着气;他们够不到他,对着他的头扔了几块冰就走了,说是让他自己沉下去吧!可是他爬了上来,一溜烟跑到警察分局去了。警察分局就在跟前,你知道吧,就在广场上。警官认识他,也认识我们全家人,他问:'这件事是怎样发生的?'"

外祖母画了个十字,感激地说:

"主啊,让马克西姆·萨瓦杰维奇和你的公正的圣徒在天安息吧,他配得上!他居然对警察隐瞒了这件事,他说:'是我自己闯的祸,我喝醉了,迷迷糊糊地走到了池塘,就掉进了冰窟窿里。'局长说:'不对,你没有喝酒!'闲话少说,他在分局里用酒擦了身体,穿上干衣裳,裹着皮袄,人家把他拉回来了,警官亲自带两个警察也跟着来了。雅什卡和米什卡还没有回来,逛酒馆去了,'歌颂'老子娘去了。我和你母亲一看见马克西姆,他样子全变了,浑身紫红紫红的,手指头全破了,滴着鲜血,鬓角像是有一片雪,可是不化——鬓角白了!

"瓦尔瓦拉大声号叫:'你怎么啦?'警官对什么都伸鼻子嗅嗅,对什么都追问,我的心有了感应——哎哟,事情不妙!我让瓦里娅缠着警官,我偷偷地去问马克西姆什卡①究竟是怎么回事。他细声说:'你先去截住雅科夫和米哈伊尔,教他们说,他们和我是在驿站大街分的手,他们到圣母节大街②去了,就说我拐进了纺绩巷!不要说错了,不然他们就要吃警察的苦头的。'我到外祖父那里说:'你去跟警官谈谈,我到大门口去等儿子。'我告诉他出了什么乱子。他穿着衣服,哆嗦着,咕咕哝哝地说:'我就知道会闹出这种事,我就料到要出乱子!'净胡说,他什么也不知道!我去等儿子,我迎头就给两个孬种几个嘴巴——米什卡一下子就给吓醒了,雅什尼卡,宝贝儿子,舌头都喝硬了,总算还能说出话来:'我一点儿也不知道,都是米哈伊尔干的,他是老大!'我们好歹把警官哄好了,——他是一个好好先生。他说:'你们要当心,你们这儿要是再出什么事,我会知道是谁犯的罪。'说了这话就走了。外祖父走到马克西姆面前说:'谢谢你,别人处在你的地位,不会这样做的,我心里明白!女儿,也谢谢你,你带到父亲家里一个好人!'你这个外祖父,当他高兴的时候,可说得好呢,后来变蠢了,才把心门给锁上。剩下我们娘儿三个的时候,马克西姆·萨瓦杰维奇哭起来,仿佛讲梦话似的说:'他们为什么害我,我有什么对不住他们的?妈妈,为什么啊?'他不叫我妈,像小孩子似的叫我妈妈,论性格,他也的确像个小孩。他问'为什么?'我只有放声大哭,我有什么可说的呢?好坏是我的儿子,我心疼他们。你母亲把外衣的扣子全扯掉了,披头散发的坐在那儿,像是刚打过架似的,吼叫着:'咱们走,马克西姆!兄弟是咱们的冤家,我怕他们,咱们离开这儿!'我喝住了她:'不要火上加油了,已经烧得够旺了!'外祖父打发这两个混蛋来赔不是,她向米什卡扑过去,照着他的脸啪啪就是几下,这就算是饶恕!你父亲埋怨说:'兄弟,你们怎么啦,你们会把我弄成残废的,手艺人没有手还中啥用?'好歹总算和解了。你父亲病了,躺了七个来星期,有时他说:'哎,

---

① 马克西姆的爱称。
② 下诺夫戈罗德城的主要街道。

妈妈,跟我们一起到别的城里住去吧,这儿有点儿闷。'不久,他们果然到阿斯特拉罕去了。那儿夏天预备迎接皇帝,你父亲承造凯旋门。开春,他们就坐第一次通航的轮船走了;和他们离别,就像和自己的魂灵离别一样,他也很伤感,老是劝我到阿斯特拉罕去。瓦尔瓦拉满心地高兴,甚至连遮掩都不遮掩自己的快乐,没羞没臊的……他们就这样走了。就这些,讲完了……"

她呷了一口酒,嗅嗅鼻烟,若有所思地往窗外看看灰蓝的天空,说道:

"是的,你父亲不是我的亲骨肉,可是我们的心是一个……"

有时,她正讲故事的时候,外祖父进来了,昂起黄鼠狼的脸,用尖鼻子嗅嗅空气,疑疑惑惑地端详着外祖母,听她讲故事,外祖父嘟嘟囔囔地说:

"瞎扯,瞎扯……"

他冷不防问道:

"列克谢,她刚才喝酒了吧?"

"没喝。"

"撒谎,看你眼睛就知道你在撒谎。"

他犹犹豫豫地走了。外祖母冲着他的背影挤了挤眼,顺口溜了一句:

"老爷子走过瓦舍清堂,不要吓唬我老娘……"

有一天,他站在屋当中,眼睛瞅着地板,悄悄地问:

"老婆子!"

"嗯?"

"你可知道,事情为什么竟闹到这地步?"

"知道。"

"你是怎么个想法?"

"命里该着,老爷子! 你可记得,你老是说要找一个贵族女婿吗?"

"是啊。"

179

"这不是找到了吗？"

"一个穷光蛋。"

"这是她个人的事！"

外祖父走了。我感到有什么不好的事情，我问外祖母：

"你们讲什么？"

"你什么都要知道，"她揉着我的腿，气哼哼地回答。"从小什么都打听清楚，到老就没的可问了……"她摇晃着脑袋，笑起来。

"啊哈，老爷子，老爷子，在上帝眼里，你不过是一粒小小的灰尘！廖尼卡①，我对你讲，你千万别多嘴！——你外祖父的家业搞光了！他借给一位贵族老爷一大笔款子，这位老爷破了产……"

她含笑沉思起来，不言不语地坐了很久。她那大圆脸泛起皱纹，变得又阴暗又忧伤。

"你在想什么？"

"我在想给你讲什么故事，"她颤抖了一下。"对了，给你讲叶夫斯季格涅，好不好？话说：

  从前有个书记官名叫叶夫斯季格涅，
  自以为天下的人都比不上他聪明，
  神甫和贵族自然不在话下，
  连最老的老狗也比不了他！
  走起路来气昂昂，活像一只公火鸡，
  他觉得他就是那个有名的西林神鸟②，
  左邻右舍他都教训遍，
  这也不顺他的心，那也不中他的意。
  瞧了瞧教堂，太矮！
  瞅了瞅街道，太窄！

---

① 阿列克谢的又一爱称。
② 俄罗斯古代传说中，头和胸是女人的神鸟。

在他眼里红苹果也不红!
太阳升得又太早!
不管向叶夫斯季格涅指示什么,
他总是说——"

外祖母鼓起腮帮,瞪起眼睛,她那慈祥的面孔变得又蠢又好笑,她用懒散的沉重的声音说:

"我嘛,这玩意儿我早就会,
我嘛,做的比这玩意儿好得多,
不过我老是没工夫。"

她微笑着沉默了一会儿,静悄悄地接着讲下去:

有一天,一群小鬼来找书记官:
"书记官,你住在这儿不方便吧?
你不如跟我们到地狱去吧,
那儿炭火烧得热烘烘!"
聪明的书记官还没来及戴帽子,
小鬼就用爪子抓起他,
小鬼一路上号叫拖他走,
还一个劲儿胳肢他,
还有两个小鬼骑在他肩头上,
把他一推推到地狱的火头上。
"叶夫斯季格涅尤什卡①,我们这里好不好?"
烈火烧得书记官够呛,

---

① 叶夫斯季格涅的爱称。

他双手叉腰,四下里张望,

骄傲地噘着嘴唇,开言道:

"你们地狱里,好大的煤气味儿!"

她懒洋洋地、粗声粗气地讲完了寓言的结尾,脸上换了副表情,细声地笑着,向我解释道:

"他不服气,这个叶夫斯季格涅,死死地抱着老一套,别扭极了,就跟咱们那个老祖宗一样!哎,快睡吧,到时候了……"

母亲难得到顶楼来看我,有时来了也停不大工夫,急急忙忙说不上两句话。她越来越漂亮,越来越打扮得好看,可是在她身上也像在外祖母身上一样,我觉得有一种不让我知道的新东西;我是这样感觉,这样猜疑的。

外祖母的童话故事越来越引不起我的兴趣,甚至她讲我父亲的事也不能消除我心中模糊不清、然而却日益增长的忧虑。

"为什么说父亲的魂灵不得安宁啊?"我问外祖母。

"这怎么能知道啊?"她微闭着眼睛,说道。"这是上帝的事,天上的事,咱们凡人不知道……"

夜里我睡不着的时候,往青色的窗户外面眺望,星星在空中慢悠悠地浮动着,我臆造出许多悲惨的故事,故事里面占主要地位的,就是父亲,他总是独自一人,手里拿着棍子向什么地方走去,后面跟着一条长毛狗……

十二

有一天傍晚,我睡着了,当我醒来时,我觉得我的两腿也苏醒了。我从床上把腿垂下来,它们又失去了知觉,但我已经有了自信:腿是完整的,将来还可以走路。这太好了,我高兴得大叫起来,整个身子压着两条腿在地上刚一站起,又瘫倒了,可是我马上往门口爬,顺着楼梯往下爬,我清晰地想象到,楼下的人看见我,会多么惊奇。

我记不清是怎样到了母亲的房间的。我坐在外祖母的膝盖上,她面前站着几个生人,一个干瘦的绿色的老太婆威严地说着话,压倒了所有人的声音:

"灌他红莓汤,裹着他的头……"

她浑身发绿:绿衫、绿帽、绿脸,甚至眼皮底下那颗黑痣上长的毛也像一撮绿草。她用那只戴着黑花边的无指手套的手罩着眼,下唇耷拉着,上唇翻转着,满嘴的绿牙,死瞪着我。

"这是谁啊?"我胆怯地问。外祖父用不愉快的声音回答道:

"这是你祖母……"

母亲冷笑着把叶夫根尼·马克西莫夫①推到我跟前。

"这就是你父亲……"

她很快地、含含糊糊地说了几句话;马克西莫夫眯缝着眼,向我弯下身来,说:

"我送给你图画颜料。"

屋里很亮,靠前墙角落里,桌子上点着五支插在银烛台上的蜡烛,蜡烛中间摆着外祖父心爱的圣像——"勿哭我圣母",法衣上的珍珠在灯光下一明一灭地闪烁着,金色的灵光上鲜红的宝石光芒四射。外面大街上,有几张烙饼似的模模糊糊的圆脸不言不语地往黑暗的玻璃窗上挤着,贴着几个压扁了的鼻子,周围的一切都在漂流着,那个绿色的老太婆用冰冷的手指摸摸我的耳朵后面,说道:

"一定,一定……"

"晕过去了,"外祖母说,她抱着我向门口走去。

我并没晕过去,不过是闭住眼睛罢了,当她拖着我上楼梯的时候,我问她:

"这些事你为什么不告诉我?……"

---

① 高尔基的继父。

"你得了吧,住嘴!……"

"你们全是骗子……"

把我放到床上后,她一头栽到枕头里,浑身打哆嗦,哭了起来;她的肩膀颤动得特别厉害,抽抽搭搭地说:

"你也哭一哭吧……哭吧……"

我不想哭。顶楼里又暗又冷,我浑身发抖,床晃荡着,发出吱吱的声音,绿色的老太婆就在我眼前站着,我假装睡着了,于是外祖母走了。

那几天空虚的日子,单调得像一股细流似的流过去了,母亲在订婚后出了一趟门,家里寂静得令人抑郁寡欢。

有一天早晨外祖父来了,手里拿着穿眼凿,走到窗户跟前,开始挖冬天窗框的油灰。外祖母端来一盆水,拿着拭布,外祖父悄悄地问她:

"老婆子,怎么样?"

"什么怎么样?"

"你高兴了吧?"

她也像在楼梯上回答我似的回答道:

"你得了吧,住嘴!"

简单的语句现在含有特别的意义,在这些语句后面隐藏着一件巨大的、令人忧郁的、不必说出而人人都知道的事情。

外祖父小心地取下窗框拿了出去,外祖母打开窗户,——花园里椋鸟在高声歌唱,小麻雀在唧唧喳喳地欢叫;融雪的大地散发出的醉人的气息涌进了屋子,炕炉上雪青的瓷砖窘得发白了,看去令人觉得冷飕飕的。我从床上爬到地板上。

"不要光着脚板走路,"外祖母说。

"我到花园里去。"

"那儿还没有干,等几天吧!"

我不想听她的话,甚至看见大人就不痛快。

花园里小草已经钻出鲜嫩的绿针,苹果树发出嫩芽,花骨朵咧开了嘴,彼得罗芙娜的小屋子顶盖上青苔愉快地发着绿光,到处都是很多的鸟,快乐的响声,清新芬芳的空气,令人感到一种挺舒服的晕眩。彼得伯伯抹脖子的那个坑里,乱七八糟地躺着被雪压断的棕黄色的杂草。看见这个坑叫人很不好过,那里面一点儿春意都没有,一块块的黑炭头凄凉地发光,整个的坑也是多余得令人可恼。我愤怒地想拔掉、铲除这些杂草,把碎砖块、炭头搬开,清除一切肮脏的、不必要的东西,在这坑里给自己建造一个清洁的住所,那里夏天只要我一个人住,不要大人。我马上动起手来,这件事立刻使我长久地而且很好地躲开了家中所发生的一切,虽然这一切仍然非常令人生气,但却一天天地引不起人的关心了。

"你干吗老噘着嘴?"有时外祖母问我,有时母亲问我,——她们问得我怪不好意思的,我倒不是对她们生气,只不过是因为家中的一切都使我感到生疏罢了。那个绿色的老太婆常常来吃中饭、喝晚茶和吃晚饭,活像旧篱笆中间一根发霉的木桩。她的眼睛是用看不见的线缝到脸上的;它们很灵活地转动着,很容易从瘦骨嶙峋的眼窝里滚出来,它们什么都看得见,什么都注意,当她谈到上帝,就向天花板翻白眼,谈起家常话,眼睛就垂到腮帮上。她的眉毛像是用麦麸子做的,又像是一种剪贴。她那光板大牙无声地咀嚼着她塞到嘴里的一切。她可笑地曲蜷着手,翘着小手指,耳朵旁边一对圆骨头滚来滚去,耳朵动弹着,黑痣上的绿毛发也在那又黄又皱、洁净得令人讨厌的皮肤上爬动着。她全身像她儿子一样洁净,碰碰他们都觉得怪不好受的。开头的几天,她有一次想把她那死人般的手送到我的嘴唇上[①],手上散发着喀山黄肥皂气味和神香味,我扭头跑开了。

她常常对儿子说:

"这个孩子一定得好好地教育,——你懂不懂,叶尼亚[②]?"

他恭顺地低下头,皱眉蹙额,一言不发。在这个绿色老太婆面前,

[①] 意思是让他吻她的手。
[②] 叶夫根尼的爱称。

大家都皱起眉头。

对这个老太婆,连同她的儿子在内,我都刻骨铭心地憎恨,这个沉重的感情使我挨了不少的打。有一天吃中饭的时候,她可怕地瞪着眼,说道:

"嘿,阿廖什卡,你干吗这么狼吞虎咽、大块大块地吃东西呀?会噎着你的,亲爱的!"

我从嘴里掏出来一块,又用叉子把它叉上,递给她:

"您心疼得慌,就拿去吧……"

母亲把我从饭桌上拉下来,我受辱地被赶到顶楼上,外祖母来了,她捂住嘴哈哈大笑,说:

"我的老天啊!你真调皮,耶稣保佑你……"

我不喜欢她捂住嘴,便躲开她跑了,爬到屋顶上,在烟囱后面坐了很久。是的,我非常想调皮,对谁都想恶言恶语地说话,这种愿望很难克服,可是后来不得不克服:有一次我在未来的后父和祖母的椅子上抹了一些樱树胶,他们两个都给粘上了;这非常可笑,当外祖父把我打了一顿后,母亲到顶楼来找我,她把我拉到身边,用膝盖紧紧地挟着我,说道:

"你听我说,你为什么老闹脾气?你可知道,你这样会使我受多大的罪!"

她的眼睛里充满了亮晶晶的泪水,她把自己的腮颊紧贴在我的头上,——这可真叫人难过,宁愿让她打我一顿倒好过些!我说,我以后永远不得罪马克西莫夫家里的人了,永远不,——只要她不哭。

"对了,对了,"她轻声地说,"不必调皮了!我们很快就结婚,然后到莫斯科去,然后我们再回来,那时你同我住在一起。叶夫根尼·瓦西里耶维奇非常善良,而且聪明,你和他能够处得很好。你将来上中学,然后当一个大学生,就和他现在一样,然后当医生。你想做什么就做什么,有学问的人想干吗都好。好了,玩去吧……"

她这一连串的"然后",我仿佛觉得形成一架梯子,它深深地离她越来越远地往下伸展着,一直伸到黑暗的地方,伸到孤独的地方,这个梯子使我不高兴。我很想告诉母亲：

"请你不要出嫁吧,我来养活你!"

但这话没有说出口。母亲总是唤起我很多很多的对她亲切的思念,但我从来不想说出这些思念。

我在花园里的工作进行得很顺利：我拔掉了和用镰刀割掉了杂草,坑的边沿有往下掉土的地方,我砌上碎砖头,又用碎砖头铺了一个宽大的座位,在上面甚至可以睡觉。我收集来许多彩色的玻璃和碗碴,用黏泥把它们塞到砖缝里去,当太阳照到坑里的时候,这些玩意儿发出五光十色的彩虹,跟教堂里一样。

"想的好主意!"有一次外祖父细细地瞧了瞧我的工程,说道。"不过杂草还会把你盖上的,你留下了根子!我来用铁锹把地再刨一遍。去,快把铁锹拿来!"

我把铁锹拿来,他往手上吐了口唾沫,吭了几声,用脚深深地把铁锹压进肥沃的土地里。

"把草根捡出来扔掉!然后我给你在这儿栽上向日葵和锦葵,长起来才好看呢!好看……"

忽然间,他拄着铁锹弯下身去,一声不响了,呆住了;我仔细看了看他,从他那又小又聪明的、像狗一样的眼睛里,扑簌簌地落下小滴的泪水。

"你怎么啦?"

他抖擞了一下,用手掌擦擦脸,蒙蒙眬眬地望了望我。

"我出汗了!你瞧有好多蚯蚓!"

然后又开始挖土,他忽然说道：

"这些玩意儿你白建筑了!白建筑了,小弟弟。这所房子我不久就要卖掉。大约秋天就卖掉。等钱用,给你母亲办嫁妆。就是这样。但愿她能过个好日子,上帝保佑她……"

他扔掉了铁锹,挥了挥手,就到澡堂后面花园拐角地方去了,那里有他的温室。我开始刨地,可是铁锹立刻碰伤了我的脚趾。

这妨碍了我送母亲到教堂去结婚,我只能走出大门外,看见她低着头拉着马克西莫夫的手,小心地用脚踏着砖铺的人行道,踏着砖缝里钻出的绿草,像是在钉尖上走路似的。

婚礼是寂寞的。从教堂回来,大家闷闷不乐地坐下喝茶,母亲马上换了衣服,到自己的卧室里去拾掇箱子,后父在我身旁坐下说道:

"我答应送给你图画颜料,可是在这城里买不到好的,我不能把自己的送给你,我将来从莫斯科寄来……"

"我要颜料干吗用啊?"

"你不爱画画吗?"

"我不会。"

"那我给你寄点别的东西。"

母亲走过来。

"我们不久就会回来的,你父亲考完试,毕了业,我们就回来……"

他们同我谈话,像同大人谈话一样,这叫人很愉快,但听到长胡子的人还上学,却叫人觉得奇怪。我问道:

"你学什么?"

"测量学……"

我懒得问这是一门什么学问。家里充满了百无聊赖的寂静和一种像是毛布的沙沙声,不由人希望夜快些到来。外祖父背靠着炉子站着,眼睛眯缝着向窗外眺望;绿色的老太婆帮助母亲装箱子,她不停地唠叨着,哼哼着。外祖母在中午的时候就喝醉了,家里人因为替她害羞,就把她打发到顶楼上,锁在里面。

第二天一大早母亲就动身走了。临别时她拥抱了我,轻轻地把我从地上抱起来,用一种生人的眼神看着我的眼睛,一面亲吻,一面说:

"别了……"

"告诉他,要听我的话,"外祖父眼睛望着还是粉红色的天空,阴沉沉地说。

"要听外祖父的话,"母亲在我身边画了个十字,说道。我本来期待她说点别的,所以很生外祖父的气,——都是他妨碍了她。

他们坐到敞篷马车上,母亲的长衫下摆给挂在什么地方,她生气地拉了很久。

"你倒是帮一帮啊,没看见吗?"外祖父对我说。我没有去帮忙,忧愁使我动不得了。

马克西莫夫耐心地把两条穿着窄裤脚的青色裤子的长腿在马车里摆好,外祖母往他手里塞一些包袱,他把它们放到膝盖上,用下巴颏压住,惊惧地皱着苍白的脸,拉长了声音说:

"足——够了……"

绿色老太婆和他大儿子(一个军官)坐上另一辆敞篷马车,她像画儿似的坐在那儿,她儿子用军刀把柄搔着胡子,不住地打呵欠。

"这么说来,您要去打仗啰?"外祖父问。

"一定要去!"

"好事情。土耳其人该打①……"

他们走了。母亲几次回头挥着手帕,外祖母一只手扶墙,也在空中招手,热泪滚滚地流着,外祖父也用手指从眼里挤出几滴泪水,他断断续续地咕哝道:

"不会有……什么……好结果的……不会的……"

我坐在铁桩上,望着马车颠颠簸簸地驶去,——马车转到了墙角后面,我心中就像有样东西严严地合上,紧紧地关闭了。

天还早,家家的窗户还紧闭着窗扉,街道是荒凉的——我从未见过街道这样像死一般地空虚。牧人在远处无休止地吹弄笛子。

"咱们喝茶去吧,"外祖父扳着我的肩膀,说道。"看来,你命该和我住在一起;那你就朝我身上划吧,你这根火柴离了我这块砖头就划不着!"

---

① 指一八七七至一八七八年俄土战争。

从早到晚,我们俩都在花园里一声不响地忙来忙去:他挖了几个畦子,把红莓绑扎起来,把苹果树上的苔藓刮下来,碾死青虫,我老是建筑和装饰我的小屋。外祖父砍掉烧焦的木头尖端,把一些棍子插到地里,我把装着鸟的笼子挂在那上面,用晒干了的杂草编成密密的篱笆,在长凳子上做一个遮太阳和露水的顶盖,——我把这儿弄得好极了。

外祖父说道:

"你学着尽量给自己安排好,这非常有益。"

我非常珍重他的话。有时他躺在我铺的草坪座位上,不慌不忙地教导我,他的话仿佛是使劲儿掏出来的。

"如今你已经是母亲身上切下来的碎片了,她再生了孩子,她对他们比对你更亲近。你外祖母如今又喝起酒来。"

他长久地沉默着,仿佛在细心地谛听,他又懒懒地说出沉重的语句。

"她这是第二次酗酒了,米哈伊尔应该去当兵的时候,她也酗过酒。她这个老糊涂,劝我替儿子买一个免役证。也许,他当了兵倒会变成另一个人……嗨,你们这些人啊……我快死了。那时就剩下你一个了,自顾自——光杆一条,自个儿的生活自个儿想办法,你懂不懂?就是这么着。要学着能够独立工作,不要听别人摆布!要老老实实,稳稳当当地生活,可是要倔强地生活!谁的话都可以听,可是你以为怎么好就怎么做……"

整个夏天,当然,除了坏天气,我都住在花园里,温暖的夜里,甚至在那里睡在外祖母送给我的毡子上。她自己也常在花园里过夜,她抱一抱干草,把它撒到我的床铺旁边,躺下来,长久地给我讲点什么,时常突然插进来一两句,打断了自己的话。

"你看,有一颗星落了!这不知是谁的纯洁的灵魂思念起了大地母亲!这是表示现在某地有一个好人降生了。"

或者指给我看:

"又升起了一颗星,你瞧!多么亮!噢,好美的天空啊,你是上帝灿烂的法衣……"

外祖父嘟嘟囔囔地说:

"你们会感冒的,傻瓜,会得病的,不然也要中风。小偷进来,扼死你们……"

有时候,太阳落了,天空中倾泻着火红的河,接着,火河烧尽了,橙黄色的灰烬降到花园里天鹅绒般的绿茵上,然后,周围的一切可以触摸地渐渐发暗,扩大,膨胀,浸在温暖的昏暗中,吸饱了阳光的树叶低垂了,青草弯到地面,一切都变得更柔和更茂盛了,静悄悄地发散着亲切得宛如音乐一般的各种气息,而音乐也从远方,从野地飘过来:军营里正在吹晚号。夜来了,一种有力的、清新的、宛如慈母的体贴似的东西注入胸怀,寂静像温暖的、毛茸茸的手轻柔地抚摩着,拂去记忆中应当忘掉的一切,拂去白天所沾染的一切侵蚀人的细尘。那是多么令人神往:仰面躺着注视星星一颗颗地燃起,天空永无止境地深邃下去;深邃的天空愈升愈高,不断地出现新的星星,它轻轻地把你从地面举起,——真奇怪,不知是整个地球缩小到和你一样呢,还是你自己神奇地长高、扩大、忽然溶化,和周围的一切合在一起。一切都变得更暗更静了,但到处都无形地绷紧了敏锐的琴弦,每一个声音——不论是鸟在梦中歌唱,刺猬跑过去,或者什么地方响起轻微的人声——所有这些都被敏锐得令人感到亲切的寂静衬得很特别,比白天来得响亮。

手风琴响了几下,传来一阵女人们的笑声,军刀碰在砖铺的人行道上锵锵作响,狗尖声地叫了一下,所有这些都是不必要的,都是凋谢的白天最后的落叶。

有些夜晚,忽然在野外,在大街上响起醉汉的吼叫声,有人踏着沉重的脚步跑过去,——这已经习以为常,引不起人的注意了。

外祖母长久地睡不着,她躺在那儿,把手放在脑后,内心微带激动地讲点什么,看样子,她一点儿也不在乎我是不是在听着。她永远善于选择那样的童话故事,它能使夜变得更有意味,更加美丽。

听着她那不紧不慢的言词,我不知不觉地入睡了。清早,和鸟一齐醒来;太阳温暖地直射到脸上,早晨的空气静静地流着,露水从苹果树叶上震落下来,湿漉漉的青草越来越光亮,像水晶似的清澈透明,青草上,升起一层薄纱似的蒸气。阳光的辐射在紫藤色的天空中扩大着,天空渐渐变蓝了。云雀飞到目力达不到的高空,在婉转地歌唱,一切鲜花和音响,像露水珠儿似的往胸里渗透,使人感到宁静的喜悦,引起人们一种想快点起床做点事情,和周围一切生物友爱地生活的愿望。

这是我一生最安静、感受最多的时光,正是这年夏天,在我内心形成了而且巩固了对自己力量的自信的感觉。我变野了,怕和人来往;我听见奥夫相尼科夫的孩子们的喊叫声,但这已经不再吸引我;表兄弟来了,这丝毫不能使我高兴,只能引起我的惊慌,担心他们会破坏花园里我的建筑物——我的第一项独立创作。

外祖父的话再也引不起我的兴趣,他的话越来越枯燥无味,啰啰唆唆,唉声叹气。他开始常常和外祖母吵架,把她赶出家门,她有时到雅科夫那里,有时到米哈伊尔那里。她常常一连几天不回家,外祖父自己动手做饭,烫伤了手,于是号叫,咒骂,把食具打碎,他显然变得贪得无厌了。

他有时到我的草棚子里来,在草坪上舒舒服服地坐着,长久地,沉默地注视着我,突然问道:

"你干吗不说话?"

"就是这样。怎么啦?"

他开始教导起来:

"我们不是老爷。没有人教我们。啥事我们都得自己去弄明白。书是为别人写的,学校是为别人盖的,我们一点份儿都没有。一切都得自己想办法……"

他沉思起来,显得干瘦,他一动不动,哑巴似的,简直叫人害怕。

秋天他卖了房子。在卖房子前不久,有一天早晨喝茶的时候,他忽然向外祖母阴沉地、坚决地宣布：

"喂，老婆子，我养活过你，现在我养够了！你自个儿挣饭去吧。"

外祖母态度非常安详地听着这些话，就好像她早就知道他会这样说，并且在等待着他说似的。她不慌不忙地掏出鼻烟壶，用她那海绵似的鼻子吸了吸，说道：

"那么好吧！既是这样，就这样好了……"

外祖父在山脚底下一所旧房子地下室里租了两间黑暗的小屋子。搬家的时候，外祖母拿一只有长带子的旧草鞋，把它扔到炉子底下，她蹲在那儿，开始呼唤家神：

"家神家神，你是一家之主，送你一辆雪橇，请你坐着它跟我们一起到新的家，找新的幸福……"

外祖父从院子往窗子里望了望，大喝一声：

"我看你敢请他去，异教徒！你试试再丢我的人……"

"噢哟，当心啊，老头子，说这种话不吉利，"她认真地警告道，但外祖父大发雷霆，禁止把家神请过去。

家具和各种杂物，他两三天工夫都卖给了收买破烂的鞑靼人，他们斤斤计较地讲着价钱，彼此咒骂着，外祖母从窗子里往外看，哭一阵笑一阵的，声音不高地喊道：

"都拉走吧！都毁掉吧……"

我可惜我的花园，我的草棚子，我也想哭一场。

用两辆大车搬家，我在各种旧家私中间坐着的那辆，震动得很厉害，仿佛它想把我抛下去似的。

以后的两年光景，直到母亲去世，我都是在这种一个劲儿要把我抛到什么地方去的颠簸感觉中度过的。

外祖父搬到地下室以后不久，母亲回来了，她面色苍白，精瘦，大眼睛，眼睛里闪着火热的、惊奇的光。她老是细细地看了又看，仿佛头一次看见她父亲、母亲和我，——她这样一声不响地打量着，而后父不停地在屋子里走来走去，低声地吹口哨，咳嗽，把手抄在背后，手指老是动弹着。

"我的天啊,你怎么长得这样快!"母亲对我说,用滚热的手掌挟紧我的腮帮。她打扮得挺难看:穿着宽大的、棕色的、被大肚子撑鼓了的长衫。

后父伸给我一只手。

"你好,小弟弟!你怎么样,嗯?"

他闻了闻空气,说道:

"您可知道,你们这儿很潮湿!"

他们俩好像跑了很久,跑得筋疲力尽,全身的衣服都揉皱了,磨破了,现在他们什么都不需要,只求躺下休息休息。

大家沉闷地喝着茶,外祖父一面望着外面的雨打湿窗户,一面问道:

"那么说来,全烧光了?"

"全烧光了,"后父坚决地肯定说。"我们自己险些儿没逃出来……"

"是啊。水火无情嘛。"

母亲紧靠着外祖母的肩膀,冲着她的耳朵低语着什么;外祖母的眼睛眯缝着,仿佛被光照得睁不开似的。变得更沉闷了。

外祖父忽然说起话来,又刻毒又稳静,而且声音很大。

"有风声传到我耳眼里,叶尼·瓦西里耶夫阁下,并没有闹过什么火灾,是你打牌输光了……"

像地窖里一样寂静,茶炊沸沸地响,雨在窗户玻璃上敲打,过一会儿,母亲开腔了:

"爸爸……"

"什么——爸爸?"外祖父震耳地大叫起来。"还要怎么样?我不是对你说过:三十岁的人不要嫁一个二十岁的?你该知道了吧,你找到一个文质彬彬的女婿!贵族少爷嘛,嗯?怎么样啦,小女儿?"

四个人一齐喊叫起来,后父嗓门最大。我跑到门洞里,坐在柴火堆上,我惊得全身都麻木了。母亲像是换了一个人,她完全不是从前那样。这在屋子里还不怎么明显,但在门洞里,在昏暗中,清清楚楚地想起了她从前的样子。

后来,不记得是怎么样的,我已经住在索莫夫镇①一所房子里,那里全是新的——墙上没有壁纸,木缝里填着麻屑,麻屑里有许多蟑螂。母亲和后父住两间窗户开向大街的房屋,我和外祖母住在有天窗的厨房里。工厂的黑烟囱从房顶向天空耸立着,就像大拇指从食指和中指缝里伸出来似的,它们吐着曲卷的浓烟,冬天的风吹得全村烟雾弥漫;在我们冰冷的房屋里,经常有一种浓厚的糊味。一大早,汽笛像狼一样的号叫:

"噢呜,噢呜,噢呜……"

如果站在条凳上,从窗户上层玻璃往外看,越过屋顶,可以看见挂着灯笼的工厂大门,像一个老乞丐张开无牙的黑嘴,成群的小人拥挤地向那里面爬。中午,又响起汽笛;大门的两片黑嘴唇张开了,露出一个深洞,工厂呕吐出被反复咀嚼了的人们,他们像一股子黑水流到街上,毛茸茸的白色的风沿着大街疾驶,追赶人们,把他们赶进各人的家里。村子上的天空很少露面,每天在屋顶上,在雪堆上,悬着另一种蒙着一层煤烟的平平的灰色顶盖,它钳制人们的想象,它那忧郁的单调色彩使人眼花缭乱。

一到晚上,在工厂的上空就有混浊的红色火光动荡着,照亮了烟囱的顶端,就好像这些烟囱不是从地面往天空矗立,而是从这层云烟往地面降落。它们一面降落,一面吐出红光,呼啸着,长鸣着。看到这一切,使人难耐地恶心,恶毒的忧闷咀嚼着人心。外祖母当厨妇,她做饭,洗地板,劈木柴,挑水,从早忙到晚,躺下睡觉时已经累得要命,哼哼唧唧的,不住地唉声叹气。有时她做完饭,穿上短棉袄,把裙子塞得高高的,进城去了。

---

① 一八七六年年底至一八七八年年初,高尔基跟母亲、外祖母和继父住在索莫夫,继父在索莫夫工厂当职员。

"去瞧瞧老头儿在那儿过得怎样……"

"带我去!"

"冻着你,你瞧风刮的!"

在那看不清路的盖满雪的野地里,她得走七俄里。母亲脸黄肚子大,瑟瑟缩缩地裹着一条带穗子的灰色破披巾。我恨这条把她那又魁梧又匀称的身躯变丑了的披巾,因此我要撕掉这些穗缨;我也恨这所房子、工厂、镇子。母亲穿着一双破旧的毡靴,咳嗽着,震得大得难看的肚子直抖,她那青灰色的眼睛枯燥地发着怒光,常常一动不动地注视着赤裸裸的墙壁,仿佛目光贴到那上面似的。有时她整个钟头都在望着窗外的大街;大街像人的颚骨,一部分牙齿老得发黑,歪斜;一部分已经脱落,笨拙地镶着大得和颚骨不相称的新牙齿。

"我们为什么在这儿住?"我问。

她回答道:

"嗨,住你的嘴……"

她很少和我说话,老是命令道:

"去一趟,给我,拿来……"

很少让我到街上去,我每上街一次准被街上的孩子打得遍体鳞伤,——打架是我惟一喜爱的娱乐,成为我的癖好。母亲用皮带抽我,但惩罚更激怒了我,下一次我和小孩子打得更狂热,——母亲把我惩罚得也更厉害。有一次我警告她,如果她再打我,我就咬她的手,我跑到野外去冻死,她吃惊地把我推开,在屋子里走了一趟,累得气喘喘地说:

"小野兽!"

那些像鲜明而颤动的彩虹似的、称之为"爱"的情感,在我心中凋谢了,愈来愈常常地爆发那种对一切都怨恨的带炭气味的青色火苗,那股沉重的不满的感情,那种在这灰色的死气沉沉的无聊气氛中孤独的感觉,死灰似的在心中冒烟。

后父对我很严厉,不理睬我母亲,他老是吹口哨,咳嗽,每次饭后总是站在镜子前面用火柴杆小心地长久地剔他那不平整的牙齿。他愈来愈常常和母亲吵架,生气地称呼她"您"——这个"您"字把我激怒得发狂。在吵嘴时,他总是把厨房的门关得严严的,看来他是不愿我听见他的话,但我仍然细心地倾听着他那沉闷的低音。

有一次他跺着脚大声喝叫道:

"都是因为您这混账的大肚皮弄得我不能邀请客人,您这头老水牛!"

由于吃惊,由于令人发疯的污辱,我在吊床上一跳,脑袋碰响了天花板,我把自己的舌头咬得流血。

每到星期六,就有几十个工人到后父这里来卖粮票①,这种粮票本来是用来在工厂开设的铺子购买食物的,是工厂主付给工人当工资的,而后父却用半价收买这些粮票。他在厨房里接待工人,神气十足,脸子黑沉沉的,坐在桌子上,拿着粮票说道:

"一个半卢布。"

"叶夫根尼·瓦西里耶夫,你不怕上帝……"

"一个半卢布。"

这种荒唐的黑暗生活没有继续好久;在母亲生产前,我被送到外祖父那里。他已经住在库纳维诺,从山坡上通到纳波尔教堂坟地的围墙的沙土街上一所两层楼房里,他租了一间带有俄罗斯式的大炕炉和向院子开着两个窗户的狭小房屋。

"怎么啦?"他迎着我说道,接着尖声地笑起来。"俗语说:没有比亲娘更可爱的朋友,如今看起来,应该说:不是亲娘,而是老鬼外祖父!嗨,你们这些人啊……"

我还没来得及好好地看看新的地方,外祖母和母亲带着小孩来了,后父因为克扣工人,被赶出了工厂,但是不知他到哪里去了一趟,

---

① 这是工厂主剥削工人的一种方式:不发工人工资,而发给这种所谓"粮票"。工人用它在被指定的厂主开设的商店,高价购买质量低劣的食物,而工人需要用钱时,不得不廉价地把"粮票"卖给别人。

立刻就被聘了去当车站的售票员。

过了很长一段空闲时光,我又搬到母亲那里,她住在一所石头房子的地下室里,母亲随即把我送到学校里。入学的第一天,学校就使我反感。

我上学时穿的是母亲的皮鞋、用外祖母的外套改做的大衣、黄衬衫和撒腿裤子,这身服装马上就受到了嘲笑,因为我穿黄衬衫,给我起了个外号叫"方块王牌"①。我和孩子们很快就处得挺好,但是教师和神甫不喜欢我。

教师脸黄头秃,鼻子经常流血,他来到班上,用棉花塞上鼻孔,坐在桌子后面,发着鼻音问功课,忽然,说了半截话就停住了,把棉花从鼻孔里拔出来,摇着头细细地查看它。他的脸扁平,黄铜色,神气酸溜溜的,在皱纹里有一种绿锈,那一对完全多余的铅样的眼睛弄得面孔特别难看,这对眼睛讨厌地死盯着我的脸,使人老想用手掌擦擦腮帮。

有几天,我被分在第一班,坐在头一排,几乎紧挨着教师的桌子,这简直令人难以忍受,他好像除了我,谁也不看,他老是瓮声瓮气地说:

"彼斯(什)科—夫,换一件衬衫!彼斯科—夫,脚不要老动弹!彼斯科夫,从你的鞋袜上又流出一潭水洼洼了!"

为了这,我想出一个狠毒的恶作剧来报复他:有一次我找到半块冰冻的西瓜,去掉瓜瓤,用线把它系到半明半暗的门洞里面的滑轮上。门一开,西瓜就升上去,当教师随手带门时,西瓜就像一顶帽子正好扣到秃头上。看门的拿着教师的字条把我带回家去,我用自己的皮肉偿付了这场淘气。

又有一次我把鼻烟撒到他桌子的抽屉里;他连着打起喷嚏来,弄得他只好离开教室,叫他的女婿来代课。这是一位军官,他强迫全班唱《愿上帝保佑沙皇》②和《哦,自由呀我的自由》。谁唱得不对,他就

---

① 俄罗斯人的习惯,称犯人为"方块王牌"。
② 沙皇俄国的国歌。

用尺子敲谁的脑瓜儿,敲得特别响而且令人发笑,但不疼。

神学教师是一个美貌、年轻、头发茂密的神甫,他不喜欢我,因为我没有《新旧约使徒传》,还因为我学他的口头语。

他进了教室,第一件事情就是问我:

"彼什科夫,书带来没有?嗯。书?"

我回答:

"没有。没有带来。嗯。"

"什么'嗯'?"

"没有。"

"回家去吧!嗯。回家去。因为我不愿意教你。嗯。不愿意。"

这并没有使我怎样苦恼,我走了,一直到放学,在村子里泥泞的街道上来回地溜达,细细瞧看村里喧闹的生活。

这个神甫有一副基督式的端正面孔,温柔的女人的眼睛,还有一双对所碰到的一切也同样温柔的小手。每样东西——书、尺子、笔——他都拿得惊人地美妙,就好像那件东西是活的,脆弱的,这位神甫十分爱惜它,生怕一不小心就碰坏了它似的。他对学生可不是那么和蔼,但他们仍然喜欢他。

虽然我的学习并不算坏,可是不久就通知我说,由于我的不体面的行为要把我赶出学校。我垂头丧气了,这样会有一场老大的不愉快威胁着我:母亲脾气越来越坏,越来越频繁地打我。

但来了救星了:一位样子像巫师,在我的记忆中有点驼背的赫里桑夫主教[①]突然来到我们的学校。

这个个子不高的人穿着肥大的黑衣裳,头上戴着可笑的小桶桶,在桌子后面坐下,把两只手从袖筒里露出来,说道:"怎么样,让咱们谈谈吧,我的孩子们!"教室里马上显得温暖,快乐,散发着一种从未体验

[①] 赫里桑夫主教是有名的《古代世界的宗教》、论文《埃及轮回》以及政论《论婚姻和妇女》三部著作的作者。我年轻时候读过他这篇政论,它曾给我以强烈的印象。这篇文章的题目我似乎写得不对。曾在七十年代某神学杂志上刊载过。——作者注

过的愉快气氛。

在叫了许多人之后,也把我叫到桌子前面,他认真地问道:

"你几岁?才这么大啊?小弟弟,你长得多高啊?你常常站在雨地里,是不是?"

他把一只干瘦的留着长指甲的手放在桌子上,另一只手捏着稀疏的胡须,他用一对慈祥的眼睛注视着我的脸,提议说:

"呃,你来给我讲讲《圣经》里你所欢喜的事迹?"

我说我没有书,我没有学习《圣经》。他扶了扶高筒帽子,问道:

"这是怎么回事?这是非学不可的!也许你知道一些,听过一些吧?圣歌会念吗?这太好了!祷词也会念?嗝,你瞧!《使徒传》也会?《诗篇》也会?你原来是一个无所不知的人嘛。"

我们的神甫来了,脸通红,气喘喘的,主教祝福了他,但当神甫要说我的时候,主教扬扬手,说:

"请等一下……你来讲讲敬神的阿列克谢……"

"最好的诗篇,小弟弟,是不是?"当我忘了某一行诗,稍微停顿一下的时候,他说。"还会什么?……会讲大卫王的故事?很想听听!"

我看出,他的确在听着,他是喜欢诗的;他问了我很久,然后忽然停住,很快地向我打听:

"你学过《诗篇》?谁教的?慈爱的外祖父?凶狠的?是真的吗?你很顽皮吧?"

我踌躇起来,但只好说:"是的。"教师和神甫噜噜嗦嗦地说我所承认的是实话;他耷拉着眼皮听他们讲,然后叹了口气,说道:

"你听见人家怎样说你吗?过来!"

他把发散着檀香味的手放在我的头上,问道:

"你到底为什么顽皮?"

"学习很无聊。"

"无聊?小弟弟,这有点不对头。如果你觉得学习无聊,你就会学得不好,可是教师证明你学得挺好。这就表示有别的原因。"

他从怀里掏出一本小书,在上面题了字,说道:

"彼什科夫·阿列克谢。对了。你还得忍耐着,小弟弟,不要太顽皮了!少少地——是可以的,太顽皮,就会惹人生气!我说得对不对,孩子们?"

许多声音快乐地回答道:

"对。"

"你们顽皮得不厉害,是不是?"

孩子们咧嘴笑了,一齐说道:

"不是,也厉害!厉害!"

主教往椅子背一靠,搂着我,令人惊奇地说了下面的话,使所有的人——连教师和神甫——都笑起来:

"真是怪事,我的小弟弟们,我在你们这样大岁数,也是一个大大的顽皮鬼!这是怎么回事呢,小弟弟?"

孩子们笑了,他向他们问长问短,巧妙地把大家搅到一起,使他们互相争论,快乐的空气越来越浓。最后,他站起来说:

"和你们在一起很好,顽皮鬼们,我该走了!"

他抬起一只手,把大袖筒退到肩膀上,宽宽地挥动胳膊对所有的人画了个大十字,祝福说:

"以圣父圣子圣灵之名,祝你们去做美好的工作!别了。"

大家都喊起来:

"别了,大主教!再到我们这儿来。"

高筒帽子点了点,他说道:

"我来,我来!我给你们带书来!"

他飘飘洒洒地从教室走出去,对教师说:

"放他们回家吧!"

他牵着我的手走进了门洞,对我俯下身来悄悄地说:

"你克制住自己一点,好不好?我心里明白你为什么调皮!好,别了,小弟弟!"

我非常激动,一种多么特别的感情在我心中沸腾啊,甚至教师放走了全班学生,只留下我,对我说,我现在应当比水还要安静,比草还要老实,——我注意地、乐意地听着他的话。

神甫穿着皮衣,和蔼而且低沉地说:

"从今以后你应当上我的课!是的。应当。但要老老实实地坐好!是的。老老实实地。"

我在学校搞好了,在家里却闹了一场可恶的事儿:我偷了母亲的一个卢布。这不是预谋犯罪。

有一天晚上母亲出去一趟,留下我看家带孩子;我闷得慌,便翻开后父的一本书——大仲马的《医生札记》①,里面夹着两张钞票,一张是十卢布的,一张是一卢布的。书是看不懂的,我合上它,可是忽然想到,一个卢布不仅可以买《使徒传》,大约还可以买一本讲鲁滨逊的书。我在这之前不久在学校里才知道有一本这样的书:在严寒的一天,在课间休息时,我给孩子们讲童话,忽然,其中有个小孩轻蔑地说:

"童话,狗屁,鲁滨逊才是真正的故事呢!"

后来又发现几个小孩是读过鲁滨逊的,大家都夸奖这本书,外祖母的童话不被人欢迎很使我生气,于是就打算读一遍鲁滨逊,为了也能够说一句:这是狗屁!

第二天我带到学校一本《使徒传》和两卷破烂的安徒生童话,三斤白面包和一斤灌肠。在弗拉基米尔教堂菜园旁边的又小又黑的铺子里有鲁滨逊,一薄本黄色封面的小书,在第一页上画着一个戴毛皮圆帽子、披着兽皮的大胡子,这使我不喜欢,可是童话书,别看它们破烂,连表面看过去也觉得可爱。

中午休息的时候,我和孩子们把面包和灌肠分着吃了,我们开始读一个美妙的童话《夜莺》②,这个童话立刻抓住所有人的心。

---

① 原书名是《约瑟·巴尔萨莫》,《医生札记》是俄文译本的书名,是一部描写迷幻术的长篇小说。
② 安徒生的童话。

"在中国,一切居民都是中国人,连皇帝也是中国人,"我记得,这一句话,由于它的单纯、含着快乐地微笑着的音乐,还由于它有一种异常美好的东西,使我感到愉快的惊奇。

我在学校里没能把《夜莺》读完,因为时间不够。我回到家里的时候,母亲站在炉台旁,手拿着煎锅把儿,正在煎鸡蛋,她用奇怪的、遏制的声音问道:

"你拿了一个卢布?"

"拿了;这不是买的书……"

她用煎锅把儿狠狠地打了我一顿,把安徒生的书没收了去,永远藏在不知什么地方,这比挨打更令人悲伤。

有几天我没有去上学,在这期间,大概后父对同事讲过我的"功绩",那些同事又讲给自己的孩子听,其中有一个孩子把这事传到学校,当我上学的时候,同学们用"小偷"这个新的外号迎接我。简短而且明了,但是不正确,因为我并没有隐瞒我拿了那一卢布。我尝试解释这件事,但人家不相信,我回到家里对母亲说,我再不到学校里去了。

她坐在窗户旁,又怀孕了,穿一身灰衣服,目光无神而且痛苦,她喂着小弟弟萨沙,看着我,像鱼似的张嘴说道:

"你撒谎,"她低声说。"谁也不知道你拿了一个卢布。"

"你问问去。"

"是你自己乱说的。你说,是不是你自己?你当心,我明天亲自去问,看是谁把这话传到学校去的!"

我说出了那个学生的名字。她的脸皱成可怜相,两眼浸湿了泪水。

我回到厨房,在炕炉后面箱子上铺的床上躺下来,躺在那里听母亲在屋里低声啜泣。

"我的天啊,我的天啊……"

我躺在烤热的油腻的拭布所发散的难闻气味中,再也忍耐不住

了,我起来走到院子里,但是母亲喝住了我:

"你到哪儿去?哪儿去?到我这儿来!……"

然后我们坐在地板上,萨沙躺在母亲的两腿上,抓住她长衫上的扣子,点头哈腰的,说道:

"扣扣,"意思是说"小扣子"。

我倚着母亲的身边坐着,她搂住我说:

"我们是穷人,我们的每一戈比,每一戈比……"

她老是有什么话没有说完,用一只滚热的胳膊紧紧地搂住我。

"这个坏蛋……坏蛋!"她忽然说出了这句我以前听过她说过的话。

萨沙学人说话:

"蛋,蛋!"

这个小孩很古怪:笨拙,头大,他微微含笑,仿佛期待什么似的用美丽的青眼睛看周围的一切。他特别早就开始学话,从来不哭,经常生活在静静的快乐状态中。他身体不好,勉强会爬,一看见我就高兴,叫我抱他,爱用软绵绵的、不知为什么发散着紫罗兰香的小指头揉我的耳朵,他没有得病就突然死了;当天上午还像平时一样怡然自得的,可是傍晚,敲晚祷钟的时候,他的尸体已经放在桌上了。这是在第二个小孩尼古拉生后不久发生的。

母亲把她答应要办的都办到了;我在学校里重新过得挺好,可是又把我送回外祖父那里。

一天吃晚茶的时候,我从院子往厨房里去,听见母亲声嘶力竭的叫声:

"叶夫根尼,我求求你,求求你……"

"蠢——话!"后父说。

"你以为我不知道——你是到她那儿去!"

"那又怎么样?"

他们俩沉默了几分钟,母亲咳嗽起来,她说:

"你是一个多么恶毒的坏蛋……"

我听见他在打母亲,我跑进屋子,看见母亲跪着,背脊和肘弯靠着椅子,挺着胸,仰着头,口里发出呼呼噜噜的声音,眼睛闪着可怕的光;他打扮得干干净净的,穿着新制服,用他那长长的腿踢她的胸脯。我从桌子上抓起骨把镶银的刀子,——是用来切面包的,这是我父亲死后母亲所剩下的惟一的东西,——我抓起它就用全力对准后父的腰刺去。

幸亏母亲及时把马克西莫夫推开了,刀子从腰间滑过,把制服划破一个宽宽的口子,皮肉仅仅划破一点。后父哎哟一声,按着腰,从屋子里跑了出去,母亲抓住我,举起来,大吼一声把我摔到地板上。后父从院子里回来,把我拉开。

天色已经很晚,当他仍然从家里走出去的时候,母亲到炕炉后面找我,她小心地搂抱着我,吻我,哭着说道:

"原谅我,是我的错!亲爱的,你怎么能这样?动起刀子来了?"

我说出下面的话完全是诚心诚意的,完全是懂得的,我对她说,我准备杀死后父,也杀死自己。我想,我会做到这一点的,不管怎样,我会试一试这样做的。直到现在我还看见那只沿着裤筒有一条鲜亮的缘饰的下贱的长腿,看见那只腿在空中来回摇摆,用脚尖踢女人的胸脯。

回忆起野蛮的俄罗斯生活中这些铅样沉重的丑事,我时时问自己:值得讲这些吗?每一次我都重新怀着信心回答自己:值得,因为这是一种富有生命力的丑恶的真实,它直到今天还没有消灭。这是一种要想从人的记忆、从灵魂、从我们一切沉重的可耻的生活中连根儿拔掉,就必须从根儿了解的真实。

促使我描写这些丑事的,还有一个更积极的原因。虽然这些丑事令人作呕,虽然它们窒息我们,把无数美好的灵魂压扁,而俄罗斯人的灵魂仍然是那样健康,年轻,足以克服而且一定能克服它们。

我们的生活是令人惊奇的,这不仅因为在我们生活中这层充满种种畜生般的坏事的土壤是如此富饶和肥沃,而且还因为从这层土壤里仍然胜利地生长出鲜明、健康、富有创造性的东西,生长着善良——人所固有的善良,这些东西唤起我们一种难以摧毁的希望,希望光明的、人道的生活终将苏生。

十三

我又搬到外祖父那里。

"怎么啦,小强盗?"他用手敲着桌子,迎面对我说。"现在我不养你了,让外祖母养你吧!"

"让我养我就养,"外祖母说。"你以为这是个什么了不起的难题吗!"

"那你就养好了!"外祖父大叫一声,但是马上又安静下来,对我解释道:

"我和她完全各过各的了,如今我们样样都是分开的……"

外祖母坐在窗户下快速地织着花边,线轴快乐地击打着,密密麻麻插满了铜针的枕头在春天的阳光下像金刺猬似的闪光。外祖母本人像铜铸的一般,——一点儿没变!外祖父更干瘪了,满脸皱纹,他那棕红色的头发已经灰白了,安详的大模大样的动作变为急躁的忙碌,一对绿眼睛疑神疑鬼地张望。外祖母用嘲笑的口吻对我讲起她和外祖父分家的情形:他把所有破盆破碗、瓶瓶罐罐的都分给她,说道:

"这是你的,再别问我要什么了!"

然后,他把她所有的旧衣服、物件、狐皮大衣全拿走了,卖了七百卢布,把钱借给他的教子——一个做水果生意的犹太人——生利息。他简直害了吝啬病和丧失了羞耻心:他遍访一切老相识——从前手工业行会的同事和富商,向他们诉苦,说是孩子们把他弄得破产了,向他们哭穷要钱。他利用人家对他的尊敬,得了很多的钱——成把的大票子;外祖父拿着票子在外祖母鼻尖下晃悠,向她吹牛,像逗小孩似的逗她：

"瞧见吗，傻瓜？人家百分之一也不会给你！"

他又把所收集来的钱借给他的新朋友——一个细长个子、秃顶、村子里都喊他"马鞭子"的毛皮匠——生利息；还借给这个人的妹妹——小铺子的老板娘，一个脸蛋红红的、褐色眼睛的、像糖稀似的又软又甜的大肥婆。

家里面一切都是严格地分开的：今天是外祖母出钱买菜做午饭，明天就该外祖父买菜和面包。轮到他买的那天，午饭照例要坏些，外祖母买的全是好肉，而他总是买些大肠、肝、肺、牛肚子。茶叶和糖各人保存各人的，但是在一个茶壶里煮茶，外祖父惊慌地说：

"别忙，等一等！你放多少茶叶？"

他把茶叶放到手掌上，细细地数，说道：

"你的茶叶比我的碎，所以我该少放，我的叶子大些，多出茶色。"

他十分注意外祖母倒给自己的和倒给他的茶是不是同样的浓度，倒在两个茶碗里的分量也要平均。

"喝最后一杯吧？"在倒净所有的茶之前，她问道。

外祖父看了看茶壶，说道：

"好吧，喝最后一杯！"

连敬圣像点的长明灯的油也是各买各的。在共同劳动了五十年之后，竟干出这等事！

看见外祖父这些鬼把戏，使我又好笑又厌恶，而外祖母只觉得可笑。

"你算了吧！"她安慰我说。"怎么回事啊？老头儿越老，反倒越糊涂！他八十岁的人了，也同样倒退八十！让他糊涂去吧，看谁倒霉；我来挣咱们俩的面包，怕什么！"

我也开始挣钱：我逢休息日，一大早就背着口袋走遍各家的院子，走遍大街小巷去捡牛骨头、破布、碎纸、钉子。一普特破布和碎纸卖给旧货商可以得二十戈比，烂铁也是这个价钱，一普特骨头得十戈比，或八戈比。平时放学以后也干这玩意儿，每星期六卖掉各种旧货，能得三十至五十戈比，运气好的时候，卖得更多。外祖母接着我的钱，急忙塞到裙子口袋里，垂下眼睑，夸奖我：

"谢谢你，好孩子！咱们俩养活不了自己吗，咱们俩？有什么了不起的！"

有一次我偷偷地看她，她把我的五戈比放在手掌上，瞅着它们，默默地哭了，一滴混浊的泪水挂在她那副像海泡石似的大鼻孔的鼻尖上。

比卖破烂更有出息的收入，是到奥卡河岸上的木材栈或者到彼斯基岛（集市的季节，人们在这岛上临时搭盖棚屋做铁器的买卖）偷劈柴和木板。集市过后，棚屋拆除了，柱子和木板都在彼斯基岛上码成堆，一直放到春水泛滥的时候。一块好木板，小市民业主肯出十戈比，一天可以拖两三块。但是必须在坏的天气，当风雪或者大雨把看守人赶散，逼得他们躲起来的时候，才能得手。

我们几个要好的结成一伙：讨饭的莫尔德瓦女人的儿子珊卡·维亚希尔，这是一个可爱、温柔、经常乐呵呵的小孩；没有父母的科斯特罗马，他鬈发、精瘦，眼睛又黑又大，——后来十三岁的时候，因为偷了人家一对鸽子，被送到少年罪犯教养院，在那里吊死了；鞑靼小孩哈比，是一个十二岁的大力士，天真而且善良；看坟和掘墓的人的儿子扁鼻子雅兹，是一个像鱼样沉默的、患羊痫风的八九岁的小孩，岁数最大的是寡妇裁缝的儿子格里沙·丘尔卡，他明白道理而且公正，酷爱斗拳；这全是同街的小孩。

在这个镇子里，偷窃已经形成一种风气，不算是罪恶，而且对于半饱半饥的小市民差不多是惟一谋生的手段。一个半月的集市，挣不够全年的吃喝，连很多有体面的业主都"到河上捞外快"——打捞洪水冲走的劈柴和木材，用小筏子零运货载，但最主要的是干偷窃货船的勾当，一般说来，他们都是在伏尔加河和奥卡河上"猴手猴脚的"，对那些凡是放得不稳妥的东西，他们都要捞一把。每逢休息日，大人就夸耀自己的成就,小孩听着,学习着。

春天,在集市开始前最忙的时期,每天傍晚,镇子的街头到处都是喝醉的工匠、车夫,以及各行各业的工人,镇里的小孩经常搜他们的腰包,这是一种合法的营生,就在大人眼前放肆地干这勾当。

他们从木匠那里偷工具,从客车车夫那里偷扳手,从货车车夫那里偷肩轴、大车的补轴;我们这伙人不干这种事;丘尔卡有一次坚决地说:

"偷东西我可不干,妈妈不叫我干。"

"我可不敢偷!"哈比说。

科斯特罗马对小偷儿有一种厌恶的感觉,小偷儿这个字眼,他特别加重地说出来,当他看见别的小孩劫夺醉汉的时候,他就赶散他们,如果能抓到一个,他就狠狠地打他一顿。这个大眼睛的、闷闷不乐的小孩把自己想象为一个大人,他用特别的步伐,像搬运夫似的一歪一歪地走路,极力用又粗又低的声音说话,他一举一动都是一本正经、装腔作势、老气横秋的。维亚希尔相信偷窃是罪恶。

但是从彼斯基岛上拖走木板和柱子不算是罪恶,我们谁也不怕做这件事,我们拟定了几种能够使我们十分顺利地完成这件事的方法。趁着天黑,或者刮风下雨,维亚希尔和雅兹从河湾一带膨胀的潮湿的冰面上到彼斯基岛上,大摇大摆地走着,竭力惹看守人注意,而我们四个人就分散开来,偷偷地摸过去。被雅兹和维亚希尔惊动了的看守人注视着他们,我们在预先约好的木材堆旁边集合,挑选要拖走的东西,趁快腿的同伴们逗得看守人追赶他们的工夫,我们就往回跑。我们每人带着一根绳子,绳子末端系一个勒成钩状的大钉子;我们用它钩着木板或者柱子,在雪地上和冰上拖着走,看守人几乎从未发现过我们,即使发现了,也追不上。我们把东西卖掉,把卖来的钱分作六份,每位弟兄能得五戈比,有时能得七戈比。

用这些钱满可以吃一天饱饭,但是维亚希尔,如果他不带给他母亲四两或者半瓶伏特加酒,就会挨她的打;科斯特罗马把钱攒起来,希望能养鸽子;丘尔卡的母亲有病,他尽可能地多挣钱;哈比也在攒钱,预备回到他出生和他舅舅(这个舅舅到尼日尼不久,就淹死了)从那里把他带来的城市里去。哈比忘了那个城市的名字,只记得它是在卡马河岸上,离伏尔加河不远。

不知为什么,这座城使我们觉得很好笑,我们逗这个斜眼的鞑靼小孩,唱道:

  卡马河岸上一座城,
  它在哪儿谁也不知道!
  脚板走不到,
  手也够不着!

起先哈比生我们的气,但是有一次维亚希尔柔声细语地(和他的外号很相称)①对他说:

"你怎么啦?对同伴能生气吗?"

鞑靼小孩不好意思了,他自己也唱起关于卡马河岸上一座城的歌来。

比起偷木板来,我们还是更喜欢捡破布和骨头。春天,雪化了以后,或者大雨把荒无人迹的集市的铺装街道冲洗得干干净净的以后,捡破烂特别有趣。在集市的沟渠里,总可以找到许多钉子、破铁,有时我们还找到钱——铜币和银币,但为了不让看货摊的赶走我们或夺我们的口袋,得给他两戈比,或者打躬作揖地央求他半天。总之,钱不是容易挣来的,但我们过得非常和睦,虽然有时也有小小的争吵,我记得我们之间从未打过一次架。

维亚希尔是我们的和事佬,他一向善于及时地对我们说几句特别的话;话虽然简单,却使我们吃惊而且狼狈。他自己也是吃惊地讲这

---

① 维亚希尔,意为"野鸽子"。

些话。雅兹的恶作剧并没有使他生气,也没有使他害怕,凡是坏的行为他都认为是不必要的,都安详而令人信服地加以驳斥。

"这有什么必要啊?"他问道,于是我们清楚地看出——是没有必要!

他叫自己的母亲"我的莫尔德瓦女人",我们觉得这并不可笑。

"昨天我的莫尔德瓦女人回家的时候,又喝得烂醉!"他高兴地讲道,一对金黄色的圆眼睛闪闪发光。"她砰通一声把门推开,坐在门槛上唱啊唱啊,像只老母鸡!"

喜欢打破沙锅问到底的丘尔卡问道:

"唱的什么?"

维亚希尔轻轻地用手掌拍着膝盖,尖声尖气地学他母亲唱歌:

> 年轻牧人沿街逛,
> 嗨,手拿棍子沿街逛;
> 挨家挨户把人唤,
> 唤起孩子满街窜。
> 火红晚霞腾空起,
> 嗨,牧人宝加吹芦笛;
> 芦笛吹得呜呜响,
> 吹得村子入梦乡!

他知道许多这样热情活泼的歌子,非常熟练地唱它们。

"是的,"他接着说下去,"她就这样在门槛上睡着了,屋子里冷死人,不得了,我浑身打哆嗦,差一点儿没冻死,拖她吧,又不动。今天早晨我对她说:'你怎么醉得这么厉害?'她说:'没啥,你耐心等一等,不久我就要死了!'"

丘尔卡认真地肯定说:

"她快死了,全身都肿了。"

"你可怜她吗?"我问。

"怎么不可怜呢?"维亚希尔惊奇地说。"她是我的好妈妈啊……"

我们大家都知道这个莫尔德瓦女人顺手就可以把维亚希尔打一顿,可是相信她是好人;碰着不走运的日子,甚至丘尔卡提议:

"咱们每人凑一戈比给维亚希尔的母亲买酒吧,不然她会打他的!"

我们这一伙有两个识字的——丘尔卡和我;维亚希尔非常羡慕我们,他揪住自己的老鼠式的尖耳朵,柔声细语地说:

"等我埋了我的莫尔德瓦女人后,也去上学,我向老师鞠躬到地,求他收留我。学成了后,我求主教雇我当园丁,要不就直接去求沙皇!……"

春天,莫尔德瓦女人和一个募化修建寺院基金的老头一起,还有一瓶酒,被压在倾倒了的劈柴堆底下;人们把这个女人送到医院里,于是一本正经的丘尔卡对维亚希尔说:

"到我们家里住去吧,我的妈妈教你识字……"

过了不久,维亚希尔就把脑袋昂得高高的,念招牌上的字:

"食品货杂店……"

丘尔卡改正他说:

"食品杂货店,怪人!"

"我是看见的,可是把母字念颠倒了。"

"字母!"

"字母活蹦乱跳的,它们高兴人家念它们呢!"

他那种对树木和小草的爱惜,使我们大家觉得非常好笑,而且惊奇。

坐落在城郊沙地上的镇子、植物很少,仅仅在某些地方,在院子里,孤单单地长着几棵苍白的柳树,歪斜的接骨树丛,此外就是几棵灰色的干枯的小草胆怯地藏在围墙下面。如果我们谁坐到小草上头,维亚希尔就生气地咕哝道：

"干吗要糟蹋草啊？坐在旁边沙土上不是一样吗？"

当着他的面谁也不好意思弄断一枝白柳，折掉一枝开花的接骨树，砍下奥卡河岸上的一根柳条子，他总是显出吃惊的样子，耸起肩膀，摊开两只手，说道：

"干吗你们什么都毁坏啊？真是活见鬼！"

因为他这样吃惊，大家都觉得惭愧。

每逢星期六，我们就举行一次快乐的游戏。整个星期我们都准备这个游戏，到街上把破草鞋收集起来堆到僻静的角落里。星期六傍晚，一群鞑靼搬运工人从西伯利亚码头①回家的时候，我们在十字街头找好阵地，就开始向这群鞑靼人扔草鞋。起先他们被激怒了，追赶我们，骂我们，但是不久他们也开始热衷于这个玩意儿，他们已经知道将会发生一场战斗，也装备许多草鞋来到战场，不仅这样，他们还窥伺我们藏军火的地方，不止一次地把我们偷得精光，我们向他们诉苦说：

"这算什么游戏啊！"

于是他们把草鞋分给我们一半，接着战斗就开始了。通常他们在空地上摆好阵势，我们尖声地叫喊着在他们周围奔跑，投掷草鞋，要是我们中间谁跑着跑着给准确地扔到脚下的草鞋绊了个倒栽葱，一头插进沙土里，他们也叫喊，震耳地大笑。

游戏热烈地进行了很久，有时一直继续到天黑，围聚了很多小市民，他们从墙角往外张望，为了保持体面，照例咕咕哝哝地埋怨几句。满是尘土的灰色草鞋像乌鸦似的满天飞，有时，我们中间有人被打得很厉害，但是快乐比疼痛和委屈更大。

鞑靼小伙子们的兴头并不比我们差。战斗结束后，我们常常和他们一起到行会去，他们在那里请我们吃甜马肉，吃一种特别的蔬菜汤，晚饭后，我们就着奶油核桃甜点心喝很浓的砖茶。我们很喜欢这些身

---

① 在下诺夫戈罗德城集市区的伏尔加河畔。

材高大的人,他们一律都像是精选的大力士,在他们身上有一种儿童的、很容易了解的东西,特别使我吃惊的是他们那种毫无恶意、不可动摇的善良的性格,和那种互相之间的关心和严肃的态度。

他们都笑得极好,被笑声噎得流泪,他们中间有一个歪鼻子的卡西莫夫人,这个汉子有童话般的力量:有一次,他把一个二十七普特重的大钟从货船上拖到岸上老远的地方。他笑着尖声号叫,喊道:

"呜,呜!扯淡——臭鸡蛋,扯淡——瞎胡谈,金钱,扯淡!"

有一次,他把维亚希尔放在他的手掌上,高高地举起,说道:

"瞧他住在那里,天上头!"

天气不好的日子,我们在雅兹家里,在坟场他父亲的看守小屋里聚会。他父亲全身的骨头都是歪斜的,胳膊长长的,衣服全是油污,在他小小的头上,发暗的脸上,丛生着肮脏的毛发;他的脑袋像一朵干枯了的牛蒡花,又长又细的脖子像花茎。他甜蜜地眯缝着有点发黄的眼睛,快嘴快舌地咕噜道:

"上帝保佑我可别失眠!噢嗬!"

我们买来三钱茶,四两糖,几块面包,此外,还一定给雅兹的父亲买四两伏特加酒。丘尔卡严厉命令他:

"废料,把茶炊生起来!"

废料咧着嘴笑,升起洋铁茶炊,我们在等待茶的时候,讨论自己的事情,他给我们出好主意:

"注意,后天特鲁索夫家举行四旬祭①,有盛大的宴会——你们想找骨头到那儿去!"

"特鲁索夫家的骨头有厨娘在收集,"无所不知的丘尔卡说。

维亚希尔往窗外的坟场望着,幻想地说:

"我们不久就可以到森林去了,真好啊!"

雅兹总是沉默着,用凄凉的目光凝神地观察所有的人,他把自己

---

① 俄国风俗,人死后四十天所举行的祭祀。

的玩具——从垃圾堆里找到的木头兵、瘸腿的马、碎铜片、扣子——拿给我们看,也是一声不响。

他的父亲把各式各样的茶碗和茶缸子摆到桌子上,把茶炊拿上来。科斯特罗马坐下来倒茶,雅兹的父亲喝了他那份酒,爬到炕炉上,从那里伸出长长的脖颈,用那猫头鹰似的眼睛瞅着我,咕咕哝哝地说:

"呜嗬,你们怎么不死啊,好像已经都不是孩子了,是吧?噢嗬,小偷儿们,上帝保佑我可别失眠!"

维亚希尔对他说:

"我们完全不是小偷儿!"

"不是小偷儿是贼娃子……"

雅兹的父亲使我们感到厌烦的时候,丘尔卡就生气地呵斥他:

"别啰唆了,废料!"

这个人一说起哪家有病人,哪个村民快要死了,我、维亚希尔和丘尔卡就非常不高兴。他讲这些事情的时候津津有味,毫不怜悯,他看出我们对他的话感到不愉快,就故意逗弄我们,刺激我们:

"啊哈,你们害怕了吧,小鬼头?好嘛!有一个胖子快死了,——嗨,他得好久才能烂掉!"

我们阻止他,可是他仍然喋喋不休:

"反正你们也得死,在垃圾坑里能有多久的活头!"

"死就死呗,"维亚希尔说,"我们死后当天使……"

"你——们?"雅兹的父亲惊讶得倒吸一口气。"你说的是你们?去当天使?"

他哈哈大笑,又讲起死人的各种丑事来逗我们。

有时这个人忽然压低了声音,潺潺流水似的讲起一些古怪的事情。

"你们听着,孩子们,等一等!前三天埋了一个女人,孩子们,我知道她的历史,这是一个怎样的女人呢?"

他顶喜欢讲女人,并且总是讲得污秽不堪,但是在他的讲述中有一种疑问的、抱怨的口气,他好像是邀请我们和他一起思索,所以我们都聚精会神地听他讲。他不善于讲话,讲得没条没理,常常插进一些问话,可是听了他的讲述,在我们的记忆里残留着一些令人不安的支离破碎的片断。

"人家问她:'是谁放的火?'她说:'是我放的!'——'傻瓜,怎么会是这样?那天夜里你不在家,你在医院里躺着的!'——'是我放的火!'她干吗要这样说?呜嗬,上帝保佑我可别失眠……"

几乎每个被他埋到那片荒凉的、光秃秃的坟场的沙土里的村民的历史,他都知道,他好像在我们面前打开了各家的大门,我们走进去,便看到人们怎样生活,我们感到一种严肃的、重要的东西。看样子,他能讲一整夜,一直讲到天明,可是看守小舍的窗户刚一发暗,黄昏降临的时候,丘尔卡就从桌旁站起来,说:

"我得回家,不然妈妈会害怕的。谁和我一块儿走?"

大家都走了;雅兹把我们送出围墙,关上大门,把他那瘦骨嶙峋的黑脸贴到栅栏门上,闷声闷气地说:

"别了!"

我们也对他喊一声:"别了!"我们总觉得把他留在坟地上怪不好的。科斯特罗马有一次回头看了看,说:

"明天咱们一醒来,也许他已经死了。"

"雅兹的生活比我们谁都苦,"丘尔卡常常说,而维亚希尔总是表示反对:

"我们一点儿也不苦……"

在我看来,我们的生活并不苦,我很喜欢这种独立自主的街头生活,也喜欢那些同伴,他们在我心中唤起一种伟大的感情,我总是不安地想为他们做一些好事情。

在学校里,我重新感到困难,同学们嘲笑我,叫我捡破烂的,要饭的。有一次吵过架后,他们告诉老师,说我身上发散着一股垃圾坑的味道,不能坐在我身旁。我记得,这个控告曾是怎样深深地污辱了我,在这以后我上学曾是怎样为难。控告是恶意捏造的:每天早晨我非常细心地把身上洗干净,从未穿过在捡破烂时候穿的衣服到学校去。

后来我终于读完三年级,奖给我一本福音书,带封面的克雷洛夫寓言诗,还有一本不带封面的、书名《法达—莫尔加那①》使我看不懂的小书,还发给我一张奖状。当我把这些奖品拿到家里的时候,外祖父非常高兴,非常感动,他说这些东西必须保存起来,他要把书锁在自己的箱子里。外祖母已经卧病好几天了,她没有钱,外祖父唉声叹气,尖声大叫:

"你们把我喝光吃净了,净剩骨头,嗨,你们这些人啊……"

我把书拿到小铺子里卖了五十五戈比,把钱交给外祖母,奖状被我题了一些字给弄脏了后,才交给外祖父。他没有打开,所以没有看见我的鬼把戏,就把那张纸珍惜地藏了起来。

我摆脱了学校后,又到街头上去找生活。现在更好了,正是春光明媚的时候,能挣很多的钱,每逢星期日,我们这伙人一早就到野外松树林去,很晚才回镇子里来,大家都感到一种舒适的倦意,彼此更加亲近了。

但是这种生活并没有持续很久。后父被解雇了,他又不知去向,母亲和小弟弟搬到外祖父家里,叫我担负起保姆的职务,——外祖母到城里去了,在一家富商家里绣棺罩②。

沉默而干瘦的母亲,勉强地移动着脚步,她用一对可怕的眼睛看一切,小弟弟生瘰疬病,踝骨上有溃疡,身体弱得连大声哭都不能,饿了的时候只是颤抖着呻吟,吃饱了就打盹儿,他在蒙眬的瞌睡中奇怪地叹着气,像小猫儿似的打呼噜。

外祖父注意地摸摸他,说道:

"得好好地喂他,可是我的饲料不够喂你们所有的人……"

---

① 布列顿(旧时法国一省)童话中的女巫名字。
② 绣有基督棺中遗体像的方巾,用来盖在祭坛上的棺材模型上,每年复活节前一周的星期五,由祭坛上取下来,供信徒顶礼膜拜。

母亲坐在墙角的床上,嘶哑地叹口气,说:

"他吃不多……"

"这个吃不多,那个吃不多,合在一起就多了……"

他把手一挥,对我说:

"得把尼古拉拖到露天地里晒太阳,埋在沙土里……"

我用口袋背来一些洁净的干沙土,把它堆到窗下有太阳的地方,按照外祖父的指示,把小弟弟埋到脖颈。小孩很高兴坐在沙土里,他那对没有眼白、只有蓝色瞳仁(瞳仁周围是一圈发亮的圆圈)的与众不同的眼睛,对我甜蜜蜜地眯缝着,闪着光。

我立刻就挚热地爱上了小弟弟,我仿佛觉得,我所想的事他都懂得,他和我并排地躺在窗户下沙土堆里,外祖父的尖厉声音从窗口传到我们耳眼里:

"死并不是什么难事,你应当会活下去!"

母亲一连咳嗽很久……

小孩腾出两只小手,向我伸出,摇着白色的小头;他的头发很稀,发白,小脸蛋显得老气,聪明。

如果有鸡啊猫的向我们走近来,科利亚①就长久地注视着它们,然后看看我,露出一丝微笑,这个微笑使我不安:小弟弟是不是已经感觉出我和他在一起觉得无聊,想扔下他跑到街上去?

院子很小,拥挤而且肮脏,从大门起,有一排用板皮盖的棚屋、柴舍和冰窖,然后这排棚舍转了个弯,排尾是几间澡堂。房顶上堆满了小船的破片、劈柴、木板、湿木屑,所有这些,都是小市民们在流冰期和涨水的时候从奥卡河里打捞来的。各种木材横七竖八地堆满了整个院子;这些湿透了的木材,在阳光下冒着热气,发出一股子霉味。

旁边是一家小牲口屠宰场,那里几乎每天早晨都有小牛哞哞地叫,绵羊咩咩地鸣,血腥的气味那么浓,有时我觉得,这股气味就像透

---

① 尼古拉的爱称。

明的殷红的网似的在尘埃的空气中晃荡着。

被斧背在两角之间打蒙了的牲口吼叫的时候,科利亚眯缝着眼睛,噘起嘴唇,大概是想学它们的声音,但只是吹气:

"咈——呜……"

中午,外祖父从窗户伸出头来喊道:

"吃中饭!"

他亲自喂小孩,把他抱在自己的腿上,把马铃薯和面包嚼烂,用弯曲的指头送进科利亚的小嘴里,弄脏了他的薄嘴唇和尖下巴。外祖父喂了一点儿,掀起小孩的衬衫,用指头按了按他那膨胀的小肚子,他自言自语地说:

"够了没有?要不要再喂点儿?"

从靠近门的黑暗角落里传来母亲的声音:

"您不是明明看见他伸手想够吃的吗!"

"小孩不懂事!他不知道他要吃多少……"

外祖父又把嚼烂的食物送进科利亚的嘴里。看他这样喂孩子,我羞愧得心疼,我感到喉咙下面窒闷和作呕。

"好了!"外祖父最后说,"抱给他母亲吧。"

我抱起科利亚,他哼哼唧唧的,身子向着桌子够。母亲迎着我站起来,喉咙里呼呼噜噜地响着,伸出瘦得只剩一根骨头的胳膊,她那细长的身子,活像一棵折光了枝子的枞树。

她完全变成哑巴了,很少用那沸水般的声音说一句话,有时,整整一天都是沉默地躺在角落里,半死不活的。她已经不久于人世,这我当然是感觉到,也是知道的,而且外祖父也非常频繁地、令人厌烦地讲到死,特别是在每天晚上,外面已经黑了,像羊皮一样暖和的浓厚的霉味爬进窗户里来的时候,他喜欢讲到死。

在一进门斜对面的角落里,差不多在圣像下面,摆着外祖父的床,他脑袋冲着圣像和小窗户睡觉。他在黑暗里躺着,长久地咕咕哝哝地说:

"死期到了。有什么脸去见上帝?说什么好啊?忙了一辈子,也干了点事情……到老来落个什么下场？……"

我睡在炕炉和窗户之间的地板上，这地方对我不够长，我把两只脚伸进炉膛里，里面的蟑螂老啄它们。这个角落使我看到不少幸灾乐祸的事情，——外祖父做饭的时候，火叉子和通条把儿经常打破窗户玻璃。他这个聪明人竟想不到把火叉子截掉一段。

有一次，罐子里的东西快熬干了，他慌张起来，用火叉子往外猛力一钩，火叉子把儿打坏了窗框的横木和两块玻璃，碰翻了架子上的一个罐子，罐子摔碎了。这使老头儿非常苦恼，他坐在地板上哭了起来：

"我的天啊，我的天啊……"

白天他出去的时候，我用切面包的刀子把火叉子把儿剁掉大约四分之三，可是外祖父看见我干的活儿以后，骂了我一顿：

"该死的小鬼，应该用锯子锯，锯——开！锯下来的可以做擀面杖，可以卖掉，鬼儿子！"

他挥着手跑进过道里。母亲说：

"你少管闲事……"

她是在八月里一个星期天中午时分死的①。后父出外刚回来，又在一个地方找到了事情，外祖母和科利亚已经搬到他那里，住在车站附近一所清洁的小小住宅里，过两天母亲也要搬过去。

死的那天早晨，她低声对我说，声音比平时清晰而轻松：

"去找叶夫根尼·瓦西里耶维奇去，告诉他——我请他来！"

她用一只手撑着墙，从床上欠起身子，坐了起来，又补充了一句：

"快跑！"

我觉得她在微笑，她眼睛里闪着一种新的表情。后父正在做弥撒，外祖母打发我到一个犹太女人——小铺子女老板那儿去买烟，碰巧没有现成的碎烟，只好等女老板把烟叶搓碎，然后把烟送给外祖母。

当我回到外祖父那里的时候，母亲坐在桌子旁，她穿着淡紫色的

---

① 高尔基的母亲于一八七九年八月五日死于肺结核，终年三十五岁。

衣服,头梳得挺好看,跟从前一样派头十足。

"你好些吗?"不知为什么我心里发憷,问道。

她令人毛骨悚然地看着我,说道:

"到这儿来!你到哪儿荡去了,嗯?"

我还没来得及回答,她就抓住我的头发,另一只手拿起用锯改做的又长又软的刀,用刀面大力地打了我几下,刀子从她手中滑脱了。

"拾起来!给我……"

我拾起刀子,把它扔到桌子上,母亲把我推开;我坐到炕炉台阶上,吃惊地注视着她。

她从椅子上站起,慢慢地移到自己的角落,往床上躺下,用手帕开始擦脸上的汗。她的手不准确地动作着,有两次从脸旁落到枕头上,用手帕擦了擦枕头。

"给我水……"

我从桶里舀了一碗水,她挺费劲地抬起头,呷了一点点,就深深地叹口气,用冰冷的手把我的手推开了。然后,她往墙角上看看圣像,把眼睛移到我身上,动弹着嘴唇,仿佛苦笑了一下,长长的睫毛就慢慢地盖着了眼睛。她的两肘紧紧地挟住两肋,手指微微动弹着,两手摸到胸口,往喉咙移近。她脸上浮现着暗影,渐渐扩展到全脸,姜黄的皮肤发紧了,鼻子变尖了。她惊讶地张着嘴,但是听不见呼吸。

我在母亲床旁端着碗,看着她的脸变凉,变灰,不知站了多久。

外祖父进来了,我对他说:

"母亲死了……"

他向床上瞟了一眼。

"你胡说什么?"

他走到炕炉,把包子拿出来,把炉门的盖和铁锅弄得很响。我看着他,我知道母亲已经死了,等着他也了解这个。

后父来了,他穿着帆布上衣,戴着白制帽。他无声地拿起椅子,搬到母亲的床边,忽然间,他把椅子往地板上一掼,像铜喇叭似的大叫一声:

"她死了,瞧……"

外祖父瞪起眼睛,手里拿着炉门的盖,像瞎子似的跌跌撞撞地、悄悄地离开了炉子。

当人们向母亲的棺材撒干沙土的时候,外祖母像瞎子似的向乱坟堆里走去,她碰到十字架上,磕破了脸。雅兹的父亲把她领到看守小舍里,在外祖母洗脸的时候,他对我悄悄地说了些安慰的话:

"唉!上帝保佑我可别失眠,你干吗要这样,嗯?人生在世就是这么回事……我说的对吧,外婆?不管穷富,早晚大家都得进棺材,是不是这样,外婆?"

他看了看窗户,忽然从小屋里跳了出去,可是他马上就和维亚希尔一同回来了,他容光焕发,兴高采烈。

"你看,"他递给我一个折断了的马刺,说道,"你瞧这是什么玩意儿?这是我和维亚希尔送给你的。你瞧马刺上的小轮,嗯?准是哥萨克戴的,弄丢了……我想向维亚希尔买下这玩意儿,我给他两戈比……"

"你撒什么谎!"维亚希尔低声地、然而生气地说,可是雅兹的父亲在我面前跳来跳去,向他挤挤眼说道:

"维亚希尔嘛,嗯?厉害! 不是我,是他送给你的,他……"

外祖母洗好了,用头巾包上浮肿的发青的脸,她叫我回家去,我不愿意回去,我知道他们在追悼宴会上要喝酒,并且一定会吵架。米哈伊尔舅舅在教堂里的时候就叹着气对雅科夫说:

"今天我们要喝一杯,嗯?"

维亚希尔极力逗我发笑:他把马刺挂在下巴颏上,用舌头够马刺上的小轮,雅兹的父亲故意哈哈大笑,高声叫道:

"瞧,你瞧他做什么!"可是,当他看到这一切都不能使我快乐的时候,他严肃地说:"算了吧,醒醒吧! 大家都得死,连小鸟也得死。你听我说,我给你母亲坟上铺上草皮——好不好? 我们马上就到野外去,——你、维亚希尔、我;我的珊卡也和我们一块儿去;我们铲了草皮,就把坟装饰起来,再好没有了!"

这件事我倒欢喜,于是我们就到野外去了。

埋过母亲几天以后,外祖父对我说:

"喂,列克谢,你不是一枚奖章,我脖子上不是挂你的地方,你到人间混饭吃去吧……"

于是我就到人间去了。

在 人 间

楼适夷 译

《在人间》是高尔基自传体小说三部曲中的第二部。

主人公阿廖沙十一岁时不得不到社会上谋生，他先后在鞋店、圣像作坊当过学徒，也在绘图师家、轮船上做过杂工，历经坎坷，饱尝了人世间的痛苦。在轮船上当洗碗工时，阿廖沙结识了正直的厨师斯穆雷，并在他的帮助下开始读书，激发了对正义和真理的追求。五年后，阿廖沙怀着进大学的希望准备到喀山去。

作者在这部作品中广泛地描写了十九世纪七十年代俄国下层的社会生活。

《在人间》最初发表在一九一五年一至十二月各期《俄罗斯言论报》；一九一六至一九一七年间首次在柏林出版单行本。中译本于一九三五年译自日本改造版《高尔基全集》，先后在开明书店及中国青年出版社出版，书名为《人间》。我社于一九五六年六月出版了根据俄文本《高尔基三十卷集》第十三卷进行校订过的中译本。本书根据我社《高尔基文集》第十五卷印制。

一

　　我来到人间,在城里大街上一家"时式鞋店"里当学徒。①

　　我的老板是个矮胖子,他的栗色脸是粗糙的,牙齿是青绿色的,湿漉漉的眼睛长满眼屎。我觉得他是个瞎子,为了证实这一点,我就做起鬼脸来。

　　"不要出怪相,"他低声严厉地说。

　　这对浑浊的眼睛看得我怪不好受;我不相信这种眼睛会瞧得见,也许他只是猜想我在做鬼脸吧。

　　"我说了,不要出怪相,"他更低声地,厚嘴唇几乎不动地说。

　　"别搔手,"他冲着我干巴巴地直叨唠道。"记着,你是在城里大街上头等铺子里做事!当学徒,就得跟雕像一样站在门口……"

　　我不懂什么叫做雕像,而且也不能不搔手。我的两条胳臂,到臂肘为止全是红瘢和脓疮,疥癣虫在里面咬得我难受。

　　"你在家里干什么?"老板仔细查看我的胳臂,问。

　　我告诉他时,他摇晃着盖满花白头发的圆脑袋,使人难堪地说:

　　"捡破烂儿,这比要饭还糟;比偷东西还糟。"

　　我不无得意地说:

　　"我也偷过东西呢。"

　　于是,他把两只跟猫爪子一样的手撑在账桌上,吃惊地眨着瞎子似的眼瞪着我,低声嘶哑地说:

---

①　一八七九年秋,十一岁的高尔基在波尔洪诺夫的"时式鞋店"当学徒。

"怎——么,你还偷过东西?"

我把事情的原委告诉他。

"唔,那倒是小事。可是你如果在我铺子里偷鞋子,偷钱,我就把你关进牢里,一直关到你长大……"

他讲这句话时,语气很平和,可我却吓坏了,也更讨厌他了。

铺子里除了老板以外,还有亚科夫的儿子,我的表兄萨沙和一个红脸的大伙计,他这个人挺机灵,会纠缠人。萨沙穿着红褐色的常礼服、衬胸、撒腿裤,系着领带。他很傲慢,不把我放在眼里。

外祖父带我去见老板的时候,托萨沙照应我,教我。萨沙神气活现地把眉头一皱,警告说:

"那得叫他听我的话。"

外祖父把手放在我脑袋上,按弯了我的脖子:

"你得听萨沙的话,他年纪比你大,职位也比你高……"

萨沙便瞪出眼珠向我叮嘱:

"你可别忘了外公的话!"

于是,从头一天起,他就趁势摆起老资格来。

"卡希林,别老瞪着眼!"老板这样说他。

"我,我没有,东家,"萨沙低下头应了一声;可是老板还是唠叨不休。

"别老虎着脸,顾客会当你是头山羊的……"

大伙计满脸赔笑,老板难看地撇着嘴,萨沙红着脸躲到柜台后面去了。

我不喜欢这些谈话,里面好些话我听不懂,有时觉得他们好像在讲外国话。

每当女顾客进门的时候,老板便从衣袋里抽出一只手,摸摸髭须,满脸堆起甜蜜的微笑,现出无数的皱纹,可是那对瞎子似的眼睛却没有一点变化。大伙计挺起身子,两个胳臂肘贴住腰部,手掌恭敬地摊在空中。萨沙畏怯地眨眼睛,极力想掩盖住凸出的眼珠。我站在铺子门口,悄悄地抓挠着手,留心观察他们做买卖的规矩。

大伙计跪在女顾客前面,奇妙地张开手指量鞋子的尺寸。他两手直哆嗦,小心翼翼地触着女人的脚,好像害怕把脚碰坏了。其实这位女客的脚很肥,像一只倒放的溜肩膀的瓶子。

有一次,一位太太抖动着脚,蜷缩着身子说:

"哎哟,你弄得我好痒啊……"

"这个,是我们的礼貌……"大伙计急忙热心地解释。

他那纠缠女客的样子着实可笑,为了避免笑出声来,我把脸转过去对着玻璃门,可是我总耐不住要瞧瞧他们做买卖的情景,因为大伙计那种动作非常使我觉得可笑,同时又觉得我永远也学不会那么有礼貌地张开手指,那么灵巧地给生人穿鞋子。

老板常常躲进柜台后面的账房里,同时也把萨沙叫进去,留下大伙计独自跟女客周旋。有一次,他摸了摸一位棕色头发的女顾客的脚,然后把自己的拇指、食指和中指捏成一撮,吻了吻。

"哎哟!"女人叫了一声。"你这个调皮鬼!"

他鼓起腮吃力地说:

"啧……啧啧。"

这时候,我忍不住哈哈大笑起来,我怕笑得站不稳,手抓住门把子,门被推开了,脑袋磕到玻璃门上,碰坏了一块玻璃。大伙计冲着我跺脚,老板用戴着大金戒指的手指敲我的脑袋,萨沙要拧我的耳朵。傍晚回家去的路上,萨沙狠狠地说我:

"你这样胡闹,人家会把你撵走的!这有什么可笑的?"

他又解释道,大伙计得到太太们的欢喜,买卖就会兴旺起来。

"太太们为了看看讨人喜欢的伙计,就是不需要鞋子也会特地跑来买一双。可你,就是不明白!叫人家替你操心……"

我感到委屈,谁也没替我操心,尤其是他。

每天早晨,病恹恹、爱发脾气的厨娘,总是比萨沙早一个钟头把我叫起来。我得擦好老板一家人、大伙计和萨沙他们的皮鞋,刷好他们的衣服,烧好茶炊,给所有的炉子准备好木柴,把午饭用的饭盒子洗干净。一到铺子里,便是扫地,掸灰尘,准备茶水,上买主家送货,之后再回老板家取午饭。在这个时候,我那个站铺门口的差事,便由萨沙代替。他认为干这件事有失他的身份,就骂我:

"懒家伙,叫别人替你做事……"

我觉得苦恼,寂寞。我过惯了无拘无束的生活,从早到晚,待在库纳维诺区①的砂土路上,在浑浊的奥卡河边,在旷野和森林中。可是这里没有外祖母,没有小朋友,没有可以谈话的人,而生活又向我展开了它的全部丑恶和虚伪的内幕,使我愤恨。

有时候,女顾客什么也没有买就走了,那时他们三个就觉得受了侮辱。老板把甜蜜的微笑收敛起来,命令萨沙说:

"卡希林,把货物收起来!"

接着就骂人:

"呸!连猪也滚进来啦!蠢婆娘,待在自个儿家里闷得慌啦,到人家铺子里来闲逛。要是我的老婆,我可叫你……"

他的老婆是个黑眼珠,大鼻子,又瘦又干瘪的女人,常常跺着脚骂他,像对待奴仆一样。

常常这样,他们见到熟悉的女顾客便殷勤地鞠着躬,说奉承话,送走她们以后,便不干不净地说起这女人的坏话来。那时候,我真想跑到街上去,追上那个女顾客,把他们背后说的话告诉她。

当然,我知道世上的人,彼此都在背后说坏话,可是这三个家伙谈论人的时候特别令人气愤,好像有谁承认他们是最了不起的人物,委派他们来审判全世界似的。他们总是嫉妒人,从不夸赞任何人,无论对谁,他们都知道一点什么短处。

一次,一个年轻女人走进铺子里来,她的双颊绯红,两眼闪闪发光,她披着黑皮领子的天鹅绒大氅,面孔像一朵鲜花露在毛皮领子上。

---

① 当时高尔基外祖父家住在这个区。

她脱去外套,交给萨沙,显得更加漂亮。苗条的身材紧裹在碧灰色的绸衣中,两耳上的钻石亮得耀眼。她使我想起绝代美人瓦西莉萨①,我认定这女人一定是省长夫人。他们毕恭毕敬地招待她,像在火面前一样哈着腰,奉承话满口不绝。三个人像妖魔似的,满铺子跑来跑去,他们的影子映在橱窗玻璃上,仿佛四边的东西都着了火,在渐渐消失,眼看着就要变成另外一种样子,另外一种形状。

她迅速挑选了一双高价的皮鞋,走了。老板咂着嘴发出哨声:

"母—狗……"

"干脆说,是个女戏子!"大伙计轻蔑地说。

于是,他们便你一言我一语地谈论这位太太的好些情人和她的奢华的生活。

午饭后,老板在铺子后边屋子里睡午觉,我打开了他的金表,在机件上滴了一点醋。我很痛快,看见他醒了以后拿着表走进铺子来,慌慌张张地说:

"怎么回事?表忽然发汗了!从来没有见过表会发汗!莫不是要出什么祸事?"

尽管铺子和家里的事使我忙得不可开交,但我好像还是陷进一种百无聊赖的烦闷中。因此,我常常想,得干出一件什么事情来,才能让他们把我撵出铺子呢?

满身雪花的行路人,默默地从铺门前走过,使人觉得他们好像是送葬到墓地去,因为耽误了时间,忙着去追赶棺材一样。马慢吞吞地拖着车子,很吃力地越过雪堆。铺子后边教堂的钟楼上,每天钟声凄凉地响着——是大斋期了。钟声一下一下像枕头撞着人的脑袋,不觉得痛,却使人麻木和发聋。

有一天,我正在铺子门前的院子里,清理刚刚送到的货箱。这时教堂里看门的那个歪肩膀的老头儿走到我的跟前。他软得像布片做

---

① 俄国民间故事中聪明坚强的美女。

成的一样,穿着像被狗咬碎了的烂衣服。

"好小子,给我偷一双套鞋好吗?"他对我说。

我没有吭声。他在空箱子上坐下,打着呵欠,在嘴上画十字①,又说了一遍:

"你给我偷一双怎么样?"

"不能偷!"我对他说。

"可是有人偷呀,给我老头儿个面子吧!"

他跟我周围的人不同,招人喜欢。我觉得他很相信我愿意替他偷,于是我答应从通风窗里塞给他一双套鞋。

"那好,"他并不显出高兴,平静地说。"不哄人吗?嗯,嗯,我看出来了,你不哄人……"

老头儿默默地坐了一会,用长靴底踩着肮脏的泥雪,用土烧的烟斗抽着烟。突然,他吓唬我说:

"要是我哄你呢?我拿了这双套鞋到你的老板那儿,说是花半个卢布从你那儿买来的,那怎么办?这双套鞋值两个多卢布,可是你只卖半卢布!说你去买好吃的了,那你怎么办?"

我发愣地望着他,仿佛他已经照他所说的那样做了。而他却依然望着自己的长靴,吐着青烟,轻轻地继续用鼻音说:

"比方说吧,要是我原来受了你老板的嘱托:'你替我去探一探那小子,他会不会做贼?'那怎么办?"

"我不给你套鞋,"我生气地说。

"现在你已经不能不给了,因为你已经答应了!"

他抓起我的手,把我拉到他身边,用冰凉的指头敲敲我的脑门,懒洋洋地说:

"你怎么轻易就说:'喂,拿去吧?!'"

"是你要我这样做的。"

---

① 俄国农民认为人打呵欠,邪气会跑进嘴里,所以要画十字避邪。

"我要求的多着呢!我要你去打劫教堂,怎么样,你干吗?难道可以相信别人?哎,你这傻小子……"

说完,他把我推开,站起身来:

"我不要偷来的套鞋,我又不是阔佬,用不着穿套鞋,我只是跟你开个玩笑……你很厚道,到了复活节,我放你到钟楼上去撞撞钟,望望街景……"

"全城我都熟悉。"

"站在钟楼上看,它可漂亮多了……"

他用鞋尖踏着雪地,慢慢地走到教堂拐角后边去了。我望着他的背影,暗暗担忧,忐忑不安地想:那老头儿当真只是开玩笑,还是老板叫他来试探我呢?我不敢走进铺子去。

萨沙闯进院子,大声吆喝道:

"你在搞什么鬼?"

我火了,举起钳子向他一扬。

我知道他跟大伙计常常偷老板的东西,他们把一双皮鞋或者便鞋藏在炉炕的烟囱里,等到离开铺子的时候,便往外套袖子里一塞。我讨厌这种事情,也有点害怕。我还记着老板的吓唬。

"你偷东西吗?"我问萨沙。

"不是我,是大伙计,"他郑重地声明。"我只是帮他的忙,他说:你得帮个忙!我只好听从,要不然,他会给我使坏的。老板!他本人也是伙计出身,他什么都明白。可是,你可别乱说!"

他一边说一边照镜子,学着大伙计的派头,不自然地伸开指头整理领带。他在我面前总是摆架子,耍威风,训斥我。当他吩咐我的时候,总伸出一只手做推开的姿势。我个儿比他高,气力比他大,但瘦削、笨拙。他却丰润、柔软、油光满面。他穿起常礼服、撒腿裤,在我看来很有气派、很威风,可是给人一种滑稽可笑的感觉。他很憎恶厨娘,厨娘确实是个怪娘们,说不准她是好人还是坏人。

"世上的事情,我顶喜欢打架,"她圆睁着黑亮、炽热的眼睛说。

"无论什么样的打架,我都觉得好,鸡斗、狗咬、汉子们相打,我都觉得好!"

碰到公鸡、鸽子在院里斗架,她就放下手上的活儿,靠在窗口,出神地直望到斗完为止。她每天晚上对我跟萨沙说:

"你们这些小子,闲坐着多没意思,打打架多好呀!"

萨沙生气地说:

"傻婆娘,谁告诉你我是小子?!我是二伙计啦!"

"我可不这么看,在我眼里,没有娶老婆的全是小子!"

"傻婆娘,傻脑袋瓜子……"

"魔鬼倒聪明,可是上帝不喜欢他。"

她的谚语特别使萨沙生气。他就故意刺激她,但她轻蔑地瞟了他一眼说:

"哼,你这个蟑螂,真是老天瞎了眼,错生了你!"

萨沙常常教唆我,要我趁她睡着的时候,往她脸上抹点鞋油或煤烟,或是在她枕头上插一些针,或者用别的方法跟她"开玩笑",可是我害怕她。她睡得不死,常常醒过来。她一醒就点上灯,坐在床上,直愣愣地望着墙角。有时候,她绕过炉炕走到我身边,把我摇醒,哑着嗓子说:

"列克谢伊卡①,我有点害怕,睡不着,你跟我聊聊吧!"

我迷迷糊糊跟她说了些什么,她默默坐着,摇晃着身体。我感觉从她那热乎乎的身上发出一种白蜡和神香的气息②。我想,这女人快死了,说不定马上会倒在地板上死掉。我心里害怕,就提高了嗓门说话,她拦住我说:

"小声点!要是坏蛋们醒了,他们会把你当作我的情人呢……"

她坐在我身边,总保持着一个姿势:弓着背,两手放在膝头中间,用瘦棱棱的腿骨夹住。她胸脯平坦,就是穿着很厚的麻布衫,也可以

---

① 高尔基的名字阿列克谢的昵称。
② 东正教在为死者做安魂祭时要点白蜡和神香,此处意指厨娘已不久于人世。

看出一条条的肋骨,像干透了的水桶上的箍子。她沉默了好久,又突然低声地说起来:

"我还是死了算啦,活着也只是受罪……"

或者,好像在问谁:

"这可活到头了,唔,是吗?"

"睡吧!"不等我说完,她就打断我的话,直起腰,灰色的身影,悄悄地在厨房的黑暗中消失了。

"妖婆!"萨沙在背后这样叫她。

我便挑逗他:

"你当着面这么叫她一声!"

"你当我怕她吗?"

但他立刻皱了皱眉头,说道:

"不,我不当面叫,说不定她真是一个妖婆……"

厨娘瞧不起任何人,看见谁都生气,对我也一点不客气,每天早晨一到六点钟,就拉我的大腿,叫喊道:

"别贪睡!快去搬柴!烧茶炊,削土豆!……"

萨沙醒了,恨恨地说:

"你嚷什么,吵得人不得好睡,我告诉老板去……"

她那干枯的皮包骨头的身子,急急忙忙地在厨房里跑来跑去,一双睡眠不足的红肿眼睛朝萨沙瞪着:

"哼,老天爷瞎了眼,错生了你!我要是你的后娘,我就扯光你的头发。"

"这该死的家伙,"萨沙骂了一句,并且在去铺子的路上向我小声说:"一定得想法子把她撵走。对啦,在所有的菜里都偷偷放上一大把盐——如果样样菜都咸得要命,她就得滚蛋。要不,就倒上点煤油,你干吗发愣啊?"

"你怎么不干?"

他生气地哼了一声:

"胆小鬼!"

厨娘的死我们都看见了。她弯下腰去端茶炊,突然倒在地上,好像被谁当胸推了一把,就那样默默地侧身栽倒,两条胳臂向前伸着,口里流血。

我们两个当时就明白她死了。可是吓得直发愣,久久地瞧着她,一句话也说不出来。后来,萨沙从厨房里奔出去。我却不知道怎样才好,把身子靠在窗边有光亮的地方。老板走进来,担忧地蹲下,用指头触触她的脸,说:

"真的,死了……怎么回事呀?"

于是,他走到屋角上奇迹创造者尼古拉小圣像面前,画了十字,祷告之后,在前室里命令我:

"卡希林,快去报告警察局!"

来了一个警察,在屋子里绕了一圈,拿了一点小费,就走了。不一会儿又回来了,带着一个马车夫,他们一个扛头、一个扛脚把厨娘扛到街上去了。老板娘从前室里探出头来吩咐我:

"把地板擦干净!"

可是老板却说:

"幸好她死在晚上!……"

我不明白:为什么死在晚上好。晚上睡觉的时候,萨沙从来没有那么温和地说:

"别熄灯!"

"你害怕?"

他拿被子蒙住脑袋,躺了好久不作声。夜很静,仿佛正在倾听着什么,等候着什么。我仿佛觉得:钟声马上会响起来,全城的人会乱跑、乱叫,乱作一团似的。

萨沙从被窝里探出鼻子轻声地说:

"到炉炕上一块儿睡好吗?"

"炉炕上太热呀!"

他沉默了一下,又说:

"她怎么一下子就死了?真没想到这妖婆……我睡不着……"

"我也睡不着。"

他开始讲起死人来,说死人怎样从坟墓中出来,在城里溜达到半夜,寻找自己的故居和亲人所在的地方。

"死人只记得城市,"他小声地说。"可是他记不清街道和房子……"

四周愈加静寂,也似乎愈加黑暗了。萨沙扬起脑袋问:

"要瞧瞧我的箱子吗?"

我很早就想瞧他箱子里收藏的是什么东西。平常他用锁锁上,每次开箱子的时候,总是格外小心,要是我想望一下,他就粗暴地问:

"你要干什么?啊?"

我表示同意之后,他坐起来,并不下床,用命令口气叫我把箱子搬到床上,放在他脚跟前。钥匙跟护身的十字架一起拴在一条带子上,挂在他脖子上。他先朝厨房暗角那边望一眼,神气活现地皱着眉头,把锁打开,吹了吹箱子盖,似乎它很热似的,然后打开来,从里面拿出几套衬衣和衬裤。

半只箱子装满了药盒子、各种颜色的包茶叶的商标纸、装皮鞋油的盒子和沙丁鱼罐头盒等等。

"这是什么呀?"

"你马上会瞧见的……"

他两腿夹住箱子,弯腰伏在上面,轻轻地念道:

"愿上帝……"①

我以为里边一定有玩具。我不曾有过玩具,因此表面上虽然装作不希罕的样子,可是瞧见人家有,还是不能不羡慕。像萨沙这么大的人还有玩具,我很高兴,虽然他害臊藏起来,但我很理解这种害臊的

---

① 《圣灵祈祷文》的起始语。

心理。

打开第一个盒儿,他从里面拿出一副眼镜框,架在鼻梁上,严厉地瞧着我说:

"没有镜片也没有关系,本来就是这种眼镜。"

"让我也戴一戴!"

"你戴不合适,这是黑眼睛使的,你的眼睛是浅色的,"他解释着,装出老板的模样咳嗽一声,马上就害怕地向厨房扫了一眼。

空鞋油盒里装满各色各样的扣子,他得意地向我说明:

"这些都是从街上捡来的,自己捡的。已经攒了三十七颗了……"

在第三个盒子里,也是从街上捡来的铜大头针、皮鞋后跟上磨损了的铁掌、皮鞋和便鞋上破的和完整的扣子、铜的门把手、手杖上的破骨雕柄、一把姑娘使的梳子、一本叫《圆梦与占卜》①的书,以及很多别的同样价值的东西。

我捡破烂的时候,像这种不值钱的玩意儿,一个月就可以不费力地收集到十倍以上。萨沙的东西使我感到失望、气恼,并且怜悯起他来。可是他却一件一件地仔细欣赏着,爱不释手地抚摩着,又郑重地噘起厚嘴唇,他那凸出的眼睛流露出深情和发愁的神气。他戴的那副眼镜,使这张孩子气的脸成了非常滑稽的样子。

"你收着这些干什么?"

他从眼镜框里向我瞅了一眼,用清脆的童音问道:

"你想要我送你点什么吗?"

"不,我不要……"

显然,由于我的拒绝和不重视他的宝物他有些不高兴了。他沉默了一会,然后低声地跟我商量:

"拿条手巾来,我得把所有的东西都擦一擦,全蒙上灰尘啦……"

他把东西抹干净,搁好以后,钻进被窝里,脸对着墙。外边下雨

---

① 俄国十八世纪下半叶出版的一种浅陋的读物。

了,雨点从屋顶上淌下来,风不时地打着窗子。

萨沙没回过身子向我说:

"等园子里干一干,我带你去瞧一件东西——准叫你大吃一惊!"

我没作声,准备睡觉。

又过了一会儿,他突然跳起来,两手抓着墙,非常恳切地说:

"我害怕……主啊,我害怕!愿主怜悯!这是怎么回事呀?"

当时,我吓得说不出话来。我仿佛瞧见厨娘正倚在对着院子的窗口,低着头,额角贴在玻璃上,背朝着我站在那儿,活像她生前瞧鸡打架的模样。

萨沙放声大哭,手抓挠着墙,两腿乱蹬。我像踩着火堆似的,连头也不回一下,吃力地穿过厨房,在他的身边躺下。

我们哭着,哭着,哭累了才睡着。

几天以后,是一个什么节日。上午做了半天买卖,回到家里吃过午饭,饭后,老板家里人睡午觉的时候,萨沙神秘地对我说:

"咱们走吧!"

我猜到,我马上会瞧见那件使我大吃一惊的东西了。

我们到了园子里。在两座房子中间一片很窄的空地上,有十五六棵老椴树,结实的树干上长满厚厚的青苔,黑色的赤裸的枝条呆呆地伸展着。这些枝条上连一个老鸦窝也没有,树干简直像墓碑一样。除了这些椴树,园子里既没有灌木,也没有草丛。人行小道被人踩得很坚硬,而且黑得像生铁。露出隔年腐叶下的地面,也跟漂在积水中的浮萍一样,长满了霉污。

萨沙拐了个弯儿,向邻街的木栅栏走过去,在一棵椴树下站住了。他眨眨眼瞅一下邻家的模糊的窗户,便蹲下去,两手拨开一堆落叶——露出一棵大树根,旁边有两块砖,深深陷在土里。他把砖掀开,下边是屋顶上使的烂洋铁皮,再往下边是一块方板。于是,最后出现在我眼前的,是沿树根子穿下去的一个大窟窿。

萨沙划了一根火柴,点着蜡头,探进窟窿里去,然后对我说:

"你瞧吧!可别害怕……"

他自己显然有点害怕了,手里的蜡直哆嗦,脸色发青,嘴唇撇得很难看,眼睛湿汪汪的;另一只空着的手,慢慢背到身子后面去。我也害怕了。我小心翼翼地向树根下面的洞底望去。树根成了这个洞的屋顶——萨沙在洞底里点上三支蜡,满洞发出蓝色的光。洞身相当大,有一只提桶那么深,可是比提桶还要大些。旁边嵌满小片的彩色玻璃和茶具的碎瓷片,中间微微隆起的地方,盖上一片红布,底下搁着一口用锡纸糊成的小棺材,半面盖着一块小布片,跟棺材罩一样,布片边沿底下翘起小雀儿的灰色爪子和长着尖喙的嘴。棺材后边搁一张灵台,台上搁着一个铜的护身十字架。三支长长的蜡点在灵台的周围,蜡台上贴着包糖果的黄的和白的锡纸。

蜡头的火苗偏向洞口,洞里朦胧地闪烁着各色火花和斑点。蜡的气味、霉腐气、泥土气,热烘烘地熏着我的脸。细碎的虹片弄得我眼花缭乱。我瞧着这一切,引起难受的惊奇,并且把我的恐怖心理打消了。

"好吗?"萨沙问。

"这是干什么的?"

"小礼拜堂,"他解释道。"像不像?"

"不知道。"

"那小雀儿像是死人,也许它会变成不朽的金身,因为它是无辜丧生的……"

"原来就是死的吗?"

"不,它飞进货房里,我用帽子扑死的。"

"干吗要扑死它?"

"不干吗……"

他瞅瞅我,又问:

"好玩吗?"

"不怎么样!"

于是他马上对着洞口弯下身子,很快地盖上木板和铁皮,将砖嵌进土里。然后,站起身,拍去膝头上的泥,严厉地问:

"你为什么不喜欢?"

"我可怜那小雀儿。"

他那像瞎子一样的眼珠子一动不动地瞧了我一眼,他在我的胸口推了一把,大声骂道:

"混蛋!你心里嫉妒,才说不喜欢。你以为在缆索街你家园子里,比这个做得更好吗?"

我想起家里的凉亭,便坚决地回答:

"当然比这个好!"

萨沙脱去上衣,往地上一扔,卷起袖子,向手心啐了一口唾沫,提议道:

"那么,我们打一架!"

我不想打架,沉重的烦闷压得我透不过气,瞧着表哥这副气恼的脸,我很不舒服。

他扑过来,一头撞在我的胸口上,把我撞倒,骑在我的身上吆喝道:

"要活还是要死?"

可是我气力比他大,又非常生气,不一会儿,他就脸朝地趴着,两手抱着脑袋,发出嘶哑的声音不动了。我慌了,想把他抱起来,可是他手脚乱抓乱蹬,我更害怕了,走到一边,不知怎样才好。他却抬起脑袋来说:

"怎么,打赢了吗?我就这么躺着,让老板家里的人瞧见,我要告你一状,他们会把你撵走的!"

他骂着,吓唬着。他的话把我激怒了,我索性跑到窟窿那边,揭开砖头,把那装小雀儿的棺材扔到木栅栏外面去了,又把洞里的东西一股脑儿搬出来,用脚将洞踩平。

"瞧见了吗?"

萨沙对我的捣乱很奇怪:他坐在地上,嘴微微张开,蹙紧了眉头,一声不响地望着我。等我干完了,他慢吞吞地站起来,拍拍身上的尘

土,把上衣往肩头一撩,很沉着而又很恶毒地说:

"你等着瞧吧,用不了多久!要知道,这都是我给你故意做好的,这是魔法!哼!……"

我好像被他的话伤害了,我蹲下身子,全身发冷,他却头也不回地一直走了。他的镇定更把我压倒了。

我决定明天就溜走,离开这个城市,离开老板的家,摆脱萨沙跟他的魔法,摆脱这种无聊的愚蠢的生活。

第二天早晨,新来的厨娘把我叫醒。

"啊唷,你的脸,怎么啦?……"她叫唤起来。

"魔法来啦!"我心里懊丧地想着。

可是厨娘捧着肚子大笑,把我也引笑了,拿她的镜子一照,我的脸上涂了一层厚厚的煤烟。

"是萨沙干的吧?"

"难道是我?"厨娘可笑地叫道。

我动手擦皮鞋,手一伸进鞋子里,就被大头针扎了手指。

"这又是他的魔法啊!"

每只鞋子里都安放着针和大头针,安放得很巧,都刺进了我的手掌。于是我拿勺子舀了一勺凉水,走到那个还没有醒来,或者正在装睡的魔法师身边,十分解恨地泼了他一脑袋。

可是我心里仍旧不痛快,那口装着麻雀的棺材,蜷曲的爪子,可怜地向上伸出的蜡一样的尖喙,以及周围那些似乎要发射虹彩而又发射不出的五色火花不时地在我的眼前闪烁。棺材渐渐大起来,麻雀爪子大起来,向上翘起,颤动着。

我决定当天晚上逃跑,可是午饭前在煤油炉上烧汤的时候,因为想出了神,汤沸起来,正要把炉子弄灭,汤锅翻在手上,这样一来,我被送进了医院。①

---

① 此事发生在一八八〇年春,大斋节期间。

直到现在,我还记着在医院里的痛苦的噩梦:一些穿尸衣的灰色和白色的影子,在摇晃不定的黄沉沉的空隙处盲目地蠕动着,低语着。一个高大汉子,眉毛长得跟口髯一样,又粗又长,拄着拐棍,摇动着一蓬大黑胡子,咆哮一样地吆喝道:

"我要向大主教告发!"

所有的病床都使我想到棺材,鼻子朝天睡着的病人像那只死麻雀。黄色的墙摇晃着,天花板跟风帆一般鼓起来,地板起着波浪。排列成行的病床,一会儿靠在一起,一会儿又离开,一切都是没有着落,可怕极了。向窗外望去,树枝跟马鞭子一样伸着,不知谁在摇动它们。

门口,一个棕红色头发的瘦小的死人,用短短的两手扯着自己的尸衣跳舞,并且发出尖叫:

"我不要疯子呀!"

拄着拐棍的大黑胡子冲着他吆喝道:

"我要向—大—主—教—告发!……"

我早从外祖父、外祖母和别的人那里听说过:医院常常把人折磨死——我想我这条命算完了。一个女人走到我身边,她戴着眼镜,身上穿的也是尸衣,在我床头边一块黑板上写了一些什么,粉笔断了,粉笔末落在我的脑袋上。

"你叫什么?"她问。

"不叫什么。"

"可是你总有个名字吧?"

"没有。"

"别胡闹,会挨打的!"

她不说,我也相信我一定会挨打,我索性不回答她。她跟猫似的用鼻子唔了一声,又跟猫似的不声不响地走了。

点着两盏灯,黄色的火苗像谁的一对失神的眼睛,挂在天花板底下,挂着挂着,又眨呀眨的,像是要靠在一起,照得人的眼睛发花,心里烦躁。

屋角上不知谁在说话：

"来打牌吧？"

"我没有手怎么打呀？"

"啊，你的一只手给锯掉了。"

我立刻想到：这个人因为打牌，就被锯掉了手，他们在把我弄死之前，会怎样折磨我呢？

我的两只手痛得跟火烧一样，好像有谁在抽我手上的骨头。我又害怕，又痛，我轻轻地哭起来。我把眼睛闭住，不让人家看见眼泪，但泪水从眼角里渗出来，流过太阳穴，滴在耳朵里。

夜来了，所有的人都躺到床上，蒙在灰毯子里，一分钟一分钟地静寂下来。只听到角落里有人在嘟哝着说：

"不会有什么结果，男的是废物，女的也是废物……"

我想给外祖母写信，请她赶快来，趁我还没有死，把我从医院偷出去。可是我没有纸，两只手又不能动，不能写信。我试一试，能不能从这里溜出去呢？

夜越加寂静了，仿佛永远不会再天亮。我把两条腿悄悄放到地板上，已经走到门口了，门半开着。在走廊里，灯光下一张有靠背的长木椅上，现出一个灰白色的刺猬似的脑袋，喷着烟，它的黑森森的凹陷的眼睛望着我，我来不及躲闪了。

"谁在溜达，到这边来！"

嗓音很轻，毫不骇人。我便走过去，瞧见了一张满腮胡子的圆脸——满头的毛发长一些，乱蓬蓬地直竖着，发出银色的光亮。他的腰带上挂着一串钥匙。要是他的胡子跟头发再长一点，那就跟使徒彼得①完全一模一样了。

"这是烫坏了手的吗？你干吗半夜里起来溜达，这合哪条规定呀？"

---

① 耶稣的门徒之一。

他把烟喷到我的胸脯和脸上,用一只热乎乎的手搂住我的脖子,拉我到他的身边。

"害怕吗?"

"害怕!"

"到这儿来的人,开头都害怕。可是没有什么可害怕的,特别是同我在一起——我不让谁受委屈……你想吸烟吗?噢,不吸。你还年轻。再过两三年……你的爸爸妈妈呢?没有爸妈啦!唔,没有也不要紧,没有爸妈的孩子也可以活下去。可是你别胆怯!明白吗?"

我好久没有遇见用这样随便、亲切、明白的字句向我说话的人了。听了这些话,我感到说不出的高兴。

他把我送回床上时,我请求他:

"跟我坐一会儿吧!"

"行,"他答应了。

"你是干什么的?"

"我?当兵的,一个地地道道的兵,高加索兵,我打过仗,可是——不打行吗?兵就是打仗的。我打过匈牙利人,打过契尔克斯人,打过波兰人①——跟很多人打过仗!老弟,打仗是无法无天的行为呀。"

我合了一会儿眼,再睁开来的时候,刚才那兵坐过的地方,坐着穿黑衣的外祖母,兵站在她的身边说:

"啊哟,全死了吗?"

太阳照进病房里,把屋子里的一切都染上金色,一会儿隐去,一会儿又明晃晃地照着一切,好像孩子在闹着玩儿。

外祖母向我躬着身问:

"怎么啦,心肝儿?伤得重吗?我跟他,那个棕胡子的魔鬼讲过了……"

"我马上去办手续,"那个兵说着,走开了。外祖母抹着眼泪继

---

① 分别指沙皇政府对高加索的征战(十九世纪二十至五十年代)、对匈牙利一八四九年革命和波兰一八六三年起义的镇压。

续说：

"这个兵原来是我们巴拉罕纳城的人……"

我始终觉得我在做梦，我不出声。医生来了，换了伤口上的纱布。我跟外祖母坐着马车在街上走，她说：

"咱们家的老爷子简直疯啦，吝啬得叫人恶心！最近，他的一个新朋友，毛皮匠'马鞭子'把他夹在一本赞美诗里的一百卢布钞票偷走了。出了这么一档子事儿，唉！"

太阳明亮地照着，云块像天鹅似的在天空飞翔，我们沿着伏尔加河冰上铺的垫板向前走去，冰喀嚓喀嚓地响着往上鼓起来，河水在狭窄的板下哗啦哗啦响着。市场中大教堂的红屋顶上，几个金十字架闪烁着光辉。遇见一个宽脸的妇人，手里抱着满满一大把柔软的柳枝——春天来了，复活节快到了。

我的心跟云雀似的颤动起来：

"外婆，我真喜欢你！"

我的话并没有使她惊奇，她平静地对我说：

"因为是亲人呀。不是我自己夸口，连外人也都喜欢我呢，感谢圣母！"

她微笑着，又说：

"圣母喜欢的日子快要到了，她的儿子复活了，可是，瓦留莎①，我的女儿呢……"

说完，她沉默起来……

二

外祖父在院子里碰上了我——他正跪在地上用斧子砍木楔子。他扬起斧子装作要向我脑袋砍过来的样子，然后，摘掉帽子，讽刺

---

① 瓦留沙是高尔基的母亲瓦尔瓦拉的小名。

地说:

"您好呀,大老爷,退休啦?唔,往后可以享清福啦,啊,是呀!嗳,你呀……"

"得啦,得啦。"外祖母急忙说,挥手赶开他。随后,走进屋子里,一面烧茶炊,一面说:

"你外公现在完全变成穷光蛋了。他那点钱全都交给教子尼古拉去放利息,大概连字据也没向他要,不知道他们怎么弄的,可是钱没有了,变成穷光蛋了。这都因为我们不帮助穷人,不对可怜的人行善。上帝一定在想:我为什么把好运给卡希林家呢?他这样一想,就把什么都收回去了……"

她向四周扫了一眼,告诉我说:

"我还是想求上帝发发慈悲,别太难为老爷子——现在我常常把自己挣来的钱,半夜里悄悄拿去布施人家,你要是愿意,今天我们就去——钱,我有……"

外祖父眯缝着眼走进来,问道:

"你们吃什么呢?"

"没吃你的,"外祖母说。"你要吃,就坐下来和我们一块儿吃,够你的①。"

他在桌边坐下,小声说:

"给我倒杯茶……"

屋子里一切照旧,只有母亲生前呆的地方凄凉地空着。此外,外祖父床边的墙上贴了一张纸,用粗大的印刷字体写着:

惟一的活救主耶稣,愿您神圣的名字,每天每时与我同在!

"这是谁写的?"

---

① 当时,高尔基的外祖父和外祖母分开生活。

外祖父没有作声,过了一会儿,外祖母微笑着说:

"这张纸值一百卢布呢!"

"不关你的事!"外祖父大声说。"我要把一切东西都送给外人!"

"你要送也没有东西送了,有东西的时候你可没送过,"外祖母安静地说。

"住嘴!"外祖父呵斥道。

屋子里一切井井有条,都是老样子。

睡在屋角大箱盖上那只装内衣的篮子里的科利亚①醒过来了,他向我望了一眼,眼睑下露出隐约可见的青筋。他比以前憔悴、衰弱、消瘦得多了。他没有认出我,一声不响地翻了一个身,又合上了眼睛。

街上有许多不好的消息在等候着我:维亚希尔②死了,他是在受难周"被风车轧死"的;哈比③到城里找事情做去了;雅兹④丧失了两腿,不能游玩了。黑眼睛科斯特罗马⑤告诉我这些消息时,气愤地说:

"孩子们死得太快了!"

"死的不是只有维亚希尔一个吗?"

"反正都一样,在街上见不到的人,都跟死了的一样。刚刚交上朋友,刚弄熟,不是出去做事,就是死了。你们院子里切斯诺科夫那边,新搬来了一家姓叶夫谢延科的;有一个孩子叫纽什卡,还不错,怪机灵的。他有两个姐妹,一个还小,另一个是瘸子,拄着一条拐棍走路,是个漂亮姑娘。"

他略微想了一下,补充道:

"兄弟,丘尔卡⑥跟我都爱上了这个姑娘,我们老闹别扭!"

"同那位姑娘吗?"

"跟她闹什么? 是我们自己闹别扭,同那姑娘可很少闹!"

当然,我知道那些大小伙子,甚至成年人也谈恋爱,同时我知道谈

---

① 高尔基同母异父的弟弟。
② ③ ④ ⑤ ⑥ 均为高尔基童年时代的小伙伴。

恋爱的粗俗含义。我便不高兴起来,觉得科斯特罗马真可怜,瞧着他那笨拙的身子和气冲冲的黑眼睛心里就别扭。

这天傍晚我见到了瘸子姑娘。她从台阶口走到院子里来,失手把拐棍掉了,两只洁净的手,攀着栏杆档子,在石阶上茫然无措地站着,那么瘦小纤弱。我想把拐棍捡起来给她,可是手上捆着绷带动作不便,费了好大一会儿工夫都没办到;她站在比我高的地方,小声地笑着问:

"你的手怎么啦?"

"烫坏的。"

"啊,我是瘸子。你是这院子里的吗?在医院里住了很久吗?我可在那里住过好久呢!"

她叹一口气补充说:

"真是好久呀!"

她穿一件白底天蓝色马蹄花纹的衣服,虽然旧些,可是很整洁。头发梳得很光,编成又粗又短的发辫,垂到胸前。大而严肃的眼睛里,静静地燃着蔚蓝的光,照亮了尖鼻子的瘦小的脸。她愉快地微笑着。可是我不喜欢她。她的整个病弱的身材好像在说:

"请不要碰着我!"

朋友们干吗要爱她呢?

"我已经病了好久啦,"她夸耀似的得意地说。"是被一个女邻居施了魔法。她跟我妈吵嘴,记了仇,就对我施了魔法……医院里可怕吗?"

"嗯……"

我跟她在一起觉得别扭,就回到了屋子里。

半夜里,外祖母爱抚地叫醒了我。

"我们去好吗?替别人尽些力,手可以好得快一点儿……"

她拉着我的手,像牵瞎子似的在黑暗中走着。夜,黑暗而潮湿,风不息地呼啸着,像河中的急流。冰冷的砂石触着脚。外祖母小心地走近贫民小屋的黑暗的窗口,画三次十字,在每个窗口放上一个五戈比的铜币和三个面包圈,抬头望一下没有星星的天空,再画一次十字,并且低低地说:

"至高无上的圣母,救救万民吧,在您的面前,我们都是罪人呀,亲爱的圣母!"

我们离开人家越远,四边越显得死寂。夜晚的天空暗得深沉无底,好像永远吞没了月亮和星星。不知从哪儿跳出一条狗来,对着我们吠叫,它的眼睛在黑暗中发光,我害怕地靠紧了外祖母。

"不怕,"她说。"不过是一条狗。这时候,鬼已经躲起来了,鸡不是已经叫过了嘛!"

她把狗叫过来,抚摩着它,嘱咐道:

"小狗儿,你可不能吓着我的孙儿啊!"

狗挨着我的腿蹭了蹭,我们三个一齐往前走。外祖母十二次走到人家的窗口,放下"秘密的布施"。天亮起来了,幽暗中透露出灰白的房子。纳波尔教堂砂糖般白净的钟楼矗立着。公墓的砖墙残缺不全,像破席子一样。

"老婆子累啦,"外祖母说。"该回家啦,明天女人们醒来,一瞧,圣母娘娘给她们的孩子备下了一点儿吃食。当人们什么都没有的时候,很少的一点儿东西也是有用的!啊哟,阿廖沙[①],大家都过着穷日子,可是谁也不关心他们呀!"

> 有钱人不想上帝,
> 也不管最后审判,
> 不把穷人当朋友和兄弟。
> 他一心地搜刮黄金——
> 这黄金呀,正是地狱的柴薪!

[①] 高尔基的小名。

这话不错呀！人跟人要互相友好,上帝对谁都是一视同仁的！我很高兴,你又跟我在一起了……"

我也暗暗地喜欢,模糊地感到自己跟永远不能忘却的东西结合在一起了。在我的身边,那条狐狸脸的棕毛狗,带着善良的负疚的眼色哆嗦着。

"它要跟咱们一块儿过活吗？"

"那又有什么关系呢？它要是愿意就由它,我拿面包圈喂它,我这儿还剩下两个呢。咱们在长凳子上坐一坐,我好像有点儿累了……"

我们坐在人家门口的长凳上,狗趴在我们脚边啃着干面包圈,外祖母又说了：

"这儿住着一个犹太女人,她家里有九个孩子,一个比一个小。我问她：'莫谢芙娜,你怎样过活呢？'她就说：'我靠老天爷保佑,还能有别的什么盼头呢？'"

我靠着外祖母暖和的身体,睡着了。

生活重又飞快地紧凑地过去了,感想像一条宽阔的河流,每天给我的心灵带来新的东西。它有时使我神往,有时使我发愁,有时使我憋气,有时使我深思。

不久,我也想尽一切方法,巴望多有机会碰见那个瘸子姑娘,跟她说话,或是一声不响地跟她一起坐在门口的长凳上,——只要跟她一起,就是不作声也是愉快的。她跟柳莺一样清丽,又会讲顿河哥萨克的生活,讲得很动人。她叔叔在那边油厂里当机师,她在他家里呆过很久,后来,她当钳工的爸爸搬到尼日尼来了。

"我还有个二叔,在皇帝跟前当差。"

晚上和放假的日子,居民都到"外边"去了。青年人跟姑娘们到公墓地去跳环舞,大人们上酒馆,留在街上的只有女人和孩子。女人们在门口,有的直接坐在沙土地上,有的占住了长凳子,大声地嚷嚷着,争吵着,说别人的闲话。孩子们打棒球、玩打木棒①,玩"槌球"。母亲们瞧着他们玩儿,夸奖那些玩得好的,嘲笑那些输的。喧闹声几乎把耳朵都震聋了,这种快乐叫人难忘。因为"大人"们在旁边热心看着,我们这些小孩子就分外起劲,用特别饱满的精神和火一样的决胜心对待所有的游戏。可是无论玩得多起劲,科斯特罗马、丘尔卡跟我三个人中,总还是有一个人跑到瘸子姑娘面前去夸功。

"瞅见没有,柳德米拉?我一下子把五个圆柱全打出去啦!"

她温柔地微笑着,连连点头。

早先不管玩什么,我们三个总是在一起,可是现在我看出来,丘尔卡跟科斯特罗马老是变成敌对方,比赛灵巧和力气,常常闹得啼哭打架。有一次,两个人打得不可开交,结果闹得大人们出来干涉,像对付狗打架一样,用冷水泼他们。

柳德米拉坐在长凳子上,用那只没有毛病的脚在地上跺着,打架的滚到她的跟前,她用拐棍把他们撑开,害怕地嚷道:

"别打啦!"

她的脸色发青,眼睛失去光彩,像疯女人似的转动着。

又一次,科斯特罗马跟丘尔卡玩打棒子,输得很惨,躲在杂货店的燕麦柜后边,蹲着身子偷偷地哭了。他咬着牙齿,颧骨凸出的瘦削的脸绷得紧紧的,黑褐色的暗淡的眼睛里滚出大颗大颗的泪珠,那样子简直可怕。我跑过去安慰他,他哽咽着,低声地说:

"等着吧……我会用砖头砸破他的脑壳的……瞧着吧!"

丘尔卡骄傲起来,歪戴着帽子,两手插在衣袋里,像到了结婚年龄的小伙子一样,在街心溜溜达达。他学会了无赖腔调,从牙缝里滋口水,还向人说:

"我快学会抽烟了,试过两次,可是恶心得很。"

这都使我感到不快,我眼看着一个朋友要失去了,而且认为好像

---

① 一种用木棒把木圆柱打出圈外的游戏。

这是柳德米拉的不是。

有一天傍晚,我在院子里把拾来的骨头、破布和各种废物分开来,柳德米拉摇摆着身子,挥舞着右手走来。

"你好,"她说着点了三次头。"科斯特罗马是跟你一起的吗?"

"是。"

"丘尔卡呢?"

"丘尔卡不跟我们好,这都怪你,他们俩都爱上了你,所以才打架……"

她的脸红了,但却讥笑地回答说:

"这真是岂有此理!怎么能怪我呢?"

"你干吗叫他们爱你?"

"我没叫他们爱我呀!"她气冲冲地说着走开了,又说:"这真是无聊!我比他们都大,我十四岁,对年长的姑娘不能谈爱呀……"

"你懂得什么!"我想气气她,提高嗓子说。"那个女掌柜,'马鞭子'的妹子,完全是老太婆了,还跟小伙子胡闹呢!"

柳德米拉回过头来朝着我,把拐棍深深地戳进了院子的沙土里:

"你才什么都不懂呢,"她急急忙忙地,嗓子里含着泪水,可爱的眼睛发出娇艳的光,说道。"女掌柜原来就不规矩,难道我也是那种人吗?我还小,不许别人碰我一下,撩我一把什么的……你还是去念念《堪察加女人》①那本小说吧,去念念第二部再来开口吧!"

她呜咽着走了,我有些同情她。在她的话里有一种我所不知道的真理。我的朋友为什么要撩拨她呢?他们还说是爱上了她……

第二天我买了两戈比麦糖,打算在她面前弥补我的过错,我知道这是她喜欢吃的。

"你要吗?"

她装作生气地说:

---

① 伊·卡拉什尼科夫的长篇感伤主义小说,共四部,一八三三年在彼得堡出版。

"去吧,我不跟你好!"

但马上把糖接过去,责备我:

"也不用纸包一下——手那么脏。"

"我洗过,只是洗不干净。"

她用又干又暖的手,拿起我的手看了看说:

"怎么弄成了这个样子……"

"你的手指也扎坏了……"

"这是针扎的,我常做针线活儿……"

过了几分钟,她向四周望了一下,对我说:

"喂,找个地方躲起来念《堪察加女人》,好吗?"

我们找了好久,哪儿都不合适。后来决定到洗澡房的更衣间去,那儿虽然很阴暗,但可以坐在窗子边。窗子正对一个肮脏的拐角,两旁是板棚和邻家的屠宰场,很少有人向那里张望。

她斜坐在窗口前,把一条瘸腿搁在长凳子上,一条好腿踩在地上,又皱又破的书本挡着她的面孔,她用感人的声调,念着一连串难解的枯燥无味的句子。可是我很激动,坐在地板上,瞅着她那对严肃的眼睛,像两个碧色的火光,在书页上顺次地移动着。有时小姑娘的眼睛里含着泪水,嗓子带着颤音,把难懂的句子中的生疏的字眼很快地念下去。我试着抓住这些字句,把它们改成诗歌,将句子上下搬动,这就完全妨碍我去了解书中的故事,不知讲些什么了。

狗在我的膝头上打瞌睡,我给它取了一个名字,叫"快风",因为它有毛茸茸的细长的身子,跑起路来很快,吠叫的时候像烟囱里的秋风一样。

"你在听吗?"女孩子问。

我默默地点了点头。杂乱的句子使我越加兴奋,也越加着急地想把它们用另外的样子排列起来,改成像歌曲一样的句子。歌曲中的字句每一个都是活的,像天上的星一样发光。

天黑的时候,柳德米拉放下那只拿书的已经发白的手,问我:

"你看,挺不错吧……"

从这天傍晚起,我们常常躲在洗澡房的更衣间里。不久柳德米拉不再念《堪察加女人》了,这使我很高兴。因为她要问我这部无穷无尽的书里面说的是什么,我却回答不上来。这书真是无穷无尽,因为在我们开始读的第二部之后,就出现了第三部,据她说,还有第四部。

特别使我们高兴的是阴雨天,当然,不是星期六烧水洗澡的阴雨天。

外面下着雨,没有人出来,也没有人来张望我们这个阴暗的角落。柳德米拉很害怕"被人碰见"。

"你可知道,那时人家会怎样想呢?"她低声地问。

我知道,我也担心"被人碰见"。我们坐上整整几个钟头,讲着什么。有时我讲外祖母讲过的故事,有时候柳德米拉讲熊河①哥萨克的生活。

"噢,那地方多么好呀!"她感叹说。"这儿——算什么呢?这儿是叫花子窝……"

我决心等自己长大了,一定到熊河去瞧瞧。

不久,我们不再去洗澡房的更衣间了。柳德米拉的母亲在一个毛皮匠那儿找到了工作,一清早就出门,她妹妹上学校,兄弟去瓷砖厂。下雨天我就上她家里去,帮助她做饭,打扫屋子和厨房,她笑着说:

"咱们好像一对夫妻,就是没睡在一起。而且比人家夫妻还过得和美——人家男人还不肯帮妻子干活呢……"

我有钱时,就买了糖果来一起喝茶。为了不让爱唠叨的柳德米拉的妈妈知道,就把烧过的茶炊搁在凉水里浸冷。有时候外祖母也到这儿来,她坐着编花边或刺绣,讲好听的故事。外祖父进城的时候,柳德米拉就到我们家里来,大家放心大胆地大吃一顿。

外祖母说:

---

① 顿河左岸的一条支流。

"啊呀,我们过得多美,自己挣钱,要什么有什么!"

她赞许我们的友谊:

"男孩子跟女孩子要好是好事!只是不能胡闹……"

她又用简单明白的话告诉我们,什么叫做"胡闹"。她说得很美很动人,使我深刻懂得,花没有开放是不可以摘的,要不就没有香味,也不会结果了。

我们并不想"胡闹",但也并没因此妨碍我跟柳德米拉讲人们都不讲的事情。当然有必要的时候我们才讲。因为我们看到的粗野的两性关系太多太不顺眼了,简直叫我们难受!

柳德米拉的父亲是一个四十岁左右的美男子,长着一头鬈发,蓄着小胡子,尤其是他那两道浓眉,动起来显得特别神气。他沉默得出奇,我不记得他说过一句话,当他逗弄孩子的时候,他跟哑巴一样地咿唔,甚至打老婆的时候,他也不说话。

傍晚或是假日,他穿上天蓝色衬衫、绒布裤子、擦得油光锃亮的长统皮靴,拿着大手风琴,把手风琴的挂带扣在肩上,走到大门口,跟"步哨"一样站着。立刻,大门前就开始"出把戏"。姑娘媳妇们像一群鸭子似的一个接一个走过来,看着叶夫谢延科。有的斜着眼偷偷地瞟他,有的使着贪心的眼色公开地瞧他。而他站在那儿,凸出下嘴唇,睁着黑眼睛,用一种挑选的眼光盯着所有的女人。在这种四眼相交的无言的交谈中,在一到男子面前就好像融化了一般的女人的轻佻举动中,有一种令人作呕的兽性。好像每个女人,只要男子向她命令式地眨一眨眼,她就会驯服地,像死人一样躺倒在肮脏的街道上。

"公羊出来了,不要脸的家伙!"柳德米拉的妈妈骂着。她是个高个子的瘦削女人,脸很长,脏乎乎的,自从害过伤寒病,头发剪短了,像一把使旧了的扫帚。

柳德米拉跟她坐在一起,为了把母亲的注意从街上引开,她老是问这问那,但这都枉费心机。

"烦死啦,讨厌的东西,倒霉的丑丫头!"母亲不安地眨巴着眼,嘟哝着,忽然,她那对蒙古人式的小眼睛闪出奇怪的光,而且不动了,碰见了什么,紧紧地盯住不放。

"妈,不要生气呀,生气又有什么用呢,"柳德米拉说。"你看席铺的老板娘打扮得多漂亮呀!"

"我要是没有你们三个,扮得还要漂亮。都叫你们给啃光了,嚼光了,"母亲几乎流出泪来,很凶地回答着,眼睛盯住席铺那个身材肥大的寡妇。

那女人像一座小房子,胸脯突出来像门廊,绿头巾下边露出方方的红脸,仿佛是玻璃上反映着阳光的天窗。

叶夫谢延科把手风琴扣在胸口,拉奏着,奏出各种曲子。那迷人的琴声传得很远。孩子们从各条街上聚拢来,在演奏者的脚跟前,躺在沙土地上出神地静静地听着。

"等着吧,会有人把你的脑瓜拧下来的,"叶夫谢延科的妻子恐吓自己的男人。

他没有说话,向她斜瞟着。

席铺的寡妇在相去不远的"马鞭子"铺子门前的长凳子上一屁股坐下,把脑瓜侧向肩头,倾听着,红着脸。

墓地后边旷野的上空,映着通红的晚霞。街道像一条河,晃动着打扮得很鲜艳的高大身影。孩子们夹杂在中间,像风似的旋来旋去。温暖的空气使人沉醉,从白天晒暖的砂土上,蒸腾着刺鼻的气味,特别是屠宰场的发甜的油腻味——血腥臭。从毛皮匠们的那些院子里,又吹来一股又臭又咸的皮革味儿。女人们的谈话声,男人们的醉呓,孩子们的尖叫,手风琴的低唱——这一切融合成一种深沉的喧闹,不断地创造万物的大地发出沉重的叹息。一切都是粗野的、露骨的,使人们对于这种肮脏无耻的动物似的生活产生强烈、坚定的信心。这种生活在夸耀自己的力量,同时也苦闷而又紧张地找寻发泄力量的地方。

时时有一种非常可怕的话声从喧闹中传出来,刺进人们的心窝里,永远牢牢地铭刻在记忆中。

"不能大家同时打一个人——要挨着个儿来……"

"要是自己都不爱惜自己,谁还来爱惜我们呢……"

"也许上帝生出女人来,就是逗人笑的吧?……"

夜逼近了,空气比较清新,喧声渐渐静下来,木房被包围在黑影中,膨胀着大起来。孩子们被拉回到各自的屋子里去睡觉,有的就躺在栅墙前或是母亲的脚边和腿上睡着了。他们一到晚上就变得比较老实、温顺。叶夫谢延科不知在什么时候不见了,好像融化了一样。席铺的女人也没有了。低沉的手风琴在远处——墓地附近鸣响。柳德米拉的妈妈像猫一样弓起脊梁,坐在长凳子上。我的外祖母到隔壁一个常常给人家拉皮条的接生婆家里喝茶去了。那是一个高大的瘦子,长着鸭嘴一样的鼻子,在她男子似的平坦的胸口上,挂着"救生奖"①的金牌。街上人说她是巫婆,大家都害怕她。据说有一次失火的时候,她从火中救出了一位什么上校的三个孩子和他的害病的妻子。

外祖母跟她相处得很好,两个人在路上碰见,远远地就笑着招呼,好像特别高兴似的。

科斯特罗马、柳德米拉和我坐在门边长凳上,丘尔卡把柳德米拉的兄弟拉去比武。他们俩扭在一起,扬起了地上的沙土。

"住手呀!"柳德米拉害怕地央求着。

科斯特罗马转动黑眼珠斜瞟着她,讲猎人卡里宁的故事:那是一个目光狡猾的白发老头,全村都认识他,是出名的坏蛋。他在不久前死了,人家没把他葬在墓地的沙土里,只把他的棺材搁在离别的坟墓不远的地面上。棺材是黑色的,架腿很高,棺盖上用白漆画着一个十字架、一支矛、一根手杖和两根骨头。

每晚上天一黑,老头儿就从棺材里爬出来在墓地上溜达,寻找什么,一直到第一次鸡啼。

---

① 授予在火灾中抢救居民者的一种金质奖章。

"不要讲吓人的话!"柳德米拉请求说。

"放开!"丘尔卡甩开柳德米拉兄弟的手,对着科斯特罗马嘲笑地说:"你胡说些什么,我亲眼瞧见棺材落葬的,盖上也没有什么记号……什么死人在外边溜达,那是醉鬼铁匠造的谣言……"

科斯特罗马没有瞧他,气冲冲地说:

"那么,你到墓地去过一夜试试看!"

他们争吵起来,柳德米拉没趣地摇着脑袋,向母亲问:

"妈妈,死人晚上能出来溜达吗?"

"能出来溜达,"她母亲照样说了一句,好像从远处传来的回声一样。

女掌柜的儿子走过来了,他叫瓦廖克,约莫二十岁模样,是一个红脸的胖小伙子。听了争论之后,他说:

"你们三个人当中,不管哪个只要能在棺材顶上过一夜,我就给二十戈比和十支烟卷,要是害怕了跑回来,就让我拉耳朵拉个够,好不好?"

大家愣着不吱声。柳德米拉的妈妈说:

"多蠢呀!这样的事,难道也可以怂恿孩子去做吗……"

"要是给一卢布,我就去!"丘尔卡没精打采地说。

科斯特罗马听了这话,马上挖苦地问道:

"给二十戈比你就害怕吗?"然后对瓦廖克说:"你就给他一卢布吧,反正他是不会去的,只是吹牛罢了……"

"好,就给一卢布!"

丘尔卡从地上站起来,一声不响慢吞吞地沿着墙根溜走了。科斯特罗马把两个指头放进嘴里,对着他的背影,尖声地吹口哨。柳德米拉不安地说:

"哎呀,天哪,好一个牛皮大王……这是何苦呢!"

"你们这班人,都是胆小鬼!"瓦廖克讪笑地说。"还当自己是街上的好汉呢,猫崽子……"

我听了他的嘲骂,心里很委屈,我们都讨厌这个肥头大耳的少爷。他常常唆使小孩子干坏事,讲姑娘和媳妇家的脏话给孩子听,叫孩子去捉弄她们。孩子们听了他的话,结果吃了大亏。不知为什么他恨我的狗,常常拿石头砸它,有一次还把缝衣服的针搁在面包里喂狗。

可是瞧见丘尔卡害臊地缩紧着身子,远远走去的样子,我心里更加难受了。

我对瓦廖克说:

"给我一卢布,我去……"

他一边嘲笑我,吓唬我,一边把卢布交给叶夫谢延科的妻子。可是她严厉地说:

"不要,我不拿。"

她愤愤地走开了。柳德米拉也不敢接这张钞票。这更加引起了瓦廖克的嘲骂,我打算不拿这小子的钱也要去。这时候,外祖母来了,知道了这回事,就拿了这张一卢布的票子,镇静地对我说:

"穿上外套,带一条毯子去,天快亮的时候会冷的……"

她的话增强了我的信心,我知道没有什么可怕的。

瓦廖克提出条件,我得在棺材上躺着或坐着,一直呆到天亮,不管发生什么事情,即使卡里宁老头从棺材里出来,棺材开始晃动,也绝对不能跳下来,如果跳下来,就算输了。

"记住,"瓦廖克预先说明。"一整夜我都要看住你的!"

当我出发到墓地去的时候,外祖母对我画了十字,教我说:

"要是瞧见什么,一动都不要动,只要嘴里念着圣母赐福就行了……"

我匆匆地走去,想早些开始,早些完结。瓦廖克、科斯特罗马和另外几个小伙子跟着我走去。爬过墙头的时候,我被毯子绊住,摔了一交,立刻跳起,好像从沙地上弹起来一样。墙外边哈哈大笑起来。我胸口扑通了一下,脊梁上发了一阵寒。

我跟跟跄跄地走到黑棺材边,棺材一头被沙土埋住了,另一头露出粗矮的架脚。好像谁想把棺材抬起来、弄歪了似的。我坐在死人脚边的棺材顶上,眼睛向四周探望。起伏不平的墓地,密密地排着灰色的十字架,影子散落在坟头上,洒在长满荒草的冈陵上。十字架的行列里,零落地立着一些瘦长的白桦树,它的枝条连结着散开的墓穴。白桦叶的影子,落在地上画出花边图样,这图样中又露出一些小草——这些灰色的耸立的毛茸茸的草丛最叫人害怕!教堂像雪山一样高高耸入天空,在静止不动的云中一轮瘦小的月亮在闪闪发光,仿佛是在融化。

雅兹的父亲(绰号叫做"饭袋")正在守望楼上懒洋洋地打钟,每拉一下绳子,绳子就摩擦屋顶的铅皮,像哭泣似的轧响,然后,小小的铜钟冷淡地响一下——又短促,又凄凉。

"天哪,你可别让人睡不着觉呀!"我不由得想起守夜人的口头禅。

我害怕,说不出为什么还气闷。这是凉爽的夜,我却流汗。要是卡里宁老头真从坟墓里出来,我还来得及跑到守望楼去吗?

墓地我很熟悉。我同雅兹和别的同伴来墓道里玩过几十次,我妈妈的坟就在教堂的近旁……

四周还没有完全静下来,村里传来断断续续的笑声和歌声。铁路采沙场的土山上,或是卡特佐夫卡村那边,手风琴在哽咽。总是醉醺醺的铁匠米亚乔夫,哼着歌儿在墙外走过,我一听歌声就知道是他:

　　咱们的妈妈
　　罪孽并不多——
　　她谁也不爱
　　只爱爸一个……

听到生活的最后的叹息是令人愉快的。但钟声每响一次,四周便更静寂一点。静寂像泛滥的河水,淹没了草地,淹没了一切。灵魂在无边无际的空间飘流,像黑暗中的火柴光,在大海般的空中消灭得没有踪影。天空中只有遥远的星儿还活着,闪烁着,地上的一切都消失了,都不需要了,死寂了。

我裹在毯子里,缩着腿,脸朝教堂,坐在棺材上,身子稍微一动,棺材便轧轧作声,底下沙土也沙沙地响。

在我的背后,不知什么东西掉在地上响了一声,接着又是一声;一块碎砖头落在身边,怪害怕的,但我立刻猜到这是瓦廖克跟他的同伴从墙外边扔进来吓唬我的。我知道附近还有人,心里反而高兴了。

我不由得想起了母亲……有一次我学着抽烟,被她瞧见了,她动手打了我。我说:

"别碰我,您不打我我就已经很不舒服了,恶心得厉害……"

后来,她罚我坐在炉炕后面,她对外祖母说:

"这是一个无情无义的孩子,谁都不爱……"

我听了这话很难过。每次母亲责罚我,我总是可怜她,替她难堪,因为她的责罚总是不大公平,经常错怪我。

总之,生活中使人难过的事情太多了,就说墙外边那些家伙吧,他们明明知道我一个人在墓地已经吓得要命,偏偏还要来吓唬我,这是为什么呢?

我真想冲他们大声喊:

"到鬼这边来吧!"

但这是危险的。谁知道鬼对这点会怎么样呢?它一定就在附近的什么地方吧。

沙土中许多云母石碎片,在月光中朦胧地闪烁。这使我又想起一件事,有一次,我趴在奥卡河的木筏上,注视着河水,忽然有一条小鳊鱼蹿出了水面,几乎碰到我的脸边,它翻转身子的时候,侧面活像人的面孔,睁着鸟儿似的圆眼睛向我一瞟,就钻了下去,像枫叶落地一般,飘然地游到深水里去了。

回忆愈加紧张地活动起来,好像要抵抗那制造恐怖的想象,重演那一幕幕的生活。

忽然一只刺猬用硬爪子扒着沙土,滚了过来。它是那么小,竖着一根根硬刺,叫人想起家神小鬼。

我又记起外祖母蹲在炉炕前说的话:

"好心的家神爷呀,把油蟑螂撵走吧……"

远处,在望不见的街市上空,有点透亮了,早晨的寒气压迫着脸腮,眼睛也渐渐闭起来。我用毯子连头蒙住,把身子缩做一团,躺下了,随它去吧!

外祖母叫醒了我——她站在我身边,拉开毯子说:

"起来吧!没冻着吧?——怎么样,害怕吗?"

"害怕,可是你别对别人说,别对孩子们说!"

"为什么不说?"她诧异了。"要是不可怕,那还有什么可希罕的呢……"

回家去的路上,她温存地说:

"什么都得亲身经历,小鸽儿,什么都得自己知道……自己不去学,谁也教不会的……"

到了晚上,我成了街上的"英雄",大家跑来问我:

"真不害怕吗?"

当我回答:"害怕!"他们就摇着脑袋,喊叫说:

"啊哈,你看是吧?"

那女掌柜却深信不疑地大声说:

"可见说什么卡里宁钻出来是人家撒的谎。难道他被小孩子吓住了吗?要是他真的爬出来,那他还不把孩子从棺材上摔得不知哪儿去呀。"

柳德米拉用亲切的惊异的眼光望着我。看来连外祖父对我都很满意,他不住地微笑着。只有丘尔卡懊丧地说:

"他当然不在乎,他外婆就是一个巫婆嘛!"

263

三

弟弟科利亚,像一颗小小的晨星悄然消失了。外祖母、他和我,三个人睡在一个小板棚里,我们在木柴上垫一堆破布当床。在我们旁边,是一道用毛板拼成的有许多缝隙的墙,墙外是房东的鸡舍。每天晚上,我们都听到吃饱了的鸡,拍着翅膀咯咯地叫着睡去,早上,金色的公鸡高声啼叫,把我们吵醒。

"啊,掐死你!"外祖母醒过来喃喃地咒骂。

我睡不着了,便望着从柴屋缝隙里射到床上来的阳光。光线中飞舞着银色的灰粒,好像童话里的字句。老鼠在柴堆里吵闹,翅膀上长着黑点的红甲虫到处乱爬。

有时候,我耐不住鸡屎的臭味,便走出柴屋爬到屋顶上,张望房里那些醒来的人,他们好像睡了一夜都没了眼睛,肿胀得又肥又大。船夫费尔马诺夫,这个阴郁的醉鬼,从窗口探出乱发蓬蓬的脑袋,睁开浮肿的小眼望着太阳,跟野猪一样哼着鼻子。外祖父跑到院子里,两手抚平棕红色的头发,急急忙忙到洗澡房里去淋冷水浴。房东家里那个多嘴的厨娘,尖鼻子,满脸雀斑,像一只杜鹃鸟;而房东本人却像一只肥胖的老鸽子。所有的人都叫人联想到鸟儿、牲口和野兽。

早上天气很晴朗,我的心却微微感到忧郁,很想离开这个地方,到没有人的旷野里去——我知道,人们照例会把干净的一天弄脏。

有一天,我躺在屋顶上,外祖母叫我下来,她对着自己的床点了下头,轻轻地说:

"科利亚死了……"

孩子的脑袋落在红枕头外,躺在毯子上,皮色苍白,身子几乎是赤裸着,褂子缩到脖子边,露出鼓起的肚子和长满脓疮的歪腿,两手奇怪地垫在腰底下,像是要把自己的身子举起来。脑袋略略歪向一边。

"超生了也好,"外祖母梳着头发说。"怎样活下去呀,这个畸形的孩子!"

外祖父像跳舞一样踏着脚步走进来,用指头小心地拨了拨死孩子闭着的眼睛。外祖母生气地说:

"干吗拿没洗过的手去碰他?"

他嘴里嘟哝着:

"瞧吧,他来到人世……活过了,吃过了……结果什么也不是……"

"醒醒吧,"外祖母阻止他。

他瞎子似的瞧了她一眼,走到院子里去,一边说着:

"我可没有钱埋他,你瞧着办吧……"

"呸,你这个可怜虫!"

我走开了,直到傍晚才回家。

第二天早上埋葬科利亚,我没有上教堂里去,做弥撒的时候,我和狗、雅兹的父亲一起坐在刨开了的母亲的坟边。他刨坟少要了工钱,老在我的跟前表功:

"我这是看在熟人的面子上,要不然,至少得一个卢布……"

我望了望发出臭味的黄色的坟穴,看见边上有潮湿的黑色的木板。我的身子微微一动,洞边的沙土就往下泻成一条细流,一直流到坑底,坑的两侧就显出皱襞来。我故意动着身子,想使沙子泻去,掩住木板。

"别胡闹!"雅兹的父亲一边抽烟,一边说。

外祖母端来一口白木小棺材,"饭袋"就跳进坑里,接住棺材,跟黑板一并排放好,又从坑里跳出来。随后,再用脚和铲子把沙土扒进去。他的烟斗冒着烟,像一口香炉。外祖父跟外祖母默默地帮他干。没有神父也没有乞丐,只有我们四个人站在林立的十字架中。

外祖母把钱给看墓人的时候,责备地说:

"你到底还是惊动了瓦留莎的棺材……"

"那有什么办法呀?就是这样,我还侵占了别人家一点地皮呢。

这——没有关系！"

外祖母脑袋碰着地，拜了坟，哽咽了一声，哭着走了。外祖父用帽檐掩住眼睛，揪了揪磨损的外套，跟着走开。

"把种子下在荒地里，"他突然说了这样一句话，像耕地上的一只乌鸦匆匆地跑到前面去了。

我问外祖母：

"他怎么啦？"

"随他去！他有他的心事，"她回答。

天气很热，外祖母很吃力地走着，她的脚陷进热沙里，常常停下来，用手帕擦脸上的汗。

我鼓起勇气问道：

"坟坑里那黑色的东西，是妈妈的棺材吗？"

"是的。"她生气地说。"都怪那条蠢狗……一年还不到，瓦里娅①就腐烂了。沙土不好，渗水，要是胶泥就好了……"

"所有的人都要烂吗？"

"所有的人。只有圣徒才不烂……"

"你不会烂！"

她站住身子，戴正我的帽子，严肃地劝阻我说：

"不要去想这些，不许想，听见了没有？"

可是我想："死，这多叫人难过、讨厌！哎，这可恶的东西！"

我感到很难受。

我们回到家里的时候，外祖父已经烧好茶炊，在桌上放好了茶具。

"喝点茶吧，天气太热，"他说。"我沏的是自己的茶叶。够大家喝的。"

他走到外祖母跟前，拍拍她的肩膀：

"怎么样，老婆子，啊？"

---

① 高尔基的母亲瓦尔瓦拉的小名。

外祖母挥了挥手:

"有什么可说的!"

"就是嘛!上帝生我们气了,一个一个叫回去了……要是一家人都活得壮壮实实的,像手上的五个指头一样该多好……"

他好久没有这样和气地说话了。我听着他,希望这老头儿会打消我的忧郁,使我忘记那黄沉沉的坟穴和旁边的潮湿的木板。

可是外祖母厉声粗气地拦住了他:

"得啦,老爷子!你一辈子老说这样的话,它能使谁轻松些呢?你一辈子好像铁锈一样,把什么都锈烂了……"

外祖父咳嗽一声,看了她一眼,不作声了。

晚上,在大门口,我很难过地对柳德米拉讲了早上见到的一切,可是,这并没引起她显著的反应。

"做孤儿倒好些,要是我爸爸妈妈死了,我就把妹妹交给哥哥,自己去进修道院,一辈子不出来。我这样的人没有别的法子,瘸子不会做工,也不能出嫁,说不准会养出瘸腿的孩子……"

她跟街上那些女人一样,说着老气横秋的话。大概是从这晚上起,我就对她失掉了兴趣,同时生活也发生了变化,使我渐渐跟这位女友疏远了。

弟弟死后几天,外祖父对我说:

"今晚上早点睡,明天一早我叫醒你,我们一起到林子里去打柴……"

"那我也去拾草。"外祖母说。

离开村子三俄里光景的沼地边,有一片云杉和白桦树林。树林里有很多的枯枝和倒下的树木,一边伸展到奥卡河,一边延伸到去莫斯科的公路,跨过公路又一直接连下去。在这座蓬松如盖的树林上方,耸立着一座蓊郁的松林,那就是"萨韦洛夫岗"。

这些森林都是舒瓦洛夫伯爵家的产业,可是保护得不好,库纳维诺区的小市民把它当作自己的所有,他们捡枯枝,伐枯树,有机会时,对好树也不放过。一到秋天，要准备过冬柴火的时候，便有几十个人，手里拿着斧子，腰里带着绳子，到森林里去。

这样，我们三个人，拂晓时候，就在银绿色的露湿的野地上走着。我们的左边，在奥卡河对岸，啄木鸟山的褐红色的侧面，白色的下诺夫戈罗德上空，小丘上的葱翠的果园和教堂的金黄色的圆屋顶上，俄罗斯的懒洋洋的太阳正在慢慢地升起。微风缓缓从平静浑浊的奥卡河上吹来，金黄色的毛茛被露水压低着脑袋，轻轻摇晃，紫色的风铃草也垂着脑袋，五颜六色的蜡菊在贫瘠的草地上抬起了脸，称作"小夜美人"的石竹花开放出红红的星形花朵……

森林像一队黑憧憧的军队，向着我们迎面开来。云杉撑开翅膀，像大鸟，白桦树像小姑娘，沼地的酸气从田野上吹来。狗吐着红舌头挨着我走，它不时停下来嗅嗅地面，莫名其妙地摇晃着狐狸似的脑袋。

外祖父披着外祖母的短褂子，戴一顶没有遮阳的旧帽，眯缝着眼，莫名其妙地笑着，小心地移动着瘦腿，好像行窃似的。外祖母穿着蓝上褂，黑裙子，头上蒙着白头巾，像在地上滚着一般地走，很难跟上她。

离森林越近，外祖父的兴致越高；他用鼻子从容不迫地呼吸着，不时发出感叹声；他先是断断续续、模模糊糊地说，后来，他像是陶醉了，说得快活而又动听：

"森林是上帝的花园，它不是谁种植起来的，是上帝的风，上帝的呼吸把它吹大的……年轻的时候我当船夫，到过日古利……唉，列克谢，我经历过的事，你是见不到的了！奥卡河上的大森林，从卡西莫夫一直延伸到穆罗姆，另一头越过伏尔加河一直延到乌拉尔，大极了，真是无边无际……"

外祖母斜眼瞟了他一下，又向我眨巴着眼睛。他被道上的小墩儿绊得踉跄着，嘴里还是在若断若续地叨念着。这些话在我的记忆里深深地扎下了根。

"我们撑一条运油的大帆船，从萨拉托夫开到马卡里去赶集，管事的叫基里洛，是普列赫人；船工长是卡西莫夫的鞑靼人，好像叫阿萨夫……船开到日古利，上游的风迎面吹来，气力使尽了，我们就下了锚，晃动起来了。我们上岸烧饭吃。那时候正是五月，伏尔加河像大海一样。河里的波浪像千万只白天鹅成群地向里海飘去。日古利的绿色的春山，伸入云天。空中白云流荡，太阳光像敷金似的洒在地上。我们一面休息着，一面欣赏风景。河上吹着北风，很冷，岸上却又暖又香！到了傍晚时候，我们那个基里洛（这个人很厉害，已经上了年纪）站起来，脱掉帽子，说道：'嗨，小伙子们，我不再当你们的头儿了，也不当你们的仆人啦。你们各自听便吧，我要到森林里去了！' 我们大伙吃了一惊，不知是怎么回事。没有人对老板负责了，那怎么办？——人无头不能行呀，虽然这儿是伏尔加河，在单线道上也可以迷路的。这群人都是没有理智的牲口，可怜他们做什么？我们都骇怕了。可他已打定主意，说：'我再也不愿意这样活下去，当你们的牧人了，我到森林里去！' 我们要揍他，把他捆起来；有的人却犹豫不决，喊着'慢来！' 船工长鞑靼人也同样大声嚷道：'我也走！' 这可糟了。这个鞑靼人跑过两趟船，老板都没有给工钱，现在第三趟又赶了一大半——赶完这一趟，就可以拿很多的钱！大家一直嚷嚷到晚上，这晚上，就有七个人离开了我们，留下的不知是十六个还是十四个。这就是森林闹的呀！"

"他们落草当强盗去了吗？"

"也许当了强盗，也许当了隐士，那时候没有人管这种事……"

外祖母画了一个十字：

"至圣圣母啊！人们，都是可怜的。"

"谁都有脑筋，谁知道恶魔会把你拖到哪里去……"

我们沿着沼地的土墩和孱弱的枞林中潮湿的羊肠小道，走进了森林。我觉得，像普列赫人基里洛那样逃进森林里一辈子不出来倒也挺好。在森林里，没有爱唠叨的人，也没有人打架和醉酒；在那里，外祖父的讨厌的咨嗇，母亲的沙土坟，以及一切使人压抑的痛苦和委屈，都可以忘得干干净净。

走到了干燥的地方，外祖母说：

"得吃一点东西了,坐下来吧!"

她那树皮编的篮子里,有黑面包、青葱、黄瓜、盐,用布包着的奶渣。外祖父不好意思地望着这些东西,眨巴着眼:

"哎呀,好婆娘,我可什么吃的也没有带来……"

"够大伙吃的……"

我们靠着制作桅杆用的古铜色的松树干坐下,空气中饱含着松脂的气味。微风从野地拂拂吹来,摇动着木贼草。外祖母用粗黑的手采摘各种野草,对我讲着金丝桃、药慧草、车前草的治疗的特性,蕨薇、黏性的狭叶柳叶菜,还有一种叫水鼠的满是尘埃的草的神效。

外祖父劈碎倒下的树木,叫我把劈好的搬在一起,我却跟在外祖母背后,悄悄躲进密林里去了。她在粗壮的树行中慢慢地走着,像潜水一样,老是把腰弯向散满针叶的地上;一边走,一边自言自语地说:

"又来得太早了,能摘的蘑菇还不多!上帝,你总不给穷人方便。蘑菇是穷人的美味呀!"

我留意着不叫她发现,默默地跟着她走,我不愿意打扰她跟上帝、青草、小蛙儿……谈话。

可是她发现我了。

"你打外公那儿逃来啦?"

说着,她就向黑色地面躬下腰,地面上长满青草,好像披着一件华丽的绣花衣。她说:有一次,上帝对人类发怒,用洪水淹没大地,淹死了所有的生物。

"慈悲的圣母把采摘来的各种种子藏在篮子里,请求太阳说:把整个大地都晒干吧,为了这个,万人都要赞美您的恩惠!太阳把大地晒干了,圣母便把藏着的种子播在地上。上帝瞧见地上重新长满了草木、走兽、人类——一切有生命的东西,便问是谁违反我的意旨,干出这样的事?于是,圣母便向上帝忏悔了。原来上帝瞧见地面上光秃秃的,已经很痛心。因此,他便对她说:啊,你做得很好!"

我很爱这个故事,但很奇怪,就很郑重地问:

"难道这是真的吗？圣母不是在大洪水之后很久才出世的吗？"

这一下，外祖母可吃惊了：

"这话谁告诉你的？"

"学校里，书上写着的……"

这样，她放心了，便劝我道：

"你把那些书上的话丢开，忘掉它们！书上全是胡说。"

她悄悄地、快乐地笑起来。

"都是瞎编，糊涂虫！有上帝，他却没有妈妈！那么，他是谁生的呢？"

"我不知道。"

"这倒好！学到了一个'不知道'！"

"神父说，圣母是亚基姆和安娜生的①。"

"那么，她叫马利亚·亚基莫芙娜②吗？"

外祖母生气了——她站在我对面，严厉地注视着我的眼睛：

"你要是再这样想，我就狠狠揍你！"

但过了一会儿，她又向我解释：

"圣母早就存在了，她比谁都早，圣母生了上帝，以后……"

"那么基督呢——他怎么样？"

外祖母发窘地闭上眼睛，不作声了。

"基督吗？……嗯，嗯，嗯！"

我看到我胜利了，使她在神道的秘密中糊涂起来了，心里很不好受。

我们在森林里越走越深，来到一片浓荫密布的地方，几缕阳光直洒下来。在林中和暖舒服的地方，静静地鸣响着一种特别的、梦一样的、催人遐想的喧声。交喙鸟吱吱地叫，山雀啾啾地啼，杜鹃咯咯地

---

① 这是基督教教会的传说，正式的《圣经》里无此说。
② 小高尔基按俄国人姓名的构成方式给圣母马利亚安上了父称"亚基莫芙娜"，所以外祖母生气了。

笑,高丽莺吹着口笛,爱嫉妒的金翅雀一刻不停地唱,古怪的蜡嘴鸟,沉思地吟咏。翡翠色的小青蛙在脚边蹦跳,一条黄颔蛇在树根前昂起金黄色的脑袋,正窥伺着青蛙,松鼠吱吱地叫着,蓬松的尾巴在松枝里掠过。可看的东西实在太多了,还想看得更多些,走得更远一些。

松树的树行中,呈现出透明的、形状像巨人身影一样的薄雾,随后又在绿荫中消失。绿荫深处,隐约透出一块银碧色的天空。好似绣上了越桔丛和干酸果蔓的青苔,像一张美丽的地毯,在你脚下铺展开。石莓果像一滴滴血,掩映在绿草中。蘑菇发出浓郁的香气,刺着人的鼻孔。

"圣母呀,大地的光,"外祖母叹一口气,祈祷了。

她在森林里好像是周围一切的主人和亲人。她跟熊一样地走着,对看到的东西都表示赞赏和感激。好像从她的身上发出一股暖流,注满了林中。我看见她踏过的青苔重新伸起来,感到分外高兴。

我一边走,一边想:去当强盗多好呀,抢劫那些贪心的富翁,把抢来的东西散给穷人——让大家都吃得饱饱的,快快乐乐,不再互相仇恨,不再跟恶狗那样咬来咬去。最好我能走到外祖母的上帝、圣母跟前去,把这世界的真相统统告诉她:人们的生活过得怎样不好,他们怎样粗暴地、使人难过地彼此埋葬在恶劣的沙地里。总之,世界上有多少完全不必要的伤心事啊。圣母要是相信我的话,就让她给我智慧,使我能够把万事改变成另外一种样子,尽可能好一点。只要大家都听从我,我就会找到一种更好的生活。我是一个孩子,但这个没有关系,基督比我只大一岁的时候,已经有很多聪明人听他的话了[①]……

想得正出神,我跌进一个深坑里。树枝条划破了我的腰,擦掉了我的一小块后脑皮。我坐在坑底松脂一样粘的冷泥里,没法子自己爬

[①] 据《圣经》传说,耶稣十二岁时在圣殿里和教师们对话,"凡听见他的,都希奇他的聪明和他的应对"(《新约·路加福音》第二章第四十七节)。按:高尔基这时也是十二岁,但由于他长期将自己的生年(1868年)误记为一八六九年,因此文中说基督比他大一岁。

出来，心里觉得害臊，又不好意思提高嗓子叫嚷，去惊动外祖母。可是，我还是叫她了。

她赶紧把我拉出来，画着十字说：

"谢谢上帝，幸亏这个熊洞是空的，要是主人在家，那可不得了！"

她笑得流出了眼泪，马上带我到小溪边洗了一洗，用一种止痛的草贴了伤口，又从自己的裙子上撕下一条布，给我包扎好，带我到看守铁路的小屋里。——我没有劲了，不能走回家去了。

我几乎天天请求外祖母：

"到森林里去吧！"

她每次都很乐意地答应我。我们就这样过了整个夏天，直到深秋，采着药草、草果、蘑菇、硬壳果之类。外祖母把采来的东西卖出去，就这样维持生活。

"饭桶！"外祖父厉声骂我们，虽然我们一点儿也没有吃他的。

森林使我感到精神上的安静和舒适，当我浸溺在这种感觉中的时候，我的一切忧愁都消失了，一切不快意的事都忘掉了，同时养成了一种特别的警觉性，我的听觉、视觉都更加敏锐了，记忆力更强了，印象更深刻了。

外祖母也使我更加惊奇。我总觉得她是万人中最高贵的人，世间最聪明最善良的人。她也不断地加强我的这种信心。有一天傍晚，我们采了白蘑菇回家，走出森林的时候，外祖母坐下来休息。我绕进树林后边去，看看是不是还有蘑菇。

忽然，听见外祖母说话的声音，回头看去，只见她坐在小路边，静静地揪去蘑菇的柄儿，有一条灰毛瘦狗拖出舌头站在她的身边。

"去，走开！"外祖母说。"好好儿去吧！"

我的那条狗，不久以前被瓦廖克毒死了，我很想把这条新狗弄到手，我跑到小路上去。狗脖子低着不动，奇怪地弓起身子，把饥饿的绿眼睛向我瞟了一眼，夹着尾巴逃进森林里去了。它身材并不像狗，我打了一个唿哨，它慌慌张张地逃进乱蓬蓬的草丛里去了。

273

"看见了吗?"外祖母笑眯眯地问。"开头我也看错了,只当是一条狗,仔细一瞧,长着狼牙,脖子也是狼形的!我简直吓了一跳,我就对它说:倘若你是狼,你就滚开吧!好在是夏天,狼老实……"

她从不会在森林里迷路,每次都能一丝不差地确定回家的道路。她按草木的气味,就能知道这个地方长什么蘑菇,那个地方又有什么样的香菇。她还常常考我:

"黄蘑长在什么树上?有毒和无毒的红头蘑菇怎样辨别?还有,什么香菇喜爱蕨薇?"

她瞧见树皮上有隐约的爪痕,就告诉我:这里有松鼠窝。我爬上树去把那个窝掏干净,掏出里边藏着过冬的榛子。有时候能从一个窝里掏到十来磅……

有一次,我正在掏松鼠窝,一个打猎的在我右边的身上打进了二十七颗打鸟的铁沙子。外祖母用针给我挑出了十一颗,其余的留在我的皮里好多年,慢慢儿都出来了。

外祖母见我能忍住痛,很高兴。

"好孩子,"她夸奖我。"能忍耐就能够有本领!"

每次她卖蘑菇和榛子回来,都要拿一点钱放在人家的窗台上做"偷偷的布施",但她自己在过节的日子,也只穿破烂和打补丁的衣服。

"你穿得比要饭的还破,你真给我丢脸!"外祖父很生气地说。

"有什么关系,我不是你的闺女,又不是新娘。"

他们的争吵渐渐多起来了。

"我作的孽也并不比别人多,"外祖父抱怨道。"可是我受的罪却比谁都大!"

外祖母挑逗他说:

"谁有多少罪,只有魔鬼才知道。"

于是,她偷偷地告诉我:

"这老头儿就是怕魔鬼,你瞧他老得多快,就是因为心里害怕……唉,可怜的人……"

这一个夏天我老在森林里活动,身子变得强壮,性子也变野了,对年纪相仿的同伴们的生活和柳德米拉,都失掉了兴趣,在我看来,她只是一个没有趣味的聪明人……

有一天,外祖父满身湿透地从城里回来(是秋天,天正在下雨),在门台上像麻雀似的抖抖身子,很得意地说:

"喂,你这个游手好闲的人,明天得上班去了!"

"又到哪儿去!"外祖母生气地问。

"你妹子马特廖娜那儿,她儿子的家里……"

"啊,老爷子,你又出了个馊主意!"

"住嘴,糊涂蛋!说不定他会成一个绘图师。"

外祖母默默地低下了头。

晚上,我告诉柳德米拉,我要上城里干活去了,还要住在那儿。

"很快,他们也要带我上城里去。"她沉思着告诉我。"爸爸想让我把这条腿截去,这样我的身体就会好起来。"

一个夏天,她瘦了很多,脸皮发青,只有眼睛变大了。

"你害怕吗?"我问。

"害怕,"她说着,不出声地哭了。

我没有话可以安慰她,我自己也害怕城里的生活。我们默默地发愁,把身子紧紧地靠在一起,坐了很久。

要是在夏天,我会说服外祖母,像她当姑娘时候一样,上外边要饭去,把柳德米拉也带走——让她坐在小车子里,我拉着她……

但这是在秋天,大路上吹着潮湿的风,天空密密地布着阴云,大地皱着苦脸,变得肮脏和凄惨……

四

我又到城里来了。住在一座两层楼的白房子里,它很像一口用来装许多死人的大棺材。房子是新的,却有点像患恶性病的人浮肿的样子,也好像一个叫花子突然发了横财,一下子吃胖了。房子侧面靠街,每层楼有八个窗子,在正面每层四个。楼下的窗子朝着狭窄的走道和院子,楼上的窗子,可以越过墙头望见洗衣工的小房和肮脏的洼地。

这里,没有我所理解的那种街道。房子前面有一大片肮脏的洼地,中间有两道狭窄的土堤。洼地的左端一直伸到犯人劳改场。附近人家都把院子里的垃圾倒在洼地里。它的底部积满深绿色的脏水。洼地右边尽头是积满污泥的星池,散发着臭气。洼地的正中,正对着我们的房子。半边洼地堆满了垃圾,还长满了荨麻、野牛蒡、蜜酸模,另半边,是多里梅东特·波克罗夫斯基神父的花园。园里有一座用薄木板造成的凉亭,油着绿漆。如果拿石头扔到亭子里,那薄木板准会破裂。

这地方枯燥极了,脏得要命。秋天把这块堆满垃圾的泥污的洼地弄得更糟,好像上面涂了一层油脂,脚踏上去就会粘住。我从没见过这样一块小地方却堆上那么多的垃圾,特别因为我习惯了旷野和森林的清净环境,对这小城市的一角,便分外发愁了。

洼地对面是一道破旧的灰色围墙,中间远远地露出一座褐色的小房子。那房子就是去年冬天我在鞋铺里当学徒时候起睡的地方。它离开我那么近,更使我感到难过。干吗我又得到这条街上来过活呢?

这家的主人我是认识的,他跟他兄弟两人,从前常到我母亲那里做客。那位兄弟,嗓子细得非常可笑,老叫着:

"安德烈爸爸,安德烈爸爸。"

他们还是以前的老样子,哥哥长着钩鼻子,长头发,神气和善,令人见了愉快。兄弟维克托依旧是那张马脸,长满雀斑。他们的母亲(我外祖母的妹子)脾气很坏,爱吵闹。哥哥已经娶了媳妇。媳妇倒长得挺俊,跟白面包一样白净,还有一对黑亮的大眼睛。

头几天,她就对我说了两次。

"我送过你妈一件镶珠边的绸斗篷……"

不知为什么,我不愿相信她会把东西送人,也不相信我母亲会受

她的礼物。当她第二次对我说起这件斗篷的时候,我就劝她了:

"既然送了,你就不用再夸耀啦。"

她惊得往后一退。

"什么,你在对谁说话?"

她脸上显出许多红斑,眼珠子凸出来,叫唤她的男人。

男人手里拿着圆规,耳上夹一支铅笔,跑到厨房里来了。听完了老婆的控告,就对我说:

"你对她和别的人说话,都得用'您'。不准无礼!"

然后,不耐烦地向他妻子说:

"你也用不着为这点儿小事来打扰我!"

"什么?小事?如果你亲戚……"

"什么鬼亲戚呀!"主人大声嚷着,跑了。

我也不喜欢外祖母的亲戚是这种人。我看亲戚之间的关系实在比外人还不如。无论什么坏事和笑柄,他们都彼此知道,比外人更详细,说起坏话来更恶毒,吵嘴打架更是家常便饭。

我很喜欢主人。他老是很好看地把头发往耳朵后边一撩。一见他的模样,我就联想到那位"好事情"①。他时常满意地微笑,灰色的眼睛和蔼可亲,老鹰鼻子旁边现出几条有趣的皱纹。

"你们这些老母鸡,别吵了!"他脸上浮起和气的笑影,露出洁白细密的牙齿,对他妻子和母亲说。

婆媳俩每天都吵嘴。我真奇怪她们那样容易那样快就吵起来。早上,她们头发也不梳,衣服也没有穿整齐,就像失了火一样在屋子里跑来跑去,只有在坐下来吃午餐、喝午茶和吃晚餐的时候,才稍稍休息一下,此外,整天总是忙个不停。他们每次都吃得多,喝得多,总要喝到醉醺醺的和累得不行了才罢手。午餐时候也谈论着吃食,懒洋洋地拌嘴,准备等一会儿来一场大吵。不论婆婆烧什么菜,媳妇总是说:

---

① 《童年》中的一个人物的绰号。

"我妈妈可不是这样烧的。"

"不这样烧,那一定没有这样好吃!"

"不,比这个好吃多了!"

"那你上你妈妈那里去得啦。"

"我是这里的主妇呀!"

"那我是什么呢?"

这时,主人插进嘴来:

"行啦,行啦,你们这两只老母鸡!发疯了吗?"

这个家里的一切都有说不出的奇怪,说不出的可笑:从厨房到餐室,要穿过这宅子里惟一的一间又窄又小的厕所,端着茶炊或吃食到餐室去,一定得经过这儿。因此这厕所也就变成各种滑稽有趣故事的对象,并常常闹出可笑的误会。往厕所水槽里添水是我的差事。我在厨房里睡觉的地方,挨近正门门廊的门口,正对着去厕所的门。我的脑袋在灶旁边烤得发热,脚被从门口灌进来的风吹得发冷,因此睡觉时候,我把擦鞋底用的粗地毯都抓在一起,盖在两条腿上。

大厅的墙上挂着两面镜子,几张《田野》杂志赠送的图画装在金边镜框里;一对牌桌,十二把弯曲的椅子。这是一间空荡荡的屋子。一间小会客室里,放满各种各样的细软家具,有几个玻璃橱里放着"陪嫁"的银器和茶具,这里还装饰着三盏大小不等的灯。没有窗子的黑洞洞的寝室里,除了一张挺大的床之外,放着衣柜和衣箱,从中发出烟叶和红花除虫菊的香气。这三间屋子老是空着,一家人都挤在小餐室里,碍手碍脚的。八点钟,喝过早茶,主人兄弟俩立刻把桌子搬好,摊开白纸,搁上仪器匣、铅笔、砚台,面对面坐下动手工作。桌子摇摇晃晃,又挺大,占满了屋子,主妇跟奶妈从婴儿室里出来的时候,身子就碰在桌角上。

"你们别老在这儿逛来逛去呀!"维克托嚷了。

主妇委屈地要求丈夫:

"瓦夏①,你叫他别冲我嚷嚷!"

"你不碰桌子就行。"主人和气地对她说。

"我有身孕,这地方这么窄……"

"好吧,我们到大厅工作去。"

可是,主妇怒吼了:

"天哪——哪有在大厅里工作的?"

通厕所的门口,探出马特廖娜·伊凡洛芙娜的凶恶的、给炉火烤红的脸,她提高嗓子说:

"瓦夏,你瞧,你在干活,她有了四间屋子还产不下牛崽子来,真是山脊区②的贵族太太,就那么一点儿小聪明……"

维克托不怀好意地笑了,主人大声嚷道:

"够啦!"

可是媳妇却用最狠毒的俏皮话,滔滔不绝地冲婆婆骂着,然后把身子在椅子上一倒,哼道:

"我走,我去死!"

"别打扰我干活呀!活见鬼!"主人脸涨得发青,吼叫道。"真变成疯人院啦,我这样做牛做马,还不都是为了你们,把你们喂饱!噢,老母鸡……"

开头,这种吵闹使我非常惊骇,特别是当主妇拿了一把餐刀,跑进厕所,把两边的门扣上,在里边尖声大叫时,我更加害怕得厉害。顿时屋子里静了下来,后来,主人把两只手托在门上,弯着腰对我说:

"来,爬上去,把上边的玻璃打碎,把门钮摘开!"

我急忙跳上他的脊梁,打破门上边的玻璃。当我把身子弯下去,主妇就用刀柄使劲打我的脑袋——可是,我终于摘开了门钮。主人一边打着,一边把妻子拖到餐室里,夺下了餐刀。我坐在厨房里揉着挨过打的脑袋,很快就明白过来,我是白辛苦了:原来那把餐刀钝得要

---

① 主人瓦西里的小名。
② 是下诺夫戈罗德城的中心区,在奥卡河的高岸上。

279

命,连切面包都费劲,人的皮肤是无论如何也割不破的,而且,更不必爬上主人的脊梁,只要站在椅子上,就可以把玻璃打破;还有摘那门钮,大人的胳臂长,要方便得多。从发生了这件事之后,我再不害怕这家人的吵闹了。

他们兄弟两个是参加教堂里的合唱队的,有时他们一边工作一边小声地哼哼。哥哥用的是男中音,一开头唱:

心爱的姑娘送我的指环
我把它掉到海里去了……

他兄弟用男高音应和:

跟着这指环儿一道,
人生的幸福我也断送了。

从婴儿室里,主妇发出低低的声音:
"你们发疯啦?宝宝在睡觉……"
或是说:
"瓦夏,你已经娶了老婆,用不着再唱姑娘、姑娘的,这是干什么呀?晚祷的钟声快要响了……"
"那我们就唱教堂里的歌……"
可是,主妇教训了:"教堂里的歌是不能随便乱唱的,何况是在……"她像演说似的用手指着小门。
"我们必须换个地方,要不——真是活见鬼!"主人说。

他嘴上常常说,桌子非得另外换一张不行。可是这句话,他已经接连说了三年。

听主人们谈论别人的时候,我便想起鞋店来,那里讲的也是这一套。我很清楚,主人们也以为他们自己在这城里是最好的人,只有他们才知道处世为人的规矩。他们就根据这些我所不明白的规矩,对一切人作无情的审判。这种审判,使我对他们的规矩产生强烈的憎恨和愤怒。打破这种规矩,在我已成为一桩快心的乐事了。

我的工作很多,我兼任女仆的职务,每星期三擦洗厨房的地板,擦茶炊和其他的器皿,每星期六擦洗全住所的地板和两边的楼梯,还得把烧炉子的木柴劈好,搬好,洗碗碟,洗菜,跟主妇上市场,提着菜篮子,跟在她后面,此外,还得到铺子里、药房里去买东西。

我的顶头上司是外祖母的妹子,这位喜欢唠叨的、脾气挺大的老婆子,每天早上六点钟光景就起身,匆匆地把脸一洗,光穿一件内衣,就跪在圣像面前,向上帝抱怨自己的生活、孩子和媳妇。

"上帝!"她把手指撮在一起按在额上,哽咽地说。"上帝呀!我不求什么,我不要什么,只求你让我休息!依仗您的大力,让我得到安宁吧!"

她的哭声把我吵醒了。我从被头底下望着她,战战兢兢地听她的热烈的祷告。秋天早晨的淡淡的光线,透过被雨水淋湿的玻璃,送进厨房的窗子里来。地板上的清冷的阴暗中,一个灰色的人影,不安地用一只手画着十字。她的头巾滑下来,小脑袋上露出灰白的头发,一直披到后颈和两肩。头巾常常从头上滑下来,每次她都用左手猛地把它拉正,嘴里喃喃地咒骂:

"嘘,真讨厌!"

她使劲地拍脑门,拍肚子,拍双肩,又咒念起来:

"上帝,请您替我责罚我的儿媳妇,把我所受的一切侮辱,都报应到她的身上。还有我的儿子,请您把他的眼睛打开来,看看她,看看维克托鲁什卡[①]!上帝,您保佑维克托鲁什卡,把您的恩惠赐给他……"

维克托也睡在厨房里的高板床上,母亲的喧嚷把他吵醒,他便用含糊的嗓子嚷道:

---

① 维克托的小名。

"妈,一清早你又哩哩唠唠啦,真要命!"

"好吧,好吧,你睡觉好了!"老婆子告饶地说。在一二分钟之间,她默默地晃着身子,忽然又咬牙切齿地嚷起来,"让枪子儿打烂他们的骨头,叫他们死无葬身之地,上帝……"

即使我的外祖父,也从来没有这样恶毒地祷告过。

祷告完了,她叫我起来:

"起来呀,别贪睡,你不是来睡觉的!把茶炊烧好,把木柴搬来!昨晚上没有把松明准备好吧?嗨!"

我为了不让老婆子嘟哝,尽快地干好一切,可是要使她满意是不可能的。她跟冬天的风雪一样,在厨房里刮来刮去,嘴里一会儿嘟哝,一会儿嚷嚷。

"轻点声音,鬼东西!你把维克托吵醒了我是不答应的,快到铺子里去一趟……"

平常日子,要买早茶用的两磅小麦面包和给小主妇买两戈比的小白面包。我把面包拿回来时,她们总要疑心地仔细地瞧瞧,然后又托在手心里掂一掂分量,最后开口问了:

"没有添头吗?没有?把嘴张开来!"然后,得意地嚷起来。"你把添头吃了,你瞧,牙缝里还有渣子哩!"

……我乐意干活,很爱打扫屋子里的污秽,洗地板,擦器皿,擦通风窗和门把手。有几次,我听到女人们在和好的时候议论我:

"干活很勤快。"

"又爱清洁。"

"就是脾气倔。"

"唔,妈呀,是谁把他教养大的呀!"

她们两个想在我的心里培养对她们的尊敬,我却把她们当作呆鸟,不喜欢她们,不肯听她们的话,同她们谈话,丝毫不肯让步。小主妇显然觉得有些话对我不起作用,因此她越来越频繁地说:

"你要记住,是我们把你从穷人家里收留来的!我送过你妈一件绸斗篷,还镶了珠子边呢!"

有一次,我对她说:

"难道为了这件斗篷要从我身上剥张皮来还您吗?"

"天哪,这孩子会放火的!"主妇吃惊地发出疯狂的叫嚷。

杀人放火!——为什么?我愣住了。

她们两个常常向主人告我的状,主人就严厉地对我说:

"小伙子,你可小心点!"

可是有一天,他漫不经心地对他母亲和妻子说:

"你们也太不像话,你们使唤他,简直把他当成一匹骟马。要是换了别个孩子,不是早已逃跑,就是让这种活儿给累死了……"

这句话把她们触怒得哭起来,媳妇跺着一只脚使劲地嚷:

"你怎么当着孩子的面说这样的话?你这个长毛傻瓜!你这样说了,叫我怎么再去使唤这孩子呢?我还怀着孕呢!"

他母亲抽抽噎噎地说:

"瓦西里,求上帝饶恕你,可是你好好记着我的话,——你会把孩子惯坏的!"

当她们气冲冲地走开之后,主人严厉地对我说:

"你瞧,小鬼,为你闹出多大的口舌呀?我要是再把你送回你外公那儿,你又得去拣破烂儿!"

我实在忍不住了,就对他说:

"拣破烂儿也比待在这儿强!叫我来当学徒,可你教过我什么?一天到晚就是倒脏水……"

主人一把揪住我的头发,不过不疼,注视着我的眼睛,吃惊地说:

"脾气倒不小,小伙子,这可不行,不行……"

我想,准会让我滚蛋了,可是,过了一天,他拿了一卷厚纸,还有铅笔、三角板、仪器,跑到厨房里来:

"擦好了刀,把这画一画看!"

一张纸上,画着一座两层楼的正面图,有许多窗子和泥塑的装饰。

"给你圆规!你量好所有的线,在线的两头,各打上一个点子,然后用尺照两点放正,用铅笔画线,先画横的——这叫做水平线,再画竖的——这叫做垂直线。好,画画看!"

让我干这种干净的工作,开始学艺,我心里非常高兴,可是我只是带着虔敬的畏惧瞧着纸和工具,不知道要怎样才好。

我立刻洗了手,坐下来学习。先在纸上把一条一条的水平线画好,检查了一下——很不错,只是多画了三条。后来又画好了垂直线,可是一瞧,我吃惊了,房子的正面不像样,窗子歪到一边去了,其中一扇悬在墙壁外边的空中,跟房子并起来了;门廊跟两层楼一样高,墙檐画到屋顶中间,天窗开在烟囱上。

我差点儿没有哭出来,好久地望着这无法挽救的怪物。心里想弄明白怎么会搞成这样。可是弄不明白,便决定凭想象力来修改。在房子正面所有的墙檐和屋脊上画了乌鸦、鸽子和麻雀;窗前的地上,画了一些罗圈腿的人,张着伞,但这也不能完全掩饰他们不成比例的样子。我又在整个画面上画上一些斜线。就这样把画好了的图样送到师傅那里去。

他高高地扬起眉毛,搔搔头皮,不高兴地问:

"这是什么呀?"

"天正在下雨,"我给他解释道。"下雨的时候,所有的房子看起来都是歪的,因为雨是歪的。还有鸟儿,这些都是鸟儿,正躲在墙檐里,天下雨的时候,它们就是这样。还有这个,这些是人,正往家里跑;有一个女的跌倒了;这边一个是卖柠檬的……"

"多谢了!"主人说着,哈哈大笑起来,把身子伏在桌上,头发在纸上扫来扫去。接着便嚷道:"啊呀,真该打烂你的屁股,小畜生!"

主妇摇着像大木桶一样的大肚子跑来,望了一下我的作品,对丈夫道:

"你狠狠地揍他一顿吧。"

可是主人很和气地说:

"不要紧,我开头学的时候,也不比这个强多少……"

他在歪倒的房子正面上用红铅笔作出记号,又把几张纸给我:

"再去画一次,直到画好为止……"

第二次重画,画得比较好些,只有一扇窗子画到门廊上去了。可是房子空空的,我不喜欢,于是,我就在里面添了一些人物。窗口坐着手拿扇子的太太和抽香烟的绅士。其中有一个没有抽烟,伸开手上的五个指头,用大拇指按在鼻子上,扇动着其余四个指头逗弄别人。大门口站着一个马车夫,地上躺着一条狗。

"怎么又画了些乱七八糟的东西?"主人生气地说。

我给他解释没有人太寂寞,却挨了他的骂:

"别瞎画!如果你要学习——就老老实实学!你这是调皮捣蛋……"

当我终于制好一张像原样的正面图时,他非常高兴:

"你瞧,到底画好了,这样下去,不要好久就可以当我的助手了……"

于是,他出了题目给我:

"现在,你制一张房屋平面图,屋子怎样布置,门窗在哪里,什么东西在哪里,我不告诉你——你自己去想吧!"

我跑到厨房里,闷着头想,打哪里开头呢?

可是我的绘图艺术研究,到这里就停顿了。

老主妇跑到我跟前来,恶狠狠地说:

"你想画图?"

说着,她一把抓起我的头发,把我的脸冲桌面撞去,把我的鼻子、嘴唇都碰破了。她跳起来,把图纸撕得粉碎,把桌面上的绘画工具扔得老远,然后双手叉在腰里,得意洋洋地嚷道:

"哼,我看你画,把本领教给外人,把惟一的一个骨肉兄弟撵走?这可办不到!"

主人跑来了,他的女人也摇摇晃晃地跟过来。于是,一场大吵又

揭幕了。三个人嚷着、骂着、吐口水、大声号哭。末了,女人们走开之后,主人对我说了这样的话,就算收了场:

"现在,你暂时把这些扔开,不要学了——你已经亲眼瞧见,这闹成什么样子了!"

我可怜他,他那副窝窝囊囊的样子,总是让女人们的哭闹声弄得不知如何是好。

我早已知道老婆子反对我学习,故意扰乱我。我坐下来画图之前,总要先问她:

"还有事吗?"

她就皱着眉头回答道:

"等有了事,我就叫你,去吧,到桌子旁边胡闹去吧……"

不多一会儿,就支使我到什么地方去一趟,要不,就说:

"大门外边阶梯上都扫干净了没有?屋子角落里都是土,你去打扫干净……"

我跑去瞧,哪有什么土。

"你敢跟我顶嘴?"她冲我嚷着。

有一天,她把克瓦斯泼在我所有的图上,又有一次把圣像前的灯油倒在图上面。她像个小女孩,老是捣乱淘气;同时又用幼稚的笨拙的手段,掩饰自己的诡计。我从来没见过像她这样快,这样容易生气,这样喜欢抱怨一切人、一切事物的人。一般地说,人们都喜欢抱怨,可是她抱怨起来特别来劲儿,像唱歌儿似的。

她爱儿子爱得几乎近于疯狂,这种力量使我感到又好笑又可怕,我只能把这种力量叫做狂热的力量。常常有这样的事:她做过晨祷之后,站在炉炕前的踏板上,两个胳臂肘靠在床边,嘴里热切地念道:

"我的好儿子,你是上帝的意外的恩宠呀,我的宝贝肉疙瘩呀,天使的轻飘飘的翅膀呀。他睡着呢,好好睡吧,孩子,你做一个快乐的梦吧,梦见你的新娘吧。你的新娘是天下第一美人;她是公主,是商人的小姐,是有钱的姑娘呀!愿你的仇人没有出世就死掉,让你的好朋友长命百岁,叫姑娘们成群结队地追你,就像一大群母鸭追一只公鸭那样。"

我听了这些话忍不住要笑。这维克托长得粗笨,性情懒惰,简直像一只啄木鸟,满脸都是斑点,大鼻子、倔强、呆傻。

有时候,母亲的喃喃声把他吵醒了,他就迷迷糊糊地埋怨道:

"滚开,妈,你怎么老冲着我的脸咕噜……叫人没法活!"

有时候,她老老实实走下炉阶,笑着说:

"好,你睡吧,你睡吧……你这个没大没小的!"

可是有时也会这样,她两腿一弯,撞在炉炕边,好像把舌头烫着了似的,张着嘴呼呼地喘气,凶狠地说:

"什么?狗崽子,你敢叫老娘滚开?唉,你呀,真是我半夜里干的丑事,该咒诅的,是魔鬼把你塞进了我的灵魂里的,你怎么不在出生前就烂掉呀!"

她说着最下流的、大街上醉鬼的话,叫人听不进去。

她不大睡觉,就是睡着也不安静。有时候一晚上从炉炕上跳起来好几次,扑到我睡觉的长椅子上,把我叫醒。

"你怎么啦?"

"不要作声。"她低声地说,两只眼睛瞪着黑暗中的什么东西,指头画着十字。"主啊……伊利亚先知啊……女殉教者瓦尔瓦拉……保佑我,不要让我暴死①……"

她哆嗦着手,点起了蜡。她的长着大鼻子的圆脸,紧张得肿起来了,灰色的眼睛惶恐得直眨巴,注视着被黑暗改变了面貌的东西。厨房很大,可是挤满了立柜和箱子,夜里它就显得很窄。月光静静地洒进厨房,圣像前长明灯的火苗颤动着,插在墙上的切菜刀像冰柱似的闪着光,还有架子上的黑煎锅,看去就像一张没有眼鼻的脸。

老婆子好像从岸上爬进水里似的小心翼翼地从炉炕上下来,光着

---

① 女殉教者瓦尔瓦拉在东方国家和俄国的东正教教会中受到极大的崇敬。君士坦丁堡的瓦尔瓦拉寺曾是避难所,因此教徒们认为瓦尔瓦拉有使人免于暴死的神力。

脚走到屋角去了。在那里,洗手槽上边挂着一只有耳朵的洗手器,很像一颗砍下来的脑袋。旁边立着一只水桶。

她一边吁气,一边咕嘟地喝水。然后,从窗子里,透过玻璃上的一层薄薄的冰花,向外边张望。

"赦免我吧,上帝,饶恕我吧。"她喃喃地祷告。

有时,把蜡灭了,跪在地上,委屈地小声说:

"谁爱我呀,上帝?谁需要我呀!"

她爬上炉炕去,对着烟囱的小门画一个十字,用手摸一摸,瞧瞧风门是不是严实。手沾上黑煤,嘴上拼命地咒骂。不知怎的,一会儿她就睡着了,好像一种瞧不见的力量把她闷住了。每次我受她虐待的时候,我老是想:幸好外祖父没有娶她这样的老婆——要不然,少不了挨她骂!她也准会吃到他的苦头。她虽然常常虐待我,可是那张肿胖的脸上,常常流露出忧伤的神情,眼里也常常含泪,那时她颇有道理地说:

"你当我容易吗?生了孩子,把他们养大成人,为了什么呀,给他们当老妈子,我这是享福吗?儿子娶了老婆,就把自己的母亲扔啦,你说,这好吗?啊?"

"不好,"我老实地回答。

"对吧?说的就是嘛……"

随后,她毫不害臊地开始讲起儿媳妇来:

"我跟儿媳妇一起去洗澡,瞅见她的身子,不知他看中了她什么,这样的也能叫美人吗?"

谈到男女关系,她的嘴就脏得可怕。我开头听了很讨厌,可是不多一会儿,就不再讨厌,抱着很大的兴趣去听了。而且感到在这些话中,好像含蓄着沉痛的真理。

"女人是一种魔力,她连上帝也能欺骗①,你瞧!"她用手掌拍着桌

---

① 指圣经传说中夏娃偷吃上帝禁食的善恶之果的故事。

子咒骂道。"就是为了夏娃的缘故,害得世人都要下地狱,你瞧瞧!"

她谈起女人的魔力来就没个完。我觉得她要用这种谈话来吓唬谁,尤其是"夏娃欺骗了上帝"这句话,在我的记忆里留下深刻的印象。

在我们院子里,还有跟正房差不离大小的厢房。两座房共有八户人家,四家住着军官,第五家是团队的神甫。整个院子里都是勤务兵、传令兵。洗衣妇、老妈子、厨娘,常常上他们那儿去。在每个灶房里,经常演出争风吃醋的丑剧,经常听到哭骂、打闹声。那些兵常跟自己的同事、跟房东家的土木工人打架,他们还打女人,院子里充满淫乱的行为——血气方刚的青年人压抑不住兽性的饥饿。这种生活无聊得要命,它充满狂暴的肉欲,强者肮脏的夸耀。我的主人们在每次午餐、晚茶、夜餐的时候,总要不厌其详地、下流地议论一番。老婆子对院子里的事什么都知道,老是起劲地、幸灾乐祸地谈论着。

年轻的主妇一声不响,厚厚的嘴唇上浮着微笑,倾听她的谈话。维克托哈哈大笑。主人皱着眉头说:

"妈,别再讲了吧……"

"天哪,连话也不让我说啦!"老婆子发牢骚了。

维克托鼓励她说:

"讲呀,怕什么?反正都是自己人……"

大儿子对母亲又嫌弃又怜悯,尽可能避免跟她单独在一块儿,如果不巧碰在一起,当妈的就一定对儿子诉说儿媳妇的不是,而且一定要向儿子索钱。他慌慌张张地拿出一个或三个卢布,或是几个银币塞在她的手里。

"妈妈,您要钱也没用,并不是我舍不得,只是您拿了没用处。"

"哪里,我要布施叫花子,还要买蜡上教堂……"

"得了吧,什么布施叫花子呀!你会把维克托惯坏的。"

"你不喜欢你弟弟吗?罪过罪过!"

他一甩手,站起来走开了。

维克托老是嘲笑他的母亲。他贪吃,老嚷肚饿。每星期日,他妈

烧油煎饼,总是特别留几个放在罐子里,偷偷藏在我睡觉的那张床下,维克托做完礼拜回来,把罐子拿出来,嘴里嘟哝着说:

"不能多留点吗,老家伙……"

"你快吃吧,不要让别人瞅见……"

"你这么糊涂,我偏要说出来,说你怎样把油煎饼偷偷藏起来给我,木头!"

有一次,我把罐子拿出来,偷吃了两个油煎饼——维克托把我揍了一顿。他很讨厌我,跟我讨厌他一样。他老是捉弄我,一天要我替他擦三次皮鞋。晚上他睡在搁板床上的时候,把床板推开,打板缝里往我头上吐口水。

他哥哥常说"母鸡畜生",维克托想必是要学他哥哥的样儿,也常说一些土话。可是他们说得都很荒唐,很无聊。

"妈,向后转!我的袜子在哪儿?"

他常常发一些愚蠢的问题,想把我难倒:

"阿辽什卡,你回答:为什么写成'发蓝',念作'发懒'?为什么说'排钟'①,不说'钢管'?为什么说'树木',不说'坟墓'呢?"

我不喜欢他们说的话,我是从小就被外祖父母的好听的语言教养出来的,开头我听不懂他们说的话,什么"好笑得可怕"、"想吃到死为止"、"快活得吓人"这种生拉硬扯在一起的话。我想好笑的事哪会叫人可怕,快活的事情怎么会吓人呢,而且所有的人都是要吃到他死的那天为止的。

我问他们:

"难道可以这样说吗?"

他们就骂:

"你瞧,好一位先生呀!得摘下你的耳朵来……"

可是"摘下耳朵"这句话我又觉得不妥当,能够摘下的,是花、草、

---

① 一种乐器,由十二至十八根黄铜管组成,奏时打黄铜管。

核桃。

他们使劲揪我的耳朵,企图证明,耳朵是可以摘下的,可是我不服,这样,我就得意洋洋地说:

"耳朵到底还是没有摘下呀!"

在我的周围,有很多残忍的恶作剧和卑鄙龌龊的行为。它们比起库纳维诺街上那不计其数的"青楼"和"游女"还要多得不可计数。在库纳维诺丑恶行为的背后,还可以感到有一种东西说明这种行为是不可避免的:比如吃了上顿没下顿的贫困生活、艰苦的劳动等等。可是这里的人都吃得很饱,过得很舒心。说他们在工作,不如说他们在无谓地空忙,使人觉得不可理解。而且这里的一切,还刺激着人的神经,使人憋闷得透不过气来。

我的生活本来过得很不好,外祖母来看我的时候,我心里更难受。她总是从后门进来,跨进厨房对圣像画一个十字,然后对妹子深深地鞠躬,这鞠躬像千斤重物,压得我喘不过气来。

"啊唷,是你呀,阿库林娜,"主人满不在意地、冷冰冰地接待着外祖母。

我没认出这就是外祖母:她紧闭着嘴,拘拘束束的样子,脸上的表情同平时完全不一样,在门口脏水桶边的长凳上轻轻坐下,好像干了什么坏事一样,不做一声,恭顺地轻声回答妹子的问题。

这使我难受,我便生气地说:

"你怎么坐在这样的地方?"

她爱抚地眨眨眼睛,用教训的口吻说:

"你少多嘴,你不是这儿的主人!"

"他就是好管闲事,任你揍,任你骂也没用,"老婆子开始抱怨起来。

她常常幸灾乐祸地问她姐姐:

"怎么样,阿库林娜,仍旧过着叫花子一样的日子吗?"

"这有啥了不得的……"

"只要不怕丢脸,也没啥了不得。"

"据说基督从前也是靠讨饭过日子的……"

"这种话是糊涂人说的,是邪教徒说的,你这个老糊涂竟当真了。基督并不是叫花子,他是上帝的儿子,经上说,他到世上来,是要荣耀地审判活人和死人的……连死人也要受审判①,记着吧,我的老姐姐,就是把骨头烧成了灰,也逃不出他的审判……基督要责罚你跟瓦西里②的骄傲,从前你们有钱的时候,我有时去求你们帮助……"

"那时候我可是尽力帮助过你,"外祖母平静地说。"可是你知道,上帝却惩罚了我们……"

"这么一点还不够呀,还不够呀……"

她用她那不知道疲倦的舌头,把外祖母狠狠地奚落了一大顿。我听着她的恶毒的话,又伤心,又奇怪,外祖母怎么忍受得住。在这种时候,我就不喜欢她。

年轻的主妇从屋子里出来,客气地向外祖母点头:

"请到餐室里来,不要紧,请进来吧!"

姨姥姥望着外祖母的背影嚷道:

"把鞋底擦擦干净,乡下佬就是拖泥带水的!"

主人很高兴地接待外祖母:

"啊,聪明的阿库林娜,日子过得怎么样?卡希林他老人家好吗?"

外祖母露出由衷的微笑。

"你还是勤勤恳恳在干活?"

"嗳,老这么干着,跟囚徒一样!"

外祖母同他谈得很亲热,很投机,同时又不失长辈的风度。谈话中,他也提起我的母亲:

"是啊,瓦尔瓦拉·瓦西里耶芙娜……是个多么好的女子——真

---

① 出自《新约·马太福音》第二十五章第三十一和三十二节,但原注文是:"当人子在他的荣耀里,同着众天使降临的时候,要坐在他荣耀的宝座上",对万民加以审判。

② 高尔基的外祖父。

有点男子汉气魄呀!"

他的女人就对外祖母打岔儿说:

"你还记得吗,我送过她一件斗篷,黑绸子镶珠边的?"

"怎么不记得……"

"那件斗篷还完全是新的……"

"对啊,"主人嘟哝着。"什么斗篷、短衬衫,生活啊——可真伤脑筋!"

"你说什么?"她犯疑地问他。

"我吗?没说什么……好日子容易过,好人容易死……"

"我不明白,你说这话是什么意思?"主妇不安起来了。

后来,她带外祖母去瞅刚出生的孩子。我把桌上使过的茶具收拾下去。主人沉思着低声地对我说:

"你的外婆真是个好婆婆呀!……"

我深深感激他这句话。但等我单独和外祖母在一起的时候,我很痛心地对她说:

"你干吗上这儿来,干吗来呀?你明明知道他们是些什么人……"

"唉,阿廖沙,我全知道,"她那非常好看的脸上显出和蔼的笑容,瞅着我答道。这样一来,我觉得不好意思了。当然她什么都看得出来,什么都明白,甚至也知道我心里现在想什么。

她小心翼翼地回头望了一眼是不是有人来,然后搂住了我,亲切地说:

"你要是不在,我是不会上这儿来的,我干吗找他们?再说,你外公病了,我侍候他,没有干活,家里没有钱了……还有,我儿子米哈伊尔把萨沙赶出来了,要管他的吃喝。这儿答应每年给你六个卢布,因此我想,你在这儿已经半年,少说也能给一个卢布吧?……"她把嘴凑到我耳边轻轻说:"他们叫我教训你,骂你一顿,他们说你谁的话也不听。我的心肝宝贝,你要在这儿待着,再忍两年,直到你能站得住脚,你要忍受,好吗?"

我答应忍受,这实在是很难的;为了糊口,我一天到晚忙个不停,这种叫花子一样的枯燥无味的生活压迫着我,像做梦一样。

有时我想:应该逃跑!可是当时正是该死的冬天。每天晚上,暴风雪吼叫,风在阁楼上打回旋,房梁冻得紧缩起来,发出嘎嘎的声音——能逃到哪儿去呢?

他们不许我出去游逛,我也没有游逛的工夫。冬季里短短的白天,飞快地、不知不觉地消磨在忙碌的家务事中。

可是教堂是必须要去的,我每逢星期六要去做彻夜弥撒,逢节日要去行晚祷。

我很愿意上教堂。我爱站在一个宽宽的黑角落里,远远望着圣像壁。它好像在烛光中溶化,变成一条金黄色的小河,流到灰色的石坛上。圣像的黑影轻轻地摇晃着,圣幛中门的金黄色的花边快活地颤动着,烛光像金色的蜜蜂,在青霭的空气里飘悠,妇人们和姑娘们的脑袋,像花朵一般。

周围的一切与唱诗班的歌声很调和地融合着,一切都像童话一般的奇怪,整个教堂跟摇床一般,在焦油一样的黑漆的空虚中摇晃。

有时我觉得教堂好像沉到深深的湖底里去了,为了去过一种特别的,什么也不能比拟的生活,它从地上消失了。我的这种感觉,大概是由于外祖母讲的基捷日城①的故事而来的。我常常同周围的人一起迷迷糊糊地摇摆着身子,被唱诗班的歌声、祷告声和人们的叹息声引入梦境,背诵着一首情调悲伤的故事歌:

  当复活节晨祷的时候,
  一队可诅咒的鞑靼人
  像一大群凶恶的狗

---

① 传说中的城。据说在十三世纪拔都入侵时,该城隐入了地下,后来在该城的原址上出现了斯维特洛亚尔湖(在今高尔基州)。

拥进了基捷日城里……
　　啊,上帝,啊,我的主,
　　大慈大悲的圣母呀!
保佑您的奴隶吧,
让我们听完这早晨的圣书,
让我们平平安安做完祷告!
　　不要让那些鞑靼人
　　玷污神圣的宫殿,
　　奸淫我们的妻子和闺女,
　　折磨我们幼小的儿童,
　　虐杀我们年老的公公!
我的主! 你请听呀!
圣母呀! 你请听呀!
听我们的祷告,
听我们的哀求。
万王之王发了命令,
召到米哈伊尔,神的差人:
"去,米哈伊尔,到地上去,
到基捷日附近去掀起地震,
让整个城市沉入湖底;
于是,既不休息,也不疲劳,
从晨祷到彻夜祷告,
教堂的神圣礼拜仪式样样做到
永生永世、永世永生!"

　　在那些年代,我的脑袋装满了外祖母的故事歌,正如蜂房装满了蜜。好像我连想事也按照她的诗歌的格调似的。

　　我在教堂里从不做祷告。——在外祖母的上帝的面前,不好意思学外祖父念那种怒气冲冲的祷词和带哭声的圣诗。我相信外祖母的上帝不会喜欢这个,正如我自己不喜欢它一样。而且,这些东西都是印在书本上的,这就是说,上帝也跟一切识字的人一样早已记住了。

因此我在教堂里,当胸头有一种快适的哀感,或是过去一天的零星的屈辱刺痛我、扰乱我的时候,我就苦心构思自己的祷告词。只要想起自己不好的命运,不用费多大气力,就能使那些诉苦的言语,自然而然地变成诗歌的形式:

> 天哪天哪,我再也不能忍耐,
> 赶快赶快,让我变成一个大人!
> 要不然,我实在不好受,
> 这样活着不如上吊——上帝,你饶恕吧!

> 要学是什么也学不到。
> 那个鬼老婆子马特廖娜,
> 像狼一样地对我咆哮,
> 再活下去也没有意思了!

直到现在,我脑子里还记着这一类的"祷告诗",儿童时代从自己脑子里想出来的东西,变成一条条深深的伤痕,刻在心里,一辈子也不能忘掉。

在教堂很好,我在那里跟在森林和旷野一样得到休息。已经尝过多少悲哀、被恶毒和粗暴的生活所玷污了的这颗小小的心,在这蒙眬的热烈的梦想中被洗干净了。

可是,只有在那种时候——天气酷寒,或是风雪在街头狂吹,似乎整个天空都冻结了,被风卷进雪云里,大地也在积雪底下冻住,好像永远不会重新苏生的时候,我才上教堂去。

我最喜欢静悄悄的晚上,在城里从这条街跑到那条街,或是走进僻静的小角落里。有时候跑着跑着,好像背上长了翅膀飞腾起来。只有孤零零独自一个,跟天上的月儿一样。自己的影子在自己的眼前爬动着,遮住了雪上的闪光,可笑地碰着了柱石和栅栏。更夫在街心走着,手里拿着拍板,身上裹着又厚又长的大衣,身边还有一条狗,抖着身子。

这个笨拙的人像一座狗舍。这狗舍从院子里出来,在街头无目的地走着,无可奈何的狗,跟在它的后面。

有时候,碰到快乐的小姐和少爷,我想他们大概是从做夜弥撒的教堂里溜出来的。

有时,从光亮的窗子上的通气口,流出一种特别的香味,流到外边新鲜的空气里来。这是一种很好闻的、不熟悉的气味,使我想起我所不知道的一种异样的生活。我便在窗底下停下来,抽着鼻子,尖着耳朵这样那样地推测:这是一种怎样的生活呢,这房子里住着的是什么样的人呢?教堂里在做夜弥撒,他们还闹得那么欢,弹着一种特别的吉他。沉重的铜弦声从通气口流出来。

我特别感兴趣的是冷落的吉洪诺夫街跟马尔丁诺夫街的拐角上那座矮小的平房。我第一次看见它是在谢肉节[①]周之前的一个化雪的月明的夜晚,从窗户上方形的气窗中向街头流出一股温暖的蒸气和一种不寻常的音响,好像有一个强壮善良的人正闭着嘴唇哼曲子,歌词虽然听不清,调子倒好像挺熟悉挺好懂的。可是侧着耳朵听去,却被恼人的弦声遮住,再也听不明白了。我坐在阶沿石上,心里想这一定是一种有魅力的提琴声,因为听起来心里很不好受。这乐器有时发出一种强大的力量,把整个房子都震动起来,玻璃沙沙地响。房檐上滴下檐溜,我的眼里也掉下了眼泪。

更夫悄然地走到我的身边,把我从阶沿上推下,问道:

"待在这儿干吗?"

---

① 基督教的节日,大斋节前的一个星期。

"听音乐呀,"我说道。

"管不得那么多,快滚开……"

我赶忙绕着这段街跑了一个圈儿,又走回原地方的窗子底下,可是奏乐已经停止了,从气窗传出来一阵阵的欢笑声。这声音和悲哀的乐声相差太远了,使我以为刚才是在做梦。

差不多每星期六晚上我都走到那座房子跟前去,可是只有一次,在春天,才第二次听到大提琴的声音。那一次,几乎一直奏到半夜,我回去时挨了一顿揍。

披着冬夜的星星,在冷静的街头散步,使我增长了不少的见识。我特别挑选了离中心区比较远的市梢,中心区街上灯光多,我怕碰到主人的相识,被主人发觉我没有去做夜弥撒,却在街头游荡。最碍事的是醉鬼、警察和妓女们。但在市梢头,只要下层屋子的窗户没有冻得很厉害,并且窗内没有放下窗帘,就可以往里边张望。

这些窗户,在我的眼前呈现着五光十色的景象。我瞅见有些人在做祷告,有些人在接吻,有些人在打架,有些人在打牌,也有些人在不安地、悄然无声地交谈着。无声的,鱼一样的生活,像西洋镜一般展现在我的面前。

我瞅见一个地下室的桌子边,有两个女人,一个很年轻,一个比较大一点。在她们对面,坐着一个长头发的中学生,一边挥动着一只手,一边朗诵着一本书给她们听。年轻的那个,严厉地蹙着眉头,靠在椅子背上听着,那个大一点的、瘦瘦的、头发蓬松的女人,突然两手掩住脸,抽搐着肩头。中学生把书扔开了。不一会儿,年轻的那个站起身来跑出去了,他就跪在头发蓬松的那个女人的面前,开始吻她的双手。

再张望另外一个窗户,瞅见一个蓄着大胡子的高个子男人,把一个穿红色短衫的女人放在膝上,像哄孩子似的把她摇着。他瞪着眼,张着大嘴,样子大概是在唱着什么。那女的笑得浑身抖动,背向后仰,两脚乱蹬。然后,他又把女的身子弄正,重新再唱,女的又狂笑了。我瞧了他们好半天,直到明白他们是准备这样玩一个通夜时,我才走了。

这种景象,有不少永远留在我的记忆里。我时常因为望出了神,回家迟了,引起了主人们的怀疑,他们便向我盘问:

"你去了哪个教堂?是哪位神父司会的?"

全城的神父他们都认识,而且什么时候该念什么经,也都知道,我撒谎是容易被他们抓住的。

婆媳俩所礼拜的上帝,就是我外祖父的那位脾气很大的上帝,这位上帝,要人们在他的跟前心怀恐惧。她们的嘴上,老挂着这位上帝的名字,甚至在吵嘴的时候,也彼此吓唬:

"瞧着吧,上帝会报应的,他会叫你成罗锅儿,下贱东西……"

大斋节第一周的星期日,老婆子做煎油饼,都煎焦了,她那张被火烤红的脸,满含怒气,大声吼叫道:

"唉,你们都给我见鬼去吧……"

忽然,她又嗅了一嗅煎锅,把脸一沉,把锅把往地上一扔,哭了起来:

"啊唷,锅子里有肉味,该死该死,星期一吃素的那天,我没有把它烧干净,啊唷,上帝呀!"

她跪着,一把眼泪一把鼻涕地祷告起来:

"上帝,上帝,饶恕我这个该死的老婆子,为了耶稣基督的受难饶恕我吧!上帝,不要惩罚我这个老混蛋吧……"

她把煎好的油饼都喂了狗,把煎锅重新烧干净,可是儿媳妇跟她吵嘴的时候,还拿这件事来责备她:

"你连吃斋的时候,也拿荤油锅子烧东西……"

她们把自己的上帝拉进一切家务之中,拉进自己的渺小的生活的一切角落里。因此,贫乏的生活,表面上看去也好像有了意义和重要性,像是时刻在为最高权力者服务。这种把上帝拉进一切鸡零狗碎的生活中的做法,使我感到透不过气来。我好像暗中被人监视着,常常不自觉地向各角落张望。到了晚上,有一种恐怖像冰凉的云层一样把我包围起来。这种恐怖的发源地,便是点着长明灯供着黑色圣像的厨房里的一个角落。

橱架边有一扇大窗子,正中一条支柱把窗棂分隔开来。深沉无底的蔚蓝的天空,向窗里张望。我觉得房子、厨房、我——一切都好像挂在天空上,如果发生一阵剧烈的震动,一切东西都会落向这个冰凉的、蔚蓝色的大窟窿中;擦过星辰的旁边,无声地落进死的静寂,好像一块石头沉进水里。我一动不动地躺着,连翻一个身也不敢,等待着可怕的末日。

我已经记不得这恐怖是怎样治好的,但我很快把它治好了,当然是得到了外祖母的善良的上帝的保佑。我想,我那时候已经体会到一种简单的真理:我没有干过任何坏事,我没有犯过罪,我就不应该受罚,而对于别人的罪孽,我是没有责任的。

白天去做礼拜的时候,我也溜出去闲逛,尤其是春天,一种遏制不住的力量坚决不放我上教堂去。如果他们给我两个戈比做蜡钱,那就算害了我。我买了一副羊趾骨,做礼拜的时间尽在外边玩,老是把回家的时间弄晚了。有一次,我把追念亡灵和买圣饼的十个戈比全输光了。我没有办法,趁管教堂的端着盘子从祭坛下来的时候,我偷了别人的圣饼。

我一心只想玩,玩得简直发了狂。我玩得很巧妙,很快就成了这一带街上玩羊拐、玩球、玩打棒子游戏的名手。

大斋节的时候,他们逼迫我去斋戒。于是,我到邻居多里梅东特·波克罗夫斯基神父那里去受忏悔礼。我认为他是一个很严厉的人,而且我对他犯过好些罪,我扔石头打毁他园里的亭子,我又常常跟他家的那些孩子打架。总之,他可能向我提起我干的许多使他不痛快的事来。因此我心里很不安,我走到那座简陋的教堂里,等候轮到我忏悔,我心头怦怦地发跳。

可是多里梅东特神父发出和蔼的、责备似的叹声迎接我。

"啊,邻居,好,跪在这儿!你犯过什么罪?"

他把一块厚丝绒布覆盖在我的头上,蜜蜡和乳香的气味扼住我的呼吸,说话很吃力,而且我也不想说话。

"你听大人的话吗?"

"不听。"

"你说:我有罪!"

我不觉冲口说出来:

"我偷过圣饼。"

"为什么,在哪里偷的?"神父想了一想,缓缓地说。

"三圣教堂、圣母教堂、尼古拉教堂都偷过……"

"啊—啊,所有的教堂都偷过,孩子,这可不好,这是犯罪呀,你懂吗?"

"懂。"

"你说:我有罪! 不像话。你是偷来吃的吗?"

"有时候吃,有时候赌羊拐把钱输光了,没有圣饼带回家去,因此我就偷……"

多里梅东特神父嘴里开始呜哩呜噜念起来。接着又问了几个问题,然后,忽然很严厉地问:

"你看过禁书没有?"

当然,我不懂这个问题,我便反问:

"什么?"

"你看过不准看的书吗?"

"不,什么也没有看过……"

"饶恕你的罪……起来吧!"

我惊异地瞧着他的脸,那张脸似乎是深思而和善的。我不好意思,我觉得害臊:当我来做忏悔的时候,主人对我说,无论什么事都得老老实实一丝不漏地说出来,使我对忏悔感到害怕和恐惧。

"我向你家的亭子扔过石头,"我坦白了。

神父抬起头来说:

"这也是不好的,走吧!"

"我还向狗扔过……"

"下一个!"多里梅东特神父连看都不看我,径直叫我后面的人。

我走出来,觉得受骗了,心里很委屈:我以为忏悔有多么可怕,我心里是那么紧张,哪里知道一点可怕的地方也没有,而且很无聊! 有一件使我感到兴味的,便是问了我所不知道的书。我想起了,在那家地下室里把书读给两位姑娘听的中学生,我也想起了那位"好事情"——他也有许多黑皮的、厚厚的、带着莫名其妙的插图的书。

第二天,主人家给了我十五个戈比,让我去领圣餐。今年的复活节很晚,雪早已融化,街面也已经干燥,路上弥漫着尘埃,是一个晴朗、愉快的日子。

教堂栅栏边,有一群工人正在狂热地玩羊拐子,我想:领圣餐还有些时候,便对那些赌徒说:

"让我加入吧!"

"加入费一戈比。"一个有麻子的红脸汉子傲然地说。

我也同样傲然地说:

"好,左边第二对上,押三戈比。"

"把钱押出来!"

于是,赌博开始了!

我把十五戈比换开,拿三戈比押在一对羊趾骨下边,谁打掉这对羊趾骨,谁就把钱拿去。如果打不着,他就得赔我三戈比。我走了运:两个人瞄准了我的注打,都没有打中,我从两个中年人手里赢了六戈比,我的兴头来了……

可是有一个赌徒说:

"当心这小鬼,别让他赢了钱溜走……"

我生气了,像打鼓一样激烈地说:

"在左首边上那对,押九戈比!"

可是这没有引起那些赌徒的注意,只有一个跟我年纪相仿的小伙子警告着说:

"小心呀！这家伙正走着运呢。他是星街绘图师家里的徒弟,我认识他!"

一个瘦小的工匠,按他身上的气味是毛皮匠,他挖苦地说:

"小鬼①吗?好……"

他用灌上铅的羊趾骨瞄准着,准确地打掉了我的注,俯下身来向我问道:

"你哭吗?"

我回答道:

"在右首边上押三戈比!"

"我也会打掉的,"毛皮匠吹着牛,可是他输了。

坐庄以三次为限,现在挨到我来打人家的注了。我又赢了四戈比和一堆羊趾骨。可是,再轮到我坐庄时,三次都输了,把钱全部输光。正在这时候,白天的礼拜完了,钟声响着,人们从教堂里走出来。

"家里有老婆吗?"毛皮匠这么问着,伸手来抓我的头发,可是,我把身子一缩就溜跑了。我赶上一个服装漂亮的年轻小伙子,客气地问:

"你领了圣餐吗?"

"领了又怎样?"他怀疑地望一望我,反问了。

我求他告诉我,圣餐是怎样领的,神父在那时讲了什么,领圣餐的人该做什么。

那家伙严厉地板起面孔,用吓唬的声音向我吆喝:

"不去领圣餐,偷着玩儿,是不是邪教徒?唔,我不告诉你,叫你老子剥你的皮!"

我跑回家去,准备他们盘问我,识破我没有去领圣餐的事儿。

可是老婆子却替我祝了福,然后,只问了一句:

"你给了管教堂的多少蜡烛钱?"

"五戈比,"我胡乱说。

---

① 俄语中的"绘图师"和"小鬼"发音相近。

"给他三戈比就已经是天大的人情了,剩两戈比给自己呀,傻瓜!"

春天,每天都换着新装,一天比一天绚丽动人,嫩草和白桦的新绿,散发出醉人的芳香。我很想跑到旷野去,仰面躺在和暖的土地上,听云雀的叫声。可是我忙着刷拭冬衣,装进衣箱里去;切烟叶;拿拂尘拂拭家具;一天到晚,尽跟那些对自己完全没有必要的、不痛快的东西周旋。

闲下来,完全没有什么可做。我们这条街又窄又湿,也没有一个行人。要跑远一些是不许可的。院子里只有一些脾气很坏的、疲劳的土工和头发蓬乱的厨娘和洗衣妇,每晚上,他们举行狗一样的结婚。这真是叫人讨厌、受辱,简直想使自己变成一个瞎子,什么都看不见才舒服。

我拿了剪子和花纸,跑到顶楼剪了各式各样的纸花,装饰在屋椽子上,这到底也只是无聊中的消遣。我心里惶惑着,想跑到一个什么地方去,那里,人们不这么贪睡,不这么爱吵闹,不这么爱向上帝诉苦,不这么爱责备别人、侮辱别人。

……复活节的星期六,弗拉基米尔圣母显圣的圣像,从奥兰斯基修道院迎接到城里来。这圣像要在城里停留到六月中旬,在各教区举行挨户的访问。

圣像到我主人家里来,是在一个不是星期天的早晨。我在厨房里擦铜器,年轻的主妇在屋子里慌张地叫嚷起来:

"快去开外边的大门,奥兰斯基圣母抬到我们家里来了!"

我就这么肮肮脏脏的,两手满是擦铜油和砖头粉,跑出去开了大门。年轻的修道士,一只手提着灯笼,一只手拿着香炉,瞧见我就低声地嘟哝着:

"你在睡觉吗?来,帮着扶一把……"

两个普通人扛了沉重的神龛,走上狭窄的楼梯。我在神龛的一边,用脏手和肩头,帮他们扶着。后边一群身子沉重的修道士,踏着脚跟了上来,一面用低沉的声音懒洋洋地唱着:

"至高无上的圣母呀,请替我们祈祷上帝……"

我带着感伤的信心想：

"我这么脏，去扛圣像，圣母一定会罚我，我的两只手一定会干瘪掉的……"

圣像放在屋子上首角落的两张用干净被单铺着的椅子上。神龛两边站着两个修道士，用手扶着神龛。这两个人都年轻貌美，像一对天使，眼睛亮晶晶的，脸上笑嘻嘻的，披着蓬松的头发。

祷告举行了。

"啊，至高无上的圣母呀！"大个子神父大声唱着，他用红红的指头不断地去摸被蓬松的头发遮掩着的胖耳朵。

"至高无上的圣母大慈大悲，"修道士懒洋洋地唱着。

我非常喜欢圣母。据外祖母说，圣母在地上种了一切花、一切欢乐、一切善良美丽的东西，安慰那些可怜的人们。于是，当轮到我去吻她的手时，我没有看见大人们是怎样吻的，只是战战兢兢地在圣像的脸上和嘴上吻了吻。

不知是谁，使劲地推了我一把，把我推到屋角门槛边。也不记得是什么时候，修道士已扛着圣像回去了。但我清楚地记得，我坐在地板上，主人们围着我，怀着极大的恐惧和忧虑，互相谈论着：这孩子会怎么样呢？

"得去跟神父谈一谈，他是什么都懂的，"主人说着，然后不怀恶意地骂我：

"真不懂事，不可以亲嘴的，难道这点都不知道？……还进过学校呢……"

整整几天，我毫无办法地等待着，不知会发生什么事，用脏手扶了神龛，不知分寸地亲了她，这可是饶不了我，饶不了我！

可是圣母好像已经宽恕了我的出于真诚的无心的罪过，也许是她的责罚很轻，使我在那些好人给我的大量责罚中，完全觉不出来。

有时我故意向老婆子挑衅，打击她说：

"圣母大概忘记责罚我了……"

"你等着,"老婆子阴险地说。"等着瞧吧……"

……当我拿桃红色茶叶包纸剪成的图样、锡纸、树叶等等装饰顶楼椽子的时候,就用教堂赞美诗的调子编起歌来,想到什么就唱什么,像加尔梅克人①在路上边走边唱的一样:

> 手拿一把剪,
> 坐在顶楼边。
> 把纸儿剪剪……
> 我心里烦厌,蠢汉!
> 如果我是一条狗——
> 随便哪里都可走,
> 可怜枉为一个人,
> 一天到晚听骂声:
> 规矩些,别作声,你这小畜生,
> 若是不老成,要了你的命!

老婆子望望我的手工,不住地摇头,不住地笑:

"你要是把厨房装饰成这样多好呀……"

有一天,主人跑上顶楼来,见了我的手艺,感叹道:

"彼什科夫,你这小伙子真有趣,活见鬼……你想当变戏法的吗?我可猜不透你……"

他给了我一个尼古拉一世时代的五戈比大银币。

我用细铁丝做了络子,把这个银币挂在五颜六色的装饰品中最显眼的地方,像一枚奖章。

可是过了一天,那银币跟铁丝络子都不见了。我相信一定是老婆子偷去了。

---

① 俄国少数民族。

五

这年春天,我终于逃跑了。有一天早晨,我上铺子里去买早茶用的面包。铺子里的老板当我的面,跟老婆吵架,拿一个秤砣打她的额角,她逃到街上,摔倒了。马上围满了人,把女的抬上四轮马车,送往医院里。我跟在车子后面跑,不知不觉地跑到了伏尔加河边,手里还拿着一个二十戈比的银币。

春天的太阳和煦地照着,伏尔加河水涨得满满的,大地显得热闹而宽阔。这使我感到自己所过的生活,真好像躲在地窖里的小耗子。于是,我决心不回主人家去,也决心不到库纳维诺区外祖母那里去。我没有遵守对她的诺言,没有脸去见她,而且外祖父,一定又会对我幸灾乐祸的。

我在河边游荡了两三天,那些好心的码头工人,给我吃的,晚上我跟他们一起睡在码头上。后来,其中有一个对我说:

"小伙子,我瞧你光在这里闲荡着也不成呀,你到那条'善良号'轮船上去碰碰看,那里正要雇用一个洗碗的小伙计……"

我去了,高个儿的满脸胡子的食堂管事,戴着一顶没有遮檐的黑绸帽子,他用浑浊的眼睛,从眼镜里边打量着我,小声说:

"一个月两卢布。身份证呢?"

我没有身份证。食堂管事想了想说:

"把你妈找来。"

我就跑到外祖母那里去。她赞成我的行动,便说服外祖父,到职业局替我领了居民证,亲自同我一起到轮船上。

"好,"食堂管事望了我们一眼,说。"跟我来。"

他带我到后舱。那里有一个身材魁梧的厨师,白衣白帽,坐在小桌子前喝茶,抽着粗大的纸烟。食堂管事把我推给他:

"洗碗的。"

说完,立刻跑开了。厨师鼻子里哼了一声,掀一掀黑胡子,望着管事的背影说:

"光贪便宜,不管什么样的家伙都要……"

他生气地抬起剪得很短的黑头发的脑袋,瞪着暗色的眼睛,梗着脖子绷着脸,大声说:

"你是什么人?"

我很不喜欢这个家伙,虽然他穿着一身白衣服,看去依然很肮脏,指头上长着毛,大耳朵里也突出几根长毛。

"我饿了,"我对他说。

他眨巴了一下眼皮,狰狞的脸立刻变成笑呵呵的了。厚厚的、晒红了的两腮,直拉到耳根,露出粗大的马牙,胡子软软地向下垂着。样子变得像一个和善的胖妇人。

他把自己杯子里的茶底儿泼到船外边,重新倒了一杯,又拿一整个长圆形白面包和一大截香肠推到我面前:

"吃吧!有没有爹妈?会不会偷东西?唔,别担心,这里的人全是贼,他们会把你教会的!"

他说话简直跟狗叫一样。他那张剃得发青的大肥脸上,鼻子四周跟网纹一样布满红筋,肿胖的红鼻头挂到胡子上边,下唇沉重地不高兴地撇着,口角上叼着一支烟卷,冒着青烟。他显然是刚洗过了澡——身上发出桦树条①和胡椒酒的气味,太阳穴和脖子上大汗直流,泛出油光。

我把茶喝完了,他把一卢布纸币塞在我的手里:

"拿去买两条长围裙,不不,等一等,还是我去买!"

他把白帽子拉一拉正,便摇晃着笨重的身体,像熊一样一步一蹭地踏着甲板走了。

……夜,皎洁的月亮渐渐移向轮船左边的草场上空。一条古老的

---

① 俄国人洗蒸气浴时用来拍打身子的工具。

棕红色的轮船，烟囱上带着一道白条，轮叶拨动着银色的水面，悠悠地不平稳地行驶着。黑魆魆的河岸，迎着船身悄悄地掠过去，沉沉的影子落在水里。岸上，房屋的窗里，透出红艳艳的灯光，村子里飘来唱歌的声音，望见姑娘们在跳圆舞。她们那"阿依，柳里"的和唱声，听起来和赞美诗中的"阿利路亚"一个样……

轮船的后面，一条长缆索拖着一只驳船，船身也涂着棕红色。驳船甲板上装着铁笼子，里边是判处流刑和苦役的囚徒。舱头上，哨兵的枪刺像烛火一样闪光。暗蓝色的天空照耀着星辰的光辉。驳船上人声静寂，洒满月光。漆黑的铁栅栏里，模糊地露出滚圆的灰点。这是囚徒们在眺望伏尔加。水波荡漾有声，像低泣，也像窃笑。四周一切都跟教堂一样，也像教堂一样发出浓烈的油脂香。

我看见这条驳船，就记起小时候从阿斯特拉罕到尼日尼的旅行，记起母亲严肃的脸，和把我带进这个有趣的、但也艰苦的人生中、带进人间来的外祖母。一想到外祖母，便觉得一切讨厌的和苦恼的事都离我而去，变成了有趣的和快乐的了，人们都变得好起来，变得更可爱了……

这美丽的夜色，这驳船，都使我深深地感动，差点儿掉下泪来。驳船像一口棺材，在浩渺的河面上，在暖夜那引人深思的静寂中，简直是一种多余的东西。河岸的不匀称的线条，一忽儿高，一忽儿低，令人看了心里非常舒服——我想做一个善良的人，做一个对别人有用的人。

我们轮船上的人，都很特别，我觉得老老小小，男男女女，所有的人都是一个样子。我们的轮船行得很慢，有要事的客人都去搭快班船了，只有那些并没有要紧事务的人，才聚集在我们的船上。他们一天到晚，尽吃、尽喝，把很多的餐具、刀、叉、勺子弄脏。我的职务就是洗盘子，洗碟子，擦刀叉，从早晨六点钟起，几乎直到半夜，都忙着干这活儿。下午两点到六点，晚上十点到半夜，我的工作比较少些。——这时候，旅客们已经吃过东西，在休息，光喝茶，喝啤酒和伏特加。于是，餐室里的一切侍役——我的上司，都有了空闲。近舱口的桌子上，厨师斯穆雷、他的下手雅科夫·伊凡内奇、洗碗工马克西姆、头等舱茶房谢尔盖那些人,都在喝茶。谢尔盖是个高颧骨、麻子脸的驼子,长着水汪汪的眼睛。雅科夫·伊凡内奇露出发青的腐朽的牙齿,跟哭一样地笑着,谈着猥亵的话。谢尔盖活像一只青蛙,把大嘴巴扯到耳根,马克西姆睁着一对说不上是什么颜色的严峻的眼睛,望着他们,沉着脸不吭气儿。

"亚细亚人!莫尔德瓦人[①]!"厨师有时也大声说。

我不喜欢这些人,肥胖的秃头雅科夫·伊凡内奇老是讲女人,而且讲得不堪入耳。他那张没有表情的脸,长满暗青色的瘢块,一边脸上,有一颗长着红毛的黑痣。他用手捻捻这些毛,弄成一枚针似的。当船上来了轻佻放肆的女客,他就如同一个叫花子一样,唯唯诺诺在一旁侍候,说话时又柔和又可怜,口角上冒出胰子泡那样的口沫,他伸出不干净的舌尖迅速舔去。不知什么原因,我总觉得刽子手就是这么肥头肥脑的人。

"要善于使女人动情,"他教谢尔盖跟马克西姆说。谢尔盖和马克西姆两个,鼓起两腮,红热着脸,出神地听着他讲。

"亚细亚人!"斯穆雷厌恶地大声说。他吃力地站起身来,命令我道:

"彼什科夫,来!"

他跑到自己的舱室里,塞给我一本皮面精装的小书,然后躺在靠冷气房墙边的帆布吊床上。

"念吧!"

我坐在通心面箱子上,认认真真地念了起来:

"'挂满星星的恩勃拉库伦,意味着上天的交通畅通无阻,会员们有了这条坦途,能使自己从普罗芳和恶德中解脱……'[②]

[①] 沙俄时代亚洲人和定居在伏尔加河一带的少数民族莫尔德瓦人被视为"野蛮人"。
[②] 高尔基念的小书是法国人 T·威尔逊写的《共济会会员的真面目》。它是一本反对共济会的小册子,书中详细论述共济会的教化仪式,并且用了一些共济会专用的术语。这句中的恩勃拉库伦、普罗芳两个词,就是共济会员们用的术语,前者意为"天幕"(原为拉丁语),后者意为"非共济会会员德行"。

斯穆雷点起烟卷,吐出一口青烟,生气地说:

"这帮骆驼!他们写些……"

"'露出左胸,以示心地纯洁……'"①

"什么人露出左胸?"

"没说。"

"那就是说女人的胸部……②呸,这帮淫荡的家伙。"

他合上眼,两手垫在脑后躺着,烟卷叼在嘴角上,稍稍冒着烟,他用舌尖一拨,大吸一阵,弄得胸口呼呼作声,一张大胖脸沉进烟雾中去了。有时我以为他睡着了,停下不念,把这本讨厌的书翻着瞧瞧。真是一本讨厌的书,使人瞅着作呕。

可是他沙着嗓子嚷了:

"念呀!"

"'大师父③回答道:你瞧,我的亲爱的兄弟苏韦里扬④……'"

"是塞韦里扬吧……"

"写着是苏韦里扬呀。"

"是吗,真见鬼!底下有诗,你跳下去念吧。"

我就跳下去念:

> 愚蠢的人们呀,你想知道我们的事情,
> 你们这样懦弱的眼睛,怎能瞧分明!
> 就是天神的歌声,你们也不会听清。

"等一等!"斯穆雷说。"这不是诗呀,你把书给我……"

他怒气冲冲地把厚厚的蓝书翻弄了一阵,便把书塞进褥子底下。

---

① 这是授予申请入会者为共济会会员称号时举行的一种仪式。
② 书中说:"当有人说,举行这种仪式是为了辨认申请人是男是女时,共济会会员们认为这是对他们的污辱。"
③ 对共济会分会会长的尊称。
④ 法语,此处意为共济会分会副会长。会员之间互称兄弟。

"去，另外拿一本来……"

使我难受的，是他那口钉着铁皮的黑箱子，里边装着很多书，有《奥马尔喻世故事集》①，《炮兵札记》②，《塞丹加利爵爷书简》③，《论臭虫类此害虫之防治方法》；还有一些没头没尾的书。有时候，厨师逼我把书拿出来，一本一本把书名报给他听。他听着我念，便叱骂着说：

"胡编乱造，这些混账东西……他们像在打人的耳光，为什么要打，却不明白。格尔瓦西④！他怎么落到我手里来的，这个格尔瓦西，'还有什么恩勃拉库伦'……"

尽是一些怪词儿，陌生名字，叫人讨厌地记着很多，刺激着舌头，每分钟都想重复地念。我想：也许可以从声音中体会出意思来。船窗外，河水在不倦地歌唱。这时候，跑到后舱去一定很有趣。那边，在满堆的货物箱中间，围聚着水手们和司炉们，有的同乘客打牌，赢他们的钱，有的唱歌，有的在讲有趣的故事。跟他们坐在一起，心里很舒畅。一边听他们简单明白的讲话，一边望着卡马河岸上那铜弦一样笔直的松树，水退以后草场上留下的小池沼一样的水洼。这些水洼像破碎的镜片，映出了蓝色的天空。我们的轮船离开了陆地在向远方奔去，可是在白天倦怠的沉寂里，听见从岸上传来了一座看不见钟楼的钟声，就令人想到那儿有村庄，有人。在波浪上，有一只渔船在漂荡，像一大块面包。啊，那边的岸上出现一座小小的村子；孩子们在河里戏水。像黄绸带子一样的沙地上，走着一个穿红衬衫的农人。远远地，从河中心望去，一切都显得好看；一切都跟孩子的玩具一样，又小巧，又斑斓。我想向岸上喊几句和善亲切的话，不仅向岸上，同时也向驳船上。

这条红沉沉的驳船，引起我很大的兴趣。我能整个钟头不眨眼地

---

① 德国著作家和神秘主义哲学家卡尔·艾卡茨豪岑（1752—1803）的著作，是一本充满道德说教的多愁善感的故事集。
② 法国人 P·S·德·圣雷米作。
③ 法国女作家阿代拉伊达·德·弗拉奥作。
④ 格尔瓦西是喀山神学院的助祭级的修道士，曾把一部希腊文的教会著作译成俄文。译本在十九世纪初在俄国流传较广。

望着这条船伸出它的粗笨的船头,冲破浊流的情景。轮船拖着这条驳船像拖着一口猪,松弛时拖索打在水面上,随后又绷起来落下许多水点,拉紧船的鼻子。我很想看看那些跟野兽一样坐在铁栅里面的人们的脸。当他们在彼尔姆上岸的时候,我走到驳船的跳板去看。几十个没有人样的可怜人儿,从我的身边走过,杂乱沉重的脚步,夹着镣铐的声音,弯腰屈背地驮着沉甸甸的包裹。男的、女的、老的、少的、俊的、丑的都有,可是看来完全跟普通人一样,只有身上的服装和剃成怪模样的头发不同。当然,这些人都是强盗,可是外祖母曾给我讲过许多强盗的侠义行为。

斯穆雷的模样比谁都更像一个强盗,他阴沉沉地望着驳船,嘟哝着说:

"上帝啊,解脱这种命运吧!"

有一次我问他:

"人家都在杀人、打劫,你干吗老这么做着饭?"

"我不是做饭,我只是煎煎炒炒,做饭的是娘儿们呀,"他说着笑了。想了一下,又补充说:"人跟人的差别,都在脑筋上边,有的人聪明一点儿,有的人不大聪明,还有些人完全是傻瓜。一个人想聪明,得多念书,正经的书固然好,坏的魔道书也好,念得越多越好,要把所有的书都念过,才能找到好书……"

他老是提醒我说:

"你念吧!念不懂就念七遍,七遍再不懂就念十二遍……"

斯穆雷对船上的人,不管是谁,就是对那个不大吭气的食堂管事也不例外,说起话来总那么喋喋不休的,厌恶地撇着嘴,髭须向上翘着,重声重气地好像拿石头砸人一样。可是他对我却是和善而关怀的,不过在关怀中含有一种多少令我害怕的东西。有时我似乎觉得,这厨师也跟外祖母的妹子一样是个半疯子。

有时,他这样对我说:

"等会儿再念吧……"

他就闭上眼睛,打起鼾声,久久地躺着。他的大肚子一鼓一瘪,两只满是火烫疤的手,像死人一样交叠在胸口上,手指头微微动着,好像正在用一副瞧不见的编针,编织瞧不见的袜子。

突然,他又嘀咕着说:

"是呀,老天给了你这么个智慧,你就得靠着它去生活!可是老天给人智慧很小气,而且不均匀。如果大家都一样聪明,那该多好呀,可是不这样……有的人懂,有的人不懂,还有的人压根儿就不想懂,你瞧!"

他结结巴巴地把自己在军队里的生活讲给我听。我不能领会这些故事的意思,觉得没有一点味儿。而且他讲得没头没脑,东一搭,西一搭,想起什么就说什么:

"团长把兵士叫来,问他:'中尉对你说了些什么?'那兵士一五一十报告了。当兵的可不能撒谎。可是那中尉跟盯住墙壁一样盯着他,不一会儿,他转过脸,把脑袋低下去了。嗯……"

厨师冒火了,他吐着烟,唠叨说:

"我怎么会知道,什么可以说,什么不可以说?这样,那中尉就在要塞里禁闭起来。那中尉的母亲却说……'啊,天哪!'……我那时什么也没有学过嘛……"

炎热的天,四周的一切轻轻地摇晃着、轰隆着。船舱的铁板外边,响着水声和轮船外轮转动的声音。圆圆的窗外,河水像一条宽阔的带子,滔滔地流过去。远远地望见岸上一片草场,零落地立着一些树木。耳朵习惯了一切声响——觉得四周很静,虽然水手们在船头上像哭似的叫唤着:

"七个,七个……"

我什么也不想去参加,也不想听,也不想干活,只想躲到什么隐僻的地方,闻不到厨房的油腻和热香,悠悠地望着这疲倦的生活的流水,潺潺地流去。

"念呀!"厨师生气地命令了。

各等舱室的茶房都怕他,还有那个柔顺的、不大吭气的、跟鲈鱼一样的食堂管事,也好像有点害怕斯穆雷。

"嗨,猪猡!"他呵斥那些食堂里的茶房。"到这儿来,贼骨头!亚细亚人……恩勃拉库伦……"

水手和司炉们对他总是又恭敬又巴结。他把炖过肉汤的肉给他们,问他们家乡的情况,家人的情况。那些满身油腻、像火熏过一样的白俄罗斯司炉,在轮船上算是最低下的人,大家都叫他们雅古特①,还向他们挑逗说:

"雅古、别古,在岸上住。"

斯穆雷听到了就气得满脸通红,向司炉中的一个大声嚷起来:

"你干吗让人家嘲笑你?傻瓜!你揍喀查普②的嘴巴呀!"

有一次,那个长得又漂亮又凶恶的水手长对他说:

"雅古特跟霍霍尔③是一路货!"

厨师听了这话,立刻两手抓住他的领子和腰带,把他举到头顶上,一边摇晃着一边问:

"你要我把你摔死吗?"

他常常跟人吵架,有时甚至扭打起来,可是斯穆雷从来没有挨过揍。他的气力比谁都大,而且船长太太常常同他谈得很亲热。她个子高大、肥胖,脸跟男人一样,头发剪得又短又平整,像一个男孩子。

斯穆雷喝伏特加喝得很凶,可是他从来没有醉倒过。一清早他就在那儿喝,一瓶酒四次就喝完了。以后,一直到晚上,他又不停地喝啤酒。他的脸喝得渐渐变成紫褐色,一对黑眼睛渐渐大起来,好像吃惊的样子。

傍晚的时候,他常常在抽水机那边坐下,身子高大,穿着一身白衣服,忧郁地望着流动的远方,好久好久地坐着不出声。在这种时候,大

---

① 革命前对白俄罗斯人的鄙称。
② 革命前乌克兰沙文主义者对俄罗斯人的鄙称。
③ 革命前俄罗斯人对乌克兰人的鄙称。

家特别害怕他；可是，我却有点怜悯他。

雅科夫·伊凡内奇从厨房里走出来，汗气腾腾，满脸被炉火烤得通红，站下来搔搔秃头皮，把手一甩，走了；或是离得远远地对他说：

"鲟鱼死了……"

"那就把它做成杂拌汤吧……"

"可是客人如果要鱼汤、要蒸鱼怎么办呢？"

"你就做吧，反正他们会吃的。"

有时我大着胆子走近他的身边去。他费劲地把眼睛移到我这边来：

"什么事？"

"没有什么。"

"好吧……"

可是有一次就在这样的时刻，我终于问他了：

"你干吗老让大家都怕你？你是个和善的人啊。"

出乎我的意料，他并没有生气：

"我只是对你才和善呀。"

可是，立刻又实在地、深思地补充说：

"不过，也许是这样，我对什么人都和善，只是不表露出来罢了。这不能让人瞧出来，让人瞧出来了就会吃亏。什么人都一样，会爬到和善人的头顶上，跟在泥沼地里往土堆上爬一样……而且，把你踩倒。去，去拿啤酒来吧……"

他一杯又一杯地喝完了一瓶，把髭须舔一舔，又说：

"你这小鸟儿要是再大一点儿，我会告诉你许多事情。我有许多值得告诉人的东西，我可不是一个傻瓜……你念书吧，书里边什么重要的知识都有。书不是平常的东西！你想喝啤酒吗？"

"我不爱喝。"

"好，那就别喝。喝醉酒可是一件糟糕的事。伏特加是魔鬼的东西。我要是个富翁，就一定送你去念书。一个人没有学问，就跟一条牛没有区别,不是套上轭架,便是给人宰了吃肉,它也只能摇晃尾巴……"

船长太太借了一本果戈理的书给他。我念了《可怕的复仇》,心里很满意,可是斯穆雷却怒吼起来:

"生编硬造,无稽之谈!我知道,还有别的书……"

他从我手里把书夺过去,跑到船长太太那儿,另拿了一本来,不大高兴地命令我道:

"你念《塔拉斯》①……他姓什么来着?你找出来,她说这是一本顶好的书……不知道是谁觉得好,是她觉得好,也许我就觉得不好。她把自己的头发剪了,瞧瞧,干吗不把耳朵也剪掉呢?"

当我念到塔拉斯向奥斯达普挑战那一段的时候,厨师大笑起来。

"对啦,可不是嘛!你有学问,我有力气!真能写!这些骆驼……"

他很注意地听着,却不时地表示不满的意见:

"唉,胡说八道!不能一刀把一个人从肩头劈到屁股的呀!不能呀!也不能挑在长矛上,长矛会断啊!我自己当过兵……"

安德烈的倒戈,又引起他的憎恶。

"不要脸的家伙,是吗?为了娘们,呸……"

可是一念到塔拉斯杀了儿子的地方,他就两脚从床上放下来,双手支在膝盖上,屈起身子哭起来。——两行眼泪慢慢地顺着脸颊滚下来,滴到舱板上。他抽搐着鼻子嘟囔:

"唉,天哪,……唉,我的天哪……"

忽然他望着我叫起来:

"念呀!贱骨头!"

他又哭了。到了奥斯达普临死,叫着"爹,你听见了没有"的时候,他哭得更厉害,更伤心了。

---

① 即果戈理的小说《塔拉斯·布尔巴》。

"一切都完啦,"斯穆雷哽咽着说。"一切都完了!念完了吗?真他妈的糟糕!过去可真有过好样的人,你瞧这塔拉斯,怎么样?是啊,这才是人物呢……"

他从我手里拿去了书,仔细地看着,眼泪滴在封面上。

"好书!简直是一场大快事!"

后来,我们一起念《艾凡赫》①。斯穆雷非常喜欢金雀花朝的理查德②。

"这是一位真正的国王!"他认真地对我说。可是在我看来,这本书实在没有多大味道。

一般说来,我们俩趣味是不相投的,我所醉心的是《汤姆·琼斯》,即旧译本《弃儿汤姆·琼斯小史》③。可是斯穆雷不赞成:

"真是蠢货!汤姆跟我有什么关系?我要他干吗?肯定还有别的书……"

有一天,我对他说,我知道还有别的书;这是一种秘密的禁书,必须半夜里躲在地下室里读。

他睁大了眼,胡子都竖了起来,说:

"啊,什么?你胡说些什么?"

"不是胡说。在教堂里行忏悔礼的时候,神父问过我那种书;而且以前我也瞧见人家念这种书,他们还哭呢……"

厨师阴沉沉地盯住我的脸问:

"谁哭?"

"那个在一旁听着的年轻姑娘;另外还有一个女的吓得跑掉了……"

"你醒醒吧,你在说胡话。"说着,他慢慢地闭上眼睛;沉默了一会儿,又叨唠起来:

---

① 英国小说家司各特(1771—1832)的著名长篇小说。
② 即《艾凡赫》中的主人公,英国狮心王理查德一世(1157—1199)。
③ 英国作家菲尔丁(1707—1754)的长篇小说。

"当然总会在什么地方有……一种秘密的书。不会没有……不过我已经这么一把年纪,而且我的性子又是……嗯,可是,……"

他能滔滔不绝地整整谈一个钟头……

我不知不觉地有了念书的习惯,变成一卷在手,其乐陶陶了。书上所谈的都轻快有味,跟实际生活不一样。而实际生活,却愈来愈让人受不住了。

斯穆雷也更醉心于读书,常常不管我在干活,就拉了我去。

"彼什科夫,去念书吧。"

"还有许多碟子没洗呀。"

"马克西姆会洗的。"

他粗暴地让老洗碟工去干我的活儿,那一个气得把玻璃杯故意打破。食堂管事和气地警告我:

"这么下去,我可就不让你在船上干啦。"

有一天,马克西姆故意拿几只玻璃杯放在盛污水和茶根的盆里。我把污水泼在船栏外,那些玻璃杯也一起飞到水里去了。

"这是我不好,"斯穆雷对食堂管事说。"你记在我账上吧。"

餐室里那班侍者,都斜着眼瞧我;对我说:

"喂,书迷!你是干哪一行拿薪水的?"

他们还故意把食器弄脏,尽量多给我活儿干。于是,我就觉得这样下去是不会得到好结果的。果然,我没有料错。

有一天傍晚,从一个小码头上来了两个女客。一个是红脸的妇人,另一个裹着黄头巾,穿一件粉红的新上衣,还是个姑娘。她俩都喝醉了。妇人微笑着跟所有的人点头,说起话来,和教堂管堂人一样,应该发"阿"音的地方却发"奥"音:

"对不起,亲爱的,我刚才喝了一点儿酒!我刚打了官司回来,宣判无罪,心里一高兴,就喝了点儿……"

姑娘也笑着,抬起混浊的眼望着大家,推了那妇人一下说:

"你往前走呀,傻婆娘,往前走呀……"

她们在二等舱室旁边住下了，那儿正是雅科夫·伊凡内奇和谢尔盖他们睡觉的舱室的对面。一会儿妇人不知到哪里去了，谢尔盖就跑到那姑娘身边坐下，贪心地咧开青蛙嘴。

晚上，当我干完活躺在桌子上睡觉的时候，谢尔盖走到我跟前，抓住我的手：

"来来来，我们这就给你娶老婆……"

他喝醉了。我想把手缩回来；但他打了我一下：

"叫你来呀！"

这其间马克西姆跑进来，他也醉了。他们俩就拖着我沿着甲板，走过正在睡觉的旅客旁边，来到自己舱室跟前。不料斯穆雷站在舱室门前，门里边是雅科夫·伊凡内奇，他两手抓住门框，那姑娘正用拳头敲着他的脊背，用带醉的声音叫喊：

"放开手呀，……"

斯穆雷从谢尔盖和马克西姆手里夺下了我，抓住他们的头发，把两个脑袋碰撞了一下，使劲儿一推，两个人都跌倒了。

"亚细亚人！"他对雅科夫骂着。之后，就把门砰的一声关上，险些儿碰着他的鼻子。又把我一推，大声地嚷：

"走开！"

我就走到舱后艄去了。这是一个阴暗的夜，河面一片漆黑，船尾后边泛起两道灰白的水纹，向望不见的两岸边分流开去。驳船在这两道水纹间慢吞吞地浮动，一会儿左，一会儿右，现出灯火的红点，什么东西也照不见，在突然出现的河湾处逝去了。眼睛见不到这光，就觉得更黑暗，更难受。

厨师跑来，坐在我旁边，长叹了一声，点着了香烟。

"他们是拉你到那女人那里去吗？不要脸的臭家伙！我听见他们怎么个使坏来着……"

"你把那姑娘从他们那里拉开了吗？"

"那姑娘？"他就破口骂那女子；接着用沉重的口气说："在这里的

人统统是下流胚子。说起这条船,简直比村子里还要糟糕。你在村子里呆过没有?"

"没有。"

"村子里糟透了!尤其是在冬天……"

他把烟蒂扔到船栏外边,沉默了一会,又开口了:

"你老待在这群猪猡当中,会完蛋的,我实在可怜你,小狗,我也可怜他们。有时我不知要怎样做才好……甚至想跪下问他们:'喂,狗崽子,你们到底在干什么?你们都瞎了眼吗!'你们这些骆驼……"

轮船长尖声叫起来,拖索在水面上打了一下。浓浓的黑暗中晃着一豆灯火,标出了码头的所在。又有许多灯火从黑暗中现了出来。

"'醉林'①到了。"厨师喃喃地说。"这里有一条河叫'醉河'②。我认识这里一个司务长,叫醉科夫③,还有一个当文书的醉我心④……我要上岸去瞧瞧……"

几个卡马地方的身材高大的姑娘和女人,用长长的抬架装着木柴,从岸边抬来。她们一对接着一对,个个肩头上挂着挽带,身子向前探着,迈着有弹性的脚步,把那些半俄丈长的木柴,抬到锅炉舱跟前。

"啊嗨……嗯!"

这么大声喊着,然后就投进一个暗黑的窟窿里。

当她们抬着木柴走来的时候,水手们就动手摸奶子,捏大腿,女的尖声叫唤,向男人唾吐。回去的时候,用空抬架打着,防御男人们动手动脚。这种光景,我在每次航行时都瞧见,已有几十次了。在每个装木柴的码头上,情形都是这样。

我觉得自己好像是一个老头子。在这船上已经呆了多年,明天会有什么事,一星期后会发生什么,到秋天,到明年,会发生什么,好似统

---

① 卡马河上的一个码头,今名"红林"。
② 伏尔加河支流苏拉河的一条小支流。
③ 司务长姓 Пьянков,词根有"醉"的意思。
④ 文书姓 Запивохин,词根有"大喝其酒"之意。

统都明白。

天亮起来了,比码头高一点的砂崖上,已瞧得清郁茂的松林。一帮女人向山上树林边走去,笑着,唱着带低音的歌。她们都背着长长的抬架,望去像一队兵。

我很想哭。泪在我的胸口沸腾,心好像在那里面煮着,这是很痛苦的。

但是哭出来太难为情,我就帮水手布利亚欣洗甲板。

这布利亚欣是个不引人注目的汉子,整个身子显得萎靡而黯淡,老是躲在角落里,眨巴着那双小眼睛。

"我的真姓,并不是布利亚欣而是姓……你可知道,这是因我娘过的是淫荡生活。还有一个姐姐,也一样。唉,她们两个人都遭了同样的命运。嗨,朋友,对我们,命运是一只铁锚;你要往那儿去……可是……办不到……"

现在他一边拿拖布擦甲板,一边轻声对我说:

"你看见没有,他们怎样欺侮女人!就是嘛!一根湿木头烤久了,也一样发火的!老弟,我看不惯这一套,我讨厌。我如果生来是一个女子,我一定要投到一个黑暗的深渊里自杀,可以向基督保证!……人本来一点自由都没有,可是还有人用火烧你!我告诉你说吧,那些阉割派教徒①,才不是傻子呢。你听说过阉人没有?这种人真聪明,想得妙,把一切无关紧要的事儿一股脑儿抛开,只为上帝服务,一个心念……"

船长太太从我们身边走过。因为甲板上满是水,她高高地提起了裙子。她总是起得很早。她高高的身段,明朗的脸是那样严肃,那样诚朴……我真想跟着她上去,从心底里发出请求来:

"对我谈点什么吧,对我谈点什么吧!……"

轮船慢慢地离开了码头。布利亚欣就画了一个十字说:

---

① 俄国十八世纪末产生的一个宗教狂热的派别,主张摆脱"世俗生活",宣传用阉割的办法来"拯救灵魂"。后因伤害人身而被禁。

"好,船又开了……"

六

船到萨拉普尔,马克西姆上岸去了。他没有向谁打招呼,不声不响,严肃而平静地走了。那个喜眉笑眼的妇人跟在他后面;再后面,是那个姑娘。她无精打采,眼睑红肿。谢尔盖在船长室门口跪了好久,吻着门上的板,用额头在这板上碰着,叫唤着说:

"饶恕我吧,并不是我的过错!这是马克西姆……"

水手,茶房跟一些乘客,都知道他在撒谎,但是却鼓励他:

"去吧,去吧,会原谅你的!"

船长把他撑开,还踢了一脚,谢尔盖摔了一个跟斗。虽然如此,船长还是饶恕了他。谢尔盖立刻在甲板上跑起来,像狗一般讨好地看着别人的眼色,端着托盘送茶水去了。

从岸上雇来了一个当过兵的维亚特省人,补马克西姆的缺。这是一个骨瘦如柴的人,小脑袋,红眼睛。厨师的助手马上叫他去杀鸡。那当兵的杀了两只,其余的,都放出到甲板上。乘客开始捕捉,有三只飞到船栏外边去了。那当兵的就坐在厨房旁边的木柴堆上,伤心地哭起来。

"你怎么啦,傻瓜?"斯穆雷诧异地问他。"难道当兵的也会哭吗?"

"我是后方的卫戍兵呀,"那当兵的轻轻说。

这一哭他倒了霉,三十分钟之后,船上所有的人,统统大笑起来,人们跑到他身边,直盯着他,问:

"是这一个吗?"

于是,便侮辱地荒唐地笑得直打哆嗦。

当兵的起初没看见人,没听见笑声。他用旧印花布衬衫的袖口抹掉脸上的眼泪,仿佛要把眼泪藏到袖子里去。可是没多一会儿,他那

红眼睛里又充满了怒气,用喜鹊一般快口的维亚特话开口了:

"干啥用牯牛大的眼睛瞧我?唔,我要把你们撕成碎块……"

这腔调使大家更加乐起来了。有的拿指头去戳他,有的扯他的衬衫,有的拉他围裙,简直把他当成一头山羊捉弄。一直捉弄到吃午饭的时候。午饭后,不知哪个把泡过的柠檬皮套在木勺柄上,吊在他背后围裙带上。那当兵的一走动,木勺就在他后边左右摆动起来,引得大家哄声大笑。可是他,就跟一只落进笼子的老鼠一般奔忙着,不明白是什么引得大家发笑。

斯穆雷不作声,板着脸注视着他。厨师这种脸色有点像女人。

我同情起这当兵的来,便问厨师:

"我把木勺子的事告诉他可以吗?"

他默默点头。

我把大家笑他的原因告诉他,他马上摸到木勺,揪下来扔到地上,拿脚踏碎了。突然,两手抓住我的头发,我们就扭打起来;这使看客们大为满意,马上把我们围住。

斯穆雷推开大家把我们拉开了。先拧我的耳朵,又拧住当兵的耳朵。大家见那小个子在厨师手底下晃脑袋,乱跳乱蹦,就乐开了,有喝彩的,有吹唿哨的,有顿脚的,统统笑倒了。

"卫戍兵万岁!用脑袋撞厨师的肚子呀!"

瞧着那班家伙这种野蛮的快乐,我恨不得闯向他们,拿块劈柴向他们劈头盖脸打过去。

斯穆雷放了那当兵的,把两手叠在背后,摆着一副胖猪似的架势,竖起胡子走向那些看客,气冲冲地露出怕人的牙齿:

"各就各位——开步走!亚细亚人……"

那当兵的又向我冲过来。可是斯穆雷一只手把他抱住,拖到抽水机那边,动手抽水,把他那瘦小的身子像玩一个布娃娃似的旋转着,拿水冲他的头。

水手、水手长、大副都跑上来了,马上,人又挤了一大堆。比谁都高一头的食堂管事,也像平常一样默默地站在那里。

当兵的坐在厨房边木柴堆上,两手发着抖,脱去靴子,动手绞干裹腿带。裹腿带其实并没有湿,可是他的稀疏的头发却滴着水珠。这又使看客们乐起来了。

"反正,"当兵的发出又尖又细的声音。"我要打死这小鬼!"

斯穆雷一手搭在我的肩头上,对大副不知说了些什么。水手们赶着看客,当大家都走散了的时候,厨师就问当兵的:

"拿你怎么办呢?"

当兵的用狠毒的眼光瞅着我,身子古怪地发着抖,没有回答问话。

"立——正,好吵闹的家伙!"斯穆雷说。

当兵的回答了:

"不,这又不是在连队里。"

我看见,厨师有点羞恼了。胖胖的脸颊瘪了一瘪;他呸地吐了一口口水,就带我走开了。我虽然糊里糊涂跟着他走,但还连连回头望那当兵的。斯穆雷纳闷地叨唠:

"真像一个活宝贝,啊?你看……"

谢尔盖追上我们,不知为什么,悄悄地说:

"那家伙想自杀呀!"

"在哪儿?"斯穆雷叫着,跑过去了。

当兵的正站在茶房舱室门口,两手捧着一把很大的刀子。这把刀是用来砍鸡头、劈木柴的,钝得要命,刀口已缺得跟锯齿一样。茶房舱室前面围住了许多人,在观望这个头发湿淋淋的可笑的小矮子。他那带翘鼻子的脸跟肉冻一般颤动,嘴吃力地张着,嘴唇发抖,咆哮道:

"你们欺侮人……你们欺侮人……"

我不知跳在一个什么东西的顶上,越过大家头顶看见很多的脸。大家都嘻着脸,互相谈论:

"你瞧,你瞧……"

他用干枯的孩子一般的手,把拖出的衬衫下摆塞进裤腰里去。站

325

在我身边的一个仪表可敬的人,叹了一口气说:

"打算要自杀,可是还在心疼裤子……"

大家笑得更响。很明显,没有人当他真会自杀。我也觉得他不会真自杀。可是斯穆雷向他投了一眼,就挺着肚子把别人挤开,嘴里吆喝着:

"滚开,混蛋!"

他一下把很多人都叫作混蛋,闯到挤成一堆的人群跟前,冲着他们叫:

"散开,混蛋!"

这也是可笑的,然而似乎又是对的:今天从早上起,所有的人,好似变成了一个大混蛋。

他把人群赶散,跑到当兵的身边,伸出了手:

"把刀子给我……"

"给就给,"当兵的把刀锋向外递过来,这么说。厨师把刀子交给我,推着当兵的走进舱里去:

"躺下睡觉吧!你怎么了,啊?"

当兵的在床上默然坐下。

"让他给你拿吃食和伏特加来,你喝伏特加吗?"

"能喝点儿……"

"只是,你可别碰他,跟你开玩笑的并不是他。听见了没有?我告诉你,并不是他呀……"

"可是为什么大家要折磨我呀?"当兵的低声问。

斯穆雷停了一刻,烦闷地说:

"我怎么知道呢?"

他带着我往厨房间走,嘴里还直嘟囔:

"看呀,真是欺侮起老实人来啦!这回你瞧见了吧!伙计,人欺人会欺疯的,会的……跟臭虫一样,叮住你,就完了!不,臭虫哪比得上,简直比臭虫还凶……"

我拿了面包、肉和伏特加到当兵的那儿去,他正坐在床上,身体前后摇晃着,跟女人般地呜咽低泣。我把盘子放在桌上说:

"吃呀……"

"把门带上。"

"门带上就黑了。"

"带上吧!要不然他们又会找来……"

我走了。我讨厌这当兵的,他不能引起我对他的同情和怜悯。我很不安,——外祖母屡次教导我说:

"你要关心别人。大家都是不幸的,大家都很艰难……"

"拿去了吗?"厨师问我,"他在那里干什么呢?"

"在哭。"

"唉……窝囊废!他算个什么当兵的?"

"我一点儿也不可怜他。"

"什么?你说什么?"

"应该关心人……"

斯穆雷拉着我的胳臂,拽到他身边,恳切地说:

"不能勉强去怜惜人,但是说谎也不好;懂了没有?你要有点出息,要知道自己……"

说着,把我推开,阴沉地补充了一句:

"这里不是你呆的地方!给你,抽支烟吧……"

乘客们捉弄那个当兵的,瞧见斯穆雷拧他耳朵时哈哈大笑。这种行为使我产生了一种说不出的侮辱人和欺侮人的感觉,他们的行为使我很不平静,感到深深的忧郁。为什么这种讨厌的事情,这种痛心的事情,会使他们感到快乐呢?什么东西逗得他们这样高兴呢?

看吧,他们又坐在那低低的篷帐底下,躺的躺,喝的喝,吃的吃,打牌的打牌,亲亲切切,正正经经谈着话,瞧着河面的流水。简直好像一个钟头前吹唿哨、张威助势的并不是他们。他们又跟平常一样安静、慵懒。他们一天到晚,跟游荡的太阳光中的小虫和尘埃一样,在船上荡来荡去。每到一个码头,就有十来个人一伙儿,拥上跳板,一边画十字,一边走上码头去。从码头上,也有差不多数目的人,迎着他们跑过来。每个人都背着沉重的包裹和旅行箱,把背脊压得弯弯的,连穿着的衣服都跟他们的相同……

这种经常的乘客的替换,没有使船上的生活发生丝毫的变化。新来的乘客,也说着离去的乘客说过的同样的话:土地啦,工作啦,上帝啦,女人啦,而且他们用的是同样的词句。

"忍耐点吧,一切都是老天安排的。啊,做人顶要紧的是忍耐!没有法子,我们命该如此……"

这种话,听着很枯燥,使人生气。我不能忍受侮辱,我不能忍耐恶意的、不公平的屈辱的待遇。我坚信,我也觉得我不应受这种待遇。就是那当兵的,也一样,也许他自己愿意逗人笑吧……

马克西姆被船上开除了,他是一个严肃而善良的小伙子,可是下流的谢尔盖却被留下来了。一切统统是倒行逆施。但是这班善于把人家捉弄到几乎发狂的人,为什么被水手呵斥起来,却唯唯诺诺?为什么人家骂得那么凶,他们却满不在乎呢?

"干吗大家都挤在船边上?"水手长把一双漂亮而凶狠的眼睛眯得细细的,大声呵斥。"船倾斜了,散开,穿厚呢子的鬼东西……"

这班鬼东西就服服帖帖地挤到甲板的另一边去。他们跟绵羊一般,又被人家从那边撵走。

"唉,该死的东西……"

炎热的晚上,在晒了一整天太阳的铁皮篷下,闷得难受。搭客们就跟蟑螂一般在甲板上乱爬,到处随便躺着。船靠码头之前,水手们就用脚踢他们起来:

"喂,干吗躺在路上!到自己铺位上去……"

他们爬起来,睡眼蒙眬地向人家推他的方向走去。

水手们也跟他们一样,只是服装不同。可是,却跟巡警一般指挥他们。

在这班人身上,首先使你注意的,是他们的温顺、懦弱和可悲的顺从性格。可是,这顺从的表皮一破裂,便会爆发出无情的,荒唐的,而且几乎总是不快的恶作剧,实在叫人料想不到,叫人感到可怕。我觉得人们好像不知道轮船把自己载到哪里去,也好像无论在哪儿叫他们上岸都可以。他们无论在什么地方上了岸,休息一会儿,又重新跳上这条或那条船,又开始向什么地方漂泊去了。他们都好像是无家可归的流浪人,跟陆地没有缘分。因此,他们统统懦怯得要命。

有一天半夜过后,不知机器哪部分爆炸了,发出大炮一般的声音。甲板马上笼罩上白色的雾气。蒸气从机器间里浓浓地冒出来,弥漫到所有的空隙。只听见有人刺耳的大叫,可瞧不见人影:

"加夫里洛,把焊镴拿来,还有防火布……"

我睡在机器间左边洗碗台子上。当爆炸和震动声把我惊醒的时候,甲板上是死一般的静寂,只有从机器间嘘嘘喷出热腾腾的蒸气和不时的槌头丁丁声。可是过了一分钟之后,甲板上的乘客,发出各色各样的声音,号的号,叫的叫,顿时充满了恐怖。

在白色雾气中——它很快就稀薄了——一些没扎头巾的女人,跟头发乱蓬蓬的、睁着圆圆的鱼眼睛的男人,互相践踏着,东奔西窜。大家都背着包裹、口袋和箱子,跌跌撞撞,嘴里胡乱叫着上帝、圣徒尼古拉的名字,急着向什么地方跑去,互相打着。这是一种可怕的,同时也是有趣的情景,我就跟在他们后边瞧他们要干什么。

我生平第一次看到这夜间的惊慌情景,但我立刻明白是他们的误会。轮船依然照原来的速度行驶着。船右边,很近的地方燃着割草人的篝火。夜是那样明净,满月高高地悬在天空。

但是甲板上那些人却奔跑得越来越快,连二等舱三等舱的客人都跳出来了。有一个人纵身一跃,就跳到船栏外边去,接着又是一个,又是一个。两个男人和一个修道士拿木柴把钉死在甲板上的长椅子打下来;把一大笼鸡从船尾投到水里去。甲板中央驾驶台扶梯边,跪着一个男人,向由他身旁跑过去的人行礼,嘴里狼一般吼叫:

"诸位正教徒,我罪孽深重……"

"放救生艇,鬼东西!"一个肥胖的老爷只穿一条长裤子,连衬衫也没披,在大声叫唤;还捏紧了拳头捶自己的胸口。

水手们跑过来,抓住人们的领口,打他们的脑袋,把他们往甲板上推。这时候,斯穆雷笨重地踱来踱去。他在睡衣外边披上一件大衣;大声向众人劝说:

"也不害臊呀!你们干吗,疯啦?船靠岸了!这一边便是岸!跳进水里去的那些傻瓜,已经给割草的救起来了。他们在那里。瞧见没有,那边两只艇子?"

他捏紧拳头,望三等舱客的脑袋打去,从顶门上往下打,他们跟袋子似的,不声不响地倒在甲板上。

混乱还没有完全静下来,一个披着斗篷的妇人,手里拿着一把汤匙,向斯穆雷冲来;把汤匙在他鼻子尖上晃动,嘴里叫着:

"你怎么这样大胆呀?"

一个浑身湿透了的老爷,一边舔着自己的胡髭,一边拦着那妇人,并凄然地说:

"你别管他,这个蠢货……"

斯穆雷把两手一摊,羞惭地眨巴着眼,问我:

"唔,这是怎么一回事?为什么他骂我呀?真是岂有此理!那个妇人,我是头一次见着呀!……"

一个男人,一边擤着鼻血,一边叫唤:

"唉,这班人呀!简直是土匪!……"

一夏天,我在船上遇到了两次惊慌。两次都不是真正遇险,只是心里害怕,惟恐有什么危险,就这么惊闹起来。第三次乘客们捉到了两个扒手——其中一个扮作朝山进香的装束,他们背着水手偷偷把这两个人私刑拷打了差不多足足一个钟头。后来水手把扒手夺去,众人就骂水手:

"贼子庇护扒手,谁不知道呀!"

"你们自己喜欢偷摸,对扒手自然留情面……"

那两个扒手被打得不省人事。等到了一个码头把他们交给警察的时候,他们连身子都站不直了……

这样的事情,还有很多,这些事情使我很不平静,使人不明白他们是一种什么样的人,是坏人还是好人呢?是老实人还是捣乱鬼呢?为什么偏偏这样残酷,存着狠恶的心肠,从来不知满足呢?又为什么温顺得这样可耻呢?

我问厨师,可是他只是喷着浓烟,烟雾围住自己的脸,气恼地说:

"喂,你担什么心呀!人嘛,就这个样子……有聪明人,也有傻瓜。啊,你还是念书,不要啰里啰唆的。凡是正经书,里面都该有说明……"

他讨厌教会书、圣徒传。

"咳,这种书是神父跟他们的儿子读的呀……"

我想做一件使他高兴的事,送他一本书。在喀山码头上,我花了五戈比买了一本《一兵士拯救彼得大帝的传说》①。但那时候他恰巧喝醉了酒,在生气。我就踌躇了没送他,自己先念起来。这《传说》使我大为满意,一切都写得这样朴素,明白易懂,有趣味而且简练。我相信这本书一定会使我的老师满意。

可是当我把这本书送给他时,他默不作声,一把捏在手里,搓成一团,扔到船栏外边去了。

"这就是你的书,傻瓜!"他板起了脸。"我好像教狗一样教你,你还是想野东西,啊?"

他跺了跺脚,叫了起来:

"你知道这是什么书呀?书中的胡说八道我都念过了!书里写的你以为是真话吗?喂,你说!"

"我不知道。"

---

① 十九世纪七十年代在莫斯科出版的一种图文并茂的通俗廉价读物,作者不详。

"我可知道！把一个人的脑袋砍下了，身子从梯子上跌下来，这时候，别的人是再不会爬到干草棚去的。当兵的并不是傻瓜！他们放一把火，把这些草烧掉就完了！你懂了没有？"

"懂了。"

"懂了就好！彼得大帝的事我知道，可是这书里写的，都不是事实！你走开去吧……"

我明白厨师的话是对的。可是我依然喜欢那本书。以后又买了一本来，重新念了一遍。真奇怪，果然我瞧出那本书不好的地方来了。这使我不好意思起来，从此我更加注意地和更信赖地对待厨师，而他不知什么原故，更频繁地而且很感慨地说：

"唉，要怎么样教育你才好呢！这地方，不是你呆的……"

我也觉得这儿不是地方。谢尔盖待我很坏。我几次看见他从我桌子上拿去茶具，瞒着食堂管事，偷偷送到客人那儿去。我知道这是盗窃行为。斯穆雷屡次关照我：

"当心，不要把自己桌子上的茶具给堂官！"

还有许多对我不好的事情。我常想船一靠岸就逃走，逃到森林里去。但是牵挂着斯穆雷，他对我越来越和善。还有轮船的不断的航行，也深深地吸引着我。顶不痛快的是停泊的时候。我总期待着马上就要发生什么事情。我将从卡马河航到别拉雅河、维亚特卡河去，若是沿伏尔加河航行，则我将看见新的河岸，新的城市和新的人物。

但是这样的事情没有发生。我在船上的生活突然地而且可耻地结束了。一天傍晚，当我们正从喀山往尼日尼去时，食堂管事把我叫到他自己房间里。我一进去，他把门关上，对坐在垫有毛毯的椅子上阴沉着脸的斯穆雷说：

"他来啦。"

斯穆雷粗声大气地问我：

"你有没有把餐具给谢尔盖？"

"他趁我没看到时，自己拿走的。"

食堂管事轻声地说：

"他没看到，可是知道。"

斯穆雷用拳头打了一下自己的膝头，然后搔着膝头说道：

"你等等，别着急嘛……"

说着沉思起来。我望着食堂管事，他也望着我；可是我觉得在他的眼镜后面，好像没有眼睛。

他总是安分地过活，走起路来没有声音，说起话来低声低气。那褪了色的胡子，呆滞无神的眼睛，有时也会从那个角落里偶然出现，可是马上便消失了。每晚上临睡以前，他在食堂里点着长明灯的圣像前，跪好多时候。我从那鸡心形的门锁孔里看见过他。可是恰恰望不到他怎样祷告，他只是站立着，望着圣像和长明灯，叹着气抚摩胡子。

斯穆雷沉默了一会问我：

"谢尔盖给过你钱吗？"

"没有。"

"一次也没有？"

"一次也没有。"

"这小伙子不会撒谎，"斯穆雷对食堂管事说。管事却低声回答：

"反正都一样。好，请便吧。"

"我们走吧！"厨师向我喊了一声，走到我桌子边来，拿手指头在我头顶上轻轻弹了一下，对我说："傻瓜！我也是傻瓜！我本来应当照顾你……"

到了尼日尼，食堂管事给我结了账，我得了约莫八个卢布；这是我挣到的第一笔大款子。

斯穆雷跟我告别的时候，凄凉地说：

"唔……往后可要注意啦，懂了没有？漫不经意是不成的呀……"

他把一个五彩嵌珠的烟荷包塞进我手里。

"好，把这个送给你！这手工做得很好。是我的一个干女儿给我绣的……好，再见吧！念书吧，这是最好的事情！"

他把我挟在腋下,稍微举起来吻了吻,再把我稳稳地放在码头的垫板上。我难过起来,为他也为我自己。我望着他走回船上去,差点儿大哭一场。他那巨大的、结实的身体,孤单地挤在码头脚夫中间,慢慢走去……

后来,我还遇到过多少像他这样善良、孤独而愤世的人啊!……

七

外祖父和外祖母又搬到城里住了。我愤愤地带着想打架的情绪回到他们那里。我心里十分难过——为什么人家把我当小偷呢?

外祖母很亲切地接待我,马上去烧茶炊。外祖父照例嘲笑地问:

"攒了不少黄金吧?"

"任便有多少,都是我自己挣的,"我回答着,在窗边坐下。然后,俨然地从衣袋里掏出一盒烟卷来,开始悠悠地吸着。

"啊唷,"外祖父眼睁睁盯着我的举动。"原来这样,熏起魔鬼草来了,不太早一点吗?"

"有人还送给我一个烟荷包呢。"我夸耀说。

"烟荷包!"外祖父的声音变了。"你这是怎么啦?存心惹我生气吗?"

他向我扑过来,眼睛发着碧绿的光,抡着两只精瘦有力的胳臂。我猛地跳起,用脑袋撞他的肚子。老头子坐到地板上,很奇怪地眨了几秒钟眼睛,张开黑洞洞的嘴向我望着;然后心平气和地问:

"是你把我撞倒的吗?把你外公?把你妈的亲老子?"

"你过去可没少打我,"我喃喃地说,心里明白,是做得太不对了。

瘦小轻巧的外祖父,从地板上爬起来,坐在我身边,灵巧地把我的烟卷夺去,丢到窗户外边。然后吃惊地说:

"野种,你明白吗!老天爷永不会饶恕你的,在你这一辈子。"接着他向外祖母说:

"老婆子,你看吧。这孩子把我撞倒了;这孩子,撞我呀! 你问问他自己看!"

她也不问我,干脆走到我身边,一把抓住我的头发左右摇晃着,一边说:

"我叫你撞,撞,撞……"

我并不痛,只是觉得挺冤屈,尤其是听到了外祖父恶毒的笑声,心里更加生气。他在椅子上直跳,拍着膝盖,一边笑着一边嚷:

"活该,活该……"

我挣脱身,跑到过道,躺在角落里,懊丧地,颓然地听着茶炊沸腾的声音。

外祖母走过来,向我俯下身子,用微弱可辨的低声说:

"不要记我的仇,我没有抓痛你呀,我是故意装的——老爷子老了,必须尊敬他;他已经辛苦了多年,苦也受够了。啊,你不能气他。你不是孩子了,你应当明白……要明白,阿廖沙! 你外公跟小孩子一样……"

她的话像温汤一般冲洗着我的心。我听着这些亲热的低语,又害臊,又松快,一把紧紧搂住她,跟她亲吻。

"到外公跟前去,不要紧的! 你可不许马上当他的面抽烟,让他慢慢地习惯……"

我走进屋子里,瞧了外祖父一眼,差点儿没笑出声来,他果真得意得像个小孩子,高高兴兴地跺着两只脚,红毛茸茸的手在桌子上拍打。

"小公羊儿,怎么啦? 你又来撞人吗? 唉! 你这个小强盗! 跟你老子一模一样! 不信上帝的人,跑进屋子里来,也不画个十字,拿出烟来就抽,唉! 你这个拿破仑,一个子儿也不值!"

我不出声。他把要说的话说完,也就累得不作声了。可是到喝茶的时候,他又开始教训我:

"人应当害怕上帝,好像马要有笼头一样;除了上帝,我们再也没朋友了。人和人是最凶恶的仇敌!"

人和人是仇敌,我觉得这话倒有些真实,其余的话我都听不入耳。

"现在,你再上马特廖娜姨婆那里去;等到春天,你再到船上去干活吧。冬天就待在他们家里。可不许说你春天要离开他们……"

"咳,干吗骗人呢?"刚才假装着拧我头发的外祖母说。

"不骗人,是不能够过活的。"外祖父固执着说。"你说,谁不骗人能过日子呢?"

晚上,外祖父坐下念圣诗的时候,我跟外祖母到大门外野地去了。外祖父住的那所两个窗子的小屋,在市郊缆索街"后面",从前在这条街的正面外祖父有过自己的房子。

"看,搬到什么地方来了呀!"外祖母笑着说。"老头子找不到中意的地方,总是搬来搬去。连这个地方他也不中意,我倒觉得挺好!"

在我们面前,展开一片荒芜的草场,大约有三俄里宽。草场上有几道山沟,尽头是柳子形的树林和喀山公路边的白桦树。从山沟里伸出灌木丛的小枝条,跟鞭子一样。冷冷的夕阳,把它们染得血一般红。微微的晚风,摇晃着灰白的草叶。在近处一条山沟后边,可以望见小市民男女孩子的身影,跟草叶差不多少。右边,远处是旧教派墓地的红墙垣。那墓地叫做"布格罗夫隐修所"①。左边山沟上面,有一片黑黝黝的树林,在原野上耸立着,那儿有一片犹太人的墓地。周围的一切都显得萧索;一切都无声地紧紧偎依在这残破的地面上。那些郊外小房舍的窗子胆怯地望着尘土飞扬的道路。道路上徘徊着一些瘦小的喂得不好的鸡群。有一群牛在女修道院那边哞哞地叫着走过。从军营那里,传来军乐队的声音,几管铜喇叭,在呜呜地长号。

一个醉汉使劲拉着手风琴走来,跟跄跄,嘴里喃喃地说:

"我走到你那边去……一定……"

"糊涂蛋。"外祖母向红红的夕阳眯细着眼说。"你走得到吗?都快要跌倒了,睡着了。等你睡着的时候,会来小偷……把你这宝贝手

---

① 商人 H·A·布格罗夫在这块旧教派的墓地上建造了隐修所和小礼拜堂。为纪念他的善举,取了这个墓地名。

风琴偷掉……"

我一边把船上生活讲给她听,一边眺望四围的景色。增长了许多见识之后,再到这种地方,便有一种愁闷的感觉,好似一条鲈鱼爬进锅里。外祖母默默地、聚精会神地听着我讲,正像我喜欢听她讲一样。后来我讲到斯穆雷的时候,她诚心诚意画了一个十字,说:

"是个好人,愿圣母保佑他!你可不要忘记他呀!好事要永远记牢;恶事就干脆忘掉……"

我很难于开口向她说明,我为什么被人解雇,后来终于硬着头皮讲了出来。这对外祖母没引起任何的反应,她只是泰然地指出:

"你年纪还小,不会生活……"

"大家都在说:你不会生活。那些男人、水手,都这样说。还有马特廖娜姨婆,也对她儿子这么说,怎么才算会生活呢?"

她把嘴唇闭紧,摇摇头:

"这个我自己也不知道!"

"那你还说别人!"

"为什么不说呢?"外祖母心平气和地说。"你可不要生气。你年纪还小,你也不可能会。谁会呢?只有扒手会。你瞧你外公,他很聪明,有学问,但他一辈子什么也没落下……"

"那你自己生活得很好吧?"

"我吗?很好。有时也生活得不好……什么日子都过过……"

行人们在我们身边悠然走过,身后边拖着长长的影子,脚底下腾起蒙蒙的尘土,把影子盖住了。黄昏的哀愁,渐渐浓厚起来。从窗子里,流出外祖父唠唠叨叨的声音:

"耶和华啊,求你不要在怒中责备我,不要在狂怒中惩罚我……"[1]

外祖母笑眯眯地说:

---

[1] 引自《旧约·诗篇》第三十八篇第一节。

"啊呀,他早就使上帝厌烦了!每天晚上总是那么哭诉,可是哭诉有什么用呢?上年纪了,什么也不需要,可是还老诉苦,老发愁……上帝每天晚上听见他这声音,一定会笑起来:瓦西里·卡希林又在那里叽里咕噜了!……好,我们睡觉去吧……"

我决定干捕歌鸟的活计。我想,我捕了来,交外祖母去卖,一定可以把生活过得好。我买了一个网,一个环,几个捕鸟器,做了一些鸟笼。每天天快亮的时候,我就守在山沟灌木丛里,外祖母拿着篮子和口袋,在树林子里走来走去,采一些过了时节的蘑菇、荚蒾果、核桃之类。

懒洋洋的九月的太阳,刚刚升起,它的白色的光线,一会儿消逝在云中,一会儿变成银色的扇形,照到山沟里我的身上。山沟底部还是阴暗的;从那里升起一股乳白色的雾气。山沟露出黑黝黝的很陡的黏土质的侧面。另一个侧面坡度很缓,布满着枯草和茂密的灌木丛,点缀着黄色、红色、淡红色的叶子。一阵风吹来,把叶子吹落,在山沟里飘来飘去。

在山沟底部,长满牛蒡草的深处,发出金翅雀的啼声。在灰白色的杂草丛中,可以望见灵活的鸟的红冠。在我的周围,有许多好奇的白头翁在热闹地啼叫。它们有趣地鼓起白白的腮帮,忙忙碌碌吵闹着,这情形很像过节时候的库纳维诺的小市民年轻妇女。它们很灵巧,很聪明,很厉害,什么事情都想知道,什么东西都想去碰一碰,就这样,它们一只又一只落进捕鸟器里去了。看它们那么焦急乱闯的样子,真有点可怜。但我是做买卖的,是不能容情的呀,我把它们从捕鸟器里抓到鸟笼里,再用布袋把鸟笼罩住。它们一到暗地方,就变得老实了。

山楂树丛里,飞出一群黄雀。满树丛都是太阳光,黄雀欢喜得什么似的,叫得更欢了。瞧它们的模样,很像一群小学生。贪心的持家能手伯劳鸟,迟误了去南方的旅行,栖在野蔷薇树的软枝上,用嘴梳着翼上的羽毛。它们闪着黑炯炯的眼睛,狙伺自己的猎物;一刹那间,跟云雀一般向上飞起,捉住一只野蜂,小心翼翼地把它穿在荆棘树上,重又歇在枝上,不停地转动着贼溜溜的小脑袋。机灵的松雀没声没响地飞了过去。这正是我所渴望的,捉住它多好呀! 一只离了群的灰雀,披着红红的衣服,摆着像将军一样的架子,停在赤杨上,怒气冲冲地叫着,摇晃着黑嘴。

太阳渐渐升高,鸟儿越加多了,鸣声越加热闹了。整个山沟里充满了音乐。最基本的音调,是风吹灌木丛的簌簌声。闹盈盈的鸟声,毕竟掩盖不了这轻微的、动听的愁闷的低响。在这低响之中,可以听出一种夏天的离歌,其中喃喃着一种特别的言语,自然地变成歌词。这时,我不由得想起了许多不堪回首的往事。

从上边不知什么地方传来外祖母的声音:

"你在哪儿?"

她坐在山沟边上,面前摊开一块包头布,上边摆着面包、黄瓜、萝卜、苹果,这许多天赐的食物当中,有一只很美的多角的玻璃瓶,在太阳下发着光,瓶口塞一个雕成拿破仑头形的水晶塞子,瓶里装着一什卡利克①的用金丝桃浸过的伏特加酒。

"天啊,多么快活呀!"外祖母满心感激地说。

"我编成了一支歌!"

"是真的吗?"

我就把似诗非诗的东西唱给她听:

　　眼看着冬天渐渐到来,
　　夏天的太阳呀,再会再会! ……

可是外祖母不让我唱完,就插嘴道:

---

① 俄国酒类的量名,一什卡利克约合0.06公升。

"这种歌原来就有的,只是比这好一些!"
于是她提高嗓子唱了起来:

> 哎呀,夏天的太阳快离去了,
> 去到黑夜,那遥远森林的后边!
> 唉! 丢下我,一个年轻的姑娘,
> 孤零零地再没有一丝儿春的欢喜……

> 早晨我要不要去到村外,
> 回想五月中同游的欢情,
> 那旷野令人不快地望着,
> 我在这儿丧失了我的青春。

> 哎呀,我亲爱的女友们哟!
> 等那轻软的初雪堆起,
> 请从我白白的胸膛挖出心儿
> 把它埋葬在雪堆里!……

我的作家的自尊心,一点儿也没有受到伤害,我很爱这首歌,并且很怜悯那位年轻的姑娘。可是外祖母说:

"这里唱的是一种感伤的歌! 是一位年轻姑娘,咏叹自己的身世。从春天起她跟爱人一起游玩,可是冬天快到来的时候,她已被爱人抛弃了。也许她的爱人,已经另有新欢,所以这位姑娘悲伤不止……一件事物,自己没有亲身经历过,是不能讲得那么好,那么真的。你看这姑娘,她编得多好!"

第一次卖鸟儿挣了四十戈比,外祖母非常惊奇:

"你瞧,我只当是玩儿的,孩子的把戏,不料竟卖了这么多钱!……"

"可是还卖得太便宜了呢……"

"是吗?"

在赶集的日子,她总能卖到一卢布或更多些回来,这就更加惊异了:这么一些算不了什么的玩意儿,竟能够挣这么多钱!

"一个女人,一天忙到晚,给人家洗衣服,擦地板,也只挣得二十五戈比,你想想看!说来,这个行当不好!把鸟捉来关在笼子里,也不好。阿廖沙,这种买卖,还是别干了吧!"

可是我很醉心于捕鸟。我觉得它很有趣,而且借此可以独立谋生。除了鸟儿以外,没给谁找麻烦。我弄到了一些上等的捕鸟器具,常跟捕鸟的老前辈谈天,得到不少知识。我又常常一个人到三十来俄里外的伏尔加河边去,到克斯托夫森林里去捕。那儿作樯桅用的高大松树上,栖着交喙鸟,以及精于此道的人所珍爱的一种白头翁。这是一种长尾白毛,非常珍奇美丽的鸟儿。

我常常傍晚出发,整夜在喀山公路上走着,有时被秋雨淋着,跋涉在深深的泥泞中。背上背着油布袋子,里面装着捕鸟器和诱鸟笼,一只手拿着一根核桃木的粗大木杖。秋天的黑夜,寒冷可怕,很可怕!……公路两旁,立着被雷打坏的老白桦树,在我头上伸出了湿淋淋的枝条。向左边山崖底下望去,黑洞洞的伏尔加河上,浮闪着末班轮船和驳船上的几盏桅灯,好像正向无底的深渊沉下去。这些船的蹼轮,在水里啪啪地响着,汽笛呜呜地叫着。

在生铁一样坚硬的地面上,现出了路边村落的茅舍;一群愤怒的饿狗向脚边冲来;更夫敲着梆子慌恐地叫:

"那儿是谁?说句夜间不该说的话,是鬼把你弄来的吧?"

我担心我的捕鸟器具会被没收。每次总带着几个五戈比的铜子,准备送给更夫。有个福基纳村的更夫,跟我交了朋友,每次碰到,他总是惊叹:

"又是你来了?唉,你这个闲不住的夜游神,胆子倒不小!"

他名字叫尼丰特,是个矮个子,长一头白发,很像圣徒。他常常从怀里拿出萝卜、苹果,或是一把豌豆什么的,放在我的手里。

"唔,送给你,朋友,我留着特地请你的。吃吧。"

接着,就一直送我走到村外。

"去吧,上帝保佑你!"

东方发白的时候,我走到树林里,就把捕鸟具装好,挂起诱鸟笼,在林边躺着,等待太阳出来。这时万籁无声,四周的一切都冻结在深深的秋眠中。灰沉沉的雾气里,隐约望见山崖下广阔的草场。这一片大草场虽然被伏尔加河隔断,但越过了河,还是向外伸展,直伸展到渺茫的雾气中。渐渐的,从远处草场尽头的树林后边,悠然升起了白洋洋的太阳;黑色马鬃毛般的林子上面,闪烁着光波,展开了一种奇异的,动人心魄的场面:雾从草地上渐渐升腾起来,愈升愈快,被阳光映成银色。接着,地面上显出了灌木丛、树木、干草堆。草场好像融化在阳光中,变成一种赤金色,向四面八方洒开来。现在,太阳已照到河边静寂的流水上,好像整条大河,都已经向太阳沐浴的地方涌过来了。太阳笑嘻嘻的,渐渐升高,祝福着,温暖着这赤裸的寒战的大地。地上散溢着秋天的浓香。天空一碧无瑕,地面显得更加辽阔无边。一切东西统统向远方流去,好像有人在引诱着:"到那青青的地平线去吧。"在这地方,我已看过几十次日出,每一次都另有一番新的景象展现在我的眼前。——一个充溢着新奇的美景的世界……

不知什么缘故,我特别喜欢太阳。我爱太阳这个名字,爱这名字中悦耳的声音,藏在这声音中的音响。我喜欢闭着眼睛让脸晒在温暖的阳光中。当阳光剑一般穿过墙垣的隙缝或树枝间的时候,我爱伸出两手的手掌去捉它。外祖父非常崇拜"不拜太阳的米哈伊尔·切尔尼戈夫斯基大公和贵族费多尔"[①];我以为这不过是跟茨冈人一样的黝黑而阴险的恶徒。他们好比可怜的莫尔德瓦人,是永远的眼病患者。太阳从草场上升起时,我不禁高兴得笑了。

针叶树在我头上沙沙作响,绿叶尖上滴下露珠。树荫下的阴影

[①] 古代俄罗斯传说,这位大公和贵族因为拒不崇拜鞑靼的偶像,于一二四六年被杀害于金帐汗国。

中,蔷薇的图案纹的叶子上,早晨的寒霜像一层银箔似的闪烁。带红色的草,被雨水打倒了,草茎伏在地面上,一动也不动;可是当一缕明亮的光线落在这草茎上的时候,就可以瞧见草叶中有一种轻微的战栗;这也许是生命的最后的挣扎吧。

鸟儿们醒来了,灰色的煤山雀像绒毛球,从这枝跳到那枝。火焰般的交嚎鸟,用弯曲的嘴啄松树顶上的松果。松枝梢头,一种白色的白头翁摇着身体,摆动着长长的船舵一般的尾巴,张着黑珠子一般的眼睛,不信任地斜眼瞧瞧我张着的网。忽然,一分钟以前还沉浸在深思中的整座森林,漾起千百种的鸟声,充满了大地上最纯洁的生物的叫声。大地上的美丽之父——人类,也就依照它们的形象,造出了许多爱尔菲①、司智天使②、六翼天使③以及天使之群来安慰自己。

捕这些鸟儿,未免有点不忍,我觉得把它们关进笼子里,良心上过不去。我更喜欢观赏它们,可是狩猎的热情和挣钱的欲望,压倒了怜悯之心。

鸟儿们做出许多狡猾的把戏,使我觉得可笑。蓝色的白头翁,仔细观察了捕鸟器,知道那儿有危险,便从侧边钻进去,安全地、巧妙地从捕鸟器的棒杆上啄去了诱饵。白头翁本是很聪明的,可是太好奇,这就害了它们。骄傲的灰雀比较笨一点。它们成群地钻进网里来,好似一队吃得脑满肠肥的市侩拥进教堂里去。被网儿罩住时,它们非常惊异,眨眨眼睛,用厚钝的嘴啄着指爪。交嚎鸟走进捕鸟器,显得镇定而大方。还有一种叫作绕树鸟的,是一种神秘的怪鸟;这种鸟长时间站在网跟前,把身子支在粗壮的尾巴上,不时动动长嘴。它跟啄木鸟一样,在树干上跑着,总是跟白头翁做伴。这种烟灰色的鸟,让人感到有一种可怕的地方,像是有一点儿孤寂,谁也不爱它,它好像也不爱谁。它跟喜鹊一般,喜欢偷一些细小发亮的东西藏起来。

---

① 古日耳曼和北欧西欧神话中具有魔法的人物,象征大自然的力量。
② 九天使中的第二位。
③ 《圣经》故事中的天使。

到近午时候,我停止了捕鸟,穿过森林和旷野回家去。如果走大路经过村落,便有一班孩童、小伙子来打劫我的鸟笼,打坏我的工具。这种事我已经遇到过了。

傍晚回到家里,又饿又累。可是我感到在这一天中自己好像长大了,见识了一点新事物,也变得更硬气了。这是一种新的力量,靠着它,对于外祖父的讥刺,也就不放在心上,能一点不带气愤地听下去。外祖父看见我这种样子,便开始入情入理地,严肃地说:

"扔掉这吊儿郎当的营生吧,扔掉吧!哪里听说过一个捕鸟的人能有出息,没有这种事,我知道!你还是去找一个正当职业,磨炼磨炼你的智慧吧。人活着,并不是叫你吊儿郎当的。人好比上帝播下的谷种,必须要长出好穗子来!人好比一个卢布,会盘利息,就能变成三卢布!你当过日子是容易的吗?不,很不容易啊!对人来说,世界是一片暗夜,每个人必须给自己照亮道路。每个人都长着十个指头,可是谁都想捞得多些;所以必须把气力显出来。没有气力,就要狡猾。你要是又小又孱弱,那么上天国,落地狱都是不成的。人好像在跟大家一起过活,其实要记住自己是孤独的人。人家说的话都要仔细听,但是谁的话也不要相信;你要是只凭眼睛看,便会把事情弄错的。嘴要谨慎。房屋、城市,不是一张嘴可以造成的;要用卢布跟斧头才能造。你得知道,你既不是巴什基尔人,又不是加尔梅克人,他们的全部财产,只是虱子和羊群……"

他可以这样唠叨一个晚上。这些话我都能背下来。我很爱听他的话,只是这些话的意义,我总是不大相信的。照他说,一个人所以不能称心如意地过活,是有两种力量在中间阻碍:一种是上帝,一种是人。

外祖母坐在窗边,纺着织花边用的纱线;纺锤在她灵巧的手里嗡嗡地响着。她听着外祖父的话好久都不作声,后来忽然开口道:

"一切事情都会变得像上帝所希望的那样。"

"什么?"外祖父叫起来。"上帝?我并没有忘掉上帝呀。我是知道上帝的!傻老婆子,上帝难道愿意把一些傻瓜种在地上吗?"

……我觉得世界上最有福气的,似乎要算哥萨克人和兵士了。他们的生活单纯、快活。晴天,他们一清早就跑到我们门前那山沟对面,好像白蘑菇似的,在空地里散开,开始做复杂有趣的游戏:那些穿白衬衫的敏捷强壮的人,手里拿着枪,在空场上欢乐地奔跑,然后消逝在山沟里。喇叭声一响,他们忽然又跑到空场里来,跟着闹盈盈的军鼓声,叫着"乌啦",把枪尖头向前冲去,直朝着我们的房子冲过来。好像转眼之间,会把房子当一个稻草堆似的冲倒。

我也叫着"乌啦",迷迷糊糊地跟着他们一块儿跑。凶猛的铜鼓声不知不觉地引起我想破坏一切,把墙头冲倒,或是把小孩子打一顿的心思。

休息的时候,那些兵士拿一种粗烟卷请我抽,拿重重的枪给我瞧;有时,一个兵士把枪刺对着我的腹部,故意发出惨厉的声音:

"我刺死你这只小蟑螂!"

枪刺亮闪闪的,跟活的一样,像一条蛇似的盘旋着想要螫人,见了未免有点可怕,可是更多的却是快乐。

鼓手莫尔德瓦人,教我怎样拿鼓槌打鼓。开头他把住我的手,直到疼痛,把鼓槌塞进我被捏得发疼的手指中间。

"敲吧!一,二。一,二。搭郎,搭搭,汤!敲吧,左边轻,右边重。搭郎,搭搭,汤!"他跟鸟儿那样圆睁着眼睛,狠狠地喊着。

我跟着兵士们一起在空场上跑着,直到操练完毕。之后,一边听着他们大声歌唱,一边瞧着他们每一张都跟刚铸出的新的五戈比铜子一般善良的脸,一直经过全城,送他们到营房门口。

看见许多一模一样的人,组成一个密集的队伍,形成统一的势力,快步地在街头经过,我就产生一种想同它接近的感情,很想跟沉入河中去、走进森林去似的,投身到他们的队伍里去。这些人是什么都不怕,勇敢地看待一切,能够征服一切,想要什么,就有什么。而最主要的是他们纯朴、善良。

可是有一次休息的时候,一个年轻下士,拿一支粗大的烟卷给我抽:

"你抽吧!这可是一支好烟,我不愿给任何人抽,可是你这孩子太好了,我送你抽呀!"

我抽起来,他退后了一步。突然,烟卷上冒出一股红红的火焰,迷住我的眼睛。我的指头、鼻子、眉毛都烧伤了。一股灰色的咸味的烟气,呛得我又打喷嚏又咳嗽。我眼睛瞧不见东西了,我吓得蹦跳起来。一群兵士把我紧紧围住,快活地高声大笑。我转身回家,嗯哨和哄笑,宛如牧羊人的鞭子的声音,在背后追着我。被烧的指头发疼,我的脸破了,眼里流着泪。但是压得我透不过气来的,还不是这种肉体上的痛苦,而是一种不可言状的惊异:为什么他们要这样对待我?这种恶作剧为什么能使这班善良的青年人高兴?

回到家中,我爬上阁楼,在那里坐了很久,回想我过去很多次遇到的那一切无法解释的残酷,特别清楚生动地浮在眼前的,便是那个从萨拉普尔来的矮小的当兵的。他好像活生生的一样站在我的面前问:

"怎么样?明白了没有?"

过了不久,我又遇到了比这个更倒霉更惊人的事。

我常常到哥萨克兵营里去;兵营在佩切尔区①附近。我觉得哥萨克和兵士不同,并不是因为他们马骑得好,装束特别漂亮,而是因为他们说话特别,唱另样的歌,而且跳舞也实在好。有时候,在傍晚,他们把马刷洗好,就在马房边围成一个圈子,一个瘦小的棕红色头发的哥萨克,头发甩得乱蓬蓬的,提高嗓子唱起来,好像一个铜喇叭。他使劲挺直身子,轻轻地唱着静静的顿河和蓝色的多瑙河一类的悲歌。他的眼睛闭着,跟那些唱得太累、从树枝上掉下来、有时也会死掉的红雀一般。他敞开衬衫的领口,露出铜马镫似的锁骨;而且他的全身,就好像

---

① 下诺夫戈罗德城(今高尔基市)的一个近郊区。

一尊铜像。他用两条瘦瘦的腿站着,好像大地在他的脚下摇动。他张着两臂,闭着眼,提高着嗓子唱。看那样子,他好像不再是一个人,而是一个号手的号,一支牧羊人的笛子。有时候,也觉得他马上会翻身仰倒在地上,跟红雀般立刻死去一样。因为他把整个心灵,全部力量都倾注到歌唱里了。

他的同伴们,有的把手放在衣袋里,有的把手放在宽阔的背脊后面,在他四周围成一个圈子,严肃地凝视着他铜色的脸,盯着他那向空中轻轻挥动着的胳臂,像教堂里的唱诗班一般,神态庄重而又不慌不忙地唱。他们这班人,不管有胡子的或没有胡子的,在这一刹那间,都变得和圣像一样,和圣像一样威严,和圣像一样超越人间。歌像一条大路似的长,也像大路一样平坦广阔而光明。听了这歌声,使人忘掉了一切,忘掉大地上是白昼还是黑夜,自己是孩子还是老人!唱歌人的歌声渐渐消沉下去,这时候就听见那些军马发出悲嘶的声音,它们怀念着辽阔的草原,听见萧萧的秋夜从野地迫近过来的声音。听着,听着,心儿就膨胀起来,充满一种异常的感情,溢腾起对人类、对大地的伟大的无言的爱,好像马上就会炸开来。

我觉得那位瘦小的像铜人一样的哥萨克,不是一个普通的人,而是一个伟大的神话般的比一切人都善良、都高尚的人物。我不能够和他说话,有时他问我什么,我只能幸福地微笑着,嚅嚅嗫嗫说不出话来。我情愿像狗一般顺从,一声不响地跟在他后边跑,只要能够经常瞧见他的影子,能够听见他的歌唱。

有一天,我看见他站在马房角落里,把一只手举到眼前,凝视着戴在指上的一只光滑的银指环。他的美丽的嘴唇在微动着,一撮小小的红髭须在发抖,满脸现出悲痛懊丧的神色。

还有一次,在黑暗的晚上,我带了几只鸟笼子上老干草广场①的酒店去。酒店老板非常爱会唱歌的鸟,常常买我的鸟儿。

---

① 在下诺夫戈罗德城东北,是个干草、燕麦、面粉的销售场。

那哥萨克正坐在屋角炉子和墙壁间的柜台边，身边坐着一个身体比他几乎胖一倍的妇人：她那张圆脸，像上等山羊皮似的发出光彩；她用母亲似的慈祥的眼光，微带惊惧地望着他。他醉了，把伸直的脚在地板上来回摩擦着；大概碰痛了妇人的脚。她身子哆嗦了一下，蹙着眉头低低请求他说：

"不要动手动脚呀……"

哥萨克把眉毛使劲一竖，立即又无力地垂下了。他热得解开了制服和内衣，露出了脖子。女的把头巾布从头上放到肩头，一双茁壮白嫩的手臂搁在桌边上，指头互相绞扭，绞得泛出红色。我越看他们，越觉得他这个人像是一个在慈爱的母亲面前有过失的儿子。她很柔和地对他叮咛着什么，但他只是不好意思地沉默不语，好像对于正当的指斥，没有可回答的。

他像是被什么东西刺了一下，突然站起来，胡乱地戴上军帽（几乎盖住了眼睛），用手掌拍了拍它；也不扣上衣服，就向门口走去。女的也就站起来，对酒店主说：

"我们马上就回来，库兹米奇……"

大家用笑声和嘲谑送他们出去。有人沉厚而严峻地说：

"领港员①会回来的；他要给她苦头吃了！"

我跟着他俩后面出去。他们在黑暗中走着，离我前面约十步的样子，斜穿过广场，踏着泥泞的道路，向伏尔加河高岸的斜坡走去。我看见女的扶着哥萨克，显出蹒跚的样子。我听见泥浆在他们脚下作响。女的低声恳切地问：

"您到什么地方去？喂，到什么地方去？"

虽然那条路并不是我要走的，但我依然踏着泥泞跟上他们。不多一会儿，他俩走上了斜坡的小路，那哥萨克就站下来，离开女的约一步距离；突然打了女的一个耳光，女的吃了一惊，大声喝叫：

---

① 指哥萨克。他先走，胖女人随后跟进，有如领港员为轮船引水，是一种俏皮的比喻说法。

"啊哟,这是为什么?"

我也吃了一惊,直跑到他们身边。哥萨克横抱着女人的身躯,把她扔到堤栏外边的坡上,自己也跳了下去。两个人扭成黑黑的一团,顺着斜坡草地滚下去。我感到一阵昏眩,愣住了。听见底下有窸窣的声音,有撕破衣服的声音,和哥萨克的吼叫声。女的断断续续地低声吓唬:

"我喊了……我要喊了……"

她痛苦地哼了一声,声音很大,随后就静寂了。我摸到一块石头丢下去,只听见草沙沙地响。广场那边,酒店的玻璃门砰的一声响,有人啊哟地叫了一声,大概是跌倒了。接着,一切又回复静寂,这是一种使人担心每秒钟都会有什么事要发生的静寂。

坡下现出了一大团白东西。这个白团哽咽着,啜泣着,缓缓地、踉踉跄跄地向上边走来。——我认出就是那个女人。她像一只绵羊一样爬了过来。我看出她上半身完全裸着,吊着两只大奶子,好像变了三张脸。她终于爬到堤栏旁边,在堤栏边上坐下,几乎跟我坐在并排。她理着散乱的头发,好像一只害气肿病的马,呼呼地喘息着。雪白的肉体上沾满了乌黑的泥巴。她哭着,像猫洗脸似的擦着脸上的眼泪。瞥见了我,她就轻轻说:

"啊哟,你是谁?快走开,不要脸的!"

惊愕与悲痛的感情,使我呆住了,再也不能动一动。我记起了外祖母妹子的话:

"女人是一种魔力,上帝自己也受了夏娃的骗……"

这个女人站起来,用衣服的破片掩住了胸脯,赤着脚,急忙忙跑开了。这工夫,哥萨克从坡下爬上来,把白色的破布片向空中摇晃,轻轻地吹了一声口哨,倾听着,用快乐的声音说:

"达里娅!怎么样?咱们哥萨克人,想要什么就能得到什么……你当我喝醉了吗?没—有,我这是装出来给你看的了……达里娅!"

他昂然站着,说话口齿很清楚,声音中带着嘲笑。他弯下腰,用破

布片擦干净自己的靴子,接着又说:

"喂,把上衣拿去……达什克①!不要装模作样了……"

他又大声说了一句侮辱女人的话。

我坐在岩屑堆上,听着他在这夜静中孤零零的耍威风的声音。

广场上的灯火在眼前闪动。右边,黑憧憧的树行中耸立着贵族女子专科学校白色的校舍。哥萨克懒洋洋地胡诌着一连串秽亵的话,挥动着白的破布片,向广场走去,像一场噩梦似的消失了。

斜坡下边的水塔里,排汽管在喘息。坡道上跑过一辆街头四轮马车。四周一个人影也没有。我沉闷地顺着斜坡走去,一只手里还拿着一块冷冰冰的石头,我没有来得及扔向哥萨克。在胜者格奥尔吉②教堂左近,被一个打更的叫住了。他怒气冲冲地问我是谁,背上的袋子里是什么东西。

我把哥萨克的事一五一十告诉了他,他哈哈大笑起来,怒叫道:

"有办法!哥萨克人真有两下子;我们哪比得上他们,娘儿们都是母狗……"

他笑得前仰后合,可是我已经往前走了。我真不懂,他到底是笑的什么。

我恐惧地想着:若是我的妈妈、我的外祖母碰上这样的强暴,该怎么办呢?

八

天开始下雪的时候,外祖父又把我带到外祖母妹子的家里去。

"这对你没有什么不好,没有什么不好,"他对我说。

我觉得,这一夏天经历了很多的事情,年纪也大了好些,人也变得聪明多了。可是在这中间,主人家里也更加枯燥乏味了。一家人依然

---

① 达里娅的昵称。
② 参看本卷第一五四页注①。

因为吃得太多,闹胃病,依然彼此唠唠叨叨讲着病情。老婆子,也依然恶毒可怕地祷告上帝。年轻的主妇,产后瘦了许多,身子虽然缩小了不少,可是动作还依然跟孕妇一般,摇摇摆摆、慢慢腾腾的。她每次给孩子缝内衣时,总是低声唱着一首同样的歌:

　　斯皮里亚,斯皮里亚,斯皮里东
　　斯皮里亚,我的亲兄弟,
　　我坐在雪橇上,
　　斯皮里亚放在后座上……

若是走进她屋子里,她马上停了唱,愤愤地嚷:
"你来干什么?"
我相信除了这首歌之外,她什么歌都不会唱。
晚上,主人们把我叫进屋子里,命令说:
"喂,讲讲你在船上的生活吧。"
我便坐在靠近厕所门的椅子上讲起来。违反我的意志,重新被塞到这家里来的我,回想另一种生活,也是一件快乐的事。我讲出了神,完全忘记了听众,但这样的时候不很久。那些女人并没有坐过轮船,她们向我问道:
"可是,总有点害怕吧?"
我不懂——有什么可怕的。
"轮船忽然开到水深的地方,会沉下去吧!"
主人格格笑起来;我虽明明知道轮船不会在水深的地方沉没,但总不能说得使她们完全明白。老婆子以为轮船并不是在水面上浮着,而是跟火车一样在地上转动,靠轮子支在河底行走的。
"既然是用铁造成的,在水里怎么能浮起来呢?斧头总不能浮在上面吧……"
"铁勺子在水里不是也不会沉吗?"

"这不能相比，勺子很小，而且中间是空的……"

我讲到斯穆雷和他的书籍的时候，他们就疑惑地注视着我。老婆子说写书的人都是些混账，或是邪教徒。

"那么圣诗集呢？那么大卫王呢？"

"圣诗集——那是圣书呀。而且大卫王也为圣诗集向上帝请过罪。"

"这话写在什么书上？"

"这话就写在我手心里，我给你后脑勺一巴掌，你就知道写在哪儿了！"

她什么事都知道，而且无论说到什么，她都显得很有把握，说得斩钉截铁。

"佩切尔街上死了一个鞑靼人，咽喉里流出了黑色的灵魂，黑得跟焦油一般！"

"灵魂是一种精气呀，"我说。可是她轻蔑地嚷：

"难道鞑靼人的灵魂也是精气？傻瓜！"

年轻的主妇也害怕书籍：

"念书是很有害的，尤其是年轻时候，"她说。"我老家格列别什卡那儿，有一个良家姑娘，一天到晚迷在书本子里，后来爱上了一个副牧师。副牧师的老婆可让她出了丑！在大街上，当着众人的面……"

有时我引用了斯穆雷书中的一句话。他的书籍中，有一本前后都缺了页子的，其中有这样的话："老实说，火药并不是谁发明的；像历来的情况一样，它也是经过一系列细微的观察与发现之后，才制成的。"

不知什么缘故，我牢牢记住了这句话；尤其是"老实说"这几个字，使我非常中意，我感到了这几个字的力量。但是这个字眼常常害我碰壁，说来都可笑。生活中确有这样的事。

有一天，主人们要我再讲点轮船上的事给他们听，我回答说：

"老实说，我已经没有什么可讲的了……"

他们听了这个字眼吓坏了，喊起来：

"什么？你说什么？"

四个人开始一齐笑，学着说：

"老实说——哎唷唷！"

连主人都对我说：

"你用得可是不高明呀！怪人！"

从此以后，有好久，他们都叫我：

"喂！老实说！去把孩子弄上屎尿的地板擦一擦呀，老实说……"

这种毫无意义的揶揄，并不使我生气，只是使我觉得奇怪。

我生活在这昏昏沉沉的闷人的气氛中，为摆脱这种情绪，我尽可能多找一些活干。在这儿不愁没活儿干：家里有两个婴孩；保姆又不合主人的意，老是调换，我就不得不照料婴孩。每天洗婴儿的尿布，每周还要到"宪兵泉"①去洗衣服；那里的洗衣女笑我说：

"怎么，你干起女人家的活来啦？"

有时候她们捉弄得太过分了，我就拿水淋淋的衣服冲她们打，她们也用同样办法狠狠地回敬我，可是跟她们在一块儿，很快活，很有趣。

"宪兵泉"顺着一条深沟流入奥卡河。这条深沟把用古代神灵雅里洛为名的原野和这边的城市隔开。每逢春祭节②，街上的小市民就到原野上来游玩。据外祖母对我说，她年轻的时候，人们还信奉雅里洛神，拿东西来祭他，祭他的时候，用轮子卷上浸过树脂的麻絮点上火，从山上滚下来。大家嚷着唱着，瞧这着火的轮子是不是一直滚到奥卡河。如果是一直滚到了的话，那就是说，雅里洛神已经接受了祭礼，这年的夏天，一定能够风调雨顺。

洗衣女大都是从雅里洛来的，统统都是性情活泼、能说会道的女人。她们对街市上的事全知道，听她们互相讲到她们的主人——商

---

① 此泉在宪兵队的马厩附近，因此取名"宪兵泉"。
② 民间在春季里祭奠亡魂的节日，在复活节后第七周的星期四举行，有跳环舞，编白桦花环，做各种游戏等活动。

人、官吏、军官的事，真是有趣得很。在冬天，用冰冷的溪水洗衣服，简直是一种苦工，所有女人的手，都冻裂了皮。她们在蔽不住风雪的满是缝隙的旧木板小屋檐下，屈身在引进木槽里的流水上洗衣服，面孔冻得红红的，湿手指僵硬得不会弯曲，眼睛里掉下眼泪，可是她们互相不停地讲各种各样的事情，对于一切和任何事务都带有一种特殊的勇敢。

最健谈的一个，叫纳塔利娅·科兹洛夫斯卡娅，三十多岁，是一个很有朝气的结实的妇人，眼睛里含着一种嘲笑，说话特别的尖刻。她的女伴们都很尊敬她，有事情都跟她商量；又因为她干活麻利，穿着整洁，还有一个女儿在中学里念书，所以特别受人尊敬。每当她背着两篮湿衣服，弯着腰从溜滑的小路上走下来的时候，别人碰见她，总是笑嘻嘻地，关心地问她：

"你女儿好吗？"

"还好，谢谢你，托上帝的福，在念书！"

"瞧着吧，将来会当太太的！"

"叫她念书，就是想她能够当太太。什么富贵老爷，什么夫人太太，你说是从哪儿来的？统统都是咱们这班土百姓出身的呀。学问学得强，手臂长得长；手臂长得长，东西捞得多；东西捞得多，工作就光彩……上帝送我们来时大家还都是傻孩子，我们回上帝那里要做聪明老头儿，就得学习！"

当她说话的时候，大家都默默地注意听她那头头是道的富于自信的谈吐。大家当面背后都称赞她，对于她的勤苦耐劳和头脑精明都表示惊异，可是却没有一个人去学她的样。她把长筒靴的棕色皮统子剪下一段，缝在袖口上，这使她不必把袖子管卷到肘弯上，也不会弄湿了。大家都称赞她想得聪明，可是没有一个照她样去做。我学样缝了一个，大家却来笑我：

"啊哟，你从女人手里偷小聪明！"

大家又说到她的女儿：

"这真正是一件大事啊！世界上要多添一位太太了，可不是件容易的事！也许学问还没有学好，就死了……"

"一个人有了学问，也不一定过得好。你瞧，巴希洛夫家的女儿，她念了多少书，念书念书，结果念到自己也当了女教员，女教员，就是老处女的别名啊……"

"这话也不错，没有学问，只消有一点什么可取，也一样可以嫁汉子……"

"总之，女人的智慧，不在乎头脑……"

听她们自己这样不害臊地谈着自己，我觉得又奇怪又别扭。我知道水手、兵士、土工们怎样谈论女人，也见到过男人家总是互相吹牛，说自己骗女人的手段怎样高明，跟她们的关系怎样才能长久。我觉得他们好似把"娘儿们"当作冤家对头。但从男人们得意洋洋的脸上，总可以约略看出那些吹说自己胜利的话里，虚构多于真实。

洗衣女对于自己私情的事虽然不谈，但当她们一谈到男子的时候，却可以听出里边含蓄嘲笑的恶意。我想：说女人是一种魔力，也许是对的。

"男人家任他怎么胡闹，任他怎样同别人要好，叶落归根，还是要回到女人身边来的，"有一次，纳塔利娅这么说。一个老婆子用着害伤风似的声音，对她喊叫：

"不这样，他们还能到哪里去呀？连修道士、隐修士，也离开上帝，到咱们这儿来……"

她们在山沟底部，在那连洁白的冬雪都不能盖住的肮脏的山沟里，在如怨如诉的潺潺水声中，在湿淋淋的破衣烂衫的捣击声中谈论着关于一切民族和种族是从哪里来的秘密。这种不害臊的粗野的对谈，使我产生了一种畏惧的厌恶，使一切思想，一切感情，都远远地离开周围那些惹人讨厌的"罗曼史"。从此说到"罗曼史"，我就马上想到那种肮脏猥亵的事情来。

可是在沟沟里跟洗衣女子做伴，在厨房里和勤务兵在一起，在地下室里跟土工一起，比待在家里要有意思得多。待在家里，老是重复着一些刻板单调的谈话、概念和事情，只觉得气闷、无聊、想打瞌睡。主人只是吃、病、睡，一天到晚，忙忙碌碌，跳不出做饭和准备睡觉这个圈子。他们谈罪恶，谈死，而且他们怕死怕得要命。他们像石磨上的谷粒，争先恐后地挤着拥着，时刻等待着马上会在磨里被研成粉末。

闲空的时候，我就到柴棚里去劈木柴。我想自己一个人清静一下，可是这很少能办到，勤务兵们跑来了，谈这院子里的新闻。

到柴棚来找我次数最多的，是叶尔莫欣和西多罗夫两个。叶尔莫欣是一个瘦长驼背的卡卢加人，全身长满粗大结实的青筋，脑袋很小，眼色浑浊。他是个懒鬼，傻得要命，动作迟慢不灵活，可是瞅见女人，就发出牛一样的叫声，俯身向前，好像要跌倒在她脚下似的。他很快就把厨娘女佣弄到了手，院里的人都很惊异，自叹不及。他有熊一样的气力，谁都怕他。西多罗夫出生在图拉，瘦个子，老是显出伤心的样子，说话低声细气，咳嗽起来小心谨慎，眼睛畏怯地闪着。他最喜欢向暗角落里呆瞧，无论在小声地说着什么，还是在默默坐着，总是呆瞧着最黑暗的角落。

"你在瞧什么呢？"

"说不定从里面跑出老鼠来……我顶喜欢老鼠；那小东西总是悄没声息地跑来跑去……"

我常常给那些勤务兵代写家信，代写情书，这差使真有趣。但是在这些人中，我最高兴代西多罗夫写信。每星期六，他一定给在图拉的妹子写一封信。

他把我叫到他厨房里，在桌子边和我并排坐下，两手使劲揉着剃了头发的头，然后靠在我耳边低声说：

"好，你写吧！开头是老一套：我的最亲爱的妹妹，祝你长寿！现在再写：一个卢布收到了，不过你不必寄钱来了；谢谢。我什么都不要，我们过得很好。其实我们过得很糟糕，跟狗一样。不过，这话不能写。你写：很好！她还小，只有十四岁，不必告诉她。现在你自己写吧,照着人家教你的那样写……"

他把身子压在我的左肩上,一股又热又臭的口气吹着我的耳朵,反复低声叮咛:

"叫她不要让年轻的小伙子拥抱,千万不许让他们摸她的奶子。你再写:如果有人对你甜言蜜语,你不要相信他,这是他想欺骗你,糟蹋你……"

他竭力憋住咳嗽,脸涨得通红。他鼓着两腮,眼睛里流着泪。他在椅子上坐不安定,推了我一下。

"你不要打搅我呀!"

"不要紧,你写!……尤其是那班老爷们,千万不要相信他们。他们是骗年轻姑娘的老手。他们说得好听,什么话都会说,你要是听信了这种人的话,就会被他们卖到窑子里去。还有,你要是能攒下钱,就交给神父,他若是好人,一定会给你好好保存起来的。不过,最好,还是埋在土里,什么人都不让瞧见,只消你自己把那埋的地方记住。"

听着这被厨房气窗洋铁皮翼子的吱喳声压倒的低语是很难受的。我回过头去,瞧瞧煤熏黑的炉口,望望满是苍蝇屎的食器橱。厨房脏得厉害,到处都是臭虫;到处发着焦油、火油、煤烟的强烈的臭味。炉上的碎木柴中间,油蟑螂蠕蠕地爬走,烦闷袭人心灵。这个兵士和他的妹子,可怜得几乎令人掉泪。难道可以这样生活吗?这样的生活算是好的吗?

我再不去听西多罗夫的唠叨,而自己写着,写的是生活上的痛苦和心里的牢骚。他叹一口气对我说:

"写得不少了,谢谢你!现在她会懂得要怕什么……"

"有什么可怕的,"我生气地说。虽然我自己也害怕好多东西。

兵士咳嗽了几声,笑笑说:

"你真是怪人!怎么不怕呀?老爷们呢?上帝呢?……还少啊!"

他一接到妹子来信,就很不安地请求:

"请念给我听听，快些……"

于是他要我把一张写得歪歪斜斜的、简短空洞得使人遗憾的信给他连念三遍。

他人很和善，但对女人却跟所有的人一样，像狗一般的粗野和简单。我有意无意地观察过这种关系，亲眼看见过这种关系从开始发展到最后往往快得令人惊讶，令人作呕。我看见过西多罗夫开头如何对女人谈军队生活的痛苦，引起她的同情；其次用甜言蜜语把女人迷倒；在这以后，就把自己的胜利，讲给叶尔莫欣听，好似喝了苦药似的皱着脸，吐着口水。这也使我心里很难过。我气愤地问他：为什么他们都欺骗女人，对她们撒谎，然后玩弄，再把她让给别人，还常常打她们呢？

他只是嗤着鼻子轻轻一笑，这么说：

"你不必管这种事。这些都不是好事，是罪过呀！你年纪小，你还早呢……"

不过有一次，我却得到了更明确的使我难忘的回答：

"你当女人不知道我在骗她吗？"他这么说着，眨巴着眼，咳嗽了一声。"她知——道的！她自己愿意受骗！这种事，谁都说谎骗人。这就是这样的事呀，全都害臊啊！哪里真有什么爱，只不过玩玩罢了！这是一件真正的不要脸的事情。往后你总有一天自己会明白！可是必须在晚上。如果是白天，就必须在黑暗地方，在柴棚里，是呀！正因为这个，才给上帝撑出了天堂。正因为干了这种事，所以咱们大家都是不幸的……"

他说得那么好，那么忧伤，而且带着忏悔的样子。因此我对于他的罗曼史，也就稍微妥协了一点，我对他比对叶尔莫欣更加友爱。我憎恶叶尔莫欣，存心用一切手段嘲弄他，激怒他，他常常满院子追我，想报复，可是，他是个笨蛋，很少得逞。

"这种事是禁止的呀，"西多罗夫说。

禁止，我是知道的。但我可不大相信，人是为了干这种事儿才不幸的。不错，我确曾见过人们的不幸，但不相信这句话。因为我常常在谈爱情的男女们眼中,看见一种奇异的表情,感觉到一种恋爱着的人们所特有的温柔,瞧着这种心的凯旋,常常觉得非常舒服。

但我记得,生活到底是变得更加枯燥而残酷了。我觉得它好像是照着我一天天所见的那种形式和关系,凝结住了。而且,我没有想到在目前的现实以外,每天在眼前出现的东西以外,还能有什么更好的东西。

可是有一天,兵士们给我谈了一件事,这使我非常不安。

这院子里住着一个在城里一家高等服装店做工的裁缝。他很沉默,很和气,不是俄罗斯人。他的妻子长得很娇小,没有孩子,一天到晚光在那儿读书。住在这样吵闹的、满是酒徒的院子里,这两人毫不引人注目,没声没响过着日子。他们不接待客人,自己也不到别人家去串门,只是节日的时候到戏院去看看戏。

丈夫一早出去干活,晚上很迟回来。妻子跟一个小姑娘似的,每星期上两次图书馆。我时常望见她摇着身体,跟一个跛子似的,在堤上一瘸一瘸地小步走着。她跟女学生似的抱着一捆用皮带束着的书,小小的手上戴着手套,显得朴实、快活、整洁、英爽的样子。她长着一张鸟儿一样的脸,闪动着一双敏捷的眼睛,全身装束美丽,好似摆在梳妆台上的瓷人儿。据兵士说,她右边少一条肋骨,所以走起路来身体摇得那么奇怪。但是在我看来,这倒反而显得好看,使她跟这院子里其他的太太们——那些军官太太,可以马上区别出来。那些太太们,尽管她们服装鲜艳,声音宏大,穿着臀部高耸的时装,但总显得陈旧,简直像是待在暗憧憧的什物间里,跟其他许多无用的废物一起,久已被人忘记了。

院子里的人都说这位娇小的裁缝的妻子有神经病。据说她因为书念得太多,脑子有了一点毛病,不会管家务。上市场买东西,吩咐厨娘做中餐晚餐的菜,都得由丈夫料理。那厨娘也不是俄罗斯人,个子很高、面孔阴沉,一只红红的老是湿漉漉的眼睛,另外一只只是一条细细的淡红色的缝。可是太太自己——人们这样谈着女主人——连牛肉做的和猪肉做的菜也分辨不出来：有一次去买茴香，却买来了白辣根！你想想看，这可多么吓人哪！

他们三个人，在这座房子里，全是外人，好像偶然落进了这个大养鸡场的一个鸡栏里，又使人联想到几只白头翁因为怕冷从气窗口钻进了一家又闷又脏的住宅。

忽然，勤务兵们告诉我，那些军官老爷想出了欺侮这位小裁缝的妻子的狠毒把戏……他们几乎每天，今天这个，明天那个轮流写条子给她，向她表白爱情，诉说自己的痛苦，称赞她的美丽。她写回信给他们，要他们别去打扰她，并且说引起他们伤心很对不起，她求上帝帮助他们不要再想念她。拿到回信以后，军官们围在一块儿高声朗诵，把女的说笑了一顿，然后大家又用另外一个人的名字，再给她写信。

勤务兵们一边把这事讲给我听，一边笑骂着裁缝的妻子。

"倒霉的傻婆娘，瘸腿娘儿们，"叶尔莫欣粗声地说。西多罗夫低声附和着：

"每个女人都喜欢人家去骗她，她心里什么都知道……"

我不信裁缝的妻子知道人家在笑话她，因此我马上决定跑去告诉她，等她家厨娘去地下室的时候，我从后楼梯跑进这娇小女人的屋子里。我先走进厨房，厨房里一个人也没有，又走进了起居室。裁缝的妻子坐在桌子边，一手端着一只笨重的镀金茶杯，另一手拿一本打开的书。她吃了一惊，把书按在胸头上，轻轻叫喊：

"这是谁呀？奥古斯塔！你是谁呀？"

我准备她会拿茶杯或书砸我，就很快地不连贯地说了。她穿一件下摆缀着丝绒边，领子和袖口钉着花边的天蓝色的室内服，坐在一张大的莓红色的圈椅上。淡褐色的头发鬈曲地披到两肩，像一位天国的天使。她靠在椅子背上，眼睁睁凝望着我，开头有点气愤，后来露出了惊异的微笑。

我把所要说的话都说完了，失去了勇气，回身向门口走，她开口叫了一声：

"等一等！"

她把茶杯放进托盘里，把书放在桌上，然后合叠两手，用大人的低嗓音说：

"你是个多么奇怪的孩子……过来！"

我很小心地走过去。她拉住我的手，用小小的冷冰冰的指头抚摩着问：

"没有谁叫你来告诉我这个吗？啊？那好，我看得出来，我相信，是你自己来的……"

她放开我的手，合上眼睛，低声慢慢说：

"原来那些下流的兵在议论这个！"

"你干吗不从这房子里搬走，"我认真地劝告她。

"为什么？"

"他们会欺侮你呀！"

她令人快活地笑起来，接着问：

"你上过学没有？喜欢看书吗？"

"没有工夫看书。"

"只要你喜欢，总可以找到工夫的。好吧，谢谢你！"

她把捏着的手指伸到我的面前，里边是一个银币。收下这个冷冰冰的东西，我觉得难为情，但又不敢拒绝她。我走的时候，就把它放在楼梯扶手的柱顶上。

从这个女人的身上，我得到一种新的深刻的印象，好像早晨的曙光涌现在我的眼前。因此，有好几天工夫，我都生活在欢乐中，想着那间宽敞的屋子，和住在这屋子里的跟天使一般的，穿着天蓝色便服的裁缝的妻子。她四周的一切，美得出奇。光艳夺目的金色的绒毡，铺在她的脚下，冬天的白昼射进银色的玻璃窗，依在她的身边取暖。

我想再见她一次。如果我跑去向她借书，会怎么样呢？

我就这么办了,而且又见到了她。她仍坐在同一地方,手中同样拿着书。但她的颊上,捆着一条棕红色头巾,一只眼有点肿。当她拿一本黑封面的书给我时,嘴里含混地不知说了一句什么。我拿了书,郁闷地走了。书里有杂酚油和洋茴香水的气味。我把这书用清洁的内衣和纸包着,藏在阁楼上,害怕被主人们拿去弄坏了。

主人家订了一份《田野》[①]周刊。他们只是为取得该刊的服装式样和赠阅的画刊,并不是为了阅读。把画看过之后,就搁到卧室的橱柜顶上。到了年底,把它们装订起来,塞在床底下。那里还有三本《绘画论坛》[②]。我用水刷洗寝室地板的时候,脏水流进这些杂志底下去。主人还订了一种《俄罗斯信使报》[③],晚上一边读,一边骂:

"光写这些东西干什么!真无聊……"

星期六到屋顶楼去晒衣服的时候,我记起了那本书,拿出来看,看见第一行是这样一句话:"房屋也和人一样,各有自己的面貌。"[④]这句话的真实性使我暗暗吃惊,我就站在天窗边看起来,一直看到身体冻僵才停止。到晚上,主人们都做晚祷去了。我把书拿到厨房里,埋头看着旧了的秋风落叶一般的黄沉沉的书页。这些书页毫不费力地把我引进一种奇异的生活中,接触了许多新名字和新关系,发现了许多与我看腻了的人完全异样的善良的英雄和阴险的恶汉。这本书是格拉维埃·德·蒙特潘的小说,跟他的所有长篇小说一样,很长,人物和事件非常多,描写着珍奇的急变的生活。这小说写得非常简单明白,字行当中好似躲藏着一缕光,明白地照出了善事与恶事,使读的人热爱和痛恨,全神贯注地凝视着紧紧纠缠在一起的人们的命运。而且使人完全忘记这发生的事件是纸上的东西,马上急躁地想去帮助这个,阻止那个。斗争的起伏,使人把什么都忘掉了。读这一页时,沉浸在

[①] 在彼得堡出版的插图周刊(1870—1918)。
[②] 在彼得堡出版的一种家庭读物,图文并茂的周刊(1872—1905)。
[③] 一八七九年在莫斯科出版的报纸。
[④] 法国作家格拉维埃·德·蒙特潘(1823—1902)的长篇小说《巴黎的悲剧》里的第一句话。

欢喜的感情中,读第二页时,又满含悲伤的感情。

当我看出了神,等到耳边听到大门外拉铃的声音,一时还不能明白,这是谁在那儿拉,为什么。

蜡几乎完全点光了,今天早上自己刚刚清除过的蜡盘,又满是蜡油了。我必须时时留意的长明灯的灯芯,也落进灯油里面熄灭了。我在厨房乱窜乱跑,忙着把我的罪迹消灭掉,把书塞进炉炕下的空隙里,重新点好灯芯。保姆从起居室里跳出来了:

"你聋了吗?门铃响哪!"

我跑去开了门。

"你贪睡了?"主人严厉地问。他的妻子一边重脚重手地走上楼梯去,一边埋怨我害她伤了风。老婆子骂着,跑到厨房里,瞧见了点过的蜡就开始审问我在干什么。

我好像从高处跌下来不能动弹一般,待着不作声。我只担心着,她会发现那本书,但她只是骂着,说我会把房子烧掉的。等主人夫妇俩一下来吃晚饭,老婆子马上向他们诉说:

"你们瞧,一支蜡烛都点光了,连房子也会给烧掉的……"

吃饭的时候,他们四个人狠狠地说着我的各种有意的和无意的过失,众口齐声责备我,甚至威吓我,说我不得好死。可是我明白得很,他们说这种话,不是出于恶意也不是出于好心,只是闲极无聊。叫人奇怪的是,把他们同小说中的人物比较一下,竟是那么空虚,那么可笑。

吃过晚饭,他们疲乏地蹒跚着睡觉去了。老婆子怨气冲天地惊动了一番上帝之后,爬上炉炕不吭声了。这时候我爬起来,从炉下空隙中拿出书,走到窗口边。夜色很好,月光直窥着窗子,但字体太小,眼力毕竟瞧不清楚。不过丢开不看也实在难受。我从橱架上拿了一只铜锅子来,用它把月光反映到书上来看,可是更不行,更暗了;于是我爬到墙角底下的凳子上站着,凑近圣像,借着长明灯的光看了起来。不料看得倦了,趴在凳子上睡着了。我被老婆子的骂声和推搡惊醒过来。她两手拿了那册书,向我肩头狠打。她赤着脚,只穿一件内衣,凶狠地摇晃着棕褐色的脑袋,怒得脸发红。维克托在床上嚷了起来:

"妈,你快别嚷啦!日子真没法过了……"

"糟了,书一定会被她撕碎,"我想。

喝早茶时,大家审问我。主人严厉地问:

"你从什么地方弄来的书?"

女人们七嘴八舌地嚷着。维克托狐疑满脸地把书页子嗅嗅说:

"有点香水气味,真的……"

他们听我说这本书是神父的之后,大家又把书重新瞧了一瞧,诧异而愤怒地说,神父也看小说?可是这毕竟让他们略微放心了,虽然主人对我大谈其看书的危害性,谈了好久。

"就是他们那些读书人炸毁了铁路,想炸死……①"

主妇又怒又害怕地对丈夫喊:

"你发疯啦?你给他说什么呀?"

我把"蒙特潘"拿到兵士那儿去,把事情一五一十说给他听了。西多罗夫把书接去,默默打开小箱子,拿出一条干净的毛巾,把小说包了,装进箱里,然后说:

"别听他们胡说八道,你到这里来看好啦。我不会对谁说的!如果你来的时候我不在,钥匙在圣像后边挂着,你自己把箱子打开拿出来看吧……"

主人们对书的那种态度,马上使得书在我眼中处于一种重大怕人的秘密地位里了。至于有些什么"读书人"炸坏了铁路,想暗杀谁,这种事我并不感兴趣。但因此却想起了在忏悔时神父的质问和地下室里中学生念的书,以及斯穆雷所说的"正经书"来;同时也想起了外祖父所讲的使妖术的阴谋家的故事:

---

① 指一八七九年十一月十九日至十二月一日之间炸毁莫斯科—库尔斯克铁路,意欲借此炸死沙皇亚历山大二世,但未获成功。

"洪福齐天的皇帝亚历山大·巴夫雷奇①在位的时候,贵族们②被妖术和自由思想迷昏了,那些奸党图谋把全俄国人民出卖给罗马教皇。阿拉克切耶夫③将军把他们当场捉住,也不管他们的官职爵位,全都送到西伯利亚去做苦工。他们在那儿跟芋芳虫似的自行消灭了……"

我又记起了"挂满星星的恩勃拉库伦"和"格尔瓦西",以及那庄重和可笑的话:

"愚蠢的人们呀!你想知道我们的事情,你们这样懦弱的眼睛,怎能瞧分明!"

我觉得自己好像站在巨大的秘密之门的门口,而且好像一个疯子似的活着,我一心只想快些把这本书念完。我害怕它会在兵士那儿丢失,或者会给弄毁。那我还怎么好向裁缝的妻子交待呢?

老婆子老是紧紧地盯着我,怕我上勤务兵那儿去,骂我:

"书迷!书不教人学好。你瞧那个爱念书的女人,连自己上市场买东西都不会。只是跟那些军官调情,大白天把他们叫到自己屋子里。当我不知道!"

我真想嚷:

"你胡说!她没有跟人调情……"

但是,我不敢替裁缝妻子抱不平,万一老婆子猜到那本书就是她的怎么办?

我发了好几天闷,心神恍惚,焦急不安,连觉也睡不着,担心着蒙特潘那本书的命运。有一天,裁缝家里的厨娘在院子里把我叫住:

"把书拿来呀!"

吃过中饭之后,我趁主人们都午睡了,不好意思地,懊丧地,跑到裁缝妻子那儿去。

---

① 即亚历山大一世,一八〇一至一八二五年的沙皇。
② 指十二月党人。
③ 阿拉克切耶夫(1769—1834),亚历山大一世在位时的军务大臣,沙皇最宠信的佞臣。

她跟第一次一样接待了我,只是换了衣服,灰色的裙子,黑丝绒上衣,裸露的脖子上挂着一个绿松石的十字架。她像一只雌灰雀。

我告诉她:书还没来得及看完,主人们禁止我看书。由于心里的委屈和见这位女子的欢喜,我的眼里含满了泪水。

"呸,这些人多么无知!"她蹙了一蹙细长的眉毛,说,"你那个主人,还有一张满有趣的面孔呢。不要伤心,我想个主意,我写一封信给他吧!"

这话使我吃了一惊。我向她说明,我对主人们撒谎说那本书是跟神父借来的,没说是从她这儿借的。

"不!不要写信!"我请求她说。"他们会笑您,会骂您。这院子里的人,谁都不喜欢您。大家都笑您,说您是傻瓜,说您少一条肋骨……"

一口气把这些话说完之后,我马上觉得说得太多了,说了使她难受的话——她紧紧咬着上唇,跟骑在马上似的,打了一下自己的胯部。我发窘了,低着头:恨不得钻进地里去。可是裁缝的妻子往椅子上一坐,快活地大笑起来,反复说:

"啊哟,真无知……真无知!那么怎样办呢?"她凝视着我,自言自语着,然后喘了一口气,说:"你真是个古怪的孩子,真是……"

我照了照她身边的一面镜子,瞧见了一张高颧骨、宽鼻子的脸,脑门上一大块青痣,头发因为好久没有理,乱蓬蓬地支棱着。——这就叫做"古怪的孩子"吗?……这个古怪的孩子,同这位纤细的瓷人儿完全没一点儿相像的地方……

"那天我给你一点儿小钱,你为什么没有拿去?"

"我不要。"

她叹了一口气:

"唉,有什么办法呀!如果他们允许你看书,你到我这儿来吧,我给你书看……"

梳妆台上放着三本书,我拿来的是一本最厚的,我愁闷地瞧着书。裁缝妻子把她那小小的桃红色的手伸给我:

"好,再见吧!"

我谨慎地碰了碰她的手,连忙转身跑了。

可是人家说她什么都不懂,这句话也许是对的。明明二十戈比的硬币,她还说是一点儿小钱,真是跟孩子一般不懂事。

但这我喜欢……

九

为这突然迸发出来的看书的热情,我受到了许多难堪的屈辱、侮蔑和恐吓,想起来真是又伤心,又可笑。

我把裁缝妻子的书看得很宝贵,生怕被老婆子扔进炉子里烧掉,因此尽力不再去想这些书,每天早上我去小铺买下茶的面包,就在那里借一些五彩封面的小书回来看。

店老板是一个一见就令人没有好感的青年,厚厚的嘴唇,汗淋淋白苍苍的虚胖脸,长满瘰疬瘢和污斑,眼睛也是白洋洋的,肿胖的手又短又笨。他这个铺子,是这条街上青年人和轻佻的娘儿们夜间聚会的场所。我主人的兄弟也几乎每天晚上到那里去喝啤酒,玩纸牌。吃晚饭的时候,常常派我去叫他,在店后面一间窄小的屋子里,我不止一次瞧见那位傻里傻气的红脸的老板娘,坐在维克托或别的青年人的膝头上。老板好像并不把这种事放在心上。还有他那个在店里帮忙做买卖的妹子,无论唱歌的、当兵的和一切爱这玩意的人去搂抱她时,他都满不在乎。铺子里货物很少,他说因为开张不久,所以还没有配齐,其实那铺子秋天就开了。他拿一些春宫画片给客人和顾主们看,拿一些秽亵的诗给那些喜欢这类诗的人抄。

我花了每本一个戈比的租钱,向他租了米沙·叶夫斯季格涅耶夫[①]的无聊的小书来看;这是很贵的。可是那些书一点趣味也没有;就

---

① 当时流行通俗读物的作者。

是《古阿克,又名忠贞不屈》①、《威尼斯人法兰齐尔》②、《俄罗斯人和卡巴尔达人之战,又名一个死于丈夫墓头的美人伊斯兰教徒》③等等这类书籍,也不能使我满意,常常引起我难堪的愤慨:觉得这些书是用难懂的文字,谈着令人难信的事情,简直把我当傻瓜一样捉弄。

《射击军》④、《尤里·米洛斯拉夫斯基》⑤、《神秘的修道士》⑥、《鞑靼骑士亚潘卡》⑦那样的书,我比较喜欢些;读了之后,还有点余味。但是最能够吸引我的是圣徒传;在这类书中,有一种严肃的东西,可以使人相信,而且有时受到深刻的感动。不知什么缘故,一切大殉道者都使我联想起那个"好事情",一切大殉道妇女使我联想起外祖母,而且一切圣徒,使我联想起脾气好的时候的外祖父。

我劈柴的时候,躲在柴棚里看,或是上屋顶楼去看;无论哪儿都同样不方便,同样寒冷。有时候看入了迷,或是要赶紧看完,便半夜里起来点了蜡看。可是老婆子留意到晚上蜡短了,便用小木片来量过,把木片藏在隐蔽的地方;如果早上起来瞧见蜡短了一截,或是我虽找到那木片却没有折短到蜡所燃到的长度,那么,厨房里便马上大声嚷起来。有一次维克托气呼呼地在床上大喊:

"妈,你别乱嚷了吧!真要命!不消说,蜡是他点的,我知道他在面包店里租小说看哩!你上阁楼去瞧瞧就知道啦……"

老婆子跑到阁楼里,找到了一本什么书,就把它撕得粉碎。

不消说,这很使我愤慨。但是看书的愿望,却更加强烈了。我明白,就是一位圣人来到这样的人家,我的主人们也一定会教训他,把他

---

① 一七八九年在莫斯科出版的一部骑士小说,作者不详。
② 即《威尼斯的勇敢骑士与美貌女王雷齐威妮的故事》,是俄国人安德烈·菲利普诺夫根据西欧骑士小说改编的一本通俗读物。
③ 十九世纪二十至四十年代流行通俗读物作者之一兹里亚霍夫的一部长篇历史小说。卡巴尔达是中亚地区的一个民族,一七七四年始并入俄罗斯帝国。
④ 马萨尔斯基的长篇历史小说的改写本。
⑤ 扎戈斯金的长篇历史小说的改写本。
⑥ 扎托夫的长篇历史小说的改写本。
⑦ 卡西罗夫的历史小说。

变成和自己一样；他们会因为无聊而去这样做。如果他们停止对人的挑剔、责骂和愚弄，那么他们就会觉得无话可说了，会变成哑巴；也就看不见自己的存在了。为了要感觉到自己的存在，所以人必须用某种手段去对待人。我的主人们除了教训人，责备人，就不会去对待周围的人。即使你已开始和他们一样地生活，也就是和他们的思想、感情一致起来，他们还是会因为这个来责难你。他们就是这样的人。

我想尽一切巧妙的办法，继续看书，老婆子几次烧掉了我的书。短短的时期内，我竟欠了小铺老板一大笔债：四十七戈比！他要我还钱，并且吓唬我，说我到他铺子里买东西的时候就扣下主人家的钱，抵偿债款。

"那时候你会怎么样呢？"他嘲弄地问我。

他实在使我讨厌，他大概也知道我讨厌他，所以故意拿各种威吓来为难我，而且越来越起劲儿。每次我上铺子去，他总嘻着那污痕斑斑的脸，温和地问我：

"钱拿来了吗？"

"没有。"

这使他吃惊了，他把脸一沉：

"怎么回事？你要我到法庭去控告吗？把你的财产充了公，送你到远地去充军吗？"

我的工钱是主人直接交给外祖父的，我没有地方去弄钱，我慌了，怎么办呢？我请求缓一缓再还债，可是老板伸出油乎乎肿胖的手来，对我说：

"你亲一亲这只手，我就再等一下！"

可是当我拿起柜台上的秤锤，向他一扬的时候，他就往下一蹲喊道：

"干吗？你要干什么？你要干什么？我是说着玩的呀！"

我知道他并不真是说着玩的，为了要还清他这笔账，我决定去偷钱。每天早上我给主人刷衣服，他的裤子口袋里常有锵锵的钱声；有时钱跳了出来,在地板上滚动。有一次,有一枚落在地上,从地板缝里滚进楼梯底下柴堆里去了。我忘记把这件事告诉主人,过了几天,我在柴堆里找到了一个二十戈比的银币,才记起来,当我把它交给主人时,他老婆对他说:

"你瞧,衣袋里放了钱,总得数一数呀。"

可是主人对我笑眯眯地说:

"我知道他不会偷钱的!"

现在,我下了偷钱的决心,想起了这句话,想起了他的深信不疑的笑脸,我就感到偷盗这回事是多么困难。有好几次从衣袋里掏出了银币数了一数,总是下不了手,为了这件事,我苦恼了大概有三天。万万没有想到,这桩心事竟简单迅速地解决了。主人忽然问我:

"你怎么啦?彼什科夫,无精打采,觉得什么地方不舒服吗?"

我便坦白地把自己的心事全对他说了。他皱了皱眉头说:

"你瞧,这些小书把你给弄成什么样子啦!看书,反正会出乱子的……"

他给了我五十戈比,严厉地嘱咐我说:

"千万别对我妈和女人漏出口风呀,要不然她们又会大吵大闹的!"

接着,他和气地笑了一笑说:

"你这小伙子真倔强,拿你有什么办法呀!不要紧,这样挺好。可是以后不要再看书。从新年起,我要订一份好报纸,那时你再看吧……"

于是,每天晚间,从喝茶到晚饭这段时间,我就念《莫斯科报》①给主人们听。念一些瓦什科夫、罗克沙宁、卢德尼科夫斯基②的长篇小说和那些对烦闷得要命的人帮助消化的文艺作品。

我最讨厌念出声来,这妨碍我理解所念的句子。但是主人们都听

---

① 一八八一年八月在莫斯科创刊的一种黄色小报,在小市民阶层中流传甚广。
② 这三人都是《莫斯科报》的固定撰稿人。

得出神,以一种虔诚的贪婪的神情对于主人公的恶行不断发出惊叹,而且自鸣得意地说:

"可是,咱们过得挺平安,什么事也没有,应当谢谢上帝!"

他们常常把事件弄混,把有名的大盗丘尔金①的所作所为记在马车夫福马·克鲁奇纳②的账上;又常把名字搞错。我纠正了他们的错误,他们非常吃惊:

"唔,他的记性多么好呀!"

有时《莫斯科报》上登着列昂尼德·布拉韦③的诗。我很喜欢这些诗,把它们抄在本子上。但主人们谈起诗人的时候,便说:

"人都老了,还作诗呢。"

"他是酒徒,是半疯儿,一切都无所谓。"

我喜欢斯特鲁日金和梅曼托—莫里④伯爵的诗,但女人们,无论老婆子还是年轻主妇,都认定诗是胡说八道的东西。

"只有小丑和唱戏的戏子,才用诗句说话。"

冬天晚上,躲在窄狭的小屋子里跟主人一家子对面坐着,是一种难堪的时刻。窗外是静静的夜,有时听得见树枝被冻得噼啪作响的声音。人们像冻鱼一般,一声不响地坐在桌子旁边。风雪敲打着窗子和墙壁,在烟囱中怒吼,吹得火炉门直响;儿室里婴儿在哭叫。我真想坐到屋子暗角落里,蜷缩起来,跟狼一样大声号叫。

女人们坐在桌子的一端,缝着针线,织着袜子。另一端坐着维克托,躬着背,懒洋洋地绘图样,不时喊叫:

"别摇动桌子呀,真要命! 狗贼,吃耗子的!……"

在旁边的大刺绣架后面,主人正坐在那里用十字纹绣一张台毯。从他的手指底下,出现红的大虾、青的鱼、黄的蝴蝶、秋天的红叶。这

---

① 通俗小说《大盗丘尔金》的主人公,该书作者署名为"老相识"。
② 巴加特列夫的同名中篇小说中的主人公。
③ 列·布拉韦(1842—1891),俄国诗人。
④ 这两位都是幽默作家、诗人。

个图案是他自己想出来的,他干这个活儿已经是第三个冬天了。现在他已做腻了,有时候白天见我空闲下来,便对我说:

"唔,彼什科夫,你来绣这台毯,动手吧!"

我坐下来,拿起一枚粗大的针就动手绣。我很同情我的主人,我总是想什么事都尽力帮他忙。我觉得有一天他会把绘图样、绣花纹、打纸牌这类事完全扔掉,另外来干一种有趣的工作的。他常常忽然把工作扔到旁边,用一种瞧陌生东西的惊异的眼神,愣生生地凝视着那种有趣的工作,他的长长的头发,一直披到脑门和脸颊边,好像一个修道士的徒弟。

"你在想什么?"他的妻子问他。

"没想什么。"他这么回答着,又继续工作起来。

我默默地惊奇着:难道可以问人家在想什么吗?这是没有办法回答的问题。一个人所想的,一时之间,总有好多事情混杂在一起:在眼前的一切事、昨天或去年见到过的事,都会混杂到一起,变幻着,叫你无法捉摸。

《莫斯科报》的小品栏,还不够念一个晚上。于是我提议把寝室里床底下的杂志拿出来念。年轻的主妇不相信地问:

"那些杂志里面只有画,有什么东西可以念的呀?……"

可是床底下除了《绘画论坛》之外,还有一种叫做《火花》[①]的杂志;于是我们念起萨利阿斯[②]的《佳京—巴尔李斯基伯爵》来。主人对这中篇小说里的那个有点戆气的主人公非常喜欢;对于小公子的悲惨的遭遇,笑得眼泪都掉下来了,他这么喊:

"这可真有趣儿!"

"看来,这都是胡编乱造!"主妇为了表示自己的独立见解这样说。

床底下找出来的作品,对我大有好处,我得到了把杂志拿到厨房里去的权利,夜里可以看书了。

[①] 一八七九年创刊的一种图文并茂的周刊。
[②] 萨利阿斯·德·图尔涅米尔(1840—1908),俄国历史小说作家。

使我最高兴的,是老婆子搬到儿室里睡去了,因为保姆老是喝醉酒。维克托不打扰我,他每晚等家人们都睡静之后,就悄悄儿起来把衣服穿好,溜到外边什么地方去了,直到天亮才回来。晚上还是不让我点灯,因为大家都把蜡拿到寝室里去了。我没有钱买蜡,便偷偷把蜡盘上的蜡油搜集起来,装在一只沙丁鱼罐头盒里,再加上一点长明灯的油,用棉线做灯芯,便点起一盏烟气腾腾的灯,整夜放在炉子上。

当我翻动一页书的时候,那昏红的火头就摇晃不定,好像要熄灭的样子。灯芯常常滑进燃得很难闻的蜡油里;油烟熏我的眼睛。但这一切不便,都在看图片读说明的快乐中消失了。

这些图片在我的眼前展开了一个一天天扩大起来的世界:这里有梦一般的城市,有高山和美丽的海滨。生活美妙地展现开来,大地更富于魅力:人多起来了,城市增加了,一切都变得更加多样,无所不有。现在,我望着伏尔加河对岸的远方,已明白那儿并不是一片荒漠,而在以前,当我遥望伏尔加河对岸的时候,我感到一种特别的烦恼:草场平坦地扩展着,披着破衣似的黑色灌木丛,草场的尽头矗立着参差不齐的茂密森林,草场上空展开一片混浊寒冷的蓝天,大地空旷而凄凉,我的心也空落落的,一种淡淡的悲愁,撩乱着它。我失去了一切希望,感到百无聊赖;只想闭上眼睛。这种忧郁的空虚没有给我半点希望,它只是把我心中所有的一切都吸尽了。

图片的说明,用一种容易懂的文字,把另一些国家和民族的状况告诉了我,把古代及现世的许多事情讲给我听,但是其中,也有不少是我所不懂的,这使我感到苦恼。有时候一些奇怪的名词刺到我的脑子里——什么"形而上学"、"千年天国说"[①]、"宪章运动者"[②]一类奇怪的名词,对我实在有点头痛。我觉得它们是一种阻止我的想象的怪物。如果我弄不清这些名词的意义,也就永远再也不会明白什么

[①] 早期基督教的一种神秘主义学说,相信耶稣第二次来到人间后,在世界末日之前,他将在人间建立千年的"天国"。
[②] 十九世纪英国最早的群众性和政治性的无产阶级革命运动活动家。

了——正是这些名词像卫兵一样把守着秘密之宫的大门。有时候,全部的句子像扎进手指的刺一般在我的记忆里停留很久,使我再也不能去想别的事情。

我记得念过这样的怪诗①:

> 匈奴族的酋长阿底拉②骑着马,
> 满身披着钢铁甲胄,
> 像坟墓般地阴郁和沉默,
> 在无人境中行走。

他的背后有一队乌云一样的大军在追寻着叫喊:

"何处是罗马?何处是雄伟的罗马?"

我已知道罗马是一座都城,但是匈奴是怎样一种民族呢?我必须把它弄明白。

我找到一个好机会,就向主人问。

"匈奴?"他惊奇地重复了一句。"鬼知道这是什么呀?大概是个毫无意义的东西吧……"

他不赞成地摇了摇头。

"你满脑子都是些无用的东西,这可不是什么好事呀,彼什科夫!"

不管是好事坏事,可是我要知道它。

我觉得团队里的牧师索洛维约夫一定会知道匈奴是什么,我在院子里碰到了他,就拉住他问。

---

① 波兰诗人约·波·扎列斯基(1802—1886)写过一部抒情长诗《草原的精灵》(1836)。一八七七年俄译者译了该诗的一个片断,题为《阿底拉》。高尔基这里是凭记忆写下的,因此引文不尽正确,如"在无人境中行走"一句应是"像毛茸茸的壮实的熊那样行走"。
② 阿底拉是五世纪匈奴民族的酋长,曾征服高卢,以进行残酷战争著称。

他体弱多病,红眼睛,没眉毛,黄须,脸色苍白,性情暴躁。他把黑手杖拄着地,对我说:

"这个跟你有什么关系呀?"

涅斯捷罗夫中尉恶狠狠地回答说:

"你说什么?"

于是我决定,关于匈奴这个问题得去问药房里那位药剂师,他对我总是和和气气的。他有一张聪明的脸,大鼻子上架着一副金丝眼镜。

"匈奴,"药剂师巴维尔·戈利特贝格对我说。"匈奴是吉尔吉斯那样的游牧民族,再没有这个民族了,现在已经绝种了。"

我觉得难过懊丧,倒不是因为匈奴人都已经绝种,而是因为把自己烦恼了这么久的那个词的意思,原来只是如此简单,而且使我一无所获。

但我还是很感激匈奴。自从我为这个名词大伤了脑筋之后,我的心踏实了许多,而且由于这位阿底拉,我跟药剂师戈利特贝格接近起来了。

这个人能够很通俗地解释一切难懂的名词。他有一把开启一切知识之锁的钥匙。他用两个手指头把眼镜正一正,从厚玻璃片中盯住我的眼睛,好像拿一些小钉子钉进我的脑门一般,对我说:

"好朋友,一个名词好像树上的一片叶子,为了明白为什么这些叶子不是那样的而是这样的,我们必须先明白这株树是怎样生长起来的,必须学习。好朋友,书好比一座美丽的园子;园子里什么都有:有的叫人见了舒服,有的对人有用处……"

我常常到那药房里去,为那些害慢性"烧心"病的大人们买苏打粉和苦土,为孩子们买月桂软膏和泻药,我就顺便去找他。他的简短的教导,使我对于书籍的态度更加端正了。不知不觉地我对书籍好像一个酒徒对酒一般,变成不可一日无此君了。

书籍使我看见了一种另外的生活,一种刺激人们、使人们去干大事业,去犯法的强烈的感情和愿望。我看出在我周围的那些人,是既不会干大事业,也不会去犯法的,他们活着,好像跟书中所写的世界完全没有关系。他们的生活中,有什么有意义的东西呢?——这是难解的。我不愿过这种生活……这是我很清楚的,我不愿意……

我从图片的说明上知道了布拉格、伦敦、巴黎那些地方的街道上并没有坑洼和垃圾堆,有的只是笔直宽阔的马路,房子和教堂也是另一种样子。在那里既没有人必须在屋子里过六个月的冬天,也没有只准吃酸白菜、腌蘑菇、燕麦面片、马铃薯和讨厌的麻子油的大斋日。过大斋日不准看书,《绘画论坛》被他们收起了;这种空虚的斋戒生活,又迫到我的身上来了。现在把这种生活和书中见过的来比较,更觉得它的贫乏和畸形。一有书看,我的心境就好,精神就振作,干活也干得利索,因为心里有了目标:早些把活干完了,就可以多剩一点时间来看书。但书被没收了之后,我便变得百无聊赖、懒洋洋的了,害上一种从来不曾有过的健忘症。

记得正是这种无聊的时候,发生了一桩奇怪的事:有一天晚上,大家正要睡觉,忽然传来嗡嗡的教堂的钟声。家里的人都被惊起来了,半裸着的人们跳到窗子边互相问道:

"失火了吗?……是打警钟吧?"

别的房子里,也都在忙乱,门户砰砰碰碰地响。有人牵着套好了的马在院子里跑。老婆子大声嚷,说教堂里失了盗。主人竭力阻止她:

"够了,妈……不是听得很清楚吗,这不是警钟!"

"那么就是主教死了……"

维克托从床上爬下来,一面穿衣服,一面嘴里嘀咕:

"我可知道出了什么事,我知道!"

主人叫我跑上阁楼去望有没有火光。我跑上楼去,从天窗爬到屋顶上,望不见火光。在寂静的寒冷的夜气中,钟声慢吞吞地接连地响着,街市睡梦惺忪地横躺在大地上。一些瞧不见的人,在黑暗中踏着

雪地吱喳作响地跑过去,雪橇的滑板吱吱地叫。钟声越来越令人毛骨悚然地响着。我回到起居室里说:

"望不见火光呀。"

"呸,真是的!"穿着外套、戴上帽子的主人说着,把大领子拉上,又开始迟疑不决地把两脚伸进套鞋。主妇劝他:

"别出去,喂,别出去……"

"少废话!"

维克托也穿好了衣服,挑逗着大家:

"我可知道……"

两兄弟走到大街上去了,女人们吩咐我烧茶炊,自己又跑到窗子口去望。可是,主人几乎马上就回来了,在外边拉门铃。他从楼梯跑上来,一声也没吭,把前室的门打开,粗声说:

"沙皇给人暗杀了!"①

"杀死了!"老婆子叫了一声。

"死了。军官告诉我的……现在怎么办呢?"

门铃又响了,维克托回来了,他无精打采地脱着衣服,怒气冲冲地说:

"我还当是打仗呢!"

后来,大家坐下喝茶,而且慢吞吞地,可是压低着嗓子,小心翼翼地谈起来。街上已经静下来,钟也不响了。他们整整两天,悄悄地小声议论着,不知到什么地方去过,而且也有客人到这儿来过,详细地说了什么。我很想知道发生了什么事,可是主人们却把报纸收起来不让我看。我便问西多罗夫,沙皇为什么被人暗杀了?他低声说:

"这种事不准乱说……"

这事情很快就被忘记,日常的琐事分去了我的心,而且过了不多几时,我遇到了一件很倒霉的事。

---

① 指一八八一年三月俄国民意党人刺死沙皇亚历山大二世一事。

有一个星期日,主人们一早出去做礼拜,我把茶炊生上火,就收拾屋子去了。这时候,那个最大的孩子跑到厨房里来,把茶炊上的龙头拔下,拿到桌子底下去玩。茶炊里的炭火很旺,水一漏完,茶炊就开焊了。我还在起居室里,就听见茶炊的响声很怪,跑到厨房里一瞧,啊哟,不得了,整个铜茶炊都变青了,在颠动,好像马上就会从地板上飞腾起来。插龙头的嘴口脱了焊缝,软吞吞耷拉下来;盖子歪在一旁;把手底下,熔化的锡液滴答滴答地滴着;这只紫红带青的茶炊,完全跟一个烂醉的酒鬼一样。我用水去泼,它就嗤地响了一声,很凄惨地瘫倒在地板上。

外边门铃响了。我开了门;老婆子劈头就问我茶炊烧好了没有,我简短的回答:

"烧好了!"

这句话只是在慌张惧怕时信口胡说的,她却说我在嘲笑,因此把罪状加重了。我就受了一顿痛打,老婆子扎了一把松木柴,大发威风。打起来倒并不十分痛,却在背脊皮下深深地扎进了许多木刺。到了傍晚,我的背肿得枕头一样高。第二天中午,主人不得不把我送到医院里去。

一个个子瘦高得有点滑稽的医生验了我的伤,用低沉的声音不慌不忙地说:

"这是一种私刑,我得写一个验伤单。"

主人红了脸,两脚沙沙地蹭着地板;小声地对医生说了些什么话,医生两眼越过他脑袋望着对面,简单地回答:

"我不能这样做,这不行。"

但后来又来问我:

"你要告发吗?"

我很痛,但我说:

"不,快点给我治吧……"

我被带到另外一间屋子里,躺在手术台上,医生拿一个冷冰冰的

碰在皮上很好过的钳子,一边钳着刺,一边玩笑地说:

"朋友,他们把你的皮炼得相当出色呀,现在你身上的皮不漏水了……"

这个痒得叫人难受的手术一完,他说:

"钳出了四十二根刺,老弟,好好儿记着,可以吹吹牛皮呀!明天这时候再来,我给你换纱布。你时常挨打吗?"

我想了一想,就回答说:

"以前,还挨得多一些呢……"

医生粗着嗓子哈哈大笑起来:

"一切都会好起来的,朋友,都会好起来的!"

医生带我到主人那儿,对他说:

"请你领回去吧,已经包好了。明天再来换纱布。这孩子是个乐天派,算你运气好……"

我们坐上马车回去的时候,主人对我说:

"我从前也挨过打,彼什科夫。有什么办法呢?老弟,我也挨过打的!你倒还有我同情你,可是谁也没有同情过我呀,谁也没有!人到处都有,可是同情的连个狗崽子也没有!唉,畜生……"

他骂人一直骂到马车到了家门口。我有点同情他。我非常感激他,因为他像对待人一样跟我谈话。

一家人像迎接做寿的人一样迎接我。女人们追根究底地问医生如何给我治伤和说了些什么。他们听着,惊奇着,好似很有味地咂咂舌头,又皱皱眉头。我很奇怪他们对于疾病痛苦以及一切不快的事,竟有那么强烈的兴趣。

我看出他们因为我不愿意控告他们而感到很满意。趁这机会我就请求他们许可我向裁缝妻子借书看。他们不敢拒绝我,只有老婆子吃惊地叹息:

"真是个鬼东西!"

过了一天,我来到裁缝妻子面前。她和颜悦色地对我说:

"听说你害病进医院了。你瞧,别人尽胡说!"

我没作声,把真相告诉她,我觉得很难为情,干吗叫她知道这种凶暴伤心事呢?她跟旁的人不同,这太好啦。

现在我又看书了:大仲马、庞逊·德·泰尔莱利①、蒙特潘、扎孔纳②、加博里奥③、埃马尔④、巴戈贝⑤等人的厚厚的书,我都一本一本地迅速地囫囵吞下去。多高兴啊,我觉得我自己也好像是一个过着非凡生活的人物了。这种生活激动着我,使我振奋。自制的蜡台又放出昏红的光来,我彻夜看书,因此我的眼睛有一点儿坏了,老婆子对我很亲昵地说:

"书呆子,瞧着吧,眼珠会爆的,会成瞎子的!"

但我很快就明白了,在这种写得津津有味、变化多端、错综复杂的书中,虽然国家和城市各不相同,发生的事件各种各样,但讲的是一个道理:好人走厄运,受恶人欺凌,恶人常比善人走运,聪明,可是等到后来,总有一个难以捉摸的东西,战胜了恶人,善人一定得到最后的胜利。有关"爱情"的东西,也叫人看了讨厌,所有的男女都用千篇一律的语言谈情说爱。这不但叫人看了生厌,而且引起朦胧的怀疑。

有时我看了头几页,就可推测到谁胜谁败,而且故事线索一弄明白,我就努力用自己的想象力来替书中人物解开扣子。一放下书,我就琢磨起来,像做算术教科书上的练习题那样,并且越来越能猜中哪个主人公进入幸运的天国,哪一个堕入牢狱。

但在这一切后面,也可以隐隐约约地看到一种活生生的、对我有重大意义的真理,看到另一种生活的特点,另一种人与人之间的关系。

---

① 庞逊·德·泰尔莱利(1829—1871),法国作家,著有多卷的《罗坎博尔历险记》等惊险小说。
② 皮埃尔·扎孔纳(1817—1895),法国惊险小说作家,著有《一个警察局密探的手记》等小说。
③ 埃米尔·加博里奥(1832—1873),法国侦探小说创始人之一。
④ 格卢·埃马尔(1818—1883),法国作家,写过一些以印第安人反对白人征服者为主题的惊险小说。
⑤ 巴戈贝(1821—1891),法国惊险小说作家。

我明白了在巴黎无论是赶马车的、做工的、当兵的,凡一切"下等社会"的人,跟尼日尼、喀山、彼尔姆等等地方的完全不同:在那边,"下等社会"的人更能大胆对老爷们说话,对待他们态度要随便得多,自由得多。比方那里有一个兵士(但在我所认识的兵士中,就没有一个像他的,无论西多罗夫、轮船上那个维亚特兵士,更不必说叶尔莫欣了),他比这些人更像一个人;在他身上,有一种跟斯穆雷相同的东西,但并不像斯穆雷那样凶和粗野。又如那里有一个店主,可是他也比我所知道的一切店主都好。就是书中的神父,也不是我所知道的那样,他们要亲切得多,对人更富于同情心。总之,照书上看来,外国的全部生活,比我所知道的要有趣得多,轻快得多,好得多。在外国,没有那样多的野蛮的打架,没有像捉弄维亚特兵士那样厉害地捉弄人,也没有老婆子那种狂暴的祷告。

尤其显著的,是书中虽讲着一些恶徒、吝啬鬼、无赖汉,但是决没有我所熟悉的和常常见到的那种说不出的残酷,以及捉弄人的嗜好。书里的恶徒虽凶,但都凶得有道理,为什么他们要这么凶,原因大体可以明白。可是我所见的那种凶恶的行为,却都是毫无目的、毫无意义的,并不是可以因此得些什么好处,仅仅是为了发泄而已。

每看一本新书,这种俄罗斯生活与外国生活不同的地方愈加明显,使我产生茫然的懊丧,怀疑这些角边肮脏、纸页泛黄的念旧了的书的真实性。

这时候,忽然得到了龚古尔[①]的一本叫做《桑加诺兄弟》的长篇小说,我花了一整夜一气念完了。我很惊奇,这里有一种我从来没有经历过的东西,于是我又把这平凡伤感的故事重新看了一次。这本书里,并没有错综复杂的东西,表面上没有什么趣味。开头几页跟圣贤传一样,生硬枯燥,用语很准确,毫无一点夸张。一开始引起我一种不愉快的惊奇感,可是用朴素精练的句子组织起来的文章,却很好地记

[①] 爱德蒙·德·龚古尔(1822—1896),法国作家。

在我心里了。马戏师两兄弟的悲剧,一步紧一步地发展开来。我的两手,不觉因为看这本书的快乐而发起抖来。念到那跌断了两条腿的不幸的艺人爬到阁楼上去,而他的兄弟,正在这阁楼上偷偷地练习自己心爱的技术,这时候,我大声哭起来了。

我把这本好书还给裁缝妻子的时候,要她再借些这样的书给我。

"什么叫这样的书呢?"她轻轻笑着反问。

她这一笑把我窘住了,说不出自己想要什么样的书。她说:

"这是一本枯燥无味的书,等一等,我拿一本更有趣味的给你……"

几天之后,她借一本格林武德①的《一个小流浪儿的真实故事》给我。这书的书名就有点刺痛我,可是打开第一页,立刻在心中唤起了狂喜的微笑,而且我一直含着这样的微笑把全书念完,有些地方还念了两三遍。

原来即使在外国,有时也有过着这样艰苦生活的少年!唔,我的生活并不那样坏,这就是说,不必悲观失望。

格林武德鼓起了我很大的勇气。在读过这本书以后,我很快就得到了一本叫《欧也妮·葛朗台》的书,这已经是一本真正的"正经书"了。

葛朗台老人使我很清楚地想起了外祖父。很可惜,这书篇幅太小,可是叫人惊异的是,它里边却藏着那么多的真实。这是我生活中熟悉并使我讨厌的真实,这本书,却以一种全新的没有恶意的、平和的笔调表现出来。从前我所看的书中的人物,除了龚古尔,都是些跟我的主人们一样厉声厉色指责人家的人;那些书常常引起人们对罪人的同情,对善人的气恼。他们虽然费了很多脑筋,很大的意志,可是总达不到自己的愿望。看了这种人,我总觉得有点可怜。这是因为善良的人从第一页到最后一页,跟石柱子似的一动不动,虽然所有一切的恶

---

① 格林武德(1833—1929),英国作家。

计,碰上这些石柱子都破碎了,但石柱子并不能引起人们的同情。一道墙,不管它怎样美丽、怎样坚固,可是当一个人要到这墙后边的苹果树上去摘苹果的时候,他就不会去欣赏这道墙了。所以我总觉得最珍贵、最生动的东西,是藏在善行后面的……

在龚古尔、格林武德、巴尔扎克等人的小说里是没有善人,也没有恶人的,而有的只是一些最最生动的普通人,只是精力充沛得令人惊奇的人。他们是不容怀疑的,他们所说的和所做的,都是照原样说和做的,而不可能是别的样子。

这样,我明白了"好的,正经的"书,能使人得到多么大的欢喜,可是这种书我到哪儿去找呢?在这点上,裁缝妻子不能给我很大的帮助。

"这是一本好书呀。"她拿一本阿尔桑·古塞①的《抱着玫瑰、黄金与赤血的两手》,或贝洛②、保罗·德·科克③、保罗·费瓦尔④的长篇小说给我。可是我读它们的时候心情非常紧张。

她很喜欢马里耶特⑤、维尔纳⑥的小说,但是在我看来,这些都是枯燥无味的东西;我也不大喜欢施皮尔哈根⑦。但奥尔巴赫⑧的短篇

---

① 阿尔桑·古塞(1815—1896),法国作家与文学评论家。
② 阿·贝洛(1829—1890),法国小说家,其作品在上世纪七十年代盛行于俄国的译本有:《一个女凶手的情夫们》、《社交界的秘密》等。
③ 保罗·德·科克(1794—1871),法国小说家,其作品在上世纪六七十年代盛行于俄国的译本有:《林荫道上的儿童》、《男男女女》、《巴黎浪荡子》等。
④ 保罗·费瓦尔(1817—1887),法国小说家,其作品在上世纪五十至七十年代盛行于俄国的译本有:《一妇二夫》、《伦敦的秘密》、《皇后的宠信》等。
⑤ 弗雷德里克·马里耶特(1792—1848),英国作家,写过不少以海员生活为主题的作品。
⑥ 伊丽莎白·维尔纳(1838—1918),德国女作家,作有《一路平安》、《意志的力量》等小说。
⑦ 弗里德里希·施皮尔哈根(1829—1911),德国作家,其作品在俄国非常流行,首推《两头受气》和《战场上一人不成军》,后者的主人公的原型据说是德国工人运动领导者之一的拉萨尔。
⑧ 贝托尔德·奥尔巴赫(1812—1882),德国作家,以善写农民生活的短篇小说著称。

小说,却非常中我的意;苏①和雨果没多大魅力,比之他们,我对华特·司各特要看重得多。我所想望的,是跟巴尔扎克那样使人动心,使人快活的美妙的书。就是那位瓷人儿,也渐渐使我不喜欢了。

每次我上她那儿去的时候,总是穿一件干净的衬衫,把头发梳一梳,尽可能打扮得整洁一点,可是我未必能达到这一点,但我总指望她看到我这整洁的模样,说话会更随便些,友好些,不要在她那张永远是笑眯眯的干净的脸上现出呆板无神的微笑,可是她微笑着,用倦慵甜润的声音问我:

"看完了?喜欢吗?"

"不喜欢。"

她把细细的眉毛微微向上一扬,瞧着我,叹息着,照例用鼻音问:

"这是为什么呀?"

"这种事在别的书里早看到过了。"

"你说这种事,是什么事?"

"爱情……"

她皱了一皱眉头,发出甜蜜蜜的笑声说:

"啊,可是没有一本小说,不写爱情的呀!"

她坐在一把挺大的圈椅里,穿着毛皮便鞋的小脚轻轻动着,不时打一个呵欠,裹一裹身上那件浅蓝色长罩衫,伸出桃红色的手指头,敲敲膝上的书皮。

我想问她:

"你为什么还不搬走?那些军官不是依旧在给你写信,取笑你吗……"

可是我没有勇气对她说这些话,抱了一本写"爱情"的厚书和带着失望的愁闷走了。

院里的人,现在谈起这女人来更加不堪入耳,嘲讽得更加恶毒了。

---

① 欧仁·苏(1804—1857),法国作家,主要作品有《巴黎的秘密》、《永久的犹太人》。

我听了那些显然是胡诌出来的肮脏话,心里很不是滋味。我在背地里同情她,替她担心;可是一走到她跟前,瞧见她锐利的眼光,猫儿般灵巧的身体和那张总是高高兴兴的脸,我对她的怜悯和担心便都像烟一般消散了。

春天,她忽然不知到什么地方去了。过了几天,她的丈夫也搬走了。

那屋子空着还没有新房客搬进来的时候,我跑去张望了一下,只见光秃秃的墙上,留着挂过画的四方形的痕迹,一些弯曲的钉子,和钉过钉子的伤痕。漆过的地板上,乱堆着五颜六色的碎布头、纸片、破药盒、空香水瓶,一枚大铜饰针闪着光。

我心里难过了。我想再见一见那个娇小的裁缝妻子,我要告诉她,我是多么感激她……

十

裁缝的妻子还没搬走的时候,我们主人住所的楼下搬来了一个眼睛乌黑的年轻夫人,带着一个小女孩和年老的母亲。母亲是白头发的老婆婆,一天到晚嘴里含着一支琥珀烟嘴抽烟卷。夫人是很漂亮的美人,样子威严、骄傲,用低沉而悦耳的音调说话;瞧人的时候昂着头稍微把眼睛眯着,好像别人站得很远,不大瞧得清楚似的。有一个叫秋菲亚耶夫的黑皮肤的兵士,几乎每天都牵一匹瘦腿儿的红毛马到她家门口来。那夫人穿一件铁青色丝绒裙衣,戴一双喇叭口形的白手套,脚上穿着黄色的长统马靴,走到大门口,一手撩着裙子,拿一条柄上嵌着淡紫石的马鞭,伸出另外一只小小的手,抚摩那亲切地龇着牙齿的马的鼻脸。那马儿把一只红红的眼睛向她睐着,全身哆嗦,提起蹄子轻轻踢着踏实了的地面。

"罗贝尔,罗—贝尔。"她低低叫着,用力拍打马儿弯曲得很好看的脖子。

接着,她一脚踏在秋菲亚耶夫的膝头上,轻巧地跳上马鞍;马儿很得意地在堤岸上跟跳舞一般奔跑起来。她坐在鞍上的姿态是那么沉着老练,简直跟长在鞍上一样。

她真美丽得出奇,无论什么时候见到她,都跟初见时一样,常常使人心中洋溢着一种陶醉的欢喜。我见了她,心里就想:狄安娜·普瓦提埃①、玛尔戈王后②、拉·瓦尔埃尔③少女,以及其他历史小说中的美丽的女主人公一定是跟这位夫人一样的美丽。

她周围经常围绕着一群驻扎在这城里的师部的军官。每天晚上到她那儿来弹钢琴、拉小提琴、弹吉他、跳舞、唱歌。其中来得最勤的是一个叫奥列索夫的少校。他长着肥胖的红脸,短短的两腿,头发已经花白,身上油光光的,跟轮船上的机工差不多。他弹得一手好吉他,对夫人顺从得像一个忠实的奴仆。

跟母亲一般幸福而且美丽的,是那个五岁的长着鬈发的胖胖的女孩。淡蓝色的大眼睛天真而沉静,是一对在憧憬着什么的眼睛。而且,这个小女孩总显出一种非孩童的深思的样子。

那位老婆婆,一天到晚带着沉默的秋菲亚耶夫和肥大而斜视的女仆,埋头在家务中。因为没有保姆,那个小女孩每天总在门廊上,或者在对面堆着木头的地方一个人玩耍,几乎没有人看管。我常在傍晚的时候,跑去和这女孩子玩,我很喜欢她;她也很快跟我混熟了。每次我讲故事给她听,她就躺在我手臂上蒙眬欲睡。她睡着以后,我就抱她回家上床。不久以后,竟到了这种程度,她每次临睡以前,一定要我去跟她道别,我去了,她就很正经地伸出圆滚滚的手说:

"明天再会呀!外婆,该说什么话呀?"

"上帝保佑你,"老婆婆这么说着,她那嘴和尖鼻子里冒出白腾腾的烟。

---

① 法国作家大仲马的历史长篇小说《两个狄安娜》中的女主人公,法王亨利二世的宠姬。
② 大仲马的同名小说中的女主人公,法王亨利四世之妻。
③ 大仲马的长篇小说《二十年后》中的女主人公。

"上帝保佑你到明天呀,我要睡觉啦,"小女孩学着说了之后,就钻进缀花边的被子里去了。

老婆婆提醒她说:

"不是到明天,是永远呀!"

"嗨,明天不是永远有的吗?"

她喜欢用"明天"这个词儿,把一切自己所喜欢的东西都搬到未来中去。她把摘来的花、折来的树枝插在地上说:

"明天这地方就会变成一座花园……"

"我明天什么时候也要埋(买)一匹麻(马),跟妈妈一样骑着玩儿去……"

她是个很聪明的孩子,但不很活泼;常常正玩得好好儿的,忽然凝神沉思,出人意料地问:

"神父头上的毛,为什么跟女人的一样?"

有时她让荨麻刺了一下,就指着荨麻说:

"你当心,我去刀(祷)告上帝,上帝会重重地花(罚)你。不管是什么人,上帝都会花(罚)他的。连妈妈,他也可以花(罚)的……"

有时候,一种轻微的、严肃的悲哀落在她的身上,这时候她那蓝色的充满憧憬的眼睛便注视着天空,身子靠在我的身上,说:

"外婆常常发火,可是妈妈总不,妈妈总是笑。大家都喜欢她,所以她老是忙,总有客人来,来看她,因为她,妈妈长得漂亮。她是个可爱的妈妈。奥列索夫伯伯也这么说:可爱的妈妈!"

我非常喜欢听这小女孩讲话,因为她给我打开了一个我所不知道的世界。她总是高兴地和很多地谈她的妈妈。因此,在我的眼前,隐约地展开了一种新的生活,使我重新想起玛尔戈王后,因而更增强了我对书的信任,对于生活的兴趣。

有一天傍晚,我正等候着往奥特科斯散步去的主人们,坐在门廊上,女孩在我手中打瞌睡。她母亲骑马跑来了,轻轻跳到地上,略略把头一抬,问:

"她怎么啦？睡着了吗？"

"是的。"

"啊哟，真的……"

当兵的秋菲亚耶夫从门里跑出来，拉住马，夫人把鞭子往腰带上一掖，伸开两臂说：

"把她给我！"

"我自己抱了送去吧！"

"嗯！"夫人跟叱马一般叱了我一声，一只脚在门廊上跺了一下。

女孩醒了，迷迷糊糊地望见了妈妈，便伸手要她抱。她抱着去了。

我是习惯被人家叱骂的，可是连这位夫人都要叱骂我，心里可真不痛快。她只消轻轻吩咐一声，谁还能不服从。

过了几分钟，那个斜眼的女仆来叫我了，说是女孩耍脾气，没给我道晚安就不肯睡觉。

我在她妈妈面前有些得意地走进了客室。女孩坐在妈妈膝头上，她妈妈正在用灵巧的手给她脱衣服。

"好，你瞧，"她说。"这个怪物来了！"

"不是怪物，是我的小伙伴……"

"原来是这样！那太好了。送点什么东西给你的小伙伴吧，呃，你愿意吗？"

"嗳，我愿意！"

"好极了，这由妈妈来送，你去睡觉吧。"

"明天再会！"她向我伸出手说。"上帝保佑你到明天……"

夫人吃惊地叫了起来：

"啊哟，这话谁教你的……外婆吗？"

"嗯……"

小女孩一进去，夫人用手指头招呼我：

"送你什么呀？"

我说什么也不要，只希望她借一本什么书给我看看。

她伸出和暖芳香的指头把我的脸一抬,现出和悦的笑容问我:

"啊哟,你喜欢看书,是吗?那你看过一些什么书?"

她一笑,就显得更美了。我嗫嗫嚅嚅向她说了几个长篇小说的名字。

"你喜欢这些书里的什么呢?"她两手放在桌子上,指头微微动着。

从她身上散发出一种花的浓郁的香气。奇怪的是香气中还混着马臊气。她透过长长的睫毛,沉思地注视着我,我从来没有被人家这样注视过。

屋子里放满了精致的家具,显得跟鸟窝一般狭窄。窗口覆着浓浓的花荫,火炉上的白瓷砖,在薄暗中闪着光,和火炉并排的一架大钢琴,也显得亮晶晶的。墙壁上,朴素的金色框子里装着倾斜的大大的斯拉夫字母印的暗色奖状,每个奖状下边都用绳子吊着一颗暗色的大印。这一切,也跟我一样畏缩地望着这位妇人。

我尽可能用简单明了的话告诉她,我过着苦恼寂寞的生活,只有在读书的时候,才能把一切痛苦忘掉。

"啊,原来是这样?"她这样说着,站起身来。"这话不错,这话也许是对的……唔,好吧!书以后尽量借给你,不过现在没有……唔,你把这本拿去……"

她从长沙发上拿起一本黄封皮的已经破散的书:

"你拿去看,看完了来拿第二卷;一共有四卷……"

我拿了一本梅谢尔斯基公爵①的《彼得堡的秘密》回来;开始极认真地念起来。可是彼得堡的"秘密",比马德里、伦敦、巴黎的无味得多,我从头几页上已经看明白了。使我发生兴趣的,只有一段关于自由和棍棒的寓言:

"我比你强,"**自由**说。"因为我比你聪明。"

---

① 梅谢尔斯基(1839—1914),俄国反动作家和政治家。

可是**棍棒**回答她道：

"不，我比你强，因为我气力比你大。"

争着争着就打起架来了。**棍棒**痛打了**自由**。我记得，**自由**受了重伤死在医院里了。①

这本书中谈到了虚无主义者。我记得，照梅谢尔斯基公爵的观点，虚无主义者是十分凶恶的人，被他瞧一眼，连鸡都会死的。虚无主义者这个名词，我以为是骂人的不体面的话，除此以外，我什么也没有看懂，这真使我伤心。大概我没有阅读好书的能力！我从心里相信，这是一本好书，因为我觉得那样一位尊贵美丽的夫人，决没有看坏书的道理！

"怎么样？喜欢吗？"我把梅谢尔斯基的黄封面小说还给她的时候，她这样问我。

我很为难地回答了一声"不"，我想，这会使她生气。

不料她只是大笑起来，跑进帷帐后边去了，那儿是她的卧室。她从那里拿来一本精装的山羊皮面子的小书。

"这本你一定会喜欢的。只是不要弄脏了！"

"这是一本普希金的诗集。我怀着一种好像一个人偶然走进一处从未见过的美丽的地方所产生的贪婪感情，把这本书一口气念完了。走进美丽的地方的时候，总是想马上把它全都跑遍。在沼地的林子中长满苔藓的土墩上，走了好一阵子以后，忽然有一块百花吐艳、煦阳当空的干燥的林间空地展开在眼前的时候，是常常有这种感觉的。一时间，你会狂喜地向这片空地望着，随后马上因欣喜若狂而跑遍这个地方；并且每当脚底接触到丰沃的地面上柔软的绿草，会感到一种说不出的欢喜。

普希金的诗句的纯朴和音节的和谐，使我大为吃惊。此后有很长

---

① "**棍棒**痛打……死在医院里了"句，高尔基记忆有出入，原著是："**棍棒**把**自由**打了个半死，只好把她送进医院去。"

一个时期,每当我念散文的时候,我就觉得很不自然,佶聱难读。《鲁斯兰》的诗序,使我联想到外祖母对我讲的最好的故事,而且像是把这些故事巧妙地压缩成一个了,其中某些句子刻画入微的真实,引起了我的惊叹:

   那儿,一条无人走过的路上,
   留着没见过的兽迹。①

  我在心中把这美妙的句子反复念着,于是我的眼前出现了一条很熟悉的隐约的小径,而且还很清楚地看见从落有沉重的水银般的大颗露珠的草上踏过的神秘的脚迹。音调和谐的诗句,使它所谈及的一切披上了华美的服装,很容易被记住。这渐渐使我变成一个幸福的人,使我的生活变成轻松而愉快的诗,好像新生活的钟声在我的生活中鸣响了。啊,一个人能够识字念书,这是多么幸福呀!
  普希金的优美的童话,使我比什么都更感到亲近,更容易理解。我反复地把它们念了几遍,就完全能够背诵了。躺在床上,在未入睡以前,我也总是闭着眼睛低低唱诗。有时候,我就把这些童话经过改编,讲给勤务兵们听,他们听得哈哈大笑,嘴里发出亲切的骂声。西多罗夫抚着我的头轻声说:
  "真好!啊,真好……"
  我表现得过于兴奋,主人们瞧出来了,老婆子骂:
  "这个淘气鬼,一天到晚念书,茶炊三天多没有擦了!又得拿棍子揍啦……"
  棍子算什么?我就用诗对骂:

   黑心肝,干坏事,

---

 ① 引自普希金的《鲁斯兰与柳德米拉》。

玩巫术的老婆子……①

夫人在我的眼里变得更加崇高了,因为她是看这种书的妇女!不像瓷人儿的裁缝妻子。

我把书拿到她那里去,忧愁地交给她,她很有把握地说:

"这你喜欢吧!你听说过普希金吗?"

我曾在一本杂志上读过关于这位诗人的事,但我很想听她亲口给我讲,于是就说没有听到过。

她把普希金的生平和死,简短地讲了之后,就跟春天一般微笑着,问我:

"你知道了吧?爱女人有多么危险。"

照我所看过的一切书看来,我知道这事情确是危险,可是又很有趣。我就说:

"虽然危险,可是大家都在爱呀!而且女子也常常因此烦恼……"

她像看一切东西那样,透过睫毛向我瞥了一眼,严肃地说:

"啊哟,你明白这个?那么我希望你不要忘了这句话!"

接着,她问我喜欢哪些诗。

我挥动着两手,背了几首给她听。她沉默地、很认真地听着。一会儿,她站起来,在屋子里走来走去;沉思地说:

"可爱的小东西,你该去上学呀!我给你想想办法……你的主人跟你是亲戚吗?"

我回答了是的,她惊叹了一声:

"噢!"好像在责难我一样。

她又借给我一本《贝朗瑞歌曲集》②,这本书很精致,带有版画,裁

---

① 引自普希金的《鲁斯兰与柳德米拉》。
② 贝朗瑞(1780—1857),法国杰出的民主诗人,写过四部歌曲集,《年老的流浪汉》是其中的一篇。这里引用的是该诗的最后一节。引文与原作略有出入。此处采用沈宝基的译文(见《贝朗瑞歌曲选》第 263 页,人民文学出版社,1958 年)。

口喷金,红皮封面。这些歌,以刺心的痛苦和疯狂的欢乐的奇特结合,完全把我弄疯了。

当我念到《年老的流浪汉》①的苦痛的话时,不由觉得心里发凉:

> 人类呀,为什么不把我踩死,
> 像一个伤害生物的害虫?
> 呀,你们应该教会我
> 如何为大家的幸福劳动。
> 如果能把逆风躲避,
> 害虫也许会变成蚂蚁;
> 我也许会爱你们像自己的兄弟。
> 我这年老的流浪汉,可是我到死恨你们好像仇敌。

可是接下去念到《哭泣的丈夫》,我笑得连眼泪都掉下来了。我记得特别清楚的,是贝朗瑞的话:

> 学会过欢乐的生活
> 对普通人也算不得什么!……②

贝朗瑞激起了我的不可抑制的快活,调皮的愿望,想对一切人说粗暴的讽刺话,在短短期间内,我在这方面已经有了很大的长进。他的诗句我也都记得烂熟,在勤务兵他们的厨房里逗留时,也满心得意地念给他们听。

但这不久我就不得不停止了,因为

---

① 贝朗瑞(1780—1857),法国杰出的民主诗人,写过四部歌曲集,《年老的流浪汉》是其中的一篇。这里引用的是该诗的最后一节。引文与原作略有出入。此处采用沈宝基的译文(见《贝朗瑞歌曲选》第263页,人民文学出版社,1958年)。
② 引自贝朗瑞的《劳动之歌》。

十七岁的大姑娘，

　顶顶帽子都合样！①

这两句诗引起了一场关于姑娘们的令人作呕的谈话,这种侮辱使我发狂,我拿煎锅打了叶尔莫欣的脑袋。西多罗夫和别的勤务兵把我从他那呆笨的手中夺了下来,但自从这次以后,我就不敢再往军官们的厨房里去了。

他们不许我到街头去闲走,其实也没有工夫闲走,活儿越来越多。现在除了一身兼女仆、男仆及"跑街"这些日常工作之外,还得用钉子把细布钉在宽木板上,在这上边贴设计图;抄写主人的建筑工程计算书,以及复核包工头的细账,因为主人一天到晚跟机器一样工作着。

那个时候市场上的公有建筑物,改成了商人私有。所有的商店都忙着改建。我的主人接受了许多修理旧店房、建筑新店房的包工;还制作许多"改筑圆承尘,在屋顶上开天窗"等等的设计图。我拿了这些设计图和装着二十五卢布钞票的信封送到老建筑师那里去。建筑师收了钱,就写上:"设计照原图无误,工程监督由我承担。某某。"可是不消说他没有见过原图,而且工程监督也不会承担的,因为他正害着病,从来不出门。

此外,我还往市场管理人和别的认为必要的一些什么人那儿去送贿赂,从他们那儿拿到主人所谓的"从事一切不法勾当的许可证"。由于这一切,我得到了在晚上当主人们出去做客的时候,在门廊上等他们回来的权利。这也不是常有的事,但他们有时要过了半夜才回来。于是我就好几小时地坐在门口的台阶上或对面木头堆上,张望我那位夫人家的窗子,贪心地听着热闹的谈话和音乐。

窗子是开着的,从帘帷和掩映着花卉的隙缝里所见到的,是军官们英俊的身影在屋子里走来走去,是矮胖的少校蹒跚地走着的模样,

---

① 引自普希金的《鲁斯兰与柳德米拉》。

是打扮得出奇的简单然而漂亮的夫人轻盈的走动。

我在心里默默地称她做——玛尔戈王后。

我遥望着窗子,心里想:"法国小说中所描写的快乐生活,大概就是这个样子的。"但见了围在玛尔戈王后身边的那班男子,我虽然还是个小孩子,总不禁感到嫉妒。我心里有些难过,因为那些男人像黄蜂绕花一般包围着她。

在她的客人中来得最少的是一个高身材的阴沉的军官,脑门上有道刀砍过的伤疤,眼睛深深陷进去。他每次总带着小提琴来,拉得很好。因为拉得太好了,过路人都在窗下停住,木头堆上也聚满了这条街上的人,我的主人们要是在家里的时候,也总打开窗子,一边听着一边赞赏着那音乐家。他们是除了教堂里的候补祭长以外,谁都不肯赞许的。我知道他们对鱼油煎的点心,到底比对音乐更喜欢一点。

有时候这位军官发着微带低哑的嗓音唱歌、吟诗。那时,他总是把手掌按在额上,奇异地喘着气。有一天,我正在窗下和女孩子玩,玛尔戈王后要他唱,他推辞了好一会,后来字字清楚地说:

只有歌儿要美,
而美却不要歌……①

我很爱这句诗,而且不知什么缘故,我同情起这位军官来了。

有时候,我的那位夫人一个人在屋子里弹钢琴,我见了心里很愉快。我陶然地沉醉在乐声中,窗外的一切都不放在眼中了。窗子里边娉婷的姿影,她的昂然的侧脸,她的鸟儿一般在键盘上飞舞的白手,笼罩在洋灯的昏黄的光霭中。

我望着她,听着哀怨的乐声,陶醉在五光十色的幻梦中。我要到一个地方去找来宝物,全部送给她,使她变成一个富人。如果我是斯

---

① 引自俄罗斯诗人阿·费特(1820—1892)的诗《我仅仅见到你的微笑……》,但引文不够准确。

科别列夫①,一定跟土耳其再开一次战,收了赔款,在城中最好的地方奥特科斯造一所房子送给她,叫她离开这条街,离开这所房子,这里大家都说她的坏话,造肮脏的谣言。

邻居们,我们这院子里的一班下人们,尤其是我的主人们,对于这位玛尔戈王后也跟对裁缝妻子一般,胡乱诌着恶毒的谣言,不过说她的时候,更小心,更低声,先向四周望一望罢了。

人们怕她,也许因为她是一个有名人物的寡妇,她房间里挂着的奖状都是戈东诺夫、阿列克谢、彼得大帝等从前的俄国皇帝赐给她丈夫的先祖的,这是那个老念一本福音书的识字的兵士秋菲亚耶夫对我说的。或许人家害怕她会用柄上嵌着淡紫色宝石的鞭子打人,据说,有一个大官被这鞭子痛打过。

但喁喁私语并不比大声狂谈更好受些。我那个夫人是生活在四周敌视的空气中,可是我不明白这敌视的原因,我感到苦恼。维克托说:有一天晚上半夜回家时,望了望玛尔戈王后寝室的窗子,看见她穿着内衣坐在长沙发上,少校跪在她身边,替她剪脚指甲,并用海绵去擦干净。

老婆子咒骂着,呸的吐了一口唾沫。年轻的主妇赧着脸尖声地叫:

"啊哟,维克托,也亏你厚脸皮说得出来!可是那些人的行为也真恦人!"

主人没作声,只是微笑。我很感谢他的沉默,可是依然担心地等待着他会同情地加入这场叫骂中去。女人们尖着嗓子叫着,不厌其详地向维克托问那夫人怎样坐着,少校怎样跪着。维克托呢,又添油加醋地加上许多新的细节。

"他红着脸,舌头拖得长长的……"

少校给夫人剪指甲,我可看不出有什么可责难的地方;但是说他

---

① 斯科别列夫(1843—1882),一八七七到一八七八年俄土战争中的俄军重要将领。

396

拖着舌头,那是不能相信的。我觉得这一定是故意胡诌的谣言,于是我对维克托说:

"既然这不好,那您为什么要往窗子里张望呀?您又不是小孩子……"

不消说,我挨了一顿恶骂,但是对这种咒骂我倒全不在乎。我只想做一件事——想立刻跑到楼下去,跟少校一般跪在夫人面前,请求他:

"您赶快离开这所房子吧!"

现在我已经懂得了另样的生活,另样的人们和另样的感情和思想,因此这房子和房子里的全体住客越来越激起我的反感。这房子里张着肮脏的谣言网,里边没有一个人不被人怀着恶意谈论过。比方那个团部里的牧师,病歪歪的,瞧着也可怜,可是人家却说他是酒鬼、色迷。又据我的主人们说,那些军官跟他们的太太都犯了奸淫的罪恶。那些兵士,一开口老是那么一套谈论女人的话,这都叫人讨厌。其中最叫我忍受不了的是我的主人们,我看透了他们最喜欢进行人身攻击的真面目。找人家的坏处是不用花钱的惟一的娱乐,我的主人们只是因为要找这种娱乐,才把周围的人拉上闲言冷语的刑台。他们只当自己是在虔诚、勤苦、枯寂地过活,因而要向一切人复仇。

当他们污言秽语说着玛尔戈王后的时候,我就感到一种不像小孩子的感情的激动,胸中充满了对这种说背后话的人的憎恶,我想大声呵斥他们,恣意侮辱他们。有时候却产生一种怜悯自己和怜恤一切人的感情,这种默默的怜恤,比憎恶更加痛苦。

关于王后,我比他们知道得更多,我很担心,他们会知道我所知道的。

每逢节日,主人们上教堂去做礼拜的时候,我一早便跑到她那儿去。她把我叫到自己的寝室里,我坐在用金色缎子包着的小小的圈椅上,女孩儿趴在我膝头上,我对这女孩的妈妈谈着看过的书。她躺在一张很大的床上,脸枕在两只合起来的小手掌上;她的身体盖在和整个寝室中其他一切东西一样的金黄色的被子底下,编成辫子的黑头发越过浅黑色的肩头挂在她胸前;有时候,从床上一直拖到地板上。

她听着我的话,温和的眼光注视着我的脸,似笑非笑地说:

"啊,是吗?"

连她的令人好感的微笑,在我的眼里也只是王后的宽大的微笑罢了。她用柔切的低沉的声音说话,我觉得她的话好像总是这个意思:

"我自己知道,我比所有的人都美,都纯洁呀,所以我是不需要他们之中任何人的。"

有时我跑去,她正坐在镜子前一把低低的圈椅上梳头发,发尖披在膝头和椅子的靠背上,在椅子背后差不多碰到地板。她的头发和外祖母的一样,又长又密。在镜子中望见了她的微黑的、茁实的乳房。她当我面穿换内衣和袜子,但是她的纯洁的裸体没有引起我羞耻的感觉,我只是为她感到骄傲和喜悦。她身子总是散发着一股芳香,这种香味正是一种避免人家恶念的防卫物。

我健康,强壮,而且我很知道男女之间的秘密,但是因为人家在我面前讲这种秘密时总带着一种冷酷无情、幸灾乐祸的神情,而且把它说得龌龊不堪,因此使我不能想象这个女人能让男人抱在怀里,很难想象有人能成为她肉体的占有者,敢大胆放肆地不知羞耻地去触碰她的身体。我相信玛尔戈王后不会理解像厨房间和什物间里的那种爱情。她知道的一定是另外一种完全不同的高尚的喜悦,一种完全不同的爱情。

可是有一天暮色苍茫的时候,我跑进她的客室去,听着寝室的帐幔后面,我那衷心敬爱的王后高声的狂笑和一个在乞求着什么的男人的声音:

"等一等……天老爷!我不相信……"

我本来应该退出,我懂得这个,但是我不能……

"谁呀?"她问。"是你吗?进来进来……"

寝室中花香扑鼻,叫人透不过气来,光线很暗淡,窗上的窗帷放下了……玛尔戈王后躺在床上,被头一直盖到下颔边。和她并排,只穿着内衣,露了胸膛坐在墙边的是那位拉小提琴的军官。他胸膛上也有一条伤痕,从右边肩头伸向乳头形成一条红线,是那么显明,在暗淡的光线中也看得非常清晰。军官头发乱得很可笑。我第一次看见他那哀愁的满是伤痕的脸上略略现出笑影,笑得真怪,圆大的女性般的眼睛正盯视着王后,好像第一次看见她的美丽。

"这是我的朋友。"玛尔戈王后说了,但是不知道她这是对我说还是对他说的。

"什么事使你这样吃惊?"她的声音好像从远处传来似的送进了我的耳朵。"来,到这边来……"

我走到她身边,她伸出裸露的暖和的手,挽住了我的脖子说:

"你要大起来,你也会是幸福的呀……好,去吧!"

我把一本书放在架上,拿了另一本走了,简直如在梦中。

我的心里一种不知是什么的东西碎裂了。不消说我连一分钟也没想过我的王后也和别的女子一样恋爱,而且这位军官,也不容我这么想。我很清楚地想起他的笑脸——他好像一个婴孩突然受了惊一般快乐地笑着,他的哀愁的脸美妙得活泼起来了。他必定爱她,难道可以不爱吗?她一定也毫不吝惜地把自己的爱给他了,这是因为他能够拉小提琴拉得那么好,又能够那么真挚地朗吟诗句。……

但是我必须以这些自慰,因为我明白,在我对我所目见的一切以及对玛尔戈王后本人的态度中,并非一切都是好的,也不是一切都是对的。我觉得我好像失掉了什么,在深切的悲哀中过了几天。

……有一天,我非常暴躁,盲目地发了脾气。后来我到夫人那儿去借书,她很严厉地说:

"听说你不顾死活地捣乱,我可想不到你会这样……"

我再也忍耐不住了,便详细地对她说我生活怎样无聊,以及听到人家讲她坏话时心里怎样难受。她站在我面前,一只手放在我肩上,起初注意认真地听我说话,不一会儿就笑起来,把我轻轻一推:

"够了够了,这些话,我都知道。你明白吗? 我知道呀!"

接着,便拉着我的双手柔和地对我说:

"你越是少注意这种污言秽语,对你就越好……你瞧,你的手洗得不干净呢……"

我想,这话用不着她说,如果她也跟我一样要擦铜器,要洗地板,又要洗孩子的尿布,那她的手也就不会比我干净多少了。

"人若会过日子,别人就恨他嫉妒他,不会过日子,人家就瞧不起他,"她沉思地说着,把我拉到她自己身边,抱住我,笑眯眯地注视着我的眼睛说:"你喜欢我吗?"

"喜欢。"

"很喜欢?"

"是的。"

"怎样喜欢呢?"

"我不知道。"

"谢谢你,你真是个好孩子! 我顶爱人家喜欢我……"

她嫣然一笑,好像想说什么,但是,叹了一口气,紧紧地抱着我,好久好久没有作声。

"你多来玩玩,只要能来,就来吧……"

我利用到她家的机会,从她那里得到了许多好的东西。中饭后,我的主人们睡午觉,我就跑下去。如果她在家里,便在她那里呆上个把钟头,甚至更多些。

"应该念些俄国的书,应该知道俄国自己的生活,"她一边这样指教我,一边把蔷薇色的指头很灵巧地活动着,把发针插在香喷喷的头发上。

于是她列举出一些俄国作家的名字问我:

"你记得住吗?"

她常常沉思地,带着几分悼惜地说:

"你应该学习,学习,可是,我老是忘了这个,真要命……"

在她那里待了一会儿，捧了一本新书走向楼上去的时候，我简直好像整个身心洗了一个大澡。

我已读了阿克萨科夫的《家庭纪事》，书名叫《林中》的出色的俄国诗集，以及极著名的《猎人笔记》，此外还读了几卷格列比翁卡、索罗古勃的作品和韦涅维季诺夫、奥陀耶夫斯基、丘特切夫的诗集。这些书洗涤了我的身心，像剥皮一般给我剥去了穷苦艰辛的现实的印象。我知道了什么叫做好书，我感到自己对于好书的需要。因为这些书使我在心中生长了一种坚定的信心：在这大地上我并不是孤独的，所以我决不会走投无路！

外祖母来的时候，我很高兴地对她谈起了玛尔戈王后，外祖母一边津津有味地嗅着鼻烟，一边深信地说：

"啊，啊，这可不错！好人到处都有，只要去找，就会找到的呀！"

有一次她提议说：

"也许我去见见她，替你向她道声谢好吗？"

"不，不要去……"

"那就不去吧……我的老天爷，一切的事多么好呀！我愿意永远永远活着！"

玛尔戈王后没有能够帮助我学习——三圣节那天，发生了一件非常讨厌的事情，差不多把我毁了。

节日前几天，我的眼皮忽然肿得很怕人，把眼睛都压住了。主人们怕我眼睛会瞎，非常惊慌，我自己也害怕了。他们把我带到亨利希·罗德泽维奇助产医生那里去，他把我的眼皮内部割开了，包扎了纱布。我心里充满着痛苦的难受的寂寞，一连躺了几天。三圣节头一天晚上解去了纱布，我从床上起来，好像在墓中活埋了几天又重新爬出来一般。再没有比失明更可怕了，这是一种不能用言语说明的懊丧，它夺去一个人十分之九的世界。

欢乐的三圣节那天，我因为病，从中午起豁免了一切的义务，就到各家的厨房去，望望那些勤务兵。除了严谨的秋菲亚耶夫以外，所有的人都喝醉了。近傍晚的时候,叶尔莫欣拿木柴打了西多罗夫的脑袋,西多罗夫昏倒在外屋里。叶尔莫欣吓坏了,逃到盆地里去了。

惊慌的谣言立刻传遍了全院子,说是西多罗夫被人打死了。门边拥满了人,望着这个倒在地上的士兵,他的脑袋搁在从厨房到外屋的门槛上,不动地躺着。有人轻声说要去叫警察,可是没有一个人去叫,也没有一个人敢走过去扶这个士兵。

这时候,洗衣妇纳塔利娅·科兹洛夫斯卡娅来了。她穿着一件簇新的紫丁香色衣服,肩头上搭着一块白头巾,怒气冲冲地把人们推开,走进外屋里蹲下身子,高声嚷道:

"你们都是些傻瓜!还活着呢!快去拿水来……"

人们劝她说:

"你别管闲事啊!"

"我说,拿水来呀!"她好像在火烧场上一样嚷着,接着,把新衣撩到膝盖上,扯了扯里面的裙子,把士兵的血淋淋的脑袋搁在自己的膝头上。

人们不赞成地胆怯地走散了。我在这暗憧憧的外屋里,看见洗衣妇那又圆又白的脸上,含着眼泪的眼睛现着愤怒的神色。我提来了一桶水,她叫我泼在西多罗夫的头上和胸膛上,而且预先关照说:

"不要泼在我的身上呀!我要出门去做客……"

士兵苏醒过来了,睁开迟钝的眼睛呻吟起来。

"把他抬起来吧。"纳塔利娅说着,把手插进他的腋下,为了不弄脏衣服,把两臂伸得远远的。我们把士兵抬到厨房里,放在床上。她用湿布替他把脸擦干净,自己便转身走了;这时候她说:

"你把手巾在水里浸透了,放在他头上,我去找那个混蛋。这些魔鬼这样喝酒,早晚会被抓去服苦役的。"

她把弄脏了的衬裙脱到地板上,然后扔在屋角里,细心地拂拭了沙沙发响的弄皱了的衣服。

西多罗夫把身子一伸,打着噎,哼着。他脑袋上一滴滴地滴下浓浓的黑血,滴在我裸着的脚背上,颇有点难受,可是我心里害怕,不敢从这血滴底下把脚抽回来。

这真是难受的事情。外面正热闹地过节,屋前的门廊和院子的大门口装点着白杨树的嫩枝,所有的柱子上都扎着新砍的枫树和榛树的枝条,整条街上飘满着欢乐的新绿,一切都显得年轻而新鲜。从这天早晨起我就感到春天的节日终于来了,它将长久地留下来。从这天起,生活也将变得更纯洁、光明和快乐。

士兵呕吐了,热乎乎的伏特加酒气和青葱的臭味充满了厨房。玻璃窗子上不时出现些宽大、模糊的脸和压得扁平的鼻子,托在两颊上的手掌像两只大耳朵,使得脸很难看。

士兵回想着,喃喃地说:

"这是怎么一回事?我跌倒了吗?叶尔莫欣怎么样了?他是个好—好朋友……"

接着,咳嗽着,醉醺醺地流着泪哭,哀叫道:

"我的妹妹……好妹妹……"

他站了起来,东倒西歪,湿淋淋的身子散发出臭气,他晃了一晃又倒在床上了,奇怪地睁着眼睛说:

"完全打死了……"

我扑哧一声笑了出来。

"是哪个鬼东西在笑?"他这样问着,眼神呆呆地望着我。"你怎么还笑?我给人家永远打死了……"

他开始用两手推我,嘴里还在叨念:"第一个日子是先知伊利亚,第二个是叶戈尔骑着马,第三个不准到我这里来,滚开吧,豺狼……"

我说:

"不要胡闹了!"

他毫无道理地大发脾气,咆哮着,两脚在地上擦着:

"我给人家打死了,你还要……"

他这样说着,就用无力的肮脏的手向我的眼睛重重地打了一拳。

我惊叫了一声,眼睛什么也看不见了,勉强跑到了院子里,恰巧碰到纳塔利娅回来,她拉着叶尔莫欣的手,大声嚷着:

"走啊,蠢牛!"她一手捉住了我问:"你怎么啦?"

"他打人……"

"打人?……"她惊愕地拉长了嗓音;然后又拖住了叶尔莫欣,向他说:

"唔,魔鬼!你谢谢老天吧!"

我用水洗了眼睛,再从外屋望着房门,看见这两个士兵正在互相拥抱哭泣,他们和解了。以后,两个人又去拥抱纳塔利娅,她打了他们的手,嚷着说:

"狗崽子,缩回你们的爪子去!我又不是你们的那号骚婆娘。趁你们老爷不在家,快去睡吧,快去吧!否则,你们会吃苦头的!"

她跟哄孩子似的,让他们躺下,一个睡在床上,一个睡在地板上,等他们打起了鼾声,便走到外屋里来。

"我浑身弄得这么脏了,穿的是出门做客的衣服!哪一个兵打了你?……真是多么傻的家伙!总之,都是酒不好。你不要喝酒呀,小伙子,你永远不要喝酒呀……"

以后,我和她一同坐在大门边的长凳子上。我问她,为什么她不怕酒鬼。

"就是没喝醉的,我也不害怕呀。他敢过来,就请他吃这个!"她把捏得紧紧的红拳头扬了一扬。"我那个死去的丈夫,也是个专爱喝酒闹事的家伙,他每次喝醉回来,我就把他手足捆起来。看他快要醒来了,便扒下他的裤子,拿树条子抽他。我吩咐他:不准再去喝酒,不准再去酗酒。你既然娶了老婆,老婆就是你惟一的欢乐;你的欢乐不是酒呀!我打着打着,打得手酸了才放下。以后他就跟蜡一样不敢倔强了……"

"你真厉害,"我记起了连上帝都给骗了的夏娃来。

纳塔利娅喘了一口气,说:

"女人应当比男人还厉害;她们应该有双倍的力量。上帝亏待她们了!男人是最容易三心二意的。"

她挺着身,两手交叠在隆起的胸上,背脊靠在墙上,悲伤地望着杂乱的堆满破烂砖瓦的堤坝,坦然而温和地说着话。我听着她的聪明的谈话出神了,完全忘记了时候,忽然看见堤坝尽头主人和主妇两个手挽着手,像公火鸡和母火鸡一般,慢腾腾地,大模大样地走着,嘴里谈着什么,眼睛睁着看我们。

我急忙跑去开正门。门开了,主妇一边上楼,一边恶毒地对我说:

"同洗衣妇调情吗?跟楼下的太太学的吗?"

这话太没道理了,甚至都没有激怒我;可是主人的一句话使我很难过,他冷笑了一下,说:

"也难怪,到年纪了!……"

第二天早上,我到下边什物间去取柴,看见什物间门底下的猫洞边有一只空钱包。这只钱包我在西多罗夫手里曾经见过很多次,我就马上捡起来给他送去。

"钱呢?"他这么问着,用指头到钱包中掏摸。"一卢布三十戈比呀,快拿出来!"

他用手巾包着脑袋,脸色枯黄消瘦,气愤地眨巴着红肿的眼,不相信我捡到的时候已经是空的。

这时候,叶尔莫欣跑来了,他向我点着头,对他说,要他相信:

"是他偷了,把他拉到主人那里去!当兵的不会偷自己弟兄的东西!"

这几句话提醒了我,偷钱的一定就是他自己。他偷了钱,故意把空钱包丢在我的什物间里。我马上冲着他的脸向他叫喊道:

"你说谎,钱是你偷的!"

我终于相信了我的推测没有错,——他的蠢笨的脸显出惊慌和愤怒的神色,他转动着身体,低声地说:

"证据在哪里?"

405

我用什么来证明呢？叶尔莫欣叫嚷着把我推到院子里。西多罗夫嘴里喊叫着什么跟在后面。从许多窗子里伸出各色各样的头来；玛尔戈王后的母亲悠悠地抽着烟望着，我想，这要当着夫人的面可倒了大霉了，我简直疯了。

我记得，几个兵拉住我的胳膊，对面站着主人家的人，大家都同情地彼此附和着，听士兵诉说。主妇很相信地说：

"不消说，这一定是这个孩子干的事！他昨天坐在门边和洗衣妇勾勾搭搭的，那一定是有了钱了，那个女人，没有钱是绝不会上手的……"

"对啦对啦！"叶尔莫欣叫着。

地面在我脚底下裂开了。我气极了，冲着主妇吼骂。于是我被结结实实痛打了一顿。

挨打倒并不十分痛苦，比这更痛苦的，是我想玛尔戈王后会怎样看我呢？我怎样在她面前辩白呢？在这可恶的几小时中，我的心里十分难受。

幸而士兵把这事传遍了全院子，以至于整条街上。晚上，我正躺在阁楼上，忽然听见底下纳塔利娅·科兹洛夫斯卡娅的叫声。

"为什么我要闭嘴不言语！不，小乖乖，你出来！我说，你来呀！不然，我就找你老爷去，他会强迫你……"

我马上觉到这个吵闹是与我有关的。她正站在我们房子门口边嚷，声音越嚷越大，越嚷越高。

"你昨天给我看的钱是多少？这钱是哪里来的？……你说，你说。"

我高兴得喘不过气来。忽然听见西多罗夫发出懊丧的声音说：

"你呀，你呀，叶尔莫欣……"

"亏你还要赤口白舌冤枉小孩子，打人家。"

我真想立刻跑到院子里去，高高兴兴地跳一场；然后去亲吻一下洗衣妇以表示感谢。不料这时候家里的主妇——大概是从窗子里边叫嚷说：

"打那小家伙，是因为他骂人；可是除了你这下贱婆娘，谁也没有说他是偷钱的呀!"

"太太,你自己才是下贱婆娘呢;我告诉你,你是头母牛。"

我听这个骂声,简直跟音乐一样好听。我的心被懊恼和对纳塔利娅感激的眼泪炙得发疼。我努力要忍住眼泪,把呼吸都屏住了。

一会儿,我的主人慢腾腾地踏着楼梯走上阁楼来。他坐在我身边横梁的接缝上,手掠着头发,说:

"喂,彼什科夫老弟,运气不好啦?"

我默默地背过脸去。

"只是你骂得太不像话。"

他接着说。这时候,我对他轻声说:

"等伤好了,我就离开你们……"

他默默地坐着,抽着烟卷。两眼凝注着烟头,低声说:

"这也随你的便!你也不是小孩子了;自己好好想一想,要怎样对你才好……"

他走了。照例,我又同情起他来。

到第四天,我离开了主人的家。我很想去跟玛尔戈王后道别,可是我没有勇气到她跟前去,并且应该承认,我等着她自己来叫我。

和小女孩分别时,我托她:

"你对妈妈说,哥哥心里非常感谢她,你能替我对她说吗?"

"我说我说!"她柔和抚爱地微笑着,答应我的要求。"明天再见,是吗?"

大约过了二十年,我重新遇见了她,她已经嫁给了一个宪兵军官……

十一

我又在"彼尔姆号"轮船上当了洗碗的[①]。这是一条白色的、天鹅

[①] 高尔基从一八八二年春至同年深秋在"彼尔姆号"船上当洗碗工。

似的宽大的快班轮。这回是"打杂的"洗碗工人，或叫"厨房杂役"，月薪七卢布，职责是帮助厨师。

食堂管事是一个肥胖而傲慢的家伙，脑袋光秃得像个皮球。他两手叠在背后，像猪猡在大热天寻找阴凉一样，整天在甲板上脚步沉重地走来走去。在食堂里张罗的是他的妻子，这位太太四十岁开外，很漂亮，但样子萎靡，脸上涂抹着厚厚的粉，以致常常落下黏性的粉液，黏在她的华丽的衣服上。

厨房管事的是亲爱的厨师伊凡·伊凡诺维奇，绰号"小熊"，他是个小胖子，鼻子像老鹰，眼睛里含着滑稽的神气。他爱打扮，系着浆过的硬领，每天刮胡子，青脸颊，黑胡子向上翘起。一空下来，他就用火烤红了的手指捻胡子，不让它走样，而且老对着一面有柄的小圆镜照脸。

船上最有趣的是司炉雅科夫·舒莫夫，他宽胸膛，方肩背，翘鼻子，铁铲般的扁脸，熊似的小眼睛躲在浓眉底下。两腮上满是卷成小圈的胡须，像沼泽地上的青苔一般，头顶上的头发，跟帽子一般紧紧贴住，要费很大的劲才能把弯指头插进去。

他爱赌钱，打得一手好牌，食量也吓人，老是像饿狗一样，在厨房旁边打转，想讨几块肉和骨头。晚上，就跟"小熊"伊凡·伊凡诺维奇一起喝茶，讲述自己奇怪的身世。

他年轻时候在梁赞牧人家里当牧童，后来经一个过路的修道士劝诱，进了修道院，在那里当了四年杂役。

"差一点儿我就成了修道士，上帝的黑星了，"他口齿伶俐地开着玩笑。"这时我们那里来了一个奔萨城的女香客。一个很好玩的女人，把我的心扰乱了。'你很不错，很结实，'她那么说。'我是贞洁的寡妇，很孤寂，你到我那儿去扫院子吧。我自己有房子，在做羽毛生意……'"

"我说好吧，她让我看院子，我跟她勾搭上了，在她家里吃了三年热面包……"

"你真能吹牛,""小熊"打断他,担心地瞧着自己鼻子上的瘰疬。"要是吹牛可以挣钱,你准发财!"

雅科夫在嚼着什么,似乎没眼睛的脸上,灰色的卷须动来动去,毛茸茸的耳朵也在动。他听完厨师的话,依旧用匀整迅速的语调往下讲:

"这女人年纪比我大,我同她搅在一起很无味,不够劲儿。我又同她侄女发生了关系。她发觉后,把我撵走了……"

"这你活该——真是再好不过了。"厨师说得跟雅科夫一样轻快而流利。

司炉把糖块塞进嘴里,又说下去:

"以后闲荡了一段时间,又结识了一个行商,弗拉基米尔城的老头儿,同他一起走遍世界。我们去过巴尔干高原,也去过土耳其、罗马尼亚、希腊、奥地利各地,跟各国的人来往,这里买来,那边卖去……"

"也偷盗吗?"厨师正经地问。

"那老头儿可不干这行当!他告诉我,一个人在外国地方,必须规矩正直,在这里是这样的规矩,只消干一点点坏事,就得掉脑袋。不过说老实话,做贼我也试过,可是结果很糟。我曾想从一个商人的院子里牵出一匹马,没有得手,给人家捉住了,打了又打,后来被送到警察局里。我们是两个人,一个是老马贼,我却不高明,只是偷着玩的。我在那商人家里做过工,给他在新造的洗澡间里砌过炉子。那个商人害了病,梦见了我,我惊慌地向上司呈请说:把他(就是我)放了吧,把他放了吧,说是梦见了我,要是不放了我,他的病就不会好,还说我好像有点魔法。人家就把我当魔法师了。那商人在地方上很有势力,衙门里就把我放了……"

"你这种家伙,不应该放了,应该在水里淹你三天,那你的傻气就会治好啦。"厨师插嘴说。

雅科夫马上接住他的话:

"对啦,我的傻气确是不小,老实说,我的傻气有一个村子那么大……"

厨师用手指插进紧紧的硬领里,气恼地把硬领弄松些,摇摇脑袋,懊丧地说:

"真是胡说八道!让你这种囚犯活在世上,大吃,大喝,闲逛,为什么呢?唔,你说,你活着干什么呀?"

司炉嘴里发声地嚼着,回答:

"这个我也不知道。活着就是活着。有的人躺着,有的人跑路,当官的就光坐着,可人人都得吃东西。"

厨师更加发怒了:

"就是说,你是无法形容的猪猡!不,简直还不如猪猡!老实说,是猪食料……"

"你干吗骂我?"雅科夫吃惊了。"男人都是一棵橡树上的果实,不用骂,骂,我也不会变好些……"

这个人立刻把我牢牢吸引住了,我用惊奇的眼光望着他,张着嘴听他说话;我觉得他心中有一种自己的坚固的生活知识。他对任何人都称"你",对任何人都一样从毛茸茸的眉毛底下正面直视,无论是船长、食堂管事、头等舱的阔客,他都把他们同自己、水手、食堂的侍役、统舱客一样待。

我常常看见他站在船长或机师长面前,把猩猩似的长胳臂叠在背后,默默地听着人家骂他偷懒,骂他打牌时不经意地赢了别人。看得出,任何斥骂,对他都显得毫无作用。人家吓唬他,说等船到下一个码头就要撵他上岸,他也毫不惊慌。

他有一种与人不同的地方,跟"好事情"先生一样。大概,他自己很明白自己的特点,而且也知道决不会得到别人的了解。

我从没瞧见他有过受委屈发闷的样子,也不记得他有过长时间的沉默。话声常常从他毛氄氄的口里流出来,甚至似乎不管他自己的意志,总是像一条无尽的泉流,滔滔不绝地流着。每当被人家骂了,或是听别人说得有趣,他的嘴唇便微微动着,好像在肚子里复念他所听见的话,或者轻轻继续说着他自己的话。他每天值完班,便从锅炉房爬上来,赤着脚,满身汗淋淋的,穿着油污汗湿的裤子,也不束带,袒开着毛毧毧的胸膛跑过来。一跑来,甲板上便充满他那平板单调的有些沙哑的声音,他的话跟雨点一样,到处乱洒。

"你好,老大娘!上哪儿去?是奇斯托波利吧?我知道,我在那里呆过,在一个有钱的鞑靼人家里当长工。那个鞑靼人叫乌桑·古巴伊杜林,有三个老婆。他身体很结实,红红的脸。一个年轻的、很好玩的鞑靼农家女子,同我相好胡搞过……"

他什么地方都到过,而且到处同女人胡搞。他好像一生从来没有受过委屈挨过骂,把所有的事,都泰然地、不怀恶意地倾筐倒箩地说出来。过了一分钟,在后艄什么地方,又听见他的话声。

"打牌的人最规矩,一打,三张牌,马上分输赢,真的!打牌真有趣!坐着挣钱,简直是买卖人的勾当……"

我听出,他不大用好、坏、糟糕那样的字眼,差不多总是说有趣、稀罕。在他看来,漂亮的女人是有趣的蝴蝶,好天气的日子是快慰的日子;他说得最多的是:

"才不在乎呢!"

大家说他是懒鬼,但是我看他也跟大家一样,在地狱一样的热臭之中,站在炉口老实地干他的苦工。但是我记不起他跟别的司炉一样叫苦叫累。

有一天,一个年老的女客丢了钱包。这是一个晴朗静寂的傍晚,大家正心平气和地生活着。船主送了五卢布给那老婆子,许多乘客也给了一点。大家把钱交给老婆子时,她画了一个十字,弯腰向众人行礼,说:

"老乡们——这里比我丢掉的多出了三卢布十戈比。"

有人快活地嚷道:

"老婆婆,都拿着吧,还说什么?三卢布不算多……"

又有人入情入理地说:

"钱跟人不同,多了不碍事……"

雅科夫就走到老婆子面前,认真地请求:

"把多的钱给我吧,我去打牌!"

大家以为司炉是开玩笑,都哄笑了,可是他却硬央求着窘迫的老婆子:

"给我,老婆婆!你拿了有什么用?你明天就要进坟墓了……"

大家骂他,把他赶开,他摇着头,不胜惊奇地对我说:

"这班人真怪!别人的事要他们管什么?是那老婆婆自己说这钱是多余的呀!可是对于我,三卢布是可以痛快一下的……"

他对于金钱,大概光是瞧瞧也快乐。他爱一边说话,一边拿着银币铜币往裤子上擦,擦得亮晶晶的,就用弯手指拿到长着翻鼻孔的脸跟前仔细瞧,眉毛索索地动。但是对于钱却不吝惜。

有一天,他要我跟他赌钱。我说我不会。

"你不会?"他奇怪了。"你怎么不会呢?亏你还识字!那我教你,我们赌着玩,赌糖……"

他赢了我半磅方块白糖,一块一块地放进他毛茸茸的嘴里。后来见我已经会赌了,就说:

"现在来赌真的钱!有钱吗?"

"有五卢布。"

"我有两个多卢布。"

不消说,他很快就赢光了我的钱。我想翻本,把一件值五卢布的褂子作了赌注,也输了,于是又把值三卢布的新靴子作了赌注,又输了。那时雅科夫不高兴了,差不多有点生气地说:

"不,你不会赌,太狂热了——一下子就把褂子、靴子都输掉了!这些东西我不要。我把衣服靴子还你,钱我还你四卢布,你拿去。我拿一卢布,算是学费……好吗?"

我很感激他。

"我不在乎!"他回答我的感谢说。"玩儿,这是玩儿,也就是取取乐。你却跟打架一样,就是打架,太急躁了也不成。要瞧准了再动手,用不着急躁!你年纪轻,必须好好儿克制自己!一次失败了,五次失败了,七次就罢手——走开。等你头脑冷静了再来!这是玩儿呀!"

我越来越喜欢同时又不喜欢他。有时他讲的话很像我外祖母讲的。他有很多吸引我的地方,但他那种对人极度的、恐怕一生也改不了的冷漠态度,却使我很不喜欢。

有一次,夕阳西沉的时候,有一个二等舱客,他身材高大,是彼尔姆商人,喝醉酒落进水里了,在金红色的水面上拼命地泅着。机器马上关了,船停了下来。船轮下滚出雪一样的泡沫,被夕阳照着,染成血一般的颜色。在这沸腾的血浪中,离船艄远远的地方有一个黑魆魆的人体,从江面上传来动人心魄的刺耳的叫声。客人们挤到船边、船艄上,大声叫嚷着。落水人的一个同伴,是一个红发秃顶的汉子,他也醉了,用拳打着大家,挤到船边嚷着:

"滚开!我马上去捞他上来……"

已经有两个水手跳进水里去了,划动着双手向着落水的人身边泅去。船艄上放下了救生艇。这时候,在船员的叫唤声、女人们的尖叫声中,听见雅科夫的镇定自若,像流水一样的声音:

"要淹死的,准要淹死的,因为他穿着裰子!穿着长裰子,准要淹死的。好比女人,她们为什么比男子淹死得快,因为女人穿裙子。女人落水马上往下沉,像个一普特重的秤锤子……嗨,瞧哇,他已经沉下去了,我决不胡说……"

商人果然沉下水里去了。捞了两个钟头,结果没捞上来。他的同伴酒也醒了,坐在后艄,气喘吁吁,伤心地喃喃说:

"真是天外飞来的横祸!以后怎么办呀?怎样对他的家人说呢?他的家人……"

雅科夫站在这人跟前,两手叠在背后,安慰他:

"买卖人,没有关系!谁也不知道自己要死在哪里。有的人吃了蘑菇,一下子就死了!成千上万的人吃蘑菇,吃死的却只有他一个!

413

这能怪蘑菇吗?"

他高大而结实,跟白石臼似的,立在商人跟前,话像撒糠秕似的撒向商人。开头商人默默地哭泣,用大手掌拭着胡子上的泪水,静静地听了他一回话,忽然吆喝道:

"魔鬼!你干吗折磨我?诸位正教徒,把这家伙赶开,要不然会发生祸事的!"

雅科夫泰然地走开,嘴里说着:

"人真怪!人家好好儿劝他,他却来寻事……"

有时我觉得这司炉好像有点傻,但我时常在想,他大概是故意装傻。我很想打听他的经历见闻之类,但并没有好结果。他抬起头来,略略睁开熊似的黑眼睛,一只手抚摸着毛茸茸的脸腮,慢慢地回忆起来:

"老弟,人这个东西,到处都跟蚂蚁一样!我告诉你!有人的地方,就忙碌。最多的,当然是庄稼汉,他们好像秋天的叶子,满地都是。见过保加利亚人吗?我见过保加利亚人。希腊人也见过。还有,塞尔维亚人,罗马尼亚人,各种茨冈人——我都见过,各种各样的,很多!他们是什么样的人?要知道是什么样的人呀?城里是城里人,乡下是乡下人,都同我们这里的完全一样。相像的地方很多。有些人甚至讲咱们的话,只是说得不好,比方鞑靼人,或者莫尔德瓦人。希腊人不会说咱们的话,他们说得又快又不清楚,听起来也像话,可你就是不懂。同他们讲话,还得打手势。我认识的那个老头儿,他假装懂得希腊人的话,他会嘟噜什么卡拉马拉和卡里美拉。老头儿真狡猾,把他们蒙得够呛!……你又问他们什么样?你真怪,他们能是什么样呢?他们的头发是黑的,罗马尼亚人的头发也是黑的,他们的信仰都一样。保加利亚人的头发也是黑的,但信仰却同咱们一样。希腊人像土耳其人……"

我觉得他没有把知道的全都讲出来,好像有些事情他不愿意讲。

从杂志的插图上,我知道希腊的京城雅典是世界上非常古老、非

常美丽的城市,但雅科夫却怀疑地摇摇头,骂雅典:

"人家骗你呀,老弟。没有雅典,只有雅封。不过不是一个城,那是山;山上有修道院,不过如此。叫雅封圣山,有这种画片。刚才说的那老头儿,就买卖这种画片。有一个城叫别尔戈罗德①,在多瑙河边上,同雅罗斯拉夫尔或者尼日尼一样。那边的城市并不漂亮,可是村子却不同了!女人也很漂亮,女人有趣得要命!为了一个女人,我差点儿没留在那里。等会儿,她叫什么名字来着?"

他两手使劲擦着那张似乎没有眼睛的脸,硬毛沙沙作声,咽喉深处发出一种笑声,好像一只破了的铃鼓在响:

"人是最没记性的东西!那个同我要好的……分手时候她哭了,连我也哭了,真是的……"

他开始坦然地、不害臊地教我如何去搞女人。

我们坐在船艄上,暖和的月夜迎面飘来,在银波的那边,草原的边岸隐约可见,山冈上闪烁着昏黄的灯火,好像被大地俘虏的星星,周围一切都在动荡,不停地索索地动着,过着静默而执拗的生活。在这样可爱的凄然的静寂中,发出沙哑的话声:

"有时候,她张开两臂向我扑过来……"

雅科夫的话虽然说得粗野,却不肉麻。在话里没有夸张,也没有残忍,只有天真的、多少带一点哀怨的气味。天上的月儿也不害羞地精赤着身子,撩动人心,引起一种哀愁的感觉。使我只是想起好的事,最好的事:玛尔戈王后和真实得令人难以忘怀的诗句:

　　只有歌儿要美,
　　而美却不要歌……

我像赶开微微的睡意一样,赶开这种幻想,重新向司炉追问他的

---

① 此处指南斯拉夫首都贝尔格莱德。

经历和见闻。

"你真怪,"他说。"叫我说什么好呢?我是什么都见过的。你问我见过修道院没有?见过呀!那么下等酒馆呢?也见过。绅士老爷的生活,庄稼汉的生活,什么都见过。我也大吃大喝过,也饿过肚子……"

他好像走在深谷上摇摇晃晃的险桥上一般,慢慢地回想起来:

"比方我偷马关在警察局里的时候,我以为我一定会上西伯利亚去了。我听见警长因为新房子里的炉子冒烟正在骂人。我就说,'老爷,这个我能修好。'他劈头喝倒我:'住嘴,连最高明的师傅都拿它一点办法也没有……'我说:'有时候,羊倌比将军还高明呢。'我那时候以为反正是要上西伯利亚去的,对于什么事都很大胆。警长就说:'那么你试着修吧,不过,你要是弄得更坏,我要打断你的骨头。'两天两夜工夫,我把这件事完全做好了。那警长吃惊了,大声叫:'混蛋,木头!你这么高明的工匠,竟去偷马,怎么回事?'我说:'老爷,这简直是蠢事。'他说:'真是蠢事,我真有点可怜你。'唔,他说可怜我,你瞧,当警察的这种残酷的人,却也可怜起别人来啦……"

"这又有什么呢?"我问。

"没有什么,他可怜我,还要怎样呀?"

"干吗可怜你,你是没有人性的石头呀!"

雅科夫和善地笑笑:

"你真怪,你当我是石头吗?石头,你也得可怜它。石头也有它的用处。街道也得用石头铺呀。万物都应当爱惜,没有一样东西是白白存在的。沙子算得什么?沙子上边也会长出小草来……"

司炉这一说,我更加明白了:他知道一种我所不理解的东西。

"你看那厨师怎样?"我问。

"你说'小熊'吗?"雅科夫冷淡地说。"对他怎样看?这丝毫没有什么可说的。"

这是真的,伊凡·伊凡诺维奇是一个很正派完美的人,没有一点可以指摘的。他只有一件事很有趣,他不喜欢司炉,常常骂他,可是却总拉他喝茶。

有一天,他对雅科夫说:

"要是现在还有农奴制度,而且叫我做你的主人,像你这种好吃懒做的,我一星期要打你七次!"

雅科夫认真地说:

"七次——太多了呀!"

厨师骂司炉的时候,不知为什么总是把种种东西给他吃,粗暴地塞给他一块,而且说:

"塞吧!"

雅科夫慢慢地嚼着,说:

"托你老的福,长了我不少气力,伊凡·伊凡诺维奇!"

"懒鬼,你长了气力有什么用处?"

"什么用处?活得久些呀……"

"鬼东西,你活着又干什么呢?"

"鬼也要活着呀,难道说,活着不舒服吗?伊凡·伊凡诺维奇,活着,是快乐的呀……"

"真是个低能儿!"

"什么呀?"

"低—能—儿。"

"多么怪的字,"雅科夫很诧异,"小熊"就对我说:

"请想想咱们流尽血汗,在地狱一样的炉灶跟前把骨头都烤酥了,可你瞧他,这个低能儿却跟猪猡似的大吃大嚼!"

"这个,各人有各人的口福,"司炉说,嘴里嚼着食物。

我知道在锅炉门口烧火,要比在灶上工作辛苦得多,热得多,好几次,我在晚上同雅科夫一道尝试过"烧火"的滋味,但为什么他不把自己工作的苦楚告诉给厨师听呢!这是很怪的。不,这个人知道什么特别的事情……

任何人，船长、机师长、水手长，谁要高兴都可以骂他；可是很奇怪，为什么却不开除他？司炉们比别人对他好，虽然他们也笑他的饶舌和打牌。我问他们：

"雅科夫是好人吗？"

"雅科夫？没有什么。这是个滥好人。任你怎样对他都可以，就是把一块烧得红红的炭放在他怀里都行……"

他在锅炉房做苦工，像马一样能吃，但他却睡得很少。常常一换班，衣服也不换，一身脏汗，就到船后艄去，整晚地同客人们聊天、打牌。

他站在我面前，像一只锁上的箱子。我觉得这箱子里藏着我所需要的东西，我老是尽力寻找开箱子的钥匙。

"老弟，你要什么呀，我真不懂？"他用躲在眉毛底下看不出的眼睛向我上上下下地瞧望着问。"嗯，世界我真的游历了不少，还有什么呢？你真怪！好，我还是讲一件我亲身的经历给你听吧。"

于是他讲："在一个县城里，住着一个害肺痨病的青年法官。他妻子是个德国人，身子很结实，没有孩子。这个德国女子爱上一个布商。商人自己有老婆，而且长得挺漂亮，还有三个孩子。他看出德国女子爱上了自己，就设法同她开玩笑，约她晚上到自己花园里来，另外又邀了两个自己的朋友来，叫他们躲在园中的小树丛里。

"妙得很！那个德国女人跑来了，跟他说这谈那，她说，我整个是你的了！可是他向她说：'太太，我不能如你的愿，我有老婆，我给你介绍两个朋友，他们一个老婆死了，一个是单身汉。'那个德国女人啊呀了一声，给了他一个结实的耳光。男的倒到长椅后边去了，她还用皮鞋跟拼命踩他的脸。是我带这女人来的，我在这个法官家里当扫院子的。我从篱笆墙缝里看到那里乱成了一锅粥。这时候，两个朋友跳出来，抓住她的发辫，我跳过篱笆墙，把他们推开，对他们说：'哎，买卖人先生，这样不行！'太太真心诚意跑了来，他却想出这种不要脸的把戏。我带她回家时，他们拿砖头扔我，把我的脑袋打伤了……女的懊丧得要命,丢了魂儿似的在院子里走着,对我说:'雅科夫,等我男人一死,我就回国去,我要走。'我说:'当然还是回去的好!'果真,那法官死了,她也回国去了。这是一个很温柔的通情达理的女人,法官为人也很和气,求上帝让他升入天堂……"

我不明白这个故事的意义,困惑不解地沉默着。我觉得这里有一种熟悉的、冷酷的不合理的东西。但是我能说什么呢?

"这故事好吗?"雅科夫问。

我说了几句,愤怒地骂着。但他却平静地向我解释。

"有饭吃的人,一切都满足;有时候,就想开开心。可是他们做不来,他们好像不会。买卖人当然是正经人,做买卖得用不少心机。但是靠动心机过活太没意思,于是他们就想闹着玩儿啦。"

船外面,河水泛着泡沫,滔滔地流过去,听得见奔腾的流水声。黑憧憧的河岸随着河水缓缓地向后退去。甲板上,乘客们都在打盹。有一个影子在长凳子和睡着的人体中间悄悄向我们移过来。原来是一个高个子的枯瘦的女人,穿着黑衣服,花白的头没有戴头巾——司炉用肩头碰了我一下,低声说:

"瞧,这女人很孤寂……"

我觉得,别人的悲伤,引起了他的快乐。

他讲得很多,我聚精会神地听着。他讲的事我都很好地记住了,可是想不起他讲过一件快乐的事。他比书本上讲得还安静。书本里你常常可以体会到作者的感情、愤怒、喜乐和他的悲哀、嘲谑,但司炉不笑也不责备人,没有一件事明显地使他生气,或使他高兴。他讲话好像法庭上的冷静的证人,同原告、被告、法官都一样没有关系……这种冷淡越来越使我烦恼,使我对雅科夫发生愤慨的厌恶感情。

生活在他的面前燃烧,像锅炉下面的火。他站在锅炉门口,熊掌一样的大手拿着木锤头,轻轻敲着蒸汽柜的活塞,加减着柴块。

"大家欺负你吗?"

"谁欺负我?我有的是力气,我会给他一下。"

"我不是说打架,我问你的灵魂受过欺侮没有?"

"灵魂不会受欺侮的,灵魂不会接受欺侮……"他说,"不管你用什么……你不能接触到灵魂……"

甲板上的客人、水手、一切人,都跟讲土地、工作、面包和女人一样,常常讲到灵魂。灵魂这个词在普通人的谈话里,动不动就说出来,好像五戈比铜子一样流行。我不喜欢人家在闲聊中随意使用这个词。每逢汉子们讲秽话时,无论是出于恶意还是好意而骂到灵魂时,我都会感到痛心。

我记得很清楚,外祖母是如何谨慎小心地说到灵魂,说这是爱情、美丽、快乐的神秘的保藏处。我曾相信,好人死了之后,白衣天使就会捧着他的灵魂到蓝天上我外祖母的善良的上帝跟前。上帝爱抚地欢迎它:

"怎么样,我的可爱的,怎么样,我的圣洁的,受尽辛苦了,受尽苦难了吧?"

于是他就会把六翼天使的翅膀送给这个灵魂,是六扇白色的翅膀。

雅科夫·舒莫夫同外祖母一样谨慎,很少而且不大乐意讲到灵魂,他骂人时也决不触及灵魂。当别人议论灵魂的时候,他就垂下像牛一样的发红的颈子不作声了。灵魂是什么?我问他,他回答说:

"灵魂是一种精气,上帝的呼吸……"

我觉得不满足,又追问他,这位司炉便耷拉着脑袋说:

"老弟,连神父也不大了解灵魂呢。这是秘密……"

他使我时常想着他,老是努力要了解他,可是这种努力都没有好结果。而且他总是用他那粗大的身体,遮住了我的眼睛,使我除他以外什么也看不见。

食堂管事的老婆对我亲切得令人可疑。每天早上,我必须侍候她盥洗,这本来是二等舱女招待卢莎的工作,她是一个活泼干净的小姑娘。小小的舱房里,站在上身赤裸的食堂管事的老婆的身边,瞧着她那像发过劲的面一样松溜溜的黄肉,使我从心里作呕,并且想起玛尔戈王后的微黑的紧绷绷的肉体,可是食堂管事的老婆却时而如泣如诉,时而半怒半嘲地滔滔地说着什么。

我不明白她讲的意思,但是隐隐约约感觉到,这是可怜可鄙而又可耻的。但我不去管它,我同食堂管事的老婆,同船上所发生的一切事情,离得老远地过着日子,我好像是在一块遍布青苔的巨石后面,它挡住了我,使我看不见这个不舍昼夜、不知漂向何处的大千世界。

"咱们加夫里洛夫娜简直是爱上你啦。"我跟做梦一样,听见卢莎的嘲笑。"张开嘴来,把幸福吞下去吧……"

取笑我的不止她一个,食堂里的茶房都知道女主人的弱点。厨师皱着脸说:

"这女人什么都吃过,又想吃蛋糕啦!真有这种家伙,彼什科夫,你可要小心啊……"

雅科夫也像老前辈似的认真地对我说:

"当然,要是你再大两岁,那我就告诉你点儿别的,可是现在你还只有这点年纪。唔,还是不去上钩儿的好!唉,还是由你去吧……"

"得啦,"我说。"这是下流事……"

"当然啦……"

但他马上又用手指去搔那紧贴在头上的头发,说出圆滑的话来:

"唔,也得替她想想,她的生活寂寞、冷清……就是狗也喜欢人家去摸摸它,何况是人!女人是靠温存过活的,好比蘑菇喜欢潮湿一样。自己当然害羞,但是有什么办法呀?肉体是需要爱抚的,没有别的……"

我凝视着他的不能捉摸的眼神,问:

"你可怜她?"

"我?难道她是我的母亲?人们连母亲都不可怜,而你……真怪!"

他发出破铃鼓的声音,低低地笑。

有时我望着他,好像自己落进了无声的空虚中,沉入了黑漆漆的无底深渊。

"别人都有老婆,雅科夫,你为什么不结婚?"

"结婚干什么?我不结婚,我也时常可以弄到女人,谢谢上帝,这是简单的……只有老守一方的庄稼人,才可以有老婆。可是我那儿土地贫瘠得很,又少。连这很少的一点,也被叔叔侵占了。我的兄弟当完兵回家,跟叔叔争吵起来,打官司,还拿棍棒打破了叔叔的脑袋,流了血。因此我的兄弟在牢里蹲了一年半。从牢里出来,只有一条路,依旧到牢里去。可是我的弟媳妇,却是一个很有趣的少妇……呃,不用说这个!总之,结了婚,必须待在自个儿的窠里当主人。可是当兵的人,不能自个儿做主。"

"你祷告上帝吗?"

"真怪!当然祷告……"

"怎样祷告?"

"各式各样。"

"你念什么祷告文?"

"我不知道什么祷告文。我,老弟,只是这样祷告:主耶稣,赦免人生的罪恶,安息死者的灵魂,主呀,保佑我不要害病……此外再说些别的什么……"

"什么呢?"

"想到什么说什么!不管说什么,他都听见了!"

他对我和善而带好奇心,就像对待一只不笨的会耍把戏的小狗一样。晚上,有时同他坐在一起,他的身上常常发出熏油味、焦糊气和大葱臭。他爱吃大葱,嚼生葱头像吃苹果一样。一道坐着,有时他突然请求说:

"喂,阿廖沙,念首什么诗听听吧!"

我记住了不少的诗,而且有一本挺厚的本子,抄下自己喜欢的诗句。我念《鲁斯兰》,他屏住略带沙哑的呼吸,像聋哑人一样静静地听着。之后,小声说:

"很有味,很流畅的故事!是你自己想出来的吗?是普希金?对,有一位穆辛—普希金先生,我见过他……"

"不是那个,我说的那个普希金老早给人家打死啦!"

"为什么?"

我把从玛尔戈王后那儿听来的话,简单地告诉了他。雅科夫听了之后,平静地说:

"很多的人,都为女人丧命……"

我常常把书上读到的故事讲给他听。这些故事在我的脑子里混在一起,编成了一个很长很长的故事。因此我的故事里不单有动荡不安而又美丽的生活,还充满着火一样的热情、各种狂暴的戏剧、华丽的贵族趣味、梦一般的幸运、决斗、死亡、高尚的言语和卑鄙的行为。在我的故事中,罗坎博尔①代替了拉·莫尔和阿尼巴尔·科科纳斯②等骑士的形象,路易十一③变成了葛朗台④的父亲,奥特列塔耶夫骑兵少尉⑤与亨利四世⑥混起来了。这种凭着灵感变换人物性格和变换事件的故事,是我自己的一个另外的世界。我在这个世界,同外祖父的上帝一般,是完全的自由人,可以任意玩弄一切。但是这种书上的混乱并没有妨碍我观察现实的真相,也没有减弱我对理解活人的追求,它像一朵透明而不能穿过的云,围住了我,使我对许多容易传染的污秽和可恶生活的毒素有了一种防御能力。

书籍使我变成不易为种种病毒所传染的人。我知道人们怎样相

---

① 罗坎博尔是法国惊险小说作家庞逊·德·泰尔莱利(1829—1871)的惊险小说《罗坎博尔历险记》中的主人公。人们常以罗坎博尔来称呼机智灵活、神出鬼没的冒险者。

② 两人都是大仲马的长篇小说《玛尔戈王后》中的人物。

③ 路易十一是一四六一至一四八三年的法国国王,以狡猾而吝啬著称。英国作家司各特在其长篇小说《昆廷·达沃德》中写到他。

④ 葛朗台是巴尔扎克的同名长篇小说中的主人公。

⑤ 奥特列塔耶夫骑兵少尉是Γ·B·库古谢夫大公爵(?—1871)的同名小说中的主人公,是威武的骑兵、放荡的地主的形象。

⑥ 亨利四世是一五八九至一六一○年的法国国王,波旁王朝的始祖,后被天主教狂热信徒杀死。大仲马、贝朗瑞在其作品中都把他塑造成理想化的国王形象,说他是关心百姓疾苦的"快乐国王"。

爱,怎样痛苦,不可以逛妓院。这种廉价的堕落,只能引起我对它的厌恶,引起我怜悯乐此不倦的人。罗坎博尔教我要做一个坚强的人,不要被环境屈服;大仲马的主人公,使我抱着一种必须献身伟大事业的愿望①。我最爱的主人公是快乐的皇帝亨利四世,下面贝朗瑞的这一首名歌,我觉得就是歌颂亨利四世的:

  他给百姓许多实惠,
  自个儿也爱酒贪杯;
  是呀,既然人民都快乐,
  为什么皇帝不可喝醉?②

  小说把亨利四世描写成一个亲近人民的好皇帝。他的太阳一般明朗的性格,使我确信,法兰西是全世界最美的国家,骑士的国家,不管他们穿了皇袍或是穿了农民的衣服,都是同样的高尚;昂日·皮都③也是跟达达尼昂④一样的骑士。当亨利被杀的时候,我痛哭流涕,而且切齿痛恨拉瓦利雅克。我同司炉讲故事,差不多总把这位皇帝当作重要主人公。雅科夫好像也爱上了法兰西和"亨利皇帝"。

  "亨利皇帝是好人,同这种人混在一块儿,去捉鱼,去干吗都好。"他说。

  他听故事决不狂喜,也不提出种种问题打断我的话。他默然地低着眉头,毫无表情地听着,像一块长满青苔的岩石。但有时候我的话声不知因为什么一停,他就马上问:

  "完了吗?"

---

① 高尔基在晚年还十分乐意阅读大仲马的作品。
② 这是贝朗瑞的《意弗都国王》一歌中的片断。此段的中译文是:"他惟一破钞的嗜好,/就是爱多喝几口烧酒;/既然他要让百姓快乐,/我们也要让国王好好生活。"(参见《贝朗瑞歌曲选》,人民文学出版社,1958年,沈宝基译。)
③ 大仲马的同名小说中的主人公。
④ 大仲马的《三个火枪手》中的人物。

"还没有。"

"那你不要停住呀!"

关于法兰西人,他喘着气说:

"过得真凉快……"

"什么,凉快?"

"你看,咱们在火热中过活,做工,可是他们却过着凉快的生活。他们不做事,只是吃喝,闲逛——挺舒服的生活!"

"他们也做工。"

"从你讲的故事中,可瞧不出来呀!"司炉下了一个公正的判语。于是,我马上明白了我读过的书中,绝大部分差不多都没有提到高贵的主人公们在怎样工作,和他们依靠什么劳动过活。

"啊,稍微躺一忽儿,"说着,雅科夫就在坐着的地方仰面躺下,过了一分钟,就吹起匀整的鼾声。

秋天,当卡马河两岸转成红色,树叶染上金黄色,斜阳的光线渐渐白起来的时候,雅科夫忽然离开了轮船。头一天晚上他还对我这样说:

"后天咱们到了彼尔姆,上澡堂舒舒服服洗个澡,出了澡堂,再到有乐队的酒馆去。挺惬意呀!我爱听八音琴的演奏。"

可是在萨拉普尔①上来了一个胖汉,他生着一副女人的面孔,没有胡子,皮肤宽弛。他穿着厚厚的长外套,戴一顶狐皮长耳朵帽子,使他更像女人。他一上船马上占住靠厨房的一张小桌子,那里暖和些,要了茶具,也不解开外套钮扣,也不摘掉帽子,就喝起黄色饮料来,汗连珠般淌着。

秋空的密云,不断地洒着细雨,当这个人用方格花手帕拭脸时,雨好像就小了,等会儿他又流汗,雨好像又大了。

一会儿雅科夫出现在他身边。他们查看起历书上的地图来。这

---

① 位于卡马河畔的一个城市,在维亚特卡省境内。

位客人用指头划着地图,司炉平静地说:

"这算得什么!没有关系。这个我不在乎……"

"那行,"客人细声说着,把历书放在脚边打开着的皮袋里。他们开始喝茶,细声交谈着。

雅科夫上班以前,我问他,这是什么人。他冷笑着回答:

"看起来像一只鸽子,自然是阉割派教徒,从西伯利亚来的,真远!很有味,按照计划过日子……"

他离开了我,他那像蹄子一样黑硬的脚跟踏着甲板走去,但又停下来搔搔腰,说:

"我决定跟他去做工了。船一到彼尔姆就上岸,要跟你分手啦!坐火车去,再走水路;以后骑马走,大概要五个星期,这个人住的地方很远……"

"你以前认识他吗?"我想不到他突然下了这决心,吃惊地问。

"哪里认识?见都没见过。他那地方我也没到过呀……"

第二天早上,雅科夫穿着油腻的短大衣,赤脚套上破鞋,戴着"小熊"的破旧的无檐草帽,走过来伸开生铁般的指头握紧我的手。

"跟我一起去好吗?只消一句话,那鸽儿准带你走;你愿意,我就跟他说。他们从你身上割掉无用的东西,把钱给你;这是他们顶喜欢的,把人弄残废了,他们还奖励……"

那个阉割派教徒腋下挟着一个白包袱,站在船栏边,没有神气的眼睛凝视着雅科夫,身体笨重,像浮尸一样发胀。我低声骂了他,司炉又紧紧握了一次我的手。

"由他吧,关你什么事!各人拜自己的神,与我们何干?嗯,再见,祝你幸福!"

雅科夫·舒莫夫像熊一样摇晃着身体走去了,在我的心里留下了痛苦的复杂的感情。——我舍不得司炉,又有点恨。回忆起来,也有几分羡慕,但想到他为什么要到一个不知名的地方去,心里更加不安了。

雅科夫·舒莫夫究竟是一个什么人呢?

十二

秋深了,轮船停航,我进了一家圣像作坊当学徒①。第二天,和气的、微带酒气的老主妇,用弗拉基米尔城的口音对我说:

"现在日短夜长,你早上到铺子里去打杂,晚上——再学!"

她把我派给一个矮小、快脚的掌柜使唤,这掌柜还是个年轻的小伙子,脸长得挺漂亮,甜甜的。每天早晨,我同他一起在晓寒薄明中走过全城,从铺子还关着大门的伊利卡街到尼日尼市场去。铺子设在这市场的二楼,是用堆栈改成的阴暗的屋子,装着铁门;有一扇小窗子,对着铁皮盖的外廊。铺子里放满大大小小的圣像、像龛,有的光滑,有的雕着"葡萄"球纹②,还有教堂里用的黄皮面斯拉夫文的书等等。我们铺子旁边,还有一家同样的铺子。那里有一个黑胡子的买卖人,也贩卖圣像和书。他是伏尔加支流克尔热涅茨河一带闻名的旧教派经学家的亲戚。他有一个儿子,是同我差不多年岁的瘦削活泼的孩子,长着老人一般的小而发灰的脸,老鼠眼睛。

打开了铺门,我得先上小饭馆泡开水,喝过茶,便拾掇铺子,拂拭货品上的灰土。之后,便站在外廊上,留心着不让买主上隔壁的铺子去。

"买主都是傻子,"掌柜很自信地告诉我。"只要便宜,在哪里买都一样,一点也不懂得货色好坏!"

他很快地收拾着圣像小木板,发出啪啪的声响,夸耀着精通买卖的知识,他教我:

"姆斯乔拉村③做的,货便宜,三俄寸宽四俄寸高的值……六俄

---

① 一八八二年秋天,高尔基在伊·雅·萨拉巴诺娃的圣像作坊里当学徒。
② 用于装饰圣像的金属花纹。
③ 弗拉基米尔省的一个村子,古老制作圣像的中心地。

寸宽七俄寸高的值……你知道圣徒的名字吗？记着：沃尼法季防治酒狂病，瓦尔瓦拉大殉道女防治牙病和暴死，瓦西里义人防免疟疾……你知道圣母吗？瞧着：悲叹圣母①，三手圣母②，阿巴拉茨卡娅预兆圣母③，勿哭我圣母④，消愁圣母⑤，喀山圣母⑥，保护圣母⑦，七箭圣母⑧……"

我很快就记住了大小和加工程度不同的各种圣像的价钱，也记住了圣母像的区别。但是要记哪种圣徒的作用，可不容易。

有时，站在铺子门口正想着什么，掌柜忽然来考我的知识：

"保佑难产妇的圣徒⑨叫什么名字？"

要是我回答错了，他就轻蔑地问：

"你长着脑袋是干什么的？"

更困难的是招揽买主，我不喜欢那些画得奇形怪状的圣像，把它们卖给人家觉得很难为情。照我外祖母说的话，我心目中的圣母是年轻美丽的善良女子，杂志插图上的圣母也是如此，可是圣像上这些圣母，却那么老丑凶恶，又长又歪的鼻子，木棒一般的手。

星期三星期五是赶集日，生意很兴隆。外廊上时时走来很多乡下人和老婆婆，有时整家整家的，都是伏尔加对岸的旧教徒，多疑的阴郁的山里人。有时看见穿着老羊皮和家织粗毛呢的身体笨重的汉子，在外廊上慢腾腾地、像怕陷入地下似的走着，要我站在这种人跟前真难为情，真别扭。只好挡住他们的去路，在穿着笨重皮靴的脚边转来转

---

① 没有抱圣婴的圣母全身像，周围净是天使和受难者。
② 右手抱着圣婴的圣母像。圣像下端的第三只手，传说是在反圣像崇拜运动时期，一位叫约翰·达马斯金的圣像画师的手笔。
③ 抱圣婴的圣母像，圣婴手里拿着一卷纸。
④ 圣母站在耶稣棺材旁。
⑤ 左手抱圣婴的圣母像。
⑥ 束腰圣母像，左手抱圣婴，圣婴伸开右手作祝福状。
⑦ 用自己的披肩覆盖祈祷者的圣母像。
⑧ 胸前有七枝箭的圣母像；七枝箭象征对她儿子的考验。
⑨ 指圣徒潘苔莱蒙，相传他有治好百病的神奇力量。

去,发出蚊子似的细声说:

"老大爷,您要些什么?——带注解的赞美诗集、叶夫连·西林的书、基里尔的书、圣规集、日课经,样样都有,请随便看!圣像价钱贵贱都有,货色地道,颜色深暗!要定做也可以,各种圣徒圣母都可以画。您是否打算订一个做生日的圣像,或是保护尊府的圣像?咱们作坊是俄国第一家!买卖在城里也算第一!"

难猜透的、莫名其妙的买主,像瞧狗一样长久地瞧着我,默不出声,忽然用木头似的手把我推到一旁,走向隔壁铺子里去了。那时掌柜就擦擦大耳朵,怒叫道:

"放走了,你这个生意人……"

隔壁铺子里,传来柔软甜蜜的声音,迷人的口角春风:

"亲爱的,我们不做羊皮、靴子买卖,专卖上帝的恩赐,这比金银还宝贵,当然是无价之宝……"

"鬼东西!"掌柜嫉妒地叹息着,喃喃说。"把乡巴佬骗住了。你学学,学学!"

我认真地学习,不管什么工作,只要拿上了手,总该做好。可是招引买主,谈生意经,我可不行。这班不多说话的神情忧郁的乡下人,老是被什么惊吓似的低着头,胆小如鼠的老婆婆,引起我的怜悯,我很想偷偷告诉他们圣像的实价,可以减二十戈比的虚头。他们看样子都很穷,饿着肚子似的,但瞧他们拿出三卢布半买一本赞美诗,真觉得奇怪。赞美诗是他们买得顶多的书。

更奇怪的是他们对书和圣像的价值的知识。有一天,我把一个白发老头子招呼进铺子里来,他爽脆地对我说:

"小伙计,你说你们的圣像作坊是俄国第一家,这不对呀。俄国第一家圣像作坊是莫斯科的罗戈任啊!"

我狼狈地走向一旁,他也不去隔壁铺子,慢慢地往前走去了。

"碰了钉子啦?"掌柜向我挖苦地问。

"你没有告诉过我罗戈任作坊……"

他就骂：

"这种假道学是跑江湖的，他们什么都识得，什么都知道，老狗……"

他漂亮、丰肥、很自尊，很厌恶乡下人。当他高兴的时候，常常向我诉说：

"我很聪明，爱干净，喜欢香水啦，神香的气味，可是为了替老板娘挣五个戈比，却不得不向这班臭乡巴佬哈腰！你当我爱这玩意吗？乡巴佬是什么东西？乡巴佬是臭毛虫，地上的虱子，可是……"

他懊丧地沉默了。

我却喜欢乡下人，在他们每个人身上，都可以感到雅科夫那种神秘的气味。

有一次，铺子里进来一个穿短皮袄、罩着带袖斗篷的粗鲁大汉，他先摘下头上毛茸茸的帽子，然后仰面对着点着神灯的那边，用两个指头画过十字，以后竭力不去看暗处的圣像，一句话也不说，向四边扫视了一下，然后开口：

"一本加注解的赞美诗！"

他卷起斗篷的袖子，动着泥土色的皲裂得要出血的嘴唇，念了念里封：

"有没有再古一点的？"

"古版的得几千卢布，你知道……"

"知道。"

乡下人润着指头，翻翻书页。他所碰到的地方，都留下了黑色的指印。掌柜厌恶地盯着他的脑盖说：

"圣书都是古的，上帝没有改变他的话……"

"这个，我知道，上帝没有改变，是尼康改变的①。"

说着那顾客合上书，默默地走出去了。

---

① 十七世纪中期尼康总主教实行教会改革，按希腊方式改变宗教仪式和俄国的经书。

有时这种山里人同掌柜争论起来。我很清楚,他们对于圣书比掌柜要熟悉得多。

"泥坑里的异教徒,"掌柜埋怨着。

我也看见过乡下人对于新版的书虽不中意,但看的时候还是带着敬意,小心翼翼地触着它,好像这本书会变成一只鸟儿从他手里飞走一样。看见这情形心里挺舒服,因为我也觉得书是一种奇迹,那里边藏着作者的灵魂,打开书把这个灵魂解放出来,它就会神秘地同我交谈。

有些老头儿和老婆子常常拿尼康时代以前的旧版书或者旧抄本来卖。抄本是伊尔吉兹河和克尔热涅茨河地区隐世的旧派女教徒们恭楷抄写的。有时拿来没有经过德米特里·罗斯托夫斯基①修改的日课经文月书的抄本,旧的圣像,十字架,北部沿海地区制做的涂珐琅的折叠式铜版圣像②,或是莫斯科公爵送给酒楼老板的银匙。他们向四边望望,悄悄从衣服底下拿出这些东西来。

我们的掌柜跟隔壁的老板对于这种卖主非常注意,拼命互相争夺。花几卢布和几十卢布收买下来的古董,拿到市集上去,就可以用几百卢布的价钱卖给有钱的旧教徒。

掌柜教我:

"好好儿留意这些森林里来的怪家伙,魔术师,把眼睛睁开点,他们是财神爷呀!"

这种卖主来到时,掌柜就差我去请博学的彼得·瓦西里伊奇,他是古本、圣像及其他一切古董的鉴定家。

鉴定家是高个子老头儿,跟义人瓦西里一样留着长胡子,有一对聪明的眼睛,一张蔼然可亲的脸。他一只脚割去过一块跖骨,因此一手拿一根很长的拐棍,走路一瘸一瘸。不管冬夏,都穿一件道袍似的薄外衣,戴一顶锅子似的怪样的丝绒帽子;很精神,腰板挺直,走进铺子时垂肩屈背地轻声呵哈着。常常两个指头一个劲儿地画十字,喃喃

---

① 德米特里·罗斯托夫斯基(1651—1709),僧侣,教会作家。
② 二折或三折的圣像,每一扇上有一个圣像。

地念祷告文和赞美诗。这种虔诚的样子和龙钟的老态,马上使卖主信服这位鉴定人。

"你们有什么事?"老头问道。

"有人拿了这个圣像来卖,说是斯特罗甘诺夫斯克的……"

"什么?"

"斯特罗甘诺夫斯克的。"

"啊……耳朵聋啦。上帝塞住了我一只耳朵,叫我不去听那些尼康派的鬼话……"

他摘掉帽子,把圣像平拿、直拿、横拿、竖拿地瞧看,然后眯着眼睛看着板缝的衔口嘟哝道:

"这些该死的尼康派,他们知道我们爱古雅的东西,就造出各色各样假货,这全是恶魔的玩意儿。现在连假圣像都造得这么精巧了,嗨,真精巧!粗心一看,总当是斯特罗甘诺夫斯克的东西,乌思丘日纳的东西,或者就是苏士达尔的东西。可是用心一看,原来是假货!"

要是他说"假货",那便是值钱的珍品。他又用种种黑话告诉掌柜,这个圣像或是这本书可以出多少钱。据我所知:"伤心和悲哀"是十个卢布,"尼康老虎"是二十五卢布。看见那种欺骗卖主的样子,我觉得害羞,但鉴定家这种巧妙的把戏,看着也很有趣。

"这些尼康老虎的黑心的徒子徒孙,什么都做得出来,他们有魔鬼指导。看过漆地,简直是真货。衣服也是出于同手的,但是,瞧这脸,笔致已经不同,完全不同了!像西蒙·乌沙科夫①这种古代的名家,他虽然是异教徒②,可是从他手里出来的圣像,都是一手画出的,衣服、面部,连火印都是亲手烫,底漆都是亲手漆的。可是现时这种不信神的家伙,却办不到。从前画圣像是一种神圣的工作,但现在已不过是一种手艺,是这样,信上帝的人们啊!"

最后他把圣像轻轻放在柜台上,戴上帽子说:

---

① 西蒙·乌沙科夫(1626—1683),十七世纪最著名的圣像画家。
② 此处指旧教派。

"罪过。罪过。"

这就是说,收买吧!

卖主听了他这像长河流水一样的甜言后,钦佩老人的博学,恭敬地问:

"老公公,这圣像怎么样?"

"这圣像是尼康派手里出来的。"

"这是不可能的!我们公公、太公都拜这圣像的……"

"可是尼康还是你太公以前的人呀。"

老头儿把圣像递到卖主眼前,用严峻的调子说:

"你瞧,这副笑眯眯的脸,这难道是圣像?这是画像,是不在行的手艺,尼康派的玩意。这种东西,没有精神!我干吗说谎呀?我一辈子为正理受苦,活到这把年岁了,马上就要到上帝膝下去,我去违背良心?!犯不上!"

他装做因为人家疑心自己的眼力而受了委屈的样子,走出铺子站到外廊上,那情形,好像这位龙钟老人马上就会死了。掌柜出几卢布买了圣像,卖主便向彼得·瓦西里伊奇深深行礼,离去了。我被差到吃食店去泡茶,回来的时候,鉴定家已变成一个有精神而且快活的人,他恋恋地望着收买物,教导掌柜:

"你瞧,这圣像多么庄严,笔致多么工细,充满尊严的神气,一点没有烟火气……"

"是谁画的?"掌柜满脸高兴,蹦蹦跳跳地问。

"你想知道这个还早了点。"

"识货的人能出多少?"

"这个说不定,我拿去给谁瞧瞧看……"

"哎呀,彼得·瓦西里伊奇!……"

"要是卖掉了,你拿五十卢布,其余归我!"

"啊唷……"

"你别啊唷吧……"

他们喝着茶,毫无廉耻地讲着价钱,以骗子的眼色互相对望,掌柜显然是抓在这老头儿手心里的。待老头儿走了,他准要对我说:

"你小心点儿,这个买卖,你不许对老板娘说呀!"

讲妥了出卖圣像的交易,掌柜就问老头儿:

"城里有什么新闻吗,彼得·瓦西里伊奇?"

于是,老头儿用黄黄的手分开胡子,露出油腻腻的嘴唇,谈起富商的生活、买卖的兴隆、纵酒、疾病、婚事、夫妻变心等等。他流利巧妙地谈这类油腻的故事,好像妙手的厨娘煎油饼一样。谈话中时时发出嘶嘶的笑声。掌柜的圆脸因为羡慕和狂喜变成褐色,眼睛罩上幻想的云霞。他叹着气,诉苦地说:

"人家都过着真正的生活,可我……"

"各人有自己的命,"鉴定家低声说。"有些人的命是天使用小银锤子打的,另一些人的命却是恶魔用斧子背打的……"

这个结实健壮的老头儿什么都知道——全城的生活、买卖人、官吏、神父、小市民的内幕,无所不晓。他的眼像老鹰一样尖,还有一种像狼、像狐狸的地方。我总是想惹他生气,但他却远远地好像从雾中透视一样盯着我。我觉得他的四周好像围住一种深不可测的空虚,若是走近他,准会不知跌到什么地方去。我又感到这个老头儿有一点跟司炉舒莫夫相同的地方。

掌柜不论当面背后都佩服他的博识,但也跟我一样,有时想惹老头儿生气,使他难堪。

"在人们看来,你简直是一个大骗子,"他忽然挑衅地望着老头儿的脸说。

老头儿懒洋洋地冷笑着回答:

"只有上帝才不骗人,我们生活在傻瓜中间,若是不骗傻瓜,那他还有什么用?"

掌柜激动起来:

"土百姓也并不全是傻瓜,买卖人也是土百姓出身的呀!"

"我们现在谈的不是买卖人。傻瓜不会当骗子,傻瓜是圣徒,他们的脑子在睡觉……"

老头儿愈说愈撒赖,叫人非常生气。我觉得他好像站在草墩上,周围全是泥淖。不可能叫他动气。他是超越于愤怒的,要不然便是善于隐藏怒色了。

但他常常来纠缠我,挨着我,从胡子后边漾出微笑,问道:

"你怎样叫那个法国的文学家,是不是波诺士①?"

我顶讨厌歪曲人家的名字,但也只好暂时忍耐一下,我回答:

"庞逊·德·泰尔莱利。"

"他死在哪儿?"

"你别发傻,你又不是孩子。"

"不错,不是孩子。你念什么书?"

"耶夫列姆·西林。"

"这个耶夫列姆,同你那些普通文学家相比较,哪一个写得好些?"

我不作声了。

"普通文学家大抵写些什么?"他还不肯罢休。

"生活中发生的一切都写。"

"那么,写狗写马吧,狗和马是到处都有的。"

掌柜哈哈大笑。我发恼了。我感到难过,不愉快,如果我想要离开他们,掌柜就会阻止:

"哪里去?"

于是,老头儿又考问我:

"你很有学问,那么回答一个问题吧。在你面前有一千个裸体人,五百个女的,五百个男的,亚当和夏娃也在里边,你用什么法子找出亚当和夏娃?"

他把这个问题追问了我好久,最后,得胜地说:

---

① 意译是拉痢。

"傻小子,亚当、夏娃不是人生出来的,是造的,他们没有肚脐眼啊!"

老头儿有很多这类"问题",常常把我难倒。

当初我到铺子打杂的时候,我曾经把几本读过的书,讲给掌柜听。不料他们现在就拿这些故事来难我了。掌柜把它改头换面,变成猥亵的东西,告诉彼得·瓦西里伊奇。老头儿又从中提出些无耻的问题,帮他添油加醋。他们柱口白舌,把一些不要脸的话,跟扔垃圾一样,扔到欧也妮·葛朗台、柳德米拉、亨利四世身上。

我明白他们开这种玩笑并非出于恶意,完全是为了无聊的消遣,但并不因此使我心里轻快。他们制造出一些污秽的东西,然后跟猪猡一样钻进这些污秽里,把美的东西(把自己所不理解的、认做滑稽的东西)弄脏,得意地哼着鼻子。

市场和住在那里的人们,做买卖的和当掌柜的,都无聊地干着恶意的游戏,过他们奇怪的日子。外地来的乡下人,要到城里什么地方去,向他们问路,他们总是故意把错的路径告诉人家。这种事早已司空见惯,连骗子都不屑引以为乐了。他们捉了两只老鼠来,把尾巴打上结子,放在地上,瞧老鼠走相反的方向互相咬啮的样子,高兴得不得了。有时候给老鼠身上浇了火油,把它烧死。有时候把破洋铁桶吊在狗尾巴上,狗吃惊地汪汪地叫着,拖着破洋铁桶乱跑乱奔,人们看着哄声大笑。

还有很多这类的消遣。一切人——特别是乡下人,好像是专门在市场里供人取乐的。他们在对人方面,永远有一种想嘲笑人、使人难过和局促的愿望。我很奇怪,为什么我所读过的书里,都没有提到这种在日常生活中戏弄别人的剧烈倾向。

市场的娱乐中,有一种是特别可恶可恨的。

我们铺子楼下,有一家专做皮毛和毡靴生意的铺子。那里有一个伙计,是一个使整个尼日尼市场的人都吃惊的老饕。那铺子里的老板,好像夸耀马的气力和狗的凶恶一样,得意自己这个伙计的本领。

他常常拉邻家铺子的老板们来打赌：

"谁愿意赌十卢布的东道？我叫我们的米什卡在两个钟头以内，吃完十磅火腿。"

但大家都知道米什卡有这个本领，便说：

"东道不要赌，我们买了火腿叫他吃吃看。"

"不过要净肉，没有骨头的！"

大家懒洋洋地争论了一会儿，于是从阴暗的货物间里走出来一个瘦削无须的高颧骨的青年，穿一件厚呢长外套，系着红皮带，浑身沾满毛屑。他默默地，恭敬地，从小脑袋上摘下帽子，用深陷的茫然的眼望着老板。老板气色很好，满脸又粗又硬的胡子。

"能不能吃一巴特曼①火腿？"

"限多少时间？"米什卡一本正经地小声问。

"两个钟头。"

"很困难！"

"这有什么难呀？"

"那么，添两瓶啤酒吧！"

"好吧。"老板说，并且夸耀道："你们别当他空着肚子，可不，他早上吃了约莫两磅面包，中饭也照常吃过了……"

拿来了火腿。观众围聚在一起，都是胖胖的买卖人，穿着沉重的毛皮大衣，跟大秤锤一般，大肚子，大家的眼睛都很小，垂着脂肪的眼泡，显出无聊发困的样子。

他们把手笼在袖管里，紧紧地挤成一圈，把这个吃手围住了。吃手预备好一个大的黑面包和刀子，虔诚地画了一个十字，坐在皮毛袋上，把火腿放在身边的一只木箱上，用茫然的目光打量着。

他切了薄薄的一片面包和厚厚的一片肉，整齐地夹在一起，双手捧着放到嘴边，嘴唇哆嗦着，伸出狗似的长舌头舔舔嘴唇，露出尖细的

---

① 俄国亚洲地区各民族使用的重量单位；在伏尔加河地区一巴特曼相当于十俄磅。

牙齿,然后跟狗一样,把脸伸到肉上。

"开始了!"

"看着表呀!"

所有的眼睛都一本正经地瞧着吃手的脸、下颏和耳朵边由于咀嚼而隆起的两块圆圆的肌肉;瞧着他尖尖的颊骨均匀地上下动着。大家没劲地谈着:

"简直像狗熊吃食一样!"

"你见过狗熊吃食吗?"

"哪里,我又不住在森林里,不过大家常常这样说,像狗熊吃食。"

"大家常常说的是:像猪吃食呀。"

"猪不吃猪肉……"

他们懒洋洋地笑着。懂事的就出头修正:

"猪什么都吃,连小猪仔,连自己的姊妹……"

吃手的脸渐渐阴暗,两只耳朵发青,陷进的眼睛从眼眶里鼓出来。他呼吸困难起来,只有下颏还照样均匀地动着。

"加油呀,米什卡!时间到了呀!"大家鼓励他。他不安地用眼打量余下的肉,喝一口啤酒,又嚼起来。观众激动起来,更频繁地去瞧米什卡的老板手里的表。人们互相警告说:

"把表拿过来吧,别让他把针往回拨呀!"

"瞧着米什卡!别让他把肉片藏进袖子里!"

"两个钟头内准吃不完!"

米什卡的老板挑逗地叫:

"好,我赌一张二十五卢布的票子,米什卡,别输了!"

观众撩拨着老板,但是没有人肯和他赌。

米什卡老是吃着,吃着,他的脸渐渐变成火腿的颜色,软软的尖鼻子抱怨地喘息。看他的样子非常可怕,好像马上就会大声哭叫:

"饶了我吧……"

要不然便是被肉片噎住喉咙,倒在观众脚边死去。

终于，他都吃光了，睁着醉醺醺的眼睛，没劲儿地发出嘎声来：

"给点水喝……"

可是他的老板瞧着表叫骂：

"过了，这混蛋，过了四分钟……"

观众嘲弄他：

"可惜没有同你打赌，要不然你就输了！"

"不过，到底是个棒小子呀！"

"是啊，应该把他送到马戏团去……"

"唉，上帝竟把人弄成了妖怪呀！"

"喝茶去吧？"

于是便像一群小船，驶进小饭馆去了。

我想明白，是什么东西，使这班蠢笨的生铁般的人，围住了这么一个可怜的小伙子，为什么，这个害馋痨病的人会使他们感到快乐？

狭长的廊下，堆满了兽毛、羊皮、大麻、绳子、毡靴、马具等等，显得灰暗而乏味。砖砌的柱子隔开了这个外廊和步道。柱子粗大而难看，已经陈旧，又沾了许多街泥。这些砖块和砖缝，因为已不知在心头默数过几千次，它那丑恶的图形，就像一面闷气的网，嵌进在记忆中。

行人沿着步道慢慢地走过，马车、货橇慢慢地在街上走着。街道尽头有一些方形的红砖二层楼房的铺子，面前一块空场上乱抛着木箱、稻草和揉皱的包皮纸。污脏的和踏得结实的雪覆盖着空场。

所有这一切，连同人和马一起，尽管在那里活动，也好像停着似的，好像有些看不见的链子，把它们缚在一起，它们便懒洋洋地在原地滚转。你会突然觉得这生活几乎没有声音，像一潭死水。雪橇的滑板在滑动，店铺的大门开合着，小贩叫喊着包子、热蜜水呀，但这些声音响得没劲、可厌，也很单调，叫人很快就听惯了，不再听到这些声音。

教堂的钟声像举行丧礼似的响着，这忧郁的声响永远滞留在耳朵里，好像从早到夜，无休无止地飘荡在市场的空际，给一切思想感情盖上一个盖子，像铜的沉淀物似的沉重地压在一切印象的表面。

从盖着污雪的地面、从屋顶灰色的雪堆、从房子的肉红色的砖墙上,到处都散发出冷漠而沉闷的寂寞;寂寞随同灰色的烟,从烟囱里上升,向灰暗低压的空际浮游;马儿喷的气,人呼出的气也是寂寞的。寂寞有一种特别的气味:汗臭味、油腻味、大麻油味、焦馒头和烟煤的重浊的气味。这种气味像一顶闷热的帽子,套在人的头上,灌进他的胸头,引起他一种奇怪的沉醉感,一种阴暗的愿望,使他想闭着两眼狂叫,奔向什么地方,把脑袋使劲地撞到墙壁上去。

我端详着买卖人的面容,那是些营养过分、容光焕发、冻得发红、做梦一样凝然不动的面孔。他们像搁浅在沙滩上的鱼儿,经常张大嘴巴打呵欠。

冬天生意清淡,在买卖人的眼里也见不到夏天那种使他们显出活气、有几分好看的紧张凶狠的神色。沉重的毛皮外套拘束了行动,把人们压向地面。说话也懒了,一动气就吵嘴。大概他们故意这样,只不过为了互相表示自己还活着。

我很清楚,他们是被无聊压倒、戕害了。我得到了这样的解释:他们所以玩那种残酷愚蠢的把戏,只不过是对沉闷的吞没一切的压力的一种无效的抵抗。

有时候,我把这些话对彼得·瓦西里伊奇说。他虽然老是嘲笑和捉弄我,但是他喜欢我热爱读书,有时候也严正地用教训的口气同我说话。

"我不爱商人的生活,"我说。

他把一绺胡子缠在长指头上,问道:

"你从哪里知道商人的生活呀?你常常去他们家串门吗?这里是街道,而在街道上不住人,只做买卖。人们只是从街道上急急忙忙走过,又回家里去了。人出门时都穿着衣服,你从衣服外表决不能了解一个人。人们只有在自己家里,在四面墙里面,才袒露地生活着。商人们在那里做些什么,你是不会知道的。"

"可是,商人的心思,不管在这里还是在家里,不是一样吗?"

"人家的心思谁能够知道呢?"老头儿圆睁着两眼用很响的男低音说。"心思像虱子,数不清数目——老话早就说过。有的人回到自己家里,说不准就会跪倒在地,眼泪汪汪地祷告:'上帝饶恕我,我把这神圣的一天冒渎了。'这种人把家庭当作修道院,说不定在家里只跟上帝俩过活。对啦!每个蜘蛛都知道自己的角落,张它的网,并知道自己的重量,使网能支持住它……"

说正经话的时候,他的声音好像是在说重要的秘密,变成低而粗了。

"你喜欢发议论,可是发议论你还太早。你这样年纪,并不是靠用脑筋过活,而是要用眼睛过日子的!所以你只消看着,记住,不必多说。智慧是做事用的,对于灵魂说来,靠的是信仰!读书是好事,但是对一切都要有个限度。有些人书读得太多,变成书呆子,变成没有信仰的人了……"

我觉得他好像会长生不老,很难想象他会衰老,会变化。他爱谈商人、强盗和造伪币的人成功的故事。这些故事我在外祖父那里已经听过很多。外祖父比这位鉴定家谈得更好。但他们所讲的意思都一样:财富总是以对人们、对上帝的犯罪而得到的。彼得·瓦西里耶夫不同情人,但说到上帝的时候,总是怀着亲切的感情,叹着气,躲开对方的视线说:

"人们就是这样欺骗上帝的,可是耶稣全都看见了,流着泪说:'我的人们呀,可悲的人们,地狱在等候着你们呀!'"

有一次我大胆提醒他说:

"可是你也常常欺骗乡下人……"

这并没有使他生气。

"我的欺骗算得了什么呀?"他说。"不过骗三个五个卢布,这有什么了不起呀!"

他碰到我看书时,常常从我手里拿过书去,挑剔地考问我读过的东西,还用相信的口气诧异地对掌柜说:

"你瞧,这小东西能够看懂这种书!"

接着便入情入理、使人难忘地教训我:

"你听我的话,这对你有好处。基里尔有两个,都是当主教的。一个是亚历山大城的基里尔①,另一个是耶路撒冷的基里尔②。头一个基里尔为反对罪大恶极的异教徒涅斯托里③尽力,据涅斯托里的邪说,圣母是凡人,不能生神,只能生人,这个人按照他的名字和事业,便叫基督,也就是救世主。所以圣母不能称作神之母,应该称为基督之母,明白吗?这就是异教!耶路撒冷的基里尔,是反对异教徒阿里④的……"

我很钦佩他对宗教史的知识,他便用清癯的神父似的手抚着胡子,吹牛说:

"对于这类知识,我是一员大将;我曾经在圣三一节⑤前到莫斯科,去跟那些邪恶的尼康派学者、神父、俗人们辩论过。那时候我还年轻,甚至跟博士们辩论过!我唇枪舌剑,不消几句就把一个神父难住,那家伙流出鼻血来啦!你瞧!"

他脸上升起红晕,眼睛像花一样开放。

大概他认为使对手流了鼻血,是自己成功的顶点,自己荣冠上最光彩的一块红玉。他多么神往地说着这件事:

"是个漂亮的、身材魁梧的神父!他站在经案前,一滴一滴淌着鼻血!可是他却没有察觉到自己的丑态,像一只荒野的狮子那样凶恶,发出洪亮的声音。我却非常沉着,每一句话都像锥子一样直刺他的心肺和肋骨!……他们那一边,劈头盖脸,跟火炉一般,吐出异教徒独有的毒舌……那情形真好看呀!"

---

① 亚历山大城的大主教(?—444)。
② 耶路撒冷的大主教(四世纪)。
③ 康斯坦丁堡的总主教(五世纪)。
④ 阿里否定希腊教圣父、圣子一体性的基本教条。他认为基督是处于神与人之间的小神。
⑤ 耶稣复活节之后第五十天的节日。

时常在铺子里进出的,还有另外几个鉴定家:其中一个叫帕霍米的,穿着油光光的衣服,大肚子,独眼龙,满脸皱皮,嗡鼻子。一个叫鲁基安的,是老鼠一样狡猾、和气、精神饱满的矮小老头儿。有一个大个子,阴森森的黑胡子,像马车夫一样的汉子,常跟这老头儿一起来。他长着一张死气沉沉的、不愉快的、但五官端正的脸和一对呆钝的眼睛。

　　来的时候,大抵总是拿了古本、圣像、香炉、杯盘一类的东西出卖,有时候带了卖主——伏尔加对岸的老婆子或者老头儿一起来。做完了交易,好像飞到田头的乌鸦一样,在柜台边坐下来,就着面包圈和熬过的糖喝茶,大家谈论着尼康派教堂给他们的压迫:那里搜查住宅,把祷告书没收了,这里警察封闭教堂,依一〇三条法律①审判它的主人们。这一〇三条常常成为他们的话题,但他们安静地谈着,好像把它当作冬天的严寒一般,认为是无法避免的东西。

　　当他们说到宗教压迫,话中不断地用到警察、搜查、监狱、审判、西伯利亚等等字眼,每次碰到我的心头,就像炭火一样地燃烧,唤起我对于这班老人的同情和好感。我读过的各种书,教会了我尊重百折不回要达到目的的人,珍视坚定的精神。

　　我完全忘掉了这班生活的教师们的缺点,只感到他们的沉着应战的坚决性,我觉得在这坚决的背后,正藏着教师们对自己的真理的不变的信念和为了真理忍受一切痛苦的决心。

　　后来我在平民中,在知识分子中,看到很多这类以及和它相似的旧习惯的拥护者,我才明白这种坚决是人类中一种不能动和不想动的消极性。为什么不能动,因为他们已被古人之言、过时的概念像枷锁似的缚住,已经在这种言语、概念之中僵化了。他们的意志已经凝固,不能向明天发展了。当受到外部来的什么打击,把他们从原来的地方扔出去的时候,他们就好像一块石头从山上滚落,机械地堕落到山下面去了。他们凭着一种怀古的盲目的力量,一种对痛苦和压迫的病态

---

① 俄国《刑法典》第一〇三条规定了对分裂派的惩罚办法。

的爱好,牢守着过时的真理的坟墓。但如果从他们那儿夺去了痛苦的可能,他们就会变得空虚,像有风的晴天的云,消散得无影无踪了。

为了信仰,他们心甘情愿地、并且带着一种强烈的自我欣赏的心情准备接受各种苦难,这种信仰无疑是坚定的,但它不过使人联想到穿旧的衣服而已。旧衣服因为染透了各种污秽,仅仅由于这一点,对于时间的侵蚀,它才多少有点抵抗的力量。思想和感情,习惯了狭隘的偏见和教条的封皮,纵使扯去了它的翅膀,去掉了它的手脚,它还是可以舒舒服服、快快乐乐地活下去。

这种根据习惯的信仰,是我们生活中最可悲最有害的现象之一。在这种信仰的世界上,好像在阳光照不到的石垣下一样,一切新的东西,都生长得缓慢而曲折,发育不良。在这种黑暗的信仰中,爱的光是太少了,而屈辱、怨恨和猜忌却太多了,而仇恨又总是和这些连在一起。这种信仰所燃烧的火,好像是腐物中发出来的磷光。

我深信这一点,是因为我经历了许多痛苦的岁月,自己心里的许多东西都被破坏了,从记忆中剔除掉了。当我最初在寂寞无聊的现实中发现生活的教师的时候,我以为他们是精神力量很伟大的人物,是世界上最优秀的人物。他们差不多每个人都受过审判,坐过牢,在许多地方被驱逐过,同许多囚人一起从这里解到那里。他们都很小心谨慎,悄悄地生活着。

但是我看出这些老头儿们,虽然怨恨尼康派的"精神迫害",他们自己却也很喜欢甚至甘愿互相压迫。

独眼龙帕霍米喝醉了酒,就喜欢夸耀自己的记忆力,有些书他简直熟得"了如指掌",好像犹太神校学生①熟记《塔木德》②一样。无论哪一页,只消用指头一点,点到哪里就从哪里一口气背下去,发出柔软的嗡鼻子声音。帕霍米老是注视地板,他的独眼向着地板不安地望

---

① 即犹太教神学校的学生,毕业后担任拉比(犹太教神父),须熟记《塔木德》。
② 希伯来语,原意为"教学"。这里为犹太教口传律法集,为该教仅次于《圣经》的主要经典。

来望去,好像在找寻什么贵重的失物。他最常表演的戏法是背梅舍茨基公爵①一本叫《俄罗斯葡萄》②的书,而他特别熟悉的地方,是"殉道者坚忍刚毅的受难"情节③,可是彼得·瓦西里伊奇常常挑剔他的错处。

"你胡说!这和狂信者基普里安④无关,与纯贞的季尼斯⑤有关。"

"哪有什么季尼斯呀?是季奥尼西……"

"你别挑剔字眼!"

"你不要教训我!"

一分钟之后,他们两人都怒气冲冲,互相凶恶地对望着说:

"不要脸的饭桶,瞧你这肚子吃得多饱……"

帕霍米好像拨算盘子似的回答:

"你呢,色鬼,山羊,女人的走狗。"

掌柜两手笼在袖子里,阴险地笑着,跟唆使小孩子似的,怂恿着旧礼仪派的拥护者:

"该这样收拾他!嗨,再来一下!"

有一次老头们打起来了,彼得·瓦西里耶夫突然很敏捷地打了同伴一个耳光,打得对方立刻逃跑,然后他很累地揩揩脸上的汗,向逃者叫嚷:

"等着瞧吧,这罪过要记在你的账上,该死的东西,害得我这只手犯了罪!"

他特别喜欢责备自己所有的朋友信仰薄弱,说他们都堕落成了"反教堂派"⑥。

---

① 梅舍茨基公爵,谢苗·季尼索夫(1682—1741)的化名,是维戈夫修道院的奠基人和主持之一,对旧教礼仪准则的建立起过很大作用,著有《俄罗斯葡萄》。
② 该书的全名是:《俄罗斯葡萄,又名俄罗斯古代受难教徒史话》。
③ 引自《俄罗斯葡萄》的《导言》。
④ ⑤ 均系《俄罗斯葡萄》中的人物。
⑥ 旧礼仪派的一个支派,产生于十七世纪末。该派摒弃教会、神职人员和教阶制度,反对一切"圣礼仪式"和"天惠神赐说",主张在家里祈祷。

"这都是亚历克萨沙①在煽动你们,简直是公鸡乱叫!"

反教堂派显然使他受到刺激,而且使他害怕。但是问他这教派的实质如何,他就不很明白地回答:

"反教堂派是一种最不幸的邪道,只讲理性,不承认上帝。哼,在哥萨克人中,已经有人除了《圣经》之外什么都不尊敬了。可是这种《圣经》是从萨拉托夫的德国人那儿,从留托尔那儿来的②。据说:'留托尔就是留特,也就是喜欢作恶!'③所以反教堂派又叫做沙洛普特派④,也称福音洗礼派⑤。都是从西方来的,那边的邪道。"

他跺着那条残废的腿,冷酷而重声地说:

"这种新派的家伙,必须驱逐出去,这种家伙,应该捉来用火烧死!但是我们和他不同,我们是真正的罗斯国粹,我们的教派是真正东方原有的俄国教。其他一切都是西方人随意胡诌的邪说。德国人、法国人能够造得出什么好东西?比方一千八百十二年的……"

他兴奋起来,忘记了自己跟前是一个孩子,用有力的手抓住我的腰带,时而拉向自己,时而推开,漂亮地、奋昂地、热心地、返老还童似的说:

"人的理性,彷徨在各种臆说的密林之中,好像一只凶恶的狼,听从着魔鬼的命令,使上帝所赐的人的灵魂受苦!这些魔鬼的门徒能想出什么好东西?鲍格米勒派⑥尽制造些异端邪说,他们说魔鬼是上帝

---

① 逃亡的教派分子,真名为 Π·B·里亚比宁。
② 这里彼得把俄国的"反教堂派"和德国马丁·路德(1483—1546)创立的新教混为一谈,以致以为"反教堂派"是从"萨拉托夫的德国人那儿"(当时俄国萨拉托夫地区有个德国人留居区,他们信德国的新教),"从留托尔(误为路德)那儿来的。"
③ 是十六世纪教会作家帕尔费尼的《致反对留托尔们的一位无名之士》中的一句话。彼得前面把留托尔当成了路德,接下来又扯到别的留托尔们上,表明他并不清楚反教堂派是怎么回事。
④ 鞭身派的一个支派,产生于十九世纪六十年代。与反教堂派并非一派。
⑤ 该派反对官方教会和神职人员,认为主要的宗教活动形式是念《圣经》,尤其是念《新约》,与反教堂派并非一派。
⑥ 中世纪保加利亚基督教"异端教派"之一(古斯拉夫语"鲍格米勒"意为"爱上帝者")。认为上帝生两子,名撒旦(即魔鬼)和耶稣基督。撒旦堕落为恶的代表;基督是善的代表。善(上帝)与恶(撒旦)经常斗争。恶终将被善消灭。

的儿子,耶稣基督的长兄,你瞧,这不是胡扯吗!因此他们叫人不要服从尊长,不要做工,要离弃妻儿,人什么都不需要,什么规矩也不用守,人只需要照自己的心意过活,照魔鬼的吩咐过活。嗨,又是那位亚历克萨沙,嗳,虫豸……"

这时候,掌柜偶然支使我去做旁的事情,我离开老头儿走了。但他独自儿留在廊下,还对着空荡荡的四周继续说下去:

"唔,没有翅膀的灵魂!唔,天生的瞎眼猫,我逃到什么地方去才能躲开你们呀?"

以后,他仰起头,两手放在膝上,不动地望着冬天的灰色的天空,好半晌没有作声。

他开始对我更注意,更和善,有时他来,我正在读书,他拍拍我的肩头,说:

"读吧,小家伙,读吧,对你有好处的!你似乎有一点儿聪明;可惜,你不尊重长辈,对任何人都反抗。你想想看,这种顽皮劲儿会把你引到什么地方去呀?小家伙,这会把你引进牢狱里去的。读书是好的,但必须记住,书不过是书,要自己动脑筋才行!鞭身派①里有一个叫达尼洛②的教诲师,他竟说新书旧书,全都无用,便把书装在袋子里扔进河里了!不错,这当然也是愚蠢的事!这也是亚历克萨沙搞的鬼……"

他越发频繁地记起那个亚历克萨沙,有一天,他到铺子里来,板着脸担心地对掌柜说:

"亚历山大·瓦西里耶夫③在这里呀,在城里,是昨天到的!我找

---

① 俄罗斯正教分离出来的一个支派。认为人能同"圣灵"直接交往,不需要神职人员作中介。常在狂热跳动中使自己达到神智入幻的地步,认为这样便可同"圣灵"结合在一起而成为基督的化身。
② 达尼洛·菲利波维奇(约1600—1700),鞭身派倡始人。鞭身派教徒说:"他是个反教堂派分子,有许多旧书。他曾对农民说,新书旧书都不能使人得救,他便把它们装进袋子,扔进了伏尔加河。"
③ 即亚历克萨沙。

了又找,没有找到,他躲起来了呀!我在这里坐一会儿,说不准他会来……"

掌柜不友善地回答说:

"我什么也不知道,任何人也不知道!"

老头儿点了点头说:

"正应该这样!对于你,一切人不是买主便是卖主,再不会有别的什么人呀!好,弄杯茶喝喝吧……"

我提了一大铜壶开水回来时,铺子里已有几个客人:鲁基安老头儿高兴地微笑着,门后边的暗角里,坐着一个陌生人,穿着暖和的外套,长统毡靴,腰里系一条绿带子,帽子歪歪地掩到眉毛上。他脸上没有什么特点,看上去很文静,而且谦虚,像是一个失了业而且为此十分伤心的掌柜。

彼得·瓦西里耶夫并不向他那边瞧,严厉而重声地说着什么,他抽搐似的一直在用右手碰动帽子,好像要画十字似的举起手来,把帽子往上碰,碰了一下又碰一下,差不多要碰到脑顶心了,然后又拉下来,几乎连眉毛都要掩住。这种神经质的动作,使我记起外号叫"兜里装死鬼的伊戈沙"①。

"我们这条泥水河里,游着各种鳕鱼,把水弄得更脏了,"彼得·瓦西里耶夫说。

长得像掌柜的那个汉子,低声而沉静地问:

"你这是说我吗?"

"就算是说你吧……"

这时候,那汉子低声而十分诚恳地问道:

"唔,那么你怎样说你自己呢,汉子?"

"自己的事,我只对上帝说。这是我的事……"

"不,汉子,这也是我的事,"新客人严正有力地说。"对于真理,

---

① 伊戈沙是作者童年时代的一个小伙伴,大家都叫他"兜里装死鬼的伊戈沙"。

不能背过脸去，人不能故意把自己当瞎子，在上帝跟前，在众人跟前，这都是极大的罪过！"

这人称彼得·瓦西里耶夫汉子，我听了很痛快，他的平静而严正的声音，也使我激动。他说话的样子，好像善良的神父在念"主啊，我们生命的主宰！"他一边说，一边渐渐把身子向前弯倒，越出椅子，老在自己的脸前挥舞着手……

"不要责备我，我还没有像你那样被罪恶染污……"

"茶炊开了，在翻腾作响，"老鉴定家轻蔑地说，但那一个不管他的话，继续说下去：

"只有上帝知道，是什么人更染污了圣灵之泉。兴许就是你们这些咬文嚼字的书呆子的罪过。总而言之，所谓书呆子是一种死板的人，我不是书呆子，我也不会咬文嚼字，我只是一个活着的平凡人……"

"我可知道你是个怎样的平凡人，我听够了！"

"是你们把大家搞糊涂的，很简单的东西让你们搞得乱七八糟，汉子，你们这般书呆子，伪君子……你懂不懂我的话？"

"这就是邪道！"彼得·瓦西里耶夫说。那人把手掌放在眼面前，好像念着掌心里写着的字，动着手掌，激烈地说：

"你们以为把人们从这个牲口棚赶进那个牲口棚，就算对他做了好事吗？可是我——却不以为然！我要说人应该成为自由之身！家庭、妻子、你们的一切，在上帝面前有什么用处呢？所以人们应该摆脱那些互相争夺，打得头破血流的生活，摆脱一切金银财宝，这一切都污秽不洁！灵魂的救主不在地上的原野，是在天国的山谷间！我说，摆脱一切，斩断一切挂碍，打破世俗的网，这种网是反基督派织成的……我走的是正直的大路，我灵魂不动摇，不接受那黑暗的世界……"

"但是面包、水和衣服，你用不用呢？这也是世俗的东西呀！"老头儿讥刺地说。

但是这些话也没有触动亚历山大，他更加热心地说着，虽然他的嗓子很低，但却像吹喇叭一般：

"汉子，你最宝贵的是什么？只有上帝是惟一可宝贵的。站在上帝面前，从你的心头斩断地上的挂碍，放弃一切，上帝会看见你：你是一个人，上帝也是一个！于是你就可以走到上帝身边，这是走近他的惟一的路！这样灵魂才能得救！弃去父母，弃去一切，要是你的眼睛诱惑你，你就把你的眼睛挖掉。为了上帝，物欲死而灵魂活。这样，你的灵魂，便燃烧于永世万年……"

"那就把你喂臭狗去吧，"彼得·瓦西里耶夫说着站起来。"我当你从去年起变乖了一点，不料变得更蠢了……"

老头儿摇摆着身子，从铺子里走到廊下去。这行动使亚历山大感到了不安，他诧异而慌张地问：

"你要走吗？……呃……为什么？"

但是和气的鲁基安投着安慰的眼色说：

"没有关系……没有关系……"

于是亚历山大就朝着他说：

"说到你，也是个世俗的忙人。你也说一些无用的话，这有什么意思呢？什么三呼阿利路亚，二呼阿利路亚①……"

鲁基安对他笑笑，也走到廊底下去了。现在，他就对着掌柜很自信地说：

"他们敌不过我的精神，完全敌不过！像火上的烟一样，消失了……"

掌柜抬眼向他一望，冷淡地说：

"我对这类事不过问。"

这人似乎不好意思起来，拉拉帽子喃喃地说：

"怎能不过问？这是不能不过问的事……"

他低头沉默地坐了一下，就被两个老头儿叫去，三人一起，也不告

---

① 此处指东正教两派关于祈祷仪式的争论问题。旧礼仪派教徒主张在举行仪式时两呼"阿利路亚"（古犹太语："赞美上帝"），尼康主张三呼"阿利路亚"。

别就走了。

这人好像黑夜的篝火,在我眼前突然闪耀,明亮地燃烧了一下,又熄灭了,使我觉到他的厌世论里,有一种什么真理。

晚上,我找个时间把他的话对作坊里的画工头说了。他是一个沉静和蔼的人,名字叫伊凡·拉里昂诺维奇。他听完我的讲述,对我解释:

"这好像是一个逃避派①。这是一种教派,他们一切都不承认。"

"那么他们怎样过日子呢?"

"逃避着过日子,永远在四方流浪,所以把他们叫做逃避派。照他们说,我们同土地以及与它有关的一切都没有因缘。因此警察把他们看作危险人物,要捉……"

我虽然过着痛苦的生活,但我不明白:怎样可以逃避一切呀?在当时围绕着我的生活之中,我觉得很多有趣味有价值的东西,因此亚历山大·瓦西里耶夫的影子,不久就在我的记忆中淡下去了。

但是在痛苦的时候,他的影子常常出现在我的眼前:他在野外灰黯的路上走着,向森林走去,白色的不做工的手抽搐地提着拐棍,而且喃喃:

"我走正直的大路,我不顾一切!挂碍——这种东西,把它斩断吧……"

同他并排走着的是外祖母在梦中所见的父亲:他手里拿着核桃木的棍子,他后面跟着一条花狗,舌头颤动着……

十三

圣像作坊在一所半石造的大房子里,占两间屋子;一间有三扇窗向院子,两扇向园林;另一间一扇窗对园林,一扇对街。窗子都很小,

---

① 反教堂派的一支,摒弃社会,逃避公民义务、兵役义务、纳税等。伏尔加流域各省流行甚广。

四方形,装有玻璃。玻璃已经陈旧得模糊了,不大愿意地把淡淡的冬天的阳光,透进作坊里来。

两间屋子都挤满了桌子,每张桌子边上坐着一个俯着上身的圣像画工;有时候一张桌子坐两个人。天花板上挂着一些装水的玻璃球,它们收敛灯光,发出白色的寒光,反映到方形的圣像板上。

工场里很热闷,有二十来个从帕列赫、霍卢伊、姆斯乔拉①来的"圣像画工"在那儿工作。大家都穿着敞开领口的布衬衫,帆布裤子,赤脚或是穿着破鞋。工匠们头上蒸腾着劣等烟草的烟雾,四周围飘着亮油、干燥油、臭鸡蛋的气味,飘着松香油一样慢吞吞的、忧伤的弗拉基米尔的歌:

现在的人多么不害羞——
小伙子当着人们迷住了大闺女……

还唱别的许多歌,都是听了挺不痛快的,不过这个歌唱得最多。歌中拉长的腔调,并不打扰思索,也不妨碍用貂毫的细笔,在圣像的"服装"上画出皱纹,给圣徒突骨的脸上画出痛苦的细纹路。窗下,涂金师戈戈列夫,敲着小小的槌头,他是一个爱喝酒的老头儿,鼻子大而发青。在这边唱着的懒洋洋的歌声里,不时添进了他的枯燥的槌声,好像虫儿咬着树干。

每个人对于画圣像都不热情,不知是哪位凶恶的聪明人把这个工作分成了一连串琐细的、丧失了美的、不能引起爱好和兴味的作业。斜眼的细木匠潘菲尔是一个狠毒阴险的人,他把自己刨好胶好的各种尺寸的桧木板、菩提木板拿来。害肺病的青年达维多夫把它们刷上底漆。他的伙伴索罗金,加上一道"底漆"。米利亚申用铅笔从图像上勾下一个轮廓。戈戈列夫老头便涂上金,并在上面刻出图样。画服装的画

---

① 这些都是弗拉基米尔省的大村镇,古老的圣像画中心地。

上背景和服装。以后,没脸没手的圣像就竖立在墙边,等画脸的来画。

挂在神帷里和祭坛门上用的大圣像,没有脸,没有手脚,只有袍子,或是铠甲和天使长的短衫,立在墙上,远远望去是很不愉快的。这些五彩的木板死气沉沉,缺少使他们活起来的那种东西,但好像本来是有的,只是后来奇异地消失了,这会儿却留下自己累赘的袍子。

画脸的画好了"身体",圣像便交给另外一种工匠,他照涂金师敲出的模样,涂上"珐琅"。写文字有写文字的工匠。最后涂亮油是工头自己动手。工头叫伊凡·拉里昂诺维奇,是一个安详的人。

他的脸是灰色的,小小的胡子也是灰色的,尽是丝线一样的细毛,眼睛也是灰色,特别凹陷而且充满悲哀。他笑得很好,但人家无法对他笑,总觉得有些不适合似的。他很像柱头苦行僧西梅翁①圣像,跟西梅翁一样瘦,一样干瘪,连他那呆钝的眼睛也好像透过人和墙似看非看地凝视着远方。

我到作坊来几天之后,画神幡的师傅卡别久欣,顿河的哥萨克,喝醉了酒跑进来。他是一个漂亮男子,气力很大,进来时咬着牙齿,眯细着女人样的甜蜜的眼,默不作声地挥起铁的拳头,见人就打。这个身材不高而匀称的汉子在工场里乱窜,好像猫在老鼠窝里一般,大家都狼狈地避往屋角,在那里互相叫嚷:

"打呀!"

画脸的叶夫根尼·西塔诺夫用凳子砸狂暴者的脑袋,把他碰昏了。哥萨克人坐在地上,大家马上把他按倒,用手巾捆起来。他像野兽一样想把手巾咬断。叶夫根尼就发狂地跳上桌子,两肘靠紧腰边,做着向哥萨克人扑去的姿势。他是高大个子,浑身结实,一扑下去,准把卡别久欣的胸骨压得粉碎。但这一刹那间,穿着大衣戴着帽子的拉里昂诺维奇走到他身边,用指头威吓着西塔诺夫,认真而低声向工匠们说:

"把他抬到门廊里去,让他醒醒酒……"

---

① 传说中活跃于五世纪的苦行僧。

把哥萨克拉出了工场,把桌椅摆好重新坐下做工。大家交换着简短的言语,谈论哥萨克的气力,预言总有一天他打架会被人打死等等。

"要打死他不容易,"西塔诺夫好像讲他熟悉的工作一样很沉静地说。

我望着拉里昂诺维奇,不解地想着:为什么这些强壮狂暴的人这样容易服从他呢?

他告诉大家应该怎样工作,就连本领高强的工匠也都听他的话。他教卡别久欣比教别人更多,对他讲的话也更多。

"卡别久欣,你既然叫画师,就得画得好好儿的,用意大利的风格。油画一定要有温暖的色彩的统一,可是你,白色用得太多,把圣母的眼睛,弄得那么冷冰冰的,带一股肃杀之气。把脸颊画得跟苹果一样红,眼睛同它配不上,位置也安排得不对,一只看着鼻梁尖,一只却移到太阳穴去了。结果脸部没有神圣洁净的感觉,却变成狡猾庸俗的样子。你不用心工作,卡别久欣。"

哥萨克人听着,歪斜了脸,接着,女人样的眼睛不怕羞地笑着,发出好听的声音说,因为喝醉过酒,嗓子略略带嘎:

"嗨嗨,伊凡·拉里昂诺维奇,大老爷,本来这不是我的本行。我生来是音乐师,却当上了修道士!"

"只要努力,什么事情都能干好。"

"不,我是什么人呀?叫我当个赶车的,带上三匹骏马,嗨……"

说着,他突出了喉结,悲伤绝望地唱起来:

> 哎嗨我要给三马车
> 套上黑栗毛的快马,
> 奔驰在寒冷的黑夜
> 直奔向我爱人的家![1]

---

[1] 引自吉卜赛民歌《我要给三马车套上黑栗毛的快马》。

伊凡·拉里昂诺维奇温和地笑笑,整一整灰色忧愁的鼻子上的眼镜,便走开了。立刻有十几张嗓子和着他的歌声,变成一股强力的流,好像使整个工场都飘浮起来,匀称的调子震动得工场直发抖:

　　路熟了马儿知道
　　哪里是姑娘的家……①

艺徒巴什卡·奥金佐夫的手停止了倒蛋黄,两手拿着碎蛋壳,发出美好的童声高音和唱。

大家被歌声陶醉,忘掉了自己,呼吸混合在一起,生活在同一种感情里,斜眼望着哥萨克。当他唱歌的时候,全工场都承认他是自己的领袖。大家都被他吸引住,注视着他两手的挥动,像要飞翔的样子。我相信,要是这时候他停止了歌唱,喊一声"把一切都捣毁!"那么,所有的人,连最规矩的工匠,也一定会在几分钟内把工场捣个稀烂。

他很少唱,但他的豪放的歌声,永远是同样不可抵抗的和胜利的。不管人们感到怎样沉重,他都能使他们激动起来,燃烧起来,大家都鼓起劲,发出热来,组合成一个强大的机体。

这些歌使我对于歌手本人,对于指挥他人的美的威力,发生热烈的羡慕,有一种极为激动的感觉钻进心里,胀痛起来,想哭,想对唱着的人们叫嚷:

"我爱你们!"

害肺痨的黄脸达维多夫,蓬乱着头发,也奇怪地张大了嘴,好像刚从蛋壳里剥出来的雏鸟儿。

只有在哥萨克领唱的时候,才唱豪放快乐的歌。平常总是唱凄凉而且声音拖得很长的歌,哼着《不害羞的人们》、《林荫下》②和关于亚

---

① 引自吉卜赛民歌《我要给三马车套上黑栗毛的快马》。
② 俄罗斯民歌。

历山大一世的死:《我们的亚历山大怎样检阅自己的军队》①。

有时候,由工场中本领最高强的画脸师日哈列夫发起,试唱圣歌,但总是失败的回数多。日哈列夫总是用一种特别的、只有自己懂的调子,这便妨碍了大家的合唱。

这是一个四十五六的人,干瘦,秃头,头上长着半圈像吉卜赛人一样的鬈曲的黑头发,眉毛像胡子一样粗黑。浓密的尖下髯,使得他那张纤细微黑的不像俄国人的脸显得非常动人,但中部高隆的鼻子底下突出着一撮硬毛的唇髭,因为有他那样的眉毛便显得是多余的了。他的两只蓝眼睛不一般大,左边那只显然比右边的大得多。

"巴什卡!"他用男高音向我的同伴,那个艺徒喊。"带个头唱《赞美主的名!》②。大家听着!"

巴什卡在围腰上擦擦手,开始唱:

"赞——美……"

"……主的名,③"几个人接上来,日哈列夫不安地嚷:

"叶夫根尼,低一点! 把声音沉到心底里去……"

西塔诺夫像敲木桶一样使出隆隆的声音喊叫:

上帝的仆人们……

"不对不对! 这个地方应该唱得天摇地动,窗子门户都会自个儿打开来!"

日哈列夫整个身子在一种莫名其妙的兴奋中抖动,他的奇怪的眉毛,在额角上一会儿上,一会儿下。他的嗓子走了样,指头在空中弹着无形的琴弦。

"上帝的仆人们——明白了没有?"他意味深长地说。"这个地方,应该穿透外壳一直刺到中心。仆人们呀,赞美上帝哟! 为什么还

---

① 民歌之一,它的产生与一八二五年亚历山大一世之死有关。
② ③ 祈祷赞美歌;第一句与歌名相同。

不明白呀？你们都是有血有肉的人。"

"您是知道的，这个地方我们从来也没唱好过，"西塔诺夫客气地说。

"那就不用唱了！"

日哈列夫生气地动手做工。他是最好的画师，能够画拜占庭风格、法国风格以及"艺术派"的意大利风格①的圣容。有了神帏的定货，拉里昂诺维奇就同他商量——他很熟悉圣画的原作，例如费奥多罗夫斯克、斯摩棱斯克、喀山等珍贵的有灵圣像②的摹作，都经过他的手。但他观摩原作的时候，就大声地啰唆：

"这些原作把我们拘束住了③……必须坦白地说：拘束住了！……"

虽然他在工场里占着重要的地位，却不比别人骄傲，对待艺徒——我和巴维尔也很和气。他想教我们学会手艺，除了他，谁也不管这件事。

他是一个不容易了解的人，一般说来，是一个阴沉的人，有时整星期跟哑巴一样默默做工，奇怪而陌生地望着所有的人，就好像看他初次相识的人一样。他虽然很喜欢唱歌，但在那种时候，他不唱，甚至好像连听也听不见了。大家互相目语，留心他的动作。他身子屈在斜立的圣像板上，这圣像板立在他的膝上，半截靠住桌沿。他的细毛笔仔细地画出超世绝俗的阴沉的脸，而他自己也像是阴沉的超世绝俗的人。

忽然，他气恼地发出清晰的声音：

"先驱——什么意思？驱字——在从前，就是走字，先驱便是先走的人，再没有别的意思……"

---

① 拜占庭风格是古代圣像画的传统。从十五世纪末期开始这种传统受西欧绘画（即这里说的"法国风格"）的影响，后又受意大利文艺复兴的影响。
② 这些地方画的圣母像称为"有灵圣像"。
③ 原作指圣像画师必须遵从的圣像画的范本。范本上的规定极为严格，连圣徒衣装的颜色也不得稍事改变。

工场里悄然无声，大家斜眼望着日哈列夫笑，在静寂之中，听到奇妙的话：

"先驱不能穿羊皮，应该给他画上翅膀①……"

"你同谁说话？"大家问他。

他不出声，没有听见或是不愿回答。一会儿，又在期待的静寂中，听见他的话了：

"应该知道圣徒的传记。有人知道——圣徒的传记吗？我们知道什么？我们活着毫无所谓……灵魂在哪里？哪里是灵魂？原作……对啰！——在这里。但是可没有心灵……"

这种形之于声的思想，除了西塔诺夫，引起大家讥讽的笑容，差不多总有谁不怀好意地喃喃着说：

"到星期六……又要痛饮去了……"

个儿高大、身干结实的西塔诺夫，是个二十二岁的青年。他圆圆的脸蛋，没有胡子也没有眉毛，忧郁而严肃地凝视着屋角。

记得日哈列夫画好送到昆古尔②去的费奥多罗夫斯克圣母的摹作，把圣像放在桌子上，激动地大声说：

"圣母画好了！你是一只杯子——无底的杯子，从此要承受世人辛酸的、忠诚的眼泪……"

于是，把不知谁的外套向肩上一披，到酒店里去了。青年们笑着，吹着口哨，年长的羡慕地望着他的背影叹气。西塔诺夫走到他的作品前，细心审视着说：

"怪不得他要去喝酒，把作品给人家真有点可惜，但这种可惜也不是人人都懂的……"

日哈列夫的酒瘾永是从星期六起的。也许这和那些普通喝酒的工匠不同。是这样开始的：早上他写一张条子叫巴什卡送到什么地方

---

① 受洗者约翰（先驱）的圣像，根据《福音书》的记载，通常画成穿羊皮的，有时也给他画上翅膀。
② 昆古尔是从前彼尔姆省的一个县城。

去,临吃午饭,对拉里昂诺维奇说:

"今天我要到澡堂去!"

"久不久?"

"唔,天哪……"

"那么,请不要挨到星期二吧!"

日哈列夫点点秃头应允,那时他的眉毛有一点发抖。

从澡堂回来,他打扮得很漂亮,穿上胸衣,脖子上打一个蝴蝶结,缎子背心上挂一条长银链,默默坐车走了。临走时他吩咐我和巴维尔:

"傍晚的时候,把工场收拾得干净些,把大桌子洗干净,把污迹刮去!"

大家都现出过节似的情绪。人人都振作起来,修饰打扮,去洗澡,急急忙忙吃夜饭。吃过夜饭后,日哈列夫带了啤酒、葡萄酒和下酒物的纸包回来,他后边跟着一个女人,全身各部膨大得难看,身高二俄尺十二寸,我们的椅子和凳子放在她面前就好像是给小孩子用的。高个子的西塔诺夫,挨到她身边,也变成了一个半大孩子。她的身体非常匀称,胸脯隆起像一座小山,碰到下颏边,动作迟缓而蠢笨。她年纪已有四十多岁,但圆胖而呆板的脸却还鲜艳光滑,眼球像马的一样大,嘴很小,好像廉价布娃娃的嘴,叫人疑心是用笔画出来的。这女人装出一副笑脸向每个人伸出大而温暖的手,说一些不必要的废话。

"你们好呀。今天天气冷啦。你们这屋子气味很重,这是颜料的气味吧。你们好呀。"

她好像一条浩荡的大江,沉着有力,瞧着她使人愉快。可是她的话却使人打瞌睡,全是无聊的话。在说话之前,她先吸足了气,差不多已经红得发紫的两颊,胀得更加圆了。

青年人冷笑着低声说:

"像一架机器!"

"一座钟楼!"

她噘起嘴唇,两手放在乳房下面,坐在摆好了酒菜的桌子边,靠近茶炊,马眼发出和善的光,挨次地望着每个人。

大家都对她表示尊敬,年轻的甚至有点害怕她。有一个小伙子贪心地望着这巨大的身体,当他的目光跟她吸引人的目光碰在一起的时候,他不好意思地把眼睛低下去。日哈列夫对自己的女客人也挺恭敬,说话时对她用"您",称她做教母,请她吃东西的时候,对她哈腰。

"您别费心,"她拉长甜甜的嗓子说。"您多费心呀,真是的!"

她本人总是那么不慌不忙的。她的胳臂只有下半截动作,上半截总是紧靠着身边。从她的身上,发出一种热面包的酒精气味。

戈戈列夫老头儿欢喜得结巴起来,好像教堂里打杂的在念赞美诗,称颂着这个女人的美丽。她好心地微笑着听他说话,当他说不出来的时候,她便自己来说:

"没有出嫁的时候我长得并不漂亮呢,这都是做了妇人以后才变过来的。将到三十岁的时候,变得更加动人了,连贵族们都对我注意过,有一位县里的首席贵族还答应送我一辆双马车……"

醉醺醺的卡别久欣,蓬乱着头发,憎恶地望着她,粗鲁地问:

"为什么他要送给你这个呢?"

"自然是为了我们的爱情,"女客解释着。

"爱情,"卡别久欣局促不安地喃喃。"那是一种什么爱情呀?"

"你,这么漂亮的小伙子,很了解爱情,"女人爽脆地说。

工场因哄笑震动起来,西塔诺夫低声向卡别久欣说:

"蠢家伙,恐怕还不如蠢家伙呢!谁要是不苦闷得要死,不会爱这种女人的……"

他醉得脸色苍白,太阳穴边冒出汗珠,聪明的眼不安地燃烧着。戈戈列夫老头儿抽动着难看的鼻子,用手指头抹去眼泪,又问:

"你有几个孩子?"

"我们只有一个孩子……"

桌子上面挂着一盏灯,炉角后边也点着一盏。灯光都不太亮,工场角落里聚着浓黑的暗影,还没画好的没有脑袋的圣像,从暗中张望着。该有脑袋和胳臂的地方,显出平板的灰色的斑点,现在看起来好像比平常更可怕,好像圣徒的身体神秘地从涂上颜色的衣服中,从这地下室里溜出去了。玻璃球挂在靠近天花板的钩子上,蒙上濛濛的烟雾,发着淡青的光。

日哈列夫在桌子周围不安地走来走去,请大家吃东西,他的秃头,一会儿依向这个,一会儿又俯向那个,细瘦的手指不住地动。他消瘦一点了,鹰鼻子显得更尖了。当他侧面向灯站着的时候,脸颊上就映出黑的鼻影。

"朋友们,大家喝呀,吃呀,"他用清脆的男高音说。

女的就做主妇似的说:

"您干什么呢,教父,这么忙忙碌碌的?大家都有手,知道自己的饭量,吃饱了谁也不能再吃!"

"好吧,那就大家休息一会儿!"日哈列夫兴奋地喊叫。

"我的朋友们,咱们都是上帝的仆人,来唱《赞美主的名!》吧……"

赞美歌的合唱没有成功,大家都酒醉饭饱,再没劲儿了。卡别久欣手里拿着两排键盘的手风琴,像只小乌鸦似的黑发的神情严肃的年轻工人维克托·萨拉乌京拿着铃鼓,手指弹弹紧绷的鼓皮,鼓皮发出重浊的声音,铃儿活泼地唧唧作响。

"俄罗斯舞!"日哈列夫发命令说。"教母,请呀!"

"唉,"女的叹一口气站起来。"您真着忙啦!"

她走到屋子中的空处,好像一座小教堂,屹然地站着。她身穿赤褐色的大裙子,黄色细麻纱的上衣,头上披着鲜红色的头巾。

手风琴急躁地响着,铃儿鸣叫,铃鼓丁零作响,发出叹气似的沉郁的声音,听着很不愉快;好像发疯的人边哭边叫,把脑袋碰到墙头上。

日哈列夫不会跳舞,光踏着擦得亮亮的皮鞋跟,迈着细步走着,像山羊似的跳着,同激昂的音乐还是不大合拍。他的腿好像并不长在自己身上,身体胡乱地扭动着,那种狂乱的样子,好像黄蜂落在蛛网里,或是鱼儿落进了渔网,一点也没有兴味。但大家都望着他,连喝醉了的朋友,也呆望着他的抽搐的动作,默默地盯住他的面部和手。日哈列夫的面部一会儿爱娇地害羞,一会儿变成昂然,作着惊人的变化。刚正经地板起了脸,忽然又吃惊地叹息;略略把眼睑闭上,又张开了,现出哭相。他握紧了拳,向女的身边偷偷儿走去,突然一跺脚,在她面前跪下,张开两臂,耸一耸眉毛,发出衷心的笑容。这时候,她柔和地笑笑,俯视着他,低声地提醒他说:

"教父,您会累着的!"

她想娇媚地把眼睛合上,但那双三戈比钱币大的眼睛,却合不住,她做了个鬼脸,露出难看的表情。

她也不会跳舞,只是慢慢地摇晃着巨大的身子,不出声地从这儿动到那儿。她左手拿着一块手帕,懒懒地挥着,右手叉在腰上,使她变成一个大坛子的模样。

于是,日哈列夫就在这石像似的女人身边围绕着走,变着各种的面相——因此好像跳舞的不是一个人,而是十个不同的人;有沉静而温和的,有生气而使人害怕的,有怯生生、偷偷叹着气、想悄悄儿从这不愉快的大块头女人身边逃开去的。接着,又出现了一个,是咬牙切齿,抽搐地扭着身子,像被咬伤的狗一样的人。这种无味的丑恶的舞态,引起我深深的伤感,使我想起兵士、洗衣妇、厨娘他们的狗一般的结婚。

我现在还记得西多罗夫那句私语:

"在这件事情上大家都互相欺骗,这本是大家都害臊的事,谁也不爱谁,只是胡闹一下……"

我不愿相信"在这件事情上大家都互相欺骗"。那么,"玛尔戈王后"又怎样呢?而且这个日哈列夫,当然不是欺骗。我知道西塔诺夫爱上一个妓女,被她染上了脏病,他没有听从朋友的劝告,去打那个女子,反而替她租了屋子,给她治病,而且说到她的时候,总是很温存很局促的样子。

那个胖女人还在摇摆着身子,死板板地微笑着,挥动着手帕。日哈列夫围绕着她抽搐地蹦跳着,我瞧着她心里在想,欺骗上帝的夏娃,难道会像这种母马?我产生了厌恶她的感情。

没有头脸的圣像在暗处张望。暗夜紧贴在玻璃窗上。灯在闷室的工场里昏昏地亮着。侧耳一听,在重浊的脚步声和吵闹声中,听到急骤的水点从铜洗脸槽滴到脏水桶里的声音。

这一切,同我在书上读到的生活多么不同!一点儿也不同!终于,大家都玩腻了。卡别久欣把手风琴交给萨拉乌京,喊道:

"来,凑凑热闹!"

他像吉卜赛人万卡那样跳起来,好像在空中飞一样。接着巴维尔·奥金佐夫、索罗金他们也喧闹着很巧妙地跳起来。害肺痨病的达维多夫也在地板上移动着脚步,灰土、烟雾、浓烈的酒气和发出鞣皮味儿的熏肠的气味,引起了他的咳嗽。

跳舞、唱歌、叫喊,每个人都记得,他在寻乐,而且大家简直像在互相比赛,看谁闹得更巧,熬得更久些。

醉透了的西塔诺夫,一会儿问这个,一会儿又问那个:

"难道可以爱这样的女人吗?"

他的脸色好像就要哭出来了。

拉里昂诺维奇略微抬一抬瘦削的肩胛,回答他:

"女人就是女人,你还需要什么?"

大家所谈的人不知什么时候不见了。日哈列夫要过两三天才回来,再上一次澡堂,然后大约两个星期,对谁也不理睬,大模大样地,独自躲在角落里工作。

"走了吗?"西塔诺夫抬起悲郁的青灰色眼睛,向工场扫了一眼,对自己问。他的脸很丑,有点像老头儿,只有眼睛很清秀,和蔼。

西塔诺夫对我很好——这多亏我那本抄诗的厚本子。他不相信上帝,但是在工场里,除了拉里昂诺维奇,有谁真爱上帝,信上帝,那是

463

很难理解的。大家爱轻浮地、讥笑地、像讲老板娘一样谈论上帝。可是坐下来吃中饭和晚饭——大家都画十字,躺下来睡觉的时候也做祷告,每逢节日都上教堂去。

西塔诺夫完全不做这一切,因此大家说他是无神论者。

"上帝是没有的!"他说。

"那么,世界万物从什么地方来的呢?"

"不知道……"

我问他,怎会没有上帝呢?他解释了:

"你知道,上帝多么高呀!"

说着,把长胳臂伸到自己头上,然后移下来到离地一俄尺光景,说:

"人又多么低贱!对不对?你知道,经书上写着:'人是照着神的样式造的!'①可是戈戈列夫像谁呢?"

这可把我窘住了:那个肮脏的酒鬼戈戈列夫老头,到了这么大年纪还犯俄南罪②;于是我想起维特卡的兵士叶尔莫欣,外祖母的妹子——他们身上难道有一点上帝的影子吗?

"大家知道,人同猪一样,"西塔诺夫说着,又马上安慰我:

"没有关系,马克西莫维奇③,也有好人,有的!"

同他在一块儿很爽快,他有什么不知道的,就老实说:

"不知道,这我没有想过!"

这也是特别的:在遇到他以前,我所见到的人,都是什么全知道,什么全谈论。

他的本子里,除了一些动人的好诗,还有许多叫人看了面红的猥亵的诗,这使我觉得奇怪。我对他讲了普希金,他把自己本子里抄着的一首《迦芙里莉达》给我看……

---

① 引自《旧约·创世记》第一章第二十七节。
② 见《旧约·创世记》第三十八章,此处指犯手淫罪。
③ 马克西莫维奇是高尔基的父称。

"普希金——算得什么呀？他不过说些滑稽话,可是贝内迪克托夫,这个人,马克西莫维奇,才值得重视啦!"

说着,合上眼,低声地读:

瞧呀,那美丽妇人的
迷人的胸脯……①

也不知为了什么,他特别欣赏后面三行,得意洋洋地读着:

就是老鹰的尖眼睛,
也穿不过这火热的门
望见她的心……

"懂吗?"

我很不好意思承认,我不懂得他为什么那样得意。

十四

我在圣像作坊里的工作不算繁重。早上,大家还没有起来的时候,我得先给师傅们烧好茶炊。他们在厨房里喝茶的时候,我同巴维尔收拾作坊,把调颜色用的蛋黄蛋清分好。做完了这些,我上铺子里去。晚间,研颜料,"学习"技术。开头我很有兴趣地"学习",可是很快明白了,差不多每个工人,对于这个分工很细的技术都不喜爱,都感到沉闷无味。

我晚上无事可做,同他们谈船上的生活,讲书中的各种故事。不知不觉地在作坊里得到了说书人和朗诵者的特别地位。

---

① 引自俄国诗人贝内迪克托夫(1807—1873)的诗作《深渊》,但引文不甚准确。

我很快就明白了，这些人都没有我那么多的经历和见识，差不多他们每个人，都从小就关进作坊的小笼子里，一直待在里边。作坊里只有日哈列夫一个到过莫斯科，提到莫斯科，他便深有感触地、阴郁地说：

"莫斯科不相信眼泪，在那里一切都得小心谨慎！"

其余的人不过到过舒雅、弗拉基米尔。讲到喀山的时候，大家问我：

"那里俄国人多不多？有没有教堂？"

他们以为彼尔姆在西伯利亚，而且不相信西伯利亚在乌拉尔那边。

"乌拉尔的刺鱼和鲟鱼，不是从那儿，从里海运来的吗？可见乌拉尔是在海边上！"

有时我觉得他们是在嘲笑我，他们说英国在海洋的彼岸，拿破仑是喀鲁加贵族出身。我把自己亲身的经历讲给他们听时，他们都不大相信，但是恐怖的奇闻、曲折的故事，大家都喜欢。甚至上了年岁的人，似乎也都爱虚构而不爱真实。我很明白，事情愈是荒谬，故事愈是富于想象，他们就愈加热心地听。总之，现实的东西引不起他们的兴趣。大家不愿意见到现在的贫穷和丑恶，却空想地巴望着未来。

我已经痛切地感觉到生活与书本之间的矛盾，而这更加使我惊奇。在我面前的是活的人，是书本中所没有的。在书本中，没有斯穆雷，没有司炉雅科夫，没有逃避派亚历山大·瓦西里耶夫，也没有日哈列夫和洗衣妇纳塔利娅……

达维多夫的箱子里有破旧的戈利钦斯基①的短篇集，布尔加林的《伊凡·魏日金》②和布朗别乌斯男爵③的小册子。我把那些都念给他

---

① А·П·戈利钦斯基，短篇故事作者，写过一本《工厂生活随笔》。
② Ф·В·布尔加林(1789—1859)，反动记者，庸俗小说作者，著有长篇小说《伊凡·魏日金》。
③ 系笔名，本名为奥·伊·申科夫斯基(1800—1858)，俄国记者，作家，东方学学者。

们听,大家高兴得很,那时候,拉里昂诺维奇说:

"念书很好,免得吵架胡闹!"

我开始上劲地搜寻书本,寻找到了,几乎每天晚上都读。这是些欢乐的夜晚,作坊里静寂得同午夜一样,桌子上面挂着的玻璃球——又白又冷的星星,它们的光线映照着伏在桌上的蓬乱的和光秃的脑袋。安静、沉思的脸,呈现在我的眼前,有时候对书本的作者,对书中的人物,发出赞叹的声音。他们好像都换了样,既专心又温和。在这样的时候,我顶喜欢他们,他们对我也好。我觉得我是在我应该在的地方了。

"我们这里有了书,就像春天,好像窗上除去冬天的窗框,刚刚打开一样,"有一天西塔诺夫说。

找到书很不容易,可没想到往图书馆去借。但我还是想出方法,像叫花子似的到处去要,终于要到了。有一次,从消防队队长那里要到了一本莱蒙托夫的书。就在那时候,我深深感到了诗歌的力量和对于人们的强大影响。

我记得刚读《恶魔》的头几行,西塔诺夫就张望着书,又张望着我的脸,把画笔放在桌子上,长长的两手插进双膝之间,摇摆着身体微微地笑着,椅子在他身体底下吱轧作响。

"伙计们,静一点!"拉里昂诺维奇说着,也放下了工作,走到我在那里念诗的西塔诺夫的桌边来。这首长诗又痛苦又愉快地感动了我,我的声音常常中断,眼里流出泪水,看不清诗句,而更加感动我的,是作坊中低沉而谨慎的动作,整个作坊似乎都沉痛地沸腾起来,好像受了磁石的吸引,围在我的身边。等我读完第一章,差不多所有的人全围在桌子的四周,彼此身子紧靠着,互相拥抱,皱着眉头微笑。

"念呀,念呀!"日哈列夫把我的脑袋按到书上说。

我念完了,他把书拿过去,看了看书的里封,然后挟在胁下,说:

"这还得念一次!你明天再念吧,书放在我这里。"

他走开了,把莱蒙托夫的书锁进自己桌子的抽屉里,又去做工了。

作坊里很静，工人们轻轻回到自己的座位上去。西塔诺夫走到窗边，把额头贴在窗玻璃上，一直茫然地站着。日哈列夫又放下画笔，严肃地说：

"这就是人生，就是上帝的仆人……唉！"

他抬起两肩，缩着脖子，继续说：

"我甚至能画恶魔：黑身子，多毛，火焰一般的红翅膀——用红铅画，以后是脸部和手脚，苍白色的，像月光底下的雪。"

一直到吃夜饭，他坐在方凳上，和平时不同，不安地转旋着身体，弄着指头，嘴里说着恶魔、女性、夏娃、乐园、圣徒如何犯罪等等莫名其妙的话。

"这都是真实的！"他肯定地说。"既然圣徒都和罪恶的女人做出不端的行为来，那么怪不得恶魔也喜欢和圣洁的人作孽……"

大家默默听着他的话，也许大家同我一样，不想开口。一边望着钟，一边懒洋洋地做工，打了九点钟，大家就一齐放下了工作。

西塔诺夫和日哈列夫走到院子里去了，我也跟了出去。在院子里西塔诺夫仰头望着星星念道：

凝视着在天空中飘泊的
一队队被上天委弃的星辰……①

"这是人所想不出来的呀！"

"我是一句也不记得了，"日哈列夫在料峭的寒气里哆嗦着说。"我什么都不记得，却能看见他。逼得人去同情恶魔，这真有趣！他可怜，是吗？"

"对啦。"西塔诺夫点点头。

"人，就是这样的！"日哈列夫使人难忘地叫了一声。

---

① 借用余振的译文（莱蒙托夫：《诗选·恶魔》第495—496页，人民文学出版社，1980年）。

在门廊下,他关照我:

"喂,马克西莫维奇,你不许在铺子里谈起这本书,它准是一本禁书!"

我很高兴,我想,在举行忏悔礼的时候,神父问我的,一定就是这种书!

大家没精打采地吃了夜饭,没有平时那种吵闹声和谈话声,好像一切人都发生了什么重大的事情,必须用心去想的样子。晚饭后,大家睡觉的时候,日哈列夫把书拿出来对我说:

"再念一次!念得慢一点,不要着急……"

有几个人默默地从床上爬起来,穿着单衣,走到桌子边,缩着两腿,在周围坐了下来。

当我念完之后,日哈列夫把指头敲敲桌子又说:

"这是人生!唉,恶魔,恶魔……原来是这么回事,是吗,老弟?"

西塔诺夫越过我的肩头,念了几句,笑着说:

"我要抄在本子里……"

日哈列夫站起来,把书拿到自己桌子上去,可是忽然站住,抱屈地发出颤抖的声音说:

"我们活着,像一只没有睁开眼睛的小狗,什么也不知道。对于上帝,对于恶魔,都没有用处!怎么能称作上帝的仆人?约伯①是仆人,上帝自己同他谈过话,还有摩西也一样。摩西的名字是上帝给起的,摩西——意思就是'我们的',就是上帝的人②。但我们是谁的呢?"

把书藏好,锁上,穿起衣服,他问西塔诺夫:

"到酒馆去吗?"

"我要到我女人那里去,"西塔诺夫小声回答。

他们出去后,我在门口的地板上,同巴维尔·奥金佐夫一起睡了。他很久地辗转不能入睡,发出鼻息声,忽然低声哭泣起来:

"你怎么了?"

---

① 《圣经》中的一位品德端正的人。
② 在《圣经》中,摩西是先知,这个名字的意思是"从水里拉出来的"(《旧约·出埃及记》第二章第十节)。本书的说法是俄国民间从字面上附会出来的意思。

"我很可怜他们，"他说。"我同他们一起生活已经四个年头了，他们的情形我很熟悉……"

我也觉得他们可怜。我们好久都睡不着，低声地谈论着他们，我们看出他们每个人都有善良的性格，而且他们每个人还有一种什么东西加强着我们两个孩子对他们的同情。

我和巴维尔·奥金佐夫两个人处得挺好，后来他学成了一个出色的工匠，但没有多久，当快近三十岁的时候，喝酒喝得很凶。后来我在莫斯科希特罗夫市场遇见他，他已变成了一个流浪汉。不久前听说他已经害伤寒病死了。想到在我的一生之中，有多少善良的人，都毫无意义地死去，真是可怕！一切的人，逐渐使尽了精力——死去了，这是自然的现象；但是无论在哪里，也没有像在我们俄国，这样可怕地迅速和毫无意义地使人早衰……

他比我大两岁，是一个圆脑袋的孩子，活泼、伶俐、正直、天资很高：善于画鸟、猫和狗。他给师傅们画漫画像，常常把他们画成鸟儿，画得出奇地神似。西塔诺夫是一只独脚站立的垂头丧气的鹬鸟，日哈列夫是一只鸡冠破碎的、头上没有羽毛的公鸡，害病的达维多夫是一只凶相的水鹊子。但巴维尔最好的杰作，是涂金师戈戈列夫老头儿，蝙蝠的形状，大耳朵，可笑的鼻子，六爪的小脚；他圆圆的黑脸上，眼边一道白圈，瞳孔像扁豆，横在眼睛里，这使他的脸显出一种栩栩欲活的非常卑鄙的表情。

巴维尔把漫画给师傅们看时，大家都没生气，可是戈戈列夫的画像，却给人不快的印象，于是都劝告这个艺术家：

"最好把它撕了，老头儿看见会要你的命！"

肮脏腐朽的、永远喝得醉醺醺的老头儿，是一个叫人讨厌的信徒，处处都阴险，常把作坊里的事向掌柜搬嘴。铺子里老板娘打算把她侄女嫁给掌柜，因此他俨然把自己认做这个店铺和所有人的主人。作坊里的人都恨他，可是也怕他，因此对戈戈列夫也怀戒心。

巴维尔狂热地使尽种种方法捉弄涂金师，好像抱定宗旨不让戈戈

列夫有一分钟的安静。我也尽可能帮助他,师傅们瞧着我们的几乎总是极端粗野的恶作剧都挺快乐,但是警告我们:

"小伙子,你们会吃苦头的!会给'金龟子'①赶出去的!"

"金龟子"是作坊里的人给掌柜起的绰号。

警告并没有吓住我们,趁涂金师睡着了,我们把颜料画在他脸上。有一天他喝醉酒睡着了,我们在他鼻子上涂了金,整整三天,海绵似的鼻沟里,一直沾着金屑洗刷不去。每次我们惹老头儿发急的时候,我就记起船上那个矮小的维亚特兵,心里感到不安。戈戈列夫年纪虽老,却有很大的气力,一不小心被他抓住,就把我们痛打一顿;打了我们,还要去向老板娘告状。

她也是每天带着酒气的,因此总是很和气,很快活,她拼命威吓我们,用肿胖的手拍拍桌子,嚷道:

"小鬼,你们又胡闹啦?他年纪老了,要尊敬他呀!是哪个把煤油斟到他酒杯里的?"

"是我们……"

老板娘惊奇了:

"啊呀,他们居然自己承认呢!该死的,老年人要尊敬呀!"

她把我们赶开,晚上告诉了掌柜,于是他生气地向我说:

"是怎么回事,你会念书,还会看《圣经》,这么胡闹?你得好好儿留意,小伙子!"

老板娘是一个独身女人,非常可怜;常常喝了甜酒,坐在窗边歌唱着:

> 没有可怜我的人,
> 也没有爱惜我的人,
> 没有人听见我的叹声。

---

① 一种损害大、小麦和黑麦的甲壳害虫。

也没人听我诉说伤心事。

她啜泣着，拉长着老人的颤音：
"呀，呀，呀……"

有一天，我看见她拿着一壶煮沸的牛奶向楼梯走去，她的脚忽然一蹩，身子蹲倒，沉重地从楼梯上滚下来。可是手里的壶还没有放开。牛奶泼了她一身，她就伸直两手，对着壶生气地嚷：
"你怎么啦，瘟神，你要往哪儿去？"

她不肥胖，身体却软得无力，好像一只已经不会捕鼠的老猫，却因为吃得好，身子笨重，只会哼哼着回想自己的成功和享乐。

"可是，"西塔诺夫沉思地皱着眉说。"过去家大业大，是一个很兴旺的作坊，做工的有些也很有本领，但现在是什么都不行了，一切都操在'金龟子'的手里！任你多辛苦，也只是替别人出力！想到这件事脑子里的发条便突然断掉，什么都觉得没意思，很想什么都不干，只是躺在屋顶上，看着天空，睡过一夏天……"

巴维尔·奥金佐夫也领悟了西塔诺夫的思想，用大人一样的姿势抽着香烟，高谈着上帝、醉酒、女人，以及一些人在创造，另一些人不管好歹地胡乱破坏，一切的事业总是落空等等议论。

这时候，他的机敏可爱的脸，皱得像一个老人。他坐在地板上的铺位里，抱着两个膝头，长久地望着蔚蓝的四方形的窗子，望着压满积雪的柴棚的屋顶，望着冬天空际的星星。

工匠们打着鼾声，发出牛鸣一般的呓语，有人含混地说着梦话，达维多夫在高板床上咳嗽着，度他最后的余生。屋角上，横躺竖卧着被睡眠与醉酒紧紧捆住的所谓"上帝的仆人"卡别久欣、索罗金和佩尔申。没有脸和手脚的圣像从墙边张望着，油、臭蛋、地板缝里腐化的尘埃，发散着沉闷的恶臭。

"老天呀！我真替大家伤心！"巴维尔低声说。

这种对他人的哀怜，愈加扰乱了我的心。上面说过，我们觉得所有的工匠都是好人,而生活都很不好,这都不是他们所应该受的难堪的苦闷。当冬天刮大风雪的日子,房舍和树木,大地上的一切都摇晃着,叫吼着,哭泣着,大斋的钟声悲戚地鸣响着,寂寞像波浪似的流进作坊里来,铅一样沉重地压着人们,不留余地在他们身上压死了一切有生命的东西,最后,把他们赶进酒店里,或是同酒一样被当作遗忘的手段的女人那里去。

在这样的夜晚,书是没有用处了,于是我同巴维尔便用自己的办法使大家高兴:用烟煤、颜料涂在自己脸上,戴上用麻做成的胡子,演出我们编造的喜剧,很勇敢地和烦闷作战,使大家发笑。我记起了《一个士兵拯救彼得大帝的传说》,把它改成对话,爬到达维多夫的高板床上,假装快乐地砍着设想的瑞典人的脑袋,演着有趣而可笑的戏剧。观众都大声地笑。

最受观众欢迎的是中国鬼秦友东的故事[①],巴什卡扮这个想做善行的可怜鬼,其他一切角色都由我担任。我一会儿扮男,一会儿扮女,又扮各种物象,扮善鬼,甚至也扮石头,让中国鬼每次因做不成善行而伤心的时候,坐着休息。

观众大声地笑。我奇怪为什么这样容易逗他们笑。因为太容易了,反而使我觉得难受。

"啊,小丑!""嚯,冤家!"人们这样向我们叫喊。

但越往下演越令我觉得悲哀比欢乐更接近这些人的心灵。

欢乐在我们中间永远不能存在,也不被重视,而是故意把它抬出来当作一种抑制俄国的梦一样的忧郁的手段。这种欢乐不是自己生存,不是为着要生存而生存,只是由于悲哀的招引而出现,这样的欢乐,它的内在的力量实在是可疑的。

而且这种俄国式的欢乐,常常突然地变成残酷的悲剧。这里有一个人在跳舞,好像想挣脱束缚在他身上的枷锁,但是他忽然发泄出内

[①] P·左托夫:《秦友东,又名阴魂做的三件善事》,是一部幻想长篇小说,讲一个天使下凡想在人间行善而不作恶,却无法实现。

心残酷的兽性,在野兽的苦恼之中,向着一切人扑去,撕裂,咬啮,捣毁一切……

这种因外界的刺激引起来的勉强的欢乐,使我焦躁。当我兴奋得出了神,便说出和演出突然发生的幻想——我一心想在人们心中引起纯真、自由而且爽朗的欢喜!我演得相当成功,使大家称赞而且吃惊,但是似乎被我已拂除的忧郁,又慢慢浓厚起来,强大起来,把大家恼住了。

灰溜溜的拉里昂诺维奇和蔼地说:

"你真是个有趣的孩子,愿上帝保佑你!"

"你真叫人开心,"日哈列夫附和着他。"马克西莫维奇,你去进马戏班或戏院,一定会成个好丑角!"

作坊里看过戏的,只有卡别久欣和西塔诺夫两个,是圣诞节和谢肉节去看的。年长的师傅郑重地劝他们在洗礼节的时候,到约旦①的寒冷的冰窟窿里去洗掉这次罪恶。西塔诺夫常常对我说:

"把一切都抛开,学戏去吧!"

于是激动地谈了戏子雅科夫列夫②一生的悲惨的故事。

"瞧,会有这种事!"

他骂斯图亚特王朝的玛丽女王③为"恶党",却喜欢讲她的故事;可是特别使他钦羡的,是《西班牙贵族》④这本书。

"唐·塞扎尔·德·巴赞,马克西莫维奇,是一个挺高尚的使人惊奇的人!"

而他自己也颇有一点"西班牙贵族"的样子:有一天,在望火楼面

---

① 据《圣经》传说,基督曾在约旦河里受洗礼。按东正教的习俗,在河上或湖上行洒圣水式的地方就是"约旦河"。
② A·C·雅科夫列夫(1773—1817),俄国著名悲剧演员。
③ 苏格兰女王,被英格兰女王伊丽莎白监禁十八年后于一五八七年处死;德国作家席勒的同名悲剧的女主人公。
④ 是法国作家戴内里和仲马普瓦尔的一部五幕正剧,一八五八年俄译本在莫斯科出版后,俄国内地剧院纷纷上演,风靡一时。唐·塞扎尔·德·巴赞是剧中主人公。

前的空场上,有三个消防夫,逗着玩打一个乡下人。四十来个人围着看热闹,对消防夫喝彩助势。西塔诺夫纵身进去,把长胳臂勇猛地一挥,将消防夫打倒,把乡下人扶起,推到人群里,大叫一声:

"把他带走!"

自己挺身站住,同三个消防夫交手。消防队就在十步内,消防夫可以叫人来帮忙,说不准西塔诺夫会吃亏的,幸而那几个消防夫吓得逃进院子里去了。

"狗东西!"他向他们背影叫道。

每逢星期天,青年们到彼得巴夫洛夫墓地后面的林场去斗拳。到那里去的人,都跟清道夫、附近村庄的乡下人比赛。清道夫队里出了一个有名的拳师和城里人对敌——这是一个脑袋很小,害眼病,常淌眼泪的个子魁梧的莫尔德瓦人。他用短褂的脏袖子擦擦眼泪,两腿大叉开,站在自己的人前面,用温柔的口吻向人挑战:

"有人来吗,不然,我就冻坏了!"

我们这边卡别久欣走出去同拳师对阵,他老是被那个莫尔德瓦人打败。但是被打得头破血流的哥萨克人卡别久欣还是气咻咻地说:

"死也要把这个莫尔德瓦人打败!"

终于这个成了他生活的目的,他甚至不再喝酒,睡觉以前用雪摩擦身体,拼命吃肉。为了使肌肉发达,他每晚提着两普特重的秤锤子,在身上画好多次十字。但这一切,一点效果也没有。于是他把铅块缝在手套里,对西塔诺夫吹牛说:

"这次,莫尔德瓦人的末日到了!"

西塔诺夫严重地警告他:

"别这样,不然比拳以前我要嚷出来!"

卡别久欣不相信他的话。可是比赛的时候,西塔诺夫突然对莫尔德瓦人说:

"退开,瓦西里·伊凡内奇,让我先同卡别久欣交交手。"

哥萨克人面孔发红,大声地嚷:

"我不跟你比,走开!"

"你得跟我比呀,"西塔诺夫说,睚眦着眼睛盯住哥萨克人的脸,向他走过去。卡别久欣跺了几下脚,脱掉手套,望怀里一塞,从拳斗场快步走开了。

敌方和我方都不高兴地大为惊奇,有一个什么公正人走过来生气地对西塔诺夫说:

"朋友,把你们自己的事拿到拳斗场上来是犯规的呀!"

观众从四面向西塔诺夫迫来,骂他,他沉默了很久,终于对公正人说了:

"我预防了一场人命案,难道是坏事吗?"

公正人马上明白了,甚至摘下帽子向他道歉:

"那我们要感谢你!"

"可是,老叔,请不要嚷出去!"

"那是为什么呀?卡别久欣是一个少有的拳师。不过人一输,就会发狠,我们明白的!以后,比赛之前,先检查他的手套。"

"这是你们的事!"

公正人走开之后,我们这方面的人就骂西塔诺夫:

"你这个混账东西,多什么嘴呢!让哥萨克人揍揍他吧,如今我们又得吃败仗了……"

大家纠缠地、痛快地骂了他好久。

西塔诺夫吁了一口大气说:

"唉,你们这班废物……"

而更使大家吃惊的,是他邀请莫尔德瓦人斗拳了。对方摆开架势,高兴地挥着拳头,玩笑地说:

"好,斗斗看,暖暖身体……"

几个人手携着手,用背脊抵住后面拥过来的人,开辟了一个大圈子。

两个拳师右手攒向前面,左手放在胸前,互相紧张地对望,双脚来回移动着。有经验的人马上看出西塔诺夫的胳臂比莫尔德瓦人的长。四周悄然无声,拳师们的脚下,雪吱吱地响。有人耐不住这种紧张,焦急地抱怨起来:

"快开始呀……"

西塔诺夫把右手一挥,莫尔德瓦人抬起左臂挡住。这时候西塔诺夫的左手,一拳打着他的心窝。他哼了一声,倒退几步,满意地说:

"生手,可并不是蠢货!"

他们扑在一起,互相向对手挥着老拳,几分钟之后,双方的观众都奋昂地大叫:

"快呀! 画匠! 画呀,涂金呀!"

莫尔德瓦人比西塔诺夫气力大得多,但是身体很笨重,打起来不灵活,打了人一拳就吃了两三拳。但莫尔德瓦人结实的身体,吃几下并不在乎,他哼了几声就现出笑脸来。正在这时候,忽然从下面打来结实的一拳,打在肋下,把西塔诺夫的右手打脱了臼。

"拉开拉开——不分胜败!"好几个人同时叫喊,大家过去把斗拳的拉开了。

莫尔德瓦人和气地说:

"这个画匠虽然气力不怎么大,却很敏捷! 可以成个好拳师,这倒不妨老实说出来。"

半大孩子们的普通比赛开始了。我陪西塔诺夫到骨科医助那里去。自从发生了这件事,他在我的眼里,变得更加高贵,也更增加了对他的同情和敬意。

总之,他对什么事情都很笃实而正直,认为自己应当这样的。但豪放的卡别久欣却巧妙地嘲弄他:

"唏,叶尼亚①,你活着只是摆摆卖相的! 你把心灵擦得跟过节时的茶炊一样亮晶晶的,于是到处吹牛说,看呀,多么亮! 可是你的心是

---

① 西塔诺夫的名字叶夫根尼的爱称。

铜做的呀,同你一起太无味……"

西塔诺夫安静地不出声,不是专心地做着工,便是把莱蒙托夫的诗抄在本子上。他把所有空闲的时间都用在抄诗上面。我劝他:"你有钱,去买一本好了!"他回答道:

"不,还是自己手抄的好!"

他用潇洒娟秀的字体抄完了一页,在等着墨水干的时候轻轻地念:

> 没有感情,没有命运,
> 你望着这个大地,
> 既没有真正的幸福,
> 也没有永久的美丽……①

接着,眯着眼说:

"这是实在的话!唔,他对真理知道得多么清楚!"

我认为最奇怪的,是西塔诺夫和卡别久欣的关系。哥萨克人喝醉了酒,总是找他的朋友打架,西塔诺夫久久地劝他:

"算了!不要动手……"

可是后来便把醉汉痛打一顿,打得如此厉害,连平常把别人的打架当作热闹看的师傅们,也不得不参加进来把他们两个朋友拉开。

"不及时把叶夫根尼拉住,一定会被他打死的。这家伙是连自己也不怜惜的,"他们说。

清醒的时候,卡别久欣也常常捉弄西塔诺夫,嘲笑他对于诗的爱好,和他的不幸的罗曼史,而且秽亵地想引起他的妒忌心,可是不成功。西塔诺夫默默地听着哥萨克人的嘲笑,也不发怒,有时候,连自己

---

① 引自莱蒙托夫的《魔鬼》,但不够准确。余振的中译文是:"你将漠然地、毫不惋惜地/俯视着下界的尘寰,在那里/没有一点点真实的幸福,/在那里没有长年久远的美。"(莱蒙托夫:《诗选·恶魔》第 531 页,人民文学出版社,1980 年。)

都跟卡别久欣一起笑了。

他们睡在一起,每天晚上长时间地轻声谈着什么。

话声使我不能睡着,我很想明白,这样两个截然不同的人,到底谈些什么谈得那样亲热,可是当我走近他们时,哥萨克人就喝问:

"你来干什么?"

西塔诺夫好像没有看见我。

但是有一次,他们把我叫去,哥萨克人问:

"马克西莫维奇,要是你发了财,你该怎样办?"

"那就买书。"

"还有呢?"

"不知道。"

"呸!"卡别久欣气恼地转过脸去,西塔诺夫却安静地说:

"你瞧,没有人知道,不管老的小的!我对你说:财富本身是无所谓好坏的,一切东西都须要加上某种因素才……"

我问:

"你们讲什么?"

"不想睡,随便讲讲,"哥萨克人回答。

后来,我注意听他们的谈话,便知道了:他们每晚上讲的也是白天人们爱讲的上帝、真理、幸福、女人的蠢笨和狡猾、有钱人的贪婪以及人生是混乱而不可理解等等。

我老是贪心地听他们的谈话,这些话使我激动,我很喜欢听差不多所有的人都异口同声说:生活不好,应该过得好一点!但同时,我看出过得好一点的愿望并没有使人承担很多责任,在作坊的生活中,在师傅们彼此的关系上并没有发生任何变化。这些话在我的眼前照亮了生活,暴露了它背后的阴郁的空虚。人们在这空虚之中,像微小的尘土在荡动的池水里一样,混乱而急躁地浮动着,而他们自己嘴里却说这种混乱是毫无意义的,令人气恼的。

人们议论得很多,很热烈,老是责难别人,忏悔,吹牛,而且每每为

479

一点小事引起凶狠的吵闹,互相厉害地侮辱。他们常常猜测,他们死后将会怎样。作坊门口放污水钵的地板腐烂了,从这潮湿腐朽的破窟窿里,吹来一股冷风和酸臭的泥土气,害得大家腿都冻了;我和巴维尔用稻草和破布塞住了这个窟窿。他们常常说地板要换一块,可是破洞越来越大了,刮雪风的时候,像烟囱似的,雪花从洞里吹进来,弄得人人都伤风咳嗽。气窗上洋铁皮叶片发出讨厌的声音,大家都用不堪入耳的话骂它,我给涂了点油,日哈列夫倾听后说:

"气窗没有了声音,好像有些寂寞!"

他们从澡堂回来,躺进肮脏的满是尘土的床里,肮脏和臭气,并没有使得谁不安。此外,还有很多妨碍生活的小事,而且都可以马上除掉的,但没有一个人动手去做。

人们常常说:

"谁也不怜悯人,无论是上帝,还是自己……"

可是当我同巴维尔给被污垢和虫儿咬得快要死了的达维多夫洗了一个澡时,他们就嘲笑我们,脱下自己的褂子来叫我们捉虱子,叫我们擦背,捉弄我们,好像我们干了什么可耻而且非常可笑的事似的。

达维多夫从圣诞节到大斋期一直躺在高板床上,不停地咳嗽,吐出腥臭的血痰,又吐不进脏水桶里,落在地板上。每天晚上他大声地说着梦话,把人家吵醒。

他们几乎每天都说:

"该把他送到医院里去!"

但是开头因为达维多夫的身份证过期了,后来又因为他病好了一点,末了终于决定:

"反正快要死了!"

他自己也有预感,说:

"我活不久了!"

他是一个沉静的幽默家,也爱说些滑稽话,来清除作坊里忧郁的气氛。他俯着黑瘦的脸,呼呼地喘着气说:

"大家听听高板床上的人的声音呀……"

接着就和谐地唱出沉痛的滑稽调子：

> 我在床上过日子，
> 早上醒得十分早。
> 醒着也好梦也好，
> 一天到晚被虫咬……

"他并不沮丧呢！"大家这样夸他。

有时我和巴维尔爬到他的床上去，他就苦中作乐地说俏皮话：

"亲爱的客人，拿什么请请你们呢？新鲜的小蜘蛛你们喜欢不？"

他死得很慢，连他自己也有点心焦了，他真正恼丧地说：

"我怎么还不死，真要命！"

他不怕死，这使巴维尔非常害怕。每天晚上，他叫醒我低低地说：

"马克西莫维奇，他好像死了……真要在夜里死了，我们却睡在他底下，哎，天啊！我怕死人呀……"

要不，他就说：

"唔，他生下来干吗呢？还不到二十岁，就要死了……"

有一个月夜，他叫醒了我，惶恐地睁大着眼说：

"听！"

高板床上，达维多夫喉头咻咻地喘气，慌张而清楚地说：

"到这里来呀，来……"

接着打着呃。

"真要死了，你瞧着吧！"巴维尔不安地说。

白天一整天我扫除院子里的雪，搬到野外去，累得很，只想睡。但是巴维尔请求我说：

"你别睡，看在上帝分上，别睡！"

他忽然跪起身子，发狂地嚷：

"大家起来呀,达维多夫死了!"

有人醒了,几个影子从床上爬起来,听见发怒的反问声。

卡别久欣爬到高板床上,吃惊地说:

"好像真死了……身体还有点儿热……"

四周无声。日哈列夫画了一个十字,身子裹在被子里说:

"唉,让他升天吧!"

有人说:

"抬到门廊下去……"

卡别久欣从高板床上爬下来,向窗外张望:

"让他躺到天亮吧,他活着的时候也没有打扰过任何人……"

巴维尔头钻在枕头底下,痛哭起来。

但西塔诺夫没有醒来。

十五

野外的雪融化了,天空的冬云化成湿雪,落到地面上消失了。太阳逐渐地延缓每天的路程,空气变得和暖了。快乐的春天好像已经到来,但像开玩笑似的躲在郊外什么地方的田垄里,马上会涌进城市里一样。街道上都是棕红色的泥浆,水在步道边流动,囚徒广场①上,化净了雪的地方,麻雀在快乐地跳跃,人们也跟麻雀一样忙碌起来。在这种春天的喧声中,大斋的钟声,一天到晚不停地响着,轻软地敲着人们的心。这钟声好像老人的谈吐一样,掩藏着某种屈辱的东西,这钟声仿佛在用凄凉的忧郁调子诉说着人世的一切:

"有过,有过,这有过……"

在我的命名日②,作坊里的人们送给我一张小巧精美的圣徒阿列

---

① 即干草广场。该广场上有一幢三层楼的建筑,里面囚禁着犯人,因此,人们又称该广场为囚徒广场。
② 俄国旧历三月十七日。

克谢的画像,日哈列夫作了一大篇堂皇的演说,使我永远不会忘记:

"你是谁?"他玩弄着指头,抬起眉毛说。"不过是出世十三年①的小孩子,一个孤儿。我年纪比你差不多长三倍,也要称赞你,因为你对万事从不背过脸去,总是面向一切!你要永远这样,这很好!"

他又说到上帝的仆人,说到上帝的人,但我不了解人和仆人的分别,他自己好像也不十分明了。他说得很枯燥乏味,师傅们都嘲笑他。我两手捧着圣像,站在那儿,心里感动而且局促不安,不知道要怎样才好。卡别久欣终于懊丧地向演说家嚷道:

"把你的丧礼演说停止了吧,连他的耳朵都发青了。"

说着,拍了一下我的肩头,也称赞起我来了:

"你的好处,是你对大家都很亲热,这就是你的好处!所以,即使是有理由,不要说打你,就是骂你也很难开口!"

大家以和善的眼望着我,善意地嘲笑我的难为情的样子。再过一会儿,我准会因为感到自己是这些人所需要的人而突然快乐得大哭起来。但是正好这天早上在铺子里,掌柜用脑袋向我一摆,对彼得·瓦西里耶夫说:

"不讨人欢喜的小家伙,干什么都不行!"

和平时一样,早上我到铺子里去了,可是午后掌柜对我说:

"回家去,把货房顶上的雪扫下来,搬到地窖里……"

他不知道今天是我的命名日,我以为大家都不知道。作坊里给我举行祝贺以后,我换了衣服,走到院子里,爬到货房顶上,把这年冬天厚实沉重的积雪耙下来。但是因为兴奋,忘记打开地窖的门,雪落下来把门封住了。我跳到地上,发现了这个错误,连忙动手把开门上的雪。雪是潮湿的,又硬又沉,木耙再也耙不动,又没有铁锹。一个不小心,把木耙折断了,恰巧这时候,掌柜走到院门边。"乐极生悲",应了

---

① 高尔基在萨拉巴诺娃的圣像作坊干活的时间是一八八二年冬至一八八三年。这里描写的命名日是一八八三年三月十七日。因此,这一年高尔基是十五岁,而不是十三岁。

俄国人这句老话。

"好啦,"掌柜讥笑地说着走到我身边。"嗨,你,干活,见你的鬼!我得狠狠揍你这蠢笨的脑袋……"

他拿起雪耙的柄,向我挥来,我闪开身子,气愤地说:

"我不是你雇来扫院子的……"

他把木棒掷在我脚边,我抓起一块雪摔到他脸上,他哼着鼻子逃走了。我也丢了工作回到作坊里。过了几分钟,他的未婚妻从楼上跑下来了。她是一个轻佻的、脸上长满红瘰的女人。

"叫马克西莫维奇到楼上去!"

"不去!"我说。

拉里昂诺维奇惊奇地低声问我:

"干吗不去?"

我把经过的事对他说了,他担心地皱着眉头,到楼上去了。走的时候,小声对我说:

"你太鲁莽了,小老弟……"

作坊里沸腾起来了,骂着掌柜。卡别久欣说:

"唔,这次一定会把你撵走的!"

这并吓不住我。我同掌柜的关系,早已弄不下去了。他恨死了我,近来更加厉害了。我也见不得他,但我很想知道他到底为什么对我这样不讲道理。

他在铺子里,常常把钱丢到地板上。我扫地时见到就捡起来放到柜台上布施乞丐的零钱罐里。后来因为常常捡到这种钱,我明白了是怎么回事,便对掌柜说:

"你把钱扔给我,是无用的!"

他面红耳赤,急不择言地叫喊起来:

"用不到你来教训我,我自己做的事,自己知道!"

可又立刻改口说:

"谁会故意把钱白白扔掉?是失落的嘛……"

他禁止我在铺子里看书:

"你这种头脑念什么书!这种吃白饭的家伙还想当读书人吗?"

他并没有放弃用二十戈比的钱币来陷害我的打算,我明白,要是扫地时硬币滚进地板缝里,他一定会认为是我偷了。于是我又对他说,叫他停止这种把戏。不料,就在这一天,我从小吃店泡了开水回来,听见他怂恿隔壁铺子里一个新来的伙计偷偷地说:

"你教他偷《诗篇》①,最近有三箱《诗篇》要到了……"

我知道他在说我,我走进铺子里,他们两个人都很不好意思。除了这点形迹之外,他们两人陷害我的阴谋,还有几点可疑的根据。

隔壁那个伙计,并非第一次替他干事,他是一个能干的生意人,但是喜欢酗酒,喝醉了被老板赶走了,过了几时,又重新雇了来的。他是一个营养不良的瘦弱汉子,眼色很狡猾,表面很温和,一举一动,完全顺从着老板。小小的胡子上面,永远现着聪明的笑容,又喜欢说俏皮话,开口的时候,发出一种害牙病的人常有的臭味,虽然他的牙齿挺白挺结实。

有一天,使我大吃一惊:他亲热地笑着走到我身边,突然打掉了我的帽子,一把抓住头发。我们打起架来,他把我从廊下推进铺子里,想把我按到放在地板上的大圣龛上——要是如了他的愿,我一定会把玻璃压碎,雕花弄破,划破高价的圣像。可是他气力很小,结果是我打胜了。那时候,使我大吃一惊,这个长胡子的汉子,坐在地板上,擦着打破的鼻子,伤心地痛哭起来。

第二天早晨,两家主人都出去了,铺子里只有我们两个,他用手指抚抚鼻梁子靠近眼睛的肿伤,友善地对我说:

"你以为,昨天我打你,是出于本意吗?其实我不是傻子,知道打不过你的,我没有气力,是个喝酒的人。这是我们老板叫我干的:'去找他打架,尽量使他把他们铺子里的东西多弄坏些,让那边受损失。'我难道自己情愿来惹事,你看,被你把脸弄得这样脏……"

---

① 《圣经》中的一篇,这里指这一篇的单行本。

我相信了他的话，心里可怜他。听说他同一个女子在一起，过着有一顿没一顿的日子，常常挨女的打。但我还是问他：

"那要是人家叫你下毒药，你也下吗？"

"他会的，"伙计低声说，现着可怜的冷笑。"他也许会的……"

过了不久，他问我：

"唔，我一文钱也没有，家里没有吃的，老婆跟我吵闹。朋友，你在这边货仓里给我偷一张什么圣像好吗？我可以换几个钱，唔，你拿吗？要不，来一本《诗篇》行不行？"

我记起鞋店和看守教堂的老头子，我想这个人会出卖我的！但是不好拒绝，就给了他一张圣像。我不敢偷价值几卢布的《诗篇》，觉得这是犯大罪。有什么办法呀？在道德当中，常常藏着一种计较，神圣洁白的"刑法"，非常清楚地暴露了这小小的秘密，秘密虽小，里面却藏着私有财产的大大的虚伪。

当我听到我们掌柜对这个可怜的人说，叫他教我偷《诗篇》，我愕然吃惊。我很明白，我们掌柜知道我拿他的东西送人情，隔壁的伙计已经把圣像的事告诉他了。

慷他人之慨的可憎的仁慈，和这种陷害我的小诡计，都使我气愤，对自己对一切人都厌恶。好几天，我很难过地等着几货箱的书运到。货物终于运到了，我在货仓里开箱，隔壁的伙计走来了，叫我给他一本《诗篇》。

我便问他：

"你把圣像的事情告诉我们掌柜了？"

"告诉了，"他发出抑郁的声音。"兄弟，我这个人是什么事都藏不住的……"

我目瞪口呆，坐在地板上，瞪眼望着他。他慌慌张张地说了些什么，那种又狼狈又可怜的样子，真叫人受不了。

"你要知道，是你们掌柜自己猜着了，不，是我们老板猜着了，后来他又告诉了你们掌柜……"

我想,这下我可完了——这班家伙联朋结党陷害我,现在我准会被关进少年感化院去了!既然已经这样了,横竖都无所谓!要是淹进水里,就淹到深地方去吧。我拿了一本《诗篇》塞进伙计的手里,他藏在外套底下,溜了出去,但立刻又走回来,把《诗篇》丢在我的脚边,说了这句话就赶快走了:

"我不要!会跟你一起倒霉的⋯⋯"

我没有懂他的话——为什么会跟我一起倒霉?但是我非常高兴,他没有把书拿去。自从发生了这件事,我们那个小掌柜比以前更爱对我发脾气,更怀疑我了。

当拉里昂诺维奇上楼去的时候,我回想起了这一切。过了不多一会儿他就回来了,神情比刚才更丧气,显出从来没有的沉静。吃夜饭以前,对我一个人轻声说:

"我说了好多话,想叫你别上铺子去,单在作坊里帮帮忙。没有成功!'金龟子'不肯答应。他和你很过不去⋯⋯"

这屋子里我还有一个仇人——掌柜的未婚妻,那个挺轻浮的女子。作坊里的青年都跟她胡闹,待在门廊底下,见她过来就一把搂住,她也不生气,只是像小狗似的轻轻尖叫一声。一天到晚,她嘴里总嚼着东西。她的荷包里,总是装满饼干、油炸饼。她的下颏老是在动。她的茫然的脸色和不安定的灰眼睛,见了实在叫人不快。她常常要我和巴维尔猜谜,谜底都是猥亵下流的。又教我们许多急口令,也都是下流话。

有一天,一个上年岁的师傅对她说:

"你这个不害臊的姑娘!"

她就活泼地用下流的小调回答:

> 姑娘要害臊
> 哪能生宝宝⋯⋯

我第一次见到这种姑娘,她恐吓我,要同我胡闹,我很讨厌她。她见到我不高兴胡闹,就益发纠缠不休。

有一天在地窖子里,我同巴维尔帮她刷洗装克瓦斯和黄瓜的空桶,她对我们说:

"小家伙,我来教你们亲嘴好吗?"

"我亲得比你还好呢,"巴维尔笑着回答。我对她说,你要亲嘴,同你未婚夫去亲好啦。我说得并不怎样温和,她发怒了:

"咳,多么粗野呀!小姐跟他亲热,他却翘尾巴;你说,你算什么玩意儿!"

接着她又用指头做出威吓的样子说:

"瞧着吧,叫你记得这个!"

巴维尔帮着我,对她说:

"若是你未婚夫知道你这般胡闹,他会收拾你的。"

她的长满瘰疬的脸,现出轻蔑的神气:

"我不怕他!有我这样的嫁妆,能找到十个比他好的女婿。姑娘在出嫁前正是寻欢作乐的时候。"

她就同巴维尔闹着玩。从此以后,我又多了这一个拼命说背后话的对头。

在铺子里愈来愈不能忍受,一切宗教书都读完了,鉴定家的议论和谈话,也不能吸引我了,他们说来说去老是这么一套。只有彼得·瓦西里耶夫知道生活的黑暗,讲起话来有声有色,还能引起我的兴趣。有时我想:孤单而又爱报复的先知以利沙①,在大地周游,也许就是这个样子。

但是,当我把别人的事,自己的心思,坦白地同这个老头讲的时候,他总是挺高兴地听着我说完,然后把我所说的告诉掌柜,掌柜听了不是难堪地嘲笑我,就是愤怒地叱责我。

有一天,我对老头说,他所说的话,有时我曾经记在本子里,我在

---

① 《旧约·列王纪下》第二至第九章中描写的一位周游四处行善惩恶的先知。

那本子上已经抄摘各种诗句和警句。鉴定家大为吃惊,急忙走到我身边,不安地问:

"这是干什么?小孩子,这不行呀!为了记住吗?不,不能这么干!你真会闹新花样!你把记了的交给我好吗?"

他一股劲地劝了我好久,叫我把本子交给他,或是把它烧掉。然后,又气鼓鼓地同掌柜嘀咕起来。

我们往家里走的时候,掌柜严厉地对我说:

"听说你在抄什么,这种事不许做!听见没有?只有密探才干这种勾当。"

我不经心地问他:

"那么西塔诺夫呢?他也在抄呀。"

"他也抄吗?这个高个子傻瓜……"

沉默了许久,他以从来没有的柔声说:

"唔,把你的和西塔诺夫的本子给我看看——我给你五十戈比!但不要让西塔诺夫知道,要悄悄……"

大概他认为我会答应他的要求,再没说话,迈开短腿望前头跑去了。

到了家里,我把掌柜的要求对西塔诺夫讲了,他皱皱眉头说:

"你太多嘴了……这下他一定会叫什么人来偷你我的本子。把你的给我,让我藏起来……而且,你不久就会被撵走的,瞧着吧!"

我相信这一点,因此决定,等外祖母回到城里,马上就离开他们。她整个冬天都住在巴拉罕纳,有人请她到那里去教姑娘们织花边。外祖父又住在库纳维诺,我不到他那里去,他来城里时,也从不来看我。有一天,我们在街上碰到,他穿一件沉重的浣熊皮大衣,像神父一样的在街上大摇大摆缓步地走。我招呼他,他用手遮着眼向我望望,在想什么心事似的说:

"啊,是你呀……你现在在画圣像,是的,是的……唔,去吧,去吧!"

他把我从道上推开,又照样大摇大摆缓缓地走去了。

外祖母不常见到,她要养活衰老痴呆的外祖父,拼命地在干活,还要照顾舅父的孩子。最费手脚的是米哈伊尔的儿子萨沙,他是一个漂亮青年,爱幻想,喜读书。换了好几家染店工作,失业下来就依靠外祖母养活,静候她给他找到新的位置。萨沙的姐姐也是外祖母的累赘,她命运不好,嫁了一个喝酒的工匠,他打骂她,把她赶出来了。

每次同外祖母碰见,我都更加打心底里佩服她心地好。但是我已渐渐感到这种美丽的心灵被童话蒙住了眼睛,不能看见,也不能理解苦难的现实生活的现象。因此我的焦灼和不安,她是不能体会的。

"要忍耐,阿廖沙!"

当我长篇大论地对她说到生活的丑恶,人们的苦痛,苦闷扰乱了我的心的一切,这便是她所能回答我的惟一的一句话。

我不会忍耐,假使有时候也能表现出这种牲畜和木石的德性的话,不过是为了锻炼自己,要知道自己的力量和在地上的坚实程度而已。有时候,青年人常常凭血气之勇,羡慕大人的气力,试着去举起对于自己筋肉和骨头过重的东西,并且举起来了,为了炫耀自己,像有气力的大人一样,试着挥舞两普特重的秤锤。

从直接和间接的意义上,我的肉体上,在精神上都有过这一切的行为。只是由于偶然的机会,我才没有受到致命的重伤,没有变成终生的残废。因为没有什么能比忍耐、对于外部条件的力量的屈服更可怕的使人残废的东西。

如果我终于变成一个残废者躺进坟墓,那么我在临终的时候,依然可以骄傲地说:那些善良的人,在四十年之中,拼命想使我的心变成残废,但他们的一番辛苦都白费了。

想闹着玩,想使人家高兴,使人家笑,那种激烈的愿望愈加频繁地驱使着我。我常常做到了这一点,我会假扮尼日尼市场上那班买卖人的脸相,把他们的情形讲给人家听。我模仿乡下男女买卖圣像的神气,掌柜如何巧妙地欺骗他们,鉴定家们怎样吵嘴。

作坊里的人都大声笑了,有时师傅们看着我的表演,放下手里的工作,但在这以后,拉里昂诺维奇总是劝告我:

"你顶好是在夜饭后再表演,免得妨碍工作……"

"表演"完了,我好像放下重担,心里觉得轻松了。半小时一小时之间,头脑里很清爽。但是过了一会儿脑子里好像又装满了尖锐的小钉子,在那里钻动着,发起热来。

我觉得在我四周滚沸着一种什么泥汤,而我自己也好像慢慢地在那里面煮烂了。

我想:

"难道整个生活就是这样的吗?我要同这些人一样生活下去,不能活得更好一点,不能找到更好的生活吗?"

"马克西莫维奇,你生气啦,"日哈列夫注视着我说。

西塔诺夫也常常问我:

"你怎么啦?"

我不知怎样回答。

生活顽固而粗暴地从我的心上抹去美丽的字迹,恶意地用一种什么无用的废物代替了它。我愤慨地对这暴行作强悍的抵抗。我和大家浮沉在同一条河水里,但水对我是太冷了,这水又不能像浮起别人一样轻易地把我浮起,我常常觉得自己会沉到深底里去。

人们对待我越加好起来,他们不像对巴维尔那样喝斥我,也不欺侮我。为着对我表示敬意,用父称叫我。这很好,但看了许多人狂饮的情景,喝醉以后他们那种讨厌的样子,和他们对女子的不正常的关系,心里实在痛苦,虽然我也知道,酒和女人在这种生活中是惟一的安慰。

我时常痛心地想起,连那个聪明大胆的纳塔利娅·科兹洛夫斯卡娅自己也说女人是一种安慰。

那么,我的外祖母呢?还有,那位"玛尔戈王后"呢?

想起"王后",我感到一种近于恐怖的感情。她与大家是那样不同,我好像是在梦里见过她。

我非常多地想到女人了,而且已经在解决这样的问题。下次休息日,我是不是也到大家去的地方去呢?这不是肉体的要求,我是健康好洁的人,但有时候,却发疯似的想拥抱一个温柔而聪明的人,像告诉母亲一样,把我心里的烦恼,坦率而且无穷无尽地向她倾诉。

巴维尔每晚上都告诉我,他同对门房子里的女佣发生的罗曼史,我非常羡慕他。

"是这么一回事,兄弟:一个月以前,我拿雪球扔她,还不喜欢她。但现在坐在长凳子上紧紧偎着她——再没有比她更可爱的了。"

"你们谈些什么?"

"当然什么都谈。她对我讲自己的身世,我也对她讲我的身世。以后我们亲嘴……只是她这个人很正派……老弟,她人怪好的!……唔,你像个老兵一样地抽烟!"

我烟抽得很多,抽醉了,心里的忧愁和不安就都麻木了。幸而我不爱喝伏特加,我讨厌它的气味和味道。但巴维尔却爱喝酒,喝醉了就伤心痛哭:

"我要回家去,回家去!让我回家去吧……"

我记得他是孤儿,他的父母早已死了,也没有兄弟姊妹,大约从八岁起就寄养在别人家里。

正当情绪这样激动不满的时候,更加受了春天的诱惑,我决定再到轮船上去干活,等船开到阿斯特拉罕就逃到波斯去。

为什么决定去波斯,这理由现在已记不起来了。或者只因为我曾在尼日尼市场上见到波斯商人,觉得非常合意的缘故:他们跟石像一样盘膝坐地,染色的胡子映在太阳光中,沉静地抽着水烟袋,他们的眼睛又大又黑,好像天底下的事没有他们不知道的。

说不准我真会逃到什么地方去,可是复活节的那一周,一部分师傅回乡去了,留着的也只有一天到晚喝酒。因为天气很好,我到奥卡河边去散步,在那里碰到了我的旧主人,外祖母的外甥。

他穿着薄薄的灰大衣,两只手插在裤袋里,含着烟卷,帽子戴到后脑壳,他的和蔼的脸,对我做着友好的微笑,有一种令人倾心的快活的自由人的风度。旷野里,除了我们两个,没有别人。

"啊,彼什科夫,恭喜基督复活了①!"

我们接吻三次②,他问我生活过得怎样,我坦白地告诉他:作坊、城市,一切都已经厌倦,因此想到波斯去走走。

"算啦,"他认真地说。"什么波斯不波斯呀?见鬼!老弟,我知道,我在你这样年纪的时候,也想远走高飞!……"

他虽然开口就见鬼见鬼的,我听了却挺舒服。他的身上有一种美好的春天的气息。他显出一副自由自在、自得其乐的样子。

"抽烟?"他问,向我伸出一只装着粗大的烟卷的银烟盒。

这可终于把我征服了!

"唔,彼什科夫,再到我这里来吧!"他向我提议。"今年市场里的建筑工程我包下了有四万多,兄弟,你明白吗?我派你到市场上去,替我当个像监工的人,材料运到,你收下来,按时分配到一定场所,防备工人们偷盗,好吗?薪水一个月五卢布,另外每天给五戈比中饭钱!你同我家里女人们不相干,早出晚归,不要管她们!不过你别说我们是在路上碰到的,你装做随便跑来就得。多马周③的星期天,你来好啦——就这样吧!"

我们像朋友一样分别,他握了握我的手走开去,甚至远远地殷勤地摇着帽子。

回到作坊里,我告诉他们我要走,开始,大半的人都表示了使我感到荣幸的惋惜之情,巴维尔尤其不好过。

"你想想,"他责备我说。"咱们在一起惯了,你怎么能跟那些杂七杂八的乡下人过活?木匠,彩画匠……你这是干什么!当家师父不

---

① ② 俄国东正教徒在复活节相见时这样互致节日贺词,并行亲吻礼。后来不限于教徒,任何人都可以行此礼。

③ 复活节后第二周。

做倒去做香火和尚……"

日哈列夫咕噜说:

"鱼往深处游,漂亮小伙子却往狭处钻……"

作坊里给我举行的饯别会,是很愁闷而枯燥的。

"当然是什么都应该试一下,"醉得脸发黄的日哈列夫说。"不过最好一下就抓紧一件什么做下去……"

"做一辈子,"拉里昂诺维奇低声补充说。

但我觉得他们这样说,是勉强的,好像只是一种义务。我同他们联结着的那根绳子,好像立刻霉断了。

喝醉了的戈戈列夫在高板床上发着沙嗓子说:

"我一高兴,让你们都到牢里去!我——知道秘密!这里有谁信上帝呀?嘿,嘿……"

和平时一样,墙旁边靠着没有脸部的未画完的圣像,天花板上贴着玻璃球。早已不在灯下做夜工了,它们好久没用,罩上了一层灰色的尘土和煤烟。四周一切,都深深留在我记忆里,就是闭着眼,在黑暗中,也看得见地下室的全景:所有的桌子、窗台上的颜料罐、成捆的画笔和笔插、圣像、放在屋角上的脏水桶、水桶上面消防夫帽子似的铜的洗手钵、从高板床上垂下来戈戈列夫的发青的像淹死鬼的脚似的赤脚。

我想早一点离开,但是俄国人是喜欢拖延悲哀的时间的,同人分别,也好像做安魂祭一样。

日哈列夫把眉头一动,对我说:

"那本《恶魔》,我不还你了,你愿意算二十戈比让给我吗?"

这本书是我的,一个当消防队队长的老头儿给我的,我不愿意把这本莱蒙托夫的作品让给别人。但我不大高兴地说,我不要钱,日哈列夫也就不客气把钱收进钱袋里,坚定地说:

"随你便吧,不过书我不还你!这本书对你没有好处,带着这种书马上会犯罪的……"

"可是店铺也有卖的呀,我亲眼见过!"

但他很恳切地对我说:

"那没有关系,店铺里也卖手枪呢……"

结果,莱蒙托夫的作品终于没有还给我。

我上楼去向老板娘告辞,在门廊下碰见她的女儿。她问:

"听说你要走?"

"是的。"

"你若不走,也会把你赶走的。"她虽说得不大客气,倒十分真诚。

醉醺醺的老板娘这样说:

"再见,上帝保佑你!你这小孩子很不好,犟得很!我自己虽然没有亲眼看到你的坏处,但是大家都说你是一个不好的孩子!"

接着,她忽然哭起来,泪汪汪地说:

"要是我们那个死人还活着,要是我的丈夫,亲爱的宝贝还活着,他一定会对付你,会揍你,会打你的脑袋,可是决不会把你赶走,一定会让你在这里呆下去。现在是全都变样了,一点儿不合意就叫人家滚蛋。唉,你到哪儿去呢?孩子,你到哪儿去立脚?"

十六

我同主人划着一只小船,经过市场的街道。两边砖造的店房,因为发大水,淹上了二楼。我划着桨,主人坐在后艄,笨拙地把着舵。后桨入水过深,船身拐来拐去地绕过街角,滑过平静而混浊的、像在深思一样的水面。

"唏,这回水头真高,活见鬼!不好开工,"主人嘟哝着,抽着雪茄烟,烟发出焚破呢料的气味。

"划慢点!"他惊慌地叫。"要撞着路灯柱子了!"

好容易把住船舵,他骂:

"把这么坏的船给我们,混账东西……"

他指给我看水退后要修理店铺的地方。他的脸剃得发青,唇须剪得短短的,又加含着雪茄烟,看来全不像一个包工头。他穿着皮袄,长筒靴一直套到膝头上,肩头挂一只猎袋,两腿中间夹住一杆莱贝尔双筒枪①,他老是不安地动着皮帽子,把它压在眉梢上,鼓起嘴唇,忧虑地瞧看四周;然后又把帽子掀在后脑上,显得很年轻,唇须上浮起微笑,回忆着什么愉快的事情,不像一个工作忙碌的人,心里正为了大水退得慢在发愁。显然,在他的心里正荡动着和工作无关的什么念头。

我略被惊奇压住:看着这死寂的城市是这样奇异,密排着一排排紧闭窗户的房子——大水淹着的城市好像在我们的船边漂过去。

天空是灰色的,太阳藏在云中,不过有时候从云缝里露出冬天那样的银白色的巨大姿影。

水也是灰色的,很冷,看不见它流,好像凝冻着,同肮脏的黄色的店房和空屋子一起在睡觉。云缝里露出苍白的太阳,周围一切就稍微明亮了一点,灰色的天空,像一块布似的映在水里。我们的小船漂荡在两个天际之间,石头房子也漂荡起来,慢得几乎像瞧不出来地向伏尔加河和奥卡河方面流去。船旁边,漂着一些破桶、烂箱、筐子、木片、干草,有时还有竿子或者绳子,像死蛇一般浮着。

有些地方,窗子开着。市场长廊的屋顶上,晒着衬衫裤,放着毡靴子。有一个女人从窗口眺望灰色的水。长廊的铁柱上系着一只小船,红红的船腹,映在水里像块挺大的肥肉。

主人用下颏点点那些有人的地方,向我解释:

"这里是市场更夫住的地方,他从窗口爬到屋顶上,坐上小船,出去巡逻,看什么地方有小偷没有,要是没有,他自己就偷……"

他懒懒地、静静地说着,心里正想着什么别的事。四周像睡眠一般安静,空寂得令人难信。伏尔加河和奥卡河汇合成一个大湖。在远

---

① 自一八八七年法军中使用的一种枪,它以发明人莱贝尔(1835—1881)的名字命名。

远的毛毧毧的山上,隐约看见花花绿绿的市区。全城浸在还是灰暗色的,但树枝已经抽芽的果园中,房舍、教堂都披上绿色的和暖的外衣。从水面传来很热闹的复活节的钟声,听得出全城都在鸣响。但是我们这边,却好像是在被遗弃的墓地里。

我们的小船,穿过黑森森的两行树林,从大街划往老教堂的地方。雪茄的烟刺着主人的眼,使他感到烦扰,小船的船头船身,不时碰着树身,主人焦躁地惊叫道:

"这只船坏透了!"

"你不要把舵呀。"

"哪有这种事?"他咕噜说。"两个人划船,当然一个划桨,一个把舵。啊,你瞧,那边是中国商场①……"

我对市场的情形,早就了如指掌;我也知道这个可笑的商场和它那乱七八糟的屋顶。屋顶的角落上,有盘膝坐着的中国人石膏像。有一次,我同几个朋友向那些人像扔石子,有些人像的脑袋和胳臂是被我用石子打掉的。但现在,我再也不会因为这样的事自傲了……

"真没意思,"主人指着那商场说。"要是我来修造的话……"

他把帽子望脑后一推,吹着口哨。

但是,不知怎的,我却觉得,他若是把砖房街市造在这个每年要被两条河的河水淹没的低地上,也会是同样枯燥的。他也会想出这种中国商场来的……

他把雪茄烟丢在船外边,同时厌恶地吐了一口口水,说:

"真闷人,彼什科夫,真闷人呀!光是一班没受过教育的人,没有人可以谈谈!要吹牛,吹给谁听呢?没有人,都是木匠、石匠、乡下佬、骗子……"

他望着右边从水中伸出耸立在小丘上的美丽的白色回教堂,好像想起了什么被遗忘的东西,继续说:

---

① 市场中心救主大教堂两旁是"中国商场"(以其建筑式样得名),经营茶叶、糖、纸张等商品。

"我现在开始喝啤酒,抽雪茄,学德国人的样。德国人,老弟,他们真能干,是好家伙!啤酒喝下去挺舒服,但雪茄还没抽惯。抽多了,老婆就叽咕:'你有一股怪气味,像马具工一样。'喂,老弟,活着,就得千方百计……好,你来把舵吧……"

他把桨放在船沿上,拿起枪,向屋顶上的一个中国人像开了一枪。中国人像没有受损伤,霰弹落在屋顶和墙头,向空中升起一股尘烟。

"没有打中,"射手毫不懊丧地说,又往枪膛里装弹药。

"你对姑娘们怎样,开了戒没有?还没有吗?我在十三岁的时候就已经恋爱上了……"

他跟讲梦一样,讲了他学徒时候跟建筑师家女佣的初恋。灰色的水轻轻地泛起水花,洗刷着房子的墙角。教堂后面一片辽阔的水,闪烁着混浊的光波,水面上露出几处柳树的黑枝。

在圣像作坊里,不断地唱着神学校的歌:

青青的海,
狂暴的海……①

这青青的海,大概是致命的寂寞……

"夜里睡不着,"主人说。"有时从床上爬起来,站在她的房门口,像小狗一样发抖,屋子很冷。我的东家,每夜上她房里去,说不定我会被他撞见,可是,我不害怕,真的……"

他好像在审视着一件穿过的旧衣服,看看能不能再穿一样,沉思地说:

"她看见了我,怜惜我,打开房门叫我:'进来呀,小傻瓜'……"

这类故事我听过很多,虽然其中也有有趣的地方,但是已经听厌了。一切人,关于自己的初"恋",差不多都是说得很缠绵,很伤感,没

---

① 用伊·伊·科兹洛夫(1779—1840)的诗谱写的歌子。

有一点儿吹牛和猥亵。于是我认为这是讲故事的人一生最好的地方。有很多人,在生活中好像就只有这样一点好处。

主人笑着,摇着脑袋,惊奇地感叹说:

"这话你可不能对我老婆说,千万说不得!这里有什么了不起的东西呢?可是这总是不能说的话!你瞧,真有意思……"

他好像不是对我,而是在对自己说。要是他不说,我就会说了。置身于如此静寂和荒凉之中,不能不说话、歌唱,或是拉手风琴。要不然,就会在这被灰色寒冷的水所淹没的死寂的城市里,陷入深深的永眠。

"第一,不可早结婚!"他教我。"兄弟,结婚是一件终身大事!活下去,愿在哪里住,就住在哪里,愿干什么就干什么。这是你的自由!可以住在波斯当回教徒,也可以住在莫斯科当警察,受苦也好,偷盗也好——这一切都可以改变过来的!可是,老弟,老婆这个东西,同天气一样,你没有方法去改变……真的!她不能跟靴子一样随意扔掉……"

他的脸色变了,皱着眉头望望灰色的水,用一只指头擦一擦隆起的鼻梁,喃喃说:

"对,老弟……须要小心谨慎!你逢人叩头,即使你能屈能伸……但是,每个人面前都摆着自己的圈套……"

我们划进了梅谢尔斯基湖的灌木林里①,这湖同伏尔加河汇合起来了。

"划慢点儿!"主人嘱咐着,把枪瞄着灌木林。

打到了几只瘦小的野鸭,他吩咐我:

"划到库纳维诺去!我要在那边呆到天黑。你回家去,就说我被包工头们耽误住了……"

他在市梢一条街上了岸,这边也涨了水。我经过市场,回到指针

---

① 在下诺夫戈罗德市场中心区的北面。

街,把小船系住,坐在船上眺望两条大河汇合的地方、城市、轮船和天空。天空像一只大鸟的丰满的翅膀,布满白羽毛一般的云片。云缝的蔚蓝的深渊里,露出金黄色的太阳,它的光线一映到地上,地上万物都改变了。四周一切都健康而可靠地动着。急湍的河流,轻轻地浮送着无数的木筏。木筏上挺然站立着长胡子的乡下人,摇动着长长的木桨,在相互间,和遇到轮船的时候,发声叫嚷。小轮船逆流拖着一只空驳船,河水摇晃着轮船,好像要把它夺下来。轮船像梭鱼,晃着头,喘着气,对猛然扑来的浪头,使劲地转动着轮子。驳船上并排坐着四个人,把腿吊在船舷外,其中一个穿一件红裤子①。四个人同声唱歌,听不清歌词,但声调是熟悉的。

在这生气蓬勃的河上,我觉得一切都熟悉,一切都有好感,而且一切都是可以理解的。可是在我的身后,淹在水里的城市却好像一场噩梦,好像主人杜撰的故事,同他自己一样是不可理解的。

我称心如意地饱看一切,觉得自己变成了大人,什么工作都会干,便回家去了。半路上,我从内城的山头回望伏尔加河,从高处远望对岸,大地显得更辽阔,好像凡是人所盼望的,都会得到满足。

家里我有书。从前玛尔戈王后住过的房子,现在住了一个大家庭。五个姑娘一个比一个更美丽,两个中学生,他们借书给我,我贪心地读着屠格涅夫的作品,使我惊奇的是:他的作品都明白易懂,像秋天的天空一般晴朗,而且作品中的人物是那么纯洁,一切用简朴的话所谈的事物是那么美好。

我又读了波缅洛夫斯基②的《神学校随笔》,也不胜惊叹。最奇怪的是这部作品同圣像作坊的生活非常相像。我完全了解因为厌倦生活而做残酷的恶作剧的心理。

读俄国的作品很好,使人能常常在书中感到一种熟悉的和伤感的东西。好像在书页中隐藏着大斋节的钟声,把书打开就轻声地嗡嗡地

---

① 俄国商船队行驶时,保留着一种古老的习俗:桨手身穿红裤子。
② 尼·格·波缅洛夫斯基(1835—1863),俄国平民知识分子作家。

响起来。

我勉强读完了《死魂灵》,读《死屋手记》①时也是这样;《死魂灵》、《死屋》②、《死》③、《三死》④、《活尸》⑤——这类书名,不禁引起了我的注意,激起我对这样的书一种模糊的不快。《时代的表征》⑥、《稳步前进》⑦、《怎么办?》⑧、《斯穆林诺村记事》⑨这一类书,我也不喜欢。

但是我最喜欢的是狄更斯、华特·司各特。我以极大的兴趣读了他们的作品,一本书常常读两三次。华特·司各特的书使人联想起大教堂中节日的弥撒,虽然稍嫌冗长沉闷,但往往是庄严的。狄更斯是我的一位愿意向他低头膜拜的作家。这个人可惊地掌握了最困难的人类爱的艺术。

每天傍晚在大门口都聚集很多人。K家兄弟和姊妹,还有其他的少年,一个仰天鼻子的中学生维亚奇斯拉夫·谢马什科。有时候一位大官的闺女普季齐娜小姐也来。大家谈论着书啦,诗啦,这对我都是亲切的,熟悉的。我读过的书比他们所有的人都多。但他们谈得更多的是中学里的事,对教员的不满之类。我听了他们的话,觉得自己比这班友人都自由些,而且奇怪他们的忍耐。不过我还是羡慕他们,他们是在那儿求学呀!

我的朋友年纪都比我大,可是在我看来,我比他们要大人气,比他们更成熟,更富于经验。这多少使我觉得窘苦,我希望自己能同他们更接近些。每天很晚,我带了一身尘土和肮脏,回到家里来,脑子里装满与他们完全不同的许多印象,他们的思想是很简单的。他们常常谈论人家的闺女,时而想念着这个少女,时而爱恋着那个少女,想作诗。

---

① 陀思妥耶夫斯基的小说。
② 《死屋手记》的简称。
③ ⑤ 屠格涅夫的短篇,收在《猎人笔记》一书内。
④ 列夫·托尔斯泰的作品。
⑥ 俄国作家 Д·Л·莫尔多夫采夫(1830—1905)的长篇小说。
⑦ 俄国作家 И·В·奥穆列夫斯基(1836—1883)的长篇小说。
⑧ 尔尼雪夫斯基的长篇小说。
⑨ 俄国民意派作家 Л·В·扎索季姆斯基—沃洛格金(1843—1912)的作品。

但是作起诗来,常常要我帮忙。我热心地练习作诗,很容易地学会了用韵。可是不知什么缘故,我的诗总是带着一点幽默气。对于那位比别人都多接到赠诗的普季齐娜小姐,我常常把她比做蔬菜——葱头。

谢马什科对我说:

"这是什么诗?简直是皮鞋钉呀!"

我什么事都不肯落在他们后面,也爱上了普季齐娜小姐。我已记不起我是怎么对她表白自己的爱情的了,总之,结果颇为不妙。星池的腐绿的水上,浮着一块木板,我叫小姐坐在这块木板上,由我来划,她答应了。我把板拨到岸边,跳了上去,我一个人木板还可以浮得住,可是等到满身花边和丝带的盛装的小姐优雅地站上板的另一头,我得意地把竹竿向岸撑开时,这块该死的板就摇摇摆摆沉了下去,把小姐翻在水里。我使出骑士的精神,跳进水里去救她,立刻把她抱上岸,惊慌和池中的绿泥把我的皇后的美丽抹灭得干干净净了!

她挥着水淋淋的拳头,向我吓唬叫骂:

"你故意把我翻到水里!"

不管我多么诚恳地解释,她都从此恨透了我。

总之,城里的生活都不大有趣味。老主妇跟从前一样,对待我很不好,小主妇用怀疑的眼光瞧着我,维克托雀斑长得更多了,脸也愈加发红,不知有什么委屈,他对什么人都动不动就吵。

主人制图工作很忙,两兄弟忙不过来,叫了我的后父来帮忙。

有一天,我很早从市场里回来,大概是五点钟的样子,走进餐室,看见主人同一个我早已忘掉的人坐在那里喝茶。他向我伸过手来:

"您好呀……"

完全出于意外,我发愣了,过去的情形像火一样燃烧起来,灼痛我的胸口。

"简直吓住了,"主人叫道。

后父瘦得厉害的脸上带着微笑望着我。他的黑眼睛显得更大,他周身到处都显得衰弱,拘束。我把手放在他的细瘦而发热的手指里。

"瞧,我们又见面了,"他咳着说。

我像挨了打似的、没劲地走开了。

我们之间发生一种谨慎的不明确的关系,他叫我的名字,添上父称,说话的时候像对平辈一样。

"您到铺子里去的时候,请替我买四分之一磅拉费尔姆烟丝①和一百张维克托尔松卷烟纸②,另外买一磅煮香肠……"

他交给我的钱,总带着手里的温热,拿着很不爽快。显然,他害肺病,在世也不久了。他自己也知道这个,拧着黑而尖的胡须,沉静地低声说:

"我的病大概是治不好了。然而多吃些肉,那就会好起来,说不定,我会好的。"

他吃得很多,烟也抽得凶,除了吃饭的时候,总是不离嘴的。我每天给他买香肠、火腿和沙丁鱼。可是外祖母的妹子,深信不疑地,不知什么缘故也幸灾乐祸地说:

"拿好东西请死神吃是没有够的,死神总是骗不过的!"

主人们用一种使人难堪的关心对待后父,常常固执地劝他吃这种那种药,可是背后却笑他:

"好一个贵族!他说必须把桌子上的面包渣子收拾干净,据说苍蝇是从面包渣子里发生的,"小主妇这样一说,老主妇就搭上腔来:

"是呀,真正的贵族呢!衣服亮亮的,都磨出了窟窿,还在那里拼命地用刷子刷。真是个怪人,一颗尘土也不肯沾在身上!"

主人却好像在安慰她们:

"你们等着吧,老母鸡,他也不会久了!……"

市侩们对于贵族的这种莫名其妙的反感,却不知不觉地使我和后父接近起来。捕蝇草虽然也是一种毒草,但它总是美丽的!

后父喘息在这班人中间,好像一条鱼偶然落进了鸡窝。这个比方

---

① 彼得堡拉费尔姆烟草公司生产的烟丝。
② 用维克托尔松设计的机器造出的卷烟纸,在革命前的俄国销路甚广。

虽然有点荒唐，不过这种生活原来就是这样荒唐的。

在他的身上，我开始瞧见"好事情"——我那个永不能忘的人的特征，我把书中所见到的一切好处，都拿来装饰了他和王后，把读书所产生的一切幻想和自己所有的最纯洁的东西，都放在他们身上。后父同"好事情"一样，是一个冷冰冰的不可亲近的人。他对这家的人，一律平等，自己决不先说话，回答别人的发问的时候，也特别客气而简洁。我很惬意他教主人的样子。站在桌子边，弯着腰，用干枯的指甲敲着厚纸，沉静地教训说：

"这里，必须把托梁用铁钩连起来，减少对墙的压力，要不然，托梁会把墙压坏。"

"对啦，真是见鬼！"主人咕噜着。一会儿后父走开时，妻子向他叽咕：

"我真奇怪，你怎么让他教训。"

后父夜饭后刷牙，翘起了喉结漱口，不知什么缘故，使她特别生气。

"我觉得，"她发出酸溜溜的声音。"叶夫根尼·瓦西里伊奇，你这样把脑袋仰到后面，对身体有害呀！"

他殷勤地微笑着问：

"为什么？"

"……就是这样……"

他开始拿一把牛骨针剔他那微带蓝色的指甲。

"你瞧，还剔指甲呢！"主妇不安起来了。"快要死了，还在……"

"哎！"主人叹着气。"老母鸡，你有多少这种蠢话啊……"

"你说什么？"妻子不高兴了。

老婆子每夜热心祷告着上帝：

"上帝呀，那个痨病鬼真是我的累赘，维克托又袖手不管了……"

维克托模仿后父的举止，慢吞吞地走路，贵族式地两手沉着的动作，挺好地系领带的方法，吃东西嘴里不发声响，他时时粗鲁地问：

"马克西莫夫,膝头,法国话怎么说?"

"我叫叶夫根尼·瓦西里耶维奇,"后父淡然地提醒他。

"啊,好吧!胸部叫什么呢?"

吃夜饭的时候维克托命令母亲:

"马—梅—东涅—穆阿扎称尔①腌牛肉!"

"啊,你这个法国人呀,"老婆子爱怜地说。

后父像个聋哑人,完全不瞧别人,尽咬着肉。

有一天,哥哥对兄弟说:

"维克托,你现在学会了法国话,得给你找一个情人……"

后父默默地微笑了一下,我记得,他这样笑法,我只见到这一回。

可是主妇大不高兴,把汤匙往桌上一扔,对丈夫叫:

"你真不害臊,当我的面说这种下流话!"

有时候,后父来到后门的门廊里找我,那边,上阁楼去的楼梯底下,是我的寝室,我坐在楼梯上,对着窗口看书。

"看书呢?"他喷着烟问,他的胸中好像有烧焦的木头发出嘶嘶的声音。"这是什么书?"

我把书给他看。

"啊,"他说着,看了看里封:"这本书我好像也看过!您想抽烟吗?"

我们从窗口望着肮脏的院子,抽着烟。他说:

"您不能求学,真可惜,您似乎天资很好……"

"我在求学呀,看书……"

"这个不够,须要进学校,有系统……"

我想对他说:

"我的老爷,你也进过学校,也有系统的知识,可是有什么用处呢?"

---

① 不正确的法语:妈妈,再给我一点儿。

他好像略微感觉到了我的意思,补充说:

"有志气的人,学校就能给他好教育。有大学问的人,才能推动社会生活……"

他不止一次劝告我:

"您最好离开这儿,这里对您没有意思,也没有益处……"

"我喜欢工人们。"

"这……喜欢哪一点?"

"同他们在一起有趣味。"

"也许……"

但有一次他说:

"实在说来,这里的主人们都很无聊,无聊……"

想起我的母亲在什么时候和怎样讲过这话时,我不由自主地离开他远一点,他笑着问:

"你不这样想吗?"

"这样!"

"得啦……我看得出来呀。"

"到底主人还使我喜欢……"

"对,他也许是个好人……不过有点可笑。"

我想同他谈谈书,但他显然不喜欢书,常常劝告我:

"不要被书迷住了,书中一切都是大大粉饰过了的,歪曲过了的。写书的人,大半跟这里的主人一样,是一种小人物。"

我觉得这种断定是大胆的,因而使我对他怀起好感来。

有一次他问我:

"您读过冈察洛夫的书没有?"

"读过一本《战船巴拉达号》。"

"那本《巴拉达号》很没意思,但大体上说来,冈察洛夫是俄国最聪明的作家。我劝您读读他的长篇小说《奥勃洛摩夫》。这是他作品中一本最真实、最大胆的,一般说来,在俄国文学中,这是一本最好的书……"

关于狄更斯,他说:

"请您相信,这是胡扯……《新时代》报副刊上连载的《圣安东尼的诱惑》①,是很有趣的作品——您可以读一读!您似乎喜欢宗教和关于宗教的一切,这《诱惑》对您有用处……"

他拿来一叠副刊。我就读福楼拜的杰作。这部作品使我联想到圣贤传中许多片段和鉴定家对我讲的故事中的某些地方。我对它也没有特别深刻的印象,不过跟同时连载的《驯兽者乌皮里奥·法马利回忆录》②比起来要有味得多。

我把这意思老实对后父说了,他淡然地说:

"你读这种书还太早!不过你不要忘掉这本书呀……"

有时他和我同坐很久,他一句话也不说,咳嗽着,不断地吐着烟雾。他的漂亮的眼里燃着惊人的火。我悄悄凝视着他,使我忘记了这个正在如此忠诚、简单、毫无怨尤地死亡着的人,从前曾经亲近过我的母亲,侮辱过她。我听说他现在同一个女裁缝同居,想到她,觉得迷惘而且哀怜。她抱着这么长大的骷髅,同这么发着臭烂气味的嘴巴亲嘴,为什么不厌恶呢?同"好事情"一样,这位后父也常常无意泄漏出一些真心话来:

"我爱猎狗,猎狗很傻,我却挺爱,它们挺美。美的女人也往往挺傻的……"

我不无骄傲地想:

"你哪会知道,女人当中还有玛尔戈王后呀!"

"一切人在一个屋子里一起呆久了,脸也会变成一个样。"一次他说了这句话,我把它抄在本子里了。

我期望这种警句,好像期望礼物。在这屋子里,每个人都说着枯燥无味的已僵化成陈腐滥调的话。我一听到不平凡的话,耳朵就觉得

---

① 法国作家福楼拜的作品。
② 这本《回忆录》是意大利佛罗伦萨市的人类学教授保罗·曼特加扎采写的。

舒服。

后父从不对我说到母亲,连她的名字也不提起,这一点我很喜欢,而且对他起了一种虽不能说是尊敬,但也近乎尊敬的感情。

有一次,我问他关于上帝的事情,我已经不记得问的是什么了,他向我瞥了一眼,很平静地说:

"不知道,我是不相信上帝的。"

我记起了西塔诺夫,把他的事告诉了他。后父注意听着,还是那么平静地说:

"他会论断,可是论断的人总还是有信仰的……我——就是不信!"

"难道这可能吗?"

"为什么不可能?你瞧我就不信……"

他快要死了——在我的眼里,只觉到这一点。我并不会可怜他,但是对于一个垂死的人,对于死的秘密,我第一次感到尖锐的纯真的兴趣。

一个人坐在这里,他的膝头触着我,他在发烧,在想。他深信地把人们按自己的看法分成类。他说着一切,好像有权审判和判决一般。在他身上,有一种我所需要的东西,或是暗示着我所不需要的东西。他是无比复杂的人,有着无穷的思想。不管我怎样对待他,他永是我身上的一部分,在我的身上什么地方生活着。我想到他,他的灵魂的影子就映在我的心灵里。到明天,他会完全消失,消失得无影无踪。一切藏在他脑中心中的,我觉得,我能从他的美丽的眼睛里看到的东西,都会一概消失。等他一死,把我和世界连系着的一条活的线索就会断了,剩下的就只有回忆。然而这回忆完全留在我的心中,永远是局限在我心中,永远不变;而活的变化着的,是会消逝的……

但这是思想。在思想后面,又有一种产生思想、培育思想、说不出的东西,公然强迫人去研究各种生活现象,要求对每一个现象,回答——为什么?

"你知道,不久我会躺倒的,"有一个雨天,后父说。"我衰弱得要命,什么事也不想做……"

第二天,晚上喝茶的时候,他很用心地拭去桌上膝上的面包渣子,从自己身上拭去一种眼睛瞧不见的东西。老主妇怀疑地瞧着他,偷偷对媳妇说:

"你瞧,他在自己身上抓抓拭拭,弄得多干净……"

过了两天,他不来上工了。老主妇拿一个很大的白信封给我说:

"这是昨天中午一个女人送来的,我忘记了交给你。很可爱的女人,她有什么事来找你,这我就不知道了,真的!"

信封中一张医院用笺,写着挺大的字:

请抽暇来看我。在马丁诺夫医院①。叶·马。

第二天早上,我坐在医院病房后父的病床边上。他的身体比床长,两只胡乱套着灰袜子的脚搁在床栏外,一对美丽的眼睛模糊地望望黄墙头,落在我的脸上,又落在一位坐在床头凳子上的女子的小手上,她两手搁在他枕头上。后父张开嘴,半边脸在她手上挨擦着。女子穿着一件素净的深色连衣裙,胖胖的蛋圆形的脸上挂着泪水,湿润的碧眼一动不动凝视着后父的脸、瘦削的骨骼、尖而大的鼻子、发黑的嘴唇。

"应该去叫个神父来,"她低声说。"可是他不答应……什么也不懂得……"

她从枕上收回两手,放在胸口,好像在做祷告。

后父苏醒过来了一会儿,望着天花板,好像想起什么,严肃地皱着眉头,后来把细瘦的手伸到我身边:

"是您吗?谢谢您。您瞧……我难过得很……"

说了这话,又疲乏了,他合上眼。我摸了摸他的发紫的长指甲的手指。女子轻轻地请求:

---

① 当时下诺夫戈罗德最大的医院。

"叶夫根尼·瓦西里耶维奇,请答应我!"

"你们认识认识吧。"他用眼望着她对我说。"挺好的人……"

他不作声了,嘴越张越大,忽然,像乌鸦似的叫了一声,身子在床上动起来,他推开被头,赤裸的两手在身边摸索。女子把脸埋在揉皱的枕上大声哭泣。

后父很快地死了。一死,脸色就变得好看了。

我扶着那女子从医院里出来。她像病人似的踉跄着、哀哭着。她一只手里把一块手帕捏成一团,交替着拿到脸上拭拭右眼,又拭拭左眼。她越来越紧地把手帕捏着,凝视着,好像这是顶贵重的最后的东西。

忽然她停下来,倚着我责备地说:

"连冬天也没有活到……唉,我的天啊,这是怎么一回事呀!"

说着,向我伸出泪湿的手:

"再见吧。他非常称赞你。明天落葬。"

"送您到府上吗?"

她向四下一望:

"不用了,现在是白天,不是晚上。"

我在巷子拐角处望着她的背影。她慢腾腾地走着,好像没有要事的人。

这是八月,树叶子已经开始黄落了。

我没有工夫去给后父送葬,从此,也没有再见到那个女子……

十七

每天早晨六点钟,我到市场去上工,在那边遇上几个有趣的人:木匠奥西普,灰白头发的老头子,很像尼古拉圣徒,是一个灵巧的工人,幽默家;瓦匠叶菲穆什卡,是个驼子;笃信宗教的石匠彼得,是个沉默寡言的人,也有点像哪一位圣徒;泥灰匠格里戈里·希什林,他长着亚麻色的长胡子,是一个碧眼的美男子,脸色温文而和气。

我第二次在绘图师家的时期,已经认识了这些朋友。每星期天他们到厨房里来,认真地,俨然地,愉快地谈论着使我感觉很新奇的有趣的话。当时,我觉得这一批庄重的汉子全是十足的好人,每个人都有一种有趣的地方,同库纳维诺那班凶恶的、偷偷摸摸的和酗酒的小市民完全不同。

那时我最喜欢的是泥灰匠希什林,我甚至要求跟他去当泥灰匠,但他用白白的手指搔搔金色的眉毛,委婉地拒绝了我:

"你还太早,我们这项手艺也并不容易,等一两年再说吧……"

随后,他抬起好看的脑袋问:

"或许你生活得不好吧?唔,没有关系,忍耐点,好好儿克制自己,一定可以忍受住!"

我不知道这个善良的忠告对我有什么用处,但我很感激地记住了。

现在,每星期天早上他们也到主人家里来,在厨房桌子边团团坐着,一边等主人出来,一边谈着有趣的闲话。主人同他们热闹地快活地打着招呼,握着他们结实的手,在桌子的上手坐下。桌子上摆着算盘和一叠叠的钞票。他们也把自己的账单和皱襞的工账簿放在桌上——开始算一星期的工账。

主人打闹着,说俏皮话,拼命想克扣他们,他们也想算计主人,有时候大声争吵,但多半是大家笑开了:

"亲爱的,你简直是天生的滑头!"大家对主人说。

他赧然地笑着回答:

"唔,你们,老狐狸,也够油的。"

"有什么法子呢,朋友?"叶菲穆什卡承认了。面目岸然的彼得说:

"只能靠偷来的过日子,挣来的都敬上帝和沙皇了……"

"那我也要榨你们一点!"主人笑了。

他们也和善地支持他:

"要行窃吗?"

"要诈骗吗?"

格里戈里·希什林两手把蓬松的长须按在胸上,用唱歌一样的声音向大伙儿请求:

"兄弟们,公事应当公办,不要骗人。做一个正直的人,多么愉快,多么太平,对吗,亲爱的人们?"

他的碧眼阴沉起来,发潮了。这时候,他显得出奇的善良。他的请求似乎多少把大家窘住了,大家赧然地转过身去背向着他。

"乡下佬还有什么大骗术呀,"风采奕奕的奥西普,怜悯乡下人似的叹了一口气。

黝黑的石匠,驼着背伏在桌沿上,深沉地说:

"罪恶像泥塘,走得越远陷得越深!"

主人应着他们的腔调,喃喃地说:

"我吗?别人怎么对待我,我就怎样对待他……"

这样议论之后,他们又打算着互相欺骗,算好了账,紧张得汗气涔涔的,好像很疲倦,邀请主人一起到吃食店喝茶去了。

我在市场里的工作,就是监督这班人,防备他们偷盗钉子、砖头、木板之类的东西。他们在主人的工程以外,都有自己的私活儿,所以每个人都想从我身边偷摸些什么。

他们很和善地接待我。希什林说:

"你还记得想给我当徒弟的事吗?可是,现在,你瞧,你阔了,站在我们头顶当监工啦!"

"对,对,"奥西普俏皮地说。"好好监视,好好管理,但愿上帝帮助你!"

彼得挺不高兴地说:

"派了只小白鹤来管老耗子……"

这个职务使我为难,我在这些人面前很害臊。在我眼中,他们都知道一种特别的、很好的、除了他们之外别人所不了解的事情。但我却必须把他们当小偷儿、扒手似的管住。开头,同他们一起很不好过。奥西普很快就看出来了,有一天,他单独对我说:

"年轻人,你老板着脸是没有用的,懂吗?"

我当然什么也没有明白,但感到这老头子知道我的地位的为难,于是我很快就同他成了知己。

他把我拉到静僻的地方教我:

"你要知道,我就告诉你。我们当中,主要的偷儿是石匠彼得。那家伙养活一大家子人,贪心得很,你要留心他。他决不挑拣,什么东西都要,一磅钉子,十块砖头,一袋石灰,什么都要。人是好人,爱拜神,念头着实,识字,可是顶喜欢偷东西!叶菲穆什卡过活像女人,很温和,对你无害。他也是聪明人,驼子无傻瓜!至于格里戈里·希什林,他有点傻,不但决不拿别人的东西,连自己的也会给人!他老做没用的事,谁都可以骗他,自己却不会骗人!办事不动脑筋……"

"他,人好吗?"

奥西普望着我,好像远望似的,说出值得记住的话:

"是的,是一个好人!懒鬼做好人最容易,做好人,小伙子,做好人用不着聪明……"

"那么,你自己呢?"我问奥西普,他冷笑着回答:

"我好像姑娘,会变老婆子,那时候再讲自己,你等着吧!不过你可以动动脑筋,你找找看:真正的我是藏在什么地方?好,你找吧!"

他完全推翻了我对他和对他朋友的想法,我很难怀疑他讲话的真实性。我看见,叶菲穆什卡、彼得、格里戈里都承认这位品格很好的老头儿,他比他们聪明,天底下的事他都知道。他们什么事情都同他商量,注意听从他的劝告,对他很尊敬。

"对不起,你给我出个主意,"他们这样请求他。但当问题谈完,奥西普走开之后,石匠就偷偷对格里戈里说:

"邪教徒啦。"

格里戈里冷笑着补充:

"小丑。"

泥灰匠亲切地警告我:

"你当心那个老头儿呀,马克西莫维奇,只消一会儿,你就会上他的当!这个坏老头,可恶极啦!"

我完全弄得莫名其妙。

我觉得石匠彼得是第一个正直虔敬的人,他一切都说得简单切实,他的思想动不动停在上帝、地狱和死的上边。

"喂,大伙儿,尽管你怎样努力,尽管你有什么希望,棺材和坟墓总是逃不过的!"

他常常闹肚痛,有时候整天不能吃东西,连一小片面包都会使他痛得抽搐起来和剧烈地呕吐。

驼子叶菲穆什卡也像一个善良正直的人,可是他常常有点滑稽,有时候他像一个白痴甚至疯子,或是一个温和的傻瓜。他常常一个又一个地爱上各式各样的女子,对于一切女人都用同样的断语:

"干脆说,那不是一个女子,是一朵涂上奶油的鲜花,真的!"

当库纳维诺那些活泼嘈杂的小市民家的女人来铺子里洗擦地板时,叶菲穆什卡就从屋顶上爬下来,站在一边的屋角里,眯细着灰色的灵活的眼睛,把大嘴巴扯到耳朵边,发出猫叫的声音:

"好一个健壮的姑娘,上帝把她给我送来了,我多么开心呀,唔,真正是涂上奶油的鲜花,命运神送这礼品来,叫我怎样道谢才好呢?见了这样的美人,我真是活活地烧起来了!"

开头女人们讥笑他,互相叫嚷:

"瞧呀,这驼子软了,真要命!"

瓦匠受了讥笑,全不在乎。他的高颧骨的脸变得惺忪欲睡,说话也变得像梦呓,从他嘴里流出来的甜蜜的话,好像一股美酒的流泉,渐渐把女人们醉倒。有一个年长一点的,吃惊地对女伴们说:

"你们听吧,那个汉子在发魔了,像个小伙子一样!"

"像鸟儿叫一样……"

"也像教堂门口的叫花子,"倔强的女人却不肯服输。

但叶菲穆什卡并不像叫花子;他站得挺结实,像一棵粗矮的木头,他的声调越来越带挑逗性,说的话也变得惑人动听,女人们默默地听着。他好像真的被柔和甜蜜的话语融化了。

结果,在打尖或是歇午以后,他就笨重地晃着粗硬的脑袋,惊叹地对同伴们说:

"啊,滋味不坏,可爱的小娘儿们,出世以来还是第一次碰到!"

叶菲穆什卡谈到自己的成功时,跟别人不同,他不吹牛,也不嗤笑被征服的女人,只是满心高兴地,感谢地叹息。那时候,他的灰色眼睛睁得特别大。

奥西普摇头叹气:

"啊,你总改不了!你到底多大年纪了?"

"我的年纪——四十四。年纪没有关系!今天我就年轻了五岁,好像在生命的河里洗了一次澡,全身结实了,心里也安静了,不!世上可真有好女人哪,嗯?"

石匠严厉地对他说:

"过了五十岁,你瞧,你那淫荡的习气会叫你吃苦头的!"

"你真不要脸,叶菲穆什卡,"格里戈里·希什林叹着气说。

我却觉得美男子是在嫉妒驼子的运气。

奥西普的眼睛从鬈曲的银眉下望着大家,说出有趣的话:

"每个玛什卡都有自己的爱好,这个爱茶杯、汤匙,那个爱胸饰、耳环。而且个个玛什卡都要变成老婆婆……"

希什林是有老婆的,不过老婆在乡下。他也留意洗地板的女人,她们都是容易亲近的女子,每个人都做"私门生意"。在贫民窟里,这种行业同别的行业一样,不算一回事。可是美男子从来不碰女人,只是远远地望她们,眼色很奇怪,好像自怜,又好像在哀怜那些女人。有时她们倒反来戏弄他,撩拨他,他就赧然地笑笑,走开了。

"去你们的吧……"

"怎么?你这个怪人,"叶菲穆什卡奇怪了。"难道可以放弃机会……"

"我有老婆呢，"格里戈里提醒说。

"老婆哪会知道呀？"

"若是不老实过活，老婆会知道的，兄弟，她是瞒不过的！"

"怎么会知道呢？"

"这我不知道。不过她如果自己规矩，就一定会知道；若是我自己规矩，老婆不规矩，我就会知道。"

"怎么会知道？"叶菲穆什卡大声问。格里戈里安静地重复说：

"这个我不知道。"

瓦匠忿然地把双手一摊说：

"看吧！规矩，不知道！……唔，你这个脑袋瓜子呀！"

希什林手下有七个工人，他们对他都很随便，都不把他当老板看待，背后还叫他"牛犊"。希什林到工地来，看见他们在躲懒，便拿起托板和铁锹，像演戏似的，自己动手做工，而且很亲切地喊：

"大家好好儿干呀！"

有一天，我执行主人气愤的嘱咐，对格里戈里说：

"你手下这班工人不行……"

他好像吃惊地说：

"是吗？"

"那些活儿，应该昨天上午做完的，可是他们今天还做不完……"

"这是对的，还做不完，"他同意了；沉默了一会，又悄悄地说：

"当然，我也明白，可是也不好意思催促他们，因为他们都是自己人，和我同一个村子，叫我没有法子。上帝处罚人——'你必汗流满面才得糊口'①，你我都是受罚的。不过你我比他们做得少，再催促他们也说不过去……"

他喜欢冥想，有时候在市场空旷的街道上走着，忽然在环形运河的桥上站下，倚在桥栏边好久好久，望望水，望望天，又望望奥卡河的

---

① 引自《旧约·创世记》第三章第十九节。

对岸。遇上这种情形时,问他:

"你在干什么?"

"什么?"他醒过来了,窘迫地笑笑。"不干什么……在这儿呆会儿,望望……"

"老弟,真好,上帝把一切东西都安排得顺顺调调的,"他常这样说。"天空,大地,河水流着,轮船走着,乘上轮船,什么地方都可以去,梁赞,雷宾斯克,彼尔姆,阿斯特拉罕都可以去。我去过梁赞,那小城还好,很清静,比尼日尼还清静。我们尼日尼很不坏,很热闹!阿斯特拉罕也很清静。阿斯特拉罕主要是加尔梅克人很多,我不喜欢这个。莫尔德瓦人,刚才说的加尔梅克人,波斯人,德国人,任何民族的人,我都不喜欢……"

他慢腾腾地说着,谨慎地寻找有同样思想的人,同意他的,总是石匠彼得。

"他们不是民族,他们是邪族,"彼得肯定而且气鼓鼓地说。"他们出生时躲过了基督,走路也躲过了基督……"

格里戈里活跃起来,脸上放出光彩:

"不管怎样,兄弟,我总是喜欢眼睛长得老老实实的纯粹的民族,俄国人。我也不喜欢犹太人,我不知道上帝干吗要造那么多的民族,这件事安排得太深奥了……"

石匠阴沉着脸补充说:

"深奥,可是多余的东西实在不少!……"

奥西普听了他们的话,就插嘴恶毒地讥笑:

"多余的东西的确不少,现在你们讲的这种话,也完全多余!唔,你们搞宗派,该把你们揍一顿!"

奥西普有自己的意见,但他到底同意什么,反对什么,是不大弄得清楚的。有时我觉得,他毫无所谓地对一切人都同意,对他们的全部思想都同意。但最常见的是他讨厌一切人,他也老把别人当傻子。他对彼得、格里戈里、叶菲穆什卡说:

"呸,你们这些小猪猡……"

他们笑,并不十分高兴,而且也并不想笑,可是他们还是笑了。

主人每天给我五戈比买面包,不够吃,有点肚饿。工人们见了就拉我去吃早饭和夜饭。有时候,工头们也邀我到吃食店喝茶,我高兴地答应了,我喜欢坐在他们中间听那些缓慢的谈论和奇怪的故事。我熟悉宗教书,很使他们满意。

"你装饱了一肚子书,把胃袋绷得紧紧的,"奥西普睁着浅蓝色的眼睛向我凝视。他的神情很难捉摸,眼球永远像在融化。

"你要好好儿守住,再多积蓄些,将来有用的;等你长大了,可以当修道士,口头上安慰人们,要不然,就当大富翁……"

"当传道师①吧,"石匠不知什么缘故,用懊丧的口气替他改正。

"什么?"奥西普问。

"应该说传道师,你该明白,耳朵又不聋……"

"好,就是传道师,就当个传道师去同异教徒辩论,要不然就改信异教——这也是挣面包吃的法子!只要聪明,异教也可以挣饭吃……"

格里戈里害羞地笑。彼得从胡子里发出话声来:

"魔法师也过得不坏,还有各种无神论者……"

但是奥西普马上反驳:

"魔法师没有学问,学问不受魔法师欢迎……"

接着便对我说:

"留心听着:我的家乡里有一个穷光蛋,叫图什卡,是一个精瘦的无聊汉子。他跑东跑西,像一根鸡毛被风吹来吹去地过日子。他既不会做工,又闲不住!这家伙因为没有地方好呆,有一天决心出去朝山,整整出去了两年,流浪完了突然回来,模样儿完全不同了。头发披到肩胛上,头上戴顶三角帽,穿着粗布的红道袍。眼睛像鲈鱼一样向大

---

① 俄文的"大富翁"(миллионер)与"传道师"(миссионер)读音相近。

伙儿瞄着,反复地说:悔改吧,罪人们。人们当然要悔改,尤其是女人家,于是事情顺利起来了,图什卡既酒醉饭饱,又有无数的女人玩……"

石匠生气地打断了他的话:

"难道事情在于酒醉饭饱吗?"

"要不然,是什么?"

"在于传道呀!"

"他传什么道,我没有留心过,不过我的话还说不完呢。"

"你说的就是那个图什尼科夫·德米特里·瓦西里伊奇①吗?那人我们很熟,"彼得抱屈地说。但格里戈里低着头不出声,瞧着自己的茶杯。

"我不跟你争论,"奥西普口气缓和地声明。"我只是跟马克西莫维奇谈谈挣饭吃的路子……"

"有些路子,会使人到牢狱去……"

"这事也不少呀!"奥西普同意了。"并不是走每一条路子都可以做修道士的,必须知道在什么地方拐弯……"

他有一种脾气,常常爱逗弄泥灰匠和石匠,他们是虔诚的信徒。也许他讨厌他们,但是他隐蔽得挺巧妙,他对人的态度,是不可捉摸的。

他对叶菲穆什卡似乎和善亲密些。瓦匠对于上帝、真理、宗派、人生痛苦之类的谈话,从不插嘴,而这些谈话,正是他的同伴所爱好的。他横坐在椅子上,使椅背碰不着他的驼背,不动声色地一杯又一杯地喝茶,但有时忽然警惕起来,向烟气腾腾的屋子里扫了一眼,听一听分辨不清的谈话,跳了起来,马上溜走了。原来叶菲穆什卡的债主进来了。他有十多个债主,其中一些还打过他,因此他躲开去,免得招事。

"他们这些怪家伙还发怒,"他不了解地说。"有了钱,岂有不还

---

① 图什卡的全名。

之理!"

"唉,这棵苦命的枯树……"奥西普瞧着他的背影说。

有时候,叶菲穆什卡坐着长久地冥想,什么也不看,什么也不听。高颧骨的脸带着温和的表情,和善的眼睛越显得和善了。

"你在想什么?"人家问他。

"我正在想,我要是有钱,我要同真正的太太,贵族太太结婚。真的,比方那位上校的闺女,我同她结了婚,一定对她很好!在这种女人身边过活,会融化的……这没有什么稀奇,兄弟,我到上校的别墅里修过屋顶……"

"是的,我们听人说过,那位上校家里有一位守寡的闺女!"彼得面色憎厌地打断他。

可是叶菲穆什卡双手在膝上摩擦着,摇摆着身子,驼背一耸一耸的,又说了下去:

"有时,她走到花园里来,长得那么白,那么美,从屋顶上望下去,觉得太阳简直算不得什么,干什么要白昼?要是能够变成一只鸽子,飞到她脚底下。真正是一朵涂了奶油的天蓝色的鲜花!同这种女人在一起,哪怕一辈子都是黑夜也行!"

"那你们吃什么?"彼得粗声问。但叶菲穆什卡全不在意:

"啊,上帝呀!"他叹息。"我们需要的不多啊,何况她有的是钱……"

奥西普笑了:

"叶菲穆什卡,你这个放荡鬼,什么时候才把命搭进去呀?"

叶菲穆什卡除了女人什么都不谈,他做工匠,活儿做得不怎么样。有时候他做得又好又快,有时候不顺手,就拿着木槌子在梁上懒懒地乱敲,结果弄了很多裂缝。他的身上永远发出一股牛油和鱼油的气味,但也有一种他所特有的健康好闻的气味,好像刚砍下的树木。

同木匠谈话,谈什么都有趣,虽然有趣却使人不快。他的话老是激动人的心坎,而且你不会明白,他哪句是当真,哪句是玩笑。

同格里戈里最好是谈上帝,他喜欢谈而且信心很坚定。

"格里沙,"我问他。"你可知道有些人不信上帝?"

他泰然地笑笑:

"怎么?"

"他们说,没有上帝!"

"啊,是啊!这个我知道。"

于是他用手拂去并不存在的苍蝇,说:

"你记得吗,大卫王说过:'愚顽人心里说没有神'①,可见从古以来,愚人们早说过没有上帝!没有上帝,什么事全做不成啦……"

奥西普好像同意他:

"对啦,你叫彼得没有了上帝,他准叫你见阎王的!"

希什林漂亮的脸变严肃了,用指甲里嵌着干石灰的手指捋着胡子,神秘地说:

"每个人身上都有上帝,良心和一切精力,都是上帝赐给我们的!"

"罪恶呢?"

"罪恶是从肉体,从魔鬼那里来的!罪恶好像麻点,是从外面加上去的,就是这样!多想罪恶的人犯罪最厉害,不想罪恶就不会犯罪!想罪恶的——是魔鬼,是肉体的主人,他唆使人去犯罪……"

石匠提出异议:

"这话有点不对……"

"对的!上帝没有罪恶,而人是上帝的形象和样式②。'形象'——就是肉体,会犯罪,但样式不会犯罪,它是同上帝一模一样的,是人的精神……"

他得意地笑笑,但彼得咕噜着:

"这话,似乎有点不大对……"

---

① 引自《旧约·诗篇》第十四篇第一节。
② 出自《旧约·创世记》第一章第二十六节:"神说,我们要照着我们的形象,按着我们的样式造人。"

"那么，依你看怎样呢?"奥西普问石匠。"不犯罪不能悔改,不悔改不能得救吗?"

"这意思可靠一点！我听老年人说过:忘记了魔鬼,也就不爱上帝了……"

希什林不会喝酒,喝两杯就醉;一醉他的脸就会发红,眼睛就会像小孩的眼睛,说话的声音就会像唱歌一样。

"兄弟,一切都很好！生活得好,工作不累,肚子吃得饱饱的,谢谢上帝,安排得真好！"

他哭了,眼泪落在胡子上,丝线似的须毛上发出玻璃珠一样的光。

他常常满口赞美生活,还有他的跟玻璃珠一样的眼泪,都使我不愉快。我的外祖母也赞美生活,但她要切实得多,明白得多,不这样固执。

这一切谈论,使我经常感到紧张,引起我隐隐的不安。我已经读过不少写平民的小说,看出实际上的平民和书本中的平民有许多显著的不同。在书中,一切平民都是不幸的,不管善良的,凶恶的,说话都比实际的平民少,思想也贫弱。书中的平民不大讲到上帝、宗派、宗教,主要的只讲着政府、土地、真理、生活的痛苦。他们也不大讲女人,讲起来也不大粗鲁,要亲切得多,可是活的平民,女人是他们的玩物,而且是危险的玩物,对于女人是须要常常玩些花招的,要不然,就会反而被女人捉弄,一辈子倒霉。书中的平民不是坏蛋就是好人,但他们永远只是活在书里。活的平民,既不是好人,也不是坏蛋,他们都是出奇的有味。活的平民,不管他们倾筐倒箩都说出来,总好像有一点什么留在自己心里,而这留下来的,正是他们为自己用的,或者,说不定还是最重要的东西。

一切书中的平民,我最喜欢《木匠作坊》[①]里的彼得。我把这本书

---

① 俄国作家阿·费·皮谢姆斯基(1820—1881)的短篇小说,彼得是小说中的主人公。

带到市场里来,想念给我的朋友们听。我常常宿在这一班里或那一班里。有时候,因为下雨,最经常的是因为做了一天工累了,懒得回去,就宿在他们那边。

我对他们说:这里有一本讲木匠的书。这引起了大家的极大兴趣,尤其是奥西普。他从我手中拿过书去,怀疑地摇摇圣像画似的脑袋,翻了翻书页:

"这简直像是写我们的!你这坏蛋!是谁写的——是贵族吗?我想准是的。贵族和当官的,什么事都能干!连上帝没想到的地方,当官的也想得到。他们活着就是为了这个……"

"喂,奥西普,你不能乱说上帝呀。"彼得提醒他。

"没有关系,在上帝看来,我的话算什么呢,好像一片雪花,一点雨水落到我的秃头上,不,比这个还要小,你放心吧,你我是冒犯不到上帝的。"

他突然很兴奋地嚷着,爆出燧石冒火一样尖锐的话。这些话又好像一把剪刀,剪掉了人家向他攻袭过来的一切。这一天,他向我问了好几次:

"念吗,马克西莫维奇?嗯,有道理,有道理,这个主意想得不错。"

收工后,我们到他那一班里去吃夜饭。吃过夜饭,彼得带了他的徒弟阿尔达利昂来了,希什林带来了小伙计福马。在工匠们寄宿的工房里,点着煤油灯,于是我就开始念起来。大家一动不动地静听着。念了不多一会儿,阿尔达利昂生气地说:

"咳,我不要听了。"

说着就走了。第一个睡着了的是格里戈里,很怪相地张开嘴。接着木匠们也都睡着了,可是彼得、奥西普、福马三个,却挨到我身边来,全神贯注地听着。

我刚刚念完,奥西普马上把煤油灯吹熄,望望天上星星的方位,已经快半夜了。

彼得在暗中问:

"这本书是为什么写的？反对谁的？"

"现在该睡觉了！"奥西普说着，脱去长靴。

福马默默地躲开一旁。

彼得重复地要求着：

"我说——这是写来反对谁的呀？"

"这只有他们才知道！"奥西普吐了一句，在板床上躺倒。

"要是写来反对后母的，那就完全没有意思了，后母并不会因此变得好些，"石匠固执地说。"反对彼得吗，也没有用处。所谓因果报应就是了！杀了人就要充军到西伯利亚去，再没有别的！为这种犯罪写书是多余的，好像完全是多余的吧？"

奥西普不作声，于是石匠补充说：

"他们没有什么可做，就这样谈论别人的事情，跟女人晚间聚会闲扯一样。好，再见，该睡了……"

他在开着的门口显出的一块蓝色的方形中站了一会儿，又问：

"奥西普，你觉得怎样？"

"唔？"木匠含糊地应了一声。

"好，好，睡觉吧……"

希什林在他坐的地方侧身躺倒，福马同我一起睡在压软了的干草上。郊外的村子很寂静，远远地听见火车头的声音，铁轮的轰隆声，缓冲机的轧轧音。工房里发出各种不同的鼾声。我觉得不自在——想等他们讲出一点什么，可是一点也没有……

忽然，奥西普轻轻地发出清楚的声音：

"嗨，孩子们，这些话你们不能当真。你们年纪还轻，活的日子还长着哩，你们要积聚自己的智慧！自己的智慧，比别人的多一倍用处，福马，睡着了吗？"

"没有，"福马高兴地应了一声。

"好啦，你们两个，都识字，读书是好的，但什么也不要相信。他们什么都可以写书，这种事情，是握在他们手里的！"

他从板床上伸下两腿,两手靠在板床沿上,向我们俯着身子继续说:

"书,应当怎样去了解呢?它是专门揭发别人的隐事的。这就是书!它说:请看吧,人是怎样的,木匠或者别的什么人,是怎样的,可是它把贵族写成了另一种人!书不是胡乱写的,它一定为某些人说话……"

福马沉着地说:

"彼得杀死工头是对的!"

"唔,这不行,杀人总是不对的。我知道,你不喜欢格里戈里。可是你得打消这个念头。我们大家都不是有钱人,我今天是主人,明天又给人家当伙计……"

"我不是说你,奥西普伯伯。"

"这反正是一样的……"

"你是公正的。"

"等一下,我告诉你,写那本书的目的,"奥西普打断福马带怒的话。"这目的是很狡猾的!你瞧,这里说到没有平民的贵族和没有贵族的平民!现在你看:对贵族固然不利,对平民也未见得好。结果就这样:贵族衰败了,发傻了!平民呢,得意了,酗酒,害病,受委屈!书里说什么,给贵族当奴隶要好些;贵族庇护平民,平民帮扶贵族,大家有饭吃,一切都平安无事了……这话本来不错,我也决不争辩。跟着贵族到底过得安静些。平民穷苦,对贵族没有好处,平民有钱,而且不聪明,对贵族就很好,这就是对他有利的。我很明白这个,要知道我自己在贵族底下呆了快四十年,我亲身尝过不少苦。"

我想起自杀了的马车夫彼得,关于贵族也说过同样的话,感到奥西普的思想同那恶老头子的完全一致,心里觉得很不愉快。

奥西普一只手摸了一下我的脚,又说:

"我们应该了解书本和其他文章!无论谁,都不会白干什么事的。看起来好像是胡干,这是外表。书也不是白写出来的,它是要搅昏人家头脑的。一切事,都要靠智慧去做,没有智慧,既不能用斧子砍东西,也不能打一双草鞋……"

他谈了很久,躺下,忽然又跳起来,在暗夜的静寂中,轻轻地说出他的警句:

"人家说贵族和平民是对立的两方,这是不对的。我们是贵族的一部分,只是在最下层。当然,贵族靠念书长见识,我靠碰壁长见识,贵族的屁股白一点,这便是全部的差别。不,年轻人,按照新方式生活的时代到来了。把书本丢开吧!让大家问问自己:我是谁?是人!那么,他是谁?他也是人。那么现在该怎样呢:上帝并不多要他七个卢布,对吗?不呀,租税方面我们在上帝面前是平等的……"

终于天快亮了,黎明掩没了所有的星星,奥西普对我说:

"你瞧,我多么能说呀!今晚上我说的话是从来没有想过的!孩子们,你们不要相信我的话。我是因为睡不着,随便胡说的。躺着躺着就会想出些什么来消遣:'从前有一只乌鸦,从田里飞到山中,从这个地埂飞到那个地埂,过完了自己的寿命,上帝的命令下来,乌鸦就死了,干硬了!'这是什么意思?什么意思也没有……好,我们睡吧,很快就该起床了……"

十八

跟当时的司炉雅科夫一样,现在奥西普的形象在我脑子里变得高大了,遮住了一切的人。他有些地方跟司炉非常相像,但同时又使我联想起外祖父、鉴定家彼得·瓦西里耶夫、厨师斯穆雷。他一方面使我想起了所有深留在记忆中的人们,另一方面又在我的记忆里,留下自己深刻的影子,好像铜绿锈在铜钟上。可以看出,他有两种思想的系统:白天在人们中劳动的时候,他的思想清楚、平凡、事务式的,比较容易了解;休息的时候,傍晚带我到街上去访问他那开煎饼店的女朋友的时候,晚上睡不着的时候,他所表现的思想就完全不同了。在夜间,他有一种特别的思想,好像路灯的火光一样有许多方面。这些思想很好地发着光,可是不知道哪方面是它的真面貌,而且也弄不清这些思想的哪一方面最接近奥西普,是对他最宝贵的。

他好像比我以前见过的一切人都要聪明得多。我用环行在司炉雅科夫周围的那种心情来往在他的身边——我想看透这个人,了解这个人,可是他闪动着,躲避着,总是难于捉摸。真实的他躲藏在什么地方呢?在他身上,哪一点是可以相信的呢?

我记得他对我这样说过:

"你找找看:真正的我藏在什么地方?好,你找吧!"

我的自尊心受伤害了。而且他伤害了我的比自尊心更高的东西。弄明白这个老头儿,对我说来是万分必要的。

他虽然难于捉摸,但很坚定,好像即使他再活一百年,也依然是这样一个人,在不坚贞得出奇的人们中间,也能坚定地守住自己。鉴定家的坚定也使我得到这样的印象,但那是使人很难受的,而奥西普的坚定不同,他使人愉快。

人们的动摇性,强烈地映在我的眼里,他们像变戏法一样,从这个姿势变成那个姿势,对于这些打击着我的无法解释的跳跃,我已经不再惊异了,这种跳跃,使我对于人们的热切的兴趣慢慢地消失了,搅乱了我对他们的爱。

七月初的一天,在我们工地上,飞快地来了一辆破马车。车夫台上,一个喝醉酒的满脸胡子的汉子,阴沉地坐在那里打饱嗝。他没戴帽子,嘴唇被打破了。马车里面,喝醉的格里戈里·希什林摊脚摊手地躺着,他的身边一个肥胖的红脸女人,挽住了他的胳臂。这女人戴一顶缀着红带子和玻璃樱桃的草帽,一只手张一顶洋伞,赤脚穿着橡皮套鞋。她把洋伞挥舞着,乱颠着身体,大声地笑嚷:

"真见鬼!市场没有开幕,还休息着,可是他们带了我来!……"

格里戈里的神情萎靡不堪,衣服很皱。他从马车上爬下来,坐在地上,眼泪汪汪地向看着他的我们诉苦:

"跪在地上告诉你们,我犯了大罪了!我想了一想,就犯下了罪——弄成这副样子!叶菲穆什卡说:格里沙,格里沙……他确实这样说。可是,诸位,饶恕我吧!我给你们大家请客。他说得对:浮生若梦……为欢几何,玩吧……"

女人大声笑着,双脚乱跺,跺掉了套鞋,车夫却沉着脸叫:

"快上来,开车啦!你们这些大嗓门,咱们走吧,马站不住啦!"

这是一匹衰老的劣马,满身大汗,跟埋在地里一样站在那儿,所有这一切凑在一起,显得十分可笑。格里戈里的徒弟们望着自己的工头、打扮起来的女人和傻头傻脑的车夫,哄然地笑着。

只有福马一个人没有笑,他同我并立在铺子门口,低声说:

"这猪猡发疯了……家里有老婆,挺漂亮的娘们!"

车夫连连催促着要走,女的从马车上下来,抱格里戈里上车,把他放在自己脚边,摇着伞叫:

"走吧!"

徒弟们善意地拿工头开玩笑,羡慕他,后来福马喝了一声,大家又做起工来。看来福马见了格里戈里的丑态,心里很难过。

"这也叫做工头!"他咕噜着。"不到一个月就完工了,快回乡下去了……熬不住啦……"

我替格里戈里难受,他和那个带着玻璃樱桃草帽的女子在一起,实在荒唐。

我常常想,为什么格里戈里当工头,而福马却当伙计呢?

福马是个强壮、白净、鬈发的青年,圆脸,鹰鼻子,聪明的灰色眼,不像一个平民,要是好好打扮起来,简直是个公子哥儿。他阴沉,不爱开口,一说话就很认真。因为他识字,替工头掌会计,计算开支,善于督促同伴好好做工,但自己做起工来总是不大愿意的样子。

"全部工作,永远是做不完的,"他沉静地说。关于书,他轻蔑地说:"什么都可以印出来的,随便什么,我都能给你杜撰出来,这有什么了不起呀……"

但他对一切事都很留心,若是他对什么感兴趣,就寻根究底地问。他总是想着自己的什么,一切都用自己的尺度去衡量。

有一次我对福马说,你可以去当工头,他懒懒地说:

"要是一下子能挣个万儿八千也罢了……为了挣一点点小钱管一大伙人,去找这种麻烦可没有意思。我还是等有机会到奥兰基进修道院去。我脸蛋儿漂亮,又有劲,说不定会被一个寡妇老板娘爱上!世界上常有这样的事——谢尔加茨城有一个小伙子,两年工夫碰上了运气,在这个城里讨了一个老婆,还是个姑娘。他给人家送圣像去,被那女的爱上了……"

这是他预先想好的。他知道许多这类在修道院出家,结果轻易走上幸运之路的故事。我不爱他的故事,也不爱他那种想法,但我不怀疑他将来会进修道院。

后来市场开幕了,大家意想不到的,福马却进吃食店当了跑堂。我虽不能说他的同伙们认为奇怪,但从此大家都拿他开玩笑,休息天出去喝茶的时候,大家玩笑着说:

"走,找我们跑堂的去吧!"

到了吃食店里,就装作客人的声气,叫:

"喂,跑堂的!鬈发的,过来!"

他跑过来,略抬起头来问:

"用点什么呢?"

"不认得老朋友了吗?"

"没工夫,忙得很……"

福马知道同伙们轻视他,想拿他开玩笑,他用等待的眼色向他们枯燥地望着,脸上毫无表情,好像在说:

"喂,快点,开玩笑吗……"

"要小账吗?"他们问,故意用手指在钱袋里掏摸了半天,结果是一个戈比也不拿出来就走了。

我问福马,他不是本来打算到修道院去的吗?为什么当了跑堂?

"我没打算当修道士,"他回答。"当跑堂也只是暂时的……"

过了约莫四年,我在察里津遇到他①,还是在吃食店里当跑堂。后来在报上见到,他因偷盗未遂案被捕了。

特别使我震惊的,是石匠阿尔达利昂的经历,他在彼得一伙中是年纪最大的,也是最能干的工人。这位四十岁的黑胡子的快活的人,也使我抱同样的怀疑——为什么他不当工头,却叫彼得当?他不常喝酒,几乎没有喝醉过,做工很有本领,也喜欢自己的工作。砖头在他的手里,就跟红鸽子一样飞着。害病的、脸色阴沉的彼得跟他比起来,简直是一伙中无用的废物。关于工作,他说过这样的话:

"我替人家盖砖头房子,替自己造木头棺材……"

阿尔达利昂常常精神十足,一边砌着砖头,一边喊:

"喂,大家使点劲呀,看在上帝分上!"

他对大家说,明年春天,他要到托木斯克去,因为他的一个姐夫在那里包下了一件造教堂的大工程,要他去当监工。

"我已经决定去,我喜欢造教堂,"说着,他又向我提出:"你同我一起去好吗?老弟,在西伯利亚,识字的人很有用处,到了那边,识字是个法宝!"

我答应了,他就得胜地喊:

"好极了!这是认真的,不是说着玩……"

他对待彼得和格里戈里像大人对孩子一样,带着善意的嘲笑,他对奥西普说:

"大家都是吹牛的家伙,老想互相夸耀自己的聪明,好像在那儿玩牌,一个说我的牌如何如何,另一个说:看呀,我的牌都是王牌!"

奥西普含糊地说:

"有什么办法?吹牛是人的脾气,娘儿们不是都挺着奶子走路吗……"

---

① 一八八八年深秋高尔基在察里津。

"大家都唉声叹气地叫着上帝……可是暗中都在那儿攒钱!"阿尔达利昂不肯甘休。

"可是格里沙攒不起来……"

"我是说我的那个当头的,我真想跑到森林旷野里去……哼,在这儿实在呆腻味了。到了春天,我要上西伯利亚去……"

工人们羡慕阿尔达利昂说:

"我们要是有像你姐夫那样的靠山,也不会害怕到西伯利亚去了……"

阿尔达利昂忽然不见了,星期天他跑出了自己队伙的工房,约有三天,没有人知道他在哪儿。

大家不安地推测着:

"莫非被人杀死了?"

"要不就是游水淹死了?"

不料叶菲穆什卡跑回来,不好意思地告诉我们说:

"阿尔达利昂在外面鬼混哪!"

"胡说!"彼得不相信地喊叫了一声。

"他鬼混,喝酒,像干燥的谷仓从内部发了火,仿佛他可爱的老婆死了……"

"他是单身汉!他在哪里?"

彼得怒气冲冲地跑去救阿尔达利昂,却挨了他的打回来。

于是奥西普把嘴唇紧紧一咬,两手深深插进衣袋里,说:

"我去瞧瞧——到底怎么一回事?他是个很好的人……"

我跟他去了。

"你看,他这个人,"奥西普在路上说。"似乎一切都挺好,忽然露出了尾巴,荒唐起来啦。马克西莫维奇,你留意,要记住这个教训……"

我们走到"库纳维诺游乐村"的一家下等窑子里,走出来一个强盗婆似的老婆子,奥西普跟她咬了一下耳朵,她带我们到一间空洞的小

屋子里,又暗又脏,像个关一匹马的马圈。一张小床上,躺着一个胖大的女子;老婆子用拳头推了一下她的腰,说:

"出去!嗨,姐儿,出去!"

女子惊跳起来,用手掌擦了擦脸问:

"天哪,这是谁?做什么?"

"侦查来啦,"奥西普凶凶地说。女子哎呀了一声跑掉了,他向她背影呸了一口,向我解释:

"她们怕侦查,比怕鬼还厉害……"

老婆子摘下墙上的一面小镜子,把壁纸揭起了一点。

"瞧吧——是这个吗?"

奥西普从墙上的缝里望进去:

"正是他!你叫女的出去……"

我也从缝里张望了一下:那边同我们这里一样,是一间狭小的狗窝,窗子关着,窗龛上放着一只洋铁的煤油灯。灯边一个斜白眼的鞑靼女子,脱得精光地在那儿缝褂子。她的背后,一张床上,阿尔达利昂肿起的脸高高地枕在两个枕头上,翘着蓬乱的黑须,鞑靼女子抖索了一下,披上褂子走过床边,突然出现在我们这个房间里。

奥西普见着她,又呸了一口:

"呸,不要脸的!"

"你自己是傻老头子呀,"她笑着回答。

奥西普也笑了,用手指威吓她。

我们跑进鞑靼女子的屋子里,老头儿坐在阿尔达利昂脚边的床沿上,叫了他好久都没能把他叫醒,对方只咕噜了几声:

"好吧,好吧……等一下我们就走……"

他终于睁开了眼睛,惊奇地瞧瞧奥西普和我,又把发红的眼闭住,呻吟地说:

"唔,唔……"

"你怎么回事?"奥西普平静地说,并不责备,只是有点不快。

"我昏了头,"阿尔达利昂咳嗽着,发出沙哑的声音,解释说。

"干吗这样……"

"不干吗呀……"

"似乎有点不妥当……"

"有什么好的……"

阿尔达利昂拿起桌上一只已经打开的伏特加酒瓶,捧着喝起来。之后,请奥西普:

"喝点吗?这儿该有下酒的东西……"

老头儿把酒倒在自己嘴里,咽下去,皱一皱脸,开始注意地嚼一片面包,昏迷的阿尔达利昂便没劲地说:

"看呀,同鞑靼女子搅上了,这都是——因为叶菲穆什卡的缘故。他说:鞑靼女子,挺年轻,从卡西莫夫城来的孤儿,来做买卖的。"

从墙洞口发出不流利的但是快活的声音:

"鞑靼女子——顶顶好,像一只小母鸡。把他赶出去吧,他不是你的爸爸……"

"就是那个女子。"阿尔达利昂喃喃着,很笨拙地向墙洞边望去。

"我见过了,"奥西普说。

阿尔达利昂回头向着我:

"兄弟,我弄成这个样子了……"

我想,奥西普马上会责备阿尔达利昂,把他教训一顿,而他就会难为情地懊悔,可是这样的形势一点也没有。他们并肩坐着,安静地交换着简单的谈话。看见他们在这样黑暗肮脏的狗窝里,真受不了。鞑靼女子从墙洞口说着可笑的话,但他们不去听她,奥西普从台子上拿了一条鳓鱼干,在靴子上磕打了一下,用心剥起皮来,他问:

"钱花光了吗?"

"彼得还欠我的……"

"嗨,你还恢复得过来吗?现在该到托木斯克去了……"

"到了托木斯克又怎样……"

"莫非你变卦了?"

"如果是外人叫去就好了。"

"为什么?"

"那是姐姐和姐夫……"

"那又怎么样?"

"对自己亲戚去低头,不大有味……"

"无论在哪里,都一样要低头。"

"毕竟不一样……"

他们谈得那样亲切、认真,以致鞑靼女子也不再逗弄他们了,她走进屋子里来,默默地从墙上拿了衣服,跑出去了。

"很年轻啦,"奥西普说。

阿尔达利昂向他瞧了一眼,并不懊丧地说:

"都是叶菲穆什卡那个捣蛋鬼,他除了女人什么都不知道……那个鞑靼女子,很有趣,傻里傻气的……"

"当心——不要着了迷,"奥西普警告他,嚼完了鱼干,就向他道别。

归途中,我问奥西普:

"你干吗要去找他?"

"瞧瞧他呀,熟人嘛。这种事情,我见过很多。有些人,活着活着,忽然荒唐起来。"他把以前说过的话,又说了一遍。"喝酒就得小心!"

可是过了一分钟,他又说:

"没有那个,也寂寞!"

"没有酒吗?"

"唔,对啦! 喝了酒,就好像走到了另外一个世界里……"

阿尔达利昂终于没有摆脱出来,过了五六天,他上工来了,但很快又不见了。到春天我碰见他,他已沦落成流浪人,正在码头上给木船敲冰。我们两个人见了面很高兴,一起到吃食店去喝茶。他一边喝,一边夸耀说:

"你记得,我是一个怎样的手艺人?老实说,我做起工来,是本行的能手!挣几百卢布也不算一回事……"

"可是你没有挣到呀!"

"没有挣到!"他昂然大声说。"我厌了!"

他大吹牛皮,吃食店里的客人都在注意地听他瞎吹。

"你还记得,那个善心贼彼得不是说过吗?咱们替人家盖砖头房子,替自己造木头棺材,看呀,这就是全部工作!"

我说:

"彼得有病,他怕死。"

但阿尔达利昂喊叫起来:

"我也有病呀,也许我的心脏位置有点不正!"

星期天我常到城外百万街①去,那里是流浪人的集合地,我瞧见阿尔达利昂如何急转直下变成一条"江湖汉子"。在一年以前还是快活严正的阿尔达利昂,现在好像变得脾气急躁,学到一种很奇怪的摇摇晃晃的步法,用旁若无人的态度斜睨着人,好像要同人家吵架的样子,而且老是自豪地说:

"你瞧,人们怎样看待我,我在这儿像个头领呀!"

他毫不吝惜地挥霍挣来的钱,请流浪人吃东西,吵架的时候,他帮助弱者,而且常常这样说:

"伙计们,这是不正派的!行为必须正派!"

因此他就得了一个绰号,叫做"正派人"。他对这绰号很满意。

我很热心地观察聚在这条破旧肮脏的街上的人们,他们挤在像口袋一样的砖头房子里。他们都是被生活遗弃的,但他们好像给自己另外创造了没有老板束缚的自由快乐的生活。他们乐天而大胆,使我想起外祖父对我说过的容易去当强盗和隐士的纤夫。他们没有工作时,常常不嫌弃地从木船上和客轮上偷点东西,但这行为也不使我不快,

---

① 百万街是下诺夫戈罗德城的一个街区,流浪汉、穷人、失业者、乞丐栖身之地,高尔基最初是在这里接触和熟悉流浪汉生活的。

我看见生活就是彻头彻尾的偷盗,像破衣服是用灰线缝的一样。同时我也看见有时候这些人也不辞劳苦,拼命地做工,那种干劲在紧急装卸货物、在发生火灾,或在融冰期间是常常可以见到的。大致说来,他们比别人生活得更快乐些。

可是奥西普见我跟阿尔达利昂有了往来,父亲似的警告我:

"怎么啦,我的心肝,你这个苦命的呆木头,你怎么同百万街上的家伙交起朋友来啦?当心点,不要害了自己……"

我尽我所能地对他说我非常惬意那些人——他们不做工而快活地生活着。

"像天上的飞鸟,"他打断我的话,冷笑。"他们流落到那个地步,因为他们贪懒、无用,他们把做工当作受罪。"

"那么做工又怎样呢?大家都说规规矩矩做工,还是造不起砖头房子呀!"

我说这话,是很不费力的,我不知听到过多少这类的话,而且感到它是真话。但奥西普很生气,喝倒了我:

"谁说这种话?这是傻子和懒鬼说的。你这小狗崽子,不应该进耳朵!唉,你这家伙!说这种话,是嫉妒人家的人,是倒运的家伙。你应该先长出羽毛来,然后向高处飞!我要把你同他们的来往告诉你主人去,请你不要恨我!"

终于,他告诉了。主人当他的面对我说:

"喂,彼什科夫,不许再到百万街去。那边是小偷和窑姐儿的窝子。从那边出去,只有一条路,到牢狱和医院。不许再去了!"

我还是私下去百万街,但不久,也不能不同它断绝关系了。

有一天,我跟阿尔达利昂和他的朋友罗宾诺克,坐在一家宿夜店院内板棚的屋顶上。罗宾诺克有趣地谈着他如何从顿河罗斯托夫徒步到莫斯科。他是一个工兵,瘸子,得过乔治勋章。土耳其战争时,他的膝骨打碎了,他长得矮小精悍,胳臂的气力大得怕人。因为是瘸子,不能做工,有了气力也没有用。生过一场什么病,把头发脸毛都秃光了,看他的脑袋,就像一个刚出生的孩子。

他着红眼睛说:

"那是谢尔普霍夫市,一个神父坐在园子里,我说:神父,我是土耳其战争中的英雄,请你布施一点……"

阿尔达利昂摇着头说:

"唔,你说谎……"

"我干吗说谎?"罗宾诺克并不生气地反问。我的朋友就用教训的口气慢腾腾地说:

"你是不正派的人。你应该做一个看门人,瘸子总是做看门人的。你却乱跑,乱撒谎……"

"我不过叫别人笑笑,说谎玩儿的……"

"你应该笑你自己……"

虽然是有太阳的干燥的天气,院子里却阴暗肮脏,一个女子跑进院里来,拿一条布片挥摇着叫喊:

"谁要买裙子?唉,女朋友们……"

屋子里走出许多女人来,密密围住叫卖的女子,我马上认出这是洗衣妇纳塔利娅,我从屋顶上跳下去,不料她已经照第一个出价把裙子卖掉,慢慢从院子里走出去。

"你好呀!"我在大门外追上她,快乐地叫。

"还有什么说的吗?"她斜了一眼问,但马上站下来,生气地叫:

"天哪,你在这里干什么?……"

她的惊叫使我又感动,又发窘。我明白她是关心我才惊骇的,在她的聪明的脸上明显地现出惊恐的神色。我匆忙告诉他,我不是住在这里,不过有时来望望。

"望望?"她讥笑地又生气地叫。"你到什么地方来望望?你望的是什么地方?是望过路人的口袋?还是女人的胸口?"

她的脸色憔悴,眼底下一道黑圈,嘴唇宽弛地垂着。

她在吃食店门口站下,说:

"进去,请你喝茶!看你衣衫挺整洁,不像这里的人,可是我有点不大相信你……"

但在吃食店里,她似乎相信我了。一边倒茶,一边乏味地告诉我,她还是一个钟头以前起的床,此刻还没有吃过早饭。

"昨晚上床的时候,醉得昏迷迷的,在什么地方同谁喝的酒,已经记不得了。"

我可怜她,在她面前,觉得忐忑不安。我很想问她的女儿在哪里。她喝了伏特加和热茶,讲起话来像往常那样活泼,也像这条街上的一切女子一样粗鲁。可是我问到她的女儿时,她马上清醒过来,叫喊说:

"你问她干什么,不行,亲爱的,你要转我女儿的念头不会到手的。"

她又喝了一口,说:

"女儿,跟我没有关系。我算她的什么人呢?一个洗衣妇,不能当那女儿的妈妈!她受过教育,有学问,所以说,老弟,她把我丢了,到有钱的女朋友家里去了,大概当教员……"

她沉默了一会儿,沉着声问:

"原来是这么回事呀!你对洗衣妇没有兴趣吗?那么窑姐儿要吗?"

我马上看出来,她就是"窑姐儿",这条街里没有别种女人。从她的口里这样说出来,我觉得害羞,同情她,眼里含了泪水,好像她的告白燃烧了我,在不久以前,她还是那么一个勇敢、自立、聪明的女人!

"你呀,"她说着,向我瞥了一眼,叹息了。"离开这里回去吧!我请求你,并且劝你,这种地方,千万不要再来!再来会失脚的!"

接着,她把身子俯在桌上,手指在托盘里画着,像在自言自语,低低地断断续续说起来:

"可是,我的请求和忠告对你又有什么用处呢?连亲生的女儿也不听我的话。我对她说,你怎么啦?你不能丢开亲生的妈。她说:那么,我只好吊脖子啦。她到喀山去了,说是去学产科。那也好……那也好……可是我怎么办呢?想来想去,就只有这条路……没有人可依靠……就只好依靠过路人……"

她停了嘴,长久地想着什么。嘴唇无声地动着,好像忘记了我坐在对面。她的嘴角垂到下面,嘴唇像镰刀一般弯着,嘴唇皮微微发抖,在抖索的皱纹里,好像发出无声的言语,那样子看起来真难受。她的脸像小孩一样,受了欺负似的,头巾底下露出一绺头发,掠过额角弯到小耳朵背后。冷了的茶杯里,落下一滴眼泪。她察觉了,把茶杯推开,紧紧闭住眼睛,又挤出了两颗眼泪,就用手帕去擦。

我不忍再同她坐在一起,我轻轻站起来:

"再见吧!"

"啊?去,去,滚开吧!"她不向我望,做着赶人的手势,大概忘记了同她在一起的是谁。

我回到院子里阿尔达利昂的地方。他本来约我一起去捉虾,而我却想告诉他这个女人的事情。可是,他跟罗宾诺克早已不在那屋顶上。当我在乱七八糟的院子里四处找寻他们的时候,街路那边发生了这里常常发生的吵架。

我走到大门外边,马上碰见纳塔利娅,她在哭,用头巾擦着受伤的脸,另一只手掠着散乱了的头发,目不旁视地在人行道上走。她的身后走来了阿尔达利昂和罗宾诺克。罗宾诺克说:

"再给她一拳,让她再吃一拳!"

阿尔达利昂挥着拳追上她,她转过身来,向他们挺出胸脯,脸色非常可怕,眼里烧着仇恨的火:

"你打吧!"她叫。

我拉住阿尔达利昂的胳臂,他惊奇地瞧了我一眼:

"你做什么?"

"不许动她,"我好容易才说出了这一句。

他哈哈大笑:

"她是你的情人吗?——啊,纳塔利娅,你勾搭上了一个小修道士！"

罗宾诺克拍着大腿哈哈大笑起来。他们就脏嘴脏舌讥笑了我好一会儿，弄得我非常难受。这时候，纳塔利娅走掉了。我再也忍耐不住，就一脑袋拱到罗宾诺克的胸口，把他撞倒地上，一溜烟跑掉了。

从此以后，我好久没上百万街去，但又碰到了阿尔达利昂一次，是在一条渡船上。

"你躲到哪儿去了？"他高兴地问我。

我告诉他，他们打纳塔利娅，又侮辱我，想起来非常难受，阿尔达利昂和善地笑了起来：

"你当真了吗？我们是为开玩笑才逗你的！至于那个女人，她是窑姐儿，为什么不打呢？老婆都可以扭来打，难道那种女人还要去怜惜吗！况且我们只是玩玩的！我也知道，拳头是教训不了人的！"

"那么，你拿什么去教训那个女人呢？你有哪点比她强？……"

他抓住我的两肩，摇着，带嘲笑地说：

"我们的糟糕正在于我们谁也不比谁强……老弟，我什么都明白，里里外外都明白！我不是乡下佬……"

他有点微醉而且快活，像和善的教师望一个蠢笨的学生一样，带一种柔和的怜悯向我望着……

有时也碰见巴维尔·奥金佐夫，他更加精干起来了，打扮得挺漂亮，跟我说话时带着宽大的神气，动不动责备说：

"你干什么去做那种没有出息的事呀！这些乡下佬……"

以后，他伤心地告诉我作坊里最近的情形：

"日哈列夫还同那个牡牛一样的女人搅在一起；西塔诺夫大概很悲观，现在喝酒喝得挺凶；戈戈列夫被狼吃了；醉醺醺地回家去过圣诞节，就被狼吃了！"

于是巴维尔得意地笑着，讲他杜撰的滑稽话：

"吃他的那几只狼也都醉了！它们得意起来，像驯狗似的在森林里用两只后爪子走着，过了一天一夜，也都死了！……"

540

我听了这话也笑了起来。但是觉得那个作坊和我在那里经历过的一切,好像变得对我很生疏了,这使我未免有点悲哀。

十九

冬天,市场里差不多没有活儿干。我在家里,跟从前一样,担任各种打杂。这些杂务吞逝了白昼,只有晚间才空闲,我重新念一些对自己毫无趣味的《田地》杂志和《莫斯科报》上的小说给主人们听。到了夜里便读好书,学做诗。

有一天,女人们出去做通夜弥撒,主人身体不舒服留在家里,他问我:

"彼什科夫,维克托笑你啦,说你在做诗。这是真的吗?你念首听听!"

我不好拒绝,就念了几首;这些诗好像不大合主人的意,但他仍然这样说:

"好好儿用功吧,也许你可以变普希金,读过普希金吗?

　　是家神鬼送丧,
　　　还是女妖精出嫁?①

在他那时代,普通人还相信家神鬼,他自己当然不相信,只是说着玩的!对啦,老弟,"他沉思地拖长声调,"你应该去求学,可惜太迟了!简直瞧不透你,你将来要怎样活下去!……你那本子得藏好,要不然给女人们拿去笑话……老弟,女人,顶喜欢这种东西——勾引心火……"

从不久以前起,主人变成沉思冥想的人,常常胆怯地望着四周,听

---

① 引自普希金《恶鬼》一诗中的诗句。

到门铃都会吃惊。有时为一点儿小事冒火,向大伙儿发脾气,从家里跑出去,第二天晚上喝醉了回来……可以看出他的内心好像发生了什么事,使他的心受伤了,可是除了他以外,没有人知道到底是为什么。如今,他没有信念,也没有欲望,只是依着习惯在生活。

休息日,从午饭后到晚上九点,我到外边闲走,傍晚时候,坐在驿站大街一家酒食店里。老板很胖,常在那儿流汗,非常爱唱歌。这是差不多所有教堂里的唱歌人都知道的,他们聚在他这里。他们唱歌,老板就请他们喝伏特加、啤酒,喝茶。那些唱歌的都是毫无趣味的酒鬼,他们只因贪嘴才勉强唱唱,唱的也都是教堂里的圣歌。有时候,店里来了信心虔诚的酒客,认为在酒食店唱圣歌不大妥当,老板便把唱歌的叫进自己屋子里,因此我只能隔门听到歌声。但在酒食店里唱歌的,还有许多乡下佬和手艺工人。老板自己走遍全城去找唱歌人;赶集日乡下农民上城来,他打听了有会唱的,就请了来。

唱的人总是坐在柜台旁的伏特加桶跟前,脑袋映在圆桶底上,好像套上一个圆框子。

顶会唱、常常唱出最好的歌曲的,是个瘦小的马具匠克列晓夫。他有一张像被嚼烂了吐出来一般的脸,一小绺一小绺褐色毛发,鼻子跟死人一样发光,小眼睛睡意蒙眬地一动不动。

他常常闭上眼睛,后脑靠在桶底上,敞开胸膛,用沉静而豪放的盖过大家的男高音,很快地唱:

  大地罩满了雾气,
  道路迷蒙的时候……

这时候,他站起身来,把腰靠在柜台上,上半身向后仰着,面冲着屋顶,热心地唱下去:

  唉,我要往何处去呢,

我在何处去找康庄大路？①

他的声音小而有力，像一条银丝穿过酒食店嘈杂的混沌的谈话声，刺人心胸的歌词、音调和叫唤，震慑了一切的人。连喝醉酒的也变得惊人的庄重，默默地注视着眼前的桌面。每次我听到好的音乐，心底里就充满了一种强有力的感觉，它美妙地触动着我的心灵，使我的心好像要胀裂开来。

酒食店像教堂一样静，唱歌的就好像是一个善良的神父，他并不说教，而事实是捧出整个的心，为全人类恳切地祈祷，为可怜的人类生活的忧郁的苦难，作发声的思考。一些胡子面孔的人从四面八方望着他，兽形的脸上，儿童似的眼睛若有所思地忽闪着；有时也有叹息的人，这证明着歌的威力。在这样的时候，我总是觉得，这才是真正的生活！而平时，所有的人，都是过着虚伪的过于做作的生活。

在屋角落坐着面孔胖胖的女小贩雷苏哈，她是一个放荡的、不要脸的堕落女子；她把脖子缩在肥胖的两肩中间，啜泣着，眼泪流出来轻轻洗着无耻的眼。离她不远把脸伏在桌子上的，是阴沉的男低声歌手米特罗波利斯基，一个潦倒助祭似的须发浓密的青年，醉脸大眼；他望着眼前的伏特加酒杯，拿在手里，正要送到嘴边去，马上又重新在桌子上轻轻放下——不知为什么不能喝了。

酒店里的人都出了神，好像正在倾听早已遗忘的、但对他们来说非常亲切非常宝贵的声音。

克列晓夫唱完了，很谦逊地在椅上坐下，老板便敬他一杯酒，现着满意的笑脸说：

"吓，真好！虽然你是在唱，但更像在讲故事，你是名手，没有什么可说的！没有人会说别的……"

克列晓夫慢慢地把伏特加喝了，谨慎地咳嗽一下，轻轻地说：

---

① 这是一首民歌。

"谁都有嗓子,谁都会唱,但是要表现出歌曲中的精神,这只有我才会。"

"嗨,不要夸口!"

"没有本领的人就不会夸口,"歌手依然那样平静,可是说得更有劲了。

"好大的口气,克列晓夫!"老板懊恼地叹息。

"我决不胡吹……"

屋角上的阴沉的男低声歌手叫道:

"你们哪里懂得这个丑天使唱的歌,你们这些虫子,霉菌!"

他跟谁都合不来,跟谁都抬杠,闹别扭;因此,差不多每星期天都被人痛打。唱歌的打他,会打人想打人的都打他。

酒食店老板喜欢克列晓夫的歌,但对于歌手本人,却很不耐烦,见人就抱怨他,而且公然寻找机会侮辱这个马具匠,嘲笑他。这件事,那些常到的客人和克列晓夫自己也都知道。

"是一名好歌手,只是有些骄傲,要教训教训他才好,"他说。有几个客人表示同意:

"不错,这年轻人骄傲!"

"有什么值得骄傲的?嗓子由上帝赐予,并不是自己挣来的!况且他的嗓子也没有什么了不起呀?"老板执拗地反复说着。

赞成的人附和他:

"不错,主要的不是嗓子,而是才能。"

有一次歌手完了事走了,老板劝雷苏哈说:

"玛丽亚·叶夫多基莫芙娜,你跟克列晓夫去搅一下,把他捉弄一回,好吗?在你说费不了什么!"

"要是我再年轻点儿,"女小贩笑一笑说。

老板急躁地大声说:

"年轻有什么用?你去试一试!我倒要瞧瞧他怎样在你周围团团打转呢!让他得相思病,他就唱个没完没了了,不是吗?来一下吧,叶夫多基莫芙娜,我重重谢你,好吗?"

可是她不肯接受。又肥又大的她,低着眼皮,捻弄垂落胸边的头巾的缨穗,单调地懒洋洋地说:

"这要年轻的才行。要是我再年轻一点,唔,我就不会犹豫了……"

老板差不多老是想把克列晓夫灌醉,但这家伙唱完两三支歌,每唱完一支喝一茶杯酒,就仔细地用毛织围巾包住脖子,把帽子在毛蓬蓬的脑袋上用力一戴,就出去了。

老板又时常找人同克列晓夫比赛,马具匠唱完歌,他称赞了之后,就兴奋地说:

"这里还来了一个歌手! 唔,请你显显本领吧!"

歌手有时唱得很好,但是在这些跟克列晓夫比赛的人中间,我却记不得有一个人,能够像这瘦小的丑马具匠那样唱得朴素、真诚……

"嗯,"老板不无遗憾地说。"这自然挺好! 主要是嗓子好,可是缺乏感情……"

听众笑了:

"不行,大概是胜不过马具匠的!"

克列晓夫在火红的长眉底下望着大伙儿,安静而客气地对老板说:

"算了吧,比得上我的歌手,您决计找不到,我的天才是上帝赐的……"

"我们都是上帝赐的!"

"你尽管花了酒食,倾家荡产去找,也是找不到的……"

老板的脸发了红,咕噜道:

"怎么知道,怎么知道……"

但克列晓夫一定要说得他服输:

"再同你说一句:唱歌跟斗鸡不同……"

"这个我知道! 你老纠缠什么?"

"我不是纠缠,只是说给你听:倘若歌是一种娱乐,那就是魔鬼的东西!"

"好,算了,算了,不如再唱一个……"

"唱,我是什么时候都能够,甚至在睡梦中也可以,"克列晓夫答应了,小心地咳嗽一下,又唱起来。

于是,一切琐事,一切无聊的废话和意图,一切庸俗的酒食店里的事,便很奇妙地烟消云散了。所有人们的脸上涌出一种完全不同的生命的泉流,充满着爱与悲悯的、冥想的、纯粹的生命的泉流。

我羡慕这个人,羡慕他的天才和他对人们的权力,而且他也很巧妙地利用了它!我很想同马具匠结识,同他长谈,可是没有勇气走过去。因为克列晓夫用他白洋洋的眼睛奇异地望着一切人,好像对于自己跟前的人,一个也不放在他的眼里。在他身上还有一种使我讨厌的地方,妨碍人去爱他,我很想不在他唱歌的时候去爱他。他像老头子一样把帽子戴在头上,用红围巾缠住脖子,好像是故意给人看,那样子实在讨厌。关于这围巾,他自己说过:

"这是我那可爱的女子织了送给我的,一个姑娘……"

他不唱歌的时候,便大模大样地用指头抹着死人一般的长冻疮的鼻子,人家问他,他只简单地、不大高兴地回答。有一次我坐到他旁边,问他话,他瞧也不瞧我一下说:

"滚开去,小家伙!"

在这点上,还是那个男低声米特罗波利斯基比他可爱得多;他走进酒食店,便以肩负重荷的人的步子,走进角落里,一脚踢开椅子,坐下,两肘靠在桌上,双手托住蓬乱的大脑袋,默默地喝上两三杯,重声一咳。大家一惊,回过头来望他,他依然托着头,用挑战的眼睛望着人们。没有梳理过的头发,像马鬃毛一样披散在肿胖的红棕脸上。

"瞧什么?瞧见了什么?"他忽然粗声粗气地问。

有时人家回答他:

"瞧见一个森林鬼!"

有些晚上,他只是默默地喝酒,又默默地拖步回去。有好几次,我听见他用先知的口气责备人们:

"我是上帝的忠仆,现在,我像以赛亚一样责备你们!灾难到了亚利伊勒城①;这里,一切黑心的人,偷盗的人,各种可恶的人,活在卑污的欲念之中!灾难到了这世界的船上,乘上一些卑污的人,驶到大地的每一处!我很知道你们,只是一些酒囊饭袋,世界上的垃圾渣滓。可咒诅的人,你们多得无数,瞧吧,大地不会把你们载在它的怀里!"

他的声音特别洪亮,把玻璃窗震得发响。这非常受听众的欢迎,他们称赞这位先知:

"叫得好,长毛狗!"

他很容易接近,只消请他吃点东西。他要一大瓶伏特加,一碟辣牛肝,这是他最爱的,常常吃坏他的嘴和心肝五脏。我请他告诉我,要读些什么书才好,他厉声直言反问我:

"要读书干什么?"

但瞧见我发窘,就温和地大声问我:

"传道书读过吗?"

"读过。"

"读传道书好啦!别的书都不用读。传道书中说尽了世界的知识,只有那些四方角的绵羊才不懂,换句话说,谁也不会懂……你是谁,唱歌吗?"

"不。"

"为什么不?应该唱歌。这是最荒唐的事情。"

邻桌上有人问他:

"那么,你自己唱吗?"

"我是游手好闲的人!唔,怎么啦?"

"没有什么。"

---

① 亚利伊勒即耶路撒冷;据《圣经》记载,先知以赛亚曾预言亚利伊勒必遭重灾(见《旧约·以赛亚书》第二十九章第一节)。

"这不是新闻,谁都知道你头脑里没有货色,而且永远也不会装进些什么。阿门!"

他跟谁都用这样的腔调说话,当然同我也一样。请了他两三次客,他就开始对我温和起来,有一次,他甚至有些惊讶地说:

"我瞧着你,真不明白:你是什么,你是谁?你要干什么?呃,其实,管你呢!"

他对克列晓夫的态度很难解,他出神地听他唱,听得很高兴,有时还露出柔和的微笑,但没有同他结交,谈到他时,很粗鲁,并且鄙视他:

"这个木头人!他会换气,懂得怎样唱,但还是一个傻瓜!"

"为什么?"

"他天生是这样的。"

我想在他没喝酒的时候同他谈谈,但不喝酒的时候,只是咕噜,只是茫然地,用忧郁的眼睛望人。听说这酒鬼在喀山上过神学院①,有当主教的资格。我不相信这话。但有一次,我跟他谈到自己,提到主教赫里桑夫的名字,这位男低声把头一振,这样说:

"赫里桑夫吗?我认识,是我的恩师。在喀山,在神学院——我记得很清楚!赫里桑夫,意思就是金黄色,这是潘瓦·别雷姆达②说的。对啦,他是金黄色的人,赫里桑夫!"

"潘瓦·别雷姆达是谁?"我问了,可是米特罗波利斯基简单地岔开:

"同你没有关系。"

回到家里,我在本子上写了:"必须读一读潘瓦·别雷姆达,"我想,读了别雷姆达,一定可以解决很多使我不安的问题。

这歌手老爱使用我所不知道的人名、奇怪词组,这使我挺不高兴。

"人生不是阿尼霞!"他说。

我问:

---

① 喀山神学院建于一七二三年。
② 潘瓦·别雷姆达(?—1632),乌克兰学者,辞典编纂者。

"阿尼霞是谁?"

"一个有用的女人,"他回答着,我的疑惑使他感到快意。

这些名词以及他在神学院里学习过这一事实,使我想到他一定有很多的知识,可是他一句也不说,有时偶然说了,也听不懂!这使我挺难过,也许是我的问法不对。

虽然如此,他还是在我的心头留下了一些东西;我喜欢他喝醉以后,模仿以赛亚先知那样发出的勇敢的责备。

"啊,世界上的污秽和丑恶!"他吼叫道。"在你们当中,奸邪者得到荣耀,好义者被驱逐。恐怖的日子会到来的,那时悔改就太迟了,太迟了!"

听了这种吼声,我回忆起"好事情"、十分可悲和轻易堕落的洗衣妇纳塔利娅、被卑污的诽谤所围攻的"玛尔戈王后"——我已经有可供回忆的资料了……

我同这个人的很短的交往,结束得颇为奇突。

到了春天的时候,我在军营附近的野地里碰见他,胖胖的他像骆驼一样点着头,独自儿在踱步。

"散步吗?"他喑哑地问。"一起走,我也在散步。老弟,我病了,而且……"

我们默默地走了几步,突然在一个搭过营帐的基坑里,瞧见一个人。那人坐在坑底,侧倒身子,肩头靠在坑边上,外套的一边翻到耳朵边,好像要脱没有脱掉。

"醉鬼,"歌手停下说。

可是在这个人的手边的嫩草地上,放着一支大手枪,不远处有一顶帽子,帽子旁边是一只喝去不多的伏特加酒瓶,空瓶颈埋在青草当中。这个人的脸害羞地掩在外套底下。

我们不出声地站了大约一分钟,接着,米特罗波利斯基摆开两腿说:

"自杀啦。"

我立刻觉察，这不是醉汉，是死人，可是这过于突然了，简直有点令人难以相信。现在我还记得，当时我看着外套底下露出的光滑的大脑袋和青色的耳朵，一点儿也不感到害怕和哀怜。我不相信在这样晴和的春天，有人会自杀。

歌手好像感到寒冷，用手掌搓着没有剃过的脸颊，发出沙哑的嗓音：

"是一个中年人，是妻子跟人逃跑了，要不然就是花掉了别人的钱……"

他叫我马上进城去叫警察，自己坐在坑边上，耷拉着两条腿，怕冷似的裹紧了旧外套。我报告警察，有人自杀，立刻跑回来。不料这时候，歌手已经喝完了死人的伏特加，挥着空瓶迎接我。

"这酒害了他的命！"他叫吼着，发狂地把瓶摔在地上，打得粉碎。

警察随着我跑来，他向坑里张望了一下，摘掉帽子，犹豫地画了一个十字，向歌手问：

"你是谁？"

"不关你事……"

警察想了一下，就更客气地问他：

"怎么回事，这里有人死了，你却喝得醉醺醺的？"

"我已经醉了二十年了！"歌手傲然地说，手掌在胸前一拍。

我相信他喝了死人的伏特加，一定会被捉去的。城里跑来一大群人，威严的警察分局局长也坐着马车赶到，他跳进坑中，拉起自杀人的外套望了望脸：

"是谁第一个见到的？"

"是我，"米特罗波利斯基说。

警察分局局长瞧瞧他，拉长嗓子恶狠狠地说：

"啊，好呀，我的老爷！"

观众围拢来，有十五六个，他们喘着气，嘈杂地在洞口张望，在坑边来回走着，有人叫：

"这是住在咱们街上的一个公务员,我认识他!"

歌手踉跄着站到分局长面前,摘掉帽子,发出含混不清的话声,同他争执起来;分局长推了他胸口一下,他晃了一下,一屁股坐在了地上。警察不慌不忙从袋子里拿出绳子,捆住他那习惯地温顺地抄在背后的双手。警察分局局长向看热闹的人吆喝道:

"滚开!流氓……"

又跑来一个老年的警察,红润的眼,嘴累乏地张开着,他拉住缚着歌手的绳头,带着他慢慢向城里走去。

我愣生生地从野地回家,在记忆中,他的责备的话,像回声似的响着:

"灾难到了亚利伊勒城……"

眼前又呈现一片难堪的景象:一个警察不慌不忙地从袋子里拿出捆人的绳子,这一边,是那个可怕的先知,很驯顺地把红毛手反背在背后,熟练地把手腕交叉起来……

不久,我听说这位先知被递解出境。接着,克列晓夫也不见了。他结了一门很合算的亲事,搬到县里去,开了一家马具作坊。

……因为我常常热心地向主人称赞马具匠的歌,有一天他对我说:

"跑去听一听……"

他同我面对面坐在一张桌子上,吃惊地抬起眉毛,瞪大着眼睛。

到酒食店去的路上,他还笑我,进了店,开头也还嘲讽我,嘲讽大群酒客和窒闷的臭气。当马具匠开始唱时,他露着讥刺的微笑,把啤酒倒进杯里,但倒了半杯,就停下手,说:

"啊唷……鬼东西!"

他的手发颤了,把瓶子轻轻放下,紧张地听着。

"果然,老弟,"当克列晓夫唱完的时候,他叹息着说。"唱得真不错……见他的鬼,身上发起热来啦……"

马具匠仰起头望着天花板,又唱起来:

>从富裕的村子来到那条路上
>清静的田野上走着年轻的姑娘,……

"他真会唱,"主人晃晃脑袋,微笑地喃喃着,而克列晓夫的歌声渐渐发出牧笛的颤音:

>美丽的姑娘回答他:
>我是一个孤儿,无人需要……

"好啊,"主人啜嚅着,转成了红色的眼睛开合着。"呵,鬼东西……真好!"

我瞧着他,心中大为乐意;如泣如诉的歌声压倒了酒店里的喧嚣,更有力更美丽更真挚地响着:

>我们村里的人真孤僻,
>他们不叫我这个姑娘去参加夜会,
>唔,我既穷又没有体面的衣衫,
>去结识勇敢的青年我又不配……
>一个鳏夫要和我结婚,当他的管家,
>这样的命运我不愿追随!……

我的主人不怕难为情地哭起来。他低头坐着,翕动着隆起的鼻子,眼泪落在膝头上。

听完了第三支歌,他感动而仿佛颓丧地说:

"我在这里再也待不下去了。臭气真难受,见鬼……回家去吧!……"

但是到街上,他又提议:

"走吧!彼什科夫,到旅馆里去吃点东西,再说……我不想回家！……"

价钱也不讲，坐上出租雪橇，路上，他一句话没说。到了旅馆里，拣定屋角上一张桌子，立刻向四边扫了一眼，小声而气愤地诉起苦来：

"那家伙扰乱了我的心……引起了我的烦闷……不，你读书明理，你说吧，这是什么鬼世界呀？活着活着，活到四十岁了，尽管有老婆，有儿女，可是没有人可以说话。有时候想开怀谈谈，却找不到说话的人！同老婆谈吗，她决不会理解你……老婆是什么东西？她有儿女，有家务事情，还有自己的事！她跟我不一条心。俗话说，老婆这个朋友，养了第一个孩子，便算完了……尤其是我的老婆……一切……都在你眼里……她不听话……简直是一块死肉，见她妈的鬼！真忧郁，老弟……"

他抽搐地喝了又凉又苦的啤酒，沉默了一下，甩一甩长头发，又说了：

"总之，老弟，人都是坏蛋！你在那边常常同那些乡下佬谈东谈西，……我明白，不正当的，卑鄙的事，真是太多了，这是真的，老弟……大伙儿全是贼！你以为你讲的话对他们会有作用吗？一点儿也不会有哩！的确。彼得，奥西普，他们全是骗子！他们什么话都对我讲，你说了我什么，他们也讲的……唔，老弟？"

我默默地吃惊了。

"对，对，"主人轻轻笑着说。"你从前想到波斯去，这主意很不错。在那里，言语不通，什么也不懂，多么好！本国话谈的全是卑鄙龌龊的东西。"

"奥西普说我了吗？"我问。

"嗯，是的，你觉得怎样？这家伙顶多嘴，比谁都说得多，比谁都狡猾……不，彼什科夫，嘴里说说决不会说得明白。什么叫真话？真话，又有什么用处？这好比秋天的雪，落在污泥里就融化了，泥更厚了。你最好是闭着嘴不说话……"

他一杯又一杯地喝着啤酒，并没有喝醉，说话却愈来愈快，愈来愈生气了：

"俗话说得好，说话不是凿子，沉默才是黄金，真忧郁呀，老弟……他唱得对：'我们村里的人真孤僻，'人生的寂寞呀……"

他向四周扫了一眼，沉着声说：

"我找到一个知心人……在这里遇见了一个女人，是寡妇，丈夫造假钞票，已判决充军到西伯利亚，关在这儿牢狱里。我认识了这个女人……她穷得一个钱也没有，因此只好……懂不懂……是一个鸨母给我们拉拢的……仔细一瞧，真是一个可爱的人！长得漂亮，年纪又轻，简直美死了……一两回……之后，我对这女人说：'干吗做这种事，你丈夫是不规矩的人，你自己也不规矩，为什么要跟丈夫上西伯利亚去？'你要知道，她打算随丈夫一起去流放，她向我说：'不管他怎样，我对他的爱情是不变的，他是我的好丈夫！他犯了那样的罪，实在说来，也许是为了我的缘故；我跟你干了这种不好的事，这也是为了他，他需要钱。他出身是贵族，一向舒服惯了的。我要是自己一个人，我当然可以规矩，你也是很好的人，我挺喜欢你，可是你不要同我讲这件事……'见她妈的鬼！我到头把身上带的所有的钱都给了她，大约有八十多卢布。我说：'原谅我，以后我不再同你来往，我不能再见你，'于是，我就离开了她……"

他沉默了，酒气好像发作起来，他趴在桌子上喃喃说：

"我到她那儿去过六次……你不会明白，这是怎么回事！也许后来我又去过六次……可是，我不敢进去……我没有勇气进去！现在这女人已经走了……"

他把双手放在桌子上，动着手指，嗫嚅着说：

"可别再碰见这女人……不想再见了！要是再碰见她，那就一切都会完蛋！回家去……回家！"

我们走到外面，他踉跄着，咕噜着说：

"就是这么回事呀，老弟……"

他的故事没有使我惊奇，我老早觉得他一定发生了什么不寻常的事。

但是听他说到生活的话,我觉得难受,特别是听见他提到奥西普的那几句话,更使我十分难受。

二十

整整三年,我在死寂的城中,空荡荡的建筑物中当着"监工"①,看着工人们一到秋天便毁掉笨拙的砖砌市房,到春天,又同样造了起来。

主人舍不得把给我的五个卢布白花,设法要我好好地劳动,市房换地板的时候,我得在地板底下搬出一俄尺厚的泥土。要是另外雇流浪人来做这工作,就得花一个卢布,而我却不另外拿钱。可是当我在做这工作,就忽略了对木工的监督,他们拿走门上的锁、把手,偷种种小件东西。

工人和工头,用种种方法欺骗我,设法偷盗东西,而且他们好像执行一项乏味的义务似的,沉着脸,几乎是公开地做出来。我抓住他们的时候,他们也毫不生气,只是现出很奇怪的样子:

"你只拿了五卢布,看你那么卖力,却好像拿二十卢布的样子,岂不可笑!"

我告诉主人,他用我的劳力节省了一卢布,损失却常常在十倍以上。但他向我霎霎眼:

"得了吧,别装佯了!"

我知道他在怀疑我帮同偷盗,因此对他发生恶感。但我并不生气,这是很平常的事情,大家都在偷盗,主人自己也喜欢拿别人的东西。

当市集结束之后,主人巡视自己担任修理的铺房,见到那些遗下的茶炊、食具、地毯、剪子,有时还有箱子货物之类,就笑眯眯地说:

---

① 高尔基从一八八三年春至一八八四年秋当了两年监工。

"造一张物品单,都搬到货仓里放着!"

可是他又从货仓里,把各种东西搬到自己家去,要我再三再四地把物品单重新抄过。

我对物质没有爱好,我不想有什么东西,连书籍也觉得累赘。我什么也没有,有的只是贝朗瑞的一本小册子和海涅的诗集。我想买一本普希金的作品,可是城里惟一的一家旧书店的老头子,脾气不好,故意把普希金的作品标上高价。家具、地毯、镜子和把主人家里塞得满满的那一切笨拙的东西我见了都讨厌,油漆的气味,也叫人难受。我不喜欢主人们的屋子,因为它们使人联想到装满废物的箱子。主人从货仓中搬走别人的东西,更增加了自己身边的累赘,令人讨厌。玛尔戈王后的屋子也很窄狭,然而却很漂亮。

我觉得生活大都是乱七八糟的,荒唐的,有许多事,明明是愚蠢的,比方,我们在这里干的工作,把市房修好了,到春天又淹在大水里,让地板浮起,门户冲歪,水一退,柱脚都腐烂了。几十年来,市场年年淹水,淹坏了房子和街道。这样的大水每年使人受很大的损失,而人们是知道这种大水决不会自己消灭的。

每年春天,冰融化的时候,总有许多拖船和几十只小轮船被冰弄坏,人们叹着气,再造新船,再到融冰期,新船又重新受破坏。这种在同一地方的反复踏步,多没有意思呀!

我向奥西普提出这个问题,他惊异地大笑起来:

"哈哈,你这只鹭鸶,吵什么呀?这种事用不到你费心,与你有什么关系?"

但同时,他的脸色忽然变得很庄重,而那双碧色而毫无老人气的清澈的眼里,还没有消失讥笑的神情,他说:

"你这种意见很有道理,即使它与你不相干,说不定也有用处!你还要想到这么一件事情……"

于是他枯燥地说起来,虽然用了大量的俏皮话,意想不到的比喻句和各种打诨的话:

"人家常常埋怨土地太少,伏尔加河一到春天,便冲击河岸,把泥土卷到河底积成河滩,于是另外一些人,又埋怨伏尔加河浅了!春天的大水,夏天的雨,把地面冲成洼地,泥土又冲到河里去!"

他的话没有爱,也没有憎,好像玩弄自己的彻透人生哀恨的知识,虽然他的话同我的意见一致,但听起来令人不愉快。

"还有一件事也可以想一想,火灾⋯⋯"

照我的记忆,伏尔加河对岸的森林里,没有一个夏天没有大火灾。每年七月中,天空弥漫浊黄色的浓烟,昏红的太阳黯然无光,像害眼病似的望着地上。

"森林没有多大意思,"奥西普说。"那些都是贵族的财产,要不然便是官府的,老百姓没有森林。城市烧掉了,也没有多大关系,住在城市里的都是有钱佬,用不着替他们可惜!可是田庄、村子烧掉了那才糟呢——一个夏天,不知有多少村子烧掉!也许不少于一百个,这才是真正的损失!"

他轻声地笑:

"有土地,没有本领!所以在你我看来,人们不是为自己、为土地在劳碌,倒是为水火在劳碌了!"

"这有什么可笑?"

"笑笑有什么关系?你不能拿眼泪灭火,可是眼泪会使洪水更大。"

我知道,在我所遇到的人们中间,这位仪表优雅的老头子,是最聪明的一个。但这个老头子,爱的是什么,恨的又是什么呢?

我正在想这个问题,他又开了腔,像是往火堆里添上干柴。

"你瞧,人们有几个爱惜精力的,不管自己的,还是人家的。那位主人,怎样滥用你的精力呀?可是为了喝酒,人们丧失了多少精力?那是计算不清的,任何大学问家的脑袋也算不出来⋯⋯老百姓烧掉房子,可以另外造,可是一个好庄稼汉,枉然损失了,那是没法子补救的!比方阿尔达利昂,还有格里沙,你瞧,这样的庄稼汉突然烧了起来,就这么完蛋了！他虽然有点傻，实在是个好人。那个格里沙！像一堆稻草一样冒着烟，女人们好像蛆虫围攻森林中的尸首一般，围攻他。"

我好奇地，并不生气地问：

"干吗你把我的想法告诉了主人？"

他平静地，甚至还亲密地解释：

"我使他知道你抱着什么有害的思想，叫他教训你；除了主人，谁来教训你呢？我不是恶意告密，我只是担心你。你不是糊涂蛋，但魔鬼在你的脑子里捣乱。你偷东西，我不会出声，你搅女孩子，我也不会出声，你喝酒，我也不会出声！可是你那种放肆的想法，我永远是要告诉主人的，你记着吧……"

"那我以后不同你讲话！"

他沉默了一会儿，用指甲扒去手心里的松脂，后来温和地望着我说：

"你说谎，你一定还要讲的！另外你还能跟谁去讲呢？没有谁……"

我觉得这个整洁的奥西普，突然好像变成对万事都毫不关心的司炉雅科夫。

他有时像鉴定家彼得·瓦西里耶夫，有时又像马车夫彼得。有的时候，他又露出与外祖父的共同点。总之，他跟我见过的一切老头子多少都有点像，他们都是怪有趣的老人。但我觉得不能同他们在一起过活，那是难受而讨厌的。他们好像在腐蚀人的灵魂，他们那些聪明的话，使人的情操生锈。奥西普是好人吗？不是。是恶人吗？也不是。他是一个聪明人，这是我已经看清楚了的。但这种聪明由于它的随机应变使我不胜惊诧，同时也使我很是沮丧，以至到头来使我感到他还是我的敌人。

我的心头涌起了阴暗的思想：

"尽管大家讲着客气话，大家笑脸相看，一切的人还是陌生人。而且世上的一切人，都是互相冷淡的。好像没有一个人同坚固的爱有联系似的。只有外祖母一个,爱生活,爱一切。外祖母之外,还有那光彩照人的'玛尔戈王后'。"

有时候,这些思想和类似的思想浓厚得像黑云一样,觉得生活着真是烦恼不堪。怎样才能过另外的生活呢?到什么地方去好呢?除了奥西普,甚至没有可谈心的人了。于是我同他渐渐谈得更多。

他的脸上露出很有兴味的神气,听着我热情的妄谈,有时反复问我,弄清我的目的后,便很镇定地这样说:

"啄木鸟儿挺倔强,却不可怕,没有人怕那种鸟!所以我真心劝你,你可以进修道院去,待在那里,等你长大了,你可以讲很好的道理,安慰善男信女。你自己也会平静下来!况且修道士也有收入!我真心劝你,你这个人对世俗的东西看来不大精通,是吧?……"

我不想进修道院,但我觉得我是走进了迷宫,我实在苦闷。生活渐渐像秋天的森林,已经没有蘑菇,在空荡荡的林子里,没有什么可做,并且觉得,对这个森林了解得很透彻。

我不喝酒,也不和姑娘们胡搞,书籍代替了我这两种心灵上的陶醉,但是书愈读得多,就愈觉得不愿去过那种一般人所过的在我看来毫无意味、毫无必要的生活。

我还刚刚满十五岁[①],但有时觉得自己已成了中年人。因为我经历了各种的事情,读了各种的书,常常为各种的问题烦恼,好像从内部膨胀起来,增加了重量。回顾自己的内心,那儿藏着很多的印象,好像一间满装着各种东西的库房。我没有力量也没有本领,把里面的东西分开来,挑选一番。

经验虽然非常多,但并不牢靠,它们使我动摇不定,好像一件盛满水、摇晃不定的器皿一样。

我厌恶不幸、病苦和抱怨,看见流血打架,甚至用言语欺侮人,这一切残忍的行为,都感到肉体的厌恶。这种感觉变成了一种冷酷的疯

---

① 一八八四年三月高尔基满十六周岁。

狂,我自己也像野兽一般搏斗过,但事后又痛心地惭愧。

有时,想痛打恶汉,于是就冒里冒失去打架;这种因自己的无力而发的绝望的心情,现在想起来还觉得可羞可悲。

在我的内心中有两个人,一个人对于卑鄙龌龊的事情知道得太多了,因此多少有点怯懦。他被每天发生的可怕事件所牵扰,开始对生活、对人们抱不信任和怀疑的态度,对一切人,对自己都抱着无能为力的悲悯之情。这个人想离群独居,静静地读书生活,又梦想着修道院,森林中的看守小屋,铁路上的巡道夫小亭,波斯,以及什么地方市外的守夜人之类的职员,尽可能想去人少的地方,尽可能想离开人间……

另一个人受过诚实的英明的书籍的圣灵的洗礼,观察着日常发生的惨事那种巨大无比的力量,感到这种力量会很容易扭断他的脖子,用污浊的脚去踩碎他的心。因而他切齿抡拳,摆定了架势,严阵以待,准备迎接各种争论和搏斗。他像一个法国小说中的英雄人物,以实际行动来表示他的爱和怜悯,三言两语便拔剑出鞘,走向战场。

那时候,我有一个凶狠的仇敌,他是小波克罗夫街一家妓院的门房。有一天早上,我往市场去时认识了他。他从一辆停在妓院门口的马车上,拖下一个女子,女的两只脚被他抓住,袜子皱成一堆,身体露出到腰边,他哄响着大笑,无耻地拖拉,还向女的身上吐口水,女的已经烂醉,闭着眼,张着嘴,两条胳臂像脱了骨节,软洋洋地抛在脑后,渐渐被人从马车上拖下来,背脊、后脑、发青的脸,在马车的座位上、踏脚上磕碰着,最后倒在街上,脑袋撞在石头上。

马车夫把马打了一鞭,走开了。看门人抓着女子的两条腿,倒退着像拖尸首一样把她拖到人行道上。我气极了,跑过去,幸而当我跑的时候,不知是故意还是错失,一只丈把长的水平尺倒到地上,因而救了我和看门人免于闹出大乱子。我跑过去打倒了看门人,跳上门口的台阶,拼命地按门铃。几个蛮横的人走了出来,我没有对他们说什么,拾起水平尺便走了。

我在下坡的路上追上了马车,车夫从车台上望下来看我,赞赏说:

"你揍他揍得真好！"

我愤愤问他，为什么他看着看门人欺侮女人不出声。他安静地不屑地说：

"管不着！老爷给了我钱，把她架到车上，谁打了谁，关我屁事！"

"他们要是打死她呢？"

"那种女子，一次两次是弄不死的，"马车夫这么说着，好像自己就有多次试图弄死醉酒的女人的经验一般。

从这天以后，我差不多每天早晨碰见这看门人，每次我走过街上，他总是在扫街，或是坐在门口，好像在等着我的样子。当我走近他的时候，他就站起来，挽着袖子，警告说：

"哼，我现在要把你打个稀烂！"

他约莫四十多岁，小个子，拐腿，肚子像怀孕一般发胀，当他冷笑着看我时，眼里露出一道光，可是这眼光里有一种善良而快乐的神气，因此见了令人惊奇。打起架来他是不行的，他的胳臂比我短，交手两三回之后，他就让过我，把背脊紧靠在门上，惊愕地说：

"哼，瞧着吧，你这个有本事的好汉！"

这样的打架我实在腻味了，有一天我对他说：

"喂，混蛋，你以后别缠我吧！"

"那么，你为什么要打我呢？"他责难地问。

我也问他为什么那么可恶地虐待那个女子。

"关你什么事？你爱惜她吗？"

"当然爱惜。"

他不吱声，抹了抹嘴唇，又问：

"那你也爱惜猫？"

"嗯，也爱惜猫……"

这时他对我说：

"你这傻瓜，骗子！等着吧，我给你点厉害看看……"

我不能不走这条街，这是最近的路。于是我开始特别起早，免得跟他碰面,过了几天,还是碰见了他——他坐在门口,抚摩着躺在膝头上的一只灰猫。当我离开他大约三步的时候,他跳了起来,提起猫脚一摔,把猫头摔在石阶沿上,一股温乎乎的东西溅到我的身上。他把猫头碰碎,又扔到我的脚边,自己站在小门边问:

"怎么样?"

哼,这还有什么话说!我们像两只公狗一样在院子里滚打起来。以后我坐在斜坡的草地上,难于形容的悲愤使我发疯,咬紧了嘴唇使自己不致哭喊和吼叫。现在记起这件事,心里还感到一种忍受不住的厌恶,自己也觉得奇怪,那时候为什么我竟没有疯,没有杀死人。

为什么我要讲这种极其讨厌的故事?为的使你们,先生们,知道这种东西还没有过去,还是存在着的东西!你们喜欢听那些杜撰的恐怖故事,你们喜欢听那些用美丽的话讲述的残酷故事,幻想的恐怖可以引起你们痛快的激动。但我却知道真正可怕的东西,日常生活中的残酷,用这些故事使你们感到不快,是我的不能否认的权利,这是为了使你们想起:你们在过着一种怎样的生活,以及生活在如何的情况之中。

总之,我们大家都在过着一种卑鄙龌龊的生活!

我很爱人们,不愿使谁痛苦。但我们不能伤感,也不能把严峻的现实掩蔽在美丽的谎话中去生活。正视生活吧!把我们灵魂和头脑之中所有好的东西,人性的东西,都融化在生活之中。

……特别使我烦恼的是对待妇女的态度,我读过许多小说,认为妇女在生活中是最好、最有意义的。加强我这种信心的,是外祖母,是她讲过的圣母,贤女瓦西莉莎的故事,是不幸的洗衣妇纳塔利娅,以及我所亲眼见到的人生之母的女性们,用来美化这个缺乏爱、缺乏快乐的人生的千百种眼色和微笑。

屠格涅夫的书歌颂女性的光荣。我用所知道的一切关于妇女的好的东西,美化了使我不能忘怀的"王后"的形象,海涅和屠格涅夫,特别对这点作了极大的贡献。

傍晚从市场回家,我常常站在山上的城墙边,眺望伏尔加河对岸太阳西沉的光景,天空中一些红色的河流奔驶着,大地上可爱的河,也一会儿红一会儿青地滔滔流去。有时,在这样的一刹那间,我觉得整个的世界,像一只硕大的囚犯船,这船儿像猪一般,被一只无形的轮船,慢慢地拖到不知什么地方去。

但使我想得最多的,是世界的浩大,从书上见过的那些城市,过着不同生活的外国。在外国作家的书上,这种生活比我周围那种迂缓单调的沸腾着的生活,是写得更清洁、可爱和安逸的。这使我心头的不安平静下来,引起了我对另一种生活的可能性怀着执拗的幻想。

老是觉得,我一定会遇见一个朴素聪明的人,他将带我走向宽阔的光明的道路。

有一天,我坐在城墙边的长椅子上,身边忽然出现了舅父雅科夫,我没有注意到他是什么时候走来的,也没有立刻认出他。虽然几年之中,我们同住在一个城里,但碰见的机会非常少,偶然见面也只有一会儿。

"啊,你这么高了,"他推了我一下,玩笑似的说,我们就像早就彼此相识,而又陌生的人似的谈起来了。

听外祖母说,雅科夫舅舅这几年完全破产了,家当全都卖光了,喝光了。他当过一次地方监狱的副看守,结果也很坏。当正看守害病的时候,雅科夫舅舅经常在自己屋子里很热闹地请监犯饮酒作乐,闹得大家知道了,把他免了职。同时他被控,罪名是他晚上放监犯到街上去"玩",监犯并没有一个逃跑的,可是有一个,正把一个助祭扭住用力掐的时候,当场被捕。这案子侦查了好久,结果他没有过堂,监犯和看守们都替他开脱,把善良的舅父救了出来,现在他没有事做,靠儿子过活。儿子是当时有名的鲁卡维什尼科夫唱诗班的歌手。他很奇怪地说到他的儿子:

"他变得严肃了,摆起架子来了。他是个独唱家。茶炊烧得慢一点,衣服不给他先刷好,他就冒火!是一个很整洁的小伙子,爱清洁……"

舅父自己老弱多了,全身脏污,头发脱落,精神萎靡。他的快活的狮子发变得很稀薄了,耳朵支起,眼白上,剃过的脸颊的细腻的皮肤上,像细网一般露满红丝。说着玩笑话,嘴里好像含着什么,妨碍他的舌头转动,虽然牙齿还很整齐。

我高兴有机会同这样的人物谈谈。他会快乐地生活,见识过许多东西,当然知道的事情不少。我清楚地记起他那些活泼的、可笑的歌曲,记忆中又响起了外祖父说他的话:

"在游戏唱歌上,他简直是大卫王,但做起事来,却像毒辣的押沙龙!"

林荫道上一些衣冠楚楚的人们,从我们身边走过,大半是些衣着华丽的太太、公务员、军官之类。舅父穿着磨损的秋外套,戴着皱瘪的帽子,穿着茶红色皮靴,缩成一团,好像为着自己破旧的衣装,有点害臊。我们走到波茶市沟①一家小酒店里,在向市场开着的窗下占了一个座位。

"记得您怎样唱这个歌吗?

  一个乞丐晒脚布,
  另个乞丐就来偷……"

我背出这句歌词时,我突然,而且第一次感觉到这中间有讽刺的意味,觉得这位快乐的舅父,有点凶恶和聪明,可是他把伏特加倒在杯子里,沉思地说:

"哎,我活了这么大年纪,出了些洋相,可是不多。这歌也不是我编的,那是一位神学校的教员,怎么,叫什么呀?他已经死了,我忘了他的名字。他同我很要好,单身汉,喝成了酒鬼,死了,是冻死的。就

---

① 在下诺夫戈罗德城的茶市旧货市场区。那里有一些廉价的茶馆和小饭馆,供平民百姓享用。

我记得的,贪酒丧生的人,也不知有多少,数不清!你不喝吗?不要喝,年岁还小。和外祖父时常见面吗?他是不快乐的老人,似乎快要发疯了。"

他稍微喝了点酒,就活泼得多了,身体也直起来了,年轻了,于是比刚才更精神地说起来。

我问起他关于监犯的事件。

"你也听到了?"他问了一声,向四边望望,沉着声说:

"监犯又怎么样?我不是审判他们的法官。照我看来,他们也是普通的人,所以我对他们说:兄弟们,大家和睦点,快乐点过日子吧。有一首这样的歌:

　　命运不能妨碍我们的欢乐!
　　让他来迫胁我们吧,
　　我们还是要欢笑度日,
　　只有傻瓜才不这样!……"

他笑起来,从窗子里望望暗下去的山谷,那边摆着许多摊子。他抹一抹胡子又说:

"他们,当然喜欢,牢里是很气闷的啊。唔,一点过名,他们就马上跑到我这里来,喝酒、吃菜,有时我请,有时他们请,热闹起来了,地动山摇,俄罗斯母亲啊!我爱唱歌、跳舞,他们当中有很好的歌手和舞手,真惊人!因为有的戴脚镣,不好跳,我许可把脚镣下了,这是真的。他们自己会下,用不着叫铁匠,他们真有本领,挺惊人!至于说我放他们上街去抢人,那完全是造谣,结案时也没有证据……"

他停了嘴,从窗子里望着山谷,那边摆旧货摊的人们正在收摊子,铁门闩,锈铰链,发出难听的响声,木板之类砰砰的跌到地上。舅父欢喜地霎着眼睛,低声对我说:

"若是老实说,的确只有一个人是每夜出去的,不过他没戴脚镣,是下诺夫戈罗德城的一个普通小偷,他在不远的地方,在佩乔雷村有个情人。至于同助祭的案件,完全是弄错的,他以为助祭是商人。是冬天晚上,又下雪,人都穿着皮毛外套,忙乱中谁看得清楚,是商人还是助祭?"

我觉得这很好笑,他也笑起来,又说:

"我的天哪,真见他妈的鬼!……"

于是,舅父突然莫名其妙地微微生起气来,推开食盘,嫌恶地皱着脸,点上了香烟,低声地嘟哝道:

"大家互相偷盗,后来又互相捉捕,放在监牢里,充军到西伯利亚,罚苦役,这跟我有什么关系?呸,我管他们做什么……我有我自己的灵魂!"

我的眼前好像出现了一个毛氄氄的司炉的影子。他也老说着"呸",名字也叫雅科夫。

"你在想什么?"舅父柔声地问。

"你可怜犯人吗?"

"一见他们就叫人可怜,竟有这样的小伙子,简直叫人奇怪!有时我凝视着他们,心里在想:我虽然是犯人的上司,可是连给他们垫鞋底也不配!他们太聪明,太能干……"

酒和回忆使他更加兴奋,他一只胳臂靠在窗台上,挥动着指头上夹着半截香烟的焦黄的手,有声有色地说:

"有一个独眼龙,是雕刻匠和钟表匠,因为造假币坐了牢,想逃掉,你听一听他是怎么讲的。简直跟火一样!好像一个独唱家在唱歌,他说官家可以印钞票,为什么我不可以?请你替我解释解释!没有人能够解释,我也不能够。我还是他们的上司!还有一个是莫斯科有名的惯贼,他很沉静,衣着讲究,是个洁癖者,说话也礼貌。他说:人们辛辛苦苦干活,干得昏头昏脑,我可不愿意,虽然从前我也这样,干着,干着,累成一个傻瓜,花上一戈比喝酒,再打牌输上二戈比,用五戈比给女人讨个亲热,到头还是一个挨饿的穷光蛋,不,我才不玩这套把戏呢……"

雅科夫舅父醉得红到脑盖了,兴奋得差不多使他的小耳朵发抖,他伏在桌上继续说:

"他们都不是傻瓜,老弟,他们判断得很对。让一切麻烦都见鬼去吧!比如说吧:我过着怎样的生活?想起来也害臊,称心的事少得可怜,受苦是自己的,快乐是偷来的!老爹骂我冒失鬼,老婆说我完蛋了,自己呢,害怕把一个卢布喝光了,这样的,糊里糊涂过了一辈子,现在年纪老了,就给自己的儿子当佣人,干吗掩盖着呢?当个驯顺的佣人。老弟,儿子还要搭老爷架子,他喊我父亲,我一听就像叫仆人!我生下来,活在世上忙忙碌碌,就是为了做这些事来的吗,是为了给儿子做仆人吗?不是为了这个,那又是为什么活着呢?我得到过多少满足呢?"

我心不在焉地听他的话,我不想回答,但还是说了:

"我也不知道要怎样过活……"

他苦笑着:

"唔,这个谁知道?我还没有碰见过知道这件事的人!人们总是照着他所习惯的那样生活……"

接着,又突然委屈和生气地说:

"从前我那里,有一个犯强奸罪的人,是奥勒尔出生的贵族,优秀的舞蹈家,常常引大家笑,他唱过一支万卡的歌,有这样的句子:

　　万卡走到墓地里——
　　这也没怎么稀奇!
　　喂,万卡,你啊,
　　离坟墓远一点吧!……

我就这么想,这完全不是说的笑话,是真理!不管你怎样转,也转不出这块坟地。所以,对于我们全一样:不管当犯人,还是当看守……"

他说累了，又喝伏特加，像鸟儿一样用一只眼望进空酒瓶，以后又默默地抽着烟卷，胡子里吐出烟来。

"不管你多么拼命，不管你有什么指望，到头来还是棺材和坟墓，谁也免不了，"石匠彼得常常这样说，但完全不像雅科夫舅父。像这种成语和类似的成语，后来我就不知听过多少！

我另外不想再问舅父什么，和他一齐感到忧郁，我可怜他，不禁想起他唱的那些快活的小调，那些通过淡淡的忧郁，从欢乐中发出来的吉他的声音。我也没有忘记快活的"小茨冈"，因此见了雅科夫舅父这潦倒的神气，不由想到：

"他还记得，'小茨冈'被十字架压死的事吗？"

我也不想问他这件事。

我望望潮湿的、充满八月的夜暗的山谷，从山谷中发出苹果和香瓜的清香。通向城里去的一条小街上，已经点起了街灯，一切都是十分熟悉的。现在，到雷宾斯克去的轮船和到彼尔姆去的轮船都快要拉汽笛了。

"好，该回去了，"舅父说。

在酒店门口，他握着我的手抖了一抖，玩笑似的劝告我：

"你不要忧郁，你好像有一点忧郁，是吗？快抛开！你还年轻呀。最主要的，你要记住：'命运不能妨碍我们的欢乐！'再见，我要去做圣母升天节的祷告！"

快活的舅父走开了，说了一大篇话，把我弄得更加莫名其妙了。

我踏上去城里的坡路，走到野外。是月圆的晚上，浓云在天空流动，投下黑影，在地面盖住了我的影子。沿野外绕过了城市，我走到伏尔加河的斜滩上，躺在满是尘埃的草上，久久地望着河对面、草场、静静的大地。云影缓缓地渡过伏尔加河，投在草场上，好像在河水中洗了一洗，变得亮了一点。四周一切，沉沉欲睡，万籁无声，一切都好像在不乐意似的摇动，但不是由于对生命的热爱，而是由于一种苦闷的必然性，无可奈何地在动。

真想给整个大地、给自己击一猛掌,使万物,连同我自己在内,一起像欢腾的旋风一样旋转起来,像相爱的恋人们的欢歌曼舞一样旋转起来,沉浸在新开拓出的美好、生机勃勃、诚实正直的生活之中。

我想:

"我必须把自己改变一下,要不然我便会毁灭……"

在那种阴郁的秋天,那种不但见不到太阳,甚至感觉不到太阳,连太阳都忘记了的日子里,我常常有机会徘徊在森林中,迷失了道路,走到没有人径的地方,我已倦于寻找,但仍咬紧着牙齿,顺着茂丛、枯枝、沼泽地滑溜的草墩,向前直跑。终有一天会走出一条路的!

我就决定照这样干。

这年秋天,我怀着也许可以设法上学读书的希望,出发到喀山去了①。

---

① 时为一八八四年夏末或秋初。